东亚殖民主义与文学

—— 主编 ◎ 刘晓丽 叶祝弟 ——

上海三联书店

伤渗入东亚各民族文化的角角落落。

东亚地区的这些殖民创伤,在殖民主义时代结束之际没有得到及时治愈,却已被其他创伤深深覆盖,内战、冷战接续发生,苦难覆盖苦难,最深的创伤已结痂闭合。今日,持有共通历史经验的东亚知识人,立足于不同的国族、不同的经验、不同的学科,形成一个学术研究共同体,让东亚殖民主义创伤成为知识上可以讨论的议题。文学研究者借用殖民时代的文学文本,重返东亚殖民时代的精神现场,发现殖民时代日常生活底细上细碎的伤口,掀开疮痂,寻找治愈的一种可能性。

本书是一次跨文化、跨语际、跨学科的国际合作研究的尝试,不同背景的专家、学者共同反思,探讨二十世纪上半叶日本军事占领和殖民统治下的伪满洲国、台湾岛、朝鲜半岛、中国沦陷区的殖民创伤的知识议题,透视东亚殖民主义与东亚文化的复杂关系,重新解释文化殖民现象,探讨一种新型的殖民地研究理论。本书共分六辑:一、东亚殖民主义作为方法;二、新史料出土与研究;三、东亚文学场:越域与跨语;四、伪满洲国:文学、记忆与乡愁;五、打开东亚殖民地:遗产与清理;六、青年论坛:东亚殖民主义的文学实验场。本书收录 29 篇论文,主要以文学研究为主,兼及艺术、历史和社会工作等议题,共有 34 位学者参加了撰写、翻译、校阅、编撰工作,是中国、韩国、日本、美国、加拿大研究专家互相配合,共同劳动的结晶。本书主体以华东师范大学中文系与《探索与争鸣》杂志社联合承办的"东亚殖民主义与文学国际学术研讨会"与会部分论文为主,选入其他相关学者的论文。刘晓丽、叶祝弟负责论文的筛选及编辑工作,庄培蓉负责全书的统稿及联络工作,徐隽文、何清校对了该书初稿。

　　图书出版,衷心感谢东亚殖民主义学术研究共同体的学者们的鼎力相助,幸得《探索与争鸣》杂志社的惠助,作为其著名的"探索丛书"之一出版,感念上海三联书店钱震华编辑尽心尽责襄助此学术成果问世。

目　录

辑　五

打开东亚殖民地:遗产与清理

辑　六

青年论坛东亚殖民主义的文学实验场

辑 一

东亚殖民主义作为方法

东亚殖民主义与文学

刘晓丽

华东师范大学中文系

19 世纪末 20 世纪前半叶,日本军国主义者扩展的野心不断膨胀,先后以武力强占的殖民地有台湾、"关东州"(旅顺、大连)、库页岛、朝鲜半岛、南洋群岛等,而其在中国东北炮制出的满洲傀儡国,是其采取不同统治策略的最大的一块殖民地。满洲傀儡国始于"九·一八"事变的第二年 1932 年 3 月,终结于中国抗日战争胜利的 1945 年 8 月,历时 13 年零 5 个月,地域包括中国东北三省(奉天省、吉林省、黑龙江省)、热河省以及内蒙古一部分。名义上的元首是清王朝的宣统皇帝爱新觉罗·溥仪,实为日本关东军把持下的军事法西斯控制区,伪政府机构及社会组织都被编织在类军事化的管理网络中,例如被称为"国家精神子宫"的"协和会"(1932)[①],实为全民动员的工具,所有的官员、教师和地方名流都被纳入其中,"协和会"下

[①] "协和会"和"关东军"是伪满洲国的两个支柱,一个是宣传说服的工具,一个是暴力镇压的工具。"协和会"的工作计有:精神工作,协和工作,厚生工作,宣德达情,组织动员和兴亚活动。

设有"青年团"和"国防妇人会",16 至 19 岁的年轻人和有身份、有地位的女性也被编织到"协和会"的外围组织之中。而"满洲艺文联盟"(1941)垂直管理"满洲文艺家协会""满洲剧团协会""满洲乐团协会""满洲美术家协会",1944 年改为组织更加严密的"满洲艺文协会",下设"文艺局""演艺局""美术局""音乐局""电影局",形成控制严格的文艺家全面统制的法西斯体制。但是只要不是奥威尔笔下的《一九八四》那样的"恶托邦",总有管道通往他处,在满洲傀儡国这个异态时空中,同样有以文学为志业的人们,尽管他们绝大多数被归属"协和会"和"满洲文艺家协会",身份复杂多样,但所谓的"国策文学"和"报国文学"比重并不高,"献纳诗"和"时局小说"①在很多作家那里有时只是一种应景姿态,而殖民地作家创作出的大量形态各异、意味丰厚的作品,如实地记录下殖民地真实生活场景和精神想象,其中有或强或弱的政治诉求和精神抵抗,也有灰色暧昧的协作和算计,这些作品因其殖民地文本的属性而独具无可替代的价值,而且不仅仅属于文学世界,因为它与 20 世纪对殖民主义的全盘反省相关,并对理解 21 世纪的世界现实有启发。对伪满洲国殖民地文学遗产的清理,不仅可以发现文学是反日本殖民斗争的构成以及如何构成,更可以看到殖民伤痕如何切入殖民地人的精神深处,在反殖/协作、被动接受/主动亲和、民族主义/殖民主义的纠缠交叉之处看到殖民地知识者的心路历程,深入反省东亚殖民主义。

---

① "建国文学""报国文学""献纳诗""时局小说",参见"伪满时期文学资料整理与研究丛书"之"研究卷":刘晓丽著《异态时空中的精神世界——伪满洲国文学研究》。

满洲殖民地,地处中国东北边疆,毗邻苏俄和朝鲜半岛,这里不仅有日本殖民者和被殖民者本土中国人,还有在殖民构架中谋生的朝鲜人和俄罗斯人,生活在此地的人们在国家身份、民族认同以及信仰、阶层、语言等方面呈重层杂多状态,具体到伪满洲国文学,也呈现出多国族、多语种的特点,其有中国人文学,日本人文学,俄罗斯人文学和朝鲜人文学等。了解伪满洲国文学,需深入当时的"满系文学""日系文学""鲜系文学""俄系文学"进行考察,探入各个语族作者作品深处,细察东亚殖民主义与文学的关系,例如在何种情况下如何抗争和抵抗,而这些抗争和抵抗是否又不经意间落入了殖民者的逻辑;在何种境遇中如何迎合并协作,而这种迎合和协作的背后是否包含了有别于殖民主义的政治诉求;在欲利用殖民者当局的政策并与之周旋的危险尝试中,殖民伤痕如何刻印在殖民地人们的精神深处,由此呈现满洲傀儡国的盘根错节的精神印记,清理东亚殖民主义带来的悠长缠绕的苦难。

"满系"文学:解殖与协作

满洲傀儡国成立后,伪称"多民族的现代国家",在其所谓的"建国宣言"中宣称"五族协和"①,而且试图在种族差异基础上

---

① "五族协和",开始界定为日、汉、满、蒙、朝五族,例如伪国务总理衙门的壁画即日、汉、满、蒙、朝五族少女共舞图,且发行了此画的邮票。后来出现另一种界定:日、满、蒙、朝、俄五族,这种界定将汉、满混在一起称为满洲族,当时流行的宣传画可以见到此类界定的五族。

建立一套"满洲国"的身份认证体系,首先模糊东北在地人的民族身份,将汉族、满族、回族等东北原住民命名为"满人"/"满系"/"满洲人",汉语被改称为"满语",而把 1932 年 3 月以后由关内"入境"的汉族、满族等称为"中国人"。这样一套新称谓表明了日本殖民者对中国东北的野心,同时也让清醒的中国人知晓到其窃据中国东北的企图。

"满洲国"被炮制之初,地处伪国都"新京"(长春)之远的"北满"哈尔滨文坛,开展了勇敢的反日反满政权的文学活动,洛虹(罗烽)、巴来(金剑啸)、黑人(舒群)、姜椿芳、林郎(方未艾)等共产党作家,三郎(萧军)、悄吟(萧红)、刘莉(白朗)、梁蒨(山丁)、星(李文光)、侯小古、金人、林珏等热血文艺青年,在"满洲国"治下哈尔滨的《国际协报》《大北新报》《黑龙江民报》和"新京"的《大同报》,直面抵抗日本及其傀儡政府,发表具有民族主义意识和阶级斗争意识的作品,形成具有抵抗性质的反殖文学①。但是随着"满洲国"治安监控体制的加强及暴虐,有作家被杀,有作家被捕,有作家逃亡,有作家直接参加了抗日队伍,反殖文学在伪满洲国被迫落下帷幕。上述作家只有山丁继续留居"满洲国",其他星散到中国各地,最著名的是创作出优秀抗日文学作品的"东北作家群"。

留居"满洲国"的作家及在这里成长起来的作家,直接反抗已经没有可能,他们各自以自己的方式与殖民地文化政策共存,

① 关于抵抗文学的形式有三种:反殖文学、抗日文学、解殖文学,具体内容参见刘晓丽《反殖文学·抗日文学·解殖文学——以伪满洲国文坛为例》,《现代中国文化与文学》,第 17 辑,2015 年。

这里以吴瑛的《新幽灵》①和古丁的《新生》②两部小说为例,细察文学如何回应殖民地的文化宣传,消解与协作背后的精神伤痕及诉求。此外,这两部作品都是艺术家小说,以周边世界和自身为素材,由此还可看到殖民地生活的侧面及作者的内心世界。

吴瑛的小说《新幽灵》以殖民地"新中间层"的日常生活为主要内容。殖民地伴随了所谓现代产业和现代家庭的建设,在社会上营造一种新阶层的"良好生活"模式。受过教育的殖民地青年,他们在城市的行政机关、产业工厂、商业公司做下级官吏、技术人员、办公室职员,每月领取固定的薪水,形成社会上的新阶层。典型的新中间层家庭模式是充满恩爱的城市核心家庭——青年夫妇和两三个活泼健康的孩子。以新中间层为题材的宣传画张贴在"新京"、奉天和哈尔滨等都市公共场所,一方面为殖民地招揽现代产业的劳动者,一方面为殖民地青年营造"乐土"的梦想。吴瑛的小说揭开了新中间层的面纱,小说写了两个空间,一个是城市中的核心家庭,一个是"官厅"的现代办公室,大学生丈夫即官厅里的下级职员把这两个空间串起来。家里,夫妻间格格不入,居家的春华嫂成天想着靠哭闹和生儿子来拢住丈夫,大学生丈夫对妻子当面顺从撒谎背地里找女人"逛道"(去妓院)。官厅办公室里,只要说日语的科长在,四个职员就假装认真工作,科长一走,他们就"松快"起来,这个办公室徒有现代的

---

① 吴瑛《新幽灵》,原刊《斯民》杂志,后收入小说集《两极》(奉天:文艺丛刊刊行会,1939年)。参见"伪满时期文学资料整理与研究丛书"之"作品卷":李冉、[加]诺曼·斯密斯编《吴瑛作品集》,哈尔滨:北方文艺出版社,2016年。

② 古丁《新生》,原刊《艺文志》第4期(1944年2月)。后出版单行本《新生》,"新京":艺文书房,1945年。参见"伪满时期文学资料整理与研究丛书"之"作品卷":梅定娥编《古丁作品集》。

躯壳而已,装神弄鬼的高压和应付了事是每天的节奏。小说中的新中间层既没有恩爱和睦的小家庭,也不是勤劳奉公积极向上的现代员工,吴瑛把新中间层隐喻为"新幽灵"。

《新幽灵》能如此拆穿伪满洲国致力营造的"良好生活",暴露其幽暗内核,消解殖民地的正面宣传,这不仅仅是不合作的文学,而是具有抵抗意味的解殖文学①——如腐蚀剂一般消解、溶解、拆解着殖民地的文化宣传。小说还展示出殖民伤痕如何切入殖民地人的精神世界。大学生在家应付妻子,上班应付"类主子"的"科长",不认真生活,不认真做事。"应付鬼子"在今天的东北是一句俗语,其背后的渊源正是来自东北殖民时代。殖民地人"应付鬼子"在一个意义上是他们消解殖民统治的一种方式,但在另外的一个意义上也败坏了他们自己的生活——对自己的真实生活也采取得过且过的态度。殖民统治,掠走的不仅仅是物质,还带来了精神生活的沦落。生活在殖民地的与日本人共事的中产阶级,始终要面临殖民者的淫威、贪婪和鄙视,为了生存下去,精神萎靡或沦落几乎成为难以避免之事,为了"明哲保身","阳奉阴违"地应付生活。殖民主义在精神上的侵蚀伤痕更为持久并难以修复,需要几代人的自我治疗。

与吴瑛的《新幽灵》消解殖民宣传相反,古丁的《新生》看起

---

①　近年中国学界把后殖民理论中 Decolonization 概念翻译为"解殖",De-colonization 是殖民过程结束之后对殖民主义、殖民伤痕的去除,笔者认为译为"去殖民化"更依其本意。本文的"解殖文学",不是指 Decolonization,而是指殖民地在场的一种文学,这种文学具有消解、溶解殖民统治的意味和作用,如果翻译成英文,应为 Lyo-colonial Literature。
解殖文学,指留居殖民地的作家们从历史在场的角度记下的殖民地日常生活及其伤痕的作品,隐去作者情绪温度的零度写作是其主要特征。解殖书写与殖民地文化政策共存,没有直接反抗,也没有隐微反抗,但却与殖民者的宣传及要求相左,如腐蚀剂一般慢慢地消解、溶解、拆解着殖民统治。

来似合作之作。

《新生》的主题是"民族协和"，而且是"日""满"协和。该小说曾获第二届"大东亚文学赏"次赏。小说的主要内容："百死毒"流行期间，主人公"我"因邻居染病死亡，"我"一家人被迫健康隔离，在隔离病院"我"遭日本人的白眼也得到日本人的帮助，最后与日本人秋田等相互帮助渡过难关。出院后，与日本人一起总结扑灭病毒的关键是民族协和。对该小说的解读，有两种对立的观念，一种认为是屈服于日伪淫威的汉奸文学①，一种是同情其背后的曲折隐情给予正面解读②。一种是批判，一种是同情理解。两种解读依据各自的时代、立场和文化背景，对于理解该作品都有意义。我们从反省殖民主义与殖民伤痕的角度来解读这篇作品。"满洲国"殖民者，用"暴力"和"说服"两套策略实施统治，关东军是侵占镇压的暴力，而"协和会"实施宣传说服，制造出各种理论和意识形态话语，如"新满洲""五族协和""王道乐土""现代文明（包括教育、卫生、育儿、妇女观念等）"等，与殖民者合作的文士们在这些意识形态话语中读出了一种进步、平等的气息，欲借"民族协和"来谋求"民族平等"，欲借"现代文明"谋求"民族进步"。这是古丁小说背后隐情之一。该小说取自古丁本人的一段经历。1940 年秋，"新京"流行鼠疫，因为邻居患病身亡，古丁一家被强制隔离一个月。

---

① 东北现代文学史编写小组编《东北现代文学史》（沈阳：沈阳出版社，1989 年）；铁峰《古丁的政治立场与文学功绩——兼与冯为群先生商讨》，《北方论丛》1993 年第 5 期。

② 参见"伪满时期文学资料整理与研究丛书"之"研究卷"：［日］冈田英树著、邓丽霞译《伪满州国文学·续》，认为《新生》中的"民族协和"，其背后是知识分子的启蒙观念；梅定娥《妥协与抵抗：伪满文化人古丁的创作及出版活动》，认为古丁以"民族协和"名义，呼吁从即将垮台的日本人那里接受知识和技术，为将来治理自己的国家做准备。

这段生活,古丁称给自己带来了"极大的精神震荡"①。所谓精神震荡,是指隔离病院中的生活让古丁强烈地感到了民族差异与民族歧视。古丁因其文学才华和流利的日语,成为伪满洲国文化界的名流,很多日系文人也敬重他。但是到了隔离病院,这些都毫无意义,人们只按种族分为"满人"和日本人,区别对待。这样的经历,让古丁主动地亲近"民族协和"的意识形态口号,这是古丁写出《新生》这篇协力殖民者作品的一个契机。不仅如此,在北京大学读过书并深深喜爱鲁迅作品的古丁,深知国民性理论。他的思考逻辑:要实现"民族协和",需得民族平等相待,而欲平等相待得改造国民性。小说道出:对百死毒,"日系"有着科学而正确的观念,他们遵守秩序,安安静静。而"满系"关于细菌、传染病的知识几乎为零,不讲卫生,吵闹不守秩序。小说中的"我"给自己的邻居鞋匠陈万发讲解"扑灭老鼠""细菌感染""打预防针"等相关知识,可陈万发根本不把"我"的话当回事。在隔离病院里,看护妇区分对待"满人"和日本人,作者议论道——"这是怨不得谁的"。之所以受歧视,原因在自己的低劣,要想彻底改变,得先改变自己。这套话语正是殖民者炮制出来并极力宣传的殖民主义逻辑:"日本是先进的、文明的,满洲是落后的、低等的;落后的、低等的满洲需要先进的、文明的日本来统治;这是统治者和被统治者一致的愿望。"②

《新生》并非一篇迫于外部压力下不得不写的作品,而是自发协同殖民者观念的作品,这背后有作者自己的理想诉求,或启蒙

① 徐古丁《谭》,原版见《谭》,"新京":艺文书房,1942 年。参见"伪满时期文学资料整理与研究丛书"之"作品卷":梅定娥编《古丁作品集》。

② 请参见刘晓丽《"新满洲"的修辞——以伪满洲国时期的〈新满洲〉杂志为中心的考察》,《文艺理论研究》2013 年第 1 期。

或改造国民性或寻求平等，但是在这个充满矛盾的危险尝试中，协同者跌入了殖民者的逻辑。深陷现代性理论的文士们，容易陷入这个逻辑之中。古丁另一篇协力"民族协和"的作品《西南杂感》，表述道："如果用民族协和的力量去开发，热河会一跃而为我国的产业地区，更可为东亚的产业地区。"热河明日的构想是："水力发电所的建设，地下埋藏的稀少金和石炭铁铜的发掘和矿业区的建设，高架铁道的开设，电灯明亮，收音机齐备，兴亚矿工大学设立，温泉旅馆和疗养所设置，奶酪畜牧业振兴，各部落国民学校和县属健康所开设，纺织工厂设立，杏、梨、栗、枣之外还有苹果园，植造的松林，蒸汽船的定期运行……"①这种把现代文明变成拜物主义，忽略其带有的殖民暴力性，殖民者压迫的话语变成了社会文明进步的可能性，如果不对此进行深入的反省和揭示，这种殖民主义逻辑经过改头换面就会重新出现在今日世界，例如有人声称："伪满洲国是东北经济建设最快最好的时期。"②

"日系"文学：虚妄与傲慢

　　满洲傀儡国成立后，移居中国东北地区的日本人越来越多，

---

①　古丁《西南杂感》，《艺文志》第 9 期，1944 年 7 月，第 28、33 页。

②　如［美］费正清主编的《剑桥中华民国史》（1912—1949）（北京：中国社会科学出版社，1993 年），［日］村上春树的《边境 近境》（上海：上海译文出版社，2011 年），［日］西泽泰彦《"满洲"都市物语》（河出书房新社，1996 年），还有一些网络文章如《当年的"满洲国"竟然会是如此的发达与富裕》等都在塑造一个"新满洲"的神话。详见刘晓丽《打开"新满洲"——宣传、事实、怀旧与审美》，《山东社会科学》2015 年第 1 期。

除关东军之外大致可以分为这样几类：一类是来殖民地政府任职的各类大小官吏和教育机构任教的文化人；一类是借助日本殖民力量来满获得资本利益的商人，一类是随日本大陆政策而来的开拓团农民。除原来在"关东州"的文人外①，来满的职业文学家非常少见。其实很多"日系"文人/作家是伪满洲国"培养"起来的，他们原为各行各业的普通日本人，因为身居伪满洲国日本殖民地，殖民者的绝对优越感，给他们一种幻觉——人种和文化优秀——可以做任何事情。"把日本的文学横向移植到满洲国殖民地，并促使在满日本作家的创作添加满洲的地域特色，从而提升原本低下的满洲文化。"②身处殖民地社会上位的日本人发表作品十分容易，原本在日本本土很难做到的事情，在伪满洲国却唾手可得，有些日本人就借此便利条件成了"作家"，当时仅"满洲文话会"一个文学社团中有记录的日系"作家"高达300多人。③ 而所谓的"开拓文学"，如"大陆开拓文艺恳话会"编的《大陆开拓小说集》和"农民文学恳话会"编的《农民文学十人集》，很多就出自于"开拓团"中的日本农民之手。

今日重读这些"日系"文学，并非全为文学审美，而是观察殖民者记录的殖民地生活场景，以及殖民者的内心世界。来满的

---

① 1905 年，日俄战争后，日本从沙皇俄国手中夺去了中国辽东半岛的租借权，将大连、旅顺、金州、普兰店以南地区统称"关东州"，并设立了关东都督府，驻扎了关东军。就这样，将中国的旅大地区，变成了日本的殖民地。"关东州"出版的书籍，多以日本纪年方式标识出版时间。

② ［日］大谷健夫《地区与文学·关于殖民地文学》，《满洲文艺年鉴》第 1 辑，1937 年。参见辽宁社会科学院文学研究所编《东北现代文学史料》第 5 辑，1982 年，第 236 页。

③ 封世辉《文坛社团录》，见钱理群主编《中国沦陷区文学大系·史料卷》，南宁：广西教育出版社，2000 年，237—242 页。

殖民者如前所述各怀目的各式各样,有高高在上的压迫者盘剥者,也有被裹挟而来的赤贫者和知识分子;有与政治、意识形态、军人融为一体的军国主义文士,同时也有反省殖民政策心怀梦想的知识人。军国主义的笔部队,有专书考察①,我们以牛岛春子的《祝廉天》(又译《姓祝的男人》)②和北村谦次郎《某个环境》③两部小说为例,细察殖民者的文学如何表现满洲生活,其对日本殖民的反省及反省的限度和陷阱,由此看殖民主义在殖民者身上的烙印。

小说《祝廉天》,塑造了一位"满人"翻译官吏"廉洁、公正、勤恳"的形象。该作品为日本芥川赏候补之作。"满人"形象在"日系"作家中,常常是"贪婪、无操守、懒惰"的代名词;在古丁等"满系"作家的作品中,是"愚昧、落后"有待启蒙的对象;在"鲜系"和"俄系"作品,也很难见到正面、正常的形象。牛岛春子在小说中塑造的"满人"——桀骜不驯、个性鲜明,可说是可贵之点,而且小说还挖苦了傲慢无识的日本官吏,称他们是"聋""哑"人——因为语言问题无法与当地人沟通,暴露出一个不会说汉语的日本官吏管理 30 万县民的空虚和危险,"勉强施行建立在三十万县民之上的政治,⋯⋯一想起来就后背直冒冷汗。"牛岛春子作

---

① 王向远《"笔部队"和侵华战争——对日本侵华文学的研究与批判》,北京:北京师范大学出版社,1999 年。

② 牛岛春子《祝廉天》,原刊《新满洲》第 3 卷 6 月号,1941 年。参见"伪满时期文学资料整理与研究丛书"之"作品卷":[日]大久保明男等编《伪满洲国日本作家作品集》之《姓祝的男人》。

③ 北村谦次郎《某个环境》,原刊《满洲浪曼》,1939—1941 年。参见"伪满时期文学资料整理与研究丛书"之"作品卷":[日]大久保明男等编《伪满洲国日本作家作品集》。

为一个来满日本官吏的妻子,旁观"满洲国"的政治治理,有着客观清醒的认识,"满洲国"毫无根基。貌似强大的雄飞海外的"大和民族"根本不是"满人"的对手。虽然如此清醒,但是小说最后还是落到了"民族协和"的窠臼,"廉洁、公正、勤恳"的祝廉天对日本人上司忠诚无比,与这样的满人"协和","新满洲"才能建立起来。这里的逻辑与"满系"作家古丁相似,一个是要改造国民性,一个是洗去日本人的骄傲凌人之气。由此,这里还是透露出殖民者天然带有的高于其他民族的盲目自信,其背后隐现的是殖民主义逻辑。

北村谦次郎的小说《某个环境》,讲述了日本少年忠一由东京到满洲,在殖民地环境中学习、工作、生活的故事。少年时在"关东州"读书与当地人愉快交往毫无芥蒂,但是成年后已是作家的忠一与"满系"作家交流充满龃龉"非常寂寞",作品最后以忠一立志扎根满洲结束。作为在满洲长大的北村谦次郎,对"满洲风土"怀有感情,字里行间充满温情。作品里的主人公忠一充满热情真心与"满系"作家交往,而且能够"想着满人、白俄人、那些和自己在不同环境中长大的人们",愿意真诚地对待这些差异,欲与他们建立超越意识形态的"协和"。同时小说对"满洲国"的文艺政策有反省和批评。作家的感情和小说中忠一的感情都是真诚的个人情怀,无须怀疑;对"满洲国"文艺政策及组织形态的批评,也可见作者冷静的反省精神。但是"我喜欢,我就要扎根在这里","我热心与你交往,你须同样回应。"这里有殖民者的任性和有意无意的居高临下的姿态,背后藏着自己难以察觉的心理现实:生逢其时,浮躁于一个民族的知识分子阶层中的——令人吃惊的自信——世界以我族为中心展开。

牛岛春子和北村谦次郎,虽然独有细致的观察和清醒的反省精神,也有文学家的表现才华,作品中展示了其他"日系"作家所未见之处——优秀的中国人,洞察到伪满洲国严峻的民族问题——"五族协和"的困境与虚伪,并试图经过个人的努力实现超越意识形态的"协和",牛岛春子的另一部小说《苦力》①,描写了日本人劳务监管与中国人劳务者之间构建起超越民族的信赖关系。但是作为殖民者来到满洲的他们,其背后是侵略者——残暴的"关东军",这在东北人民看来就是强盗闯入了自己的家园,他们跑到满洲来搞"民族协和",而不是在自己的国家推行多元民族。在殖民地的确有心地善良心怀梦想的"日系"知识者,他们作为个体可能是自信满满地、诚心诚意地来到殖民地进行"经济建设"和"文化建设",但是他们的诚意和辛劳是挂在殖民框架上的——侵略与被侵略、占领与被占领、奴役与被奴役,虽然日本殖民者在满洲地区没有实施其在台湾和朝鲜半岛的"皇国臣民化"的民族同化政策,而提出貌似温和现代的"五族协和",但这不能改变其殖民性质。在"满洲国"的日系文士们以日语报纸杂志为中心展开的文学活动②,虽然各式各样各怀目的,但却在不同程度上落入了殖民主义的逻辑,至今未见那种可以超越殖民主义的强大心灵和伟大作品。一个民族的虚妄,以文学的傲慢也得以见证。

---

① 牛岛春子《苦力》,《满洲行政》,1937 年 10 月号。

② 参见"伪满时期文学资料整理与研究丛书"之"资料卷":刘晓丽、[日]大久保明男编著《伪满洲国的文学杂志》;刘春英编著《伪满洲国文艺大事记》。

"鲜系"文学：迎合与拒绝

在满洲傀儡国的朝鲜民族身份含混而复杂。伪满洲国号称日、汉、满、蒙、朝"五族协和"，但朝鲜民族始终以"鲜系日本人"的身份，接受朝鲜总督府的统治①。也就是说，根据伪满洲国"国策"，他们是"满洲国国民"，但根据"日韩和邦"，他们又成了拥有"日本国籍"的"皇民"。居住在满洲的朝鲜人拥有"日""满""双重国籍"。这样含混的身份，让"鲜系"作家对"满洲国"、日本人和东北原住民的态度摇摆不定。"满洲国"是部分"鲜系"作家的"自由"之地，日本在朝鲜力推"内鲜一体"，实施"皇国臣民化"的民族同化政策，来"满洲国"可以是"五族之一"的朝鲜族身份，用朝鲜语写作，不用"创氏改名"（改用日本姓氏），至少能够两害相较取其轻，来满可以是一种拒绝做"皇民"的姿态——是抵制殖民程度更高的"皇民化"运动。由此也形成一个悖论，一些"鲜系"作家在朝鲜半岛，抵抗日本殖民，到了"满洲国"，却有些主动迎合日本人、迎合或者利用日本在"满洲国"的殖民政策。而面对东北原住民时，"鲜系"有时又显示出"准高等民族""准统治者"的姿态，套用他们所反对的殖民主义的逻辑——在心理上自视高于"满洲国"的其他民族。这样一些绞扭的观念也体现在"鲜系"文学中。

---

① 朝鲜总督府，1910 年 8 月 22 日，在朝鲜的日本军人强迫朝鲜皇帝李坧签署《日朝合并条约》，朝鲜全境被日本吞并，朝鲜总督由日本现役陆军或者海军大将担任。

金镇秀的小说《移民之子》①，讲述了随朝鲜"开拓团"来满洲的朝鲜农民的生活。日本侵占东北后，为不断膨胀的侵略野心作准备，作为大陆战略策划的一个部分，将占领地朝鲜半岛的部分农民强制或号召移民到中国东北地区，设立"集团部落"，开垦荒地、种植水稻。很多朝鲜农民因此来到满洲谋生。小说中的"石头一家"就是这样的"开拓团"移民，所在的村庄就是朝鲜"集团部落"。小说细致地描绘了这些农民的日常生活。被"移民会社"的人欺骗；在没有道路没有房屋的地方艰难开荒求生；有人适应不了满洲的冬天，有冻死的，有冻残的；不得不为"国家"勤劳奉公服役。小说还展现了朝鲜农民的精神状态，因为连年歉收，"他们身上原有的勤劳和进取的风貌消失了，小小的村子里开始需要白酒，他们只能用赌博掩盖自己的倦怠。村子里，大声呵斥多了，欢声笑语少了。刚刚从朝鲜来到此地的时候，家家都有充足的人手干农活，但是三年来病死的病死，倾家荡产的倾家荡产。"作者议论道："村民们迫于生计来到这遥远的地方生活，想的更多的是利害，而不是是非。他们需要的不是真实，而是温饱，对于他们来说，没有余地去想那些事情。"读到这样的文字，我们不得不佩服作者的洞察力和描述真实的勇气，把其归入解殖文学一系。在"满洲国"严格的审查制度和弹压政策下，描述本身就是一种控诉，需要作者具有相当大的勇气。但是就在这样一篇暴露满洲黑暗的作品中，作者却有着这样对待东北本土人和日本人的态度。

---

① 金镇秀《移民之子》，原连载于《满鲜日报》，1940 年 9 月 14—27 日。参见"伪满时期文学资料整理与研究丛书"之"作品卷"：崔一、吴敏编《伪满洲国朝鲜作家作品集》。

　　"在这山沟里老死,连一个送葬的人都没有,和满洲人
的尸体一道随处一扔,让野狗啃食……哎,好惨!"

　　"德顺(石头的爸爸)看见石头能和日本人说话,高兴得
都不知如何是好。"

殖民主义的伤痕能多深地切入殖民地人的精神之中?殖民者的
观念通过各种媒介各种形态以各种方式慢慢地植入受殖者的意
识,不知不觉中,同样是被剥夺被殖民的朝鲜农民,面对"满洲
人"时有一种高等民族的心理——死了也不愿与之为伍。而对
于欺骗过自己的日本人,却极力追赶要成为他们中的一员或者
哪怕是能与之接近的人。我们清理殖民主义时,要考察殖民主
义渗入的各个角落,哪里被侵蚀,哪里被屏蔽。

　　"鲜系"作家与文学在"满洲国"和日本本土处于边缘状态,
在日本出版的《满洲国各民族创作选集》①中收入"日系""满系"
"俄系"和"蒙系"作家作品,不见"鲜系";三次"大东亚文学者大
会"也不见伪满洲国"鲜系"代表。在"满洲国"有"鲜系"代表参
加的座谈会也只见一次记录:"内、鲜、满文化座谈会"②,参加的
鲜系作家有:"协和会弘报科"的朴八杨(诗人),"国务院经济部"
的白石(诗人),"放送局"的金永八(剧作家),"满洲文话会"的今
村荣治(作家),"满鲜日报"社的李甲基,"社会部长"申彦龙。开

---

　　① 《满洲国各民族创作选集》(编辑署名:"当地一侧"(满洲):山田清三
郎、北村谦次郎、古丁"内地一侧"(日本):川端康成、岸田国士、岛木健作),东
京:创元社,第一卷,1942 年;第二卷,1944 年。

　　② 《朝鲜文学和内地文坛》,《满鲜日报》,1940 年 4 月 6 日。

场申彦龙就表示："鲜系对于一直以来未能跟内、满系文化团体或文化人联系而感到非常遗憾。"李甲基开口的问题是："鲜系能否申请加入'文话会'？"这些都表现出"鲜系"作家积极进入"满洲国"主流文坛的愿望。但是当"日系"作家仲贤礼基于朝鲜半岛作家用日语写作而傲慢地问道："鲜系作家用朝鲜语写作是会被人看成异端？还是已成为主流？"李甲基绝不含糊地答道："区别文学的国籍，对族谱进行分类，这属于文学概论课程的内容。但是首先，承载该文学的母语语言不是比任何事情都更重要吗？承认这一点的话，再去考虑文学的民族情绪啊，作家的族谱啊，用其他语言写作、其素材如何、故事的复杂性等。不管怎样，因为是支那文学，所以是支那语文学优先，同样因为是朝鲜文学，为此朝鲜语文学才是首要的条件。在这个意义上，朝鲜作家从事文学创作就是用朝鲜语写作，其次也是对自己语言的眷恋，不是吗？……"一旦触及语言问题，与会的"满系"作家爵青也说到："我认为语言问题没必要过于急促地去解决。语言原本就不是一朝一夕间形成的。语言是和一个民族的传统、情绪不可分割的文化表现。因此以满洲人生活为素材创作时，不用满洲语就无法将其情绪、传统完整的传递给读者。这跟作为朝鲜作家的张赫宙虽以朝鲜人为素材，但从读者的角度来看，比起对朝鲜人的生活，印象更深的是所使用的语言……"触及殖民地语言问题时，"鲜系"和"满系"站在了一起，面对强势上位的殖民文化，殖民地作家实际能够坚守的堡垒是民族语言，用什么语言来创作，在殖民地有特殊的意义，捍卫自己民族语言，是殖民地作家抗争的一种方式。

"目前存留的伪满洲国朝鲜人作品包括 200 余首诗歌、50

余篇长短篇小说、600余篇散文和少量文学评论、戏剧等作品。"①这些用朝鲜语写成的作品,是朝鲜民族反抗殖民同化的一个标志。另外由于当时刊载朝鲜语文学的报刊有限,只有油印刊物《北乡》和《满鲜日报》的文艺专栏,"鲜系"文学还存在着大量的潜在写作,例如诗人沈连洙生前的作品藏在瓮缸中几十年,2000年才得以出版。②

"俄系"文学:单纯与复杂

伪满洲国的"建国宣言"声称:"凡在新国家领土之内居住者,皆无种族歧视、尊卑之分别。除原有之汉族、满族、蒙族及日本、朝鲜各族外,即其他国人,愿长期居留者,亦得享平等之待遇,保障其应得之权利,不使其有丝毫之侵损。"③这给侨居中国东北的俄罗斯人以梦想,认为他们的"春天"终于来了④,有些"俄系"作家愿意与"满洲国"合作,积极投入当时的"文坛建设"。日伪的"协和会"为了"繁荣满洲文化",也愿意与文学传统深厚的俄侨社群合作,称之为"满洲国"的"俄系"作家。1943年还成

---

① 参见"伪满时期文学资料整理与研究丛书"之"作品卷":崔一《伪满洲国朝鲜作家作品集·导言》。

② 《20세기 중국조선족 문학사료전집. 제1집》중국조선민족문화예술출판사,2004。

③ 吉林省档案馆编:《溥仪宫廷活动录(1932—1945)》,北京:档案出版社,1987年,第296页。

④ 参见 Victor Zatsepine, "An Uneasy Balancing Act: The Russian Émigré Community and Utopian Ideas of Manchukuo", *Journal of Northeast Asian History* 10, no. 1 (Summer 2013).

立"日俄亲善文化协会",参与协会活动的人员高达 500 多人。

　　伪满洲国的文坛,主要是"汉、日、俄"三个民族的舞台,"满、蒙、朝"这几个民族作家很少有机会登场。在日本出版的《日满俄在满作家短篇选集》①收入了 4 位"日系"、2 位"满系"、2 位"俄系"作家作品,而前文提到的《满洲国各民族创作选集》收入的也是"日、汉、俄"作家作品,之外还有"蒙系"一篇。其原因,除了上述的"日俄亲善"之外,也因为宗主国日本人的傲慢,在日本人的意识中,"满族"混同于"汉族"等同于中国人,蒙古族近于未教化的民族,朝鲜人是已被教化完毕的民族。基于此,满洲的各种文集及主流文坛,以"汉、日、俄"这三个民族的单一形式或联合的形式而出现。"俄系"作家在东北地区,从未被当地"政府"如此重视且能融入他们的文化结构中,这些都给"俄系"作家一种幻觉。

　　"俄系"作家中,拜阔夫知名度最高。"拜阔夫文集"12 卷在"满洲国"出版,多数被翻译成日文和汉语。拜阔夫的作品以描写北满密林风光为主,并在其中穿插大量博物学知识,《牝虎》《伟大的王》等作品开创出独特的文体样式,深得"日系"和"满系"的喜爱。但是"日系"和"满系"喜爱拜阔夫的作品,还不仅仅因为其审美因素,他们各自在拜阔夫的作品中看到了自己希望看到的东西。"日系"在其中发现了"独立的满洲文学特色""独特的满洲风土",大内隆雄如此评论拜阔夫的作品:"从满洲的雄大的大自然中产生出来的。作品中常有种种满洲大

---

　　①　山田清三郎编《日满露在满作家短篇选集》,东京:春阳堂书店,1940 年。

自然中的动物。《伟大的王》是此种作品之代表者。""雄大性"
"强逞的性格",体现了"满洲文学的显著的特色"①。这也正应
和了伪满洲国政府殖民主义的风土论述。而"满系"在拜阔夫
的北满密林叙事中看到了:自然法则才是至高的主宰,无论多
么强悍的人类在自然面前都是渺小者②。这道出了这样的想
法和心态:日本人并不是自然的主宰者,是与其他民族一样的
渺小者,如此迂回回击殖民主义的论述。拜阔夫作品因其丰
富,让殖民者和受殖者都在其中找到了自己想要表达的东西。
作为"俄系"作家拜阔夫本人怎么看待"满洲国"呢?1942年,
拜阔夫作为"满洲国作家"受邀请参加"大东亚文学者大会",
之后他创作了媚日诗《日本》。"把傲慢的强敌用力铲除/就像
巨人之足踏入泥土/武士之剑利于钢铣/团结了日本人的心腑/
在东亚,在海洋的深渊/如同阴霾中的闪电/向远处投去了正义
之剑/为谋人民的幸福和安全"③,这样的诗句并非被迫之作,
前述"俄系"作家在"满洲国"特殊的境遇,满洲傀儡国成为他
们乌托邦想象之一种,殖民主义在他们的生活中或者在他们的
想象中扮演了"拯救者"的角色,而他们本人及作品在殖民地具
有了抵抗和协力的二重性。

　　"俄系"作家在"满洲国"文化场域乃至东亚文化场域中,其
特殊身份及其独特的文学样态,在"满洲国"这个异态时空下,其
复杂性可以揭示东亚殖民主义多个维面的问题。

---

① 　大内隆雄《牝虎·序言》,见拜阔夫《牝虎》,"新京"书店,1940年。
② 　疑迟《拜阔夫先生会见记》,"读书人连丛"第一辑《读书人》,"艺文志事
务会"印行,1940年。
③ 　拜阔夫《日本》,《青年文化》第1卷第3期,1943年10月,第43页。

结 语

满洲傀儡国的殖民地文学，因为其国家身份、民族认同、语言等方面呈重层杂多状态，与东亚殖民主义以非常复杂的样态纠缠在一起。一方面，各个语族的文学都有反日本殖民的诉求和表现，包括"日系"作家也有对殖民主义的反思；另一方面，因为"满系""日系""鲜系""俄系"在殖民地的位置不同，抵抗的目的、抵抗的方式和抵抗的强度都不一样，有直接的反殖文学，有迂回的解殖文学，还有欲利用殖民政策与之周旋协作的文学。在这其间，我们发现文学在何种情况下抵抗以及如何抵抗、抵抗的强度，而这些抵抗又可能在不经意间落入殖民者的逻辑；文学在何种境遇中协作殖民者及如何协作，这种协作并非由于外力胁迫，而是一种追求有别于殖民主义的政治诉求的主动迎合；而在这抵抗与协作中，殖民伤痕都会刻印在殖民地人们的精神深处。殖民主义带给东亚地区盘根错节的精神苦难，只有对之深入而内在的反省，才会有治愈的可能。而这些刊载在伪满洲国各类出版物上的各个语族的作品，源于殖民地的日常经验，从历史在场的角度记下了殖民地实际景象和日常生活情况及其伤痕，是我们理解和反省东亚殖民主义与文学的主要依据。

现有的研究殖民地的理论有民族主义理论和后殖民主义理论，在阐释殖民地文学方面都有卓越的贡献，但是面对东亚殖民地文学例如伪满洲国文学——其复杂性有别于欧美殖民地的情况，如果我们采取民族主义理论，不对殖民地各个语族的文学进行内在考察和辨析，只能停留在全面否定的简单表层。而依据于西方的具有强大的理论生产力的后殖民主义理论，则有可能遮蔽我们对自己经验的细察和反省，甚至会产生理论暴力形成新形态的殖民主义。本文试图揭示伪满洲国的文学经验，深入其文学内部进行考辨，突破民族主义和后殖民主义理论的既定思考框架，透视东亚殖民主义与文学的复杂关系，建构一种新的解读殖民地文学理论的可能性。

（本文为"伪满时期文学资料整理与研究丛书"的总序，有删节，该丛书由哈尔滨北方文艺出版社 2016 年出版）

与殖民相关的四个共时/历时差异维度描述

——东亚日据区文学艺术研究的一种宏观方法

张　泉

北京市社会科学院文化研究所

一　引言：文学史书写焦虑及理论焦虑

20世纪80年代以来启动的"20世纪中国文学""重写文学史""启蒙主义文学观念"等讨论命题，以及文化批评、现代主义思潮、后殖民主义的兴起，对编史理论产生巨大影响。新编中国现代文学史，从挣脱"左倾"政治控制、回归"纯文学"和"审美"的"拨乱反正"，到重新估价外部因素与文学的关联、力求让中国现代文学叙事与共时历史场景相契合，看似经历了否定之否定的轮回，实际上是在更为丰富和多元的新界面上，重新将政治、经济、文化以及社会对文学的影响纳入考察的视域。因时政标准被排除在外的台港澳文学、通俗文学、旧体文学、沦陷区文学等，得以渐次成为合法的研究对象。

　　一般来说,在文学专史中,比如在区域文学史和沦陷区专题文学史中,沦陷区文学①的价值和意义往往会被放大高估。将其置于文学通史里,其实际位置会更为客观地显现。

　　20世纪80年代至1995年,由于沦陷区文学的基本面还没有厘清,文学史虽然开始正面提及沦陷期文学,但更多的是一种象征姿态。

　　进入21世纪以后,有观点认为,20世纪50年代以来,中国大陆的现代文学史写作留下的大量空白,到20世纪末已经充分填补②。但细加考察,在中国现代文学三十年中占有相当大的份额的沦陷区部分,无论在总体估价还是在区域均衡、结构框架、史实细节等方面,都远未准确、充分和合理③。

　　首先,为了刻意融合和提升,一些已经纳入沦陷区的文学史在修订重版时,刻意淡化政治背景和区划要素,沦陷区文学发展的基本线索和区域体制的分野反而模糊起来。在当下,政治层面梳理仍是文学史接纳沦陷区文学时首先要面对和解决的问题。而且,把沦陷区文学与通俗文学、旧体文学等相对单一的样式并列,说把它们一同写进入了文学史,也有欠妥当。同其他区域文学一样,在沦陷区,新文艺与通俗文学、旧体文学同样并立、对立,新文艺一般也为沦陷主流文坛所褒扬,通俗文学、旧体文

---

　　① 沦陷区文学,近代日本中国占领区文学的泛称。如作严格区分,台湾日据期文学称作台湾殖民地文学,东北日据期文学称作"满洲国"文学。为了叙述的方便,一般不作区分。

　　② 旷新年:《"重写文学史"的终结与中国现代文学研究转型》,《南方文坛》2003年1期。

　　③ 陈思和:《漫谈文学史理论的探索和创新——〈20世纪中国文学史理论创新丛书〉导言》,《文艺争鸣》2007年9期。

学则遭到贬抑，也有整合主流与边缘的任务①。沦陷区文学是文学生态完整的区域文学，与新文艺、通俗文学、旧体文学等特定题材样式，不是等级同位的概念。

此外，理论（研究方法）的焦虑，也使得某些刻意创新的日据区文学研究，言必称西方学术话语语境中的现代化和现代性、东方主义、殖民主义、后殖民主义等等。这当然会对日据区文学研究带来借鉴，但如果机械套用，更多的还是负面影响。

不容否认，沦陷区文学研究需要观念更新、格局多样。然而，除少数中国日据期文学的专题研究外，西方汉学著作中的中国殖民地、半殖民地文学研究，有许多不属沦陷区文学的范畴，而是引入半殖民地背景的中国现代文学研究。这就有可能存在政体误置的问题。

与方法焦虑相伴生的，还有材料焦虑，可以牵强地将其归入工具方法焦虑。在传统的出版物、文学文本、档案、口述史等史料载体中，似乎出版物、文学文本已经穷尽。于是，转向档案、口述史。

沦陷区从业人员的人事档案开始进入研究场域②。对于他们的个人档案的使用，需要格外慎重，特别是新中国改革开放以前的部分。因为那是镇压反革命等政治运动的副产品，是铸成冤假错案的基本材料。此外，无论是当事人的自陈还是社会关

---

① 参见张泉：《试论中国现代文学史如何填补空白——沦陷区文学纳入文学史的演化形态及所存在的问题》，《文艺争鸣》2009 年 11 期；张泉：《新编中国现代文学史亟待整合的三个板块——从具有三重身份的小说家王度庐谈起》，《河北学刊》2010 年 1 期。

② 如张锦《"满映"编剧姜衍身份考》（《电影文学》2011 年 13 期）中的部分引文。作为北京沦陷区作家沈启无交代历史问题时统一口径的底稿，黄开发整理发表的《沈启无自述》（《新文学史料》2006 年 1 期），也可当作档案来看待。

系的旁证,失真、推诿、避重就轻,甚至欲盖弥彰,是常态。此外,在那个"以阶级斗争为纲"的特定时代,对于个人事项往往穷追猛打,无限上纲。涉及隐私时,这就有了"度"的把握的问题:需要判定其可信度,及披露到什么程度是不违反世俗规矩和当下规范的。

还有沦陷区作家对于自己半个世纪以前的往事的描述。自己撰写的通常归入自传、回忆录类。经人记录整理的叫口述史,先是兴起于海外。这类材料自有其自身的特殊价值,但是把它们当作史料来使用是有问题的,特别是小说家的自述文字。以北方沦陷区作家梅娘为例,她所记述的女匪首驼龙、七叔张鸿鹄①,在没有旁证的情况下,无法充作史料。将诸如此类的文献归入虚构类作品,较为妥当。

沦陷区文学已不是处女地。不过,有待开垦的领域仍比较多。实际上,沦陷期文学报刊、著作、人物、事件等基本资料的整理远未准确、完善,特别是文化产品总量庞大的华北沦陷区②。

─────────────

① "驼龙"死于1925年,她的故事在20年代的东北家喻户晓,"满洲国"时期已有田菱的秘话小说《女匪驼龙》(《麒麟》1941年1至5期)。梅娘在95岁高龄的时候,才讲到她90年前见到过父亲与驼龙匪帮的过从,甚至出现拿"日本宪兵队"恐吓匪帮的情节。也就是说,这个情节至少是发生在1925年以前,显然存在时代误置。查梅娘自己的著作,以及其他文献,均未见孙家与驼龙有瓜葛的记录。梅娘关于"七叔"张鸿鹄的记述,虽出现的次数较多,初步判断,也属于这种情况。见梅娘《愿望》,北京《文艺报》1991年5月25日;《我的青少年时期(1920—1938)》,长春《作家》1996年9期;等等。

② 除"蒙疆"沦陷区外,在沦陷区文学研究中,华北沦陷区最为薄弱。以北京为中心的华北,人口号称近亿。城市聚集,高校、文化机构众多,北京以外各地均有出版业和文学活动。仅以报刊而论,有许多还没有成为专题研究的对象。再如,著作等身的通俗、武侠小说家,有好几十位,除王度庐等少数外,大多还未做系统的发掘和整理。

即使现在,沦陷区文学研究还是应当以沦陷期文献史料的整理、分析为基础。目前评价较高的沦陷区研究论著以报刊研究居多,也说明了这一点。但这并不是说,方法问题在沦陷区文学研究中不重要。

由于陷区文学的属性及其接受史的特殊性,研究方法问题至关重要。

在抗日战争取得胜利之后,在新中国,多数沦陷区作家曾因其日本统治时期的文学活动而成为政治运动的对象。其中,有的人被审查,有的人被解除公职,有的人被羁押劳改,也有人被判处极刑。在新时期实施改革开放之后,大多得到平反、改正。不过,一些当事人仍对日据区的文化活动予以回避。比如,当时在日本、北京并不十分活跃的申非,对于在华文大阪每日社、北京沦陷文坛的工作经历,做了艺术化的处理。查工具书中的"申非"条目:"1939 年后即任中学教师、期刊编辑。1941—1943 年在日本每日新闻社任职",以及"1933—1939 就学于哈尔滨一中和河北省立滦县师范学校,后去日本大阪研修日本古典文学"①。而实际上,是在日本本土、日本中国占领区编辑杂志。

这也难怪。全盘否定沦陷区文学的判断一直存在:在广阔的日本统治区域,"由中共地下组织和进步人士掌握的报纸副刊和刊物,充其量不到总数的 5%;在敌伪控制、掌握的报刊上发表的倾向进步和光明的作品充其量也不到 5%,沦陷区文学中的 90%,是……那些'为敌伪扶持和提倡'的文学,它们构成了

---

① 庄毅主编:《中华人民共和国享受政府特殊津贴专家、学者、技术人员名录·1992 年卷·第 2 分册》,北京:中国国际广播出版社,1996 年,第 659 页。以及林煌天主编:《中国翻译词典》,武汉:湖北教育出版社,1997 年,第 591 页。

沦陷区文学的'主体'。"①日本占领区的中国作家,要么为虎作伥,要么斗争到底,没有模糊的地带②。一些学者也常常会因一些意外的发现而感到"费解":著名反抗作家山丁居然写过歌颂伪满警察的剧本《满洲警察》,并被"满映"拍成电影;在《大同报》上发表粉饰诗《以前与现在——一九三六年七月时参观××监狱时手记》(1938 年 8 月 3 日),并且追问:山丁"作者本人对于《以前与现在》这首诗的态度究竟如何呢?"③这样的主观成见与问题意识,无疑会影响殖民地文学研究的进一步深化。

中国日本占领区文学纳入海内外的学术研究已有三十多年了,但与中国现代文学史上的其他区域板块相比,毕竟历史还是太短,材料的整理和研究的积累远为不足。当然,也与研究者、特别是资深研究者的参与意愿不高有关——由于殖民语境的特殊性,殖民地文学的繁难凌乱、认可度低不说,还容易引发争端。有鉴于此,在沦陷区文学研究不断深化的当下,研究方法的问题就显得越来越重要。

"殖民"不是一个跨历史化的通用概念。近代中国被殖民的历史有其特殊之处。有必要针对中国的特点探讨中国殖民地文学研究的方法问题。这里尝试构建与殖民相关的四个背景性的宏观维度。其基础是对沦陷区、战时中国政权区划、日本亚洲殖民战争以及近代世界殖民史的大背景加以细分。

---

① 陈辽:《也谈沦陷区文学研究中"历史的原则"——与张泉先生商榷》,北京《抗日战争研究》2003 年 1 期。

② 刘扬:《北京社会科学院张泉研究员谈近代日本占领区传媒研究的方法问题》,《北大新闻学通讯》总 13 期(2014 年 4 月 15 日),第 9—10 页。

③ 蒋蕾:《精神抵抗:东北沦陷区报纸文学副刊的政治身份与文化身份》,博士论文,吉林大学,2008 年,第 173—175 页。

在近代殖民/反殖民对立结构中,现代中国的国家发展道路有其自身的特点:共时政权的不同,形成了区域差异;而历时的阶段转换,造成了时代差异。将中国的这一特点加以分解,可以细化为台湾/"满洲国"/沦陷区三种统治模式间的共时殖民政体差异维度,中国全国抗战时期国统区/沦陷区/中共抗日根据地三大区划间的共时政权差异维度,1937年"七七"事变造成的战前/战时/战后三个阶段的历时转换维度,以及世界范围内的体制殖民/新殖民/后殖民三个殖民阶段的历时演化维度。这四个维度是中国殖民地文化以及殖民地文化研究的结构性背景,也是研究中国现代文学史上的殖民地文学,特别是在对不同的日本统治区的区域文学作政治评价时,标准差异化的原因或依据。

二　维度一:日据区的三种殖民模式

维度一,对台湾/"满洲国"/沦陷区三种统治模式间的共时殖民政体差异加以区分。

近现代日本在中国的割据地、占领区,莽莽近万里,时间跨度漫漫一至五十年:台湾,五十年;东北全境,十四年(旅顺大连地区四十年);以北京为中心的华北,八年;以张家口为中心的"蒙疆",八年;以南京为中心的"华中",七年多;武汉、广州,近七年;海南岛、南昌,六年多;福州,四年多;香港和"孤岛"时期以后的上海,三年多;长沙,一年多;等等。对这一辽阔的区域做共时的审视,日本殖民者在1895年、1932年和1937年三个历史关节点,分别筹建起三种殖民模式:将台湾等地纳入日本本土的殖民地模式;由中国前清退位皇帝担任东北"满洲国"执政(皇帝)的独立国家模式;以及由前中华民国官员组成的僭越中国合法政府的伪政权模式。由此,形成了台湾/"满洲国"/沦陷区三种统治模式间的共时殖民政体差异维度。

第一种,台湾:纳入日本本土的殖民地模式。

中日甲午战争之后,日本与清政府签订《马关条约》(1895)[1],割占中国的澎湖列岛和台湾。日本帝国政府在台湾设立总督府,从法律上规定,台湾总督所颁布的命令,具有法律效力,直接实施独裁制的总督统治。到1937年4月,汉语被废止,日语正式成为台湾的"国语"。9月,进一步强化"皇民化",台湾人受制于日本《国民总动员法》(1938)和《国民征用令》(1939),台湾人入伍编入日本军队。

东北的"关东州",地处东北的旅顺、大连地区,情况较为复杂。因西方列强的干预,日本吞并辽东半岛的图谋推迟了十年。1898年,俄国诱迫清政府签订《中俄旅大租地条约》,租借旅顺、大连二十五年,1923年3月26日到期。1904年2月至1905年9月,日本与沙皇俄国在中国东北开战,从俄军手中攫取大连地区。日本继续称其为"关东州"租借地,成立了关东总督府(10月),将租期延长至九十九年。第二年,改关东都督府。1919年4月,日本政府废止关东都督府官制,实施关东厅官制。1934年

---

① 1895年,在中日甲午战争失败之后,清朝政府与日本签订《马关条约》(4月17日),承认原依附于中国的朝鲜完全自主,割让辽东半岛,赔款2.315亿两白银,允许日本人在大陆内地设厂和增开通商口岸。有关台湾的条款则规定:中国将台湾群岛及所有附属岛屿和澎湖列岛永远让与日本;两年之内,台湾澎湖居民任便变卖所有产业迁出界内,但限满之后尚未迁徙者均应视为日本臣民。

12 月,又改设"关东州厅",隶属于设在日本驻"满洲国"大使馆内的关东局。1943 年,"关东州厅"对辖地中国人进行登记:有祖坟或定居五年以上且有不动产者,被界定为"关东州人",即日本领土上的州民;原籍山东、河北等地的其他中国人,则归入所谓"寄留民"(客籍人)。到 1944 年,旅大地区人口逾一百六十五万,其中日本移民达二十三万。

据此,实际地界达 3462 平方公里的旅大地区的殖民政体,独立于"满洲国",与台湾的状况更接近。在文化方面,"关东州"与"满洲国"两地起初一体,到后来也做了分割。如"新京""满洲艺文联盟"成立不足一个月后,大连也在 1941 年 8 月 25 日成立"关东州艺文联盟",由"关东州兴业奉公联盟"主管,设文艺部、美术部、音乐部、演剧部和综合部。文艺部由"关东州作家协会""关东州歌人(和歌作家)协会""关东州诗话会""关东州俳句协会""关东州川柳(日本诙谐、讽刺短诗)协会"组成。演剧部之下,列有大连艺文座(剧团)、大连广播话剧团、大连协和剧团、大连光明剧团、辽东剧团、大连洋乐舞蹈研究所。综合部包括"关东州文话(写作技巧)会"等。包罗万象,与"满洲国"大体平行相似。

第二种,"满洲国":另立新国家(傀儡政权)的"独立国家"模式。

1931 年"九一八"事变,日本军队占领东北辽宁、吉林、黑龙江三省。东北是中国满族清王朝的发祥地。日本利用历史资源,秘密把清朝逊位皇帝溥仪从天津日租界运送至东北,以彰显其在中国东北所炮制的傀儡政权具有合法性。1932 年 3 月 1日,"满洲国"出笼,年号"大同",定都长春,改称"新京"。3 月 9日,溥仪如期在"新京"就任"满洲国""执政"。1933 年 2、3 月间,日军发动新一轮的侵华战争时,占领了热河,后将热河省划归"满洲国"。1934 年 3 月 1 日,"满洲国"改"帝制",称"大满洲帝国",年号改"康德",元首改称"大满洲帝国皇帝",并为溥仪举行了登基典礼。即使如此,"满洲国"也与大清王朝无关。在日本人的设计中,满洲皇帝是附属于日本天皇的儿皇帝。溥仪不得着清朝龙袍,而是穿日本关东军陆海空大元帅服。溥仪的皇宫称作帝宫,以示低于日本天皇皇宫。殖民地傀儡政权的性质,在形式细节上也一一显现。

第三种,沦陷区:僭越国民政府的内地伪政权模式。

在大陆山海关以南的日本占领区,日本起用前中国政府的官员,陆续组建与中国合法政府同名或名称接近的伪政权,以僭越中国正统。例如,1937 年 12 月 14 日在北平成立的伪政权,称作"中华民国临时政府"。首任行政委员会委员长王克敏(1876—1945),为前北京北洋政府财政总长。1940 年 3 月 30日,在南京成立的"中华民国政府",在名称上与重庆国民政府雷同。原中国国民党副总裁、国民参政会议长汪精卫(1883—1944),担任南京伪政权的代理主席兼行政院院长。伪"蒙疆联合自治政府"的主席,由原锡林格勒盟副盟长、国民政府察哈尔省政府委员德王①担任。

内地伪政权包括"蒙疆"、"中华民国临时政府"("华北政务委

---

① 德王(1901—1966),全称德穆楚克栋鲁普。世袭贵族。1908 年,袭札萨克郡王。民国初,晋亲王。战后寓居北平。1949 年曾到阿拉善旗发起"西蒙自治运动",失败后进入蒙古人民共和国。后被遣返,以"蒙疆"伪政权首要战犯入刑。1963 年被特赦,担任内蒙古文史馆馆员。晚年著有《德穆楚克栋鲁普自述》等。

员会")、"中华民国维新政府"("中华民国国民政府")。"蒙疆"，即 1937 年 11 月 22 日在张家口成立的"蒙疆联合委员会"，由以张家口为中心的"察南自治政府"(1937 年 9 月 4 日)，以大同为中心的"晋北自治政府"(1937 年 10 月 15 日)和以呼和浩特为中心的"蒙古联盟自治政府"(1937 年 10 月 27 日)合并而成。1939 年 9 月 1 日，改称"蒙疆联合自治政府"，下辖五个盟与察南、晋北两政厅，并先后设立厚和(呼和浩特)、包头、张家口等三个特别市，合计十个省级单位。1941 年 8 月 4 日，改称蒙古自治邦。1938 年 3 月 28 日，日本炮制的"中华民国维新政府"在屠城后的南京成立。下辖苏、浙、皖三个省政府和南京、上海两个特别市。

汪精卫在南京另立"中华民国"时，大张旗鼓地举行所谓"还都"仪式，原南京伪政权"中华民国维新政府"与其合流，以造成取代重庆蒋介石合法政府的既成事实。汪伪政府是以统管关内各个日本占领区的中央政府的面目出现的，北京的"中华民国临时政府"随即被降格为"华北政务委员会"。实际上，在各在地日本驻屯军的支持下，各个沦陷区仍各自为政。比如，在 1940 年 1 月，北京的"中华民国临时政府"提前发表声明，称南京中央政府成立后，华北将继续与日本保持现有关系；关税上交后，中央政府须支付华北的建设费用；继续保留与日、满处理地方问题的权力；"中华民国临时政府"改称"华北政务委员会"后，须保有现有行政区域①。尔

---

① 参见蔡得金、李惠贤编：《汪精卫伪国民政府纪事》，北京：中国社会科学出版社，1982 年，第 39—40 页。一个很说明问题的事例是，"还都"仪式后，中央政府原要求 3 月 30 日至 4 月 5 日间，北京的邮局在信函上加盖"纪念中华民国新中央政府"戳记，以示庆祝。但由于原"中华民国临时政府"主要头目作梗，邮局始终不敢照办。见《伪组织秘密》，上海：大声出版社，1945 年。转引自贺圣遂等选编：《抗战实录之三：汉奸丑史》，上海：复旦大学出版社，1999 年，第 61—62 页。

后,汪伪政权曾一再要求日本加强它的权力,取消"华北政务委员会"的特殊性,统一政令,但没有结果。"蒙疆"的独立性更强。到沦陷末期,一些日本军人还有把以武汉为中心的沦陷区从南京政权辖区分离出去,另立傀儡政权"大楚国"的构想①。

台湾、"满洲国"、沦陷区三种不同的殖民模式,规约着三地的文化,对在地文学产生影响。各种殖民模式之间,是"国"与"国"的关系。人员流动要办理"护照",对于人员往来,同样严格监督。不同殖民模式在殖民内容和统制力度方面存在着差异性。台湾殖民地、东北"满洲国"、关内沦陷区的殖民文化同化的力度、殖民文化统制的强度,依次递减;反过来,直接意义上的反日文学、中国认同的表达的空间,依次递增。这就使得沦陷区文学在实施不同的殖民模式的不同地区,呈现出各不相同的样貌。也为沦陷区文化人在日本统治区范围内的流动,提供了契机和界面,促成各地文学场域的重组,以及殖民地文化的新样态。在研究沦陷区文学时,特别是在对沦陷区作家的政治身份作界定时,需要引入三种殖民体制间的差异维度,对不同的地区有所区别。

比如,韩国中国学家曾用"比较/对比、交叉的方式",对日帝时代东亚各国各地区殖民地的文学进行研究。其结论是,"真正的积极意义上的抗日文学是不容易找到的"②。实况并非如此整齐划一。

---

① 参见胡兰成:《今生今世》,台北:三三书坊,1990 年,第 310 页。
② 朴宰雨:《日帝殖民时期韩台文化互动的另一个空间——论钟理和的满洲体验和韩人题材小说〈柳荫〉的意义》,《台湾文学与跨文化流动:东亚现代中文文学国际学报》2007 年 3 期台湾号,第 53 页。

与朝鲜相似的台湾是被纳入日本本土的殖民地。正是由于台湾的这一殖民体制的规定性,决定了台湾在地的新文学创作以纳入日本本土为追求。1932 年,朝鲜人作家张赫宙的日语作品《饿鬼道》获日本《改造》杂志悬赏小说奖,一举进入日本本土的中央文坛。台湾文学青年以张赫宙为榜样。1934 年,杨逵(1906—1985)的日文小说《送报夫》投稿东京《文学评论》,刊 1 卷 8 期(1934 年 10 月),获得该刊第二奖(第一奖从缺)。接着,吕赫若(1914—1951?)的《牛车》刊东京《文学评论》1935 年第 2 卷 1 期。1937 年,龙瑛宗的《植有木瓜树的小镇》获得日本《改造》杂志第九届悬赏小说佳作奖①。经由日本内地文坛返回,他们得以跻身于他们栖身的台湾在地主流文坛,并经由汉语翻译,在中国主流文坛也产生影响。

早在 1935 年初,中国左翼日语翻译家胡风开始翻译、发表日本殖民地朝鲜人、台湾人日语作家的小说。1936 年 4 月,结集为朝鲜台湾短篇集《山灵》(上海:文化生活出版社),收张赫宙的《山灵》和《上坟去的男子》、李北鸣的《初阵》、郑遇尚的《声》,以及杨逵的《送报夫》、吕赫若的《牛车》。小说集一再加印,在台湾也有积极反响,成为当时东亚文学场域中的一个文学事件②。

值得注意的是,胡风是在有意识地践行鲁迅等人所力倡的译介"弱小民族"文学的左翼文化运动方略:"这些作品底开始翻译,说起来只是由于一个偶然的运会。去年世界知识杂志分期

---

① 有关龙瑛宗殖民期文学生涯的全面研究,见王惠珍的《战鼓声中的殖民地书写:作家龙瑛宗的文学轨迹》,台北:台大出版中心,2014 年。

② 柳书琴的《〈送报夫〉在中国——〈山灵:台湾朝鲜小说集〉中的杨逵小说》做了系统的梳理,见本书辑三。

译载弱小民族的小说的时候,我想到了东方的朝鲜台湾,想到了他们底文学作品现在正应该介绍给中国读者,因而把《送报夫》译好投去。想不到它却得到了读者底热烈的感动和友人们底欢喜,于是又译了一篇《山灵》,同时也就起了收集材料,编译成书的意思。"(《山灵·序》)

《送报夫》和《山灵》很快又被收入《弱小民族小说选》(上海:生活出版社,1936年5月)。《送报夫》中文译本在此前首发《世界知识》杂志的"弱小民族名家作品"栏时,译者胡风介绍说:"台湾自一八九五年割让以后,千百万的土人和中国居民,便呻吟在日本帝国主义铁蹄之下。然而,那呻吟痛苦的奴隶生活究竟苦到什末程度? 却没有人深刻地描写过。这一篇是去年日本《文学评论》征文当选的作品,是台湾底中国人民被日本帝国主义统治了四十年以后第一次用文艺作品底形式将自己的生活报告于世界的呼声。"并且,特别将《送报夫》与"满洲国"勾连:

> 读者在读它时,同时还应记着,现在东北四省的中国人民又遇着台湾人民的那种同样的命运了①。

杨逵与来自朝鲜、阿尔及尔、乌克兰、波兰、希腊、爱尔兰、阿拉伯、印度、捷克、保加利亚、罗马尼亚等"弱小民族"的小说家并置。台湾在世界文学格局中的这种状况,也反证了台湾区别于中国其他日据区的特殊的政体属性。

_____

① 胡风介绍杨逵作、胡风译《送报夫》,《世界知识》第2卷6期(1935年6月),第320页。

仅就文学的载体语言而言，在台湾，到 1930 年代，经过几十年的语言殖民，一大批用日语进行文学创作的台湾作家登上文坛。台湾殖民期日语创作的价值取向、文化认同面向多样，不管是隐晦的抗争和难言之痛，还是倾斜、屈就甚至认同，都是那个支离重组的殖民时代的反映，在殖民期东亚文学场域中有其特殊性。台湾作家选择日文，主要不在创作主体的文化心态，更不在政治立场，而在由台湾殖民模式制约的语言生态，以及殖民带来的现代性诉求的加速。在地台湾人的日语文学创作，不应因语言问题而横生政治议题。

在任何社会，使用流通语言和主要语言都会有利于个体的生存空间的扩展。台湾作家洪炎秋(1909—1980)的父亲反抗殖民文化，严禁子女入台湾学校学习日语。少年洪炎秋在接触现代知识后认识到，日语是殖民地青年求知和谋生的重要媒介："这个世纪的青年，是不应该只在五经廿四史这些故纸堆中讨生活的，而须想法子去吸收新的知识，有一番作为才是。然而在我的环境中，要想吸收新的知识，只有学习日语，是唯一的门径。"[①]他背着父亲学习日语，并违抗父命赴日本留学，成为著名作家、教育家。朝鲜殖民地作家张赫宙在 1932 年获日本《改造》杂志的文学奖后，也曾坦承："像朝鲜民族这样悲惨的民族，在世界上也是不多见的，我就是想怎样把这种现状传达给世界。为此，用朝鲜语范围实在狭小，而用日语，翻译成外语的机会也多，所以，无论如何也要进入日本文坛。"[②]事实证明，他的这一进军

---

① 洪炎秋：《我父与我》，北京《中国文艺》第 2 卷 1 期(1940 年 3 月 1 日)。
② 转引自尾崎秀树：《旧殖民地文学的研究》，陆平舟、间ふさ子译，台湾：人间出版社，2004 年，第 4 页。

文学大舞台的规划,是卓有成效的。

中国内地沦陷区殖民模式则不同。以实施第三种殖民模式的华北为例。在北京沦陷区,日本的殖民文化专制相对薄弱①。原因在于,宗主国的文化和语言要想在殖民地立足,有待教化的累积,这需要时间。一直在不断开辟新战场的日本,能够在占领区从事文化殖民的人力物力极其有限,无法在如此广阔的华北占领区域内实施台湾殖民地、东北"满洲国"模式的殖民文化控制。北京等内地沦陷区被日本占领的时间较短,在名称上没有与中国分离,言说环境的变化不像台湾、朝鲜、"满洲国"那样巨大。

作为中国的六朝古都和五四新文化运动的策源地,北京厚重的中华民族文化积淀和丰富的族群身份认同资源,具有强大的中华民族文化的象征意义和感召力量。日本的殖民统治,对于中国文学自在发生和发展的进程的影响,要小得多,中华文化仍具有相对独立的理想化的空间。日语教育的强化远未达到对文学产生影响的程度。加之在战争状态下,文化出版业更为依赖中心城市,文教领域的工作岗位较多。这是致使大批不堪忍受不断升级的殖民高压的台湾、"满洲国"作家,持续流向北京沦陷区的人文地缘条件,以及迫在眉睫的就业生存条件。随着文

---

① 参见张泉:《抗日战争时期中国沦陷区的言说环境——以北京上海文学为中心》,《抗日战争研究》2001年1期。作为从业人员,台湾人左翼作家刘捷(1911—2004)有具体描述。居京期间,他曾于1938—1940年在北京市警察局和几家影院担任书报检查官。他回忆说:"电影的检阅,其主要是有无反日或侮辱有色人种的镜头,报刊的检阅很轻松,几乎罕有要禁止或剪掉的文章。"其实,仅以台湾人张深切主编的《中国文艺》为例,就有反日内容。因书报检查官"既不是军人,也不是警察,毫无前途可言",刘捷工作两年后辞职,转任北京第四中学日语教员。刘捷:《我的忏悔录》,台湾:九歌出版社,1998年,第96、99页。

化人的大量流入,由出版媒介、文学社团、作家群落构成的北京(华北)沦陷期文学场域,很快形成规模,超过其他日本统治区域。"真正的积极意义上的抗日文学"在内地沦陷区并不难觅①。

在内地华北等沦陷区,或明或暗抨击侵略行径和汉奸言行的作品,影射沦陷区现实、寄托民族振兴愿望的作品,真实再现沦陷区城乡残酷现实的作品,恪守中国文学传统和五四新文学观念的作品,大量存在,并没有因异族的入侵和随之而来的殖民统治而中断。例如:

在时政的面向上,明确表达反日爱国和武装抵抗立场的作品。如关永吉的杂文《所望于日本文学代表者》(北京《中国公论》10 卷 3 期,1943 年 12 月),抨击的矛头直指日本的殖民体制;高深的中篇小说《兼差》(《中国公论》7 卷 2 至 5 期,1942 年 3 月至 8 月),讽刺日本军队对于北平城的占领;黄军的文学评论《评〈新水浒〉的表现形式及人物》(北京《东亚联盟》2 卷 4 期,1941 年 9 月)、毕基初的新诗《轻骑兵》(上海《文潮》1 卷 4 期,1944 年 6 月),讴歌沦陷区以外的中国人正在如火如荼地进行的抗日武装斗争。

在身份认同的面向上,宣示中华文化和民族国家认同的作品。如在台湾旅京作家张深切主编的《中国文艺》月刊(1939 年 9 月至 1940 年 9 月)上,由他撰写、刊发的一批文稿,有意识地通过弘扬和反省中华文化来抵御殖民同化;台湾居京作家钟理和的小

---

① 仅以病逝于 1943 年的北京在地作家高深的《兼差——高深作品集》(沈阳出版社,2014)为例,"真正的积极意义上的"抗日内容,随处可见。

说集《夹竹桃》(马德增书店,1945),进行旨在强国图存的国民性反省;高深的新诗作《没有灵魂的人们》(日本《华文大阪每日》6卷9期,1941年5月)、李曼茵的新诗《黄雨诗抄·无题五》(《中国公论》8卷6期,1943年3月)、《果树园》(《中国公论》9卷3期,1943年7月),蕴含着对于中华民国的坚守;何一鸿的长诗《天山曲》(《中国公论》10卷3期至4期,1943年12月、1944年1月),借古喻今,流露出生生不息的中国意识;毕基初的中篇小说《山城》(《国民杂志》3卷12期,4卷1、3、4、6、7期,1943年12月至1944年7月),抨击民族败类,凸显"民族"和"祖国",其目的显然意在突出上升为主要矛盾的民族矛盾和国家的存亡。

在文化传承的面向上,持坚守新文学遗产和民族文化传统的观点。如有关文艺复兴、乡土文学、木刻题材以及小说内容和形式等问题的论争表明,北京沦陷文坛的思想资源和论述话语,延续战前遗产,并没有被日本的殖民文化所湮灭。有关中国的强国之路的讨论,仍是被允许的议题。

除了人员的跨域流动外,还有文学的跨域。比如,在满满系①作家在域外发表的一些作品,包括在日本的《华文大阪每日》和在中国内地沦陷区的报刊发表的作品,其中国认同以及暴露现状的反日寓托的面向,有的时候比在"满洲国"更为显而易见②。

另一个典型个案是周作人。周作人曾在北京沦陷区用他的

① 在东北沦陷区,从事文艺创作的中国人、日本人、朝鲜人、苏俄人,被约定成俗地称作"满系""日系""鲜系""俄系"(露系)作家。

② 台湾也有这样的例子。杨逵1932年完成《送报夫》,在台湾《新民报》连载一半后遭腰斩。他改投日本本土的著名杂志《文学评论》,反而全文刊出,并借此一跃跻身台湾主流文坛。

方式抵御日本的文化霸权。在当代国内外周作人研究界,都有过高估价他的抵御意义的论述。之所以高估的原因,在于没有注意到三种殖民统治模式间的共时殖民政体差异①。

此外,忽略台湾殖民地、东北"满洲国"、内地沦陷区三种统治模式间的共时殖民政体差异,还会造成想象(编造)历史的重大失误。比如,说"周作人鼓吹'复兴中国,保卫东亚'的'皇民文学'"②。其失误在于,将纳入日本本土的台湾殖民地模式,与僭越国民政府的北京(内地)伪政权模式,混为一谈了。体制殖民期的东亚实况是:台湾殖民地的"皇民文学"现象,是与"复兴中国,保卫东亚"相敌对的。在大陆内地日本占领区,没有反映皇民化的"皇民文学",可以堂而皇之地高谈复兴中国、振兴中华民族、弘扬中国传统文化。

因此,只有细分日本亚洲不同占领区的地区性殖民政体差异背景,才能对"大东亚共荣圈"不同区域的具体文化、文艺现象,包括作家、文学在日据区的流动,做出准确的描述、合理的评判。

三 维度二:战时国内三大区划

维度二,对全国抗战时期国统区/沦陷区/中共抗日根据地三大区划间的共时政权差异加以区分。

---

① 参见张泉:《如何评价北京沦陷期的周作人——兼谈木山英雄、耿德华开拓之作的意义》,《山东社会科学院》2015 年 1 期。

② 陈辽:《也谈沦陷区文学研究中"历史的原则"——与张泉先生商榷》,《抗日战争研究》2003 年 1 期。

1937 年的"七七"卢沟桥事变,致使中国进入全国抗战阶段,对国家结构与社会生活产生巨大影响。北京、天津及沿海主要城市相继被日军攻占。到 1938 年 10 月 27 日武汉全境陷落,全国的抗日战争进入战略相持阶段,中国领土被分割成相对稳定的国统区(国民政府控制地区)、沦陷区(日本军队控制地区)和抗日民主根据地(中共控制地区)三大行政区划,中国反抗殖民的军事、政治、文化形态,被动地形成区域多样性。与此相对应,战时中国文学由国统区文学、沦陷区文学和抗日民主根据地文学三大区域文学构成。

国统区文学主要集中在抗战的不同阶段形成的文化中心,如重庆、成都、昆明、贵阳、西安、乌鲁木齐、兰州,沦陷前的上海、武汉、桂林和福建、广东等省的部分地区,以及太平洋战争爆发前的香港等地。

沦陷区文学的分布,如前文台湾/"满洲国"/沦陷区三种统治模式间的共时殖民政体差异中的沦陷区部分所述。

中共抗日根据地文学发生在中国内战时期共产党创立的以延安为中心的陕甘宁边区,以及"七七"事变后创立的敌后解放区,包括晋察冀、晋冀鲁豫、晋绥、山东、华中以及苏北、苏中、苏浙皖、淮北、淮南、浙东、河南,鄂豫皖、湘鄂、东江和琼崖等地。

三大区划间的疆界随着战局的变化不断发生变动。在旨在共同抗敌御辱的第二次国共合作的大背景之下,国统区与抗日根据地之间的分立,以及国民党中华民国政府与共产党地方政权之间的精诚协作与摩擦斗争,属于中国的内政。两地一直在中国的国家运转中起着主导作用,顽强地与入侵的日本军队及日本占领区处在军事对垒之中。

在世界舞台上，中国与被法西斯入侵的一些欧洲国家如法国等，有所不同。中华民国政府一直没有缴械屈从。中国成为国际反法西斯战争的重要战场。中国军民以巨大的代价顶住了入侵者强大的军事攻势，牵制了大量日军，自立于世界反法西斯阵营。对于中国各地的日伪政权来说，中国合法政府的这一姿态大大增加了各区域殖民政权的统治难度，也在时刻销蚀、打击其合法性。对于沦陷区民众来说，国族认同实体中华民国一直存在。这使得他们无论在心理慰藉上、生存期待上还是逃亡目的地上，均有依归之所。大批东北流亡作家得以移居祖国。在各方的鼎力相助之下，他们如鱼得水，创造了中国现代文学的新景观。

地处偏远、物质匮乏的中共根据地，则以其全新的理念、体制和形象，昭示着中国的未来，吸引和收编了大量来自国统区、沦陷区的知识青年和知名文人，也包括一批批东北流亡作家、"满洲国"满系离散作家。

流离作家的创作生涯跨越国统区/沦陷区/根据地不同的区划，无论是从作家还是从作品的层面，都具有广阔的阐释空间。

文学价值不是抽象的，不仅包括审美形式要素，也包括历史、社会、地域内涵。共时并存的国统区、沦陷区、民主根据地三大区域文学，各有特点，是第二次世界大战时期中国所特有的文学现象①。1980 年代以后，随着中国社会环境的变化和中国现

---

① 1949 年以后，新中国的当务之急是巩固社会主义政权，正在创建中的中国现代文学学科也受到影响。抗战时期的文学未能得到全面的评价。对于沦陷区文学的全盘否定，是政治成见造成的：即，殖民语境中没有民族文学的空间。而国统区和根据地文学的被低估，还有艺术层面的原因：即，对于贴近现实的所谓"急就章"的文学价值表示怀疑。

代文学的学科化进程,随着相关调查研究的深入,多元展开的中国抗战时期的文学地图逐渐清晰起来。如果把区域文学大系的编纂作为显示区域文学研究、接受状况的指标之一,大陆出版的抗战时期的区域文学大系,或多或少反映出大陆抗战文学进入文学史的历程。

由于新中国与解放区的政治理想和政治体制一脉相承,抗战文学中的共产党根据地文学很早就进入研究视野。改革开放初期,国统区文学研究得到拓展和肯定。到 20 世纪 90 年代以后,日本占领区文学才整体浮出水面。分别汇集抗战时期三大区域文学作品的书系,也先后面世。

作为抗战时期国民政府的陪都,重庆是国统区文学的重镇。因此,在由重庆出版社出版的两套大型抗战文学书系中,国统区反而早于解放区。《中国抗日战争时期大后方文学书系》(1989)分为文学运动(楼适夷主编),理论、论争(2 册,蔡仪主编),小说(4 册,艾芜主编),报告文学(3 册,碧野主编),散文、杂文(2 册,秦牧主编),诗歌(2 册,臧克家主编),戏剧(3 册,曹禺主编),电影(张骏祥主编),通俗文学(钟敬文主编),和外国人士作品(戈宝权主编),共 10 编 20 册,约 1200 万字。

《中国解放区文学书系》(林默涵总主编,1992)分为诗歌(3 册,阮章竞主编),散文、杂文(2 册,雷加主编),民间文学(贾芝主编),文学运动、理论(2 册,胡采主编),报告文学(3 册,黄钢主编),外国人士作品(2 册,爱泼斯坦、高梁主编),说唱文学(贾芝主编),小说(4 册,康濯主编),戏剧(4 册,胡可主编),共 9 编 22 卷,约 1400 万字。其中抗战时期的根据地文学占有相当的比重。

《中国沦陷区文学大系》(钱理群主编,广西教育出版社,

1999—2000)包括评论卷(封世辉),新文艺小说卷(上下册,范志红),通俗小说卷(孔庆东),散文卷(谢茂松、叶彤),诗歌卷(吴晓东),戏剧卷(朱伟华),史料卷(封世辉),共 7 卷 8 册,逾 540 万字。

文学的终极价值不仅仅在其政治标签。上述卷帙浩繁的作品集显示,中国抗战时期的文学不但在内容上而且在形式上都添加了新的要素,是这一特定时期中国多难兴邦历程的真实写照,是国难中的中国人心灵史的再现,是中国现代文学三十年中的一个不可或缺的重要时段。

在文学史脉络中,全国抗战时期中国三大区划文学总体上延续五四新文化传统,同时又动摇了世界主义潮流中欧化的主导地位,给多样性的个性化创作拓出空间,得以重新审视和汲取中国传统文化和民间文化中的营养和形式,在继承中发展,呈现出文学试验多元展开、高潮迭起的态势,以其始终不渝的民族精神和空前的丰富多彩,自立于世界反法西斯文学之林,丝毫不逊色于同时期其他国家的文学。

共时并存的抗战时期中国三大区域文学之间,没有尊卑高下的等级之分。但由于言说语境迥异,在评价标准的政治内容方面,需要细分和正视差异,而不是教条主义地以一个区划的政治标准来全盘否定另一个区划。比如,用国统区甚至中共抗日民主根据地的标准,去看待沦陷区的文学艺术。这是长期以来沦陷区文学被全盘否定、被打入另册、被看低的一个方法上的失误所在①。

────────────

①　目前,在三大区域文学研究中,沦陷区仍是最薄弱的板块。《中国沦陷区文学大系》在规模上远远小于其他两个区划的文学集成,是这一现状的反映。而共时并存的三大区域文学在战时中国文学中的实际份额,实际上并不存在如此悬殊的差距。

　　以梅娘的中篇小说《蟹》为例。《蟹》完成于梅娘侨居日本的末期(1941年4月),发表于梅娘移居北京沦陷区之后①,是典型的东亚日本统治区的文学文本。可以把《蟹》与梅娘的另外两个小说《蚌》和《鱼》②一起称作"水族系列小说"。它们在情节和人物上没有直接的关联性,是殖民语境中的满洲大家庭兴衰史和女人命运的书写,以及共通的女权意识将它们连接在一起,在梅娘的创作中占有重要位置,也是沦陷区文学中的优秀篇什,已被纳入中国现代文学经典。

　　有当代的沦陷区文学研究对梅娘的《蟹》提出异议,认为《蟹》把批判的"矛头指向封建男权社会和阶级压迫"是不正确的:"在异族侵略下的土地上,首选的叙事话语应该是'外部'的民族矛盾,而不是'内部'的男权压迫。"并用萧红的中篇小说《生死场》作为否定梅娘的《蟹》的比照依据:《生死场》的前半部分虽然也描写中国人的"内部"性别对立,但在后半部分,断然抛开男女纠葛,写"日本鬼子的到来"所掀起的"民族呼号",走上正确的道路,因而"成为抗战文学的一面旗帜。"③

　　很明显,这一贬一褒失当的原因在于,是在用国统区、中共抗日根据地的标准来要求沦陷区了。

　　首先,萧红(1911—1942)蜚声文坛的《生死场》属中国内地

---

　　①　梅娘:《蟹》,《华文大阪每日》7卷5—12期(1941年9月1日—12月15日)。

　　②　梅娘的《蚌》首发时为《一个蚌》,刊"新京"(长春)《满洲文艺》第1辑(1942年9月)。收入左蒂编的《女作家创作选》("新京":文化社,1943)时,更名为《蚌》。梅娘:北京《鱼》,《中国文艺》4卷5期(1941年7月5日)。

　　③　王劲松、蒋承勇:《历史记忆与解殖叙事:重回梅娘作品版本的历史现场》,《文学评论》2010年1期。第170页。

文学(国统区文学)的范畴。在亡国灭种危机日益加剧的形势下,作为中国东北"血淋淋的现实的缩影",《生死场》给当时"上海文坛一个不小的新奇和振动",壮大了中国左翼文学的声势①。

其次,作为"满洲国"离散作家萧红的作品,《生死场》的生产、传播、接受史有其特殊性。小说的前半部分,是在沦陷区("满洲国")创作、发表的②,影响不大。而后半部分是在祖国的青岛、上海完成的,并在鲁迅的鼎力帮助下得以自费出版(上海:奴隶社,1935)。也就是说,《生死场》的写作跨越"满洲国"/中华民国(国统区)两个文学场域,受到两种截然不同的政体语境的制约,反映在文学文本中,《生死场》的主题发生断裂:在沦陷区完成的部分,描写中国人内部的性别矛盾、阶级冲突,在中华民国完成的部分,一句"年盘转动了",便突兀地转向抗日描写,过渡到尖锐的殖民/反殖民民族矛盾。这表明,《生死场》自身不惜以破坏文本内在逻辑的方式对小说的主题进行转换,正是写作的政治社会环境由沦陷区改变为国统区的自然结果。

与此相关联的,还有梅娘晚年对沦陷区旧作的修改问题。批评《蟹》的1997年的修改本③刻意突出"民族矛盾"(反日),没有问题。在文学史研究中,现代作家再版旧作时的修订问题,的确是一个值得探讨的问题。但将《蟹》的修改行为界定为"解殖"美化,就有问题了。实际上,《蟹》所做的修改,与萧红离开沦陷

---

① 景宋(许广平):《追忆萧红》,《文艺复兴》1卷6期(1946年7月1日)。

② 悄吟:《麦场》,哈尔滨《国际协报》1934年4月20日至5月17日连载。《麦场》即后来在祖国由鲁迅改为《生死场》的前两章《麦场》《菜圃》。

③ 见张泉选编:《梅娘小说散文集》,北京:北京出版社,1997。

区后便把《生死场》的主题从原来的国内阶级矛盾转变成中日民族冲突,在性质上是一样的:到了可以直抒抗日胸臆的地方、时代,得以自由地表达反日、抗日。不存在萧红的转变在政治上是正确的,而梅娘的修订在政治上是不正确的问题①。

由此可见,无视全国抗战时期国统区/沦陷区/中共抗日根据地三大区划间的共时政权差异,不止是牵强,还会造成政体误置带来的误判后失实。

四　维度三:战前/战时/战后转换

维度三,对 1937 年"七七"事变造成的战前/战时/战后三个阶段的历时转换加以区分。

1937 年全国抗战爆发,和 1945 年抗战胜利,这两个时间点把中国现代史分割为战前时期、抗战时期和战后时期。曾在上海沦陷期作编辑工作的柯灵,有过振聋发聩的形象叙述。他以影响深远的张爱玲为例,揭示出三个时期历时转换的维度,如何深刻影响了中国的文化/文学环境,以及中国现代文学的大趋势,特别是战时三大区划中的日本统治区的文学:

　　　　偌大的上海文坛,哪个阶段都放不下一个张爱玲;上海
　　沦陷,才给了她机会……张爱玲的文学生涯,辉煌鼎盛的时

① 张泉:《构建沦陷区文学记忆的方法——以女作家梅娘的当代境遇为中心》,《山东社会科学》2013 年 10 期。

期只有两年(1943—1945),是命中注定:千载一时,"过了这村,没有那店"①。

在资深作家柯灵看来,"中国新文学运动从来就和政治浪潮配合在一起,因果难分"。在沦陷之前的阶段之所以放不下张爱玲,是因为,"五四时代的文学革命——反帝反封建;30 年代的革命文学——阶级斗争",左翼文学,大众化。"除此以外,就都看作是离谱,旁门左道,既为正统所不容,也引不起读者的注意。"在抗战胜利之后的阶段放不下张爱玲,是因为,全面内战爆发,"兵荒马乱,剑拔弩张,文学本身已经成为可有可无,更没有曹七巧、流苏一流人物的立足之地了。"而恰恰是在沦陷期,日伪政权"把新文学传统一刀切断了,只要不反对他们,有点文学艺术粉饰太平,求之不得,给他们什么,当然是毫不计较的。天高皇帝远,这就给张爱玲提供了大显身手的舞台。"也就是说,反而给了她进行文学实验、文学创新的机会。

在日本占领区,出现了一大批进行文学试验的"异数"作家。但言说语境截然不同的战时沦陷区文学并非昙花一现。上海沦陷区的张爱玲早已成为学界和大众均耳熟能详的中国文学经典。在"满洲国"、华北等沦陷文坛,类似张爱玲那样的"异数"作家同样存在。比如新诗诗人吴兴华(1921—1965),小说家梅娘、爵青、袁犀等。尘封多年之后,他们陆续纳入民族国家文学谱系,各以其无可替代的新质,丰富了民国时期的中国文学。

在中国现代文学三十年的文学发展谱系中引入历时的时代

---

①　柯灵:《遥寄张爱玲》,《读书》1985 年 4 期。

转换维度,有助于深入探讨历时的时代转换所造成的战时中国文学环境的变化对文学的影响和意义,系统发掘和充分估价战时中国文学、特别是沦陷区文学的价值和意义。

五 维度四:世界体制殖民/新殖民/后殖民期演化

维度四,对世界范围内的体制殖民/新殖民/后殖民三个殖民阶段的历时演化加以区分。

从历时的殖民演化形态维度对世界近现代史做考察,与殖民相关联的世界殖民史和殖民话语叙述,经历了体制殖民、新殖民和后殖民三个阶段。

实施领土占领的体制殖民阶段,从 15 至 16 世纪欧洲人开启的大航海时代、第一次工业革命,到 1945 年第二次世界大战结束暨世界反法西斯战争取得胜利、核武器进入世界史、世界殖民体系开始解体。在这长达四百余年的体制殖民期内,非洲、美洲、亚洲的许多国家和地区先后沦为西方帝国主义列强的殖民地。宗主国通过军事远征入侵欠发达国家和地区,并在被占领区建立起殖民国家机器,施政形式或由宗主国直接统治,或建立起附属政权实施间接的统治,充斥血腥杀戮和野蛮掠夺。

殖民地并非宗主国殖民文化的一统天下。在各国殖民地,一代代原住民生生不息,同时,也在殖民霸权中延续和发展着外来殖民无法灭绝的民族文化。亚非拉许多前殖民地国家的民族文化史没有空白。中国沦为殖民地的地区也不例外。

新殖民阶段,从 1945 年到 1970 年代。第二次世界大战之后,世界体制殖民体系开启逐步土崩瓦解的进程。新殖民的命名源于解殖独立后的亚洲、非洲、拉丁美洲新兴国家领导人的政治批判。他们认为,原西方殖民列强中的二战战胜国采用军事基地、跨国公司、和平队等间接方式,把陆续获得政治独立的原殖民地国家,继续置于它们的政治控制、经济掠夺和文化影响之下,需要引起警惕,加以揭露和批判①。

后殖民阶段,始于 1970 年代以后。在新的世界体系中,西方的思想、文化以及艺术的价值与传统,作为跨文化的普世性标准,居于世界文化的主导地位。西方,特别是美国的文化价值观和文化产业,对发展中国家的经济、文化的影响越来越大。体制殖民期宗主国/殖民地间的支配/被支配关系,依旧在延续。源于西方学界的"东方主义"学说,与现代、后现代理论结合,试图通过揭示西学谱系里的东方学真相,探寻西方的思想文化以及艺术的价值与传统,在全球居于主导地位的现状和根源。探寻发现,原殖民地虽已解殖成为自主的民族国家,但长期被殖民的历史和不发达的现况,使得这些新兴国家的深层文化结构已被植入了西方文明的源代码,经济、社会、文化貌似在自主发展,而实际上被隐形的"西方化"所左右。西方模式已经化入民族"集体无意识"。发展中国家要改变这种情况,需要展开"文化批判"。由此,在世界范围内、特别是原被殖民区域,引发了以"文化霸权"批判为指标之一的"后学"热潮。

---

① 如加纳共和国第一任总统恩克鲁玛(Kwame Nkrumah,1909—1972)的论著《新殖民主义——帝国主义的最后阶段》(北京编译社译,世界知识出版社,1966)、《第三届全非人民大会文件汇编》(世界知识出版社,1962)等。

影响巨大的《东方学》(萨义德,1978)等著作,触发了全球范围内的后殖民文化研究,广泛涉及东方主义与西方主义的问题,如文化霸权与文化身份、文化认同与阐释焦虑、文化殖民与语言殖民、西方艺术标准与异国情调、跨文化经验与历史记忆等。各国学者以各自的立场介入这场深入持久的后殖民主义问题的讨论,主要方式是直指西方文化霸权的后殖民文化批评。当今,除了西方学者外,中国的学者、其他第三世界国家的学者也纷纷以各自的立场,参与这场后殖民主义问题的讨论。后殖民文化批评成为"文化研究"领域的"显学"。

对于后殖民理论的要点,西方学者做了简洁的表述:《东方学》"揭穿了长久以来为文明所蒙蔽的一个事实:西方对东方的发明,是我们定义他们并使他们满足适应我们的定义的过程。"德里克进一步提出,"想象的东方"不只是西方文化学科的创造,确切地说是由东方与西方共同建构的,东方人在此过程中实际上进行了"自我东方化"。东方学的话语及其所负载的权力关系已经深深浸入东方人的潜意识中。随着殖民主义时代的终结,领土意义上的殖民扩张已经成为历史的遗迹,但"非领土"的殖民扩张却意味深长地持续下来,因为这种扩张的载体不只是西方人,也包括了东方人。东方人的"自我东方化""有助于把目前存在的各种权利形式恒久固定下来"①。这使得后殖民时代继续延续着殖民时代的支配关系。也就是说,在文化观念的深层结构上,第三世界民族国家已经被纳入

---

① 见德里克:《后革命氛围》,王宁等译,北京:中国社会科学出版社,1999年,第293页。

到西方文明的发展轨道。这就使经济与社会发展的"西方化"模式甚至成为一种民族"无意识"。要改变这种情况,就必须进行文化批判①。

中国在世界范围内的体制殖民/新殖民/后殖民三个殖民阶段的历时演化的状况,与亚洲、非洲、拉丁美洲其他许多被殖民国家有所不同,有自己的特殊性。

在世界体制殖民阶段,中国是在帝国主义列强持续四百余年的殖民扩张的中后期,即1840年第一次中英鸦片战争之后,逐步成为多个殖民者入侵和瓜分的目标,成为被殖民的对象的。中国在体制殖民阶段的另一个特点是,部分主权、领土先后沦丧,没有沦为殖民地,而是一直处在半封建半殖民地社会状态。到20世纪30年代以后,日本逐步成为中国最大的和唯一的殖民者②。中国国家认同的实体中华民国一直存在,中国人反侵略、反殖民的斗争和战争从未间断。无论从国家主权还是从区域行政权来说,中国一直处于局部被殖民状态。

在战后新殖民阶段,中国的特点是,新中国在成立后的前三十年,坚持独立自主的国家发展道路,彻底摒弃了此前的私有制,在东西方两极对立的"冷战"格局中,与西方隔绝,也与世界

---

①　参见阎孟伟:《后殖民文化批判及其对我们的启示》,《求是学刊》2003年6期。

②　1840年英国发动的第一次鸦片战争,使得中国的门户洞开,十多个帝国主义国家在中国的领土上进行旨在瓜分中国的殖民战争。通过不平等条约,西方列强先后攫取二十七个租界、八个租借地,割据台湾等地。到1943年以后,在世界法西斯/反法西斯博弈的风云变幻中,日本成为中国领土上仅存的殖民宗主国。

上的新殖民相游离，没有受到新殖民主义的影响①。

在后殖民阶段，从 20 世纪 70 年代开始，中国大陆实施改革开放，逐渐全方位地重新进入世界一体化，跻身于以文化批判为特征之一的后殖民期。

在日本占领区文学研究领域引入世界范围内的殖民演化形态维度，旨在提示，在世界体制殖民结束之后的半个多世纪里，随着新殖民、后殖民等殖民阶段的转换，原体制殖民期的殖民地作家，以及后来的殖民地文学研究者，特别是纳入现代学术生产体制的学院派，在再建体制殖民期的文学记忆、文学想象时，他们的立场和视角在不同阶段会随潮流发生变动和漂移，对于他们的殖民地文学的阐释产生影响。

比如，中国大陆的独特之处是，1949 年以后，经过二十多年的与世隔绝和"独立自主"的新型国家建设和意识形态改造，较为彻底地消除了体制殖民期的殖民地痕迹。而在亚非拉许多原殖民地国家中，仅就宗主国语言而言，至今仍是官方语言或流通语言，更不用说文化体制和机制。西方通常的后殖民理论所描述的和所依据的对象，是长时期全境被殖民国家的经验，战后又置于新殖民期的漩涡之中。因此，在讨论截然不同的中国战时文学、特别是沦陷区文学时，如果盲目套用西方后殖民阐释框架

---

① 就沦陷区作家而言，经过近 30 年的政治运动，内查外调，中国沦陷区作家中的幸存者，彻底交代了民国期的个人经历、"历史问题"。与海外断绝讯息 30 年。在个体有限的生命历程中，30 年足以去除或忘却 30 年以前的痕迹。半个世纪以后的沦陷区作家的口述史，的确存在许多"问题"。但究其原因，更多的是人的生理上的记忆退化，以及社会的持续 30 年的主流意识形态规训。设身处地就会发现，当事人的道德原因，所起的作用是有限的。其实，其他区域/时期的作家的口述史，也存在各种各样的"问题"。

中的"解殖""内部殖民""自内殖民""自内解殖""解殖处理""后殖民"等外来术语,于事无补,且平添混含。

比如,有当代研究著作以梅娘战后对其沦陷期作品的修改为例,提出一种推测:"日军侵华时期中国沦陷区出现的殖民化现象,并未随着战争的结束而消失。殖民化成为一种文化记忆烙印在受殖主体无意识深处,使民族主体意识不能得到应有的位置。"①这样的看法,正是照搬西方主要针对全境长期被殖民国家的后殖民论述、无视中国在殖民阶段转换中的特点的结果。此外,西方后殖民论述的对象是战后新兴民族国家深层文化结构中的"集体无意识",该推测却将其附会于某一个具体的个体作家。多数殖民期作家在战后有机会出版旧作时,都会不同程度地对不合时宜的部分有所增删。梅娘添加抗日内容之举,不正表明她转向或放大"民族主体意识"? 何来在半个世纪的与世隔绝和思想改造之后,"殖民化成为一种文化记忆烙印在受殖主体无意识深处"?

提升中国殖民地文学研究的水准,不是引进西方现成的"东方主义""后殖民主义",而是与中国的实际相结合,构建一套适于中国半殖民地经验的"后殖民"话语②。对已经纳入中国现代

---

①　王劲松、蒋承勇:《历史记忆与解殖叙事:重回梅娘作品版本的历史现场》,《文学评论》2010 年 1 期。见该文的内容提要。

②　有学者指出,萨义德等人的后殖民批评的背景是伊斯兰文化,旨在挑战基督教文化背景颐养的西方中心主义。"中国大陆学界在后殖民批评的变体中,仅把批评的理念转向一种民族保守主义"。中国的后殖民讨论及后殖民文化批判所依据的学理背景,应该是以中国传统文化为血脉的华夏东方,而不是伊斯兰情结的东方。见杨乃乔:《论殖民文学与后殖民批评的宗教背景》,《人文杂志》2001 年 5 期。赵稀方的《后殖民理论》(北京大学出版社,2009)对于后殖民的理论流变做了系统的梳理和阐发。

文学的日据区文学及文学研究,做体制殖民/新殖民/后殖民的殖民演化形态维度的梳理时,其重点不在一目了然的价值判定,而在还原、清理与分析特定国情中的社会背景、时代潮流、文学关联的演化,对研究者和研究对象的时代背景以及两者间的联动,有准确的定位。

总之,在沦陷区文学研究中,建立上述与外部殖民因素相关联的四个维度,或许有助于建构适合中国国情的殖民地文化评价系统,避免简单化的望文生义。也有助于设身处地,有助于细致、客观,有助于合理剥离沦陷区文化产品和文化活动的时政附着物。最终,有助于还原复杂多样的日本占领区中国文化样貌,确认其在中国现代文化史上的位置及意义,将其有机汇入中华文化遗产。

张赫宙,满洲及东亚

Jaeyong Kim(金在湧)

[韩国]圆光大学韩国文学系

一 韩国近代文学和满洲:对于满洲的四种认识

在韩国近代文学中的满洲有两种解释。一种是移居满洲,普遍被称为"在满朝鲜人文学"的情况。另一种是不在满洲居住,但在文学作品中再现满洲的情况。本文在此所要论及的便是后者。

不在满洲居住,但在文章里再现满洲的文人很多。随着中日战争爆发,这些文人对于满洲有了不同理解。与此同时,随着日本帝国主义总动员体制的加速,朝鲜作家内部也发生着急剧的分化。选择与日本殖民主义合作的文人急速增加的同时,以沉默或流亡,或以迂回的写作方式来选择不合作的文人也随之增加。这种两极分化,是日本帝国主义没有拉拢并培养具有相对自主权的资产阶级精英阶层所致,而这也只能加深两极分化的局面,相反穿梭于合作或不合作之间的可能性就越发难以立足。在这种背景下，文人只能在合作或不合作中盘旋，而存在于这两者间的领域是非常狭窄的。

这种文学的分化在满洲的认识上也表露无疑。有些人是站在日本殖民主义的立场上看待满洲，而有些人却没有被殖民主义同化，反而与之抗衡。对于满洲的看法，根据被殖民主义同化与否，可分为两种类型。一种是从移民的视角看待满洲。在满朝鲜人之所以离开朝鲜，是受殖民地资本主义的逼迫，不得已离开故乡的。另一种是从开拓的视角看待满洲。在满朝鲜人移居满洲，并非因为经济窘迫，而是认为在所谓建设"东亚经济联盟"的层面上可以开辟新的领域。

移民视角的内部也存在着一定的差异。一种是从民众生活的视角看待移民。这些文人对于在朝鲜难以维持生计而移居满洲的佃农感同身受，并将此再现于自己的作品中。李泰俊是其代表人物之一。他的满洲纪行文，包括小说《农军》，这些作品展现出的满洲认识中，占据主导地位的便是被迫移居满洲，但因为这片土地也早已有了主人，因此即便移居，也无法过上自由生活的认识。另一种是在日本帝国主义非正式殖民地"满洲国"全体面貌里看待在满朝鲜人的经济移民，并对此进行迂回批判的情况。韩雪野便是这一类作家的代表人物，他在作品《大陆》中通过迂回的方式批判"满洲国"的日本中心主义。

开拓视角的内部也存在一定差异。一种是以"鲜满一如"的视线看待开拓问题。忠实追随着日本帝国主义和"满洲国"为激活东亚经济而制定的朝鲜人开拓满洲的国策。以"分村运动"为主要内容的柳致真的《枣树》是其代表性作品。另一种是站在"内鲜一体"的立场上看待满洲。当"满洲国"的"五族协和"理念和日本帝国主义"内鲜一体"理念相冲突时，主张应该站在"内鲜一体"的立场。张赫宙便是站在这种立场的典型人物，他的长篇小说《幸福的百姓》便是表现其思想的代表作品。

在这四种立场中，笔者主要针对第四种，即以"内鲜一体"立场叙述"满洲国"的张赫宙的长篇小说《幸福的百姓》进行考究。为了更好地解读这篇作品，首先要明确两个事项。一是怎么理解"开拓精神"，二是怎么理解"内鲜一体"。只有对这两个事项有了进一步理解才能更深层次地解读这篇作品。因此，本文围绕《幸福的百姓》和张赫宙在这一时期创作的其他有关满洲的作品对"开拓精神"和"内鲜一体"进行进一步说明。

二　政策移民的开拓和"开拓精神"

张赫宙长篇小说《幸福的百姓》于 1943 年在日本出版。这篇作品是他到满洲进行访问和采访的成果。1942 年 5 月受朝鲜总督府拓殖科之托，他访问了满洲的开拓村。和张赫宙一同受邀访问开拓村的还有柳致真、郑仁泽、汤浅克卫。张赫宙主要以间岛地区为中心进行访问。以当时采访的材料为基础发表的作品有长篇小说《开垦》、《幸福的百姓》，短篇小说《一个笃农家的述说》。

此次访问并非张赫宙第一次出访满洲。张赫宙曾在 1939 年中期访问过满洲。在日本居住时期，他便开始高度关注满洲的开拓并参加于此。1939 年 2 月张赫宙参加了在日本成立的"大陆开拓文艺恳话会"。同年 4 月，以其会员的资格访问了"满蒙开拓青少年义勇军训练所"。此训练所的主要任务是针对将要到"满洲国"进行开拓的人们,对其提前进行训练。同年 6 月,以同样身份访问满洲,这是他第一次出访满洲。耗时 3 个月的旅行结束后,他在《国民新报》(朝鲜)发表了长篇旅行记。

第二次出访是在 1942 年 5 月。此次访问与 1939 年 6 月的第一次访问有着明显的区别。第一次出访满洲时,朝鲜人的移居还没有纳入到"国策",这一时期朝鲜人的移居和传统的移民没有明显的区别。当然,1936 年以后"满鲜拓殖会社"所主导的集合移民和自由移民同时在进行,所以不能完全排除其"国策"性质,但与 1939 年末相比有着较明显的区别。1939 年末,日本政府和"满洲国"制定了《满洲开拓政策基本纲要》,规定移居满洲的朝鲜人和日本人在法律上享受同等待遇。自此以后便逐渐开始了集团移民。因此这一时期的移民,并不能视为立足于"开拓精神"的"国策"移民。实际上政策移民在满洲真正开始是在 1940 年中期以后,所以张赫宙访问"满洲国"与这个政策并无直接关联。

1939 年结束第一次访问后,通过张赫宙在《国民新报》投稿访问记《满洲杂感》可以看出其对殖民主义有着绝对的支持。他认为自己主张已久的无产阶级国际主义已经没有了实现的可能性,只有通过"内鲜一体"克服对朝鲜人的待遇差别才具有现实意义。他的变化非常巨大,甚至对被过去束缚无法直视未来的姜敬爱也产生恻隐之心,对着树立在龙井(吉林延边)的加藤清正石碑表示感慨,对满洲人蔑视,还有对参加反满抗日运动的人嘲讽等态度,都能看出这个时期他已被殖民主义政策深深地同化了。①

但在这篇文章中，他没有体现自己对于满洲开拓的坚定立场，只是在文中如实传达着当时朝鲜移民是由自由移民和集团移民构成的现实。如上所述，集团移民本身是由"满鲜拓殖会社"所主导的，所以不能排除其"国策"性质，但是这与朝鲜移民和日本移民享受同等待遇的"国策"移民是有一定区别的。所以张赫宙也仅仅是停留在介绍间岛拓务省资料的程度。

从张赫宙1942年第二次访问满洲之后的发言中，可以看出两次访问间的差异。

> 虽然地区不同，但曾在昭和14年时访问过满洲。当时是满洲开拓初期，所以所有的都处于停滞期，但此次访问让我深感已经步入到了筑设期。②

可以说1939年张赫宙第一次访问满洲的印象是还没有整顿好的初期形态，因此在"访问记"中没有表露自己对朝鲜移民的想法，而且1939年是以"日本大陆开拓恳话会"会员的资格出访，所以以考察日本人居住地为主，即便关注龙井等间岛地区也

----

① 玄卿骏对张赫宙这种态度的批判（《文学风土记——间岛篇》，《人文评论》，1940年6月）能够更好地说明当时的情况。"张氏是朝鲜人。作为朝鲜人，既然来到满洲，且来满目的是考察满洲朝鲜人的实际情况并创作写实的文学，那么就应该多花心血观察朝鲜人的生活，甚是和他们共同体验生活。内地人高等寄宿房间里怎会有朝鲜人的生活？又怎会有他们的眼泪和悲哀？借此机会我向张氏吐露我当时的不满且向他发出警告。希望这对张氏以后的创作能有一些提醒。"

② 《每日新报》，1942年6月24日。

只是停留在风俗等方面。

但 1942 年出访时,他却坚定地强调朝鲜人的移居带有的"国策"性质,并积极将其再现于自己的作品中。通过结束访问后发表在报纸和杂志上的作品,笔者能够感受到张赫宙最大的变化便是其对于"开拓精神"的强调。此次访问途中,他所考察的地区并不是集团移民聚集地,而和 1939 年一样是自由移民和集团移民聚集地。万宝山属于自由移民聚集地,永兴和怀德属于集团移民聚集地。但他的"访问记"体现的对于朝鲜人移居的观点与之前相比,有着大不一样的解释。他认为朝鲜人移居满洲并不是殖民地朝鲜的生存环境所迫,而是为了在新的、广阔的土地上尽情享受开拓的感受而移居满洲。

　　就满洲开拓民而言,不能怀揣被朝鲜的生存环境所迫才来到满洲的想法。要想着去满洲是到更广阔的地区开垦新的农土。如果没有这种意志,到哪里都不可能收获成功。人口增多导致耕地减少是自然的。到满洲开垦,比起在朝鲜这有限的土地上耕农,维持生活,更累、更难。所以要有坚定的意志才行。①

张赫宙对于"东洋拓殖会社"主导的农业移民和被殖民地朝鲜窘迫的生存环境所逼迫而移居满洲的现实视而不见,而一味地强调"开拓精神"。这与李泰俊描写受朝鲜环境所迫而移居满洲有着苦难生活的"农军"形成对比。在作品中,他对在朝鲜无

① 《开拓精神》,《半岛之光》,1942 年 8 月。

法维持佃农生活而移居满洲的农民没有一言半语,仅仅强调朝鲜人的移居是为了在更广阔的土地自由耕种,同时将焦点放在朝鲜等地所谓社会败类到满洲后得到苏生的过程,把满洲描写成了一个允诺之地,这与"开拓精神"是一脉相承的。

1942 年,怀德村便是在这种意图下访问的。怀德村曾经是走私者或民主主义者、社会主义者等具有所谓"不稳思想"之人的聚集村。张赫宙认为把走私者和"不逞鲜人"聚集在一个村落,对他们进行改造,也属于满洲的"开拓精神"。他执意选择这个村子的理由便是将满洲看成是允诺之地,以此强调"开拓精神"。张赫宙以这个地方实际存在的人物为原型创作了短篇小说《一个笃农家的述说》。

综上所述,可以知晓 1942 年的第二次出访与 1939 年的第一次出访之间的不同,日本帝国的殖民主义已在张赫宙的内心悄然生根。对他来说,所关注的对象并不是受逼迫而移居的人,而是以"开拓精神"武装起来的,呼应"国家政策"而选择移居的人。即,他作品中的移居不是苦难和悲哀的再现,而是愉快而激动的开拓。

三 区别于"五族协和"的"内鲜一体"

《幸福的百姓》虽然以"满洲国"为背景,却是基于"内鲜一体"理念创作的,并非是基于"满洲国"的"五族协和"理念创作的。虽然"五族协和"和"内鲜一体"都是日本帝国主义的统治理念,但"内鲜一体"是针对朝鲜的统治理念,而"五族协和"是针对

"满洲国"的统治理念。这一点激发了在满朝鲜人较为深刻的心理矛盾。住在"满洲国"内的朝鲜人是"满洲国""国民"的同时也是"五族"当中的一个民族。而且从朝鲜沦落为日本殖民地开始,朝鲜人也成为了日本国民。所以在满朝鲜人既受"内鲜一体"理念的支配,同时也受"五族协和"理念的支配。"满洲国"和关东军把在满朝鲜人看成是"五族协和"的一个对象,所以理所当然地也将他们视为"满洲国""国民"。而朝鲜总督府强调"内鲜一体",因此自然将他们视为日本国民。从 1936 年南次郎总督强调"内鲜一体"理念开始,这种矛盾就更加深刻。特别是1937 年"满洲国"的治外法权废止后,矛盾更是严重。

"满洲国国民"和"日本帝国臣民"间的冲突表现在三个方面:一是在满朝鲜人教育行政权的移交问题;二是在满朝鲜人的国籍问题;三是在满朝鲜人的征兵问题。这三个问题是围绕基于"内鲜一体"的"日本帝国臣民"身份和基于"五族协和"的"满洲国国民"身份间相冲突的最具有代表性的问题。① 其中在满朝鲜人最为关注的,同时也是张赫宙最为关注的便是在满朝鲜人教育行政权的移交问题。

"满洲国"废除治外法权后,日本人的教育依旧由日本人自己负责,而在满朝鲜人的教育却移交到"满洲国"负责。得知这一事实后,在满朝鲜人经历了较大的混乱。关东军以治外法权的废除为由,主张朝鲜人的教育应该由"满洲国"负责,而总督府认为如果日本人的教育依旧由日本政府负责,在满朝鲜人的教

① 对此可以参考田中隆一的论文《满洲国民的创出和在满朝鲜人问题》,《东亚近代史》第 6 号(2003 年 3 月)。

育却由"满洲国"负责,这会把日本帝国主义在朝鲜广为宣传的"内鲜一体"理念的虚构性暴露无遗,所以反对将在满朝鲜人的教育行政权移交至"满洲国"。

朝鲜总督府和关东军之间的对立,最终因朝鲜总督府的资金问题,以朝鲜总督府将"满铁"沿线主要地区以外的其他地区在满朝鲜人教育行政权移交给"满洲国"为条件达成协议。协议达成后,居住在间岛省的大部分朝鲜人教育行政权从朝鲜总督府转到了"满洲国"。因此间岛省朝鲜人只能遵从"满洲国"的教育行政。这对于强调"内鲜一体"的人来说,无疑是件难以接受的事情。张赫宙于1942年结束第二次访问后,在《每日新报》座谈会上的发表内容,也是只有在"内鲜一体"观点上看待满洲的人才能说出的内容。

> 怀德的校长是来自本村的半岛人。但我对教育问题感到不解的是开拓地区的学校是由满洲国所经营的。作为半岛人,应该在内鲜一体的精神下制定教育方针,但因为学校属于满洲国的经营范围之内,因此教育精神的统一问题是非常难以解决的问题。[①]

张赫宙认为在满朝鲜人的教育行政移交至"满洲国",会因为"内鲜一体"和"五族协和"之间的矛盾,所以无法贯彻"内鲜一体"的精神。1942年治外法权废除后,在满朝鲜人的教育行政权移交"满洲国",其实隔着相当长的一段时间,鉴于这一点,可

---

① 《每日新报》,1942年6月27日。

知张赫宙的这种不满是当时在"内鲜一体"大框架内看待满洲的人所共同持有的想法。

张赫宙的这种视角在《幸福的百姓》中也有体现。作品同样是在"内鲜一体"的观点上看待"满洲国"。

四 《幸福的百姓》的两个条件：开拓和"内鲜一体"

《幸福的百姓》是以 1942 年出访"满洲国"的体验为基础创作的作品,虽然是以龙井附近的集团移民村为背景,但基本上是基于朝鲜人的移居被指定为"国策"之后形成的一系列开拓。作品中除了过去移居到这个地区的人之外,新移居来的人几乎都是来自韩国庆尚北道和江原道的人,除了这些人之外还有日本的移居民。作品以这四个集团相互帮助、克服困难为核心内容,特别值得一提的是,在这个过程中,朝鲜人和日本人超越相互间的隔阂,形成了一体化。主人公岩村是新移居到这个地区的韩国庆尚北道人,他不仅和已有的移居民建立起良好的关系,而且在和日本移居民的和平相处方面起着核心作用,最后与岩村这类人相敌对的崔八等人也跟随主流,和其他人和谐共处。这种和谐共存需要具备两个条件:一是当时是开拓时代,而不是移民时代;二是朝鲜人和日本人的一体化。

作品将时代背景定为开拓时代,这在作品中具有重要意义。移民时代和开拓时代的区别在于移民是受朝鲜生存环境的逼迫,做出的无奈又可悲的选择;而开拓是在新的土地上开辟新历史的意识下,做出的充满喜悦和希望的选择。因此作品中移居满洲的朝鲜人和日本人，已不是过去朝鲜或日本的佃农，而是在命运的安排下移居到满洲的人。岩村在朝鲜时就不是佃农身份，他是因无法还清父亲欠下的赌债和酒债等，才走上了来满之路，对他来说满洲是可以开始新人生的地方。父亲去世后，他和年迈的母亲移居满洲，梦想着新的生活，且滴酒不沾。和岩村同时移居到满洲的日本人原田，也非佃农出身，他出生于自耕农家庭，之后到大城市大阪的某个工厂做工，后因神经衰弱又回到了故乡，他望着故乡的大海想起了满洲，便来到了满洲。可以说原田是为了"一点一点征服的快感"而押上全部的人，在这一点上原田和岩村存在着差异，原田所具有的对于满洲的浪漫，在岩村身上是没有的。岩村选择移居满洲是因为自身的困难，而非原田那种对于满洲的浪漫之情，但也绝非是像当时移居满洲的大部分佃农，受环境所迫才来的满洲。他的移民理由并不是出于朝鲜社会构造的矛盾，而是由其父亲个人的失策造成的，考虑到这一点可以知道作品的时代背景是开拓时代，而非移民时代。

除了人物的过去，作品还通过对比村里原有移居民中"无法理解开拓精神的人"和"以开拓精神武装起来的人"，来强调"开拓精神"。在岩村移居满洲以前，之前移居的金田和崔八之间的对立就是一个很好的例子。金田努力去理解"开拓精神"，并有意向与新移居到这个地区的人共同开拓村子，同时也愿意与他们和谐共处。所以第一次见到岩村时，他能仔细地给岩村介绍村子，而且作为部落的一村之长，为村子的发展作出了贡献。与此形成对比的是崔八被塑造成为无法理解"开拓精神"、禁锢于过去习性和思考的人物，带着刚来的岩村去酒家或者冬天全村人都在编绳时诱惑一些人去赌博，甚至想占有村里的姑娘顺姬。

除此之外，他还从来不顾及别人的感受，一心想要成为地主。作者通过批判这种生活在开拓时代而无法理解"开拓精神"的人物，来强调开拓时代的重要性。

在作品中最为突出的当属"内鲜一体"理念。作者将两个相邻的日本人村子和朝鲜人村子作为空间背景，朝鲜人村子的代表性人物是岩村，日本人村子的代表性人物是牛岛。这两个用"开拓精神"武装起来的人物，一直保持友好关系。虽然他们一开始因为陌生的环境和各自不同的风俗产生了一些隔阂，但最终克服了这种隔阂，实现了"内鲜一体"。

作品中这个地方一到冬天就有编织草绳的习惯，其原因在于不让村里的人陷入到赌博或酗酒的恶俗中，但日本人却不会编织草绳。虽然也有人不同意和日本人一起编草绳，但岩村还是执意教牛岛编织的方法，让日本人熟悉朝鲜的风俗。一开始日本人的效率较低，但渐渐熟悉之后便和朝鲜人有了同样的效率，这时一直认为日本人的低效率会导致利益受损而反对的崔八也不得不接受现实。

当朝鲜人陷入困境时，日本人也会帮朝鲜人。岩村受崔八的设计，以涉嫌诱拐妇女的罪名被警察逮捕。崔八假装英兰的老公，到警局告发岩村诱拐自己老婆英兰。之前为了让英兰摆脱无赖崔八的魔爪，岩村帮助英兰离开了这个地方。岩村的母亲看着儿子以和父亲同样的罪名被警察逮捕而不知所措。看到这一景象的日本人牛岛主动站出来和警察进行交涉，岩村很快被放了出来。如果没有牛岛的帮助，岩村即便是被诬告，也不可能立马被释放。

小说强调日本人和朝鲜人在满洲互帮互助、和谐共存的景象,甚至小说里反对和日本人共同生活的崔八也开始渐渐悔过,最终走上了追求"内鲜一体"的道路,这一点在作品中人物的创氏改名上也有所表现。除了没有理解"内鲜一体"的崔八之外,包括岩村,几乎所有的朝鲜人都是创氏改名的人,唯独利己主义者崔八有朝鲜式的名和姓。从这一点可以看出,作家张赫宙对"内鲜一体"的期待是有多么的大。

日本人原田对朝鲜人发表演说里的"内鲜一体"理论达到了巅峰。

> 我们来自日本东海岸的一个村子。那个地区自古以来就与朝鲜有着密切的联系。特别是那里人的身上流着与南部朝鲜和东部朝鲜人同样的血液。我们离开村子时,只是想着自己的村子。当到了这里以后,听说与各位共同居住在这个地区时,说实话我们的感情非常复杂。但现在我们充满了希望。离开村子时的孤独已经完全被抛开了。让我们携起手来,共同建设这理想的村子。

上面的引文是来自日本岛根县的原田对朝鲜人演说里的一部分,是可以确认"内鲜一体"的最极端的表现。张赫宙经常列举高丽神社作为"内鲜一体"的根据。他通过高丽神社确信朝鲜和日本原本就是一体,并且认为现在的"内鲜一体"不是人为地编造出来的。他为了实践自己的这种想法,日本投降后的 1947 年到死亡前的 1997 年,定居在日本琦玉县日高地区,因为这个地区是高丽神社的所在地,由此可见张赫宙对"内鲜一体"论的执著追求。

五 根深蒂固的"内鲜一体"皇民化
和殖民主义的合作

居住在"满洲国"以外地区的朝鲜作家在作品中再现"满洲国"时,解读他们的作品不能局限于"满洲国"本身,因为他们的文学和"当时他们如何看待殖民地朝鲜"的问题有着密切联系,并在这种关联中形成的,张赫宙也不例外。他结束两次的满洲访问后留下了两篇长篇小说、一篇短篇小说,还有多篇纪行文。之后他虽然也多次访问满洲,但没有留下多少作品。1943 年中期,他对于满洲的描写已经告一段落,从这个时期开始,他将视线转向朝鲜人的征兵问题和征用问题,但他依然是站在"内鲜一体"的立场上进行创作的。他不再将主题放在当时与殖民主义合作的多数文人喜欢的主题,例如,把东洋的发现作为克服欧美近代的方法等。他所关注的自始至终是"内鲜一体"。只是其表现对象从满洲转到了征兵、征用。

张赫宙彻底被"内鲜一体"皇民化所同化。他认为只有这样才能超越当时朝鲜人所受的差别待遇。这种虚伪的意识使他彻底为殖民主义服务。这种自发性的与殖民主义的合作是从对殖民主义的幻想中形成的。

表现张赫宙彻底被殖民主义同化的作品《幸福的百姓》和以迂回的方式对殖民主义进行批判的韩雪野的《大陆》,虽然同为再现满洲的作品,但两者却是相对峙的作品。

（朴丽花 译）

伪满洲国与假亲属关系

Carlos Rojas/罗　鹏

[美国]杜克大学亚洲与中东研究系

"我们是结婚,不是讲虚礼假面子的。"

满族作家穆儒丐中篇小说《新婚别》中的主人公赵文英结婚前给未婚妻凤姑强调他们在结婚,而不是在"讲虚礼假面子",但实际上,他们的婚姻毕竟是"虚礼"与"假面子"的表现。文英不仅本来不想结婚,而且婚后他立即离家。因此,小说描写的不是夫妻的婚姻生活,反而刚好是该婚姻所依靠的一些"虚礼"与"假面子"及其带来的后果。

其实,文英本来根本不打算在那时结婚。他于宣统三年(1910年)入了队,四年后收到母亲的信,劝他赶快告假回家,以便办成婚事。不过文英"不但无意于结婚,连家里的事几乎都不敢说不敢想。"他担心自己没钱,很难养活一个家庭,所以觉得自己暂时不应该结婚。但军队的领导劝他赶快回家,说道:"告假结婚,也不是没有前列,何必发愁呢?"于是,文英同意了回家办婚事,不过他只能请十五天的假,其中包括在路上的时间,所以他必须很快解决婚事,然后立即回军队。因此,穆儒丐小说主要描写的不是婚姻本身,反而是婚后文英的妻子与母亲的关系。换言之,文英结婚是由于一些传统礼教跟面子的因素,而小说强调是这些因素的后果。

虽然小说描写的是一些家庭的情节,却也包含一些更广阔的意义。具体地说,小说所探索的"真假婚姻"问题还联系到一些军队甚至国家的真假问题。此外,1942年《新婚别》发表于"满洲杂志社"新办的文学期刊《麒麟》,故事虽发生在民国初期,但还可以联系到四十年代的"满洲国",间接地反映"满洲国"背后的一些政治状况。

文英的未婚妻凤姑是个孤儿,跟她两个哥哥关系也不理想。因此,得知文英要回家娶她,自是无比快乐。但凤姑无法理解,为何文英不能在家里多住一段时间,而必须立即回军队。凤姑问文英为何非要当兵不可,为何不退队和她一起生活。有趣的是,文英的回答,强调的不是政治理想,而是他与军队矛盾的感情关系。他说他刚入队时,本觉得他打错了主意,觉得军队不适合他。但后来发现一师人"都有志愿",于是慢慢接受了新的生活。因此,在某种程度上,文英与军队的关系类似于包办婚姻,婚后慢慢地习惯了对方。讽刺的是,这个比喻性的"包办婚姻"后来直接影响了他跟凤姑真正的"包办婚姻"。他不能够(或者不愿意)跟新娘住在一起,因为他非要立即回到他另外一个"新娘"——军队的怀抱。

此外,不仅是文英改变了他对军队的态度,军队本身在这段时期也经历了一种巨大的改变。小说第一段就说明:

　　　　赵文英之被选入禁卫军,是在宣统三年,那时全军已然毫无遗憾的组织完竣……同时革命志士，排清先锋，别军的一位将领蓝天蔚，也想与武昌呼应，于演戏中，欲以实弹解决禁卫军，也不知道是事机不密，也不知道是主义的冲突，到底未能实行，禁卫军连夜撤回北京师。

在这个历史过程中，文英由原来得支持清朝禁卫军转为支持替代清朝的民国政府，因此，他忠诚的对象主要是军队本身，而不是军队所代表的政治制度。如果把军队看成是一个婚姻的比喻，它的意义不在于它的家族，而在它（军队）本身。

这样看来，文英与军队的关系在某些方面类似于一种传统的包办婚姻，但在另外一些方面类似于一种新时代的"自由恋爱"婚姻，不过无论如何，结果都是忠诚于其对象本身以及双方共同的志愿，而不是其所代表的"家族"或政治理想。

文英对婚姻的十分矛盾的看法也反映在他对"定礼"与"财礼"两种传统习惯的态度。到了结婚的时候，养活凤姑的叔叔沈娘向文英家要了一笔"定礼"钱，叙述者强调那时候在北方定礼已经被看成是一种落后的习俗：

> 在北京，无论城里城外，往外聘女儿，就没有一家向男方要钱的，无论家境怎样寒，全以嫁女要钱，是一件可耻的事。"财礼"两个字，在北京人大都很渺茫，一点观念也没有，不怎么姑娘叫赔钱货呢。除了真穷得没了络儿，把女儿给人作小，那当然得提钱，甚至要求养老，但是那是婚姻上的变则，也许根本提不到婚姻，一半皆以为旧式婚姻，全是买卖婚姻，可谓钱到家，还得重新检讨。

反讽的是,凤姑的叔叔就是一个"地道北京人",但他还是坚持要一笔钱当作定礼和财礼,而文英家不得不同意。文英把钱给凤姑的亲戚这一举动,强调了婚姻所包含的经济意义,使"新娘"带上了商品化的含义。

此外,文英决定跟凤姑结婚的主要原因是为了孝顺母亲。他的母亲一直想要一个孙子,又因年纪大,也需要有人在家里陪她。因此,文英希望凤姑会代替他照看母亲:"只要她(凤姑)贤惠,到底能替我孝顺您。"文英这段话一面强调他对母亲孝顺,一面又说明他希望凤姑替他尽孝。即,文英希望凤姑站在自己的位置上,承担他孝顺的责任。

总而言之,文英虽然向凤姑强调他们"不是讲虚礼假面子的",但实际上,从文英接受凤姑叔叔对"财礼"的要求,到他后来让凤姑替他尽到对母亲孝顺的责任,文英与凤姑的婚姻依靠的完全是一些"虚礼"的习俗。同时,文英与凤姑的婚姻虽然不能说完全是靠"假面子",但婚姻还是从头到尾都反映一些与面子有关的要求。不过小说还说明该婚姻对凤姑来讲还是有非常现实的意义,影响了她的道德观和身份认同。

成婚以后,凤姑哭着劝文英退伍,让他留在家里与她一起生活,文英的反应十分有趣。叙述者解释说,"这时候文英,把刚被凤姑的眼泪所软化的柔肠,复兴强化起来,军人!军人!军人在模仿宝玉太可笑了"。在此,文英发现自己对凤姑的感情开始被浪漫化了,必须提醒自己一个军人不许有《红楼梦》所代表的感情。

《新婚别》这一段很像吴趼人 1906 年的小说《恨海》中的一

个细节。《恨海》中，仲蔼的未婚妻抛弃了他，去了上海当妓女，仲蔼却一直保持对她的"忠"。过了很久，有一天仲蔼的同事带他去上海的一家妓院，他嘲笑他们："世人每每看了《红楼》，便自命为宝玉。世人都做了宝玉，世上却没有许多蘅芜君、潇湘妃子。"后来他又加了一句，说"宝玉何尝施得其当？不过是个非礼越分罢了。若要施得其当，只除非施之于妻妾之间"。《新婚别》与《恨海》的男主人公都以《红楼梦》中的贾宝玉为婚姻中的反标准，但又有区别。《恨海》中的仲蔼觉得《红楼梦》所代表的浪漫感情应该保留在婚姻内（保留在男人与"妻妾之间"的关系），《新婚别》中的文英却想说服自己类似的感情必须排斥到（军人的）婚姻以外。但两个作品的男主人公都认为对现代婚姻而言，贾宝玉所代表的浪漫感情显然是"假"的，而且是必须被排斥的。

　　《新婚别》与《恨海》不仅都用《红楼梦》讨论一些婚姻与爱情的问题，而且小说情节都发生在二十世纪初。《恨海》描写的是发生在1901年义和团运动时期背后的一些情节，而《新婚别》主要描写的是一些发生在1912年之后的情节，而且两部小说都用失败的婚姻来反映当时中国的政治转变。一方面，婚姻的失败直接反映当时中国社会的混乱：每次都是因为叛乱或大战，阻止了试图结婚的双方（《恨海》）或导致双方婚后无法在一起。此外，两部作品中的爱人都有一方表现出比较理想的态度。比如说，在《恨海》中，仲蔼的未婚妻虽然抛弃他、后来还当了妓女，仲蔼还是一直保持一种纯洁忠诚的态度。而在《新婚别》中，被理想化的不是新郎（文英），反而是被抛弃的新娘（凤姑）。文英回军队以后，为了养活自己及文英的母亲，凤姑十分辛苦，甚至有一段时间不得不去城里卖身。但跟《恨海》刚好相反，这里凤姑的卖身行为所表现的不是她的道德堕落，反而是她的极端孝顺及忠诚，说明她愿意牺牲自己，为了扶养从未和她一起生活的丈夫的母亲。虽然文英与凤姑刚结婚的时候，凤姑的亲戚要求"定礼"与"财礼"钱反映了一种比较保守的将女人商品化的态度，但婚后凤姑不得不卖身却是出于她对婚姻理想的忠诚态度，两者之间构成了反讽。

《新婚别》虽然发表于民国初期，但文本偶尔会提醒我们其"理想读者"不是民国初的读者，而是四十年代"满洲国"的人。比如说，小说开头描写文英如何从支持清朝的禁卫军转为支持替代清朝的民国政府时，还写道：

> ……可是自此以后，革命排清的风潮，蜜也似的甜，醴也似的浓，醉着人们的心，济着人的口，"不推倒情人的政府，郭嘉万不能富强，人们也万不能自由的！"真的吗？那就用不着问！

"真的吗？"一句，虽然不清楚疑问的对象，但再往下有类似的疑问句：

> ……老百姓！真不知你们烧了什么高香，但是它们没放弃吗？……放是放了？青年的先生们也许想象不出来，我告诉你们吧，它们双方所放的机枪子弹……

在这里，描写晚清到民国的转变时，叙述者提醒我们该文本的理想读者本来就是"当代"（四十年代"满洲国"）的青年人，并且还暗示这些历史情况对"当代"读者也许会显得比较陌生。由此，我们可以推测作者关心的不仅是这些晚清/民国的历史状况，而且是"当代""满洲国"的社会/政治背景。不过小说描写的"虚礼假面子"婚姻对"满洲国"的社会/政治状况有什么意义呢？也许作品在说明："满洲国"像文英与凤姑的婚姻一样，是在"虚礼"和"假面子"的基础上建立起来的伪国家，但对属于伪国家的"国民"而言，这个社会/政治结构对生活在其内的人们还是有现实的功能。

辑 二

新史料出土与研究

"在满"中国人作家的日译作品目录

冈田英树

[日本]立命馆大学文学研究科

前　言

　　该目录将至今为止的日译版"在满"中国人的文艺作品做了整理和总结。说是"至今为止",其实都是伪满洲国时期翻译的作品。随着日本的败战,伪满洲国灭亡,这些作品已无人问津。笔者研究伪满洲国中国文学的时候,几乎不能看到中文的原作,只能从涉猎日文文献开始。如此做成的"日译作品目录"的"初稿"、"第 2 稿"分别发表于《立命馆大学外国文学研究》62 号(1984 年 7 月)、78 号(1987 年 11 月)。这便是我研究的出发点,如今都已化作回忆。但之后的近 30 年里,研究环境发生了很大的变化。日语文献的发掘和复刻取得很大的进展,报纸杂志的目录整理也兴盛起来(例如《殖民地文化研究》)。现将 30 年前《目录》作补充,笔者自知目录离"完善"尚远,然而这不失为一条线索。

凡 例

① 作家的通称名在条目中使用,增加了本名/现用名、生年—卒年、出生地。以拼音顺序排列。(并且 1900 年代省略为 19)。

② 作品以以下方式列出。

(笔名)译题(题材)译者名《刊载志》出版社、出版年月日/转载→原题《刊载志》出版社、出版年月日/转载

③ 41 年 12 月,艺文社创办了日文杂志《艺文》,并于 43 年 10 月 2 卷 10 号停刊,2 卷 12 号起改名为《满洲公论》后继续刊行。满洲艺文联盟沿用《艺文》的杂志名,于 44 年 1 月创刊。在此,将艺文联盟发行的《艺文》称作"联盟版"以作区别。

④ 中文杂志《艺文志》于 39 年 6 月经由艺文志事务会由月刊满洲社发行。仅发行 3 辑便停刊,但 43 年 11 月作为上述艺文联盟的中文机关志,艺文书房刊行了同名的杂志。该目录中将前者称作"事务会版"以作区别。

⑤ 关内作家的作品也有一些被翻译了,在此不采用。但逃往关内的"东北作家"萧军、萧红的作品,会列举其在伪满洲国杂志上发行的。因为虽然在日本国内有大量的翻译和介绍,但在伪满洲国的翻译很少见。

⑥ 未确认资料均加 * 号。

⑦ 刊行的单行本如下所示,作品的所收以单行本记号表示。

　　A　『満人作家小説集　原野』大内隆雄（以下大内）　三和書房　39.9.15

　　B　『満人作家小説集第二輯　蒲公英』大内　三和書房 40.7.30

　　C　『日満露在満作家短篇選集』山田清三郎編　春陽堂書店　40.12.22

　　D　『満洲国各民族創作選集一』川端康成等編　創元社 42.6.30

　　E　『現地随筆』山田清三郎編　満洲新聞社　43.5.10

　　F　『続　現地随筆』山田清三郎編　満洲新聞社　43.8.30

　　G　『満洲国各民族創作選集二』川端康成等編　創元社 44.3.30

　　H　『現代満洲女流作家短篇選集』大内　女性満洲社 44.3.30

　　I『欧陽家の人々』（爵青短篇小説集）大内　国民画報社 45.5.20→『欧陽家的人們』芸文書房　41.12.20

（邓丽霞　译）

目　录

安犀（安鳳麟　16.8—72.9　遼寧省遼陽）

　　① 猟人の家（戯曲）大内『満洲行政』7—10　40.10→『猟人之家』興亜雑誌社　44.7

② 帰去来（戯曲）岡本隆三『満蒙』22—5　41.5→帰去来
分『学芸』1　学芸刊行会　41.2

巴寧

① 馬（小説）大内『満洲行政』6—11　39.11/（B）→『明明』
3—2　38.4

白銘章

① 元曲と錦絵『月刊満洲』月刊満洲社　40.4

百霊（徐百霊）

① 新京紀行『新天地』19—6　39.6

氷壺（朱湘芸　遼寧省）

① 遭遇（小説）（H）→『華文大阪毎日』7—4　41.8

歩南（蒋義方）

① 新しき満文大衆雑誌『満洲新聞』（以下『満新』）41.
12.16

陳邦直

①（少虬）北京閑話『新天地』20—8　40.8

②（英三）興亜頌（詩）『満洲日日新聞』（以下『満日』）43.
3.29

陳博道

① 農村雑話　徐夢銘/編輯室『農事合作社報』2—2—9、
3—3　39.2—9、40.3（全9回）

② 麦秋（小説）編輯室共訳『農事合作社報』2—5　39.5

③ 或る村道にて—農村報告『新天地』21—4　41.4

④ 屯子に生きる（E）

陳基芬

① 満洲音楽序説『満洲浪曼』5　40.5

陳荘

① 歳朝口占（詩）『満日』42.1.9

成弦（成駿　16.6—83.11　　遼寧省瀋陽）

① 眠れぬ夜―於東京客舎（詩）『満洲詩人』1　41.5

② 北京（詩）『満洲詩人』2　41.7→『新青年』75　38.5/『青色詩鈔』詩歌叢刊 1　39.12

③ 北京（詩）『満洲詩人』3　41.9→『文選』1　39.12/『同上』

遅二郎

① 文化に関して三題　大内『新天地』19—4　39.4

遅鏡誠

① 日本文化の特質『北窗』3—4　41.7

② 宣戦と文化人『満新』41.12.28—31（全 3 回）

③ 十二月八日の倫理『芸文』芸文社　1—13　42.12

④ 大東亜戦争と我等『北窗』5—3　43.7

⑤ 満系文化人の日本研究『書光』4　43.8

但娣（「作家・作品解説」参照）

① 血を售る者（小説）（H）→售血者『華文大阪毎日』9—2　42.7/『安荻和馬華』開明図書公司　43.12

綽綽

① 魔手（放送脚本）大内『満蒙』23—4　42.4

杜白雨（王度/李民）

① （林適民）決算と展望　大内『満洲文芸年鑑』3　満洲文話会　39.11→『明明』3—7　38.9

② 標準語の問題について―北京語は標準語だらうか『満

洲国語』日語版 6　40.10→関於標準語『満洲国語』満語版
4　40.9

　③ 満洲文学と作家に就て　安東敏『満日』40.11.5—9（全
4回）

　④ 満洲の生活文化を語る　大内『満洲評論』20—
23　41.6

　⑤ 開拓事業（小説）『月刊満洲』10—9　41.9

　⑥ 帰郷記『北窗』3—6　41.11

　⑦ 華北記遊　大内『満洲評論』21—25　41.12

　⑧ 生活力（小説）大内『満洲経済』3—5　42.5

疆厄

　① 征旆の歌（詩）大内『旅行雑誌』10—7　43.7→征旆之
歌『盛京時報』43.6.20

而巳（劉大海　20.11.14—　遼寧省瀋陽）

　① 樹緑となる頃（小説）大内『満蒙』22—8　41.8→樹緑
的時候＊『新青年』

方砂

　① 永遠の凱歌（詩）大内『北窗』5—3　43.7

斐文泰

　① 時局と文化戦士『書光』1　43.5

高悟度

　① 満映のニュース映画『新天地』20—8　40.8

　② 讃嘆と恥辱と—「民族の祭典」ノート『新天地』20—
10　40.10

　③ 映画雑考『新天地』20—12　40.12

高遵義（12—　遼寧省大連）

① 俚諺より観たる満支民族の社会相『満蒙』21—
5　40.5

② 民謡からみた満支の女性『新天地』20—6　40.6

③ 旧正月の序幕から大詰まで『観光東亜』8—2　41.2

④ 詩の重陽説『観光東亜』8—10　41.10

⑤「雷雨」の公演に際して『大連日日新聞』42.1

⑥ 満洲建築の特質『観光東亜』9—3　42.3

⑦ 興亜の理念と儒教『芸文』1—7　42.6

⑧『満洲風土記　土俗篇』満洲日報奉天支社　43.11

戈禾（張我権）

① 三遷（小説）『月刊満洲』10—1　41.1/＊『大凌河』40

② 隉（小説）大内『満洲経済』2—10　41.10→『新満洲』
3—7　41.7/『同上』

③ 大凌河（小説）大内『芸文』1—7　42.6→『新満洲』5—
4、—5　43.4、5/『同上』

共鳴（顧承運）

① 文壇夢遊小記『満日』42.1.8

古丁（「作家・作品解説」参照）

① （史之子）注音符号のこと『月刊満洲』11—8　38.8

② 京劇雑記『満新』38.10.13、14

③ 百霊著「火光」跋『満新』38.10.21

④ 大同劇団—訪日記念公演を観る『満新』38.10.22、23

⑤「蜜月列車」を観る『満洲行政』5—11　38.11

⑥ 灯火雑記　大内『満洲行政』6—1　39.1

⑦ 暗（小説）大内『日本評論』14—4　39.4→『明明』1—6　37.8/『奮飛』月刊満洲社　38.5

⑧ 昼夜——一人の詩無き詩人の日記（小説）大内『満洲浪曼』3　39.7→一個無詩的詩人的日記『新青年』64　37.10/『同上』

⑨ 変金（小説）大内『満洲行政』6—9　39.9/（B）→『同上』

⑩ 小巷（小説）（A）→『明明』1—5　37.7/『同上』

⑪ 原野（小説）（A）→『明明』3—1　38.3/『同上』

⑫ 満洲国文学雑記『文芸春秋時局増刊』27　39.12

⑬ 康徳六年に於ける満系文学——思ひ出のままに『満新』39.12.22、23

⑭ 芸文志同人新春漫談会　古丁『満洲文話会通信』29　40.1

⑮ 東京散記/日本の農民『朝日新聞』40.2、26、27

⑯ 日本便り（書簡4通）『満洲文話会通信』31　40.3

⑰ 満洲文学通信『文学界』7—4　40.4

⑱ バイコフ氏の啓示　大内『満洲文話会通信』33　40.5

⑲ 人間的結合、友人的激励——満・日系文人の提携に関して　大内『満洲文話会通信』34　40.6

⑳ 『平沙』（長篇小説）大内　中央公論社　40.8→『芸文志』事務会版2　39.12/東方国民文庫　40.11

㉑「話」の話『満洲国語』日語版5　40.9→『満洲国語』満語版3　40.8/『譚』芸文書房42.11

㉒ 西安行『満洲文話会通信』38　40.10

㉓ 閑談　大内『新天地』21—1　41.1→＊『新青年』98号/

『譚』

　　㉔　社会時評『満新』41.4

　　㉕　満洲文芸家協会の設立に際して『満日』41.7.31、8.3

　　㉖　皮箱（小説）『日本の風俗』41.10

　　㉗　"国是日新""協和翼賛"（全聯傍聴記）『満日』41.10.16/『協和運動』3—11　満洲帝国協和会　41.11

　　㉘　鏡花記（小説）岡本隆三『満蒙』22—11　41.11→＊『新青年』/『竹林』芸文書房　43.9

　　㉙　芸文日新『満日』42.1.5

　　㉚　日本文学の摂り方『芸文』1—3　42.2

　　㉛　建国十周年を迎へて（アンケート）『芸文』1—4　42.3

　　㉜　武者小路実篤先生の印象『満日』42.5.8—11（全3回）

　　㉝日本は太陽『朝日新聞』42.10.28

　　㉞　百戦百勝於此事見一般『朝日新聞』42.11.3

　　㉟　同軌—大東亜文学者列車『満日』42.11.4

　　㊱　若き大丈夫—東亜文学者大会を終へて『満日』42.11.10

　　㊲　作品主義の効果—満洲文学に就ての走り書き『朝日新聞』中鮮版　42.11.10

　　㊳　満洲文学に就ての走り書き『満日』42.11.10、11

　　㊴　アジアの文学は一つ『朝日新聞』42.11.15

　　㊵　大東亜文学者大会行『満日』42.11.17

　　㊶　万葉源氏と載道言志『満日』42.12.2—5（全4回）

　　㊷　北辺鎮護の任務『文芸』10—12　42.12

　　㊸　大東亜文学賞に輝く日満華受賞作品について—「黄金

的窄門」、「沃土」『毎日新聞』43.8.28

⑭ 次回は満洲で『朝日新聞』43.8.31

⑮ 満洲文学の基調『文学報国』3 日本文学報国会 43.9.10

⑯ 文学者の決戦 大内『満洲公論』2―11 43.11

⑰ 協和会文芸賞の設定―新人輩出の契『満新』44.4.16

⑱ 「暗さ」に就いて『芸文』聯盟版8 44.8

⑲ 新生（小説）大内『満洲日報』44.5.25―連載→『芸文志』1―4 44.2/『新生』芸文書房 44.12

⑳ 西南雑感 田中辰佐武郎『芸文』聯盟版11 44.11→『芸文志』1―9 44.7

㉑皮箱（小説）王玲玲『佐賀大国文』32 2003.12→『明明』1―3 37.5/『奮飛』

㉒竹林（小説）梅定娥『佐賀大国文』33 2004.12→『麒麟』2―6 42.6/『竹林』芸文書房 43

関沫南（「作家・作品解説」参照）

① 二人の船頭（小説）大内『観光東亜』10―5 43.5→船上的故事＊『濱江日報』39.5.1―7.10/両船家『新満洲』4―3 42.3

② 夜の店の中で（小説）王玲玲『佐賀大国文』32 2003.12→在夜店中＊『大北新報』37/『蹉跎』精益印書局 38

関毅

① 日本印象記『満洲新聞』39.1.7―15（全8回）

韓護

① 満系映画監督に就て 大内『満蒙』22―5 41.5→満

系導演縦論『満洲映画』5―1　41.1

　　② 文化工作者の信念―満系主張『新天地』21―6　41.6

　　③ 思想の貧困　大内『満洲評論』21―25　41.12

　　④ 満洲文化観の確立―満洲文化のために　矢間恒耀（大内）『満洲評論』22―18　42.5

何醴徴

　　① 彼の蓄へ（小説）（A）→他的積蓄＊『泰東日報』34.12.17―連載

　　② 嫁（小説）大内『満洲行政』4―12　37.12/（A）

何什格図

　　① 興安東省の密境（E）

黒風

　　① 青春（戯曲）大内『満蒙』24―5　43.5→『興亜』43.1

黒逝

　　① 香火　大内『新天地』19―6　39.6

胡良

　　①紅葉（小説）『月刊満洲』10―4　41.4

華

　　① 楽土満洲の新年（児童劇）炎『満洲行政』4―2　37.2

姜靈菲（姜琛　13―43.9　遼寧省遼陽）

　　① 満系が語る奉天『満新』40.10.25―27（全3回）

　　②（未名）おとなしい男が天国に行つた話（小説）大内『満日』41.6.13―18（全4回）

　　③（未明）新年と文壇其他　大内『満新』42.1.11、12

姜緒

　　① 夜の潮騒（小説）大内『軍人援護』40.5

姜学潜

① 共栄圏と道徳『満日』42.3.11—15（全5回）

② 満系青少年への文化浸透『芸文』1—11　42.10

③ 世界戦争と認識『満日』42.11.14—19（全5回）

④ 大東亜に還れ『満洲公論』4—1　45.1

解半知

① 第一建国より第二建国へ『芸文』1—4　42.3

金昌成

① 白日囈言『建国教育』40.5

金昌信

① 東遊記の脚本家高柳春雄に寄する『新京日日新聞』40.2

金小天

① 虎皮駅春秋『観光東亜』8—4　41.4

金音（馬家驤/馬尋　16.9—　遼寧省瀋陽）

① 玩具と幼児『満日』40.2

② 卒業群女（小説）大内『月刊満洲』10—2　41.2

③ 非詩詩章（詩）『大陸の相貌』満洲文話会編　41.4→『塞外夢』学芸刊行会　41.7

④ 認誤/生命の焔（詩）『満洲詩人』1　41.5

⑤ 愛国詩輯―愛土記（詩）『芸文』1—4　42.3

⑥ 人生のなかのある日（小説）橋本雄一『植民地文化研究』2　2003.7→生之一日『牧場』44.11

金永禧

① 教育者の精神『建国教育』40.4

錦波

① 或る感謝(小説)『新京日日新聞』40.3

爵青(「作家・作品解説」参照)

①（遼丁）哈爾濱（小説）大内『満洲行政』3—11、一12　36.11、12/(A)→＊『新青年』10—12合併号　39.2/『欧陽家的人們』芸文書房　41.12

② 吾等の文学的散歩『満新』38.11.27、12.2

③ 露人オペラを観る『満新』38.12.11、17

④（可欽）妓街と船上（小説）大内『満洲行政』6—4　39.4→『新青年』61　37.9/＊『群像』城島文庫6　38

⑤ 廃墟之書（小説）大内『満洲行政』7—5　40.5→『芸文志』事務会版2　39.12

⑥ 満系作家たち　大内『満洲文話会通信』34　40.6

⑦ 大観園（小説）安東敏『満新』40.8.11—22（全10回）/(C)→＊『新青年』40/『欧陽家的人們』

⑧ 不満といふこと『満新』40.10.1

⑨ 我們的作家和作品(ワレラノサクカトサクヒンヲカタル)『哈爾賓日日新聞』41.1.12—16（全4回）

⑩ 驕児（小説）岡本隆三『満洲経済』2—2　41.2

⑪ 官員（小説）藤田菱花『観光東亜』8—3　41.3

⑫ 芸文政策に対応して『満新』41.4

⑬ 吃らない文学/石軍の"沃土"『満日』41.9.26、27

⑭ 全聯傍聴記『満新』41.10

⑮ 国家への真の協力（全聯傍聴記）『満日』41.10.23

⑯ 土に生きる幸福（全聯傍聴記）『協和運動』3—

11　41.11

⑰ 痔の話から『満日』42.1.6

⑱ 新興満洲文学論—建国精神より出発せよ　大内『芸
文』1—4　42.3

⑲ 建国十周年を迎へて(アンケート)『芸文』1—4　42.3

⑳ 横へてゐる人生(小説)公綽『作文』54　42.3

㉑ 悪魔(小説)大内『芸文』1—5　42.4→『新満洲』4—
9、—11　42.9、11/＊『帰郷』芸文書房43.11

㉒ 山民(小説)大内『満洲経済』3—4　42.4→＊『読書人』
芸文志事務会40.7

㉓ 祝福の旋律『満日』42.8.28

㉔ 凍つた園庭に降りて(小説)大内『中央公論』57—
9　42.9/(I)

㉕ 白痴の智識(小説)大内『満洲経済』3—9　42.9→『文
選』1　39.12

㉖ 仲秋雑話『芸文』1—11　42.10

㉗ 日本文学精神の導入『満新』42.10.26

㉘ アジアを蔽ふ愛情『朝日新聞』42.11.2

㉙ われ等の心構へ—八紘一宇の顕現『朝日新聞』42.11.3

㉚ 偶感—東亜文学者大会を終へて『満日』42.11.10

㉛ 睡眠継続願望の夢『満新』43.3.21、23

㉜ 無碍の話術—武者小路先生の印象『満新』43.4.28、30

㉝ 国立繙訳館の設立を望む『書光』5　43.9

㉞ 島崎藤村の文学『芸文』2—10　43.10

㉟ 日満系作家の交遊『芸文』聯盟版1　44.1

㊱　賭博（小説）大内（G）

㊲　魏某の浄罪（小説）大内『芸文』聯盟版 4　44.4→『芸文志』1─11　43.11

㊳　帰郷（小説）武田泰淳『文芸』12─4　44.4/『帰郷』

㊴　満洲文学の性格と使命『芸文』聯盟版 11　44.11

㊵　激しい精神『芸文』聯盟版 1　45.1

㊶　欧陽家の人々（小説）（I）→『学芸』1　41.2/『欧陽家的人們』、

㊷　喜悦（小説）（I）→『新満洲』5─3、─4　43.3、4/『帰郷』

㊸　遺書（小説）（I）→『帰郷』

㊹　風土（小説）（I）

㊺　『黄金の窄き門』（長篇小説）大内　満洲公論社　45.7→『泰東日報』43 連載

君頤（傅蓮芬）

①　霽れる（小説）大内『満洲行政』6─6　39.6→霽『明明』3─4　38.6

苦土

①　皮鞋（小説）大内『僻土残歌』満洲浪曼叢書　41.5/（H）→『明明』1─5　37.7

藍夢

①　偶感（詩）『満洲詩人』1　41.5

②　雑記篇（短詩 15 篇）『満洲詩人』2　41.7

老漢

①　日本映画の満系館上映問題の検討　大内『満洲映画』2─10　38.11

老翼（高隽武 —48 遼寧省）

① 姉の事（小説）大内『満洲行政』7—1 40.1

② 前途無限（小説）大内『満洲行政』7—7 40.7

冷歌（李廼廣 08.2— 吉林省吉林）

① 東亜に光明復る（詩）大内『旅行雑誌』10—8 43.8→
東亜復光明『盛京時報』43.6.18

李季風（「作家・作品解説」参照）

① 青春の新京 岡本隆三『満新』40.9.11—14（全3回）

② （季瘋）雑感の感『新天地』21—5 41.5→『華文大阪毎
日』5—7 40.10/『雑感之感』益智書店 40.12

③ 浪漫詩人の都新京（E）

李雋

① 小さな奴ら（映画脚本）大内『満洲映画』4—5 40.5

李夢周

① 春の復活（小説）大内『満洲浪曼』3 39.7→『芸文志』
事務会版2 39.12

李明芳

① 灯をかかげる『哈爾賓日日新聞』41.3.8

李順輔

① 美男子（小説）『新京日日新聞』40.3

② 入院するまで 大内『満洲行政』7—11 40.11

③ 秋去冬来『満新』41.11

李台雨

① 民族別映画製作の必要『満洲映画』日語版3—6 39.6

② 福地万里『満洲映画』40.5

励行建（馬尹明/馬環　17—　吉林省長春）

①（今明）雷同的人物三種（小説）大内『満洲行政』3—4、—

5　36.4、5/（A）→＊『風夜』35

②（今明）雨や風（小説）大内『満洲行政』7—4　40.5

③ 風の夜（小説）大内『大陸』3—9　40.9→『風夜』

④ 男鬼女鬼（小説）大内『満洲経済』4—2、—3　43.2、3→

『新満洲』4—4　42.4

里雁（李世鈞　21—62　遼寧省西豊）

① 雨（小説）大内『満洲行政』6—7　39.7

② 小鳳（小説）岡本隆三『満洲経済』3—1　42.1

③ 黒穂病（小説）石田武夫『芸文』聯盟版 12　44.12→『芸

文志』1—9　44.7

劉殿福

① 雪『農事合作社報』3—4　40.3

劉漢（劉泰東　25—　遼寧省遼陽）

① 浪花（小説）大内『月刊満洲』10—5　41.5→『学芸』

1　41.2

② 海角（小説）岡本隆三『満洲経済』2—8　41.8→『新満

洲』3—7　41.7

③ 旱魃（小説）『月刊満洲』10—11　41.11→『斯民』41.1

④ 大青（小説）大内『満洲経済』3—8　42.8→『学芸』

2　42.1

⑤ 林則徐（小説）『新天地』23—5　43.5→『新満洲』4—

6　42.6

⑥ 山火（小説）大内『満洲公論』3—1　44.1→『新満洲』

5—1、—2　43.2、3

⑦ 七道溝の印象　大内『満洲公論』3—11　44.11→『麒麟』3—1　45.1

劉木風（劉毅　16.6—　遼寧省新金）

① 端午節短唱『満洲詩人』2　41.7

② 満系文壇に於ける詩運『満洲詩人』2　41.7

③ 廃墟の歌（詩）『満洲詩人』3　41.9

④ 満系文壇の諸様相『新天地』21—10　41.10

⑤ 神国之派生（詩）大内『芸文』1—10　42.9

劉永綸

① 童謡と人間教育『満日』38.10.29

② 満洲郷土詩考『満日』38.11.16、17

③ 長期建設と国民教育『満日』39.1.25

馬象図（1895.2—　遼寧省双遼県）

① 満洲国語を論じて放送用語に及ぶ『満洲国語』日語版1、2　40.5、6→『満洲国語』満語版1　40.5

梅娘（孫家瑞　20.12—2013.5　ウラジオストック）

① 蓓蓓（小説）大内『新天地』21—3　41.3/（H）→『第二代』文叢刊行会　40.10

② 時代姑娘（小説）『月刊満洲』10—8　41.8

③ 旅（小説）大内『観光東亜』10—3　43.3→＊『五月文園』42.5/『魚』新民印書館　43.6

④ 異郷の人（小説）尾崎文昭『中国現代文学珠玉選　小説3』二玄社　2001.3→僑民『新満洲』3—6　41.6

⑤ 僑民（小説）岸陽子『植民地文化研究』13　2014.7→

『同上』

梅震

① 豊かなもの『芸文』聯盟版 1　45.1

欧陽博

① 満洲文芸史料　大内『満洲文学二十年』国民画報社
44.10→＊『鳳凰』2―2、―3　34.5、6

盤古

① 老劉の正月（小説）大内『新京』38.1/（A）→＊『新青年』
1―6―8 合併号　36.1

蒲文学

① 満洲楽部の満洲音楽『新京音楽院月報』40.5

銭稲緑

① 翻訳遊戯『満新』41.1

栄厚（1874―）

① 満洲国語研究の重要性―本会発会式に於ける挨拶
杉村勇造『満洲国語』日語版 1　40.5→『満洲国語』満語版
1　40.5

山丁（「作家・作品解説」参照）

① 北極圏（小説）大内『満洲行政』7―9　40.9→＊『国際
協報』34 連載/『山風』文叢刊行会　40.6

② 双生児（小説）岡本隆三『満蒙』22―8　41.8→攀生『同
上』

③ 現地随筆『満新』41.8

④ 満系芸文界の貧困に就て　岡本隆三『満日』41.10.
23、24

⑤ 霊魂の瑣語『満日』42. 1. 13

⑥ 満洲文学閑談　大内『満新』42. 1. 21—23（全 3 回）

⑦ 城性地帯（小説）大内『芸文』1—1　42. 1/（G）→『学芸』2　42. 1

⑧ 一日（小説）岡本隆三『満洲経済』3—2　42. 2→『郷愁』興亜雑誌社　43. 5

⑨『緑なす谷』（長篇小説）大内＊『哈爾賓日日新聞』42. 7—連載/『緑なす谷』吐風書房　43. 7→緑色的谷『大同報』42. 5. 1—10. 31/『緑色的谷』文化社　43. 3

⑩ 狭街（小説）大内（D）→『文選』1　39. 12/『山風』

⑪ □□する父の代　大内『満新』43. 7. 24

⑫ 新世紀の暁鐘は鳴る!!（詩）大内『満蒙』24—7　43. 7→新世紀的暁鐘響了『盛京時報』43. 6. 16

⑬ 北票鉱坑　大内（F）

⑭ 砿坑巡礼　大内『満洲評論』26—5　44. 2→＊『旅情』芸文書房

⑮ 満洲文学閑談　大内『満洲文学二十年』44. 10

⑯ 狭谷（小説）梅定娥『佐賀大国文』32　2003. 12→『郷愁』

⑰ 土爾池哈小鎮で——一人の馬夫その馬の故事（小説）浦田千晶『佐賀大国文』33　2004. 12→『豊年』新民印書館　44. 6. 1

尚元度

① 雷雨—新京公演に就て『満新』40. 6. 9、10

石輯

① 日本視察記　大内『満洲文話会通信』40　40. 12→日

本之旅　同『通信』

　　石軍（王世浚　**12—50**　遼寧省金州）

　　①（文泉）邂逅（小説）大内『満洲行政』2—8　35.8

　　②（玫泉）祖母（小説）大内『満蒙』16—8　35.8

　　③（玫泉）小さな店で（小説）大内『新天地』15—8　35.8

　　④窓（小説）大内『満洲浪曼』4　39.12/（B）→『芸文志』事務会版 1　39.6

　　⑤離脱（小説）大内＊『文学者』40.3/（B）→擺脱『文選』1　39.12

　　⑥窪地（小説）藤田菱花『満洲行政』7—9　40.9→『芸文志』事務会版 3　40.6

　　⑦春節の旦に『満新』41.1

　　⑧隠疚（小説）岡本隆三『満蒙』23—1、—3　42.1、3→『小説家』益智書店　40.12

　　⑨黄昏の江潮（小説）藤田菱花（D）→『明明』3—6　38.8

　　⑩非超人（小説）大内『満洲経済』4—6　43.6→＊『新青年』

　　⑪増産雑話『満新』43.9.2—4（全 3 回）

　　⑫『沃土』（長篇小説）大内　満洲雑誌社　44.3→『沃土』東方国民文庫 26　41.8

　　宋毅

　　①満系芸文当面の問題『満新』41.11

　　頌平

　　①追懐断片（詩）大内『高粱』35.9→＊『暁鐘』34

　　蘇冷

　　①文士業績（小説）『月刊満洲』10—10　41.10

孫鵬飛

① 民族協和映画の重点『満洲映画』日語版 3─6　39.6

孫暁林

① 元気を出せ『農事合作社報』2─5　39.5

譚復

① 映画に対する満人の観念　大内『満洲映画』日語版 2─9　38.10

田兵(「**作家・作品解説**」**参照**)

①（吠影）前路（詩）大内『満洲行政』2─7　35.7

②（吠影）湖畔の朝・外四篇（詩）大内『満蒙』16─10　35.10

③ アリヨーシヤ（小説）大内『満洲浪曼』1　38.10/（A）/『満洲文芸年鑑』3→阿了式『明明』3─1　38.3

④ 砂金夫（小説）大内『文芸』8─4　40.4/（B）→沙金夫＊『新青年』39.11

⑤ 江上の秋（小説）藤田菱花『満洲行政』7─10　40.10→『小説家』40.12

⑥ 出荷歌謡（詩）『満日』42.1

⑦ 新歌謡（詩三篇）古川賢一郎『満洲詩人』9　42.9

⑧ 筆を以つて参戦『朝日新聞』43.8.15

⑨ 文学者大会の感想『満日』43.8.29

⑩ 爵青と石軍『文学報国』2　43.9.1

⑪ 肇国精神の顕現に─大東亜文学建設要綱の設定『文学報国』3　43.9.10

⑫ 勤労増産と満洲文学『文学報国』5　43.10.1

田鴻昌

① 楊家屯にて『満洲行政』7—2　40.2

田瑯（于明仁/白拓方　17.8.16—　黒龍江省通河県）

① 大地の波動（小説）緒方一男『支那及支那語』1940.4、5、7→『華文大阪毎日』4—6—5—9　40.3—11（全16回）

② 江辺の少女（小説）岡本隆三『満洲経済』2—5　41.5→『学芸』1　41.2

③ 山の印象『芸文』聯盟版2　44.2

④ 中国の印象　石田武夫『芸文』聯盟版3　45.3

外文（単庚生　13—　山東省文登）

① 無言　大内『満洲文話会通信』33　40.5

② 半生雑詠（詩）大内『文芸』8—8　40.8→『芸文志』事務会版3　40.6/＊『長吟集』興亜雑誌社　44

③ "相争"と"対立"の真相を語る　藤田菱花『満日』40.11.20—23（全3回）

④ 愛国詩輯—必勝（詩）『芸文』1—4　42.3

⑤ 私と田舎　大内（F）

王秉鐸

① 新京音楽院に寄せて『新京音楽院月報』40.5

王秋蛍（「作家・作品解説」参照）

① 新聞風景（小説）『月刊満洲』10—7　41.7→『小工車』文選刊行会　41.9

② 書的故事（小説）青木実『新天地』22—2　42.2→『華文大阪毎日』5—7　40.10/『去故集』文叢刊行会　41.1.24

③ 没落（小説）大内『満洲経済』3—6　42.6→沈落『新満

洲』41.2

　　④ 砿坑（小説）大内『満蒙』23—8　42.8→『文選』2　40.
10/『去故集』

　　⑤ 満洲文芸史話　大内『観光東亜』9—10　42.10/『満洲
文学二十年』

　　⑥ 勤労　大内『満新』43.8.3

王天穂

　　① 日満両系理解の問題『満新』41.9

　　② 献げる—逝ける同伴者を記念する（小説）大内『満蒙』
23—11　42.11/（G）→献＊『青少年指導者』20　42.9

王文忠（—46　遼寧省瀋陽）

　　① （石青）兄ちゃん（小説）『新天地』23—11　43.11→哥哥
『華文毎日』10—1　43.1/『農業改進』41

王則（王義孚　16—44　遼寧省営口）

　　① 悼念（小説）大内『新天地』19—6　39.6→『明明』3—
7　38.9

　　② 烈女伝（脚本）大内『協和』40.1→『芸文志』事務会版
1　39.6

　　③ 満系文学雑談『満日』40.2

　　④ 満日文学交流雑談　大内『満洲浪曼』5　40.5

　　⑤ 酔（小説）大内『満洲経済』2—4　41.4

王振経

　　① 田舎の交際と贈答品（F）

王洲

　　① 放送おもしろ噺『電々』40.5

呉郎（季守仁 —61）

① 満系文学展望『新京日日新聞』40.1

② 満洲文学一談 大内『文学界』7—8 40.8

③ 満洲文壇縦横談『満日』40.8.18—23（全5回）

④ 新春の瞑想『満新』41.1

⑤ 社会時評『満新』41.4

⑥ 我々の民族 岡本隆三『大陸の相貌』41.4

⑦ 満洲文学を私は斯く観る 岡本隆三『満日』41.4.29—5.4（全3回）→満洲文学之如是我観『新満洲』3—1 41.1

⑧ 満文誌"芸文"発刊への熱望 岡本隆三『満日』41.11.12、13

⑨ 熱情の幻想『満日』42.1.9

⑩ 激しい躍動 大内『満新』43.8.8

⑪ 精神的建設へ 大内『朝日新聞』43.8.15

⑫ 従来の暗さを脱却 大内『朝日新聞』43.8.28

⑬ 北辺鎮護は盤石—建国精神の認識徹底『文学報国』3 43.9.10

⑭ 満洲青少年と文学『文学報国』4 43.9.20

⑮ 満洲の伝統と満系文学 大内『芸文』聯盟版5 44.5

⑯ 咆哮する鶴岡 大内『満洲公論』3—11 44.11

呉明

① 躍進の佳木斯『満新』40.9.8—10（全3回）

② 健やかに育つ街（E）

呉瑛（呉玉英 15—61 吉林省吉林）

① 翠紅（小説）大内『満洲行政』7—2 40.2/（B）→『文選』

1　39.12

　　② 両極（小説）岡本隆三『満新』40.5.20—26（全7回）→『両極』文叢刊行会　39.10

　　③ 白骨（小説）森谷祐二『満新』40.10.9—23（全12回）/（C）

　　④ 職場の雑筆　大内『満洲行政』7—11　40.11→『華文大阪毎日』5—6　40.9

　　⑤ 滄海（小説）『月刊満洲』10—6　41.6→『学芸』1　41.2

　　⑥ 心の言葉『満日』42.1.7

　　⑦ 墟園（小説）大内『芸文』1—3　42.2/（H）→『中国文芸』6—5　42.7

　　⑧ 望郷（小説）岡本隆三（D）

　　⑨ 夏の蛆（小説）大内『満洲経済』3—7　42.7→六月的蛆『新満洲』4—9　42.9

　　⑩ 前夜の誓ひ『満日』42.10.28

　　⑪ 心魂一如—東亜文学者大会を終へて『満日』42.11.10

　　⑫ 奈良の古都にて思ふ　林秋『婦人画報』37—1　43.1

　　⑬ 旅（小説）石田達系雄（G）→『新満州』3—6　41.6

　　⑭ 文学の栄涸—序に代へて（H）

　　⑮ 小さな犯人（小説）（H）→『華文大阪毎日』7—4　41.8

　　⑯ 満系女流文学を語る（H）

呉哲夫

① 下郷雑記（詩）『農事合作社報』3—4　40.4

蕭紅（張乃瑩　11.6—42.1　黒龍江省呼蘭）

①（哨吟）ソフイヤの嘆き（小説）大内『満洲行政』6—

8　39.8→索非亜的愁苦『大公報・文芸』125　36.4.10/『橋』
文化生活出版社　36.11

　　蕭軍（劉鴻霖　07.7—88.6　遼寧省義県）

　　① 広田君（散文）大内『満洲行政』6—2　39.2→『十月十
五日』上海文化生活出版社　37.6

　　② 薬（散文）大内『満洲グラフ』8—3　40.3→『緑葉的故
事』同上　36

　　小松（趙孟原 12.10—　遼寧省黒山）

　　①（孟原）古丁著「一知半解集」『満新』38.10.20

　　② 人造絹糸（小説）大内『満洲行政』6—1　39.1/（A）/『満
洲文芸年鑑』3→人絲『明明』3—4　38.6/『人和人們』芸文書房
42.1.30

　　③ 洪流の陰影（小説）（A）→『明明』3—1　38.3/＊『蝙蝠』
城島文庫3　38.6

　　④ 施忠（小説）大内『新天地』19—11　39.11/（B）→『芸文
志』事務会版1　39.6/『人和人們』

　　⑤ 妻（小説）大内『満洲行政』6—12　39.12→『蝙蝠』

　　⑥ 一生の大事　大内『文芸春秋時局増刊』27　39.12

　　⑦ 東部国境線を行く『協和』40.2

　　⑧ 夕暮時の来信（小説）大内『満洲文話会通信』31　40.3

　　⑨ 夷馳とその作品　大内『満洲浪曼』5　40.5

　　⑩ 蒲公英（小説）（B）→『芸文志』事務会版2　39.12/＊
『野葡萄』芸文書房　43.3

　　⑪ 鉄檻（小説）大内『文学者』41.1→『芸文志』事務会版
3　40.6

⑫ 本(小説)大内『月刊満洲』10—3　41.3

⑬ 夜語(小説)大内『三田文学』16—1　41.1→夜談『明明』3—7　38.9/『人和人們』

⑭ 文化機関に希望す　藤田菱花『満日』41.5.6—8(全3回)

⑮ 満系小説人の当面の問題『満日』41.9.6、7

⑯ 全聯と"私訪"—全聯傍聴記『満日』41.10.21/『協和運動』3—11　41.11

⑰ 鈴蘭花(小説)岡本隆三『満洲経済』2—12　41.12→『学芸』1　41.2/『人和人們』

⑱ 高尚なるもの『満日』42.1.10

⑲ 火(小説)大内『婦人公論』27—1　42.1→＊『苦瓜集』興亜雑誌社　43.11

⑳ 日本礼賛—東亜文学者大会を終へて『満日』42.11.10

㉑ 美と力の日本—国民錬成大会参観記『満日』42.11.14

㉒ 十年(小説)大内『芸文』2—1　43.1

㉓ 仏語教師とその愛人(小説)大内(G)→法文教師和他的情人『新満洲』4—9　42.9/『苦瓜集』

㉔ 砿山旅館(小説)石田達系雄『芸文』聯盟版10　44.10→『芸文志』1—8　44.6

㉕ 褚魁と陳遠と小珍珠(小説)趙福善『佐賀大国文』32　2003.12→『華文大阪毎日』10—5　43.3/『苦瓜集』

信風(張伯彦　17—44　黒龍江省呼蘭)

① 郷居散記(小説)大内『満洲経済』3—3　42.3→郷居雑記＊『新満洲』41

辛嘉（陳松齢）

① 冬夜箚記　大内『文芸春秋時局増刊』27　39.12

② 松江六日『新天地』19—12　39.12

③ 志賀・武者小路両氏を訪ふ　大内『満洲文話会通信』
29　40.1

④ 古丁に就て　大内『満洲浪曼』5　40.5

⑤ 随筆談　岡本隆三『満日』40.9.20—22（全 3 回）

⑥ 心の静謐　大内『満日』42.1.11

許可（許恩煕　遼寧省義県）

① 春の夜の人々（映画脚本）大内『満洲映画』4—3　40.3

徐鉄軍

① 炉辺三題『新天地』20—1　40.1

旋風

① 性格と情緒　大内『満洲映画』日文版 2—11　38.12

楊根

① 一夜（映画脚本）大内『満洲映画』日文版 4—7　40.7

楊絮（楊献芝　18.6—　遼寧省瀋陽）

① 手紙（小説）（H）

楊野（楊維興　21—52　遼寧省鉄嶺）

① 愛の歌（詩）『満洲詩人』2　41.7

② 夜行列車（詩）『満洲詩人』3　41.9

楊葉

① 春宵（詩）古川賢一郎『大陸の相貌』41.1

② 来去（映画脚本）大内『満洲映画』4—4　40.4

姚鷺

① 生活所感　大内『満洲行政』7—11　40.11

也麗（劉雲清　02.12—86　遼寧省金県）

① 三人（小説）大内『三田文学』16—1　41.1

② 讃歌（詩）『満日』42.1

③ 終らぬ歌曲（小説）古川賢一郎『新天地』22—2　42.2
→唱不完底歌曲『新満洲』3—7　41.7

④ 人間劇（小説）大内『新天地』24—8　44.8

疑遅（「作家・作品解説」参照）

① （夷馳）黄昏の後（小説）大内『新天地』19—1　39.1/
（A）→『明明』3—4　38.6/★『風雪集』芸文志事務会　41.7

② 西城の柳（小説）大内『満洲行政』6—5　39.5→★『花
月集』城島文庫2　38.5

③ 雁は南へ（小説）大内『満洲行政』6—10　39.10/（B）→
雁南飛『明明』1—5　37.7/『同上』

④ 荒地（小説）大内『大陸』改造社 39.12

⑤ 梨花落つ（小説）大内『満洲浪曼』4　39.12/（B）→『同
上』

⑥ （夷馳）郷仇（小説）大内『満洲行政』7—3　40.3/（B）→
『芸文志』事務会版2　39.12/『風雪集』

⑦ 東亜操觚者大会参加雑記　大内『満洲文話会通信』
32　40.4

⑧ 月落ちたれど（小説）大内『満洲行政』7—6　40.6→月
亮雖然落了『明明』2—3　37.12/『花月集』

⑨ 北荒（小説）（B）→『明明』1—2　37.4→『同上』

⑩ 熱を失つた光（小説）大内『満洲行政』7—8　40.8→失
了熱的光『同上』

⑪（夷馳）回帰線（小説）森谷祐三『満洲浪曼』6　40.11→『芸文志』事務会版3　40.6/『風雪集』

⑫ 明日を語る　大内『満日』42.1.14

⑬ 塞上行（小説）藤田菱花（D）→『小説家』/『風雪集』

⑭ 日本雑誌と満洲雑誌『書光』43.6

⑮ 寒流（小説）大内『芸文』聯盟版1　44.1→『芸文志』1—1　43.11

⑯ 渡し（小説）大内（G）→＊『天雲集』芸文書房　42

⑰ 幼きたたかひ（小説）石田達系雄『芸文』聯盟版11　44.11→敵愾与童心『芸文志』1—8　44.6

乙卡（田環）

① 老鉄（小説）『月刊満洲』10—10　41.10

② 安娜の懺悔（小説）（H）→『新満洲』42.10

衣雲（張慶吉　19.4—　遼寧省鉄嶺）

① 文壇十年印象記　大内『満洲文学二十年』44.10→＊『泰東日報』

用韋

① 魚骨寺の夜（小説）大内『満洲浪曼』2　39.3

裕振民

① 七巧図（映画脚本）矢原礼三郎『満洲映画』日文版2—3　38.3→『満洲映画』満語版2—4　38.4

② 赤魔（映画脚本）大内『満洲映画』日文版2—5　38.5

袁犀（「作家・作品解説」参照）

① 隣り三人（小説）大内『満洲浪曼』2　39.3/（A）→『明明』3—1　38.3/『泥沼』文選刊行会　41.10.20

②片目の齊宗とその友人(小説)岡本隆三『満蒙』22—7　41.7→＊『文頴』文選刊行会　41.2/『同上』

張漢仁(03—　遼寧省金州)

①口腔と発音『満洲国語』日語版10　41.2

張露薇(張文華)

①投降(小説)田中善一『文芸春秋時局増刊』16　39.1→生路『文学』2—4　上海生活書店　34.4

趙鳳

①不思議なクツ(お伽話)『満新』39.1.8—13(全4回)

趙俊錫

①教育と漫々的『建国教育』40.5

趙慶路

①満洲文芸素描『建国教育』40.4

征駝

①与農夫朝談(詩)『農事合作社報』3—4　40.4

鄭孝胥(1860—38　福建省閩侯県)

①満洲国新国歌(歌詞)『新天地』13—3　33.3

周国慶

①演員傀儡化と傀儡演員『満洲映画』日語版3—7　39.7

周暁波

①風潮(映画脚本)大内『満洲国語』日語版9、10　41.1、2

周郷博

①満洲観察の収穫『満日』41.3

周毓英

①満洲国の実在的意義『満洲公論』3—7　44.7

朱秉建

① 現代青年の性格『満新』41.2

朱名

① 古い文化と衣冠(E)

荘開永

① 満系青年に寄す『満洲公論』4—1　45.1

鄒希良

① 冬(詩)編纂係『農事合作社報』3—1　40.1

左蒂(左希賢/羅麦　20.9—76.9　遼寧省瀋陽)

① 柳琦(小説)(H)→『麒麟』2—10　42.10

掲載誌・年月日不明の作品

① 金昌信「五馬路」(詩)『新京日日新聞』

② 金音「教群」(小説)→『大同報』/『教群』五星書林 43.11

③ 爵青「山民」(小説)奥野信太郎『時局雑誌』改造社

④ 爵青「青服の民族」(小説)大内→『新満洲』42(連載)

⑤ 李喬「血刃図」(脚本)大内→『文選』2　40.10

⑥ 石軍「牽牛花」(小説)大内→『文選』2　40.10

⑦ 石軍「橋」(小説)石田達系雄→『芸文志』1—3　44.1

⑧ 呉郎「豆腐生涯」大内

找回记忆:从前在满洲的日本殖民者与下那计划(2001—2012)

Ronald Suleski/薛　龙*

[美国]萨福克大学历史系

介　绍

　　1931年9月,日本军国主义力量关东军占领中国东北地区,即满洲。1932年"傀儡"政权伪满洲国建立。这块土地拥有丰富的矿产和农业资源,对它的占领进一步扩大了日本不断增加的领土范围。为了稳固对新领土的统治以及进一步从肥沃的土地上掠夺资源,日本政府开始召集本土农民前往满洲。政府游说者前往乡村并广泛张贴告示,承诺政府将会帮助那些愿意参与的农民。这些农民会获得工具和供给,最重要的是,一旦条

　　* 我要向帮助我完成这篇论文的人们表达最衷心的感谢。他们是:齐藤俊江,始终坚定不移地支持这项研究;鬼塚博,曾经帮助过我的这项研究,现在他是一位独立学者和评论家,他评论过这篇论文的大纲并给予我很好的建议;久保田谦,下文将会详细讲述他的故事,八十多岁时,他那不平凡的经历终于被世人所知;还有野地香惠子,帮助我在萨福克大学完成了不少工作,是我的得力助手。

件成熟,他们将拥有土地①。政府会建立相应的开拓民社区,开拓民只需在自己居住的小村子周围劳作。日本政府希望,满洲最终会被在这块土地上耕耘的日本家庭占据。这些日本家庭忠诚于日本帝国,并且能够种出足够的粮食供给日本本土民众,这时的日本正由于人口增加面临粮食短缺的问题。②

1945 年至第二次世界大战尾声期间,已经有一百多万③日本人先后移民到伪满洲国。这些移民来自日本不同地区,尤以长野县居多。长野县位于东京以南,是日本本州上的一块高地。伪满洲国短暂夏季和漫长冬季的严酷气候,使生活于此成为一件非常辛苦的事情。开拓民不得不在工具短缺的情况下加倍辛勤地劳作。日本村庄和中国村庄修建在一起。很多中国人对入

———————————

① 关于开拓民被许诺的和实际所得,格雷戈·P·盖尔切在《失乐园:日本农民在满洲》一文中进行过探讨。收录于信安达编《日本移民:默默无闻的过去,矛盾的现在,和不确定的未来》(纽约:劳特利奇出版社,2006 年,第 71—84 页。),麦克道威尔凯文就日本在 30 年代到 40 年代所做的加快殖民化进程的努力做过梳理,《日本在满洲:日本帝国的农业迁徙,1932—1945》,《时代》,2003 年 11 月,www. arts. monash. edu. au/publications/eras,2012 年 10 月 18 日。只有不到 20％的日本农民愿意去满洲,因此日本在伪满洲国的农村只能被称为"小村庄"。鬼塚博写道:即便是清内路和上久坚这两个迁出移民比例最高的村庄,其比例也不过 18.9％,见长野县下伊那第 4 条信息,与鬼塚先生的私人邮件,2012 年 8 月 2 日。

② 日本对包括中国和韩国农民的满洲移民政策,详见冈部牧夫和古川恒子的《农业移民》,收录于《伪满洲国的真相:中日学者共同研究》,北京:社会科学文献出版社,2010 年,第 135—163 页。

③ 一般认为到二战结束时,伪满洲国约有 150 万日本移民。但是这个数字包括了官员、商人、小商贩、铁路工人、军人,及其配偶和孩子。农民人数将会在文章结束部分加以分析。很多中国人也选择移民到伪满洲国。对于移民到伪满洲国人口数量的分析,可见兰信三《作为国际生态一部分的日本帝国主义下的人口迁徙》,上田隆雄编《1860—1945,中国移民模式的改变》第八章,东京:斐济出版社,2008 年。

侵的日本人十分不满，两国农民的关系自然也不融洽。迫于日本军队和政策的强制规定，两国农民不得不共同居住在这块寒冷的土地上，过着各自劳作互不相干的生活。

1945年俄国军事力量从中俄边境进入，他们想方设法消灭日本人。开拓民们想尽一切办法在俄国人到来前离开，他们逃到伪满洲国南部，等待登上一条回日本的船。战争结束后，没有被送到西伯利亚的日本人都留在伪满洲国南部，以乞讨、卖淫为生。当时位于东京的政府正被美国人占领，有些人50年代才回①，这些人一直处在一种严峻的环境中，一方面受到中国人的厌恶，另一方面得不到日本政府的帮助。这一时期的日本历史充满了戏剧性，很难想象那些有着离奇遭遇的日本人最终还能活下来。

以下记录的是一位日本开拓民从1945年战争结束到1948年回到日本之前在伪满洲国的经历。我于2003年采访这位开拓民，他的故事长达49页，并在2005年出版。关于这个故事的简短介绍可参见《满洲移民：从长野县到饭田市》（饭田：饭田市历史研究，2007年）。1945年8月底每个日本殖民者都面临着生和死的问题，他们冲突的价值观也将真实地呈现在叙述中。这篇记录反映出，2000年之后日本满洲开拓民才开始在回忆录中表现出的一种诚实。

---

① 很多日本遗孤在苏联入侵期间遭受了折磨，却依然留在伪满洲国成家立业。这些人直到80、90年代才回到日本。有些人回到日本见了亲戚，还是觉得自己比较适应中国的生活，决定回到中国。参见真理子浅也玉《记忆地图：战后日本的国家和满洲》（火奴鲁鲁：夏威夷大学出版社，2009年），真由美《伪满洲国的战后遗孤：被遗忘的二战受害者》（纽约：帕尔格雷夫出版社，2010年）。

伪满洲国的日本村庄

1945 年一群日本农民住进自己在伪满洲国建造的小村庄，他们根据自己在日本长野市中心家乡的名字，将它取名为"爱川村"。1945 年春，太平洋战争的爆发加速了日本的战败步伐。日本的两座城市遭到原子弹轰炸，同时每天都受到美国飞机的猛烈炮击。日本各个阶层都被调动起来为战争出力。1945 年 8 月 9 日，苏联宣布与日本开战，"爱川村"的青壮年被集合起来到伪首都新京报到。仅有的留在村子里的男人中，包括一位年纪最长的 73 岁老人，一位 66 岁名叫筒井爱吉的村长，一位耳聋的名叫中川好一的 22 岁青年和一位名叫久保田谏的 15 岁少年，除此之外全部是妇女和 11 岁以下儿童。[1]

像久保这么年轻的孩子独自居住在伪满洲国的日本村里显然不太正常，不过他在日本也无家可归。1944 年 14 岁的久保小学毕业后面临两个选择，一是加入防御组织，二是参军。对于年幼的他来说当兵还太早了。他知道如果去伪满洲国成为政府保护的农民，就不得不冒着风险离开日本相当长一段时间。年轻的久保觉得远赴伪满洲国虽然异常艰险，却充满机遇。久保

---

① Nekosogi dōin《剥出根的呼唤》。见小泽亲光《不为人知的历史，伪满洲国部队》，东京：佐藤出版社，1976 年，第 193 页。伊藤真弓·J《伪满洲国的日本遗孤》，第 18 页；陈岳山《战后被遗弃在伪满洲国的日本人》，第 164 页。相当一部分关东军已经作为增援力量被派往日本本土和南太平洋战场。因此这一次召集已将剩余的青壮年全部利用上了。"爱川村"的村民们意识到这次战争将是最后一场捍卫日本帝国的努力，而后者显然将成为一个过去式。

不是家中长子,不会继承到家庭财产,也不必为父母养老送终。
最终他于 1944 年前往伪满洲国。

战争突然结束

　　1945 年 8 月 15 号日本天皇宣布投降的新闻播出以后,开
拓民不知道他们的邻居——中国农民得知这个消息后会如何对
待他们。他们知道自己的出现对中国人来说是一种压迫。日本
政府为了打造日本村庄夺走了中国人的土地。这种担忧完全站
得住脚,因为在宣布投降后不久,愤怒的中国人聚集到日本村庄
外表达不满。几百个中国人大声呼喊:"日本败了! 败了!"有人
用步枪开了一枪,枪声夹杂着怒吼声,此次聚集很快变成一场骚
乱。中国人冲进"爱川村",打开栅栏放出牲口,用长柄锄撬开屋
门,拿走一些衣服。①

　　66 岁的筒井村长被打之后,他的身体状况变得很不好,多
处淤青,几处骨折。他呼吸困难,告诉聚集在身边的妇女和孩
子:"我不能呼吸了,太难受了,我坚持不了多久了。年轻人要想
方设法活下去,告诉别人这里发生的一切。"说完他不断要求大
家把他打死:"让我死吧。"

　　起初大家都很犹豫,没人愿意帮他。后来一位妇女站出来
说:"你们没听到他的乞求吗? 难道我们不该让他早早解脱吗?"

---

　　① 日本农民和中国人因为农具产生的矛盾可见薛龙《日本人控制下的中
国东北:满洲青年团的规则,1934—1945》,现代中国,7 月 3 日(1981 年),第
351—377 页。

其他人都认同她的看法,觉得只有死亡才能让他免受疼痛。两三名妇女一边把手放在他的脖子上用力掐,一边说"Sayōnara,sayōnara",筒井闭上眼睛,咽下最后一口气。没有人知道他确切的死亡时间,但清楚的是那时是 1945 年 8 月 16 日黄昏时分。

死亡的威胁

村长的去世对于这些开拓民来说只是悲剧的开始。妇女们聚在一起商讨对策。一位妇女代表所有"爱国"的日本人这样说:"我们都明白不可能回到日本。男人们参了军,我们必须明白他们回不来了。战败的人没有资格活下来,他们要么已经死在战争中,要么已经自杀。中国人发现我们是迟早的事,如果我们发生什么不测,将会是全日本妇女的耻辱。自我了断是最好的选择。"

15 岁的久保听到妇女们的谈话,意识到她们准备自杀了。对于将要发生的事情久保感到十分恐惧。他绝望地坐着,希望想出可以脱险的办法。一位妇女看到独坐的久保,大声说道:"久保!你在干什么?振作起来。你要帮助我们,我们没时间了。太阳就要出来,中国人很快会找回来。在那之前我们必须要自我了断。"久保看到有些女人已经开始掐自己的孩子。

婴儿首先被掐死,随后是儿童。但是当她们想要掐死上学的孩子时遇到了困难,孩子们不想死,他们竭力反抗。一个 8 岁的孩子说:"妈妈,我不想死,别杀我。"她的妈妈说:"没有这么痛苦。你爸爸已经死在战场上,我们也要随他去。跪下来合紧双手祈祷。不要害怕,你爸爸正在等我们。"这位妈妈劝说着她的孩子,男孩努力坐直,最终被他妈妈掐死。一位当过护士的妇女说:"我看不下去了,这种死法太慢,应该快一点结束孩子们的性命。"

母亲们一个接一个掐死自己的孩子。久保满是疑惑地看着这一切,护士告诉大家用刀子会更快,孩子们也会少受一些痛苦。但是没有人手头有刀,所以她们用衣带和腰带代替。妇女们力气不够,没法直接用腰带勒死孩子。护士建议她们把玉米穗挡在腰带和脖子之间,用力转动玉米穗,勒紧绕在脖子周围的衣服。孩子们被勒的时候努力站直,双手合十,最后栽倒下来。一旦倒地,久保就上去踢他们的肚子,检查他们有没有死。很多年后,久保回忆起这一段,觉得自己至少狠狠踢过二十个孩子的肚子。久保的同学,同时也是中川的小女儿,就是这样死去的。先是小孩子死去,随后是中年妇女,最后是年轻妇女。①

8月16日夜间和17日早晨,一共73名妇女儿童这样死去。他们在离伪首都不远的一块玉米地里丢了性命。

死亡的时间

最终只有两个男人没有死——久保和耳聋的中川。中川觉得如果他咬破手腕,就能因流血过多死去。他不停地咬自己,血大量渗透出来,但并不足以致命。久保记得他曾听别人

---

① 这个说法来自久保用方言记录的回忆:《那时,我们将一无所有》。

说用力敲打眉心会致人死亡。两个男人开始在四周围寻找能敲打自己的大石块。他们面对面站着,各自手持一块石块轮流敲打对方。很快血流出来,两个人感觉头晕目眩,身体越来越虚弱。

之后久保看到天空中的太阳,一切看起来都很潮湿,很明显夜间下过雨了。久保慢慢抬起头查看四周,中川此时也和他一样努力抬着头。他们意识到身上的衣服不见了,只剩下短裤。

眼前的一切对他们来说像是人间地狱。周围全是妇女和孩子的尸体。几乎所有的尸体都没穿衣服,一些妇女的身上还有内衣和腹卷,裹在肚子上的羊毛腰带使这些尸体得以暂时完整。太阳静静地看着这里,所有躺在地上的人都在夜里停止了呼吸。或许在黎明时分,一些农民来过这里,想看看这里变成什么样子。他们太贫穷了,把尸体上的衣服脱下来自己穿,因为战争,他们困难得几乎没有衣服可以御寒。① 六十年后,久保仍然清楚地记得当时的场景,还记得那些活生生的人们,他悲伤地说:

———————————

① 战争时期,中国农民几乎没有衣服可穿。因此在日本战败后,他们尽可能搜寻一点东西,哪怕是从死人身上脱衣服。这种行为是完全可以理解的。那时很多男性穿着传统腰带代替短裤。因此我问久保,为何他和中川穿着的是平角短裤。他说当时这两种款式的短裤都很常见,青年团的男性也统一穿着平角短裤。我问久保为何第二天其他男性都是裸体,而他们两人身上还有短裤。久保说,可能是因为中国人脱他们衣服时,发现他们的身体尚暖应该还没死就把短裤留下了。关于满洲青年团的内容参见薛龙《伪满洲国青年团生活的重建,1938—1945:抵抗整合》,《东亚历史》,30(2005),第 67—90 页。关于满洲青年团最详尽的一章参见上笙一郎《满洲青年团》(东京:中公新书,1973)。在我收集原始资料时,卡米先生给予很大帮助。他认为满洲农业移民人数为222970,其中 72000 人死亡,11000 人失踪。他认为有 24200 名青年团男孩死在伪满洲国,见第 75、177—178 页。这个数字与接下来论及的长野县满洲开垦团的看法有一定差异。

"那些被掐死的妇女和孩子再也回不来了。"

有几个中国人见证了大屠杀。他们告诉男孩尽可能找到铁轨，搭乘开往南边大连港的火车，到那或许能登上回日本的船。久保和中川离开这片地方，身体无比虚弱，头脑一片混乱，他们觉得自己快死了。有人指给他们移民村总部的所在地，他们希望找到曾在日本人管辖的土地上做苦力的中国头领。中国头领懂一些日语，他们希望能得到帮助。两个男孩十分虚弱，站都站不稳。他们绕开大路躲避中国人，并且只在夜间行进。他们找到一个大麻袋，白天睡觉和晚上走路时把它搭在肩膀上起保护作用，虽然是 8 月盛夏，有时也会寒意袭人。他们唯一的营养来源就是洼地里的泥水。

求 生 机 会

6 天之后他们跨越这片土地，1945 年 8 月 23 日他们找到移民村总部和中国苦力头领的家①。看到两个男孩几乎一丝不挂，身上沾着泥和血，头领老婆很生气。头领难过地说："你们肯定被打了。"头领给他们玉米吃，还找了一个地方让他们躺下休息。第二天早上，头领的妻子用油和盐给两个男孩煎鸡蛋。经

---

① 生活在伪满洲国的日本殖民者、中国农民和韩国人之间存在语言障碍。大部分日本人只学了一点点汉语，工作和生活语言仍是日语。因此能使用日语的中国苦力投靠日本人，成为苦力中的头领。十分有趣的是一些中国苦力实际上和日本家庭住在一起，参见《下伊那的满洲》，第 9 卷（2011），第 134—136 页。这个采访说明，日本人根本不愿意花工夫学习汉语或韩语。

历了集体自杀的磨难和夜晚穿过农田的极度恐惧，多年后想到那天清晨如何被煎鸡蛋的声音唤醒，久保不禁泪流满面。那时的中国农民非常贫穷，他们的日常主食是玉米和玉米汤，鸡蛋、食用油和盐对他们来说极为奢侈。此外，那几天这两个日本男孩的主食是白米饭。

两个男孩在头领家待了一个礼拜，穿着人家给的衣服和裤子。头领和他的几个亲戚把他们送到设立在前伪首都新京的日本难民中心。头领嘱咐他的兄弟一路保护好两个日本男孩，他们在途中遇到的中国人都对他们十分友好。之后的三年，久保混迹于南满，只求每天能吃饱、有一个遮风挡雨的住所。他尽可能躲避政府官员，只要能赚到钱、领到食物，他什么奇怪的工作都做。

1945 到 1946 年间，满洲生活着大量俄国士兵。久保和中川一直相依为命，1946 年 8 月亲眼目睹过女儿自杀的中川突然发起高烧，不久就去世了，年仅 23 岁。中川离开后，久保只身一人讨生活，有时和其他日本难民聚在一起，大部分时候靠逗乐别人为生。

在所有做过的活计中，久保最喜欢给俄国人和后来的中国军队当苦力。他抬过担架，搭过电话线。有时他能从基督教徒那里得到免费的午餐。一位很有拼劲的日本难民开了一家提供简食的小酒馆，在那里久保成为一名快餐厨师，并且颇受和他一样无家可归的日本顾客欢迎。靠着接济和辛勤劳动，久保生活了下来。此时的南满非常混乱，打了败仗的国民党士兵希望离开这里，得胜的共产党希望乘胜团结百姓。在这种情况下，日本人多少被忽略了。比如久保，为了食物和微薄的收入努力干活，当过二道贩子,活着的每一天都在辛苦挣扎。①

久保一直打听大连南满码头载日本难民回国船只的消息,终于在 1948 年 6 月幸运地搭上其中一艘。当他再次踏上这片阔别三年的国土时,刚刚 18 岁。

遗憾的是,久保回到的这块农田上并没有什么东西,他的家庭也因为经年累月的战争陷入窘境。田里种着土豆,久保学习了一种将土豆切成薄片烤成煎饼的方法。这种廉价且富有营养的煎饼在战后大受欢迎,于是久保开了一家煎饼店,从 1948 年到 1961 年,一开就是 13 年。1954 年他与一位本地姑娘结婚,开始了婚姻生活。1961 年一场台风摧毁了他的煎饼店和事业,之后他在家乡开始长达三十年的木匠生涯,直到 1991 年受工伤退休,那时 61 岁。

活 着

今天的久保已经八十多岁,仍然居住在他生长的土地上。很显然,当年他年轻健康的身体使他能够挨过辛苦的工作,能够熬过 1945 年 8 月日本投降之后在伪满洲国的艰苦生活。和很多经历过极端生活的人一样,久保很少将那段近乎荒诞的经历告诉他人。他生存了下来,并且努力保持健康的身体和灵魂。

---

① 很多关于战后日本难民如何在满洲艰难求生的书籍都已经在日本出版。如松井士郎《满洲叙述》(长野:Ginga 书房,1980);今井美树《伪满洲国无家可归的难民》(东京:筑地,1980)他们尽可能扩展研究范围,有些日本人试图将自己的信仰灌输给无家可归的难民。参见森本晃司茂《高粱之针:一份关于中国东北地区日本难民救济工作的记录》(大阪:Dasō 书房,1979)。

回到日本后,他努力重建自己的生活。

2003 年,久保接受了一个饭田市政府支持的组织的采访。到 2004 年,他一共在五个不同的会议上讲述自己的过去。在回忆那段历史时,他表现得非常直接和诚实。前殖民者们曾极力粉饰那段历史,但其实没有必要歪曲和忽视那些黑暗面。尽管过去了很多年,对于久保来说,回忆过去仍旧不是一件简单的事情。政府采访者们将久保讲述经历时流露出的情感记录下来。他的故事从 1945 年 8 月的那场大规模自杀展开,随后他说出的一个决定使所有人沉默了:努力活着。

结论:寻找记忆

回到日本的那些殖民者们努力过好自己的生活,尽管彼时的日本因为战争变得贫瘠不堪。经过 20 世纪 50 年代的不断努力,60 年代的日本经济得到很大恢复。他们的生活逐步安稳起来,关于伪满洲国的记忆被深深地埋藏在心底。70—80 年代,一些审判日本和描述伪满洲国苦难的书籍出版。其中大部分是回忆录,有些是学者看过这些书籍后撰写而成。这些书通常分为几个主题,一是作为战争受害者的感受:战时作为日本军队的受害者,日本战败后被气愤的中国人迁怒及各种状况的受害者。第二是周边国家对 30—40 年代日本价值观的看法:少数作者强烈质疑之前那种所谓的对日本帝国的绝对忠诚,或是日本军事行动的合法性,或是日本入侵中国领土强占中国农民土地的行为。第三,少部分报告在描写这事件时更加具体细化。姓名、地点和数字清楚可见。尽管提到强奸、死亡和穷困潦倒,这些报告仍在一定程度上回避了真实、血腥和肮脏的事实。报告的作者对那些离奇的故事兴趣盎然,热衷于表述那些人如何成为幸存者、殉道者和受害者。事实上,之前的很多报告都只表现了一种冒险主义或英雄主义,复述了日本历史中的某一重要时刻。

肯定的一点是,战后关于日本开拓民在伪满洲国所作所为的批评不断涌现,这些批评主要来自于查阅过大量史料的学者。尽管有很多学者质疑日本政府在伪满洲国的殖民行径,但仍有少数书籍或由前开拓民撰写的回忆录将这种行径视为一种伟大的,至少是有意义的尝试。

到上世纪末,关于开拓民在伪满洲国经历的回忆录和报告文学陆续问世。2001 年初,饭田市长野县的学者开展了一个计划,专门收集当地居民 20 世纪 30—40 年代赴伪满洲国当开拓民的故事。这一地区,特别是富士山周边农村,相当多的居民,甚至整个村庄的居民,都去伪满洲国当农民。饭田政府负责采访居民,京都大学负责记录故事。他们给受访者拍照,并且出版系列书籍《下伊那的伪满洲国》、《口述和笔录集》。

这些报告不同于几十年前战争刚结束时出版的书籍。在下伊那丛书中,前殖民者的表述十分直接,也很具体。他们不必像从前一样必须认可他们所经历的一切,因为似乎只有那样,才能证明是爱国的。他们不再将中国人视为"他们",把日本人视为"我们",而是将所有人的好坏两面都呈现出来。其中一些报告积极讲述了日本开拓民和中国农民的关系(因为有一部分日本开拓民和中国农民之间保持着良好的私人关系),他们的故事在几十年前的著作中是看不到的。这些故事描述了一些偶发事件,比如傲慢的开拓民可能会偷窃在他们家门口卖东西的韩国小商贩的货物,或者随心所欲地殴打被他们怀疑偷东西的中国农民。当地警察对受害的韩国商贩和中国农民也无能为力,因为他们的上级都是无良的日本军官。参见凯瑟琳·迈耶的文章。在最近可见的日本殖民者叙述中,删除了关于国家建筑和八月帝国的讨论,取而代之的是记忆中的故事。突然间,这种叙述呈现给读者一种事实,这种事实在以前关于日本殖民者在伪满洲国行为的日语出版物中都被否认或者忽视。

到底是什么使得这个故事发生了持续的变化,笔者不得而知。或许是这些已经年迈的叙述者,不忌惮讲述自己亲眼目睹的事实,并且认为讲述他们的故事并不是别有用心。或许是饭田市的研究者们精心设计的问题使受访者有如此反应。出于某种考虑,书中保留了长野人的方言和表述方式。这使得故事更为生动和引人入胜,并且让读者更加清楚叙述者来自何处。方言的使用更赋予叙述者们强烈的个人风格。2012 年夏,为期 12 年的口述历史项目即将完成,这个项目收集并出版长野人作为开拓民远赴伪满洲国生活的故事。这个项目有许多显著特征,其中之一是书中内容非常翔实,并且将收集、分类和编辑口述历史的过程公开。每一卷都解释了项目的来龙去脉。作为一个公众参与的项目,它的进行工作十分透明,并且提供受访者和采访者接触的机会,有些受访者还亲自编辑相关信息。采访者们互相传阅分类的采访手稿,修订其中的语法错误,并在必要的地方做进一步阐释。有时只要被访者愿意,他们可以在书籍出版之前阅读样稿,书籍出版后没有任何一位被访者表达过对该项目的不满。2001 年,京都大学的兰信三教授找到齐藤俊江——一位为饭田政府服务的图书管理员教授,带了几位自己的研究生和希望研究伪满洲国经验的长野民众。

齐藤女士对 20 世纪 30—40 年代日本人在伪满洲国当开拓民的经历很有兴趣,并且收集了图书馆相关书籍。二位一起组织了一场关于伪满洲国殖民的社会叙述会议。当地媒体报道了这一研讨会,令二人高兴的是,很多当地民众,包括一些前开拓民,也很想参与这个研究项目。①

兰信教授计划收集前殖民者们亲历的历史,以建立前殖民者口述的历史档案。教授对战前在日本流通的反映日本帝国主义和敬神思想的伪满洲国殖民方针不感兴趣,这种阐释框架可以缓解战时的极端态度,但是他们有把叙述套入被害框架中的嫌疑。他只是简单地希望人们尽可能全面地讲述自己的故事。

长野县关于开拓民经历的收集工作是做得最好的,这一点从很多方面来看都不意外。战争结束时,伪满洲国约有 150 万日本人,其中仅有 22 万是居住在殖民村里的开拓民。20 世纪 30—40 年代的开拓民大多来自日本偏远地区,但是从长野到伪满洲国当开拓民的人数最多。根据目前已知的最权威统计数据,长野县最少有 40 组移民去伪满洲国,这其中有 31264 名成年人,还有 6595 名青少年参加了少年团。累计 37859 位民众被派往伪满洲国,长野地区显然成为派往伪满洲国人数最多的地区。②

---

① 齐藤女士对项目早期的回忆。参见《下伊那的满洲》第 1 卷(2003),第 157—166 页。

② 不同的统计对派往伪满洲国不同殖民者类型的数据统计存在差异。比较可靠的资料是由政府 1984 年编写的《长野地区关于伪满洲国殖民的历史》。很多资料认为在伪满洲国的开拓民人数在 24 万到 30 万之间。前面提到的书里认为人数为 321882,其中有 220255 名殖民者和 101627 名青年团成员。长野一共有 37859 人前往伪满洲国,其中有 31264 名殖民者和 6595 名青年团成员。

如前所示,日本招募者给愿意去伪满洲国的农民画了一个大饼。政府会给他们一笔津贴用来抵消生活开支,还会给他们良好的住房和肥沃的土地。劳动一定年数后,住房和土地都将归他们所有。这个计划越来越清楚,特别是下伊那计划公布后,人们发现整个招募工作让人不太舒服,或者不太细致。招募者极力鼓吹前往伪满洲国的重要性,因为这同时也是保卫日本新领土的一种行为。一旦农民反抗,招募者就会恐吓欺侮他们,叫他们叛徒,威胁他们会因为不合作和犹豫的态度被警察调查逮捕。这种来自政府的威胁一直让被迫实现政府意愿的长野人愤恨不已。①

20 世纪 40 年代,战争的狂热气氛越来越强烈。普通百姓甚至连向招募者提问的资格都没有。现在一些事情都水落石出了,前开拓民告诉大家伪满洲国的真实生活和政府的描述天差地别。他们居住的是破败的小棚屋,原先居住在这的中国人被赶出自己的房子,说明伪满洲国农民也十分贫穷。有时日本人不得不利用简陋的工具自己修葺房屋,而且这里没有自来水和电。伪满洲国严酷的气候也成为巨大的考验,11 月底西伯利亚

---

① 2012 年 2 月到 4 月,《朝日新闻》长野版发表了一系列关于长野居民对极端战时人们关系的采访和评论。文章详细指出教师们如何将政府意志灌输给学生以及如何怂恿男孩子加入青年团。政府如何逮捕那些可能有反对政府行为的左翼人士,如何把人们聚到一起送往伪满洲国,以及农民的女儿如何被训练成家庭主妇,因为她们也很快被送到伪满洲国嫁给开拓民或青年团成员。照片的出现非常有说服力,并且告诉人们政府的征募行为非常难以令人接受,而日本人此前并不知道这些事。人们非常不满教育当局将政府意志强加给学生的行径,一位前青年团成员曾批评下伊那教育协会从未认真反思过自己在战时的错误行为。参见《下伊那的满洲》(2012),第 108 页。

寒风来袭,大地都被冻住。① 根据安妮卡·A·卡尔弗的回忆,
日本政府向他们描绘的图景与伪满洲国的真实景象差别巨大。
长野县和饭田市的居民对下伊那计划非常拥护。累计 8379 人
作为开拓民前往伪满洲国,但是战争结束后只有一半左右——
4199 人回来。能够回来的人都经历过丧友或丧亲的痛苦,很多
人甚至失去了自己的孩子。②

　　下伊那计划实施后,我们在这里看到很多战时曾居住在伪
满洲国的老人。③ 他们经历过恐怖的战争,知道很多骇人听闻
的事情,即便过去了 70 年,那些岁月和故事仍历历在目。2003
年伪满洲国下伊那计划研究丛书第一卷已经出版,包含了五位
亲历者的叙述。2012 年夏季第 10 卷出版,共包括 85 段采访。④

　　计划进行的时候,一些通过各种渠道得知这个计划的当地居

---

　　①　《朝日新闻》系列文章提到过,同时另一位反对移民的村庄头领也提到
过——在战争氛围日趋白热化的时候他退休了,起初村民对移民一事非常热
心。还有一位去过伪满洲国见到过移民村的村民告诉人们,伪满洲国的一切并
不像想象的那么美好。真实情况和政府所描述的绝佳的农业环境及为国奉献
的景象截然相反。参见《日本政府虚张声势的背后》,《朝日新闻》,长野出版社,
2012 年 4 月 12 日。这篇文章还透露,大约 33700 位开拓民或青年团远赴伪满
洲国,其中至少 14900 人——将近一半,没能回日本。33700 这个数字比长野
出版的《满洲开拓史》中提到的 37859 要少,详见第 309 页。

　　②　参见《下伊那郡与满洲》,第 1 卷(2003),第 157 页。

　　③　一些曾居住在伪满洲国正彦村的村民,都来自长野县下伊那区。1979
年出版了一本关于战争经历的书。他们是最早一批以坦诚的态度来面对战争
的移民。在 987 人当中,613 人去世,57 人没有回日本,还有 50 人完全失联。
兰信三教授重新出版了这本书并命名为《伪满洲国正彦村:七十年的回忆与历
史》,(富士出版社,2007)。岛川士郎关于这本书的书评刊登在《每周读者》第
2721 卷,2008 年 3 月,第 6 页。我要感谢哈佛大学燕京图书馆的田靖,是她在
2008 年告知我这本书再版的情况。

　　④　2012 年夏天下伊那计划宣布结束。参见《朝日新闻》,2012 年 7 月 27
日版。

民开始接受采访。采访者通常有两人,他们用录音机记录下对话,对话一般由简短礼貌但直接的问题和较长的回答组成。大部分被访者都会在几个星期内接受不同的采访,每一次他们都可以阅读前次采访的对话稿,并且可以提出建议和更正意见。比如采访者可以看到彼此的采访稿,并且给接下来的问题提意见。年纪最小的被访者已经 60 多岁,最大的已年逾 90。很多人给采访者提供他们年轻时在长野或后来在伪满洲国拍摄的照片。下伊那计划组织者经过认真考虑,决定在书中保留长野方言。这使得整本书呈现出很重要的本土特色,同时采访者也展现出明显的个人风格。

2012 年春,伪满洲国殖民叙述组织收到一份来自《朝日新闻》长野版颁发的荣誉——信浓赏。下伊那计划被认为对认识当地历史并公布于众有重要的贡献。①

下伊那计划推出的书籍在坦诚和直接方面达到了新高度,在战争结束后几十年出版的各类战争回忆类书籍中,这两方面做得都不如前者。因此从这个层面上来说,下伊那计划通过采访健在人士以寻找历史回忆的做法取得了前所未有的成功。如何解释这种前所未有的坦诚?为什么时隔多年人们还愿意重新认识这些历史事件和冲突的价值观?是什么促使这些老人以坦诚的心态回顾那段在伪满洲国的经历,以及之后日本殖民统治瓦解之后,他们如何艰难求生的岁月?②

---

① 参见《下伊那郡与满洲 别册纪录集》第 10 卷(2012),第 350 页。

② 在日本举行的关于战后记忆的国际辩论。参见弗朗西斯卡《日本的战争记忆和社会政治,1945—2005》(剑桥,MA:哈佛大学亚洲中心,2006 年)。从个人层面思考这些问题,参见威廉穆尔亚伦《书写战争:日本帝国士兵的记录》(剑桥,MA:哈佛大学亚洲中心,2013 年),特别是第 243—303 页。这本著作研究了 1937—1945 年间参加过中日战争日本士兵的日记。

久保田谏,这个在 1945 年那场大规模自杀中存活下来的男孩,在下伊那计划初始阶段就开始将自己的经历写下来。他对那么多人愿意听他讲那段经历感到很意外,随着自己越来越频繁地去学校作报告,越来越多的年轻学生向他提问并希望了解在他身上发生的事情。

在一次报告的尾声,一位大学生刨根问底,向久保提了很多问题。这次经历使久保决定尽可能将自己的那段经历全部讲述出来。他的故事激励了很多渴望世界和平的人士,久保先后多次接受下伊那计划执行者的采访,采访内容于 2005 年发表在丛书第三卷中。①

兰信教授对搜集资料投入了极大兴趣。她对采访前殖民者的困难做过认真理智的分析,每位前殖民者在回忆半个多世纪前的遭遇时都在努力克服内心的犹疑和害怕,过去的那一切带给他们巨大的伤害,回忆起来五味杂陈。战后这些老人辛辛苦苦地重建自己的生活,竭力掩藏那段经历,努力从伤痛的情绪中走出来。他们经历了太多的悲剧,曾目睹别人或自己被强奸,也曾眼睁睁看着身边那些受到尊敬爱戴的同伴被枪杀,他们每个人都经历过死亡的威胁,都想拼命逃离那块危险之地。他们亲眼见到小孩,甚至是自己的弟弟妹妹被卖给中国人以换取一点粮食,因为他们实在无法养活自己的孩子。他们偷窃食物或者交换货品,以求存活下来。他们曾经残忍地虐待自己的中国邻居或韩国邻居。

兰信教授写道,讲述他们的故事就是在以某种形式承认过

---

① 参见《下伊那郡与满洲 别册纪录集》第 10 卷 (2012),第 350 页。

去的罪行,重新回忆那些生命中最可怕的场景。在陈述过去的罪行时,他们请求人们的宽恕,请求人们理解他们做了违反他们所秉持的社会观和道德观的行为。这些采访对他们来说并不容易,因为它们重新挖掘出深藏多年的回忆,逼着每个受访者去面对真相。很多被访者都因为自己的存活深感内疚,为什么自己能活到现在,而很多他们认识和珍惜的人的生命却被残忍夺去,或者生命轨迹被永远改变。

兰信教授对受访者起先犹豫,最后决定开诚布公接受采访的行为做了解释。这是由于日本人的共同参与和责任感。他们是迁徙村的一部分,是农村网络的一部分,每个农村的带头人都利用自己的地位去调集、领导、鼓励村民,每个人都是大群体中的一员,批评带头人就是间接批评所有人。群体的社会价值观要求每个人默默接受他们经历的一切痛苦,而不是谴责谁。①

鬼塚博,作为一位社会评论家和学者对这本书作出了一定的贡献,包括记载久保田谏的故事,他写道:这些老人们再也不惧怕那些曾经游说他们远赴伪满洲国的人,这些人可能是本地领袖,也可能是有权有势的人。但是他们大多去世已久,他们在战时宣扬的那一套理论得不到当下日本社会的认同,因为当下的日本社会谴责战争,呼吁和平。

鬼塚先生表示,很多前殖民者都觉得自己被政府误导了。他们被丢弃到中国东北地区,忍受了巨大的苦难。他们曾经认为自己在为国家出力,现在觉得其实是日本伪满洲国移民计划

---

①　兰信教授的分析参见《下伊那郡与满洲 别册纪录集》,2012 年,第162—186 页。他发表了一些关于这个项目的文章和采访,其中很多都引用在书中。

的受害者。鬼塚先生觉得年事已高的他们再也不必隐瞒曾经的遭遇。

这些公开的采访和寻回的记忆清楚记载了前殖民者的生活，因为他们的坦诚和坚强，这些记录会实现一个愿望：当人们还记得这些被迫参与伪满洲国殖民实践者的生活和挣扎时，这些采访和记忆会让人们停下来好好思考。

（李 舟译）

《盛京时报》的文艺版《文学》概观

大久保明男

[日本]首都大学东京人文科学研究院

一 前 言

　　《盛京时报》是 20 世纪上半叶在中国东北地区出版发行的一部中文报纸,是 1945 年以前,由日本报业人士在东北地区创刊的第一家中文报,同时也是发行时间最长,对东北的政治、经济、文化和社会各界最有影响力的文字媒体。

　　关于《盛京时报》的主要先行研究,根据管见可以列举如下。

　　在日本,关于该报的创刊背景、历史变迁、以及创办人兼报社社长中岛真雄等方面的概括性研究,应该首推李相哲的研究专著①。该著作包含伪满时期在内,对日本人在近代中国东北地区经营报业的历史进行了先驱性、总体性的调查研究。

　　有关以《盛京时报》为舞台展开的文学活动,最有代表性的

---

　　① 李相哲:《满洲日本人报业史》,凯风社,2000 年 5 月。

应该是村田裕子对"文艺盛京奖"的研究论著①。这篇论文首先梳理了自 1906 年创刊到 1936 年创设"文艺盛京奖"该报展开的主要文学活动,进而对从 1936 年到 1943 年"文艺盛京奖"的获得者和获奖作品进行了详细的实证性分析。与该作者的另一部相关论文《一个满洲文人的足迹——穆儒丐和〈盛京时报〉文艺栏》②并列,为在总体上掌握伪满时期的汉语文学是不可或缺的重要研究文献。

在中国学界,近年来出版的研究论著中有一部分就《盛京时报》对促进东北文学发展起到的积极作用给予了一定的评价。但大多研究还只停留在概括性介绍层面,而且某些论著中,对历史事实的记述尚存在明显的单纯性谬误③。应该说《盛京时报》作为一个重要媒体,近年来包括文学文化研究在内,越来越受到各界学者的瞩目和重视。

本稿鉴于上述研究现状,将对《盛京时报》与文学的关联做进一步考察。即,将焦点聚集在先行研究中几乎没有涉及的文艺版《文学》,试图总体把握其概况。因为《文学》在"满洲国"末期是支撑文学活动的一个重要据点,它不仅频繁地报道了有关文学方面的动向,而且网罗了同一时期活跃在文坛的所有作家,

---

① 村田裕子:《"满洲国"文学的一个侧面——以文艺盛京赏为中心》,山本有造编:《"满洲国"研究》,绿荫书房,1995 年 4 月。

② 村田裕子:《一个满洲文人的足迹——穆儒丐和〈盛京时报〉文艺栏》,《东方学报》第 61 册,京都大学人文学研究所,1989 年 3 月。

③ 如具有代表性的大型研究丛书《中国沦陷区文学大系·资料卷》(广西教育出版社,2000 年 4 月)中,就该报的创刊时期记述为 1906 年 9 月 1 日,但这个日期是农历,公历应为 10 月 18 日。另对文艺版《文学》的创刊时期误记为 1932 年岁首,但如本文后述,《文学》的创刊时期应为 1940 年 12 月 17 日。

刊载过他们的作品。因此,本稿暂不以个别作家或个别作品为研究对象,而主要就下面列举的两个突出问题进行深入探讨。

一,《文学》的发行期是从 1940 年末到 1943 年 4 月,这一时期正是"满洲国"政府加强对言论出版的统治,将包含文学在内的文化艺术诸领域组织化,纳入到协助推行举国规模的"总力战体制"时期。同时,这一时期内也发生了一系列牵涉到文学方面的重大事件,如,满铁调查部事件(1940 年末),限制文学创作相关条例①的公布(1941 年 2 月),"艺文指导要纲"的公布(同年 3 月),"满洲文艺家协会"的成立(同年 7 月),"满洲艺文联盟"的诞生(同年 8 月),"治安维持法"的公布以及对大批作家的拘捕关押事件(同年末)②等等。面对这些"国策文学路线"以及与文学相关的重大案件,"满洲国"作家做出了如何反应,特别是中国作家的对应与动向,可以通过对《文学》栏目的考察得到一些值得期待的结论。

二,"满洲国"成立伊始便打出"民族协和"的治国方针,而实际上包括文学家在内,"日满两国"各阶层民众几乎没有过对等的交流实践。在这种情况下,《文学》曾刊出过几次有关"日满文学交流"的专题报道。因此有必要对其内容做详细的调查分析。

如篇首所述,《盛京时报》是中国东北现代史上最有影响的文字媒体,而该报的文艺版《文学》,在研究考察"满洲国"末期的

---

① 《关于最近禁止事项的检查》。规定禁止在文学作品中表现"抵触时局,批判国策,缺乏诚意,非建设性,煽动民族对立,描写黑暗面,颓废思想,变态情欲及凶残暴虐场面"等内容。对此,后来一部分中国作家(如山丁等)称之为"八不主义"。

② 如青年作家关沫南、陈隄、王光逖、杲杏等人被拘捕的"青年思想大检举事件"或称"哈尔滨左翼文学事件"等。

文学时是不可忽视的重要研究资源。鉴于该文艺版的历史资料价值，笔者收集整理的该版刊载文章总目录《伪满洲国主要汉语报纸文艺副刊目录》，将于 2016 年以"伪满时期文学资料整理与研究丛书"之一由哈尔滨北方文艺出版社出版，愿与同路人共享。

二 《文学》概况

（一）刊行时期

《文学》创刊号刊载于 1940 年 12 月 17 日《盛京时报》晚刊的第四版。

于此之前，有一个内容相似的文艺版《文艺》，每周星期三刊出一期，大约持续了一年多。因此，在印象上似乎可以把《文学》看作是《文艺》专栏的继续，并且在内容上，如获得"本报文艺征文一等当选小说"里雁的《晨》，就连载于这两个栏目，显示双方似乎有一定的连续性。但对版面内容进行详细考察比较就会发现，两者之间有着很大的差异。即《文学》明确地推出了主编王秋莹和编辑方针，在内容上也比《文艺》更加充实和多样化①。

《文学》创刊当初是每隔两周发行一次的半月刊，大体上是周二发行。从第 11 期②（1941 年 5 月 13 日）开始改为周刊，从第 17 期（同年 7 月 23 日）起改为每周三刊出。能够确认到的最

---

① 《文艺》的内容偏重于章回体小说和外国小说的翻译连载。
② 报纸版面上没有该栏目的刊发序号，这里的期号是为了记述上方便由笔者所加，以下均同。

后一次刊载是 1943 年 4 月 28 日,此后没有停刊或休刊的声明和预告,该栏目在报纸的页面上突然消失了。自创刊以来刊载了 2 年 5 个月,总计刊出 100 期以上。

(二) 总编辑王秋萤

《文学》的编辑自创刊到停刊大致由王秋萤一个人担任。有关王秋萤接管该栏目编辑的原委尚且不详,但追寻王秋萤的足迹会发现,他恰好在《文学》发刊前不久进《盛京时报》社任职。此前,王秋萤从 1935 年开始在奉天的《民声晚报》①做记者,后到"新京"的《大同报》②,担任该报文艺版《文艺专页》的编辑,1939 年末返回奉天,同陈因等人组织成立"文选刊行会",与"新京"的中央文坛对抗出版同人杂志《文选》。王秋萤与《盛京时报》发生密切关联大致在 1940 年春以后,在纸面上发现有两条相关的报道。其一为 1940 年 5 月 26 日载,王秋萤与姜灵非、佟子松(陈因)、金小天等人共同出席报社举办的有关电影《黎明曙光》的座谈会,其二是同年 8 月 21 日载,王与李乔,大冢(两者均为《盛京时报》社员)"奉公司的命令"到奉天大和旅馆采访来"满洲"访问的日本作家菊池宽③。

从以上整理的事实来看,王秋萤进《盛京时报》任职的时间大致可以推测为 1940 年夏季左右,报社记者和文艺杂志编辑的

----

① 中文晚报,创刊于 1934 年 12 月 2 日,1937 年 8 月被《盛京时报》收买而停刊。

② 中文日报,1933 年 2 月 6 日在"新京"创刊,被视为"满洲国"政府的机关报。

③ 李乔:《与菊池宽一席谈》(上·下),连载于《盛京时报》1940 年 8 月 21—22 日。

资历,也许是他被委任创刊《文学》及担任该版主编的主要缘由;另一方面,同年秋,王秋萤与陈因等人作为"满系会员"加入"满洲文话会"奉天支部,与该支部的青木实、日向伸夫等"日系会员"举行过交换杂志以及召开座谈会等交流活动①,与此相关,同年秋,王在"文话会"奉天支部的资助下到"满洲"东北部地区视察,将其见闻归纳总结为《东满行》,自 10 月 29 日到 11 月 6 日分八次在报上连载。这些行为也许是他与《文学》发生瓜葛的另一个契机。

总而言之,可以认为《盛京时报》聘用了经验丰富的编辑兼作家王秋萤,才使在"满洲国"的汉语报纸上诞生了出版发行期间较长、内容相对充实的文艺版《文学》。

当然,在近半个世纪的《盛京时报》发行史上,此前并不是没有过文艺版。创刊当初尚且没有类似的版面,但到了1918 年,支撑该报中流砥柱似的人物,主笔穆儒丐②进报社后即创设了文艺版"神皋杂俎",持续刊载了近三十年。但是,这个专栏偏重于通俗文学,"文艺娱乐"色彩过于浓厚。而所谓纯文学(新文学)的文艺版也诞生过几个,譬如,1926 年 4 月创刊的《紫陌》(由金小天、王冷佛任编辑),1933 年创刊的《烟窗》(主要以无产阶级文学作品为中心)等等,但这些都似昙花一现般没能持久。

王秋萤的职务不仅仅是担当《文学》的编辑,更主要的工作

---

① 青木实:《与〈文选〉同人的座谈会》,《作文》第 47 辑,1941 年 2 月。

② 穆儒丐,1884 年生于满族旗人家庭,殁年不详。本名穆都哩,1905 年作为清国留学生到早稻田大学留学。1911 年回国。自 1917 年入《盛京时报》后,撰写了大量的时事评论、文学创作、文学翻译、文艺评论等方面的文字,与报社的另一主笔,以傲霜庵驰名的日人菊池贞二被称为《盛京时报》的"双笔"(双璧)。

是作为报社的"外勤记者",要常常到政府机关等单位去采访、撰稿、从事各方面的报道。他在报上屡屡抱怨,每天忙得没有空暇为《文学》版来稿者写回信①。并且,时常还要以"本报特派记者"的身份到乡村、工厂、其他城市或边远地区做长期采访,将其报道以"现地取材"形式连载于报上②。每当王秋萤因这种长期出差,脱离编辑部的时候,从版面上会看到,他的同事石卒(陈因)往往替代他做《文学》的编辑工作。

(三)《文学》的宗旨

关于《文学》的创刊动机和宗旨,王秋萤在创刊号卷头言《刊前闲话》中如下阐述。

> 因为各刊物的废刊与作者的脱离。致使奉天的文史。由绚灿的锦页。一变而为褪色的苍灰。(中略)奉天文艺的具有历史性。这已经是不可抹煞的存在。而本报身居文化第一线的前卫工作。也是无时不在有着责任感。(中略)因为不愿意冷视文艺的落潮。而一任其枯萎。所以此次决定创刊《文学》专页当作文学的一块新土。
>
> 现阶段的满洲文坛(中略)。总觉得于理论与批评方面仍旧是贫弱。致使文艺创作陷入盲昧的泥沼中。所以本刊鉴及此种情形。并因篇幅的短小。所以把重点愿意移植在

① 如,秋萤的《一封公开的信》(《盛京时报》1941 年 12 月 24 日)等文章。

② 如,受满铁的委托,从锦洲到间岛的视察旅行报告——秋萤:《从锦洲到间岛铁路爱护村现地踏访手记》(1)—(9),连载于《盛京时报》1941 年 12 月 5 日—12 月 17 日,等等。

理论与批评上而从盲昧写印中找创出真正文艺生命的轮廓。①

可以把以上引文的要点总结为:《文学》的创刊宗旨是为了振兴荒废的奉天文坛,通过活跃文学理论和批评,引导"满洲"文学的发展方向。这里的"盲昧写印",无非是指古丁等人"新京"艺文志派所倡导的"写印主义",与其抗衡的意识形态可看作是该栏创刊的动机之一。另外,字里行间也流露出作为长年设置文艺版、创设和运营"盛京文艺奖"、积极支撑满洲文学发展的"满洲第一大报"的自负。

实际上,通览《文学》版两年半的整体内容会发现,王秋萤标榜的以上宗旨基本上得以付诸实践,《文学》的版面构成确实是以文学理论的介绍和文艺时评为主。当然时而也刊载一些文学创作,但因篇幅有限,所占比例较之前者相当少。然而到了停刊前不久,创刊时的方针出现了面临转换的预兆,如下文所示。

过去似乎有人说本刊的性格太严肃,编者仔细地检讨了一下从前的内容,也似乎太着重于批评,而忽略了创作。而且在这丧失了文艺理念的今日,不能再把重点偏重于评文上,所以今后的本刊,决定一改从前性格,而从新发足。②

即背离创刊初衷,重新打出了重视创作的方针。作为其理

---

① 《盛京时报》1940 年 12 月 17 日晚刊第四版。
② 《编后闲话》,《盛京时报》,1943 年 3 月 31 日。

由被列举出来的"在这丧失了文艺理念的今日",正暗示着文学被卷入"大东亚战争"的战时体制,谈论"文艺理念"无非是配合推动战争进行下去的这种困境。然而,栏目主编虽然提出重视创作,但同时又吐露出这样的苦衷:"最后需要声明的,为了本刊地盘的狭小,超过五千字的原稿,仍旧不能刊载。"从结果上来看,直到停刊,《文学》只不过刊载了一些篇幅短小的创作而已。

当时的文学界对《文学》的评价并不低。譬如,深谙"满系文学"动向,译介了大量汉语文学作品的文学评论家大内隆雄如是介绍说:"盛京时报的文艺栏也因为编辑得了优秀的人,所以一般的批评很好。"①中国评论家林鼎也指出:"我们爱读的《文学》(盛京时报文学版)向来保持有一种高尚的气味,水准也提得相当的高,纸面上常常漂浮一种不卑俗的氛围。这些亮点——也就是我们爱读的缘故——到今年也一样地保存着,使我们读者非常满足。"②可见《文学》的编辑方针和刊载内容得到了同时代读者的一定认可与好评。

（四）　主要文艺栏目和专辑

据笔者调查,《文学》刊载期间为 2 年 5 个月,共刊出 107 期。其中单篇的评论文章和文学创作(包含连载)占整个版面的一半以上,此外设置有几个定期刊载的专栏,现将其主要专栏的概况整理如下。

《文学论坛》《笔阵》:从《文学》创刊当初刊载至第 49 期

---

① 　大内隆雄著、林鼎译:《满洲文学十年的回顾》,《盛京时报》,1942 年 11 月 18 日。原载《新天地》第 23 年 9 期。

② 　林鼎:《一月〈文学〉读后感》,《盛京时报》,1943 年 2 月 17 日。

（1942 年 2 月 25 日），是《文学》的主要专栏之一。其内容顾名思义，主要以短评、杂文为中心，就时下的文艺政策和文学动向，文坛的各种活动展开评论。篇幅大都千字以内。自第 32 期（1941 年 10 月 29 日）起专栏更名为《笔阵》。

《一页评论》：自《文学》第 49 期（1942 年 2 月 25 日）出现的专栏，刊至第 84 期（1942 年 11 月 18 日）。内容上与《文学论坛》《笔阵》接近，但文章篇幅被缩短到一页四百字。

《读书杂记》《名著介绍》：前者自《文学》第 10 期（1941 年 5 月 6 日）开始，至第 32 期（1941 年 10 月 29 日）专栏更名为《名著介绍》，刊至第 46 期（1942 年 2 月 4 日）终止。如专栏名称所示，主要介绍世界古典名著，文章篇幅一般停留在二千字以内。专栏介绍过的作家有托尔斯泰、巴尔扎克、塞万提斯、芥川龙之介、左拉、歌德、屠格涅夫、肖洛霍夫、席勒、拜伦等人。

除了以上列举的专栏以外，尚有简短地报导文学活动和文坛讯息的《文讯征存》，介绍出版消息的《出版界》，回答读者提问的《文学解答》，以及本刊编者的《编辑后记》等。这些专栏除了《编辑后记》以外一般没有固定的执笔者。稍长的评论和创作集中在发行期间的前半部，短篇小说和诗作等后半部较多一些，这也是本刊的另一个特征。

专辑在纸面上能够确认到的只有两部。《满洲批评讨论专号》（《文学》第 17 期，1941 年 7 月 23 日），和《满洲旧文学介绍特集》（第 24 期，1941 年 9 月 10 日）。前者主要论述了文学批评的作用，或指出文学批评的薄弱现状，或介绍当下较活跃的评论家。后者是概述满洲地区古代文学的特集，就其特征，秋萤在《编者赘语——满洲古代文学检讨》中指出：“我们不能否认满洲的文学,完全是受着汉族的影响,从没有独创的风格与特殊的流变。所以说满洲的文学,不过仅只是汉族文学的一股支流,一种地方文学。"特辑概括介绍了辽代的萧皇后(1040—1075)、金代的王庭筠、元初的耶律楚材以及汉族文人的"边塞文学"和"流离文学"。出典引证皆为汉语文献。该特集刊出以后,纸面上继续刊载了几篇介绍渤海国时代和金代文学的文章(《文学》第25期、26期等)。

"满洲国"政府及其关联机关,在对发掘调查渤海国宫殿遗址等历史遗迹、促进考古学和历史学的学术研究上很积极,很下工夫。如以"满洲国"执政溥仪为总裁,总理郑孝胥为会长的"满日文化协会"(日满双方出资于1933年设立),在创设"国立"奉天博物馆,整理发行《大清朝实录》,保护和维修热河离宫等古代建筑和遗址上,做了很多实质性工作①。拘泥历史与考古的这些举措,可以看作是"满洲国"在获取"国家"的自我认同和国际社会上的认可而做的一番政治性努力。因为"满洲国"从中华民国"分离独立"出去,就要发掘出"满洲国"与中华民国不同的"国史",从中获得或创造(=想像)出"满洲国"的归属认同或支撑"满洲国"根基的民族主义,以其昭示"国家"存立的正统性。

不仅是历史与考古,从古典文学中也要发掘出"支撑国家存在的东西"——《盛京时报》之所以编排了《满洲旧文学介绍特集》,也许是出于这样一种政治压力也未可知。但实际上特辑所载的文章却恰恰相反,如上所述,它们的宗旨是"满洲没有独自

_____

① 东亚同文会编:《对支回顾录(上)》,原书房,1968年6月15日(再版),第737页。

的文学""满洲的古代文学深受汉文化的影响""有关满洲古代文学的记述只能依凭汉语文献资料"。这些言词直截了当,完全违背了"国家"的期待和要求。在思考"满洲国"的政治思想上,这个特辑是一个让人饶感兴趣的例子。

三 "国策文学"潮流与作家的对应

在"满洲国"末期,文学也被纳入到协助"大东亚战争"的体制内部。在当局的一系列相关政策中,就文学的基本姿态和应当肩负的任务做了详细规定的"艺文指导纲要"(以下简称"要纲")①,可以说是最重要的。面对这一政策,"满洲国"作家采取了什么态度,又是怎样应对的,首先可以通过纸面做一下考证。

"满洲国"国务院总务厅弘报处正式公布"要纲"是在 1941 年 3 月 23 日,《盛京时报》在第二天的版面上即刻做了应时报道。而《文学》版上第一篇与此相关的文章是 4 月 8 日王秋萤的《艺文政策之实施》(刊载于《文学论坛》栏目)。

"弘报处竟能鉴及国内文艺的落后,强化文艺的振兴,使其

---

① "艺文指导要纲"主要由以下五个部分构成:宗旨,我国艺文的特征,创立艺文团体和组织,促进艺文活动,艺文教育及研究机关。其中对如何创造、培养和普及以"建国精神"为基调的文化艺术作了详细具体的说明。如"我国艺文的特征"中有这样的记述:"我国艺文以建国精神为基调,即追求八纮一宇精神的艺术显现。以移植到本土的日本艺文为经,以原住诸民族固有的艺文为纬,进而吸收世界艺文的精华,编织成浑然一体而独自的艺文。""我国的艺文是给予国家建设的精神生产品,(中略)创造优秀的国民性,以巩固国家的根基,助长国家的生成发展,进而为建设东亚新秩序作贡献。"

能伴随政治、产业等部门达到同样的水平,这是值得可喜的喜讯吧。"王秋萤首先表示了对"要纲"公布的欢迎,然而他话锋一转,这样预测道:

> 不过我们不要漠视了艺文政策的实施,这政策实施了以后,满洲的文艺或者将有划期的转变。这转变也就是一改从前散漫的个人的活动,而将加以有计划有限制的规准了。
>
> 艺文政策实施的前夕便先解散了国内最大的文化集团"文话会",这即是很好的证明。所以我们预想此后的作品,一定再不容许个性的活动,而要扫除黑暗的描写。
>
> 这也就是国策的步子开始侵入文艺领域的第一步。随着国策的规范一定要产生出一种描写所谓"明朗面"的类型作品。
>
> 在这扬弃了旧有的活动,从新走上新的路子时,也许有的作者没落的放下了笔,也许又将有新人产出大量的"明朗"作品。

在5月13日的《文学论坛》上,秋萤发表了《再论艺文政策实施》。这篇文章开门见山地指出:"把文学解释为'个性的创造'或'自我表现'的时代现在可以说是过去了。"文章的宗旨,是认可并赞同政府对作家的组织化和对文学方针的政治性指导与干预,认为是时下不可避免的。但文章在结尾处没有忘记做如下陈述。

最后略有一点意见，便是指导要纲对于作者的约束。虽然文学集团成立，应有一定组织与规律，但文学究非政党，文学自有它自身的纲领和规则。所以这要纲的实施，最好能广阔的活用，不宜严格拘禁，而应当在限定范围内比较有一点伸缩性。这样文学作品才不会流于枯燥无味的类型。

文章并就"要纲"涉及的振兴文艺方针，提出了更切实具体的建议：创办艺文学院、出版综合杂志、组建艺文家协会、确保作者生活，是目前四个最吃紧的课题。

从以上这些言论中可以看出，王秋萤对"要纲"的见解里充满了矛盾。他既承认"要纲"的必要性，表示欢迎"要纲"公布的意向，但同时又表露了对"要纲"过于干涉与约束文学的警戒。

当然，在当时的舆论环境里，这种自相矛盾的言词并不足为奇。因为偏于单方面的意见主张往往会给作者带来意想不到的笔祸，玩弄矛盾的诡辩也是言论人的一种保身之术。王秋萤言论中的双面性，似乎也可以看作前者是后者的烘托或掩饰。

但仔细点检王秋萤同一时期的言论就会发现，他支持政治对文学的干预未必是那种单纯的"保身策略"，相反而是他一贯的文学主张和问题认识。他曾经多次哀叹"满洲国"文坛的衰微，认为其祸首是只顾贪图享利的出版商，而施以严词抨击。譬如下面的例子。

想到过去的满洲出版界，一向便在不健全中蠕动着。一些希图谋利的奸商，过去曾大量的翻印着武侠与言情的章回小说,因此充满了初版市场。这种翻印的流行,无益于读者,已成有识之士的公论。同时不但无益于读者,更有害于出版界。(中略)在这纸张缺乏与节约声中,当局更应当来仔细观察一下,翻印的章回小说,既无益于读者,还能允许把有用的纸浪费在无用的印刷中么?(中略)希望当此一切文化机构改变的今日,能一方面禁止翻版书的流行,一方面扶助真正为文学而努力的团体。这样,满洲的出版界,才会有健全的发展。①

满洲从独立建国以来,无论任何部门都在谋着独立的发展,可是只有文艺这一部门却冷落在阴暗的一角,得不到一点当局的注视。这不能不说是一种畸形的发展。现在的出版界,一些谋利的商人,是只顾翻印一些流行的章回体,假借张恨水、刘云若的名字来诱引着读者,(中略)一个前进的国家,从来不是一个无文之国,假使今日的满洲,既想跃身文明国家的地位,而在文学部门上,仅只一味翻印着国外的作品,岂不是充分暴露着自己的低能么?②

从这些引用中可以看出,王秋萤对"要纲"的积极评价,是出于他对"当局"的一种期待,即"以当局的力量将陷入邪路的满洲国文学引向正确的方向上来"。当时对大众文学(通俗文学)独占出版市场状况的批判不仅仅是秋萤一人,评论家陈因,谙熟中

---

① 秋萤:《应辅助民间文艺团体》,《盛京时报》,1941 年 1 月 21 日《文学论坛》栏目。

② 秋萤:《满洲文艺不振兴之主因》,《盛京时报》,1941 年 2 月 25 日,《文学论坛》栏目。

国文学情况的翻译家和评论家大内隆雄等人也持相同的问题认识①。他们的言论都一致反映了当时"满洲国"文化消费市场的一种实情,即秋萤矛头所指的武侠小说和言情小说、当时在关内流行的张恨水、刘云若等人的作品,在"满洲国"深受欢迎,销路甚好,致使一部分出版商擅自盗版翻印。相反,秋萤等人志向的所谓纯文学(新文学)却几乎没有市场。实际情况也确实如此,在"满洲国"中后期,刊载通俗文学作品较多的文艺杂志,如《麒麟》《新满洲》等,比新文学杂志《艺文志》《文选》等确实发行时间长,且读者面广。面对出版界的这种现状,新出炉的"要纲"对秋萤等人来说,可谓是个希望的寄托,即,以"当局的力量"一扫"奸商跋扈"的好机会。

但实际上,事态没有向王秋萤期待的方向发展。"要纲"公布后,文学界和出版界不但没有好转,相反更进一步恶化下去了。如《文学》1941 年 12 月 24 日刊载的无署名文章《文坛的沉寂》指出:继已经休刊的《艺文志》《文选》,新近《兴满文艺月报》《新青年》等杂志也相继停止出版,"满洲文艺家协会"成立半年了,不知究竟都做了些什么?

尽管如此,王秋萤对"当局主导的改善"似乎仍然没有放弃一线希望。但其声调渐渐地由热情的期待化为失望、抱怨和责难。如 1942 年 7 月 8 日刊载的同标题文章《文坛的沉寂》(署名阮英)称,文坛沉寂的原因不在于没有青年读者,"而是在这非常时受了纸与经济的压迫"。"过去也有高呼与期待官方能有文艺

① 如,陈因:《略论出版界》,《盛京时报》,1941 年 3 月 11 日,《文学论坛》。大内隆雄:《出版低俗化的倾向》,《盛京时报》,1941 年 7 月 3 日,《文学论坛》。

刊物的出版,但时至今日不但未能实现,反倒连喊声也沉寂了。"
"难道我们身负文艺之责的某协会,除了发行会报与收会费以
外,便永远这样冷视下去吗?"

　　与王秋萤的"期待"(或称幻想)形成鲜明对比的,是"新京"
艺文志派领袖古丁的冷漠态度。他在《沉潜和胎动　康德八年度
满洲文坛的一瞥》(《盛京时报》1942.1.14)中,首先对"要纲"的
性质做了如下剖析。

　　　　昨年满洲文坛的头一件大事,便是"艺文指导要纲"的
　　公布实行。这是政治和艺术的连关,是对从来在自然发生
　　着的艺术活动的规制化,自从建国以来,凡有艺术无不在自
　　然发生地成长至今,政府虽然一向在指导着各种活动的育
　　成,但是,依据着"艺文指导要纲"的公布施行,才表明了政
　　府的积极的意欲,而民间的艺文才被示以了应当趋向的
　　途径。

　　接下来,古丁对在"要纲"指导下1941年文艺界的收获做了
总结和评价,他指出,各种协会的创立和艺文会馆的落成,使满
洲艺术家有了活动的大本营。即,古丁看重的是"要纲"带来的
实质性成果。但同时,他也没有忘记指出"要纲"带来的负面影
响:文艺家被聚集在协会旗下,丧失了应有的批判精神,往年促
使作家相互较量和切磋的《艺文志》《文选》《作风》等同人杂志也
不复存在。

　　但与王秋萤不同,古丁虽言及文坛的衰微,但没有吐露期待
依靠"要纲"或政府来改善现状的言词。与任何一种主义主张都

保持一定的距离,即,"无主义的主义",或称"写印主义",这是古丁的一贯立场,依靠官方的危险性,恐怕早已被古丁看穿了。

为回应悲叹文坛惨状的秋萤文章(《文坛的惨像》,《盛京时报》1942 年 8 月 12 日《一页评论》栏目),古丁写的《文坛堕像》(《盛京时报》1942.8.19《一页评论》,署名思无邪)饶有兴趣,他把文坛的兴衰比喻为植物生长的循环,论述大意如下。

植物在四季气候的逼迫下"不得不"随时改变自己的姿态,而人,常常夸海口说可以改变社会环境,但往往终不能得志,反倒被社会环境所压倒。所以,我们不能指责在某种环境下委曲求全的人,因为他已经丧失了与环境抗争的力量而只能屈从于环境。这正像春夏盛开的鲜花在秋霜到来的那天凋落一样,其实花草们也肯定想继续活下去,但气候要毫不留情地宣告它们的死期。

这篇文章,似乎可以看作是一篇文学的败北宣言,因为文学完全无法抗拒"环境"的变化。但它是不是也在传递着另一个更加老练的信息:作家要适应环境以求存续。

大致在相同时期,宛如呼应古丁的文章一般,一篇呼吁作家"顺应环境"的文章出现在《文学》版面上,大内隆雄的《希望于作家》(1942.9.9)。大内表现的不是像古丁那样"不得不"式的消极态度,而是真挚诚恳,明朗而积极的。文章劈头便说:"我想,现在的时局,对于作家们要求的是新的世界观"。继之,大内引用了 1942 年 5 月东条英机首相在日本文学报国会成立大会上的发言,"世人待望的文学是,要把根基于我国传统的国体观念的日本精神,在内彻底渗透于现代的政治、经济、文化等社会各部门,对外,叫异邦真正的理解认识之而兆民沾浴于皇威,唤起喜悦而踊跃着共同的去迈进建设世界新秩序之心情。"非常明了，这里大内所指的"新的世界观"，无非就是东条英机提出的"日本精神"，大内也在向"满洲国"作家呼吁，能"理解认识之而沾浴皇威"。

对此，当然有人反驳。山川草草（田贲）在《文学》上发表《向何处去》（1942.9.23—9.30），他首先指出，近来"满系"作家的"沉潜与停滞"是时局变化带来的影响。对于大内提出的"新世界观"，他反论："不能把甚么'观'硬'配给'作家。因为'观'是形成的，不是造成的。"

但这种反驳或议论，在《文学》纸面上很难找到其他例子，相反，此后能够频繁看到的恰是事态朝着大内呼吁的方向迅速发展的一系列动向。如，"建国十周年庆祝艺文节"于1942年10月在"新京"召开；"文艺家爱国大会"从1942年到44年每年一月召开；"大东亚文学者会议"分别于1942年11月、43年8月、44年11月召开。以上是具有代表性的大型活动，除此之外，日常性的小规模的相关活动更加日益频繁，文学和文学家完全被"大东亚圣战"的时代潮流吞没了。在《文学》版面上再不会看到对通俗文学的批判或对满洲文艺家协会揶揄讽刺的言词，取而代之的是文艺应该如何协助"圣战完遂"的独家言。

就在这种论调日益高涨的时期，《盛京时报》的《文学》版没有留下任何停刊的声明或通知，于1943年4月28日悄悄地落下了帷幕。其后的纸面上也刊载了一些文学作品，不过都是以"击灭英米""增产""兴亚"为口号的"献纳诗"或"现场报告"，从那些作品的作者里也能找到古丁和王秋萤的名字。

四 "日满文化交流"

有关"满洲国"中国作家与日本作家等文化人的"交流"，以伪首都"新京"为舞台，古丁等人的"艺文志派"较早地展开了一些活动（如依靠日人资本创办《明明》杂志等）。但在奉天却很少见①。然而在《文学》上，偶尔会看到些关于"日满两国"作家交流的报道和评论以及对"在满日系文学"的介绍，或刊载日本文学作品的翻译以及关于日本文坛的报道。因此，通过考察这些内容，可以了解当时"日满文化交流"的一个侧面。

如前略述（2—2），王秋萤等作家加入满洲文话会奉天支部，与居住奉天的日本作家开始交往，是在 1940 年夏季左右。综合双方的相关资料会发现，交流活动的目的和动机，似乎是出于一个相近的立场与认识。即，王秋萤等人的奉天《文选》派，对占据"新京"中央文坛的"艺文志派"抱有对抗情绪，这与想跟"新京"中央文坛划条界限的奉天作文派在立场上是一致的，可谓"同仇敌忾"。两者之间以这种"共同斗争"的意识为纽带，试图在文学上也能谋取志同道合，进而加深理解②。这些通过对《文学》版面的考察也能得到验证。

然而，理想上志同道合的交流，实际上对日满双方来说并不

---

① 黄玄（王秋萤）著、冈田英树译：《旧事琐忆——〈文选〉和〈作文〉》，《作文》第 151 集，1992 年 5 月。

② 青木实：《与〈文选〉同人的座谈会》（同前）。黄玄（王秋萤）著、冈田英树译：《旧事琐忆——〈文选〉和〈作文〉》（同前）。

是平等的。这一问题通过交流中发生的语言和文化上的障碍或误解而被凸显出来，要克服障碍和误解，关键在于对对方的语言和文化的理解程度，但实际上双方是完全失之平衡的。

在满"日系"作家青木实有一篇介绍他感怀"交流"困难的文章，发表在《作文》杂志上①。青木实为说明他对语言障碍和文化差异的痛切感受，叙述了一个交流中的小插曲。在一个座谈会开始前的聚餐会上，中国作家们谈论巴金，使青木误认为大家讲的是日本江户时代的通俗话本作家泷泽马琴（巴金与马琴的日语发音相似）。他如此述怀："本来满系作家不可能知道马琴，但我耳听发音就立刻联想到马琴，正说明我们彼此肩负的文化传统之间有着多么大的距离啊"②。

青木的这种真挚坦率的感受，也正暴露了"日系"作家在文化上相对于满系作家的一种优越感。即，他们自己不了解（或认为不需要了解）中国作家巴金，同时，认为满系作家不可能了解日本的泷泽马琴。

康德8年（1941年）2月12日的《文学》版上刊载了一篇《在奉日满文艺人座谈会》，这篇文章，与同一时期发表的上述青木实的介绍文章有惊人的相似之处，包括青木对"误会插曲"的介绍。两篇文章的相同之处，正说明了中方的作家几乎是完全而且准确地掌握了座谈会的内容的。从出席座谈会的人物来看，中方作家除了王秋萤以外，袁犀、李乔、金山龙、陈因，都是精通日语和日本文化的，而"日系"作家中，是否精通中国文化暂且不

---

① 青木实:《与〈文选〉同人的座谈会》（同前）。
② 青木实:《与〈文选〉同人的座谈会》（同前）。原文日语，由笔者汉译。

提,精通汉语的却找不出一个人来。李乔为王秋萤和"日系"作家做翻译,据说也是非常认真而负责的①。所谓的"日满文化交流",其前提是要求"满系"要知晓日语和日本文化,而对"日系"作家来说并不需要这个条件。

那么,对于"日满文化交流",中方作家又是如何感受的呢?陈因的《论日满文艺交流》(1941 年 1 月 7 日《文学》版)是一篇指出其中要害的文章。陈因首先开陈了论述的前提:伟大的文学作品都拥有人类共通的普遍性,能超越时代、国家、语言、风俗习惯等差异而存在。继而指出:现下在满洲的土地上产生的文学作品不管是日语的还是汉语的,只要作家"呼吸着此地的空气,把持着时代的灵魂",就一定能写出让人共鸣的作品。接下来,陈因对一部分在满日本文人屡次指出"日本人写光明面,满洲人写黑暗面"问题如下反驳说:

> 只要是现实的发生,当然不在满洲人的无味的掘取。所谓光明面,恐怕也只是"逃避"着的写一点超现实的东西而已。(中略)我们对看不大清切黑暗面的人只感觉到可惜,对不知有黑暗面的人,我们感到的是羞耻! 所谓"交流",只要是在这块土地上调整了感官,交流是很容易的。

陈因的论述真挚而尖锐,切中问题要害——"日满文化交流"的前提就是双方的作家文人都要正视"满洲国"的现实。但

---

① 黄玄(王秋萤)著、冈田英树译:《旧事琐忆——〈文选〉和〈作文〉》(同前)。

李乔:1919—1991。本名李公越。出生于辽宁省沈阳市。文学家,剧作家。

是，翻阅这一时期的日语报纸和杂志，没有发现任何对陈因文章反应的言词，甚至连翻译介绍的文章也没有，这即是所谓"日满文化交流"的实质——中方作家的言论根本无法传递到不懂汉语的日本作家那里。与日本和"满洲国"的统治与被统治的关系结构相同，日本施予"满洲国"的只是"文化压力"，双方没有对等的文化交流。

作为"交流"的另一个侧面，《文学》版面上曾刊载过几篇介绍"日系"文学的文章，这里就代表性的三篇加以略述。

第一篇是《文学》创刊后的 1941 年 1 月到 4 月，连续 6 次连载的青木实作、李牧之译的《在满日系的文学》。青木概述了自日清、日俄两战役后诞生的"在满日系文学"后，就当下的问题和今后的展望展开评论。他提及的问题中，一部分与前述陈因的问题意识颇有相似性，譬如，他批判一部分"建国"后的"日系"文学家追从浪漫主义文学，高呼弘扬"建国精神"，而无视社会现实的态度（41 年 1 月 7 日）。指出作家需要的是正视严酷现实的冷静目光，即涵养批判精神，而不应只做脱离现实的美梦（同年 1 月 21 日）。

青木实是"在满日系文学"中大连《作文》派的领袖人物，在文学创作上，多以对异民族下层社会的关注为主题，而在数量颇丰的时事评论中，也往往对站在统治地位的"日系"施以直接尖锐的批判，被视为"大连意识形态"的代表。他在该篇文章中提出的对"日系"文人的批判与他以往的立场应该是同出一辙，并不矛盾。但也不能否认"日满文化交流"中陈因等人的意见对他的影响，两个人的文章发表在同一日期（41 年 1 月 7 日）的报纸上，并不一定只是个巧合，或许也可以视为"日满"双方的"良心派"作家在仅有的几次交流中激发的一点点微弱的火花（达成的共识）。

第二篇是自 1942 年 1 月 28 日到 2 月 25 日分 5 次连载的，山田清三郎作、林鼎译的《最近满洲的日系文学界》。山田根据自己曾担任过《哈尔滨日日新闻》和《满洲新闻》悬赏征文审查员的经验出发，论述了从大量应征作品中看到的"满洲日系文学"的发展和繁盛，并寄期待"满洲文学界将被输灌进新的生命力"。他对牛岛春子的《姓祝的男子》，北村谦次郎的《砧》《春联》，梅本舍三的《成吉思汗》，富田寿的《岁月》等作品逐一展开论述，说它们是诞生于参与"满洲国"建国和建设"伟大事业"的日本人之手，对其均给予高度评价。

第三篇介绍文章是 1942 年 12 月 9 日开始分 3 次连载的，富田寿作、林鼎译的《一年间的满洲日系文学概观》。富田就 1942 年的满洲"日系"文学指出，无论创作还是评论都极为低调，数量不少，但质量上优秀的作品实在太少。对此，富田分析说：究其原因，可列举出报纸文艺栏的缩小和文艺杂志的停刊，以及日本国内杂志向满洲的迁移等等。但除了这些外在因素，"大东亚战争"给作家精神上带来的混乱和踌躇应该是最大的要因所在。富田并指出这一年来的"日系"文学特征是：农村出身的青年作家有所增加，作品集的数量有所减少，作家更加日益频繁地被动员去参观或直接参与劳动生产运动。

以上三篇文章都传达出"满洲国"末期"日系文坛"的气氛和动向，对不懂日语，不谙"在满日系文学"的中国作家和读者来说是恰好不过的信息。但信息终归是信息而已，对此中方的作家和读者没有做出任何反应，这也正说明了"日满文化交流"的单向性。

　　除了上述三篇以外，另有数篇对日本文学的翻译介绍文章，以及关于日本本土文学动向的报道，详情请参阅《伪满洲国主要汉语报纸文艺副刊目录》。

五　结　语

　　以上就《盛京时报》文艺版《文学》的发行时期、创刊宗旨、总编王秋萤以及该版的内容构成等做了粗略概述。在此基础上，主要就作家对"国策文学"方针的反应以及"日满文化交流"两个问题，通过考察纸面内容进行了综合分析和论述。

　　对于"艺文指导要纲"的出台，王秋萤抱着"期待"与"警戒"的矛盾态度，这里的所谓"期待"，源自于王秋萤对通俗文学占据文化市场现象的一贯立场和主张，即，寄期待于官方权势庇护新文学势力发展同时驱除通俗文学。与王秋萤的态度不同，古丁则显得冷静而透彻。他对建造艺文会馆，保障作家生活等由"要纲"带来的"实务性益处"给予评价，同时，对追随国策的文学方针则保持着批判态度。但对此，古丁的言词中并没有大声疾呼或严词弹劾，相反，他在暗示作家应该顺应时局谋求逆境中生存。这再一次证实了古丁的"去名求实""面从腹背"的文学主张和立场。

　　而另一方面，从纸面上看到的"日满文化交流"并不是活跃而对等的交流。在"作文"派与"文选"派，以及青木实与陈因之间，就地方文坛（支流）对抗中央文坛（主流）的立场上，或在应该正视"满洲国"现实这一问题认识上，确实存在着共同点。但终究双方因语言文化的障碍以及无法超越的统治与被统治的政治结构没能使这种交流深入发展下去。

　　上述的考察结果还停留在提出问题意识的初阶阶段，毋庸置疑，文学家围绕"国策"问题的言词在当时的媒体环境下理应是种种政治力学的作用和审查机制过滤后的产物。对言论内容考察的同时，不能忽视的是对该言论生成背景和机制的周密验证。这些后续工作理应弥补拙文的论据薄弱之处。当然对"日满文化交流"的考察，也有必要去关注日本方面的言论以及到《文学》版面以外去取证。这也将是开阔拙文视野的后续课题。

【日语参考文献原文】

　　李相哲：『満洲における日本人経営新聞の歴史』、凱風社、2000.5

　　村田裕子：「『満洲国』文学の一側面——文芸盛京賞を中心として」、山本有造編：『「満洲国」の研究』、緑蔭書房、1995.4

　　村田裕子：「一満洲文人の軌跡——穆儒丐と『盛京時報』文芸欄」、『東方学報』第 61 冊、1989.3

　　田中総一郎編：『満洲の新聞と通信』、満洲弘報協会、1940.10

　　青木實：「『文選』同人との座談会」、『作文』第 47 輯、1941.2

　　東亜同文会編：『対支回顧録（上）』、原書房、1968.6.15（復刻）

　　岡田英樹：『文学から見る「満洲国」の位相』、研文出版、2000.3

　　黄玄（王秋螢）作・岡田英樹訳：「旧事瑣憶——『文選』と『作文』」、『作文』第 151 集、1992

无信的天使

——殖民地朝鲜的社会工作

Jonghyun Lee/李钟玄

[美国]桥水州立大学社会工作系

一　朝鲜社会工作的起源

（一）社会经济背景

与美国日本不同,朝鲜的社会工作不是起源于中产阶级对穷人命运的道德关心。它是由美国传教士和日本殖民政府带来的。在 20 世纪之交,朝鲜没有资源和基础设施去开办为自己的穷人和弱者提供关怀的社会机构。不幸的是,来自美国的基督教传教士和日本殖民者利用其社会工作去实行宗教和政治的宣传。因此,他们工作的首要关注点不是帮助穷人。在他们的眼中,朝鲜人是不文明的、懒惰的、肮脏的、筋疲力尽的人,需要经他们的文明之手启蒙。这种对朝鲜人负面的看法反映了当时美国和日本普遍的优生学观点。

因为朝鲜持续到 19 世纪后期一直实施针对西方世界的闭

关政策,它经常被提及为"隐士王国"。在 19 世纪,朝鲜处于从 1392 年开始,都城为首尔的朝鲜王朝的统治之下。与日本的德川时代类似,朝鲜针对西方国家施行闭关锁国外交政策。朝鲜政府相信闭关锁国能防止朝鲜遭受中国所受的包括 1839 至 1842 年的鸦片战争与 1856 和 1858 的亚罗战争在内的灾难。朝鲜的主流意识形态是儒家思想,政府政策严格禁止与外国人接触,包括日本在内的外国。

19 世纪后期,朝鲜在国内政治和国外压力的共同作用下采取了门户开放政策。在此期间,数量增加的年轻进步知识分子提出门户开放政策对于加强国家富强和防卫的重要性。同时,多个外国列强要求建立贸易关系,其中特别是法国和美国,甚至用武力来达到目的。但是,是日本在 1876 年通过江华岛条约最终使朝鲜采取了门户开放政策。朝鲜不仅向日本开放了两个港口,而且还允许日本调查朝鲜的海岸线,允许日本在朝鲜建立居住区。随后,朝鲜与美国和许多欧洲国家签订了正式协定。

与日本和其他国家条约的签订是朝鲜历史上重要的事件。它将朝鲜带上了国际舞台,也引进了西方文明。同时,西方技术和思想向朝鲜的引进加速了中国、俄国、日本几个主要竞争对手在 19 世纪最后 25 年对朝鲜的影响力上的紧张关系。中国在甲午中日战争的失败极大地弱化了其在朝鲜的统治。朝鲜不顾中国的反对转向俄国寻求财政支持和保护。同时,在 1897 年朝鲜国王宣布成为朝鲜帝国的皇帝。不幸的是,朝鲜帝国在日俄战争下,被日本推翻。日本在打败俄国之后,强迫朝鲜在 1905 年签订保护协定,日本由此成为朝鲜的统治势力。1910 年,朝鲜最后被日本吞并。

在 19 世纪早期，朝鲜的人口估计为 16,200,000，而 18 世纪后期，人口为 18,500,000。人口的急剧下降可能是洪水和饥荒导致的。朝鲜人的预期寿命在 19 世纪为 32.6 岁，远低于 18 世纪后期的 35.2 岁。预期寿命的差异表明 19 世纪的死亡率高于 18 世纪。再加上洪水和饥荒，生活条件包括工资和租金的下降在 19 世纪出现恶化态势。农民经常为了反抗过重的税收和徭役，也为了躲避贫穷和债务会逃到中国北部。朝鲜被吞并后，日本殖民当局鼓励朝鲜人向满州迁移和居住，以便日本势力在中国东北的扩散。

甲午改革由一些亲日本的改革派官员发动。改革运动的领导者们致力于国家主义、平等主义和现代资本主义。他们中许多是庶出、技术员和专业人士，他们倾向于对传统的统治阶级持批判的态度。同时，这些人曾在日本和美国生活和学习。在他们看来，明治日本是朝鲜现代化的榜样。甲午改革仅在 1894 年 7 月至 1896 年 2 月之间持续了 16 个月。改革包含以下目的：

- 将朝鲜建设为一个完全独立的国家
- 发展以内阁为中心的君主立宪制
- 发展一个坚实的财政管理系统以增加国家财富
- 提高国内安全和对外防卫能力
- 发展一个新的教育体系
- 建立一个司法权、行政权分开的现代司法体系
- 实施大规模的社会改革

（二） 日本殖民者下的剥削和贫困

自从 1910 年 8 月 22 日朝鲜被正式吞并开始，在日本殖民的 35 年内，朝鲜社会经济发生了变化，这种变化影响了朝鲜生活的各个方面。日本殖民者在 1910 年建立了朝鲜总督府，以控制朝鲜。日本明治维新之后，殖民政府引进一系列措施改进朝鲜的社会经济结构。日本殖民政府延长铁路线、修缮道路、港口和通信系统为帝国主义势力扩张服务。使用新建的扩张的基础设施，殖民者剥削朝鲜经济，以满足自己增长的需求。

在日本殖民者的眼中，朝鲜是满足日本急剧增长的都市人口之需的稻米之乡。殖民者利用朝鲜包括森林、渔业在内的自然资源。同时，朝鲜人被迫在采矿、建筑和造船工业工作得筋疲力尽。一些妇女在 1930 年至 1945 年的亚太战争期间被日本军队用作慰安妇。为了维持殖民者对朝鲜的智力压迫，日本不鼓励朝鲜人建立学校。朝鲜府当局管理公共卫生项目。它试图实施一系列与卫生相关的规定，但不提供医疗服务。

通过 1910 年至 1918 年的所有权调查，朝鲜总督府将很大数量的土地转交给日本农民殖民者。一些朝鲜人可以在工厂工作。但不允许开办工厂。许多人由于被排挤出他们的土地而遭受贫困。一些人迁移至山区，从事农业，而另一些人则去城市找工作。有逾百万的人口住在山区以躲避日本殖民政府的行政管理。那些移去城市的人成为都市穷人（土幕民），他们住在城市外围的棚户区。土幕民人口的数量增长剧烈。据报道，1927 年大约有 447 个棚屋，1936 年增长至 3316 个。1942 年，几乎 15

万朝鲜人住在危险的住房里。

在日本殖民统治期间，穷人的生活是非常令人忧心的。大多数土幕民从事白天短工、建筑工等职业。他们做苦力、人力黄包车夫和毒贩子。有一些则做木工、石匠、店员和工厂劳工。他们收入的 70％ 花费在食物上，其余的花费在衣服住房的日常需求上。这意味着他们不能负担医疗花费，尽管他们糟糕的生活条件让他们很容易暴露在各种疾病之中。当然，这些人也不能获得教育。朝鲜总督府把穷人分成"细民"和"穷民"。细民指的是那些能勉强满足自己的日常需求的人，而穷民则指那里没有救急就不能够支持自己生活的人。

1931 年，大约 26.7％ 的朝鲜总人口（20263000）被归类为细民或穷民。大多数朝鲜人遭受贫困，政府职位、管理职位和其他专业事业性工作留给日本人担任。根据朝鲜总督府在 1930 年的报道，大多数日本殖民者拥有公务员和事业性工作（35.2％）。有一些从事商业和运输工作（29.4％），还有的从事采矿和制造业（14.4％）。根据 1938 年的平均日常工资，朝鲜人赚 92 钱，而日本人赚 1 圆 79 钱。这个统计数据表明了朝鲜人与日本殖民者之间的经济不平等。

二 朝鲜社会工作的形成

（一）传教士运营的定居房

1906 年"定居房"的理念由玛丽·诺尔斯女士首次引入朝鲜，她是一个美国循道公会的传教士。她开办了一所名为"班列

房"的学校,为女性提供圣经和识字学习班。"班列房"在 1926
年将名字改为普惠女子馆。在英文中,它被称作元山福音中心,
将其服务扩展至为妇女提供夜校项目。类似的,还有玛丽·梅
尔女士的首尔社会福音女子中心,和其他美国循道公会的传教
项目。美国循道公会建立妇女中心,其中包括 1922 年在开城建
立的,1925 年在春川建立的,和 1928 年在铁原建立的。1926 年
开始,救赎军女子中心为单亲母亲提供服务。

　　由基督教传教士运营的定居房主要向妇女提供服务。首尔
社会福音女子中心的创办人梅尔,在《东亚日报》对她的采访中,
清晰地表达了其意图。对她来说,最紧急的问题是使朝鲜家庭
皈依基督教。中心提供的项目包括裁缝、享饪、英文、数学、中文
和其他技能。她的描述显示,朝鲜家庭的基督教化是首尔社会
福音女子中心的首要任务。同时,它为当时受儒家父权教条压
迫的妇女提供咨询服务。

　　首尔社会福音女子中心由南监理教资助建立,这是朝鲜基督
教传教百年庆典的一部分。许多来自美国和朝鲜的基督教传教
士为百年庆典创建了一个计划委员会。委员会为其将来的发展
制定了一个详细的计划,它包括用基督教教义对朝鲜进行社会风
俗的研究。还推荐建立幼儿园、图书馆、夜校、操场和母亲协会。

　　根据 1939 年 11 月 11 日《东亚日报》的报道,首尔社会福音
女子中心提供以下服务:

　　英文布道服务

　　婴儿健保

　　幼儿园和学前班服务

　　针对穷人孩子的日托

烹饪

裁缝

音乐

运动

打字

周四男女社交俱乐部

必须注意的是,中心提供的服务主要围绕对未来的传教任务的培训而展开。尽管许多为女性提供的服务与福音传道结合在一起,但没有一个项目是为穷人提供的。尽管它的日托项目对穷人的孩子开放,但它是在朝鲜总督当局的社会事务部的联系下运营的。所有的其他项目是为那些能制作西方风格的服装和为富裕家庭准备精美的食品的中上阶层妇女而启动的。那个时候,没有许多朝鲜人有休闲时间去享受运动和音乐。同时,在日本占领期间,也很少有人能够有机会学英语,或使用打字机。

的确,开业之后,许多高级官员为他们的妻子和孩子提交了申请。同时,幼儿园收取 5 圆的入园费,和 2 圆月费。为了将其设施维持在良好的条件下,幼儿园将儿童的人数控制在 35 人。考虑到一个工厂工人的月薪为 16 到 17 圆,就不难估计,在幼儿园注册的儿童均享有特权阶级背景。

(二) 由日本佛教徒运营的定居房

久家慈光在 1920 年开办的和光教园是第一个日本佛教人士开办的定居房。朝鲜总督府批了土地,在一栋位于首尔钟路区中心地段的建筑里开办了该中心。同年 12 月,它开始为工人提供住宿服务,其资金由一个日本农业商人福永政治郎提供。事实上,日本佛教人士已经参与了社区工作。比如,一念舍从1913年起开办晚课和周末学校项目。另一个由日本佛教人士运行的定居房叫作向上会馆,1922年开放。与和光教园相似,朝鲜众多当局允许该中心免费使用土地。除了夜校,它还提供包括裁缝和做鞋在内的职业培训。作为职业培训的一部分,学生要上朝鲜语文、算术、算盘、英语和代数课。

值得注意的是,和光教园和向上会馆是在1919年3月的第一次独立运动以后建立的。该运动首先从首都首尔开始,然后遍及全国。大量参与该运动的朝鲜人是基督徒。受到独立运动中基督徒参与行为的警醒,日本殖民者试图通过宣传佛教限制基督教在朝鲜的影响力。基于朝鲜人的家长作风的立场,日本佛教徒相信基督教威胁着朝鲜的安全。日本佛教徒有责任在朝鲜传播日本佛教。他们的传教工作不仅能促进亚洲国家间的和平,而且能加强他们的团结精神。

由日本佛教人士运营的定居房,在朝鲜总督当局的支持下,遍及整个朝鲜。1924年开办的釜山共生园开办了儿童日托中心、同时接收朝鲜和日本儿童的幼儿园、喂乳中心和儿童健康中心。然而,这些服务特别针对穷人。例如,日托中心每天收取5钱。中心还有为妇女提供的教育项目,夜校、理发店和为瘾君子服务的康复项目。其他佛教徒运行的定居房在镇海、马山等城市开办。

这两个组织的主要目标是利用佛教和定居房服务,促使朝鲜人臣服于日本天皇。这是19世纪后期20世纪早期,朝鲜对日本佛教的引进,是殖民政府促成的有政治动机的项目。从日本派到朝鲜的奥村圆心,给京都的头等寺庙写了一封信,详尽地解释了他计划从事的传教工作的方式。在信中，他写道，作为传教工作的一部分，朝鲜的佛教办公室正试图结交社区中有影响的人物。社区至少每年有两个人被送去日本，以展示其发展。这些在社区中宣传日本佛教的人将被授予特权。他强调，建立一个像学校一样的教育系统对培训朝鲜年轻人的重要性。为了平息对由日本佛教运营教育项目的阻力和怀疑，朝鲜教师将被雇佣。不仅免学费，学校还将提供学习的必要文具。学生人数应该少于十人，课程应该从传统科目开始，如写作、算术、地理和历史。但是随后，与宗教伦理相关的主题将被逐步介绍。如这封信所表明的，日本佛教传教工作的关注点是将聪明的朝鲜年轻人同化至日本帝国主义。日本传教士滥用佛教教义促使朝鲜顺从日本天皇，他们将其行为美化为定居房运动的形式。

由于他们在将朝鲜人同化至日本帝国主义上额外的贡献，帝国住房事务局给予和光教园货币奖励，以用于其定居房服务。下面将概括和光教园提供的几种服务类型。

针对穷人孩子的教育项目

和光小学：提供六年初步教育

和光夜校：提供两年初步教育

和大门书堂：提供四年初步教育

儿童服务：

和光幼稚园和慈光幼稚园

宗教活动：

和光教会，和光日间学校、和光青年团、和光女子青年团

宿舍

工人宿舍:每晚5钱

女子宿舍:每晚5钱

职业介绍所:

一般职业介绍所

白日短工介绍

咨询项目

安抚项目

临时安抚救护所:提供一顿饭和一晚住宿

施汤厨房

理发店

洗澡堂

职业项目

编织和洗涤

由和光教园运营的为儿童参加项目而设的文具店

值得指出的是,和光教园提供的项目比较多样化,相比首尔社会福音女子中心,和光教园很多项目是为穷人而创立。同时,它强调了教育对穷人孩子的重要性。无知导致贫困、青少年违法和犯罪。因此,为穷人孩子提供教育机会是和光教园的一个主要目标。为了参加其教育项目,参加者必须是穷的。除了对那些在情有可原的财务环境的人,一个月80现金(cash)的学费将被收取。据估计，2％的学生被免除了每月学费。然而，80 现金（cash）对许多人来说是个大数目，对穷人特别如此。他们必须照顾五到六口人，而每月的家庭收入在 20 到 30 圆间。与他们原初的意图不同，和光教园提供的那些项目排除了穷人。

（三） 殖民政府运营的社会工作服务

除了由佛教徒运行的定居房项目，朝鲜总督府运营了社会工作项目，以帮助那些受包括洪水、饥荒在内的自然灾害的影响的人们。同时，它援助教育项目，包括针对穷人的职业培训和公私立教育。

值得注意的是，由殖民政府提供的安抚项目，不是为了帮助穷人，而是为了向弱者显示其仁慈。因此，许多安抚项目用现金或者类似的形式发放。他们经常是紧急情况下才有的安抚项目，仅仅提供给非常有限的人口。尽管 1929 年日本开始更新了安抚法律，它并不适用于朝鲜人。

除了捐献，安抚项目的资金来源依赖州省和当地经费。在吞并期间，日本明治天皇捐款大约 17390000 圆，给针对穷人和促进教育的安抚项目。大约 60％的利息被拨给穷人安抚项目，30％用于教育。余下的 10％分给受饥荒影响的人。1912 年，大正天皇捐款 315,000 圆给安抚项目。此捐献与 10 万元的国家财政经费组合在一起，总数 415000 的安抚基金被用来为受灾者服务。这笔资金的利息被投入到安抚项目中。1916 年，殖民政府宣布以下能够获得安抚自助的标准：

那些遭受慢性病、严重疾病和身体残疾的人。

那些 60 岁及以上，不能独立生活，且没有任何人可以依靠的人。

那些由于其家庭成员的疾病、残疾、坐牢或其他原因而不能对其照顾的人。

不能受到家庭成员照顾的 13 岁以下的儿童。

朝鲜总督府当局 1932 年发表的布告描述了以下七种安抚项目：

针对灾民的安抚项目：

给受洪水、饥荒、风暴和其他自然灾害影响的人提供安抚服务。

给老人、小孩、病人和残疾人提供的安抚项目。

给那些由于疾病和残疾而不能支持自己的人提供安抚服务，其中还包括老人、婴儿和无家可归的人。这些安抚项目由国内或私人组织提供。

福利设施：

提供有关儿童医疗、怀孕妇女、雇佣和临时庇护的服务。一些设施包括施汤厨房、澡堂、洗衣房、当铺和公共住房。

职业服务：

给穷人提供职业培训、小额贷款和工人宿舍。

社会改革项目：

促进储蓄、节约、青年指导和妇女教育项目。

儿童项目：

与孤儿院、盲童孤儿院相关的服务，以及针对无家可归的违法儿童的项目，和为盲童设立的特殊教育设施。

针对穷人的医疗项目：

给穷人提供医疗服务。在公共医疗设施缺乏的情况下，应该向门诊病人提供优惠券。在公共医疗设施缺乏的情况下，每个区域办公室应该保留一个医务箱，箱里的东西每两年必须重换。

表面上看，在殖民统治期间，有许多针对穷人的安抚项目。然而，这些项目的实施情况是值得质疑的。更具体地说，他们妨碍了其能够满足穷人需求的方式。由于把提供安抚项目作为一种高贵义务的形式，日本殖民者通过帮助朝鲜穷人显示其道德优越感。除了施舍，日本殖民者利用穷人宣传其政治野心。例如，仅有 0.008％ 的符合资助条件者实际从安抚项目中受益。该比例，远低于日本国内穷人 0.3％ 的受益比例。这意味着，朝鲜穷人由于其被殖民化，只有很少或干脆没有获得社会和医疗服务的通道，他们的生存权利被殖民者忽略。

结　论

本论文描述了社会工作引入朝鲜殖民地的方式。与美国和日本不同，社会工作不是当时急剧工业化和资本主义过度膨胀的产物。也不是中产阶级出于对下层人的关心而产生的。在朝鲜,社会工作被殖民势力引入,以培殖其宗教、政治和经济野心。

在 20 世纪之交,朝鲜经历了君主制的结束和殖民势力在其土壤上的扩张。在这种政治环境影响下,外国势力利用社会工作以实现朝鲜和其人民殖民化的野心。由美国基督教提供的社会工作项目主要为中上阶层家庭、特别是妇女和儿童服务。他们的重心是通过教育妇女,促使朝鲜家庭皈依基督教。帮助穷人不是他们的主要目标。同时,日本殖民者用佛教来粉饰其政治野心,以加强其殖民势力对朝鲜人的控制。朝鲜人是天皇特许的受益者。因此,对殖民政府的忠诚不是一种选择,而是强制性的。

社会工作的中心任务是社会公正,为弱者、受压迫者和穷人提供关怀。通过对导致生活问题的环境动力给予特别关注,社会工作被用来缓解穷人的苦难。与社会工作这种人道主义的关怀相反,日本和其他帝国的势力都用社会工作来掩饰其政治野心。不管是美国基督传教士,还是日本殖民者都未考虑朝鲜人的权利和其精神、政治、经济和文化独立。在他们眼中,朝鲜人仅仅是需要通过基督教或帝国主义启蒙的对象。

因此,"无信的天使"是一个清晰描述早期社会工作在面对朝鲜穷人需求的无能性的恰当的术语。没有基督传教士和日本殖民者,或许不会有社会工作。但是,他们引入朝鲜的那些是真的社会工作吗?社会工作的关键是帮助那些弱者和受社会经济剥削的人。但是,在那个时期,我没有在任何地方找到那些受损害的人的信息。而我看到的关于无信的天使的历史材料,是在宣传其宗教和政治野心。当他们决定不再关心那些受苦的人,他们也就丢弃了他们的任务。朝鲜殖民地有无信的天使，但是没有社会工作者。

（邱晓丹　译）

辑 三

东亚文学场：越域与跨语

《送报夫》在中国:《山灵:
台湾朝鲜小说集》中的杨逵小说

柳书琴

台湾清华大学台湾文学研究所

一 前 言

杨逵(本名杨贵,1906—1985)的小说《新闻配达夫》(中文译名《送报夫》),是日刊《台湾新民报》刊载的第二篇日文小说、台湾文学史上首先发表于日本文学杂志的小说,也是第一篇被以中文和世界语译介到中国的台湾小说。它于殖民统治下的台湾受到禁止,为突破封锁投稿日本,打开了台湾作家与日本左翼文坛的交流,继而被曾留日的胡风介绍到中国,战后初期这部中译本又在台湾与省外作家交流上起过重要作用。① 因此,在讨论台、中、日的左翼文学交流史上,《送报夫》是极重要、也极戏剧性

---

① 参见,朱双一《光复初期台湾文坛的胡风影响》,《安徽大学学报》,2012:4,页10—19。

的一篇作品。

堪称台湾文学经典之一的《送报夫》,包括 1932 年《新闻配达夫(前篇)》(台湾新民报日文版)、1934 年《新闻配达夫》(文学评论日文版)、1935 年《送报夫》(胡风《世界知识》中译版)、1946/1947 年杨逵重刊之胡风译本(中日对照),以及 1970 年代杨逵以胡风译本为基础重新分节、改写、复原的《送报夫》《鹅妈妈出嫁》版、远景版……等多种版本和译本。(参见附表一)

《送报夫》由于受到台湾总督府言论检阅体制压迫,在台、日、中三地的文艺接受情况长期存在隔阂。就日文版而言,战前岛内读者只读见前半篇,东京刊载的全篇禁止输入;就中文版而言,台湾读者直到光复后才读到胡风译本,而它又与 1970 年代杨逵将日治时期无法写出的内容添写而成的"复原版"不同。塚本照和早于 1983 年便针对 1932 年到 1970 年代的版本进行厘清,呼吁注意殖民地小说进入后殖民时期后,在民主化及主体重建的新脉络下出现的改写现象及其对小说评价产生的影响。[①]《杨逵全集》主编彭小妍更透过手稿比对,标示《文学评论》版遭日本警调删除部分及胡风版推测部分,对理解战前版之变动助益极大。[②]

从《新闻配达夫(前篇)》到《送报夫》胡风译本,铭刻一部殖民地小说在东亚旅行的过程。本文聚焦战前,以版本变异与作

---

① 参见,向阳译、塚本照和著《杨逵作品"新闻配达夫"、〈送报夫〉的版本之谜》,原载《台湾文学研究会会报》3、4 期合并号,1983 年 11 月;收于黄惠祯编《台湾现当代作家研究资料汇编 4·杨逵》(台南:台湾文学馆,2011 年 3 月),页 221—234。

② 参见,彭小妍主编《杨逵全集》卷 4(台南:台湾文化资产保存研究中心筹备处,1998 年 6 月),页 102—104。

品接受的考察为方法,关心这部小说在讨论较少的中国场域之接受情况。亦即探讨目前在华文读书市场上流通最广的胡风译本出现于怎样的脉络,与日文版接受脉络有何不同,这个差异如何有助于我们理解杨逵在东亚左翼文化走廊中的角色及策略。

笔者将以《新闻配达夫(前篇)》(初刊版)《新闻配达夫》(全篇版)和《送报夫》胡风译本(胡风版)三种最早版本为分析对象,首先探讨这篇小说在台湾的原初发表背景;其次考察胡风译本出现于《世界知识》、《弱小民族小说选》《山灵:朝鲜台湾短篇集》(简称《山灵》)的脉络;最后说明 1930 年代盛行的弱小民族文学译介风潮,如何影响了第一篇台湾左翼小说在中国的接受与诠释。

二 《新闻配达夫》前篇到全篇:一部突破殖民地言论封锁线的小说

1932 年 5 月 19 日开始,《新闻配达夫(前篇)》经由《台湾新民报》副刊编辑赖和选录,分 8 回刊载,到 5 月 27 日刊完,每期附有黑白插图一帧,以出生台湾农村的主人公"我"在东京报馆打工遭受剥削的经过,以及日籍同事田中君对我的扶持为主要情节。[①] 前篇刊完后,杨逵于 6 月 1 日完成后篇。《后篇》叙述"我"的故乡遭受糖厂压迫,农村凋落,家破人亡,母亲临死前遗

---

① 参见,杨肇嘉捐赠;李承机主编《日刊台湾新民报创始初期(1932.4.15—5.31)》(台南:台湾历史博物馆,2008 年),数位光碟。

言交代留在东京奋斗,但我决定返乡参与第一线抗争。后篇未通过检阅,因此未获刊载。河原功推测其以普罗文学形式进行总督府糖业政策批判,因此遭"示达"或"警告"方式禁止。①

台湾读者直到殖民统治结束都没有机会读到后篇,而《台湾新民报》2008 年才出土,前篇也一直未被战后读者注意。事实上,现存后篇日文手稿,并非 6 月 1 日完成者,而是 1934 年杨逵向日本投稿时,整并前、后篇完成的新底本②,以下从两方面说明《前篇》的发表背景及意义:

(一)《新闻配达夫(前篇)》是首次以"杨逵"笔名发表的作品,也是具有敏感媒体意识的杨贵以文艺运动实践社会运动的转捩点:

《前篇》写于 1932 年,此时杨贵已失去政治运动舞台,台湾左派运动亦已解体。1927 年台湾文化协会发生第一次分裂,右翼另组合法组织台湾民众党,并握有文协机关报《台湾新民报》,左翼则在取得文协领导权后,另发行《台湾大众时报》作为宣扬刊物。该报因无法获得总督府许可,在东京发行再输入台湾,由中间人物王敏川担任编辑部主任,结合翁泽生等"上海大学派"中共党员、"东京台湾社会科学研究会"日共党员,以及文协左

---

① 根据河原功考察,当时对于新闻记事的禁刊有三种处置:第一,违反禁刊内容径行禁止发行的"示达";第二,视社会情势及记事手法决定是否禁止发行的"警告";第三,不施以发行禁止处分,但诉诸报社自觉、不鼓励刊载的"恳谈"。参见,河原功《不见天日十二年的〈送报夫〉:力搏台湾总督府言论统制之杨逵》,《台湾文学学报》7,页 134。

② 《后篇》日文手稿原件,1998 年经《杨逵全集》收录后公诸于世。该手稿虽名为《新闻配达夫(后篇)》,但同时包含前篇内容,经笔者比对,内容与《文学评论》刊出版内容一致。参见,杨逵文物数位博物馆,台湾文学馆 2009 年建置,http://dig. nmtl. gov. tw/yang/index. php。

派,组成具有台、中、日左翼运动经历的联合阵线。在代表文协第一次"左"倾后的声音的《台湾大众时报》中,赖和、杨贵担任台湾区特约记者,此时的杨贵还是一位社会运动者。

1928 年,包括拂下地争议、竹林争议、小作争议、蔗农争议在内不断涌现的台湾全岛性农民运动和罢工事件,使"左"倾人士普遍持有台湾阶级斗争形势日趋乐观的看法。该年 5 月 18 日发行的《台湾大众时报》创刊号上,赖和发表了隐喻台湾革命路线分裂、左翼路线凌驾启蒙路线奋勇前进的散文——《前进》,杨贵也以《当面的国际情势》发表一篇评论。1927 年应蓬勃的台湾农民组合号召返台的杨贵,起初对日本无产阶级革命充满乐观。① 然而,随着世界经济大恐慌,革命形势乐观论日益抬头,主张帝国主义即将崩溃的"资本主义第三期理论"盛行,导致 1929 年新文协再次"左"倾②;新文协领导权被台共掌握后,持社会主义路线的连温卿及杨贵遭到驱逐。不久后,代表文协第二次"左"倾后激进立场的《新台湾大众时报》创刊,《台湾农民组合当面的任务》一文

---

①　他认为,不论从日/英帝国主义对中国工人运动的干涉、欧洲无产阶级大众的"左"倾或世界各殖民地的民族独立运动,皆显示资本主义列强和苏联之间的紧张关系正在加剧。日本为压制中国和围堵苏联,势必与美英合作,但又因在华利益和太平洋问题与英美有深刻矛盾。国际矛盾不断激化国内矛盾,使日本国内阶级斗争的客观条件日益成熟,他预期日本国内的无产阶级在国际革命上将担负重任。参见,杨贵《当面的国际情势》,《台湾大众时报》创刊号(东京:大众时报社,1928 年 5 月),页 12。

②　共产国际第六次大会中提出的"资本主义第三期理论",把 1928 年视为资本主义总危机急剧发展的开端,认为对抗帝国主义的民族解放战争和资本主义制度的崩溃现象即将发生。关于"资本主义第三期理论"如何对台湾民族运动与左翼运动产生影响,可参见赵勋达《蒋渭水的"左"倾之道(1930—1931):论共产国际"资本主义第三期"理论对蒋渭水的启发》,《台湾文学研究》4,2013 年 6 月,页 129—165。

中,出现了对连、杨的批判,杨逵开始被边缘化。

以"台湾农民组合"机关立场发表的这篇宣告指出,依据 1930 年 2 月及 6 月农组中央委员的研判,日本经济大恐慌势必导致政府对农工弹压强化,激化台湾农民运动,导致革命加速到来,因此台湾机会主义者、托洛斯基主义者、杨逵连文卿一派,主张台湾资本主义尚称安定、暂可放弃斗争而钻研理论……等见解,根本为误谬。① 综合研判,农组因路线差异,早自 1928 年 4 月起,激进之简吉一派即对杨、连展开斗争。② 杨贵到 1931 年间遭农组和新文协左派批判,促使他逐渐将社运实践转寓于文学,终于诞生了《新闻配达夫》这样具有社会抗争意识的作品。

根据黄惠祯的研究,杨贵留学日本期间(1924—1927),就因参加佐佐木孝丸主持的演剧研究会,结识秋田雨雀等普罗文学作家,开始投稿《号外》,并透过《文艺战线》等杂志吸收无产阶级文艺理论,1928 年《战旗》创刊后,已经回台的他也热心阅读着左翼书刊。③ 根据河原功的考察,《新闻配达夫》实为杨逵在 1927 年发表于东京记者联盟机关志《号外》上的处女作《自由劳働者の生活断面:どうすれあ餓死しねえんだ?》④之后续作品,受到日本左翼作家伊藤永之介小说《总督府模范竹林》和《平地

① 台湾农民组合《台湾农民组合当面的任务》,《新台湾大众时报》2:1,1931 年 3 月(台北:南天,1995 年 8 月,影印版),页 6。

② 同上书,页 8。

③ 参见,黄惠祯《杨逵及其作品研究》(台北:麦田,1994 年 7 月),页 76—77。本文写作过程中,承蒙黄惠祯教授多次惠予疑难讨论和文献参考,谨此致谢。

④ 楊贵《自由劳働者の生活断面:どうすれあ餓死しねえんだ?》,《號外》1:3,1927 年 9 月,页 43—47。叶笛译;彭小妍等校译《自由劳动者之生活断面:怎么办才不会饿死呢?》,《杨逵全集》卷 4,页 1—18。

蕃人》启发。① 杨逵将主人公设计为一位送报夫，显然为回应当时《号外》创刊号《一个送报夫的疑问》的短文及第三号《被炒鱿鱼的小工》的卷头言。②

综合上述两项研究可知，杨逵密集关注日本左翼媒体、借鉴日本进步作家的台湾题材作品、特别是涉及总督府政策批判的小说，尝试以文学为媒介响应日、台两地重大社会争议。他以普罗文艺扩大农运议题，引入日本劳农阶级抗争资讯，而非以极左立场进行地下抗争。《新闻配达夫》就是他认为革命时机未到、须以文化形式广泛研究与传播左翼运动现状的一次实践。他非激进的态度，招致极左阵营批判和除名。小说创作是他失去社会运动领导地位后，转向文化领域前进的新行动方案，幸运获得了赖和的支持。诚如陈芳明所言"杨逵脱离政治运动后，才开始涉入文学活动；他的启蒙老师正是赖和"。③ 赖和从 1930 年 3 月担任周刊《台湾新民报》文艺栏编辑开始，就积极利用文艺栏传递中、日进步文艺讯息，他本人也利用现代诗《流离曲》(1930)、小说《丰作》(1932)批判总督府的土地政策和糖业政策④。《前篇》的刊出使杨逵一举成名，也使抗议台湾总督府政策的作品在编辑者的提掖下成为进步作家之间的一股风尚。

---

① 参见，河原功《楊逵「新聞配達夫」の成立背景：楊逵「自由労働者の生活断面」と伊藤永之介「総督府模範竹林」「平地蕃人」から》，《翻弄された台湾文学》（东京：研文，2009 年 5 月），页 19—42。

② 河原功《不见天日十二年的〈送报夫〉：力搏台湾总督府言论统制之杨逵》，页 138—139。

③ 陈芳明《〈台湾大众时报〉与〈新台湾大众时报〉解题》，《台湾大众时报》（台北：南天，1995 年 8 月，影印版），页 5。

④ 陈芳明《赖和与台湾左翼文学系谱》，《左翼台湾：殖民地文学运动史略》（台北：麦田，1998 年 10 月），页 50—58。

（二）《新闻配达夫（前篇）》是《台湾新民报》发行日刊后，日文文艺栏上第二篇带有激进色彩的小说，它的被禁显示该报日文文艺栏激进立场的受挫：

1932 年 1 月《台湾新民报》获准发行日刊，4 月 15 日问世，以中文为主体、日文约占三分之一。报社总部设在台北市，另在东京、大阪、上海、厦门及台湾重点城市设立 13 个分社。日刊发行最初，编辑局下分设整理、政治、经济、通信、学艺、调查六部，学艺部长由整理部长黄周兼任，下设林攀龙、赖和、陈满盈、谢星楼四位编辑员，在第七或八版设置中文文艺栏，第六版设置日文文艺栏。赖和对《送报夫》的重视，不只是对作品本身的肯定，还寄寓了他对终于发行日刊的《台湾新民报》文艺栏的愿景。

截至该刊现存的 1932 年 5 月 31 日为止，文艺栏继续延续新民报周刊时期转介中国新文艺、日本左翼文学动向的传统，日文栏也大胆采用了林理基的《岛の子たち》（《岛之子》，1932. 4. 18—5. 17）和杨逵的《新闻配达夫》（《送报夫》，1932. 5. 19—5. 27）等批判性强烈的小说。虽然两篇于连载中途遭禁，但编辑群最初的激进立场清楚可见。总督府透过禁刊彰显其检阅尺度之后，《台湾新民报》从 1932 年 7 月左右改弦更张，开始推动"以大众小说为形式，台湾现实为内容"的"台湾式的新闻小说"。① 过去以台湾喉舌及进步文艺为特色的周刊《台湾新民报》，在升格日刊后保守化、变成大众小说的园地，造成不少读者失望，并招致文化界非议。② 换言

---

① 参见，柳书琴《满洲内在化与岛都书写：林辉焜〈命运难违〉的满洲匿影及其潜话语》，《台湾文学研究》2，2012 年 6 月，页 133—190。

② 参见，柳书琴《『台湾新民报』の右転回：赖庆と新民报日刊初期のモダン化文芸栏》，《言语社会》7（东京：一桥大学大学院言语社会研究科，2013 年 3 月），页 28—46。

之,《前篇》犹如《台湾新民报》日文文艺栏刊载尺度的试金石,它的被禁象征了文艺栏进步路线的受挫。①

　　根据河原功的考察,《前篇》被禁两年后的 1934 年春天,杨逵看见《文学评论》杂志的征文启事,才将前后篇合并修改,寄往东京,高中二奖（首奖从缺）,成为首位登上日本文坛的台湾作家。1934 年 10 月,作品全篇发表于《文学评论》1 卷 8 号。不料台湾总督府再次禁止该期杂志在台销售,连续封锁激化了杨逵,使他传播该小说、批判总督府的决心更为炽烈。他化名伪装,撰写评论和回响,化整为零,将小说梗概与诉求介绍给岛内读者,甚至刻意引发论战使它一再被讨论。②

　　经过笔者比对,台湾新民报初刊版与文学评论全篇版前半部变动不大,以文句修饰与细节调整为主,唯两处变动必须注意：第一,《前篇》第 6 回,主人公开始送报时与田中的同事关系,在文评版中被加笔为朋友和扶持者关系。第二,《前篇》第 6、7 回交接处,增加一段送报夫因不堪业绩逼迫、保证金被没收,不惜虚报订户,自己承担"幽灵读者"报费的职场变态现象。这些改写凸显了田中的先行者形象、送报夫们的共同困境,呼应结尾日本送报夫们对主人公的支持,也使无产阶级跨国提携的特性清楚呈现。换言之,杨逵最初以台湾读者为对象,着重于解析资本主义压迫和殖民主义剥削的共谋性,亦即透过故事阐明"为何

---

　　①　这样的结果改变了 1920 年代以来《台湾民报》《台湾新民报》文艺栏领导文坛的生态,刺激不满者创立艺社群,台湾文坛从此进入了文学杂志为文坛核心的新时期。

　　②　河原功《不见天日十二年的〈送报夫〉：力博台湾总督府言论统制之杨逵》,页 129—148。

送报夫会上钩?""为何超时工作者还欠老板债?"等机制。他以畸形化的内地微末产业对一位殖民地移工的压迫作伏笔,揭示日本财团和总督府联手在台湾进行农地占夺和经济榨取之更大场面。然而,投稿日本时杨逵进一步认识到台湾文坛附属于日本文坛、日语体制下的位置,考量内地评审及读者的期待,因此把重点扩大到资本主义无分帝国与殖民地的剥削本质,以及无产阶级跨国、跨民族提携的迫切性。

《新闻配达夫》透过境外刊行、解体回流、跨国翻译等策略与契机,使被禁作品起死回生并扩大议题效应,其过程刻画了一部台湾小说冲撞总督府言论封锁线的轨迹。不论对正值转型期的杨逵或当时的台湾文坛,《新闻配达夫(前篇)》都有重要意义。

三 《世界知识》杂志"弱小民族名家作品":
《送报夫》翻译到中国的背景

《送报夫》的旅行不止于日、台之间,更扩及中国大陆。1935年6月和8月《送报夫》及朝鲜作家张赫宙的《山灵》译文,先后刊载于《世界知识》①,1936年4月被收录于胡风译《山灵:朝鲜台湾短篇集》(上海:文化生活出版社),5月再版,直到1948年第3版、1951年第5版、1952年第7版,多次重印,在中国相当普及。② 1936年5月《送报夫》《山灵》另外被收录于世界知识社

---

① 参见,《世界知识》2:6,1935年6月,页42—53。
② 《山灵:朝鲜台湾短篇集》第1版藏于中国国家图书馆,第3版藏于中国国图、台湾大学图书馆;第5版藏于复旦大学;第7版藏于上海市图书馆。

编《弱小民族小说选》（上海：生活出版社），1937 年 3 月再版。因此，《新闻配达夫》不仅是杨逵的成名作，也是台/日/中左翼文学交流史上的一篇重要作品，而胡风译本比日文原作或战后杨逵复原本流通更广，是目前影响力最大的一个版本。以下，本节将针对《送报夫》在中国的翻译经过及背景加以介绍。

1985 年 3 月 12 日杨逵在台过世，同月 30 日在北京举行了一个纪念会。未曾谋面的胡风抱病出席纪念会，以"悼杨逵先生"为题致辞提到："30 年代初，我在日本的普罗文学上读到了杨逵先生的中篇小说《送报夫》。……这篇作品深深地感动了我，我当即译了出来，发表在当时销数很大的《世界知识》上。后来，新文字研究会还把它译成了拉丁化新文字本，介绍给中国的工友们阅读。"①此外，胡风也翻译了 1935 年 1 月第二篇刊载于《文学评论》的台湾作家吕赫若小说《牛车》。

张禹（王思翔）曾言："杨逵当时只听说《送报夫》被介绍到祖国大陆，却不知道译者是谁，也不了解其他情况。""在胡风先生这一边，情况也是如此。当时他对于整个台湾的文学运动，对于杨逵这一位作家，也不可能有较多的了解。他只能从一些日本报刊中接触到若干台湾作家的作品，不消说是很有限的。"②他认为胡风的选文过程充满偶然性，笔者则不认为如此。

笔者认为，《山灵》出版半年后杨逵已掌握消息。1936 年 11 月发行的《台湾新文学》1 卷 9 号刊登了《山灵》的广告，标明为

---

① 　张禹《杨逵·〈送报夫〉·胡风：一些资料和说明》，《新文学史料》4，1987 年 11 月，页 84—88。笔者曾经调查新文字研究会相关出版物，但尚无所收获。

② 　参见，张禹《杨逵·〈送报夫〉·胡风：一些资料和说明》，页 84。张禹为浙江人，战后初期短暂旅台，曾与杨逵共同在台中担任《和平日报》编辑。

"胡风译",到 1937 年 5 月之间又刊了三次,次数频繁远超越其他书目。① 《山灵》卷末附录的杨华白话文小说《薄命》,也是一个证据。该小说原刊于 1935 年 3 月《台湾文艺》2 卷 3 号,时值"台湾文艺联盟东京支部"刚成立,与"中国左翼作家联盟东京分盟"开始交流之际。在 1935 年春到 1936 年秋之间,旅居东京的台湾作家以日本左翼文坛与演剧界为中介,与旅居东京的中国作家多所交流,形成了以东京和上海为两轴的"东亚左翼文化走廊"。② 《薄命》证明胡风除了直接从《文学评论》杂志取得《送报夫》《牛车》之外,也可能因为与积极推广台湾文学的"文联东京支部"有联系,而掌握这份在岛内发行、被广泛推荐给日、中左翼人士的杂志及其作品。中国左联东京分盟的成员雷石榆、魏晋等人,透过吴坤煌、张文环等活跃者的争取,曾出席"文联东京支部"聚会,对《台湾文艺》十分熟悉,甚至曾评论台湾作家的作品。③

---

① 参见,许俊雅《关于胡风翻译〈山灵:朝鲜台湾短篇集〉的几个问题》,页 8;以及,黄惠祯《杨逵与赖和的文学因缘》,《台湾文学学报》3,2002 年 12 月,页 161。

② 1930 年代的东京和上海,是东北亚属一属二的国际都市,它们同时也是中、日两国国内外异议分子的荟萃之地。由于两国政府从 1927 到 1936 年间,强势打压国内共产主义及左翼运动,引发海外出走潮,因此出现了中国异议分子向上海集结,又向东京出走,东京异议分子向上海出走,或赴中国寻求合作的流动现象。这种借重国际都市文化空间,带有政治流亡或国际结盟意味,出现于特殊背景下的左翼文学艺术通道,笔者称之为"左翼文化走廊"。参见,柳书琴《台湾作家吴坤煌:日本語創作の国際的ストラテジ》,《バイリンガル日本語文学—多言語多文化のあいだ》(东京:三元社,2013 年 6 月),页 246—274。

③ 雷石榆曾言:"《台湾文艺》这本杂志我翻了,但没有全部看完。我很敬佩各位的努力。台湾现在的文艺杂志跟以往不同,有新的意识,立场也不限于台湾,需要跟中国合作,事实也在互相合作前进。"参见,《台湾文联东京支部第一回茶会》,《台湾文艺》2:4,1935 年 4 月,页 27。魏晋也曾言,"承吴君的盛意,我像在梦中似的,读到了《台湾文艺》。"参见,魏晋《最近中国文坛上的大众语》,《台湾文艺》2:7,1935 年 7 月,页 193—194。相关讨论,亦可参见柳书琴《台湾文学的边缘战斗:跨域左翼文学运动中的旅日作家》,《台湾文学研究集刊》3,2007 年 5 月,页 51—84。

胡风致辞中泛指的"普罗文学"（プロレタリア文学），具体为日本ナウカ社发行的《文学评论》杂志。胡风为鲁迅任教于北大时期的弟子，1929 年赴日，1933 年因在东京组织左翼抗日文化团体、参加日本反战同盟，以反日赤化分子罪名被逮捕，7 月和十几位留学生遭到驱逐，返回上海时被当作爱国学生欢迎，之后担任中国左翼作家联盟宣传部长，数月后接替茅盾担任左联书记。到 1936 年春的三年期间，他与鲁迅频繁接触，根据鲁迅日记记载两人往来次数达 121 次之多①，此时期的翻译工作深受鲁迅启发。

1933 年创刊的《文学》虽以商业性杂志宣称，在左翼文学译介上却不遗余力。鲁迅则于 1934 年 9 月与茅盾、黎烈文等人创立《译文》月刊，专门译介外国文学。受到鲁迅影响，这些杂志相继在弱小民族文学的翻译上投下心力。1936 年 5 月 18 日《山灵》出版次月，胡风也亲自造访鲁迅赠书。②

胡风响应鲁迅开始了少数民族文学的翻译工作，他选择东亚邻近地域非母语写作者的日语文学为译介对象，这样的视野在当时却不多见，台湾日语文学尤其罕被注意，而他的实践场域《世界知识》和《译文》同属生活书店发行，也是左翼刊物。根据胡风在《山灵》《序》中所言，"这些作品底开始翻译，说起来只是由于一个偶然的运会。去年世界知识杂志分期译载弱小民族的小说的时候，我想到了东方的朝鲜、台湾，想到了他们底文学作品现在正应该介绍给中国读者，因而把《送报夫》译好投去。想

---

① 周正章《笑谈俱往：鲁迅、胡风、周扬及其他》（台北：秀威，2009 年 10 月），页 151—152。

② 同上书，页 154。

不到它却得到了读者底热烈的感动和友人们底欢喜，于是又译了一篇《山灵》，同时也就起了收集材料，编译成书的意思。"①

　　翻查《世界知识》可以发现，现存 2 卷 2 号到 6 号每月推出一篇翻译小说，依序为印度、捷克、保加利亚、罗马尼亚的作家，其中第五位、也是该特辑第一位被译介的东亚作家就是杨逵。然而，由于 7 月到 12 月间的卷期遗佚，因此《山灵》收录的《山灵》《上坟去的男子》《初阵》《声》《送报夫》《牛车》等六篇，除了许俊雅指出《山灵》载于《世界知识》2 卷 10 号②、黄惠祯指出《牛车》载于《译文》③，以及笔者发现《初阵》亦刊于《译文》之外，其他译文是否在集结前先行刊载已无可查考。④ 进一步比对 1936年 5 月出版的《弱小民族小说选》，可以确定其他小说皆未曾于《世界知识》刊载，这些佚作为来自阿尔及尔（Algiers）、乌克兰、波兰、希腊、爱尔兰、阿拉伯等作家的小说。综上可知，《世界知识》经由伍实、黎烈文、孙用、徐懋庸、胡风等译者，推出"弱小民族名家作品"，《送报夫》是胡风为响应这个特辑推出的第一篇翻译作品。它和《山灵》先被《山灵：朝鲜台湾短篇集》收录，隶属黄

---

　　① 　胡风《序》，《山灵》（上海：文化生活，1936 年 4 月），页Ⅰ。

　　② 　许俊雅《关于胡风翻译〈山灵：朝鲜台湾短篇集〉的几个问题》，《文学台湾》47，2003 年 7 月，页 11。

　　③ 　杨逵曾于其主编的《台湾新文学》上介绍《牛车》在中国刊载的消息，兹翻译如下："一九三五年在新年号的《文学评论》上揭载的本岛作品吕赫若君的《牛车》，已刊载于中国的杂志《译文》终刊号。"参见，无署名《消息通》，《台湾新文学》1：1（1935 年 12 月），页 64。笔者调查《译文》，但因 1935 年 9 月到 12 月散佚，故不见应刊载于 12 月的《牛车》。

　　④ 　根据"大成老旧刊全文数据库"可知《初阵》中译本最早发表于《译文》1：1（1936 年 1 月，上海杂志公司），但该志 1935 年 9 月到 12 月散佚，1936 年 1到 4 月各卷尚存，未见《声》与《上坟去的男子》，因此不知两篇是否曾刊载。使用"中国期刊全文数据库"检索他刊，同样未见。

源主编的《译文丛刊》之四①，次月又被《弱小民族小说选》收录，成为茅盾主编的"世界知识丛书"之二②。

《世界知识》是一份国际政治经济动向分析杂志，弱小民族名家作品特辑为有关海外文学的重要翻译企划。《送报夫》发表于此、被收录为"世界知识丛书"，那么这份杂志所标榜的"世界知识"为何，又为何与少数民族议题有关呢？

《世界知识》，由上海的世界知识杂志社发行。根据创刊元老及资深编辑张明养的回忆，它由上海"苏联之友社"部分成员创立，自创刊起就在共产党的领导下开展工作。创办人胡愈之于1933年入党，以特别党员身份直接与中央单线联系，其他一些创办人和撰稿者不是党员就是进步文化人士。1933年他们"期望以马列主义观点，描述和分析世界政治经济形势，用具体事实，说明资本帝国主义的崩溃和必然坍倒，被压迫民族奋起反抗及其前途，说明社会主义苏联的物质文化建设的突飞猛进，远超过帝国主义，今后条条道路通向社会主义"，经过数月筹备，于1934年9月正式发刊。③

---

① 黄源(1906—2003)，1928年赴东京留学时结识流亡中的茅盾，开始投入革命文学活动。1929年回上海后从事翻译与编辑工作。1934年初，鲁迅和茅盾、黎烈文发起创办《译文》，茅盾推荐黄源参加编辑工作，第四期起鲁迅提议把编辑工作全部交给黄源，《译文》成为左翼文化界的重要据点之一，1936年黄源又代替鲁迅主编《译文丛书》。《译文丛刊》于抗战爆发后改由巴金主编，是一套规模宏大的世界文学名著丛书，共收53种。有计划地向读者介绍外国文学名著，受到好评，曾不断再版。参见，上海鲁迅纪念馆编《黄源文集》第1、2卷（上海：上海文艺，2005年5月），页1—4。

② 世界知识社编《弱小民族小说选·辑二》（上海：生活书店，1936年5月，初版）。

③ 社员有胡愈之、金仲华、钱亦石、曹亮、张仲实、沈志远、毕云程、张明养、王纪元、章乃器等十余人，张明养《〈世界知识〉创刊初期的战斗历程：祝〈世界知识〉创刊55周年》，《世界知识》1989：18，页2。

　　《世界知识》迄今仍在发行,将近 80 年的发行期可概分为五阶段。最初阶段从 1934 年 9 月创刊到 1937 年 11 月上海沦陷为止,在国民党政府出版检查严厉的上海发行,透过马列主义观点分析国际形势、宣传抗日主张并介绍国际知识,是发行部数持续上升、影响力不断扩大的一个时期。[①] 由胡愈之起草的创刊词表明了向往社会主义新世界的这群人,以世界情势剖析和海外进步知识引介,联结被压迫民族抵抗帝国主义的宗旨:

　　　　中国是“世界的中国”了;资本帝国主义的“文明世界”大厦,行将倒塌;在世界六分之一的土地上已出现另一个与“文明世界”相对峙的新的世界;占全世界人口半数以上的被压迫民族已成为促进“世界文明”的主要动力。

　　　　我们的后面是坟墓,我们的前面是整个的世界。怎样走上这世界的光明大道去,这需要勇气,需要毅力,但尤其需要知识。[②]

为了增加中国人民对陌生的被压迫民族的认识,该杂志于 1935 年 2 卷 1 期中宣告:“在这一卷里,打算专门介绍弱小民族的名家作品,每期一篇,尽可能范围附加插图”[③],《送报夫》和《山灵》就在这种构想下出现了。

　　胡愈之特别撰文阐述“少数民族”的概念,揭示它与世界大

---

　　① 　张明养《〈世界知识〉创刊初期的战斗历程:祝〈世界知识〉创刊 55 周年》,页 5。

　　② 　同上书,页 2—4。

　　③ 　《编辑室》,《世界知识》2:1,1935 年 1 月,页 22。

势之关系：

少数民族的西文是 Minorities。虽然少数民族早已存在，但是这个名辞却在从大战以后，方纔普遍行用的。原来现代的国家，除了美国苏联等由许多民族结合的国家以外，大部分是由单一的民族结合成一个国家。每一民族都有独特的种族，宗教或言语。但在一个国家内，往往有少数的人民，种族，宗教或语言和所属国家内大多数人民不同。这少数的人民自成一种民族，所以旧称做少数民族。比方捷克斯洛伐克是一个斯拉夫民族国家，可是国内却有许多操德意志语的日尔曼民族。德国是日耳曼族的基督教国家，可是其中百分之一的人口，却是信奉希伯来教的犹太人。因此这些日耳曼人和犹太人便是"少数民族"。[1]

他还指出，一战后欧洲新兴国家内部都有许多少数民族，为使其顺服必须保障种族、宗教、言语方面的权利，因此 1919 年以波兰为首，有关弱小民族的国际条约相继在南斯拉夫、捷克斯洛伐克、罗马尼亚和希腊签订。[2] 然而，原本签订少数民族条约只是帝国主义分割领土方便，并非真要解决民族问题，因此只有新兴小国和战败国才遵守，对强国无约束力。[3] 故而，当

---

[1]　胡愈之《少数民族问题》，《世界知识》1：2，1934 年 10 月，页 70。

[2]　当时最重要的少数民族保护条约为：1.波兰(1919 年 6 月 28 日签订)；2.南斯拉夫(1919 年 9 月 10 日签订)；3.捷克斯洛伐克(1919 年 9 月 10 日签订)；4.罗马尼亚(1919 年 12 月 9 日签订)；5.希腊(1920 年 8 月 10 日签订)。参见，胡愈之《少数民族问题》，页 71。

[3]　胡愈之《少数民族问题》，页 71。

第一个缔约的波兰在德国策动下解除条约后,少数民族制度便被根本推翻,中欧、东欧重新燃起民族疆界的纷争,"波兰竟成了德国的代言者",少数民族条约的争辩只不过是"法德一场外交恶斗"①。

综上可见,Minorities 一词盛行于一战以后,与帝国主义的领土扩张有关,并因列强对新兴小国的操纵成为政治敏感议题。1930 年代随着军国主义的抬头,少数民族问题被打压为内政问题,又演变为列强对峙与制造冲突时的筹码。中国进步人士一方面以文学读物提高国人对世界大势的关心,另一方面也以弱小民族文学批判法西斯主义,并作为政治隐喻,宣传反蒋抗日,传达他们对国际政治的判断和国内政治的主张。② 不论是《文学》《译文》或《世界知识》,弱小民族翻译工作都在这样的脉络下。《世界知识》这次企划与其他两志的长期耕耘和规模无法相比,却同样明确地把弱小民族文学翻译工作的政治意义传达给了读者。

四 《山灵》的回响

如前所述,为了让《新闻配达夫》在日本获得发表,杨逵把描

---

① 胡愈之《少数民族问题》,页 73。

② 譬如胡愈之在《少数民族问题》中便批评到:"朝鲜人是日本国内的少数民族,但是日本帝国主义天天在虐杀朝鲜人,别国政府不能加以干涉。因为朝鲜人亡国后,加入日本国籍,朝鲜人的待遇问题,是内政问题。按照现在的国际法,内政问题是不许他国干涉的。"

写重点从殖民主义对台湾人的剥削，扩大到资本主义在帝国境内对自民族无产阶级的压迫，并强调日、台无产阶级提携的重要性。这样的宏观视野台湾读者无缘看见，只呈现在东京发行的《文学评论》，但它却透过胡风的翻译进入了中国读者眼帘。接下来我们要问，日本和中国的读者是否读出了杨逵这一番用心呢，答案是否定的。

在日本方面，《文学评论》虽基于"作为殖民地下层阶级最诚实的代言人"的理由给予杨逵奖项，评审们却不约而同指出该作品结构有缺失、形象化与艺术性不足、开头结尾生硬、语言欠佳、完成度不够等问题。换言之，评审们欣赏它"真情洋溢""不矫揉造作""有强大吸引力"，却无法跳脱艺术性与日文中心主义的评价标准。这种矛盾在最支持的德永直身上依然清晰可见："我们对于殖民地人自己的普罗文学，决不要求和日本普罗文学有同样程度的意识形态或技巧。这在现阶段有不得已的条件限制。我们想知道的是，各色各样的生活、没有虚伪的呐喊和希望、被因袭和压迫所闭塞的生活。当然我们完全没有因此而轻蔑'艺术性'，与其为迎合日本绅士的好恶而莫名的加以粉饰、或去势，不如拥有本来意义的艺术性。"①德永直越是为杨逵作品的艺术性辩护，就越彰显日本作家对"殖民地劳农小说"艺术性的期待。评审们透过《新闻配达夫》对"台湾普罗文学"寄予期望，他们关

---

① 张季琳指出，《送报夫》得奖并非所有评审委员一致同意。由于小说中没有描写送报夫们从决定罢工到实际罢工的具体经过、劳动者性格不具体、结尾过于乐观，导致评审有"主观的幼稚性""结尾粗糙"等批判。参见，张季琳《杨逵〈送报夫〉在日本的得奖及其文学意义》，赖泽涵、朱德兰编《历史视野中的两岸关系(1895—1945)》(台北：海峡学术，2005 年 6 月)，页 116—139。

心的是作为日本普罗文学支脉的台湾普罗文学的可能潜力与典范建立,而不是作家的创作企图、政治目的,更不是台湾无产阶级的现实困境。

相较于此,日本工人对作品中描绘的台湾无产阶级反而更有共鸣。根据张季琳的研究,一位叫片桐旦的工人曾投书表达他的感动:

> 我是以非常感动的心情阅读这两篇小说。我认为与其说是小说,不如说是用"血"叙述的事实。(中略)我结束自己的工作,开始阅读这两篇小说,是在早上的七点左右。因为我是从前一天的下午四点左右开始工作,直到第二天的早上七点,所以身心相当疲累。但是,这些小说充分给予我更为强烈的鼓舞力量。(后略)

> 如果从这些方面来看这两篇小说的话,不得不说实在是极不成熟的作品。然而对今日尚处低文化阶段的我们劳动阶级而言,想这样朴素的作品反而强烈打动我们的心灵。能够让没有教养的我们发奋图强的,首先就是单纯的生活记录,没有谎言、没有欺骗、认真的生活报告。我工作十六个钟头后,筋疲力竭的回家时,一接触到这些文章,就得到非常强的力量。①

必须注意,授奖给予殖民地文学,只是日本左翼作家欲挽

---

① 参见,张季琳《杨逵〈送报夫〉在日本的得奖及其文学意义》,赖泽涵、朱德兰编《历史视野中的两岸关系(1895—1945)》(台北:海峡学术,2005 年 6 月),页 128—129。

回普罗文学运动颓势的策略之一。① 与工人读者相较,德永直、中条百合子、武田麟太郎、龟井胜一郎、藤森成吉、洼川稻子等评审,对小说中描写的台湾无产者生活几乎视而不见。简单说,他们关切的不是台湾作家、台湾普罗阶级,而是日本文学支裔,亦即殖民地的劳农文学,以及对这种文学一厢情愿的要求和想象。

即使是片桐旦,他的共鸣也局限于主人公在日打工、工人相濡以沫的前篇,而非后篇喧腾一时的台湾农民运动。② 然而,台湾农民运动的描写正是台湾总督府禁止之因,也是杨逵、赖和认为这篇小说最有价值之处。杨逵曾提到赖和闻知《新闻配达夫》在东京刊出时,"几乎比我还要兴奋。尤其是他最关切的糖业公司逼害农民的那一段描述都没有铲除,他似乎感到有一点意外。"③赖和还曾称赞,这一篇作品胜过杨逵"过去所有作品的总和"。④

那么,《送报夫》在中国的接受和解读状况又是如何呢? 这个问题,必须回到中国知识界对"弱小民族文学"的认识谈起。

---

① 参见,张季琳《杨逵〈送报夫〉在日本的得奖及其文学意义》,赖泽涵、朱德兰编《历史视野中的两岸关系(1895—1945)》(台北:海峡学术,2005 年 6 月),页 138。

② 他写到:"在受到比牲畜更悲惨的虐待、蒙受非人性对待的人群中,依然有美丽的纯情和感激。为了让同事吃饱而将自己的饭食减少、为了朋友而牺牲自己……纯洁青年们心灵的坚强团结,岂不正是世界上最美好的事嘛? 我想到我们之间也能有那样的友情存在,不禁涌上热泪。"转引自,张季琳《杨逵〈送报夫〉在日本的得奖及其文学意义》,页 138。

③ 参见,杨逵《日本殖民统治下的孩子》,《联合报》,1982 年 8 月 10 日。

④ 参见,杨逵《希望有更多的平反》,王晓波编《被颠倒的台湾历史》(台北:帕米尔书店,1986 年 11 月),页 229。

如前所述,《世界知识》杂志将弱小民族文学作为一种政治知识引介,那么左翼文化人士翻译"弱小民族文学"的目的又是什么呢?

1935 年 11 月茅盾翻译的《桃园:弱小民族短篇集(1)》出版时,旋遭"新感觉派圣手"穆时英如下批评:

> 本周出版的单行本计六种:《八月的乡村》,田军著,内山书店代售;《死魂灵》,果戈理著,鲁迅译,文化生活社发行;《神、鬼、人》,巴金著,文化生活社发行;《草原故事》,高尔基著,巴金译,文化生活社发行;<u>《弱小民族小说集》</u>,茅盾译,文化生活社发行;《短篇集》,靳以著,文化生活社发行。
>
> 这六种单行本里边有五种是由文化生活社发行的。(中略)文化生活社并不是一个商业机关,据说资本只有四千元钱,在这几千万资本的书店都不肯印文学书的时候,这一个小小的出版社竟出了一大批书,这实在不能不教我们替一般平日以提倡文化自命的书店老板和编辑先生惭愧了。①

穆时英肯定文化生活出版社的翻译工作,却对引介弱小民族文学的茅盾多所讽刺,批评长篇小说《子夜》装腔作势,指他为"左倾小儿病患者":

---

① 穆时英著,严家炎、李今编《文学市场漫步(三)》,《穆时英全集》第 3 卷(北京:北京十月文艺,2008 年 1 月),页 92—93。穆时英将《桃园:弱小民族短篇集》,误作《弱小民族小说集》。下划线为笔者所加。

关于这六本书，茅盾的《弱小民族小说集》是用不到去买的，我们知道茅盾是一个野心不小的人，而《弱小民族小说集》，正是他的把自己造成弱小民族文学专家的工作的一部分。对于这种工作我们似乎不必表示什么兴味吧。①

事实上，茅盾在弱小民族文学翻译工作上的贡献，在当时和今日都获得很高的评价。我们必须认识，遭穆时英贬抑的弱小民族文学译介工作，实际上是民国时期世界文学引介的重要一支，在 1933 年国民党打压普罗文学以后，也是左翼文坛的重要突围策略。

中国现代文学史上对"被污辱、被损害民族"文学的提倡，始于五四新文学运动时期。《新青年》杂志从 1918 至 1921 年刊登了挪威、波兰、丹麦、印度等国家的译作，包括易卜生、安徒生、泰戈尔⋯⋯等作家，其中"易卜生号"对中国文坛的影响尤大。主张"鲁迅先是一位翻译家，才是一位作家"的研究者吴钧，曾在其《鲁迅的翻译文学研究》一书，探讨鲁迅译介弱小民族文学的目的。她指出：鲁迅在翻译《域外小说集》曾说明介绍弱小民族文学，是因为"有一种茫漠的希望：以为文艺是可以转移性情，改造社会"。鲁迅自言读了弱小民族文学以后，"才明白了世界上也有这许多和我们的劳苦大众同一运命的人，而有些作家正在为

---

①　在上述引文之后，穆时英还写道："《八月的乡村》的作者，虽然是新人，但文笔却老练得很。这本小说写得很朴素，很老实。一点没有一般以"左"倾自命的小儿病患者的装腔作势的样子。虽然并不怎样了不得，但有勇气读《子夜》的，却不妨把浪费在《子夜》上的时间来读一读这本《八月的乡村》——至少比《子夜》写的高明些。"同上注。

此而呼号,而战斗。"①他为克服语言障碍,"介绍些名家所不屑道的东欧和北欧国的作品""尤其是巴尔干诸小国的作品",甚至借助世界语译本进行翻译,希望让读书界知道"世界上并不只几个受奖的泰戈尔和漂亮的曼殊斐儿(Katherine Mansfield)之类"。②

茅盾抱持同样关心,希望读者注意五四时期被译介的名家之外的更多优秀的弱小民族作家。根据宋炳辉的研究,20 年代以后就属茅盾主持《小说月报》的时期对弱小民族文学译介的规模最大、影响也最深。茅盾获得鲁迅、周作人等文学研究会主将的支持,在《小说月报》上刊载大量弱小民族文学译作,并推出"被损害民族的文学号",介绍波兰、捷克、芬兰、乌克兰、南斯拉夫、保加利亚、希腊、犹太 8 个民族的作家作品。30 年代以后他持续不辍,1934 年在《文学》杂志上推出"弱小民族文学专号",提供《英文的弱小民族文学史之类》《现世界弱小民族及其概况》等导论文章,并介绍亚美尼亚、波兰、立陶宛、爱沙尼亚、匈牙利、捷克、南斯拉夫、罗马尼亚、保加利亚、希腊、土耳其、阿拉伯、秘鲁、巴西、阿根廷、印度、犹太 17 个国家 26 位作家的 28 篇作品。③ 陆志国也透过统计发现,茅盾翻译工作的高峰期出现在

---

① 鲁迅翻译了许多世界弱小民族文学,例如,芬兰亚勒吉阿的小说《父亲在亚美利加》、匈牙利诗人裴多菲的诗作、保加利亚作家跋佐夫的小说《战争中的威尔柯》和《村妇》、罗马尼亚作家索陀威奴的作品《恋歌》、芬兰女作家明那·亢德的《疯姑娘》等作品,以及荷兰作家望·蔼覃的《小约翰》,参见吴钧《鲁迅翻译文学研究》(山东:齐鲁书社,2009 年 1 月),页 191—192。

② 同上书,页 191—192。

③ 宋炳辉《弱小民族文学的译介与中国文学的现代性》,《中国比较文学》2002:2,2002 年 4 月,页 60—61。

1934 至 1935 年,译作集中刊载于《文学》和《译文》,并曾获得叶圣陶的称赞。①

　　根据上述研究可知,遭穆时英批评的《桃园:弱小民族短篇集(1)》(文化生活出版社),是茅盾弱小民族译介工作高峰期的作品;同一时期他的译作《凯尔凯勃》也和《送报夫》、《山灵》一起被收录于《弱小民族小说选》。译文丛书,由《译文》杂志编辑黄源主编、鲁迅指导,为 30 年代最具代表性的外国文学翻译丛书之一。该丛书推出的第一本小说集为鲁迅译的《死魂灵》,第二、四本即是茅盾译的《桃园:弱小民族短篇集(1)》和胡风译的《山灵:朝鲜台湾短篇集》。《山灵:朝鲜台湾短篇集》被收录在这个重要系列里,与茅盾译著有如姊妹作,不仅是中国首次对台湾现代文学的介绍,更提高了台湾文学、朝鲜文学的地位和见光率。②

　　弱小民族文学的翻译与出版在 30 年代中期鼎盛一时,它的意义至少有二:第一,抵抗左翼知识界对国民党政府言论控制和审查政策。根据张静庐、陆志国等人的研究,南京国民政府在 1930 年 11 月颁布《出版法》,公告政府对杂志、期刊等出版品的出版规定、审查和相应的罚则与其他强制措施,又在 1931 年 10 月公布实施细则,对文化出版实行更为严苛的管制。1933 年 10 月,国民党行政院下达"查禁普罗文学密令",要求各省市党部以更严

---

　　① 陆志国《审查、场域与译者行为:茅盾 30 年代的弱小民族文学译介》,《外国语文》30:4,2014 年 8 月,页 108—113。

　　② 文化生活社的资深编辑李济生回顾这一段历史时,也认为在当时的历史条件下刊印这样的作品有相当社会意义,参见田一文、李济生《文化生活出版社始末》,李济生编著《巴金与文化生活出版社》(上海:上海文艺,2003 年 11 月),页 28—29。

密的手段查禁书刊,特别打压普罗文艺书刊。① 1934 年 2 月,国民党中央宣传委员会密令查禁图书 149 种,鲁迅、茅盾等左翼人士的重要著作大都囊括在内。② 为回应严酷环境,上海文艺界在 1934 年、1935 年出现了所谓"杂志年"和"翻译年"的特殊现象。诚如黄源所言,鲁迅"灵活地退一步,翻译沙俄时代批判现实主义的作品,如高尔基的讽刺小说《俄罗斯的童话》和果戈理的长篇小说《死魂灵》,在'围剿'的天罗地网中建立了阵地。"③前述上海生活书店发行的《译文》和《世界知识》杂志,文化生活出版社的"译文丛刊"、生活书店的"世界知识丛书",都是这种背景下的努力。

第二,作为中国近代主体释放或召唤被压迫体验的象征符号。宋炳辉曾言,"中国主体在近代以来积累了太多被压迫的体验需要表达,太多的压抑感和屈辱感终归需要释放,需要在相应的对象身上寄托这一份情感。这种释放和寄托除了经过创作加以直接表达之外,译介也是一个有效途径。于是,中国人在那些同样受英、法、德、美等西方强国压制的弱小民族身上,看到了与自己同样的命运,在他们的文学中,听到了同样的抗议之声,体会到同样的寻求民族独立、人民解放的情感。"④从《送报夫》在中国初刊时的介绍,我们可以看见"台湾"成了中国被压迫经验

---

① 张静庐《中国现代出版史料》(北京:中华书局,1957 年 4 月),页 171—172。

② 图书受到审或查禁的原因,在于传播马列主义、描写阶级斗争、反映无产阶级的意识形态、讽刺国民党政府等。参见,陆志国《审查、场域与译者行为:茅盾 30 年代的弱小民族文学译介》,页 109。

③ 黄源著,上海鲁迅纪念馆编《对〈世界文学〉的祝愿:纪念〈译文〉创刊五十周年》,《黄源文集》第 1、2 卷(上海:上海文艺,2005 年 1 月),页 162—164。

④ 宋炳辉《弱小民族文学的译介与中国文学的现代性》,页 68。

的一个隐喻和投射：

> 台湾自一八九五年割让以后，千百万的土人和中国居民，便呻吟在日本帝国主义铁蹄之下。然而，那呻吟痛苦的奴隶生活究竟苦到什末程度？却没有人深刻地描写过。这一篇是去年日本《文学评论》征文当选的作品，是台湾底中国人民被日本帝国主义统治了四十年以后第一次用文艺作品底形式将自己的生活报告于世界的呼声。
>
> 当然，缺点是有的，例如结构底松懈和后半底安逸的感情调子，但那深刻的内容却使人不能不一气读完。据说台湾底华文报纸曾连载过很长的介绍批评，但因为对于读者的刺激太大，中途曾被日本当局禁止登载。爰特译出，以使读者窥知殖民地台湾人民生活底悲惨。读者在读它时，同时还应记着，现在东北四省的中国人民又遇着台湾人民的那种同样的命运了。①

引文中胡风虽两度强调台湾与中国大陆的关系，却以"殖民地"接受现况，将台湾归类于世界弱小民族之列，以台湾经验譬喻东北问题。胡风将台湾当作一个"弱小民族"符号，放在中国主体的外部。台湾问题不是他终极的关心，如何以台湾、朝鲜的奴隶经验召唤中国读者的沦亡恐惧，才是他投入翻译的目的。②

---

　　①　杨逵作；胡风译《送报夫》，《世界知识》2：6，页320。底线为笔者所加。

　　②　胡风含蓄地说："几年以来，我们这民族一天一天走近了生死存亡的关头前面，现在且已到了彻底地实行'保障东洋和平'的时期。在这样的时候我把'外国'底故事读成了自己们底事情，这原由我想读者诸君一定体会得到。"胡风《序》，《山灵：朝鲜台湾短篇集》，页Ⅱ。

　　《山灵》最早的书评和胡风想法不谋而合,它出现于 1936 年
8 月,为中共党员、左联委员周钢鸣(1909—1981)所作。周首先
介绍朝鲜自由主义作家张赫宙、朝鲜普罗艺术同盟作家李北鸣
和郑遇尚,并以"台湾的青年前进作家"介绍杨逵、吕赫若、杨华,
称许"这些作品的取材都是血底历史事实"。其次,提到这部收
集"两个弱小民族作品"的选集,呈现了"远东帝国主义底铁蹄践
踏下过着奴隶生活"的共通点,以及两地不同的乡土色彩、习惯
和风俗。接着,他以左翼文艺批评介绍各篇,评价《山灵》为"殖
民地农村经济的一幅解剖图"、《初阵》是"一篇描写工场斗争的
力作"、《声》刻画"在间岛从事农民运动的青农倔强底性格"、《上
坟去的男子》描写"投身于朝鲜民族解放的青年们中一段革命与
恋爱的故事",并特别称赞《山灵》《初阵》《声》《送报夫》四篇。以
下是他对《送报夫》的介绍:

　　　　《送报夫》是写台湾的一个青年,从农村破产流到东京
　　来当送报夫,受着派报所的剥削,和没收保证金。同时在他
　　的家乡台湾的农村里,他父亲的田地被殖民地统治者强迫
　　收买,和严刑的毒打,而屈辱地死掉,母亲也被压迫的上吊,
　　临死前把房屋卖掉,望他努力和帮助村人解除奴隶的生活。
　　后来他在日本的劳动者的同情和帮助之下,使他觉醒而成
　　为一个没有国界的劳动战斗员。①

----

① 　周钢鸣《山灵:朝鲜台湾短篇集》,《读书生活》4:7,页 366。底线为笔
者所加。

周钢鸣将原本以插叙方式进行的情节重组,从"殖民地农村破产→资本主义财团强制购地→台湾移工在东京遭受剥削→故乡家破人亡→母亲临终前'挣脱奴隶生活'的期许→日本劳动者的同情支持→无国界劳动战斗员的诞生",凸显作品中资本压迫、阶级斗争与跨国提携议题。他的结论值得我们注意:

> 全集子都充满一种忧郁和愤怒的情感,这是整个民族沦亡的忧郁,和殖民地奴隶反抗的愤怒。尤其是在这东北四省沦亡,华北五省在敌人枪刺的屠戮下,读了这些作品,是给我们看到亡国奴的悲惨命运是怎样。读了这个集子,同时使我们知道在远东帝国主义所进行的大陆政策和南进政策之下,在它的铁蹄践踏过的两个阶梯底下的两个民族沦亡挣扎的惨史。①

透过译本阅读杨逵作品的周钢鸣,没有被语言或艺术性问题干扰其接受。从殖民地奴隶变成国际主义革命者的概括,暗示了台湾民众对殖民地解放的追求,揭开编者胡风不便道明的《送报夫》之普罗文学特质,比日本左翼作家准确突出了日台提携、殖民地解放和无产阶级革命等议题。他的书评明显有为这些披着"少数民族"外衣的作品解密的意图。然而,由于"东北四省沦亡,华北五省被屠戮"的急迫现况,以及国民党政府对左派势力的围剿,他的论述最后归结到反蒋抗日之"奴隶论述"底下。

① 周钢鸣《山灵:朝鲜台湾短篇集》,《读书生活》4:7,页 365—367。底线为笔者所加。

杨逵亟欲对外传达的台湾劳农大众现况,以及藉由文艺运动争取跨国联结的目的,依然没有得到回应。

毕竟不是所有读者都能轻易掌握《山灵》这本翻译集的隐含之意。1937年,《山灵》的另一篇回响出现于北平。当时还是大学生的作家张秀亚①,读到《初阵》《送报夫》《牛车》中的反压迫思想时写道:"作者们的心里,有一种广泛而忧郁的思潮,像斯拉夫人种的俚歌,及民谣中所表现的哀怨一样,是潜伏在民族气质根底的悲哀。"她给予这本翻译集很高评价,认为"我们应该认识他,是先我们一步落难的同族兄弟,远道奔来,告诉他的一堆悲惨,该拿燃烧着热情的眼注视他,倾听他带泪瓣的故事。"②她明显受到以"少数民族文学"包装此书的胡风所影响,以异域之眼看待台湾故事,但是却错失了胡风以"少数民族文学""台湾文学"作为中国沦亡换喻的反蒋、反法西斯话语真意。

综上所述,日本左翼作家对"殖民地劳农文学"的期待,以及对文体、叙事、结构、日语使用等文学表现上的要求,妨碍他们对作品精神的深入,也无视杨逵为揭发殖民主义经济压迫所作的努力。阅读译本的中国左翼作家们轻易跨过语言门槛,却因为戴着"少数民族文学"的面具,使《送报夫》的普罗文学精神被掩盖于"奴隶"和"救亡"话语之中。如果说,台湾在周钢鸣眼中是反帝、反法西斯论述的一个换喻,那么在张秀亚眼中则是民族主

---

① 张秀亚,生于河北沧县,1931年考入河北省立女子师范学院(今河北师范大学),1934年开始于报刊发表作品。1948年后移居台湾,为重要女作家、"中国妇女写作协会"会员。

② 张秀亚《山灵:朝鲜台湾小说集》,《大众知识》1:6,1937年1月,页55—57。

义的符号。

五　结　论

《新闻配达夫》的得奖使杨逵从社会运动者转型为左翼作家，透过境外刊行策略与自我议题化战术，从台湾文坛前进日本文坛、又从日本内地回转台湾的突围，不仅使它获得完整刊出，更提升了杨逵在日本文坛的人际网络和象征资本，确立了他在联系台、日左翼文坛方面的特殊位置，激发出他从1935年末到中日战争爆发前以联结境外文艺场域寻求台湾文学出路的战术。

诚如黄惠祯指出，1935年12月他另创《台湾新文学》时，藉由日本左翼作家抬升杂志声望，使《台湾新文学》扮演日本《文学评论》和《文学案内》台湾支部角色。[①] 1937年《台湾新文学》杂志停刊，6月杨逵前往日本，9月回台。黄惠祯指出，他此行乃为争取将《台湾新文学》寄生在《日本学艺新闻》《星座》《文艺首都》等杂志中。[②]

笔者则进一步发现，《山灵》的出版还曾使杨逵对中国左翼文艺界寄予期待。参考近藤龙哉有关矢崎弹的研究，得知杨逵与《星座》杂志的接触主要透过主编矢崎弹。矢崎弹于7月左右前往上海，透过上海日报社编辑长日高清麿瑳、内山丸造及鹿地

---

①　黄惠祯《杨逵及其作品研究》，页88。
②　同上书，页20—21。

亘等人引介,会见胡风等左联作家,同时结识萧军、萧红等东北流亡作家。内山完造、鹿地亘在跨国左翼网络中扮演的重要角色众所周知;罕为人知的是,在日中左翼人士的联络过程中,台湾左翼人士也扮演一些角色,而且左联似乎也曾有意促使台湾作家与东北流亡作家接触。譬如,在这次日中左翼人士的接触中,与日高清麿瑳共同协助矢崎弹进行接洽者,即是旅居东京的台湾人资深记者——赖贵富。赖贵富(1904—?),1926 年 8 月起任职东京朝日新闻社,为"台湾文艺联盟东京支部"成员之一①,此次会晤中他扮演的角色和任务不详,是否和杨逵有关亦不详。但是,在 1937 年 9 月高达百余人的进步人士大逮捕中,赖氏在东京遭到逮捕,1939 年 4 月以"违反治安维持法"及"意图遂行共产国际、日共、中共之目的"等罪名提起公诉。随后,王白渊也在上海被捕,遭送回台后,判刑 8 年。矢崎弹则因"反战言辞"及"赴上海与左翼分子联络",以违反治安维持法嫌疑在东京被逮捕。大取缔使杨逵进行中的跨国战略成为泡影,杨逵从此开始了低调的"首阳农园"生活,但它也透露了遭连续取缔的这些人之间存在某种关系的事实。

杨逵所处的岛内位置使他的左翼文学活动和策略,有别于旅居东京的台湾作家,亦即 1935 年由吴坤煌担任支部长的"台湾文艺联盟东京支部"集团。杨逵无法以地利之便参与"文联东京支部"活动,却透过个人创作表现累积的资本,开创岛内与日本文艺场域的联系,为东亚左翼文化走廊增加一条轨道,并进而

---

① 赖贵富早在 1925 年即曾在杨云萍主编的《人人》杂志上,以"赖莫庵"之名发表过随笔;1935 年以后他则以"陈钝也"之名,在《台湾文艺》上多次发表文章。

引起中国文艺界对台湾文学的注意,因而弥足珍贵。

附表:《新闻配达夫》日治时期到战后初期各版本(1932—1991)/柳书琴作

作品标题	语文	出版社/所属书名	时间/卷期	备　注
新闻配达夫(前篇)	日文	台湾:台湾新民报社 台湾新民报	1932 年 5 月 19—31 日 (之后该报散佚,不可考)	与现存《新闻配达夫(后篇)》手稿不同
新闻配达夫	日文	東京:ナウカ社 文學評論	1934 年 10 月(1卷 8 期)	与现存《新闻配达夫(后篇)》手稿一致
送报夫	中文	上海:世界知识社 世界知识杂志	1935 年 6 月(2卷 6 期)	胡风译本
送报夫	中文	上海:文化生活社 山灵:朝鲜台湾短篇集	1936 年 4 月(初版)	胡风译本
			1936 年 5 月(2版)	
			1948 年(3 版)	
			1951 年(5 版)	
			1952 年(7 版)	
送报夫	中文	上海:生活书房 弱小民族小说选	1936 年 5 月(初版)	胡风译本
			1937 年 3 月(再版)	
新闻配达夫(送报夫)	中日对照	台北:台湾评论社 中日对照·杨逵小说集	1946 年 7 月(初版) 8 月(2 版)	胡风译本
送报夫	中日对照	台北:东华书局 中日对照·送报夫	1947 年 10 月(初版)	

作品标题	语文	出版社/所属书名	时间/卷期	备 注
送报夫	中文	台南：大行 鹅妈妈出嫁	1975 年 5 月	杨逵重译并改写本
送报夫	中文	香港：台湾作家选集编委会 台湾作家选集	1976 年 10 月（初版） 1977 年 7 月（再版）	译本不详（待查）
送报夫	中文	台北：台湾乡土作家选集编委会 台湾乡土作家选集	1975 年？月（初版） 1978 年 11 月（3版）	译本不详（待查）
送报夫	中文	台北：远景 送报夫：光复前台湾文学全集六	1979 年 7 月	杨逵改写本
送报夫	中文	高雄：民众日报 鹅妈妈出嫁	1979 年 10 月	杨逵改写本
送报夫	中文	北京：人民文学 台湾小说选	1979 年 12 月	胡风译本（待查）
送报夫	中文	北京：中国社会科学 台湾作家小说选集（一）	1981 年 11 月（初版）	胡风译本（和幼狮版同）
送报夫	中文	上海：上海文艺 中国新文学大系 1927—1937	1984 年 5 月	胡风译本
送报夫	中文	北京：中国友谊 台湾乡土作家选集	1984 年 8 月（初版）	胡风译本（待查）
送报夫	中文	北京：人民文学出版社 杨逵作品选集	1985 年 12 月（初版）	杨逵重译并改写本（和 1975 年 5 月出版之大行版同）

（续表）

作品标题	语文	出版社/所属书名	时间/卷期	备　注
送报夫	中文	香港：文艺风出版社 杨逵选集	1986 年 12 月 （初版）	杨逵重译并改写本（和 1975 年 5 月出版之大行版同）
送报夫	中文	台北：前卫 杨逵集	1991 年 2 月	胡风译本 但简化译者注解

中韩左翼文学的相互观照

吴　敏

华东政法大学人文学院

一　韩国书写:关注弱小民族文学的重要一脉

中国在建构现代民族国家的过程中,弱势民族的自我认识和对强势民族的对抗意识是其中重要的组成部分。正是对国家受欺凌、被压迫处境的自我认识,催生和激发了中国现代民族意识的觉醒。伴随着中国人对世界认识的变化,关注弱小民族的文学运作也在 20 世纪初的世界亡国史、世界建国史和维新变法史的著述热潮中集中体现。① 波兰、印度、埃及、越南、缅甸等东欧或亚洲弱势国家的衰亡史给了中国一个自我观照的参照系,也反映出

---

① 本文借用 1921 年陈独秀在《太平洋会议与太平洋弱小民族》一文中所用的"弱小民族"概念,指称那些在 20 世纪前后被殖民、受欺压的民族。这里的"弱小民族"概念并不以国土大小、历史长短甚或国力强弱而定,而是一种文学的、文化的论述。它带有认识主体强烈的主观色彩,并随认识主体对自我民族强弱的认知而改变。关于"弱小民族"概念的详细界定可参看宋炳辉,《弱势民族文学在中国》,南京大学出版社,2007 年版。

知识阶层在面对"弱肉强食"的国际竞争格局时,所呈现的焦灼和无力感。于是,发掘各国亡国之因的"亡国史"书写,与宣扬建国英杰的"建国史"书写自然而然地成为激发民族意识、承载民族血性和勇气,并使之重新振作和腾飞的双翼,其写作宗旨无非是使读者从建国史的激励中发扬蹈厉,在亡国史的教训中怵然自戒。

　　在弱小民族关怀中,对韩半岛民族的关注和书写可谓最广泛,最集中,也最持久。比之其他国家,与中国有着数千年密切交往历史的近邻韩国的沦亡对中国的震动尤显激烈,因此,发自肺腑的痛心疾首之叹、油然而生的唇亡齿寒之感,以及避免重蹈覆辙的警示意图在作品中随处可见。1904 年出版的《朝鲜史略》"新书广告"颇有代表性地提到这一点:"东方弱国,朝鲜为最,然其政治风俗腐败,与中国仿佛相似,帮亟译之以绍介于我国,俾知朝鲜积弱,已有岌岌不可终日之势。我中国宜亟读之,藉为前车之鉴"①,典型地反映出这种危机和自警意识。梁启超更是以《朝鲜亡国史略》《朝鲜灭亡之原因》《日本之朝鲜》《日韩合并问题》和《日本吞并朝鲜记》②等一系列时论,集中展开了对韩国社会与韩国沦亡的思考。他深刻分析韩国灭亡的原因,将矛头直指招致亡国的韩国皇室、腐败官僚和苟安软弱的国民。

　　这一时期的对韩书写,大多是悲哀其国运,同情其境遇,怨愤其不争的情绪表达,作者往往站在自民族中心的立场看待东亚格局的变迁,带着"老大帝国"的没落心态,在哀叹中流露出"亡藩旧主"的思维,即以中华文明为主导,以宗主国自居。他们

---

①　"朝鲜史略之新书广告",作新社 1904 年出版。

②　梁启超:《各国兴亡小史八种》,上海:中华书局,1941 年版。

视韩国独立为晚清决策失误,对韩日合邦怀着"恻然痛伤,不能自己"的同情、哀叹和自责之情,认为是中国衰落而四夷不守,却未能体味异国急于从中华羽翼下摆脱出来,寻求民族独立和现代化转型的迫切要求,文学表述尚停留在十分浅表的层次。

事实上,在实际的文学运作中,一味表现叙述对象的苦难和可怜,一味表达作者的同情和哀悯,只会引导读者追问之所以如此的负面原因,引发人们居高临下的俯视心理。韩国形象的最初呈现便是如此,它给中国受众的印象就是朝廷的腐败、奸臣的卖国、人民的愚昧和懦弱。因而难免会激起类似"韩国灭亡是自找的,怨不得谁来,谁叫他不自强呢? 韩国已然这样,大概永辈也翻不过身来,哭也枉然"①的"怒韩"情绪。显然,这样的形象无法真正得到读者的情感共鸣,也遮蔽了被同情者对民族独立和现代化转型的迫切要求。而且,这种遮蔽下呈现出的受屈辱、被同情的形象同样也得不到被同情者的认同。流亡中国的韩国独立运动领导人李始荣曾感叹:"听到中国人说朝鲜本来是我们的藩属,是因为我国的失于保护,使你们忍受丧国之痛,我们能驱逐日本,帮助你们复国"之类的话,感觉那是"最悲怜,最同情"之词。在韩国人看来,中国那些"亡藩旧主"式的言论总不免一厢情愿的隔膜和自大,况且当时中国已是屈身事人,丧权辱国,却还不思自反,不改骄傲,以这样的能力想去保护和解救别人,岂不更让人觉得是痴人说梦,充满讽刺?

因此,对于弱小民族的文学关注一开始的预设就有所偏差,

---

① 《驳游韩客述》,《进化报》1907 年第 195 号。参见周小川:《旧主情怀——中国人眼中的朝鲜》(1895—1945 年),世界博览,2009 年 4 期,第 60 页。

它忽略了关注弱小民族的真正目的之所在。尽管在对邻国的苦难书写和同情表述中，也有自我警示和镜鉴的目的指向，但对被关注者的单向度、简单化理解，形成了读者向下的俯视心理。当然，这样的预设与当时民智未开，国家民族意识还相当薄弱有关。为了启蒙读者的民族意识，作者有意凸显了"优胜劣汰"的进化论观念，并沿此叙述逻辑，在同情弱国和警示自我的预设中做无奈而焦虑的宣泄。

基于此，一些思想先驱者认识到，要顺应国际时势，使中华民族重新振作，必须强力提倡反抗的勇气和牺牲的血性，这便是文学书写注重英雄形象建构的重要原因。梁启超便是这样一位大力推崇英雄书写的启蒙者，他积极翻译世界爱国志士和民族英雄的传记，如《罗兰夫人传》《意大利建国三杰传》《匈牙利爱国者噶苏士传》《新英国巨人克林威尔传》等，激励和启蒙了国人的民族意识。

二　血性与勇气：中韩文学共同的精神滋养

从 1905 年韩国被迫签订韩日《乙巳保护条约》后，韩国的义兵运动以及此后的独立复国运动就开始此起彼伏。尤其是 1909 年安重根刺杀伊藤博文，更是鼓舞了亚洲被压迫的弱小民族为民族独立而奋斗的意志。歌颂义士壮举的长篇如《醒世奇文英雄泪》[①]、《爱国鸳鸯记》[②]、《韩儿舍身记》[③]等，都以同情、尊

---

① 　鸡林冷血生：《醒世奇文英雄泪》，1910 年。
② 　海沤：《爱国鸳鸯记》，1915 年《民权素》第 7 册。
③ 　泪人：《韩儿舍身记》，1915 年《崇德公报》第 1、3、4 号。

重和理解的态度表现韩国人民反抗的怒火,塑造了韩国志士不屈的形象。由此可见,中国人最希望从文学中看到的,正是交织着血性与勇气的抗争。

1919年3月1日,韩国爆发了反抗日本殖民统治的"三·一"独立运动,中国社会再一次从已经沦亡而渐趋沉默的韩国听到了不屈的反抗和争取独立的血性呐喊。韩国不再只是亡国的反面镜鉴,而是中国学习的楷模。此后,大批流亡中国的独立运动人士在多地开展了一系列英勇抗争,人们一次又一次看到了为民族独立甘愿献身的血性与勇气。作家们迅即将描写重心由哀叹对方的屈辱历史转为寻找不惜牺牲的义烈形象,以此激发浑浑噩噩的国人。中国文学由此一下子发现了不同国家、不同人民、不同文学家的共同兴奋点,那就是对血性和勇气的热情呼唤和赞颂。

于是,蒋光慈、台静农不约而同地采用对比手法,将韩国英雄与萎靡颓唐的国人相对照,对"为了你沉郁的复仇,作了这伟大的牺牲"(台静农《我的邻居》)的异国邻居表达了由衷的敬意。

蒋光慈在1921年赴莫斯科留学途中,曾邂逅一支朝鲜义勇军队伍,这支队伍的每个成员都曾断指盟誓,要为祖国独立而不惜牺牲。这种为谋独立"不得之,毋宁死"的不屈精神,给年轻而热血的蒋光慈留下了深刻的印象。后来,他在莫斯科学习时遇见了一些韩国学生,耳闻目睹他们流亡异国的悲愤和痛楚,回顾他们所从事的悲壮卓绝的艰苦斗争,不禁挥笔疾书,写就了反映弱小民族苦难与抗争的小说《鸭绿江上》,塑造了一位领导工人罢工,又在法庭上申斥敌酋、勇敢赴死的巾帼英雄。尽管小说的虚构成分较浓,情节与韩国的实际情况相去甚远,但作者对韩人英雄的勇气和血性的渲染却是如此真诚，他希望国人不仅给予他们深切的同情与帮助，更应将韩民族视为风雨同舟的战友。当他回到国内，看到"满国中外邦的旗帜乱飞扬，满国中外人的气焰好猖狂"的"悲哀的中国"，①不禁哀叹国人的喑哑无声与毫无血性，才要奋起唤醒"迷梦"中的同胞。他关注韩国人民的反抗斗争，塑造其巾帼义烈形象，正是将韩国与中国的命运联系在一起，在他眼里，韩国英雄的血性与勇气正是中国最需要的。

　　自此以后，中国现代文学诞生了一批描写韩人英雄形象的小说。研读这类小说就不难发现，不同作家在同一母题下，选择了各异的题材和情境，塑造了形貌各异的韩人形象，表现了蕴含丰富、各具特色的时代主题，留下了中国文学长廊中一群独特的群像，凝聚了中国现代作家对异国"他者"的集体想象。

　　比如以"英雄"为母题，蒋光慈用"视死如归、大义凛然"的情境，塑造了刚烈不让须眉的韩族巾帼英雄形象，表现了与侵略者不共戴天的主题。台静农以"运筹帷幄于千里之外"为情境，塑造了一个孤独地漂泊在异国他乡，日夜蛰伏在黑屋里，却谋划着惊天动地大事的义烈斗士，展示了"沉郁复仇"的主题。舒群用"忍辱负重"的情境，塑造了一位用幼弱之手刺杀敌兵的少年英雄形象，演绎了原始复仇之主题。巴金用"前赴后继"的情境，塑造了一位生命不息就战斗不止，就要发出韩族最强音的革命战士形象，展现了众志成城、团结抗日的主题。而所有这些文学书写，其实都关涉到中国作家对于包括中国在内的弱小民族命运的关注，以及从被殖民的邻国发现血性与勇气的期待。

———————————

①　蒋光慈：《哀中国》，载《新梦哀中国》，北京：人民文学出版社，1983。

当 1926 年韩国义烈人士朴烈等在日本谋炸日本皇太子的"大逆事件"发生后,周作人旋即在报上发表时评赞赏其壮举:"我以前只知道你们庆州一带的石佛以及李朝的瓷器,知道你们的先民富有艺术的天分,现在更知道并世的朝鲜人里也还存在血性和勇气"①,对韩人英雄表示了深深的敬意。对于此类韩人独立义烈斗争的关注,也体现在中国媒体的连续报导中,以上海《申报》为例,先后就有《日新任朝鲜总督总监被刺》②《韩人暗杀李亲王》③《谋刺田中之韩人判无期徒刑》④《日皇宫外发生炸弹案》⑤等十余篇报道。毋庸置疑,中韩两族命运攸关和韩国先于中国沦陷的现实,使这些为国家民族捐躯的韩族英雄,不仅属于韩国,同样也属于中国,并成为中国现代作家心目中的抗日先驱者。韩人英雄形象激动着中国人的民族魂,激发了中国人的民族斗志和勇气。韩国英雄的血性与勇气,正是中国作家关注弱小民族韩国的重要原因,中国希望从异国的苦难和抗争中寻找到民族奋发的动力。

五四大潮带来了中国新的自我形象认同,那是刚刚出生的"东方稚儿",新鲜而又充满生气。在思考民族前途的问题时,人们既对西方列强的资本主义文明保持警惕和不满,又对本土传统文化造成的东方式的死寂忧虑重重,在此复杂心态下,他们把目光投向了新生的社会主义苏联。对于中国来说,它既迥异于

① 周作人:《李完用与朴烈》,载钟叔河编,《日本管窥》,长沙:湖南文艺出版社 1998 年。
② 《申报》1911 年 9 月 8 日。
③ 《申报》1920 年 6 月 11 日。
④ 《申报》1922 年 9 月 29 日。
⑤ 《申报》1924 年 1 月 17 日。

本土社会,又不同于西方的功利价值和强权逻辑。俄国的道路意味着可以通过斗争摆脱帝国主义压迫,获得民族独立,还意味着有可能在世界上重新建立一个崭新的,真正合理的国际秩序。这给了中国一种柳暗花明的感觉,从此开启了中国左翼文学的旅程。而韩人形象则是左翼文学书写的重要一环。

如果要计算中国现代文学中出现最多的外国人形象,除了被丑化和敌视的负面日本人形象外,被客观和正面描写较多的形象,一定非韩国人莫属。从1919年郭沫若发表沦亡的韩国悲歌《牧羊哀话》以来,先后有蒋光慈、台静农、巴金、舒群、李辉英、萧军、端木蕻良、骆宾基、戴平万、穆时英、无名氏等作家,以及殷夫、朱自清、康白情、穆木天、艾青等诗人对韩国或韩国人的描写。这些作家中,除了新感觉派的穆时英和后期浪漫派的无名氏对左翼作品不屑一顾外,其他大部分作者都属于左翼阵营或与左翼文学有着密切关系。虽然台静农、巴金、萧军等因各种原因未加入"左联",但他们追随鲁迅的精神,亦属左翼范围。台静农此后还与人一起组织过"北方左联"。① 而郭沫若、蒋光慈、戴平万、李辉英等本来就是左翼文学的领军人物或党团负责人。被视为东北作家群的舒群、萧军、端木蕻良、穆木天等都是在左翼作家影响下,带着明显的文艺为现实服务的目的,而以呐喊与战斗为其创作宗旨的。可见,中国现代文学中的韩人形象作品大多出自左翼作家之手。

左翼无产阶级文学关注底层的贫民,批判社会的不公,抗议

---

① 1930年9月8日北方左联成立。推选段雪笙、潘漠华、谢冰莹、张璋、梁冰等为执行委员,推举孙席珍、潘漠华、台静农、刘尊棋、杨刚5人为常委。

列强的侵略，这与五四启蒙文学提倡"人"的文学有着天然的契合；关注世界弱小民族的情怀也与中国文人希望奋发自强，以亡国屈辱为鉴的诉求相吻合。因此，书写异国的苦难与呐喊、描写韩国独立斗争的英雄形象就成为激励国人奋起的书写策略。从1917年开始的"文学革命"，到1928年"革命文学"的蓬勃展开，标志着文学界书写趋向的左转，直至1930年"中国左翼作家联盟"成立，中国进入了30年代无产阶级文学创作的高峰。为争取民族自由而不屈反抗的主题，始终是关注弱小民族文学表达的主旋律，也是左翼作家着力表现的内容。

书写革命文学最有力的"创造社"和"太阳社"的领军人物郭沫若和蒋光慈，就分别创作过同情其悲惨命运，鼓励国人奋起反抗的《牧羊哀话》和《鸭绿江上》。受"革命文学"影响起而创作红色鼓动诗，被鲁迅盛赞为"东方的微光""林中的响箭""冬末的萌芽"[1]的殷夫（1909—1931），[2]更以《赠朝鲜女郎》一诗，直接将挣扎、反抗、怒吼的精神投射在朝鲜女郎身上。他以划破长夜的清新和生气，呼应了五四以来关注世界弱小民族的伟大人道主义传统。

殷夫笔下的"朝鲜女郎"，是诗人借以抒发自我情感的他者载体。她美丽、弱小，却蕴藏着熊熊的复仇火焰；她纯洁温顺，却有着不甘欺凌不愿沉沦的烈性，犹如当时备受凌辱的中华民族。

---

① 鲁迅：《白莽作〈孩儿塔〉序》，《且介亭杂文末编》，《鲁迅全集》第6卷，北京：人民文学出版社1981年。

② 殷夫1928年加入太阳社，是1930年成立的中国左翼作家联盟的成员之一。1931年1月第三次被捕，于同年2月7日被国民党政府秘密杀害，与他同时被害的还有李伟森、柔石、胡也频、冯铿，即"左联五烈士"。

诗人通过对"朝鲜女郎"悲苦身世的体察、对"朝鲜女郎"的倾心发问和情感共鸣，勾画出韩民族在诗人心中苦难而顽强的形象，抒发的是与受欺凌弱小民族心意相通、命运与共的深厚感情。

失去故乡的女郎满怀着复国的渴望，"你小小的胸口有着复仇的火焰"，因为在"汪洋波涛"的"那边"，有着欺凌朝鲜民族的仇敌。诗人看到了女郎"黑色的眼底闪耀着新生燎光"，因为她的心底咆哮着不屈的浪涛，带着不可压抑的顽强生命力，她"欢迎着浪花节奏的咆哮"。于是，诗人发出了同道者的鼓励之声，愿她以歌哭、舞蹈的姿态，去勇敢迎接风暴的冲击，去发出反抗的怒吼。在这吼声里，辉映着韩国独立斗士勇敢而坚毅地寻觅自救及救国之路的身影。就如无名氏《北极风情画》里描绘的韩国光复军战士，那些暂避苏俄边境小城，在蛰伏和思乡中苦苦坚守，于艰辛中伺机东山再起的战士。也如巴金《发的故事》里那些不甘无声地屈死而奋起反抗的斗士，他们穿越在东北中、苏、朝等边境地带，"说几种语言，带几种武器，跑几国几地"[①]，前赴后继。他们接受了严酷生存的挑战，一如殷夫在本诗最后一句所概括的那样——"被压迫者永难休息"。

关心韩国的苦难和呐喊，与左翼无产阶级革命文学反抗社会黑暗、反帝反殖民、同情工农大众的情怀一脉相通。作家们都希望用追求光明的文学活动为世上的不平呐喊，鼓励民众怒吼和反抗。

除了郭沫若和蒋光慈外，太阳社和创造社的其他成员，如钱

---

① 巴金作于 1936 年 4 月。载 1936 年 5 月 15 日的《作家》第 1 卷第 2 号。后收于短篇小说集《发的故事》，由文化生活出版社于 1936 年 12 月初版。

杏邨、阳翰笙、穆木天等,也都不约而同地关注韩国,先后创作过韩人题材作品。如钱杏邨表达对朝鲜女郎爱慕之情的诗歌《给——》、穆木天在 1936 年歌颂中韩志士在东北携手抗日的诗歌《在哈拉巴岭上》、阳翰笙在 1943 年创作的话剧《槿花之歌》等。和殷夫诗一样,这些左翼作家借异国命运的书写表达世界革命的情怀。无论是郭沫若反抗不平不公世界的呼吁,还是蒋光慈对世界弱小民族的同情和对反抗民族压迫、进行世界革命的呐喊;无论是穆木天对中韩携手抗日,不惧生死地进行民族独立斗争的歌颂,还是阳翰笙对坚韧顽强的朝鲜妈妈舍小家为国家,将最后一个儿子送去反日战场的崇高精神的展现。总之,他们所塑造的韩人形象,都有着坚韧顽强、自我牺牲和不屈反抗的民族精神,这样的朝鲜民族,正是国际无产阶级革命和世界反法西斯斗争的同道者形象。

从 20 世纪 20 年代中期开始,普罗文学已成为东亚文坛的重要甚至主要的潮流。这个在苏联被称为"拉普"(俄罗斯无产阶级作家联合会)、在日本被称为"纳普"(全日本无产者艺术联盟)的无产阶级文学运动,也传播到中、韩等广大地域。一度占据文坛主流的朝鲜"卡普"(朝鲜无产阶级艺术联盟①),与中国的"左联"遥相呼应,共同的文学旨趣和政治向心力,使国际无产阶级文学同气相求,同声相应。中韩文学界也彼此相视、互相关切,在情感和文学观念等方面保持心意相通的姿态。

---

① 成立于 1925 年。主要成员有李相和、赵明熙、崔曙海、李箕永、宋影、朴世永、尹基鼎等。经过了 1927 年的整顿和方向转换,明确宣布以马克思主义为思想基础,开展无产阶级的艺术运动,成员发展到 200 多人。1935 年,被日本统治当局强迫解散。

当殷夫和其他左联烈士倒在为真理、为理想而奋斗的路上时，他们的死也震撼了异国邻邦的文学界。韩国"卡普"的中坚，著名评论家朴胜极以《关于中国女作家丁玲》的评论文章抗议国民党的白色恐怖，声援"左联"。他在文中提到："1931 年 2 月 7 日，在上海龙华，……五位'左联'战士被国民党杀害了。这件事震惊了全世界，至今还记忆犹新"，①文中对国民党的暴行表示了极大的愤慨。

韩国作家俞镇午②以"左联"五烈士遇难为题材创作了短篇小说《上海的记忆》③。作品以第一人称，叙述"我"从朝鲜来到上海，一次偶然机会遇到了三年前在日本留学时的同屋徐永祥君。在日本时，徐永祥便常与他谈论文学、政治、社会等问题，回国后成了"左联"的领导人。那天，"我们"畅谈离情别绪后，约定后天在徐永祥的住处再见。不料，当"我"按约到达时，却被埋伏的国民党特务逮捕。"我"被送进监狱受到非人的待遇。2 月 17 日深夜，"我"忽然听到了庄严、低沉的国际歌声，接着响起了枪声。此后，这天晚上的枪声时刻敲击着"我"的耳膜。过了几天，"我"因为是朝鲜人而被释放，但徐永祥君的安危仍始终萦绕于心。多方探问始终无果，直到 4 月的一天，"我"忽然从杂志上看

---

①　载《朝鲜文学》，1934 午 3 月号。

②　俞镇午（1906—1987）从 1920 年后半期开始就是一个具有左翼思想的作家，他在倾向左翼的杂志《朝鲜之光》发表短篇小说《报仇》《把握》和戏剧等，以此加入"卡普"。此外还有关于知识分子问题的文章《金讲师和 T 教授》（1935）、《沧浪亭记》（1938）等，1946 年后停止文学创作，主要从事政治、教育等工作。

③　1931 年 11 月发表。参见崔雄权：《向力与张力之合力：中国革命文学在现代朝鲜》，延边大学学报（社会科学版），1991 年第 3 期；尹起荣，《俞镇午小说研究》，首尔大学教育硕士学位论文，1987 年，第 74 页。

到了"左联"给全世界进步文艺团体的呼吁书,终于知道了事情的真相:2月17日夜间的枪声,是国民党杀害中国左翼艺术界新星徐永祥及其同志们的枪声。

这篇小说情节虽简单,但作者却以真挚的情感给予正义的声援,向韩国读者告知了中国文坛的悲剧,并把自己的理想信念写进小说,也表达了对烈士的崇敬之情。① 中韩作家之间情意甚笃、相互鼓励、相互支持的史实,谱写了中韩普罗文学守望相助的文坛佳话。

在韩国诗坛上,还有一位将抗日斗争和阶级斗争结合起来创作的"左翼"代表诗人和民族诗人,他就是曾任朝鲜"无产者艺术家同盟"书记的林和。林和创作了许多宣扬革命斗争的诗歌,他创作于1938年的诗歌《玄海滩》可谓韩国历史上最有名的抗日诗篇。玄海滩是韩国和日本之间的海峡,日本正是通过这个海峡侵入韩国。林和有意选取这个特殊的地方作为抒发感情的突破口,"玄海滩是我们永恒的海峡……只是/在比海更严酷的狂风里/我想以所有像个男子汉的青年的名义/唱这片海。"②诗中,那"比海更残酷的狂风"自然是指日本的殖民统治,而"这片海"则象征了韩国的土地。诗人别有深意地呼吁所有的韩国青年歌唱自己的祖国和那片属于韩国的大海,以此凝聚韩国人的民族认同感。

日本强迫韩国人忘掉自己的民族文化和民族文字,但林和

---

① 有关的研究可参见姜三喜:《俞镇午文学研究》,首尔大学硕士学位论文,1994,第53页。

② 此段所引的几个韩国诗皆转引自熊辉:《论韩国现代诗歌中的抗日情绪》,当代韩国,2009年春季号,向作者致谢,下面不再一一标注。

却以对玄海滩的深情书写警醒韩国人永远记住自己的祖国,因为"玄海滩是和/我们的命运一起/永远不能忘记的海。"在日本殖民政策的高压统治下,反日文学在韩国相当稀少,林和以这首民族意识十分强烈的诗歌,为韩国留下了珍贵的不可多得的抗日诗篇。

无独有偶,女诗人毛允淑以她的《献此一条命》传达了为祖国独立而视死如归的英雄气概。尤其是诗的最后一节:"有什么献什么,有血献血/只要您起死回生。/怎能嫌弃了您贫血的双手?/怎能嫌弃了您苍白的膝盖?"将韩民族不屈的民族魂凝聚在朝鲜女郎的战斗豪情之中。

1931年"九一八"事变后,中日民族矛盾日益激烈,血性与勇气逐渐被置换为血与火的抗争,更成为以东北作家群为代表的左翼文学竭力呼唤和表现的内容。

东北流亡作家经历了与韩人相同的失去家园的伤痛,因此,他们的民族感情更加强烈,他们的作品更有置之死地而绝境奋起的血性。舒群笔下的韩国少年果里因国破家亡而流亡东北,却在异国的土地上再一次落入日本殖民者之手,受尽打骂欺凌。他的隐忍招来苏联同学的蔑视,被视为不敢反抗的"老鼠"。但作者随后接连用了"惨遭毒打""向友借刀""船上刺敌"等细节,表现了果里从隐忍到爆发,从软弱到坚强,从贫民到英雄的绝境反击。果里以反抗的实际行动,重新赢得了中苏等异民族兄弟的尊重,在反抗共同敌人的过程中,中、苏、韩三国孩子的心走到了一起,并且"成了不可离散的群"。他们各自代表的民族国家形象,至此交汇聚合成了国际主义的总体形象。这正契合了国际无产阶级文学共同信奉的联合反法西斯统一战线的精神。

中日民族矛盾的激化使中韩彼时最需要的血性和勇气愈加凸显,这也是中韩能够走到一起,彼此心灵相通的原因之所在。在用鲜血洗刷耻辱的过程中,反抗和血性的英雄人物成为民族觉醒最有力的精神载体和唤起民众爱国激情的最具感染力的典型,也是东北流亡作家共同书写的主题。与以往韩人英雄书写不同的是,萧军的《八月的乡村》①端木蕻良的《大地的海》②和骆宾基的《边陲线上》③都刻画了中韩联手抗日的英雄群像。他们抓取现实中的叙事资源,表达了激励民族斗争的勇气,鼓舞人们奋起抗战的共同主题。

三　互助与交流:中韩左翼文学的遥相呼应

中韩左翼作家在暴露社会的不合理和非正义,以及向黑暗的制度表达反抗情绪上具有共同的诉求。这源于"四·一二"以后中国的白色恐怖所激起的忧愤,以及韩国受日帝殖民统治而将抵抗与呐喊反映在文学中的缘故。虽然两国文学在内容上有激进和隐晦之别,但文学中体现的阶级意识和反抗意识却是相同的。这方面的代表人物可举中韩的蒋光慈和崔曙海,他们都

---

①　萧军(田军):《八月的乡村》,作于 1934 年 10 月 22 日。上海容光书局(奴隶社编辑),"奴隶丛书",1935 年 8 月初版。北京:人民文学出版社,1954 年 9 月。现收刘屏编选,《萧军文集》,北京:华夏出版社,2000 年。

②　端木蕻良,《大地的海》,作于 1936 年 2—6 月。原载不详。上海生活书店,1938 年 5 月。现收《端木蕻良文集 2》,北京出版社,1999 年 5 月。

③　骆宾基,《边陲线上》,作于 1937 年。文化生活出版社 1939 年 10 月初版。长春:吉林人民出版社,1984 年。

不约而同描写了半殖民地或殖民地政治下民众的苦难和挣扎,
书写着贫困——觉醒——反抗的左翼叙事。

有着底层生活经历①的韩国作家崔曙海以间岛为背景,以
自己对社会底层的生活体验为创作源泉,写出了他一生中最重
要的作品——《故国》《吐血》《脱出记》《朴石乙的死》《饥饿与杀
戮》《红焰》等小说。在《红焰》中,移民中国的主人公被地主逼
债,女儿被抢,妻子病死。最后,满怀复仇火焰的他,一把火烧掉
了地主的家,砍死了欺压自己的地主。在《脱出记》中,主人公携
母亲和妻子逃难来东北(间岛),希望在那里重获新生。然而,现
实的困窘打破了他对美好生活的期待,一家人尽管拼命劳作,仍
躲不过饥饿的威胁,始终生活在佃租和欠债的苦难循环中。作
者以自己的切身体验,形象地再现了为生活所做的一切挣扎终
归虚有后不得不出走的苦难人生。这一批判阶级压迫和社会黑
暗的小说与蒋光慈的《少年漂泊者》颇有相似之处,这源于两者
相同的社会责任感。蒋光慈在提倡革命文学时曾宣告:"中国现
代的社会再黑暗没有了……所谓一般劳苦的群众们之受压迫,
更不可以想象。在这一种黑暗状态之下,倘若我们听见几个文
学家的革命之歌,则我们将引以为荣幸,因为文学家是代表社会
的情绪的(我始终是这样的主张),并且文学家负有鼓动社会的
情绪之职任,我们听见了文学家的高呼狂喊,可以证明社会的情
绪不是死的,并且有奋兴的希望。"②

---

①　崔曙海 1918 年为寻父而离开朝鲜,在中国的白河生活了 5 年。在华
期间,他当过饭店雇工、车站扛夫,还出家当过和尚。

②　蒋光慈:《现代中国社会与革命文学》,《民国日报·觉悟》,1925 年 1
月 1 日。

中韩文学家在创作上异曲同工,在文学观念上也可谓心意相通。韩国左翼文学理论家朴钟和也认为:"我们将来要追求的应该是力的艺术,应该是最强的、热情的、泼辣的、有力量的艺术。单靠那种廉价的艳情文学、不冷不热的事实文学,我们无法解决苦恼和时代的不安问题。"①无产阶级文学将艺术隶属于政治,自然也牺牲了一定的艺术独立性。作家们并不是不知道这个问题,但他们认为,比起永恒的艺术,拯救眼前深受苦难的穷苦大众才是作家要优先选择和承担的责任。这与社会政治思潮的冲击与国际普罗文学思潮的影响分不开。尽管在此文学运动中创作的作品离纯粹的文学尚有距离,有些作品还被批评为观念先行,急于呼喊,是艺术上不免粗糙的传声筒,就如杨义所比喻的短跑运动员,"脚跟不牢而急于冲刺,心跳过速而不愿稍停。"②但不可否认,那些带有悲愤与抗议的作品,在对阶级意识和民族意识的启蒙和传播上还是起到了相当的作用。

除了创作上的遥相呼应外,中韩左翼作家也有事实上的交往和互助。金奎光③就是这样一位活跃在中国左翼文坛和抗日战线上的异国同盟者。他是左联中的唯一一名异国盟员,曾在1927年底率领一支韩人支队参加了中国的广州起义,后与中国人杜君慧共结连理,并于1930年8月双双加入左联。抗战爆发不久,金奎光与阳翰笙结识,向他讲述了很多韩国革命斗争的故

① 朴钟和:《回忆过去一年的文坛》,《开辟》第31号,4页。

② 杨义:《中国现代小说史》(第二卷),北京:人民文学出版社,1998年,第69页。

③ 金奎光原名金星淑,著名革命活动家,曾经是"朝鲜民族解放同盟"的领袖,1942年,他被朝鲜"大韩民国临时政府"任命为内务次官,次年又当选为临时政府国务委员。抗战胜利后回到了他的祖国。

事和韩民族的生活习俗,激发了阳翰笙塑造异国英雄的创作热情。阳翰笙又向韩国文艺青年金东镇借阅了《韩国的愤怒》《中韩外交史话》《韩国志士小传》《现阶段朝鲜社会和朝鲜革命运动》等许多书刊,又从临时政府借来《施政二十五年史》、韩国剧本《韩国光武帝》以及五六种韩人在华出版的杂志,以全面了解韩国历史和反帝反封建的斗争情况。最终,他仅用两个月时间,就创作出五幕话剧《槿花之歌》①,以韩国妈妈送子参军的故事,热情歌颂韩人英勇斗争和自我牺牲的精神,贴合了中国抗日战场上对勇于牺牲和民族大义的呼唤和赞颂。

此外,翻译被压迫民族的文学也一直是关注弱小民族活动中的重要内容。韩国文学的翻译者中,很多都来自左翼阵营,且大多留学日本,因而能与那里的日、韩普罗作家一起从事左翼文学活动。如胡风、任钧都参加过日本的无产阶级文化联盟,是左联东京分盟的负责人。胡风还在日本杂志上刊登过介绍中国左翼文坛情况的文章,并编译了朝鲜台湾短篇小说合集《山灵》②,收入了集中反映"弱小民族"殖民地典型景观的六篇小说,其中韩国小说有张赫宙的《山灵》《上坟去的男子》、李北鸣的《初阵》和郑遇尚的《声》等。胡风抱着抗日救亡的强烈诉求,将殖民地人民在"庞大的魔掌"下面挣扎,忍受痛苦并已"觉醒、奋起和不屈的前进"的故事介绍给中国读者,把他当作"控诉日本帝国主义者的极难得的材料"③。他把"台湾""朝鲜"那样的"外国"的

---

① 重庆黄河书局,1945 年 2 月。

② 胡风译:《山灵——朝鲜台湾短篇集》,收入黄源主编的"译文丛书",上海文化生活出版社 1936 年 4 月初版,同年 5 月再版。

③ 胡风:《胡风回忆录》,北京:人民文学出版社,1993 年,第 43 页。

故事读成自己国家的事情,提醒中国人民:在所谓"保障东洋和平"的神圣幌子下,中国已面临着与"台湾""朝鲜"相同的命运。

　　当时韩国卡普的重要批评家和领导人之一金斗镕和卡普作家李北满也都在东京,并创建了卡普东京支部,①出版了机关杂志《艺术运动》《无产者》等。中韩左翼文学家都非常积极地参加日本无产阶级文化联盟的活动,并彼此关注着对方国内的文坛情况。韩国的左翼文学作品,如金永八的《黑手》②、宋影的《熔矿炉》③等小说,林和的《狱里病死的家伙》和权焕的《咳,成这样了!》④等散文,以及郑荣水的诗歌《在东海上》⑤等都被从日语转译到中国。

　　由任钧翻译,后来刊发在左翼刊物《文学界》的译文《站在一条战线上》,就是金斗镕向中国左翼文坛发出对话的一个邀请。他在文章中介绍了以卡普为中心的韩国左翼文艺运动的兴衰及现状,以及希望中国文学"能够站在可夸的过去的巨大文学传统上面","为着完成全世界劳动大众的文学和东亚弱小民族文学的国际提携而活动"。《文学界》迅即将这篇来自东京的日文稿件翻译并刊载,它给已经遭受亡国之痛的弱小邻国的左翼文人提供了一个"直接"向中国文学界和一般读者发言的机会,也可

　　① 李北满、金斗镕以第三战线派加入卡普,推动了普罗运动的组织化。后成立卡普东京支部"无产者社"(1929),有李北满、金斗镕、金南天、安漠、权焕等人参与。

　　② 深吟枯脑译:《黑手》,《现代小说》第3卷第4期。原载(韩)《朝鲜之光》1927年1月。

　　③ 白斌译:《熔矿炉》,《现代小说》第3卷第5、6期。

　　④ 载《大众文艺》第2卷第4期,1930年5月1日,两篇散文都为白斌翻译。

　　⑤ 常任侠译,载《收获期》,重庆独立出版社1932年12月。

以看作是对金斗镕这一对话邀请的回应。

　　左翼文学将弱小民族的血性与勇气进一步夸大,并在时局变易中逐渐转化叙事模式。此后,为了建立更广泛的世界反法西斯统一战线,左翼文学作者超越了阶级、阶层的局限,投入了各民族、各阶层共同抗战的大潮。尽管"弱小民族"这一提法渐渐淡出,但关注弱小民族文学运作中的血性和勇气则一直是激励各民族真正联合的精神滋养。中韩左翼文学界的互助与交流也成为双方互信互识、平等交往的历史佳话。

古丁与"汉话"

梅定娥

南京邮电大学外语学院日语系

一 对"汉话"的态度

1938 年左右开始,日本在朝鲜半岛实行皇民化,学校里禁止教授朝鲜语,官方语言禁止使用朝鲜语,只用日语。

在"满洲国",1937 年 5 月发布"敕令"《学制改正令》《学制要纲》等,1938 年开始日语成为"国语之一"在各地学校教授。根据这些学校令,在蒙古等少数民族聚居地的"国语"教育,除了教授蒙古语外,同时教授"满语"(汉语)和日语。慢慢地,汉语课时逐渐减少,日语课时逐渐增加①。所以,日语虽号称"国语之一",实际上慢慢取代汉语成为东北各民族间唯一的共通语言,这也是当局的真正目的。同时,在教授汉语时,在标音上,废除中华民国使

① 于逢春:《关于伪满时期蒙古族日语教育的考察》(「『満洲国』の蒙古族に対する日本語教育に関する考察」),『広島大学大学院教育学研究科紀要』,2002 年 2 月号,第 200 页。

用的注音符号,代之以日语的假名,即所谓"满语假名"。

在此背景下,1939 年 9 月,民生部、建国大学、"满日文化协会"联合发起成立了"满洲国语研究会",出版汉、日两个版本的杂志《满洲国语》。该会的目的有二,其一,进行"国语"研究。即进行调查研究,对日语和"满语"的标准语的发音、词汇进行统一、整理,限制外来语。其二,推广"国语"的普及,实际上是推行日语的全面普及。"满洲国"两千万以上的人口是"满人",而且大部分分散在农村。城市儿童可以集中在学校接受日语教育,农村学校很少,日语普及就成了问题。怎样在农村普及日语,就成了当局者头疼的问题。

《满洲国语》汉语版自 1940 年 6 月到 1941 年 3 月发行了八期,其主编是艺文志事务会成员陈松龄(辛嘉)。艺文志事务会的成员基本都加入了"国语研究会"。

早在 1938 年 8 月,古丁就以"史之子"的笔名在日文杂志《月刊满洲》上发表《关于注音符号》(原题「注音符号のこと」),1940 年 9 月又在《满洲国语》日语版的第 5 期上发表《话的话》。在《话的话》中,古丁首先倾诉对"汉话"的感情。"上班的时候很少说汉话,为了求知,下班的时候很少读汉话",所以对"汉话"感到寂寞的乡愁。因为"我是离开汉话无一文的文学者""我的诗也在汉话中"①。

伪满官厅通用语言是日语,所以上班必须说日语。由于殖民者的控制,伪满的汉语出版物很少,可读的知识性读物更少,

----

① 　古丁:《话的话》(「話の話」),『满洲国語』(日语版),1940 年 9 月号,第 20 页。

所以求知不得不读日语书。这样一来，使用汉语的时间就非常少，所以使人感到"乡愁"。这一段可以看出作者对汉语存在的危机感。在这种状态下，"最近我经常听到有人对我们的呼声，那就是要求我们用日语写作"。但是，"我认为作家是语言的技师，这技师用自己的母语都不能创作出作品，又怎么能用外国语创造出呢"，古丁接着说，言语技师的文学者就应该对"话"进行发掘、雕塑、描写、弹奏。称赞小松的感觉探险丰富了语脉，爵青的文章探险精密了语法，石军的听觉探险活泼了词汇。

古丁认为作家应该用母语创作，对要求他们用日语写作的"呼声"持反对态度。他的这种态度得到了一部分日本文化人的认同。1940 年，古丁作为"满洲国"的使节参加日本"纪元 2600 年纪念典礼"时，曾在日本杂志《文学界》上发表文章《满洲文学通信》。文中写道："关于（使用）语言，岛木健作和小林秀雄认为理所当然应该用满语，而林房雄说，五十年后肯定是用日语读写。"[①]在《话的话》中又把呼吁用日语写作的人称为"时局文豪"，严厉批评他们"只知道随机应变追求文化的刺激，而决不知道应该怎样参与文化建设。如果根本没有文化建设的念头那又另当别论"。[②]

1943 年 8 月号的日语杂志《艺文》上发表了《与小林秀雄的座谈会》报道，与会的"满人"作家只有古丁和爵青。会上小林秀雄说"我远离了时局"[③]，可见古丁对"时局文豪"的批判态度与

---

① 古丁：《满洲文学通信》（「满洲文学通信」），《文学界》，1940 年 4 月号，第 171 页。

② 古丁：《话的话》（「話の話」），第 22 页。

③ 《与小林秀雄的座谈会》（「小林秀雄を囲む」），《艺文》，满洲艺文联盟，1943 年 8 月号，第 64 页。

小林秀雄一致。

古丁虽然用日语写了不少文章（发表在日本的《朝日新闻》《文艺春秋》等），发表自己的见解，但始终坚守小说创作必须用汉语写，这种态度在与其他日本作家座谈时也时有表明①。

二　关于注音符号

在《关于注音符号》这篇文章中，古丁首先揭露事实说"听说注音符号被废止了。教科书上确实看不到了。好像什么都能用假名来替换"②，然后举例说明，假名并不能表达北京话的发音，最后结尾说："我对注音符号原没有爱憎。甚至我对汉字废止论有好感。但是，既然汉字不能废除，那么使用有着几千年历史的注音符号来表示汉字的读音也没有大碍。不仅是注音符号，不管做什么，了解其历史是非常重要的。——应该摒弃不好的部分，而发扬光大好的部分"③。在此古丁不仅为注音符号辩护，而且批判了"满洲国"在制定政策时"不了解历史"。但事实上，日本殖民者对这点中国历史不可能不了解，他们这样做只是为了掩盖普及日语的真实意图，而古丁对这种意图一清二楚，怯于殖民者的淫威才隐忍地做如此解释，而这种合理的解释也容易

---

① ［日］浅见渊：《文学与大陆》（『文学と大陸』），图书研究社，1942 年版，第 20 页。

② 史之子：《注音符号》（「注音符号」），《月刊满洲》，月刊满洲社，1938 年 8 月号，第 162 页。

③ 同上。

得到日本部分文化人的理解和认同。

虽然日本殖民者在满洲不能如朝鲜半岛那样明目张胆地实行皇民化政策,不能明令禁止汉语的使用,但其语言政策的实质是为了用日语取代汉语,最终达到跟朝鲜半岛相同的目的,只不过做法具有阶段性,比较隐秘。这一点相信很多中国人看得很清楚,更何况是古丁。但是从正面反对殖民者的做法有生命危险,所以古丁只能就事论事,比较注音符号与假名孰优孰劣。正如古丁看透殖民者的真正意图一样,殖民者同样也能看透古丁的真正意图,这种看似安全的批判方式无疑会引起殖民者的警戒。这种互相心知肚明,斗智斗勇的压迫与反压迫的方式在"满洲国"随处可见。

《话的话》再次强调了注音符号的优越性。古丁以蒲松龄的鬼狐传和《金瓶梅词话》中山东方言的表音文字为例,指出用汉字表达声音时,没有表示其读音的注音符号是没有任何意义的,并且引用日本语言学家长谷川如是闲的文章,阐述注音符号和假名的各自形成过程,在"拼音"功能上,注音符号优于假名。古丁指出"用假名给汉字注音,对普及日语不一定起作用",直接反对借"满语假名"来普及日语的意图。但是,即便如此,注音符号还是在1940年10月被禁止使用。

另一方面古丁也主张改造汉语。说汉字本身有很多缺点,"汉字已经不能完全满足我们文学表达的要求了",要使她"更丰富、更精美,就必须打开通向外部的大门,尽可能宽容且郑重地迎接其他的语言。不仅迎接其他语言的词汇,还要迎接语法和语脉",主张吸收外语的营养来丰富改造汉语。在标点符号方面,主张引进西方句点,提倡":"";"","的使用。

三　再为保护注音符号而战

1941 年 10 月注音符号被禁止后，1944 年文教部公布了"满语假名"。所谓"满语假名"就是用日语假名来表示汉语的发音，甚至代替汉语。如："满洲帝国"（man zhou di guo）写成"マヌ ヂオウ　ディー　ゴヲ"，再在上面加四声①。

从废止到禁止，再到"满语假名"的公布，注音符号已经销声匿迹。但因太平洋战争的爆发和"民族协和"的提倡，"满系"又有了一点表达意见的空间。对此问题古丁难以释怀。在 1944 年 2 月，《艺文志》第五期的翻译特辑的"思无邪"栏目中，古丁发表了题为《注音的问题》的短文，说："固然，注音符号也有代替汉字的企图，还是在注音方面所收的效果较为巨大。"②又说："近来，拟以假名标音汉字，进行调查，但并没有对于注音符号的缺点加以任何指摘。这显然是由拼音复归到读若法。（略）大东亚宣言已经声明尊重各民族的传统，汉字既然不能废止，而区区的给无虑的五万个汉字标音的四十个注音符号，即令毅然决然地援用，又有何不可？况且，这四十个注音符号又是学日本的假名而造的"③。

注意看到古丁又多了一个支持注音符号的堂皇的理论依

---

① ［日］安田敏朗：《帝国日本的语言编成》（『帝国日本の言語編成』），真珠社，1997 年版，第 257—259 页。

② 丁（古丁）：《思无邪》，《艺文志》，艺文书房，1944 年 2 月号，第 6—7 页。

③ 同上。

据,那就是《大东亚宣言》。1943 年 11 月 6 日,由"满洲国"、汪精卫政权等出席的"大东亚会议"在日本东京召开,会后发表了《大东亚宣言》,里面有"大东亚各国相互尊重各自的传统,发扬各民族的创造性,昂扬大东亚文化"的句子。日本文化人中许多人同意"尊重各民族传统"。1943 年 8 月在东京召开的第二次大东亚文学者大会上,横光利一做了题为"尊重各民族传统"的讲话。前面提到的小林秀雄在被问及"满洲文学怎么做"时,他回答:"只要作家同情、热爱满洲民族,就能写出作品来。"①古丁以此作为保护注音符号的理由,实际上是站在日本人的立场批判了"满洲国"的殖民语言政策。可见,同样是为了注音符号,因时期和殖民统治政策的不同,古丁批评的方式和依据也是不断变化的。

　　1943 年 8 月发布的《协和会运动基本纲领》中,规定"日系"要学习"满语"。在此背景下,大内隆雄汉语执笔的散文集《文艺谈丛》作为"骆驼文艺丛书"的一册,1944 年由艺文书房出版。1944 年 3 月古丁在《艺文志》第 5 期发表《用汉文写》的文章,在称赞大内隆雄辛勤的翻译活动的同时,说"日本人用汉文写,有很悠久的历史,而日本人用汉文的白话文写,在我的寡闻里,却不多见,也许大内隆雄氏此集竟是一个开端"②。又说:"文人的魂和魂的交流,须先有笔和笔的交流。彼此用对方的语言文字来写和彼此用自己的语言来译,都同样是有意义的工作"③。古

---

① 《与小林秀雄的座谈会》(「小林秀雄を囲む」),《艺文》,满洲艺文联盟,1943 年 8 月号,第 72 页。
② 丁:《用汉文写》,《艺文志》,艺文书房,1944 年 2 月号,第 8 页。
③ 同上。

丁期待中日文人的心与心的交流，强调翻译对方语言的重要性。这里可以看到古丁寻求真正民族平等的心情和愿望。

　　与语言政策相关，还有一点不能不提，那就是翻译。古丁在执笔翻译的同时，一直强调翻译的重要性，只要有机会，就不忘呼吁建立"国立编译馆"。1939 年 12 月发表于日本《文艺春秋》第 17 卷第 24 号上的《满洲文学杂记》中，称现阶段的满洲文学为"限定版"文学，为了把限定版做成普及版，"就要在整个文化领域，而不仅限于文学，进行大规模的出版活动。但这不能只作为民间的盈利经营，而应该由国家来做，设立编译馆之类的机构，是最好的。"这是古丁第一次向日本人呼吁设立"满洲国立编译馆"。在前面提到的《满洲文学通信》中又说，"中国文学曾受惠于佛教经典的翻译，同样满洲文学将会受惠于翻译文学。（略）一有机会我就说要在满洲国设立国立编译馆，把介绍日本等外国文化作为国家的一件大事来做，就是这个意思。"①

　　但是，随着《艺文指导要纲》的发布，古丁翻译的主张也有些微变化。1941 年艺文志事务会编辑出版的短篇翻译小说集《译丛》的目录和正文之间的一页上赫然写着"须以移植我国土之日本文艺为经，原住民族固有之艺文为纬；取世界艺文之粹，而造成浑然独特之艺文为目标。——《艺文指导要纲》"。特别是"取世界艺文之粹"用了黑体字。《译丛》的"序"是由"翻译研究会"②的中心人物大内隆雄执笔的，其中也提到"介绍世界艺文的精华，是为了充实我们艺文创造所不可缺的重大任务。关于

---

①　古丁：《满洲文学杂记》（「満洲文学雑記」），《文艺春秋》第 17 卷第 24 号，第 110 页。

②　"翻译研究会"以大内隆雄为中心，古丁是"满人"成员负责人。

这些,在头些日子发表的艺文指导要纲里也有所明示"①。

不仅是在书籍刊物上,在与日本文化人座谈的时候,古丁也经常表达翻译的诉求。如前面提到的与林房雄的对谈中,就有以下的应酬:

> 林房雄:小说如果达不到自己想达到的高标准,即使是本国作品也应该有否定它的勇气。不管是日本文学还是俄国文学还是英国文学,只要是对现在的满洲文学有用的,或者是在满洲的文化人觉得好的,哪怕只是翻译也行。不这样做可不行。
>
> 古丁:同感。一有机会我就这么说。设立国立编译馆,大量介绍以日本为首的世界各国文学。②

第二次大东亚文学者大会的小组讨论会上,古丁提议"在大东亚的中心东京设立国家常置机关大东亚翻译馆,在新京、南京、北京设立分馆,以便传播大东亚文学乃至文化。迫切希望在短期内迅速实现。"在这里设立编译馆的目的又成了是为了大东亚内部的文学文化的交流。古丁的建议被采纳。北京设立了国立编译馆,并出了《国立华北编译馆馆刊》。但"满洲国"仅只在"满洲艺文联盟"中设立了一个翻译部门(杉村勇造负责)而没有什么"国立编译馆"。

1944 年 9 月号的《新满洲》(满洲图书株式会社)上发表了

---

① [日]大内隆雄作,沈坚译。

② 《林房雄·古丁对谈》(「林房雄·古丁对談」),第 153 页。

"满洲编译馆的创立"特辑。大内隆雄在其《关于满洲编译馆之创立》的文章中写道："我们主张在现阶段的满洲国设立民间团体的编译馆，现在简朴的机构满洲编译馆已经成立了"。可见，最终在满洲设立的不是国立而是民间的、简朴的编译馆，古丁的目的根本没有达到。为何如此？其具体原因不明，也许是因为没有跟殖民政府达成协议，也可能是因为战败前夕当局缺乏经费。但是更大的原因，乃是殖民政府"对文化事业的冷漠"（爵青）。伪满的语言政策的实质是为了推广日语普及日语，公布"满语假名"就是为了让假名取代汉字，最终取代汉语。希望"满人"作家用日语写作，让汉语最终退出历史舞台。而在所谓的编译馆，汉语和日语是对等的，它的存在只是使汉语得到继承和发扬，这与语言政策的实际目的是相违背的，是日语普及的障碍，殖民当局为什么要设立呢？实际上，古丁的设立编译馆的目的，一个是为了发展文学文化，还有一个是反对殖民语言政策保护和继承汉语。他之所以能够大声诉求，乃是因为第一个目的得到很多日本文化人的理解和同情。但殖民当局对他的第二个目的是心知肚明的，在这样的斗争中古丁怎么可能取胜。

　　殖民政策是不断变化的，从注音符号到编译馆，古丁的目的却是不变的。但他的诉求不论什么时候都是那么合情合理无可挑剔，恰恰是这一点在殖民者的眼中是可恨的。

伪满洲国朝鲜文人与日本及
中国文人的相互交涉
——以伪满洲国朝鲜人文坛的
第一次文学高潮为中心

朴丽花

盐城师范学院外国语学院

一 引 言

伪满洲国建立之后,大量朝鲜文人涌入到了伪满洲国。随着伪满洲国朝鲜文人的增多,他们开始思考朝鲜人文坛建设和发展的问题。伪满洲国时期,朝鲜人文坛共有两次大的高潮。第一次是从 1939 年末至 1940 年中期为止,这一时期伪满洲国的朝鲜文人开始深入思考文坛的定位,并探索其发展方向。但他们的这种思考与探索并没有立即得到落实,伪满洲国的朝鲜人文坛跌入了长达一年之久的停滞期。直到 1941 年末,朝鲜人文坛迎来了二次高潮,陆续发行了五部单行本①。笔者判断这

---

① 申莹澈编,《满洲朝鲜文艺选》(散文集),朝鲜文艺社,1941.11.5.
申莹澈编,《萌芽的大地》(短篇小说集),满鲜日报社,1941.11.15.
朴八阳编,《满洲诗人集》(诗集),第一协和俱乐部文化部,1942.9.(转下页注)

两次的高潮都与当时伪满洲国日本人文坛与中国人文坛间的相互交流、以及在伪满洲国实行的文化政策紧密相关。

　　本文主要围绕伪满洲国朝鲜人文坛的第一次高潮，考察伪满洲国特殊时空下，日本人文坛和中国人文坛关系的变化及流向对朝鲜人文坛产生了何种影响。这对于日本殖民统治末期，正确把握伪满洲国朝鲜人文学在整个朝鲜近代文学史上的定位有着积极意义。

二　1939 年之前萧条的伪满洲国朝鲜人文坛

　　随着宣扬所谓"民族协和""王道乐土"的伪满洲国成立，作为伪满洲国"五族"中的一个民族，朝鲜文人便开始思考起了伪满洲国朝鲜人文坛的建设问题。他们对于文坛建设的思考始于1933 年 11 月成立的"北乡会"。1935 年末"北乡会"的同人们开始发行同人杂志《北乡》，韩国文学界普遍认为同人杂志《北乡》的问世，意味着伪满洲国朝鲜人文坛的正式形成。但出于同人们各自奔波于生计的原因，《北乡》刊完第四号（1936 年 8 月）便不了了之。自此以后伪满洲国的朝鲜文人主要通过《满鲜日报》的副刊《学艺》继续进行文学创作。《满鲜日报》是 1937 年 10 月日本在伪满洲国推行"一地一报"的制度下，将"新京"的《满蒙日报》和龙井的《间岛日报》合并、创立的唯一的朝鲜语机关报。

（接上页注）

金朝奎编，《在满朝鲜诗人集》（诗集），艺文堂，1942，10。

安寿吉，《北原》（短篇小说集），艺文堂，1944，4。

《北乡》杂志停刊后,《满鲜日报》几乎成了伪满洲国朝鲜文人唯一的文学阵地。

伪满洲国的朝鲜文人通过《满鲜日报》的副刊仅仅维系着文坛的命脉,并没有将其发扬光大,这种停滞现象一直延续到1939年。

笔者认为导致这种文坛萧条景象的原因有以下两点。

第一,伪满洲国朝鲜人文坛的孤立。

伪满洲国的朝鲜人文坛成立初期的状态和中国人文坛的情况大同小异,两者都没有与伪满洲国其他民族的文坛进行交流。而导致这种结果的原因在于伪满洲国朝鲜文人的成长环境和朝鲜文坛的影响力。伪满洲国朝鲜人文坛建立初期的中坚成员大部分是在朝鲜或日本接受教育、并曾活跃在朝鲜文坛的文人,因此他们的文学依然扎根在朝鲜文坛,他们的内心依旧向往着朝鲜文坛。对于他们来说,将自己的作品发表在朝鲜的刊物上,才能得到他人更高的认可。加上在伪满洲国,朝鲜文人能够发表作品的刊物少之又少这一现实,也无法满足文人发表作品的诉求。

这一时期,虽然日本对于殖民地朝鲜的文化专制日益严酷,以至于1937年通过提出"内鲜一体"论,试图全面抹杀朝鲜人的民族性,但直到1939年,朝鲜文坛还尚存在着能够发表朝鲜语文学作品的报刊,例如影响力较大的《东亚日报》《朝鲜日报》等。多数朝鲜文人通过这些报刊媒介,以各种迂回或不合作的方式依旧延续着本民族的文学活动。朝鲜文坛无论是对朝鲜的文人,还是对伪满洲国的朝鲜文人,都有着不可忽视的影响力。这种影响力,导致了伪满洲国朝鲜文人对自身文坛建设发展的消极性,同时使他们的目光定格在了朝鲜的文坛,只重视保持与朝鲜内文坛的关系，忽视了与伪满洲国自身文坛建设及与其他民族文坛的关系，造成了孤立的现实。

第二，资金的匮乏。

无论是文坛的建设、维系还是发展，无不需要资金的周转和支持。当时资金的匮乏是伪满洲国朝鲜文人们首要解决的问题。对于他们来说，唯一能够寻求帮助的对象便是朝鲜的文坛。但随着日本对朝鲜文化专制的白热化，朝鲜内文坛的资金情况也并不乐观。笔者在《满鲜日报》上找到一则为出版综合文学全集而募集作品的广告①。广告中规定按照作品题材收取费用。例如小说、戏曲、剧本等作品每篇收取三元，诗、时调等作品每篇收取两元。

刊登募集广告的主办方是位于哈尔滨的朝鲜"文章社"下属的北满分社。"文章社"是朝鲜内较有影响力的出版社，但此出版社募集作品不仅没有支付作者的稿费，反而按照作品的题材收取刊登的费用，由此可见朝鲜内及伪满洲国朝鲜人文坛的资金情况都很不乐观。在这种情况下，即便对文坛的建设和发展有着充分的认识，也是无能为力的。

三　1939 年前后危机与机会意识并存的伪满洲国朝鲜人文坛

1937 年朝鲜的总督南次郎在朝鲜提出了"内鲜一体"论，开始加速朝鲜人的"皇民化"进程，加强日本与朝鲜的殖民统治与

---

① 《告知在满文学青年诸君！！》载《满鲜日报》，1940 年 1 月 11 日。

被统治的关系,进一步加快伪满洲国与朝鲜间"满鲜一如"的进程。1938年8月日本在朝鲜颁布了"第三次教育令",将教育中的朝鲜语课程从必修课转为选修课,并在一年后将其完全取缔。1939年11月日本修订"朝鲜民事令",预计于1940年开始实施臭名昭著的"创氏改名"①。1940年8月,日本又将当时朝鲜最主要的文学阵地——《东亚日报》《朝鲜日报》废刊。如此一来,朝鲜的民族文坛已经没有了一席之地。这不仅是朝鲜内文人的危机,同时也是伪满洲国朝鲜文人的危机。在此危机意识的作用下,他们开始深刻思索文坛的发展。因为在伪满洲国的"五族协和"下,维持朝鲜人的民族身份还有一线可能。伪满洲国的朝鲜人文坛成了维系民族文学命脉的一个代行方案。在伪满洲国,朝鲜人文坛的定位及发展再不是他们能够选择的,而是必须要做到的首要任务。

除了朝鲜内文坛形式的恶化引起的伪满洲国朝鲜人文坛的危机与责任意识之外,还有一个情况大大刺激了朝鲜文人。1939年末,日本的"大陆开拓文艺恳话会"和"农民文学恳话会"及伪满洲国"文化会"共同筹划举办的"日满文艺协议会"准备委员会,虽然最终还是不了了之②,但笔者判断这一举动对伪满洲国的朝鲜文坛带来了极大的冲击。"日满文艺协议会"的准备委员会议在东京(1939年12月4日)和"新京"(1939年12月24日)各举办过一次。对于这两次准备委员会议,《满鲜日报》都有及时的报道。在东京的准备委员会议举办两天后,《满鲜日报》

---

①　所谓"创氏改名"是指废除朝鲜固有的姓名制,使用日本式姓名制。

②　冈田英树,《伪满洲国文学》(韩文版),亦乐,2008,42页。

（1939 年 12 月 6 日）上刊登了一则《民族协和从文艺开始——日满文艺协议会设立，于 4 日举办准备委员会》的报道，两天后又刊登了以《通过文艺体现日满一体化——准备设立日满文艺会》为题的报道。在伪满洲国"新京"举办的准备委员会议结束三天后，同一报刊上刊登了以《一德一心的结果——日满文化交流运动现实化，满洲文化会阵容的整备，两国文学者的联手》（1939 年 12 月 27 日）为题的报道。翻开现已发掘的《满鲜日报》，对伪满洲国文艺界的动态有这么及时和详细的报道，实属第一次。《满鲜日报》此番的及时应对，充分体现出拟创立的"日满文艺协议会"对伪满洲国朝鲜人文坛的重要性。

伪满洲国朝鲜人文坛之所以如此关注"日满文艺协议会"的创立，原因在于协议会提出的各种措施。其措施大体上可以概括为两点：一是资金的援助，借用报道的原句便是"期待国家与民间的资金支援"；二是文艺杂志、单行本等的发行与两国双方文艺作品的互相介绍。这些措施正好应了伪满洲国朝鲜人文坛的需求。伪满洲国的朝鲜文人认为如果能够得到"日满文艺协议会"的资助，便可打破文坛萧条的现实景象。

> 文人间（伪满洲国的日本文人，笔者注）有机的联合，作品的创作量，与日本内地间的联络等都如此的活跃、积极。相比之下，更能体现出我们的贫弱。拥有更多的发表机关。在新京，以日本内地文人为主力的文化会，定期举办座谈会等，批判研究并探讨文学，且和东京的文坛有着相互联系。最近又有组织日满文艺协议会的消息，就如其名，筹划日本和满洲间的文艺协议和文学交流，其范围不仅限于日本文

学和日本作家,还将满洲人的满洲文学翻译介绍到日本内地文坛,协议会会员也包括满洲人作家。我们作为帝国臣民,不能参与其中,又为何故呢。①

日本的"大陆开拓文艺恳话会""农民文学恳话会"及伪满洲国的"文化会"②,这三个文艺团体从本质上说,都是日本帝国主义政策宣传的御用机关。而这三方之所以筹划"日满文艺协议会",无非是日本帝国主义者妄图更好地控制言论,使其更好地服务于政策的阴谋使然。但1939年,在朝鲜内文坛的立场越来越难以坚持,而伪满洲国朝鲜人文坛的立场则需要在进一步明确并巩固的特殊境遇下,对于伪满洲国的朝鲜文人,顺应这种文学潮流,融入到他们当中并得到帮助,便是打破现实问题的最好选择。因此,"日满文艺协议会"的筹划,给伪满洲国的朝鲜文坛带来的是一种机会意识,但这个机会却伴随着危机。上面的引用文中已经提到了协议会的成员里包括伪满洲国中国文人即"满系"文人。在下文中提到的《满鲜日报》有关协议会准备委员会的报道中有更为详细的介绍。

文化会的今天村荣治③、仲贤礼,文化会大连支部古川哲次郎,奉天、哈尔滨两支部的代表,加上近藤、甘利,共10

---

① 尹道赫,《满洲文学和文学人的态度》,《满鲜日报》,1940.1.19.划线处为笔者强调。
② 原先是为了加强文人间的有机联系,但总部1939年移到"新京",其本质开始发生变化。
③ 今村荣治,朝鲜人,原名张焕基,主要活动于满洲文化界,以日语创作为主。代表作有《同行者》。

人出席进行协议。结果在满洲国方面，青木实、卫腾利夫、王侧、外文、大内隆熊、古川哲次郎、古丁、小松等 28 人入选为设立委员会成员……（略）……①

由上文发现，在"日满文艺协议会"的筹备过程中，虽然打着日本和伪满洲国文艺交流的旗号，但伪满洲国文人的范围实际仅限定在"日系"文人和"满系"文人之间。协议会所打出的所谓"民族协和"也只是日本人和伪满洲国"日系""满系"间的协和，并不包括"鲜系"。在这种现实下，伪满洲国的朝鲜人文坛如不采取及时的措施，很有可能会随着日益加剧的日本对朝鲜人的一系列民族性抹杀政策，而沦为日本文学的一个支流或直接被日本文学完全吸收掉。

在这问题意识支配下，伪满洲国的朝鲜文人们开始加快文坛的建设（再建）②和发展，他们踏出的第一步即在《满鲜日报》上发起题为《满洲朝鲜文学建设新提议》③的讨论。此次讨论的宗旨在于"将明显的存在，告知于天下"。

参加讨论的文人提出的意见繁多，但其中最为醒目且最多人主张的有以下两条：一是何为"满洲国"的"民族协和"，二是何为"满洲国"的朝鲜文学。对此他们给出的答案如下：所谓"满洲

① 《一德一心的结实——日满文化交流运动实践化——满洲文话会阵容整备，两国文学者的握手》，《满鲜日报》，1939 年 12 月 27 日。

② 部分朝鲜文人认为伪满洲国朝鲜人文坛可以说是为开辟的荒地，便用了"建设"一词，安寿吉认为《北乡》时期已经形成了正式文坛，便用了"再建"一词。

③ 《满洲朝鲜文学建设新提议》载《满鲜日报》，1940.1.12—1940.2.20 共 21 回。

国"的"民族协和","王道国家"绝非放弃各民族固有自主性的无机结合,而是在尊重和理解固有传统和自主性的前提下,相互缓解痛苦,无差别对待,链接民族间的纽带并同化,在时分时合中得以延续,才能实现真实的协和。所谓"满洲国"的朝鲜文学,是指用朝鲜语写作的,在继承朝鲜文学传统的同时,体现朝鲜人在"满洲国"生活特殊性的独创性文学。这种文学有可能是开拓文学,也有可能是农民文学,但也不排除其他文学形式的可能性。这两点是在伪满洲国,成为朝鲜文人既不失民族身份且还能维系民族文学命脉的唯一根据。

综上所述,伪满洲国的朝鲜文人希望在标榜"五族协和""王道乐土"的伪满洲国特殊时空下,通过确立自身文学的特殊性来立足于伪满洲国的文化场域里,同时以朝鲜民族的民族身份与日本文人、中国文人在横向关系上进行交流。

四 伪满洲国朝鲜文坛的态度与其他民族态度间的差异

有了对自身文学上述思考以后,1940 年 3 月《满鲜日报》在"日满文化协议会"的周旋下,聚集了伪满洲国朝鲜、中国、日本的文人代表,举办了有关文学的"座谈会",并将"座谈会"的会议记录分六次刊登在《满鲜日报》的副刊《学艺》上。参加座谈会的三方代表具体如下:

参加者:内地人方面:满日文化协会(常务主事)杉村勇造,新京日日新闻社(作家)大内隆雄,满洲文活会(作家)吉野治夫,

协和会（作家）仲贤礼

　　满系方面：民生部（作家）爵青，日本文化协会（作家）陈松龄

　　鲜系方面：协和会弘报科（诗人）朴八阳，国务院经济部（诗人）白石，放送局（剧作家）金永八，满洲文活会（作家）金村荣治，满鲜日报李甲基

　　本社方面：社会部长申彦龙①

　　《满鲜日报》刊登的座谈会记录第一回中，《满鲜日报》的代表申彦龙在开场时表示"作为鲜系从来没有和内、满系文化团体或文化人有过接触，对此一直感到遗憾。在日满文化协会的配合下，能够得到今天的机会，表示真挚的谢意。以今天的座谈会为契机，在今后，希望能够更加紧密日、满、鲜各系间的文化交流，为满洲的文化建设做出更大的贡献。"这一段讲话已经明确表示了伪满洲国朝鲜文人代表们的立场，即在伪满洲国"民族协和"的原则下，以"五族"中的一员与伪满洲国日本、中国的两个民族进行横向的文化交流，并且在座谈会整个过程中一直向对方传达自己的这种态度。对于朝鲜文人代表的这种交流意愿，日本、中国文人代表们表面上都表示欢迎，且愿意给予帮助。但从座谈会整体的会议记录来看，三方各执己见，很难达到作为主办方伪满洲国朝鲜文人们的期望。三方代表最主要的意见分歧可以归纳为以下两点。

　　一是文学创作语言问题。

　　在整个座谈会过程中，日本文人代表（包括"鲜系"代表金村荣治）始终对朝鲜文人不积极从事日文创作态度表示不满。从

---

　　①　载自《满鲜日报》，1940 年 4 月 5 日。

这一点上我们可以明确一个问题,即在日本人眼中的伪满洲国朝鲜人,不过是与殖民地朝鲜的朝鲜人同等的存在。换言之,在日本帝国主义者的眼中并不存在伪满洲国"五族"中的一民族——"鲜系",在他们眼里只有从帝国主义视线出发,需要"带领"的被统治民族。这正暴露了所谓"王道乐土""五族协和"的虚伪性。对此朝鲜文人们以"每个语言都有不同的历史足迹,因此无法完整表达其他民族的历史、传统、生活"为由为自己辩解。在日本文人和朝鲜文人针对文学创作语言的分歧中,中国文人的态度需要我们特别关注。伪满洲国中国人文坛的中坚人物,且得到日本人资金援助从事文学创作的《艺文志》同人爵青,在创作语言问题上却选择站在了朝鲜文人的立场上。这与当时日本在殖民地实行的语言政策有关。1939 年 6 月,日本召开了由文部省主办的"国语对策协议会",此会召集了朝鲜总督府、台湾总督府、关东局、南洋厅等各殖民地的日本帝国主义者统治机关的代表,其中自然也包括伪满洲国的代表。会议目的在于借在殖民地普及日本语教育及制定以日本片假名为基础的表音文字即所谓"东亚片假名"达到各殖民地语言的一元化。实行殖民地的这一语言政策的目的在于强化殖民统治,逐渐同化并抹杀殖民地被统治民族的民族性。笔者认为,刺激伪满洲国多数中国文人文化认同观念的政策,触发了爵青对朝鲜文人的维护行为。

二是伪满洲国日本文人和中国文人对朝鲜文人的认识。

此次座谈会,朝鲜文人是以"鲜系"身份作为主办方的,但在整个座谈会过程中,无论是"日系"代表或"满系"代表全都混为一谈,视线定格在整体朝鲜文坛。虽然临近座谈会结束,日系代表杉村勇造提出"介绍朝鲜作家,先从在满朝鲜人作家开始",但从座谈会过程的流程上看，只不过是随口一提而已。这可能因为伪满洲国朝鲜人文坛较短的形成历史，使得"日系"和"满系"代表缺乏理解。但这样的结果，总是和当初朝鲜文人举办座谈会的意图相背离。

朝鲜文人希望通过座谈会，加强与其他民族间的文学交流，发展自身文学，但三方间不同的立场和对伪满洲国朝鲜文坛缺乏理解，最终没能达到预期成果。翻阅伪满洲国时期的中文期刊报纸和当代学者们的研究成果，除了刊登在《新满洲》（1941.11）的安寿吉的短篇小说《富亿女》外，再也找不到其他文学作品。这也正印证了伪满洲国朝鲜文人难以立足的窘迫困境。之后朝鲜文人们虽然未间断文坛的发展及与其他民族交流的努力，在《满鲜日报》上刊登了各民族文坛介绍及倾向等的文章，同时募集各类朝鲜文人的文学作品等，但最终还是没能达到希望的目标。

五　结　论

伪满洲国的朝鲜文人不断思考自身文坛的建设及发展。但其过程和这个民族的命运一样曲折且布满了荆棘。伪满洲国的朝鲜人文坛从形成到伪满洲国崩溃，仅仅10年的时间，却有着两次文学高潮。第一次便是本文中考察的1939年至1940年间以评论为中心展开的有关文坛定位及发展问题的思考。一直和朝鲜文坛保持联系，且身处伪满洲国时空下的朝鲜文人，受到来自其双方的影响。第一次高潮便是受其影响的结果。朝鲜文坛越来越难以立足的困境和伪满洲国文艺界发展流向带来的危机和机会,引发了伪满洲国朝鲜文人的问题意识,让他们不得不深思文坛的定位和发展。但他们的期望和努力最终还是没能得到期望的结果。短暂的高潮很快消失,文坛重新走入了萧条期。

辑 四

"满洲国"：文学、记忆与乡愁

五四脉络下的"满洲国"叙事

陈　言

北京市社会科学院文化研究所

一　思考的坐标

　　"文革"之后,钱理群等学者在构建中国现代文学的过程中,不约而同地把近代以来的东西碰撞作为根本性问题,在中国与世界的辩证关系中,为现代文学寻求历史坐标①。在为现代文学史建立概念和体系支撑时,他们紧扣文学现代性的立场,将"现代化"放置到叙述现代文学的核心地位②。这大概是因为处于国内政治运动的中国与世界相对长期隔绝,焦虑的 1980 年代中国学人对这种情境进行强烈反拨,试图迅速进入全球性的国际交往,故以世界为参照系,重蹈"五四"以来民族文学与世界文

---

① 详细论述,参考钱理群、黄子平、陈平原:《二十世纪中国文学三人谈》,载《读书》杂志 1985 年第 10 期到 1986 年第 3 期。

② 这里指的是钱理群、温儒敏、吴福辉的《中国现代文学三十年》以及钱理群、黄子平和陈平原的《二十世纪中国文学三人谈·漫话文化》,前者被认为是"文革"后具有标志意义的现代文学史写作。

学对立统一之说。也就是说，1980 年代的中国情境是促成我们理解现代文学性质的立足点。在这个线性历史叙述中，日本的侵略使得中国民族救亡运动兴起，它导致"五四"以来文化启蒙任务的中断，后来的"救亡压倒启蒙"①一说就反映了这一历史的部分实态。而在这条主导性历史叙述中，无论是现代性的描述，还是"救亡压倒启蒙"的民族国家叙事，自 1931 年"九·一八"事变以来被日本占领的区域都被排除在外。也就是说，沦陷区文学是被剔除出 1980 年代的主导性现代文学史的——尽管从时间上看它属于所谓的"现代文学"。这种线性历史叙事观除了与 1980 年代的时代氛围有关，它在某种程度上也是为了阻止民族共同体内部发生分裂而故意采用的策略。如果说随着时代氛围的变化，沦陷区文学在主导性现代文学史叙述中的地位有所改观，那么"不光彩"的沦陷历史遭到压抑和隐匿的命运并没有彻底改变。在现代文学史家这种视野观照下，"满洲国"这个"不义之国"就成了与中华民族传统相割裂的异态空间。

如果我们把"满洲国"这个历史片断与更长时段内的历史并列叙述，比如，将其衔接在"五四"以来现代化传统的脉络中，或许能够呈现出"满洲国"历史人物与事件其叙述形式的多样性。尽管"五四"所衍生的"现代化"一词作为描述和理解世界的"后设语言"，是我们阐释过往的认知概念，但它诠释意义和动机的理性方式或许具有能够发挥威力的弹性空间。本文尝试描绘"满洲国"的知识人是如何与"五四"对接的；在对接的过程中，势

---

① 李泽厚：《中国现代思想史论》，上海：东方出版社 1987 年，第 7 页；李泽厚：《李泽厚十年集·走我自己的路》"序"（增订本），合肥：安徽文艺出版社 1994 年，第 10 页。

必涉及中国过去与未来前景的各种想象，其间"满洲国"知识人强化了怎样的身份认同。而我更为关注的是，有关知识人文化身份建构的叙述和事实，能否在殖民地背景中得到重新理解。

二 从"满洲国"的半殖民地性谈起

日本在以军事力量完成对满洲的独占之后，很快建立"满洲国"，不到半年即抛出《满洲国指导方针要纲》（1932 年 8 月 8 日），创建了控制"满洲国"的纲领性文件。该要纲承诺"努力保持新国家为一独立国的体面"，但随后又说"在满洲国的名义下通过日本人系统的官吏，特别通过总务长官以求实现"，"对于满洲国的要求事项，一切均由帝国政府通过关东军司令官（驻满全权大使），通知满洲国使之付诸实施"。伪满存续十四年间，先后颁布了基本法、民法、刑法等近三百部法律、法令，达数万条之多，形成了一套完备的殖民主义法律制度，并据此实施司法，逐渐构建了一套"合法"的殖民统治秩序[①]。1933 年 3 月《满洲国经济建设要纲》出台，经济秩序的设立涉及交通、农业、工矿、金融、商业和所谓的私有经济等各个领域。在日本政府对于维持"满洲国"独立这一异常脆弱的承诺中，相较于完备的行政、司法与经济统治，文化统制显然滞后，从《满洲国指导方针要纲》的"不特别设立文治机关，专使关东军担当其任"这一规定中，可以

①　吴旅燕、张闯、王坤著：《伪满洲国法制研究》，北京：中国政法大学出版社 2013 年，第 11 页。

窥见日本政府在文化统制方面的无力。而这一无力性延续到后来,表现在"满洲国"的文化纲领《艺文指导要纲》迟至 1941 年才出台。日本政府始终无法彻底施行语言同化政策,中国知识人普遍使用汉语写作,这一现象又导致"满洲国"的书报检查制度必须依赖中国知识人来完成。质言之,"满洲国"在外观上是以主权国家的形式存在的,但是由于无法施行完全意义上的殖民统治,这就为"满洲国"知识人的文化生产和批评创造了回旋余地,使他们不必在反日和与敌合作之间做出非此即彼的选择。而事实上,"满洲国"的确表现出文化表述的多元化立场,就与多层次殖民统治的物质存在之间的关系而言,同一个人既是面从腹背的,也会在反日与合作之间来回游移,还表现为政治身份与文化身份的分离;而"满洲国"文学实践也始终呈现出多重性(multiple)、多层次性(layered)、不彻底性(incomplete)和破碎性(fragmentary)。所以当我们谈论"满洲国"文学时,必须明确它是在一种"半殖民主义"的历史语境中生产的。①

回到"满洲国"颁布的文化纲领《艺文指导要纲》。它一向被视为日伪当局强化文化殖民的罪证,后来的研究者对其充满了批判式论述。其中被反复引用的"我国艺文乃以建国精神为基础,是为八纮一宇精神之美的显现。故须以移植我国土之日本艺文为经""贡献东亚新秩序之建设""扶建国之大业"等也坐实了日伪殖民当

①　姑且不论"半殖民主义"的定义及其暗含之义,美国学者史书美也曾直截了当地指出:"中国在语言上保持完整性的事实即是中国语境下殖民主义的不完整性的文化依据。殖民国的语言从未强迫性地要求取代中国的本土语言,而中国的官方语言也一直都是汉语。"载史书美著:《现代的诱惑 书写半殖民地中国的现代主义(1917—1937)》,何恬译,南京:凤凰出版传媒集团、江苏人民出版社 2007 年,第 42 页。

局的这一文化野心。然而重新解读该要纲，笔者发现这里还有更为复杂和远大的文化想象：在以"日本艺文为经"的同时，还规定以"原住民族固有之艺文为纬，取世界艺文之粹，而造成浑然独特之艺文为目标焉。"设定"将来目标，归于世界艺文最高峰，故其内容必须博厚、高明"，"富有弹力性及亲和性"，"进而对世界文化发展上有所寄予"。该要纲虽然强调在意识形态上要与日本殖民者保持一致，但是它同时凸显了文学创作要吸收域外的异质性资源的必要性，要以世界文学为标准，其中有积极融入世界文学的自觉，它给"满洲国"知识人创造了吸收借鉴异质性资源的空间。

这里所谓的"世界"，无外乎是包含理性、进步和现代性之普遍意义的欧美现代化诸国。文化纲领延续了近代以来日本在中国的一个"使命"，即"作为一个西化了的国家，日本应该将西方文明的福音带到中国以帮助中国重获新生"[①]。这些似乎表明殖民者是站在"满洲国"的立场上、为后者制定高瞻远瞩的文化战略。然而日本的这一目的很让人怀疑。毋宁说，这是由"满洲国"的半殖民地性质决定的。并且事实上，在"满洲国"成立不久，文化压制就开始了。1932 年 3—6 月，"满洲国"当局查禁带有民族意识的进步书籍，据"满洲国"文教部记载，其间焚书达 650 余万册[②]。凡收藏或传阅有关马克思主义、三民主义著作以及鲁迅、郭沫若、茅盾等现代作家的作品和关内进步书刊者，一经发现立即予以严

---

① K. H. Kim：《日本对中国早期现代化的看法》（*Japanese Perspective on China's Early Modernization*），Ann Arbor：University of Michigan Press，1974，P34.

② 封世辉编著：《中国沦陷区文学大系·史料卷》，南宁：广西教育出版社 2000 年，第 9 页。

厉处罚,重者收监判刑。① 同年 10 月 24 日,"满洲国"公布《出版法》,规定凡要变革"国家组织大纲"而危及"国家存在的基础"的、"煽动"对"满洲国""国家"犯罪的、"祸乱民心及扰乱财界"等的书籍,一律禁止出版。1934 年 6 月 29 日,"满洲国"民政部发布"第 5 号"《输入及移入禁止出版物》的通令,禁止苏联和中国关内的北平、天津、广州等地的 26 种报刊输入"满洲国"②。同年 12 月开始清除各地图书馆中之进步图书,并成立"治安部大连派遣员事务所",其职权即取缔非法出版物。1936 年,制定《关东州不稳文书取缔令》,同年日本宪兵队制造"黑龙江民报事件",逮捕中国作家、编辑、记者、学生九十余人,杀害五人。1936 年禁演"有损于"日满帝国、日满官吏与有关反战、共产主义思想的影片 178 部,从日本输入影片 154 部。在这种打压之下,初立的"满洲国文坛"异常凋敝。据笔者统计,1935 年之前,"满洲国"文坛刊行的单行本共计五种③,其中被视为 1937 年之前"满洲国"最有分量的作品《跋涉》艰难出版之后不久即被禁止发行,萧军、萧红在有可能遭到逮捕的危急情势下于 1934 年逃离满洲。

那么,在有限的回旋空间内,"满洲国"的文学实践呈现出了怎样的姿态? 在现代化的追求中,与殖民政策呈现出怎样的互动? 它所表现出的现代性与同时代上海的现代性有怎样的区别? 这是我在下面要论述的内容。

---

① 《吉林教育回忆》,载《吉林文史资料》第 4 辑。

② "满洲国国务院总务厅"编:《政府公报》第 97 号,1934 年 6 月 29 日。

③ 关菁英的小说《古城的依恋》(大连关东出版社 1932)、三郎(萧军)和悄吟(萧红)合著的小说集《跋涉》(哈尔滨五日画刊印刷社 1933)、何霭人编纂"女子新文艺作品集之一"《窗前草》(益智书店 1934)以及关内作家老舍的《老张的哲学》(大连书店 1934)和《老舍幽默诗文集》("新京"启智书局 1934)。

三 "五四"命题下"满洲国"的多重想象空间

（一）"满洲国"知识人的文化资本、启蒙决心与抵抗意志

甲午战争以来,日本霸权在满洲地区不断扩张,先后拥有以"内地延长主义"主导的租借地"关东州"、重视协调与当地政府和民众关系的"满铁"附属地以及殖民地"满洲国"。出生于1910年代这一世代的"满洲国"主体知识人基本上是在日本设立的学校接受的教育①,他们若是想进入日本势力控制的职场,必须通过"日语检定试验(考试)"。以日语为主导语言的日本教育是"满洲国"知识人思想和人格养成的重要资源,同时也成为他们晋升高级阶层的重要手段。从"满洲国"作家的自述和同时代友人的回忆文章中,我们发现他们阅读的书籍中有大量属于查禁清单中的违禁品②,他们能够光明正大地阅读的,是由日本

---

① 这一结论由笔者整理钱理群主编、封世辉编著的《中国沦陷区文学大系·史料卷》中之第二辑"重要作家小传"中得出,参考该书第292—449页。

② 以袁犀为例,他在初中阶段就开始阅读鲁迅、周作人、俞平伯、郁达夫等新文学作品,并模仿郁达夫的文体进行创作。1935年年初逃亡北平,在"东北流亡学生收容所"接触一些社会学著作,并且第一次接触到美国左翼作家辛克莱(1878—1968)的《石炭王》《屠场》《煤酒》等。袁犀在《盛京时报》上发表过《真正的诗人》《静静的顿河的作者和译者》等书评,前者在日本东京由作者自费出版不久即因有赤化嫌疑而被查禁;在后文中作者表达向《静静的顿河》"愿致最大的感激",并且偷偷地向在满洲的俄人学习俄语,能够看出苏联文学对袁犀的影响。笔者曾著专文《袁犀在"满洲国":他的阅读私史与反抗空间的形成》,论述袁犀的阅读私史与他反抗意志之间的关系,载拙著《忽值山河改——战时下的文化触变与异质文化中间人的见证叙事 1931—1945》,北京:中央编译出版社2016年。此处不展开论述。

输入的日文书籍。从 1936 年到 1941 年,殖民当局向"满洲国"输入的书籍册数如下:1936 年为 58.7 万余册,1937 年为 380 万册,1938 年为 1000 万余册,1939 年为 1440 万余册、报纸为 5494 万余份、杂志为 827 万余册,1940 年为 2230 万余册,1941 年为 3440 万册,使"满洲国"本年进口日文书籍数量超过本年出版的中文书籍数量。① 这显然是日本意欲打断"满洲国"的中国历史发展的连续性、淡化中国主体性观念的举动。尽管输入书籍的数量庞大得令人吃惊,偶尔到宗主国日本东京的"满洲国"作家赵孟原却感慨道:"一个没有书籍的国家的国民偶尔来到东京,是会感觉到苍慌和怅惘的","在新京自己认为珍奇的剧本,在东京同时可以发现七八十种。想买一册无线电放送剧本,在丸善看到了二十几种。牛津文库、万有文库、国民文库……各色的皮背,已经足以使人流连","四小时的中间,做了一个世界上最豪华的美梦,像所罗门王朝一样的辉煌","来到书店中的心境,立刻会被求知欲和占有欲交织成一团慌乱。"②日本施行的文化隔离政策导致了"满洲国"知识人逼仄的读书空间。

在"满洲国"存续期间,还有一批短暂赴日的作家,他们有的是去留学,比如田琅(京都大学)、但娣(奈良女子高等师范学校)、辛实(日本大学)、杜白雨(日本大学)、冰壶(明治大学)、雪

---

① 以上相关数据出自封世辉编著的《中国沦陷区文学大系·史料卷》南宁:广西教育出版社 2000 年,由笔者整理。

② 孟原:《东京散步》(三)"书店巡礼与出版界",《大同报》1939 年 4 月 11 日第(四)版。孟原,本名赵孟原。又名赵树权,笔名:小松、梦园、白野月、MY。1932 年组织"白光社",历任《民生晚报》《明月》《满洲映画》《艺文志》编辑。主要作品有:短篇小说集《蝙蝠》《人和人们》《苦瓜集》,中篇小说集《野葡萄》,中篇小说《铁槛》,长篇小说《无花的蔷薇》,诗集《木筏》。

笠（明治大学）等等；有的是去工作，比如以柳龙光为首先后到大阪的《华文大阪每日》杂志社工作的一批作家及其家属，比如梅娘、李景新、陈湁堼（笔名鲁风）、苏实（原名苏瑞霖、笔名吕风）、张秀霖、王石子、张蕾等，能够像日本作家那样自由地选择阅读的书目。其中田琅、但娣与在《华文大阪每日》杂志社工作的这一批满洲作家组成了一个以梅娘、柳龙光的家为据点的读书会，日本学者羽田朝子的研究表明：在短短的两年间，读书会成员对于海外文学作品采取分设不同主题、多人协作翻译的方法，针对一个作家，有人负责介绍其生平创作，有人负责翻译其作品，译介了三十七位作家的一百零七篇作品。[①]

悖论的是，无论是在"满洲国"本土活动的作家，还是短暂赴日的作家，他们都把殖民帝国的语言日语当作了进入世界文学的桥梁。其中一个著例就是袁犀（1920—1979）。他在就读沈阳西关奉天省立第二初级中学其间，因抵制日本教师强迫用日语对话而被勒令退学，后来在"满洲国"和北京沦陷区多次实施反日的爆炸事件，1942 年遭到逮捕。如果追溯其文学渊源，除了俄国作家，他最喜欢的是巴尔扎克和梅里美的作品。[②] 当时在北京沦陷区活跃的日本作家中薗英助也回忆说："袁犀读了大量的欧美作家的作品，对创作方法方面的理论也

---

① 羽田朝子：《梅娘的留日时期与"读书会"》，载《再见梅娘》，北京：人民文学出版社 2014 年。然而据笔者统计和推测，该读书会成员的翻译数量要大于羽田朝子的统计，详情可参考拙论《以梅娘、柳龙光为中心的"读书会"及其跨语际实践》，载《忽值山河改——战时下的文化触变与异质文化中间人的见证叙事 1931—1945》，北京：中央编译出版社，2016 年。

② 常风：《五十年的友谊》，载《李克异研究资料》，北京：知识产权出版社 2010 年，第 100 页。

抱有极浓厚的兴趣。但对理论的探讨,非但没有使他在创作上绕远,还为他后来创作出独具一格的长篇小说输入了丰富的营养。"①

　　"满洲国"的所有作家中,在文学的现代性方面用力最深的,当属爵青(1917—1962)。他进行了各种形式的文学实验,比如小说视角的转换、大量的心理描写、细节的刻意强调、书信体和自叙体的使用、象征化等等,同时代作家吴郎认为他的作品"渊源于纪德、福鲁培尔的脉络,而且将其融溶于其自身思路之中,因此博得唯一知性作者之称呼,甚至获得了'鬼才'的封号。"②作家共鸣则指出爵青的文风受北条民雄、尼采、纪德和波德莱尔的影响颇深。③ 还有的研究表明:爵青的小说最初表现出强烈的自我意识,到 1942 年之后则从自身问题的探求转向世界/人类问题的思辨与解决,这种转变过程除了时局的影响,与他所耽读的陀思妥耶夫斯基的影响密不可分。④ 爵青自述的阅读史告诉我们,他早期耽读西方现代主义作品,比如乔伊斯的《尤利西斯》和普鲁斯特的《追忆似水年华》等⑤;太平洋战争之后,爵青被迫要求介入时局,从而产生心灵危机之后,他的有关死亡的叙述中还有斯特林堡、蒲尔杰、武者小路实笃、金梅尔和叶勒里等

----

　　① 中薗英助:《我所认识的袁犀》,载《李克异研究资料》第 138 页。

　　② 吴郎:《一年来的满洲文艺界》,《华文大阪每日》第 10 卷第 4 期第 104 号,1943 年 2 月 15 日,第 11 页。"福鲁培尔"现写作"福楼拜"。

　　③ 共鸣:《满洲作家评介》,《中国文艺》第 7 卷第 2 期,1942 年 10 月,第 20 页。

　　④ 陀思妥耶夫斯基对爵青的影响,详情可参考蔡钰凌的硕士论文:《文学的救赎 龙瑛宗与爵青小说比较研究(1932—1945)》(台湾清华大学 2006 年 7 月)中的第三章《爵青的文学与小说创作》。

　　⑤ 爵青:《小说》,载《青年文化》第 2 卷第 1 期,1944 年 1 月。

人的影子。① 就爵青本人的经历而言，他于 1941 年担任"满洲
文艺家协会"委员，两年后在改组的"满洲文艺家协会"中任职于
审查二部（中文）和企划部，并在同年成立的"满洲出版协会"中
负责文艺书籍的检查工作。他既在殖民体系内担任中文书籍的
审查员角色，同时并不受日本人信任，他本身的创作也是殖民当
局秘密审查的对象②，大概这是导致他精神分裂的因素。他说：
"总之，就在如此复杂而丰富的时代里，我来过一程，过来之后，
我感到焚身不宁的焦急和孤独"，"我非常敏感，这敏感恰像受伤
附着许多浆糊一样"，"我想活着，想活下去。至少在精神上活下
去是一个大喜悦。可是怎么活下去呢？"③爵青的小说向来被研
究者认为与时局保持距离，但与时局保持距离，并非表明他没有
现实关怀。在上述受到检阅的《每月评论》一文中，他强调："我
们需要吸取丰富的日本文学，同时也需要学习中国文学。……
假如对于国境没有自觉，那么说不定一切努力都无任何功效，将
归于徒劳的。""因此吾等不能不深省：'即使文学没有国境，人也

---

① 爵青：《〈黄金的窄门〉前后》，《青年文化》第 1 卷第 4 期，1943 年 11 月，
第 84 页。除了上述作品中可见的异质文化的影响外，爵青还译介有纪德、陀思
妥耶夫斯基、芥川龙之介、北村谦次郎和森鸥外等人的作品。

② 康德十年（1943）5 月"首警特秘发第一四一四号""关于侦察利用文
艺、演剧进行思想活动的报告"（后称为"敌伪密件"）中刊有对爵青《每月评论》
（载《青年文化》康德十年十月号）一文的分析判断，认为文中所谓的"假如不是
对国境深有自觉性，文学创作和文学鉴赏就大有成为危险游戏的可能"一句话
中的"国境"即指"民族"，这句话的意思是："文学家假如不常想到自己的民族，
归终，他所创作的文学作品将成为危险的游戏。"《敌伪秘件》，于雷译，李乔校，
载哈尔滨文学院编：《东北文学研究史料》第 6 辑，1987 年 12 月。

③ 以上几处引文均引自爵青的《〈黄金的窄门〉前后》，《青年文化》第 1 卷
第 4 期，1943 年 11 月。

是有国境的。'"①这一番话有强烈的现实指向性,因此被殖民检查官认为,作者"是在向满系文化人强调,在国际性的文学工作中,不要丧失民族意识。"②事实上爵青对被占领的作家的精神苦闷有深刻领悟。在一篇名为《司马迁》的四百字短篇中,失去阳根、说出话来像是宫女的司马迁感到"真羞耻极了! 真悲痛极了!"但是意识到父亲死后"周室以还历任太史的伟大的传说,这家系,这传统,是应该在自己身上让它发扬光大的",如果不写,不仅民族的传统得不到传承,自己也无法找到身份认同,于是文中的司马迁说:"死也是要写下去的,死也是要写下去的。"③自 19 世纪末以来,西方和日本那些描述中国的著作将中国描绘成异质性和柔弱的女性气质的集合地,身为被殖民的知识人,爵青也感受到了类似失去阳根的耻辱感,他反复呐喊,即便死也要继续书写历史。殖民地知识人的这种感受,印证了当下后殖民理论在殖民地的性别关系问题上所共享的一个前提假设,即被殖民的男性主体遭到阉割,而作为对这种被阉割命运的反抗,充满阳刚之气的民族主义得以提倡,这就是被殖民的知识人的使命。袁犀在"满洲国"时期(1937—1941)的作品也充满了对暴力美学的痴迷:小说的格调和主人公的性格特征、命运,呈现出对野性生命力的迷恋,袁犀笔下的主人公身上往往洋溢着健壮的、反抗的精神,而这种充满野性的生命力又郁结着痛苦、愤怒和仇恨。

---

① 爵青:《每月评论》,《青年文化》康德十年十月号。

② 《敌伪秘件》,于雷译,李乔校,载哈尔滨文学院编:《东北文学研究史料》第 6 辑,1987 年 12 月。

③ 爵青:《司马迁》,《麒麟》第 3 卷第 8 期,1943 年 8 月。

　　如果拿 1930 年代"满洲国"的现代书写与同时代上海的现代书写相比较，我们会发现两者在题材和主题上的不同。以刘呐鸥和穆时英为首的上海现代书写更多地表现出对都市娱乐和消费的迷恋，因而不断呈现包括进口轿车、爵士乐、西方风格的剧院、好莱坞电影、舞厅、赛马场等都市物质产品，并且较少流露出批判态度①。而"满洲国"知识人大多人专注于黑土地上底层民众的描写，即便是身处殖民地新中间层的爵青等人，他们在展示殖民都市风景线时，也流露出对都市的批判态度，以及对妓女等底层群体的同情。这类作品以爵青的《哈尔滨》《某夜》《男人们的塑像》和《青春冒渎之一》为代表。这大概源于两者所汲取的现代化资源不同：上海现代派更关注法国和日本的新感觉派资源，注重展示新语言、新技巧和新形式，其中横光利一的影响尤为显著；而"满洲国"现代派则更专注于汲取西方现代派中的反抗资源。再者，二者所汲取的原动力也有别：上海这座城市"在本雅明意义上的大众暴动之城（城市大众集体反抗的可能地点）和极端享乐的世俗迷醉（刘呐鸥语）之间来回摇摆"②，所以上海现代派作家在对资本主义的批判与迷恋中表现出倾向于后者的暧昧立场；而"满洲国"知识人受到殖民统制更深，他们的精神苦闷自不待言，在地的主体农民在殖民地主与当地汉奸地主的双重压迫下陷入苦境，由殖民机构的结构造成的种族区分和社会分层显著，则

---

　　① 详细情形，可参考史书美的《现代的诱惑：书写半殖民地中国的现代主义（1917—1937）》一书中的第三部分"炫耀现代：上海新感觉主义"。

　　② 史书美：《现代的诱惑：书写半殖民地中国的现代主义（1917—1937）》，第 277 页。

是"满洲国"的作家难以回避的现实。

上面提到的以柳龙光、梅娘家为据点的读书会,他们译介的作品中五分之四为欧美作家的作品,无论是 19 世纪的雨果、拜伦、普希金、莱蒙托夫、契诃夫、福楼拜等,还是 19、20 世纪之交的托尔斯泰、欧·亨利、杰克·伦敦、海塞、托马斯曼、尼采、纪德、劳伦斯等,都有强烈的反叛精神,大多属于人道主义和现实主义作家。其中,德国作家 H·海塞(Hesse Hermann 1877—1962)是被译介最多的作家。他是一位反对战争、反对民族沙文主义和军国主义的作家;纪德到了二战时期持反帝国主义的思想;托马斯曼在德国纳粹时期撰文谴责法西斯对德国文化的歪曲和破坏,被迫流亡国外。羽田朝子指出:"对德国占领下的作家动向所寄寓的关心中,可以窥见他们不断注视着处于被占领环境中的欧洲作家们如何对待当下的处境","以翻译的形态选取某些与伪满相关的话题,或是描写同为占领下的欧洲的情势,借用纪德的话语,成为他们向伪满与华北沦陷区的同胞们传递自身讯息的寄托。"①

说到开启民智和文化启蒙,"满洲国"文坛面相最为复杂的古丁向来被视为在地最大的启蒙者②。他的《平沙》《隔离》《奋飞》和《竹林》等小说都表达了对愚众启蒙的重要性,而启蒙的参照对象就是日本。以"现代"与"世界"为文化认同的评判标准,

---

① 羽田朝子:《梅娘的留日时期与"读书会"》,载《再见梅娘》,北京:人民文学出版社 2014 年。

② 相关论述可参考冈田英树的《启蒙主义者古丁》,载冈田英树著:《伪满洲国文学》,靳丛林译,长春:吉林大学出版社 2001 年;梅定娥著:《妥协与抵抗:伪满文化人古丁的创作及出版活动》,哈尔滨:北方文艺出版社,2016 年。

我以为，古丁等"满洲国"知识人的思考所得，可以转化为检讨"满洲国""现代化"的灵感。唯有追赶并跻身世界，才能摆脱亡国奴的命运，不现代化，将永远在万劫不复的亡国灭种的命运中挣扎，这是"满洲国"知识人的忧患意识。

总而言之，"满洲国"知识人所累积的文化资本与日本的殖民教育分不开，他们自觉地吸收日本文化，但最后均由日语进入世界文学。可以说，日译西方著作使得他们开拓了视野，形塑并规范了他们的知识体系和对世界的想象，反过来他们利用这些资源启发民智，进而对抗殖民统制。也就是说，发生在"满洲国"的反抗，其意义还源自日本资源的吸收，这证实了文化殖民过程的复杂性。

（二）"满洲国"知识人对"五四"人物、事件 与文学的追慕

前面说，发生在"满洲国"的反抗，其意义还源自日本资源的吸收，这句话暗含："满洲国"的反抗，其意义还有其他来源，即中华民族的认同。对于知识人来说，这种认同来得并不容易。以"满洲国"的"国报"《大同报》为例，在它存续的十二年间，编辑、记者和作者中有四十六人被捕、被杀或逃亡①。不过由于"满洲国"的报纸副刊不同版面的编采具有相对独立的机制，政治板块与副刊板块各自独立，即报纸的政治身份与文化身份能够分离，它在一定程度上确保了反抗空间的存在。这在《大同报》《盛京

---

① 蒋蕾：《东北沦陷区中文报纸：文化身份与政治身份的分裂——对伪满〈大同报〉副刊叛离现象的考察》，载《社会科学战线》2010 年第 1 期。

时报》《泰东日报》《大北新报》《滨江日报》等报纸上均有所体现，学界已经涌现出相关的研究成果①。在有限反抗的空间，他们寻找种种叙事手段来寻找自己的文化认同。

追踪"五四"人物及其文学，其中尤为重视与鲁迅相关的讯息。在鲁迅去世不久，《大同报》密集地刊载相关讯息。1936年11月21日到24日连载古丁译、池田幸子作的《最后一会的鲁迅》纪念文章，为了规避审查，文中将"中国"写作"×国"或以"此国"代称②；同样是"五四"遗产的周作人，他的文章被刊载时（如1937年9月17日的《谈文章》），笔名"知堂"被写作"只堂"，这种改换名字的反抗策略既方便了阅读，又规避了审查。在鲁迅著作不能在"满洲国"被阅读的情况下，在地作家通过译介日文来阅读。比如《大鲁迅全集》于1937年在日本出版之后，古丁集中各章的解说，并翻译成汉语，加题为《鲁迅著书解题》发表在《明明》杂志上。后来作家外文③因循此法，翻译了小田岳夫所

---

① 如吉林大学蒋蕾的博士论文《精神抵抗：东北沦陷曲报纸文学副刊的政治身份与文化身份》（2008）、蒋蕾的《东北沦陷区中文报纸：文化身份与政治身份的分裂——对伪满〈大同报〉副刊叛离现象的考察》（载《社会科学战线》2010年第1期）、蒋蕾的《被遗忘的抵抗文学副刊〈大同俱乐部〉》（载《华夏文化论坛》2009年1月）、佟雪和张文东的《〈夜哨〉的文学和文学的"夜哨"——伪满〈大同报〉副刊〈夜哨〉的文学史意义》（载《社会科学战线》2012年第5期）等等。

② 文末注有，原作10月31日写完，并标明将刊载于十二月的日本《改造》杂志，而译者是"十一月十六日夜译完"的，也就是说，作品尚未发表之前古丁就拿到了池田幸子的稿子。在音问不通的"满洲国"与中华民国之间，古丁何以会拿到反战作家池田幸子的稿件？1933年加入北平左联的北京大学学生古丁（当时名为徐突微）在"满洲国"期间与左联有怎样的联系？这是另一个有意思的话题，本文不展开论述，但至少可以表明，古丁从其左翼志向中获取了对民众启蒙与反日的思想动力。

③ 外文，生卒年不祥。原名单庚生，笔名外文、单外文、箫吹等。先后就读于长春公学堂和奉天南满中学堂。1938年加入《明明》同人队伍，次年与古丁、小松等创办《艺文志》季刊，1940年出任艺文书房出版课长，1941年加入满洲文艺家协会。是"满洲国"文坛少见的创作众多长篇叙事诗的诗人。

著的《鲁迅传》。古丁屡次表达对鲁迅的敬意,其文风也刻意模仿鲁迅,攻击他的对手大肆讽刺他欲与鲁迅相提并论的野心,或者列举出古丁文中与鲁迅文中相似的句子,指责其抄袭①。作为象征和"五四"遗产浓缩的历史人物鲁迅,成为"满洲国"处于分化状态的文学阵营的共同反抗资源,这与鲁迅生前的处境不一样:身处关内的鲁迅不仅是敌人的敌人,同时是同一阵营的"战友"的异类。大概与"满洲国"不同的阵营有一个共同的敌人日本有关吧。

直接以鲁迅为名来反抗的,要算 1936 年南满文艺界以田贲(花喜露)为首成立的"鲁迅文学研究社"。该社组织爱国学生阅读、学习以鲁迅为主的关内"五四"新文化运动先驱的作品,后来被日伪警宪机构列为秘密侦察的目标和"要视察人",1944 年 4 月末三十余名成员被逮捕,其中 7 人在狱中被折磨致死,1 人被判处无期徒刑,1 人被判 20 年有期徒刑,2 人被判处 15 年有期徒刑,其余被判处 5—10 年不等的有期徒刑②。

续写"五四"人物的作品来表达亡国奴的反抗心迹。其中尤

---

① 我在他文中列举过发表在《大同报》上的此类文章,为方便同好者查找,现列举如下:《没味的盐——〈原野〉读后感》(4 月 12 日,半岛鹏子)、《聪明其"肖"——文坛随笔》(4 月 15 日,S)、《错知错觉》(4 月 26 日、27 日、28 日,小鹏)、《生存于灭亡——致观念谬误的古丁先生》(6 月 8 日,施非)、《生活与文章:私语之一》(6 月 16 日,S)、《高等点心》(6 月 28 日,全)、《鲁迅似的作家》(6 月 29 日,全)、《一知半解》(7 月 3 日,全)、《由……"们"到……"派"》(7 月 7 日,仁)、《扯去庄严》(7 月 8 日)、《路之一——没有方向的方向》(山丁)、《轻松的创作——关于小松〈蝙蝠〉》(吴郎)(这几篇均刊于 7 月 13 日)、《应和》(7 月 19 日,仁)、《文坛上的苦肉计》(7 月 27 日,小蒨)、《谢绝批评的"自欺欺人的大作家"》(8 月 14 日,吴郎)、《和死人套交情》(9 月 14 日,仁)。

② 夕澄:《悼念为抗日救国而牺牲的人们》,载辽宁社会科学院文学所编:《东北现代文学史料》第 8 辑,第 44—45 页。

以一篇署名"幽默"者所作的《阿 Q 墓志铭》有趣。该文的大半篇幅根据鲁迅的《阿 Q 正传》，以半文半白的语言记述阿 Q 生平，文末谓：

> 阿 Q 既死，鲁迅识之曰"精神胜利者"或称"辛亥前后典型贫农"或称"中国人缩影"，时代先生为葬于未庄山麓，予向疑此公与我有宗谊，拟撰墓志铭以永思，然人实籍籍，盛传阿 Q 仍存人间，忆方苞狱中杂记，□滑吏能潜易大辟，阿 Q 亦潜易欤？阿 Q 固穷，复无戚属，谁为厚赂哉？岂当年习窃，别有奇获焉？九一八后，消息渐杳，迄今无人邂逅者，夷考其年，且逾知名，参互求之，逝世无疑矣，乃为铭曰：
>
> 精神胜利，东方文明，忍尤攘垢（诟），能屈能伸，遭揶揄于戚施，寄憧憬乎子孙，一误女色，再误革命，墨墨以死，墨墨以生，诚无愧于老庄之民，独画押而不成规，污于行状，此心终古耿耿！①

作者通过建立自己与阿 Q 的血缘关系，而把自己归为"中国人"群体（而不是"满洲国""国民"）。文中取清代著名散文家方苞的《狱中杂记》来影射"满洲国"的黑暗现实。方苞因《南山集》案②牵连入狱，在狱中他目睹污吏暗中收受贿赂，篡改杀头罪行，即

---

① 　幽默：《阿 Q 墓志铭》，《大同报》1936 年 10 月 14 日第（六）版。

② 　《南山集》为桐城人戴名世（1653—1713）所著。戴名世在《南山集》的《与余生书》一文中提出写历史时应给明末几个皇帝立"本纪"。此事被御史赵申乔揭发，戴名世全家及其族人牵累定死罪者甚多。方苞也因《南山集》序文上列有名字，被捕入狱。

所谓的"潜易大辟";而贱民阿 Q 只有死路一条。所引第二部分借墓志铭以明志:虽然遭到谗佞小人(即戚施)的迫害,但是阿 Q 的精神胜利法告诉我们,"东方文明"在于"忍尤攘垢(诟,笔者注),能屈能伸",最终"无愧于老庄之民"。"老庄之民"暗指中国人,"忍尤攘诟"语出屈原的《离骚》:"屈心而抑志兮,忍尤而攘诟。"意为暂时忍受耻辱,为的是等待洗雪,不愧于做中国人,反抗心迹昭然。

将"五四"新文学作为"满洲国"文学的方向。"满洲国"文学评论家韩护在《我们的文学实体与方向》①一文中强调:"五四"新文学运动开启了满洲新文学的创造,明确指出"这个新文学在今日也没有再变更其本质的必要"。作者指陈满洲文学忽略了文学的时间性、地方性与民族性,对现实持逃避态度。他认为满洲文学的高度应该是法国文学史上的巴尔扎克、左拉、福楼拜、保罗穆杭、纪德,英国的狄更斯,苏联的高尔基,以世界文学水准来要求满洲文学。作者在文中引用培根的警句"知识即权力"也有深意。战时的林房雄来到日占区,申明:"欲制中国,须先制知识阶级"②,由占领区的中国知识人口中说出"知识即权力",其反控制的意图非常明显。该文还有一点值得注意:作者在开篇和结尾均标明引用的是鲁迅的话。开篇谓:"没有新的人物,洗不净旧的污秽;海洋里的漂泊者,醒了你的梦";结尾是"快上我理想的轻舟,来播撒新的

---

① 韩护:《我们的文学实体与方向》,《华文大阪每日》6 卷 7 期第 59 号,1941 年 4 月 1 日。

② 林房雄:《中国文化运动偶感》,载《中国文艺》第 9 卷第 3 期,1943 年 11 月。

光辉的种子吧！"这两句颇有除旧布新的意味，是典型的"五四"语言。但是笔者查阅《鲁迅全集》，并没有发现其中有这样的语言。这有可能是韩护假借鲁迅之名，来表达自己的启蒙决心和对满洲文学的期待吧。

（三）殖民统治和父权制下的"满洲国"："娜拉"走后怎么办？

"五四"新文化运动中，易卜生的《玩偶之家》（胡适、罗家伦译，剧名定为《娜拉》）输入中国，娜拉的出走迈出了批判男权、追求两性平等的第一步，但是"娜拉走后怎么办"则成了这股女性解放思潮留下的难题。在"满洲国"出现的一种情形不容忽视：殖民地的现代化，创造了很多适合女性的职业，为女性摆脱封建家庭提供了物质基础。其中从事校对员、编辑、打字员、医师、事务员、教员、记者职业的不在少数，自 1938 年 9 月 2 日起，《大同报》推出"职业战线妇女访问记"栏目，不同行业的优秀女性成为新闻热点；作家梅娘的小说里也有不少主角都是职业女性。在谈到梅娘作品里殖民地时期女性就业问题时，岸阳子曾说："殖民地的'近代化'，也造就了诸如打字员、话务员、速记员等等适合女性的就业机会，为女性逃脱封建家庭带来了可能性。她（指梅娘，笔者注）在作品里描叙的这些殖民地的复杂状况，令人不由得认识到殖民地研究所具有的难度。"①从当时《大同报》的报道看，日本占领区对女性事务员和打字员的需求量相当大，在日

---

① 岸阳子：《论梅娘的短篇小说〈侨民〉》，郭伟译，《抗战文化研究》第一辑，2007 年 9 月。

本占领区的女性无法满足的情况下，殖民当局决定从日本招聘①。事实上，除了这些看似非常适合女性特性的职业外，"满洲国"竟然出现了女警察。据招募女警察的报道称，招募女警员，是针对女性违法现象，便于检查妇女。② 也就是说，"满洲国"不仅出现了适合女性特质的职业，而且出现了针对女性而设置的职业。

就文学领域而言，活跃的女性作家颇为引人注目。专力研究这一群体的加拿大学者诺曼·史密斯在其专著《反抗的满洲国：中国女性作家与日本的占领》③中指出："满洲国"成立之前，梅娘、但娣、吴瑛、蓝苓、杨絮、朱媞、左蒂等女作家早年接受古典文学和"五四"文学熏陶，已然受到"五四"运动思潮提倡自由恋爱和个性解放的思潮的影响，她们强烈批判过时的贤妻良母的传统形象，批判父权制。即便日本在"满洲国"推行以东亚儒家妇女美德为中心的教育，企图塑造具有东亚现代性的妇女，但是"满洲国"女性面对日本统治却具有自己独特的应对方式，一方面保持适度的儒家理想，另一方面又

---

① 1938 年 8 月 7 日第(6)版的《大同报》登"养成大陆新娘 在东京新设立女打字学校，对少女授以基本职业教育"的消息，其中谓："华中、华北、满洲国有求妇人事务员、打字员等职务聘请书寄到日本职业介绍所，因对大陆发展的原因，乃新设打字机器职业辅助学校，努力养成职业妇人兼新嫁候补"，"17 岁以上 30 岁以下须自女学校卒业或有学历的独身女性，在该所受两个月的培训，教与对大陆发展的必要的日本精神的教育，打字机器其他的技术，目的是向中国的职业战线上输入新嫁娘。"这里同时透露出的另一个信息，就是战时日本女性被绑架在战争轨道上的命运。

② 《女警察复活！》，《大同报》1938 年 4 月 15 日第(6)版报道招募女警员的消息，4 月 16 日第(6)版即刊出招募到十名女警员的报道。

③ Norman Smith, *Resisting Manchukuo：Chinese Women Writers and the Japanese Occupation*, Vancouver：University of British Columbia, 2007.

含有独立的思想与行动①。这些女作家本身都拒绝家庭安排的婚姻,自主选择伴侣;她们本身从事的职业有编辑、教师、银行职员或者歌手,不过后来都转为以写作为主,都是"娜拉"出走之后的成功典范。"满洲国"后期的报刊上逐渐出现女作家专辑,如《斯民》(半月刊)记录有"满洲国"女作家的文学创作的出发点,是吴瑛、梅娘等人的重要阵地;1941 年以后,不少杂志相继刊出女作家"特辑",《兴亚》1943 年 7 月号"女作家情书特辑",《青年文化》1943 年 10 月"女星文学特辑",《麒麟》推出活跃于社会各界的女性的采访报道,如 1943 年 11 月号刊有"职场女性心声集"特辑,还刊载有吴瑛、杨絮等女作家作品特辑,同时还将视线投向社会底层的女性;《新潮》1944 年 2、3 月号"妇女文艺特辑",《新满洲》1944 年 10、11 月"新进女作家展"。

　　这里特别要指出的是,曾经留学日本的梅娘和但娣,日本既是她们所积累的独特的文化资本,也是她们的反抗资源。以梅娘为例,在"满洲国"作家因为强烈的民族情感而不愿意在作品中描述日本这个敌国的时候,梅娘却通过创作和翻译,记录了战时日本文人和百姓、特别是女性在帝国扩张中的生活轨迹,比如小说《女难》,描述了日本政府"满洲新娘"政策与国民动员下女性的凄凉命运;她翻译的系列日本作家大陆旅行记呈现出了战时日本知识人的政治态度。但娣 1942 年毕业回国,到黑龙江省开原女高任教,教授地理、西洋史、几何、教育学、日语会话课,并

---

　　①　Norman Smith,*Resisting Manchukuo：Chinese Women Writers and the Japanese Occupation*,参考其中的"第二章 满洲国殖民统治的基础与妇女问题"。

兼任舍监。在一次"勤劳奉仕"日的奴化教育课上,一个姓守屋的日本人用皮鞭抽打学生,激起了她的愤怒,她决定逃离满洲。结果于 1943 年 12 月以"反满抗日"罪被捕,刑期两年。而她在"满洲国"的文学创作活动同样遭到殖民当局的审查。但娣于 1943 年 10 月刊载在《青年文化》杂志上的小说《戒》被"首都"警察的检查官检定为"利用浪漫主义的手法,表达一种革命信念",其中有"遇到可怕的灾难时,应该勇敢、顽强;真理总会有的,什么也不要怕,必须拿生命反抗一切要伤害我们的仇敌"的言论。①

　　如今大多后殖民理论在殖民地的性别关系问题上共享有的另外一种前提假设是:倾向于将女性看作是民族性的能指,是"社会落后的牺牲品、现代性的记号和文化正统特有的承载者",在这种假定中,殖民者与被殖民者之间的冲突被表现为男人与男人之间的斗争,而女性要么服务于这一斗争,要么干脆被排除在外。② 这些假定遮蔽了殖民地女性实际经验的多样性。深受父权制和殖民体系压迫的"满洲国"女性,其真实处境是无法脱离民族国家的语境进行独立思考的,而且女性本身就是民族国家命运的一部分。她们同男人一样在与殖民者抗争,而抗争的资源,就有部分来自日本经验以及由此积累的文化资本。

---

　　①　《敌伪秘件》,于雷译,李乔校,载哈尔滨文学院编:《东北文学研究史料》第 6 辑,1987 年 12 月。

　　②　详情可参考史书美的《现代的诱惑 书写半殖民地中国的现代主义(1917—1937)》中的第十章"性别、种族和半殖民地性:刘呐鸥的上海大都会风景"。

四　"五四"与"满洲国"历史书写的展开

日本将其殖民地支配区域"再领土化"，使其成为自给自足的区域经济实体，为自己的全球利益诉求服务，于是就有了"满洲国"。在此之前，由于自然灾害和战乱，关内从18世纪末开始向满洲地区大规模移民，即"闯关东"，它改变了汉人与满人等其他土著的人口对比，促进了民族融合，同时华夏观念也渐渐深入人心。"五四"新文化运动中，后来成为"满洲国"文坛重要知识人的群体，都不同程度地受到熏陶。他们在构建自己的身份认同时，借用大量的传统，追寻与这个共同体内的相关性，自觉地把满洲的历史放在中华民族的历史脉络里，通过追寻"五四"文化先驱的踪迹、续写其作品来衔接自己的中华民族传统，在关内作家作品无法输入"满洲国"的情况下，通过转译日文来表达对"五四"先贤精神的继承，并且把"五四"以来的新文学定为满洲文学发展的方向，这种发掘和构建自我与民族大我关系的过程，如果说它是民族国家建构的过程，似乎也未尝不可。由民族国家意义衍生出来的"民族主义"和"爱国主义"在"满洲国"知识群体身上有所体现，只不过他们表达的方式不同于国统区和解放区而已。而民族国家的建构同样是启蒙运动的应有之义——如果我们不是把启蒙仅仅理解为"个人"的启蒙，而是充分考虑到我们这个"被现代化民族国家"其现代化进程的复杂性，将民族国家的建构理解为政治现代化的一个重要环节，就会清醒地意识到，"民族国家"意识比"个人"意识要具有更强烈的现实意义。

世界近代史表明，建立民族国家是回应现代化挑战的先决条件。中国的情形尤为明显。长久以来的前现代中国民众始终缺乏国家观念，"知有天下而不知有国家，知有一己而不知有国家"①，这是梁启超痛心疾首的感叹。孙中山、陈独秀也屡屡指责中国民众"一盘散沙"的状况。中国人"看客"的心态曾经影响了鲁迅的选择，这是著例。从清末到民国年间来华的外国文化人深谙中国人这一特性。费正清在总结甲午战争时，就把中国必败的原因归于中国人民族国家观念的缺乏②。反过来，中国国民性的无政府主义、冷漠无情和一盘散沙反过来又强化了殖民主义者的优越感情结，19 世纪以来西方和日本有关中国国民性的论文、小说和游记可以印证这一点。如果说抗日战争推进了中国近代民族国家的形成，其间国统区和解放区是通过统一知识人的意志和集体行动③，来构建民族意识、进而完成"国家"启蒙的；而"满洲国"的知识人在失去集体反抗的先决条件下，他们只能依靠个人的智慧和勇气，寻找各种办法，防止被收编、被渗透、被杀害，还要不断清理渗透和内化在灵魂之中的殖民伤痕，稳住时不时动摇着的主体性，故而个人意识不得不觉醒。他们或自居为阿 Q 的同族，或自诩老庄之民，或以司马迁自喻，执著而隐

① 梁启超：《新民说·论国家思想》，《饮冰室合集（第六册）·专集之四》，北京：中华书局 1989 年，第 21 页。

② 费正清编：《剑桥中国晚清史（1800—1911）》（下卷），北京：中国社会科学出版社 1985 年，第 129 页。

③ 如 1937 年 8 月延安成立以文艺工作者为主体的"西北战地服务团"、1938 年 5 月在陕甘宁边区成立"抗战文艺工作团"，1938 年 4 月国民党成立全国文化艺术界统一占线组织"文协"，等等，具体论述可参考杨洪承的《抗战文学中活跃的"笔部队作家群体考察"》（上）、（下），载《文艺争鸣》2015 年第 7 期。

晦地书写着中华民族的历史。如果用"救亡压倒启蒙"来描述国统区和解放区的作家精神面相,那么"沦亡迫使个性启蒙"则是"满洲国"的一种实态。

台湾学者潘光哲考察了"现代化"一词在中国的词汇史,特别梳理了它在 1930 年代中国思想领域的样态,指出,1930 年代的中国知识人所讨论的"'现代化',其实指的既是空间上的也是时间上的'西方'"①。"五四"以来的启蒙思想家多把西方塑造成能够改变自身贫弱现状的范本,在"满洲国"的物质现实中,西方的正面形象仍在延续,西方的现代主义仍然是文学目的论意义上的终极目标,这是"满洲国"知识人通过日语大量吸收西方资源的精神动力。此外,"满洲国"知识人生活在深刻的分裂之中,他们在与日本具体接触的过程中,对日本在人的现代化、器物的现代化和制度的现代化均有所体悟,同时又憎恨日本的侵略。殖民主义在"满洲国"存在的事实,最终没有妨碍知识人去追寻西方文明和仿效西方文明的东亚现代化的模范生日本的文明。他们不得不痛苦地把作为文化启蒙的源泉与帝国主义的日本分别开来看。因此如古丁这样的启蒙主义者自觉地把日本作为参照物,来对满洲民众进行启蒙,这是殖民地知识人遭遇殖民的冲击所做出的实际反应。他们意识到"知识即权力",因此认为不能把自己关在自己以为理所当然的空间里而忽视了外面的世界,他们应该向所有先进文明的国家学习。向其学习,而不是被它同化,不断地积累自己的文化资本来反抗被殖民和被压迫

---

① 潘光哲:《想象"现代性":一九三〇年代中国思想界的一个解剖》,《新史学》第十六卷第一期,2005 年 3 月。

的命运。

"殖民"一词始终承载着负面的意义，但也要看到它在运转过程中的罅隙。殖民当局以文艺纲领的形式，把"世界"即所谓的现代化作为"满洲国"艺文的目标，它恰好暗合了"满洲国"知识人追求进步、摆脱受压迫现状的愿景。而"满洲国"的知识女性能够实现经济独立和个性独立，与殖民者提供诸多的就业机会分不开，殖民性与现代性如此胶着，这是殖民地独有的现象。殖民固然会造成文化认同的丧失，但由殖民带来的现代性也可能成为反抗的思想动力和自我认同重新确立的源泉，"满洲国"知识女性的作品及其个人命运则是后者的体现。

"五四"是个无限大的范畴。本文所涉及的概念，一是指与"五四"新文化运动本身具有的事物及其各方面，一是指涉关于过去的叙述性解释，蕴含着研究者关于过去的观点和立场，本文尤其重视"五四"所衍生出来的"现代化"一词在"满洲国"叙事中的意义，以及"民族国家"作为启蒙的产物，它所能被纳入"五四"叙事中的意义；还有"沦亡迫使个性启蒙"的实态。从"五四"这一历史脉络里探寻"满洲国"叙事，我们从历史的极权话语中找到了被压抑的声音，以及他们反抗殖民统治的种种方式，这有助于反思有关"满洲国"乃至整个沦陷区文学史写作的向度与张力。

"满洲"记忆与再现:以安寿吉解放后小说为中心①

李海英　　任秋乐

中国海洋大学外国语学院韩国语系

一　绪　论

谈及韩国文学史上有关满洲的文学作品,作为满洲再现叙事的一枝独秀,安寿吉的名字不得不提,可以说他的作家生涯开始于满洲也结束于满洲。满洲既是他创作的源泉也是他写作的动力。但目前对安寿吉满洲文学的研究多集中于其伪满时期的作品和《北间岛》,而对解放后,安寿吉越过"三八线"南下,在韩国创作的其他满洲再现作品鲜少论及。这或许是缘于《北间岛》在韩国文学史上占据的重要地位。虽然《北间岛》是安寿吉文学中评价最高的作品②,也是将安寿吉推上满洲文学代表作家位

① 本研究获得 2014 年大韩民国教育部及韩国学中央研究院(韩国学振兴事业团)支持的海外韩国学重点研究基地项目(AKS-2004-OLU-2250004)资助。

② 金钟旭,《历史的忘却与民族的想象》,《国际语文》第 30 辑,2004,第 276 页。

置的作品，但它也不过是安寿吉复杂认识在经历多次曲折、反复后的经停地①而已。安寿吉于 1965 年《北间岛》收篇之际发表了短篇小说《枭首》，并在《北间岛》完成 2 年后，即 1969 年发表了短篇小说《俄罗斯少女》。此时，他的满洲认识与伪满洲国时期和《北间岛》创作时期相比已经完全不同。

但是，目前缺少对解放后安寿吉"满洲认识"变化甚至"满洲"再现政治学的系统研究。最先对解放后安寿吉"满洲"再现文学进行全面考察的是金允植《安寿吉研究》②一书。金允植在本书中，对安寿吉两个时期的文学——伪满时期文学和解放后"满洲"再现文学进行了概观，尖锐指出了"作为伪满洲国朝鲜系文学的安寿吉文学"和"作为韩国民族文学的安寿吉文学"两者之间存在的差别。金允植认为，解放后安寿吉的"满洲"再现文学可以分为三个阶段："越南"后的"满洲"经历再现与文坛地位的确立、《北间岛》创作时期的主观民族主义膨胀与在满经历的自我反省、对《北间岛》主观民族主义的修正与反思。金允植将安寿吉的作品与他的人生经历联系起来，探讨了其"满洲"认识的变化过程。但未能考虑到当时的国际环境和时代背景，对作家精神与内心世界的分析带有较重的主观色彩。千春花的《安寿吉满洲体验文学研究》③在对安寿吉的满洲体验文学进行整体性把握的同时，重点关注其满洲认识的变化过程。文中将《北间岛》与解放后安寿吉其他的满洲再现文学分开讨论，将安寿吉

---

① 韩寿永，《"满洲"，或者"体验"与"记忆"的裂缝——安寿吉的满洲背景小说及其历史断层》，《现代文学研究》第 25 辑，2005，第 474 页。

② 金允植，《安寿吉研究》，首尔：正音社，1986。

③ 千春花，《安寿吉满洲体验研究》，首尔大学硕士学位论文，2004.8。

的"满洲认识"变化分为:"越南"之后、《北间岛》、《北间岛》完成之后及晚年创作三个阶段,存在一定的局限性。韩寿永的《满洲,或者"体验"与"记忆"的裂缝——安寿吉的满洲背景小说及其历史断层》①一文,认为解放后安寿吉的满洲背景小说经历了解放后改作、"越南"之后、《北间岛》、《北间岛》完成之后及晚年创作四个阶段,并结合韩国社会史,对解放后安寿吉的"满洲认识"经历了怎样的挫折、又产生了何种裂隙进行了解析。但遗憾的是,对于"安寿吉为何在《北间岛》中宣扬民族主义,并将亲自经历的 1930 年代和 40 年代初期这一历史阶段一笔带过"这一问题未能做出进一步的解释。究竟是缘于作家创作意图和实际体验间的差异,还是因为民族主义是解放后安寿吉对过去满洲体验作品实现反思的工具?② 除此之外,李善美和金美兰为实现对《北间岛》的全面研究,将安寿吉"越南"到《北间岛》期间创作的满洲背景小说结合韩国社会史发展史进行了解析。但过分强调外部环境甚至是外部意识形态的决定性作用,使得安寿吉的"满洲认识"落入模式化陷阱。本文在上述前期研究的基础上,从安寿吉个人人生经历、作家精神与韩国历史进程、民族发展之间的联系出发,对安寿吉解放后的作品进行了整体把握。主要研究对象为"越南"后在解放空间"边缘"创作的《旅愁》(《白民》1949.5)、《凡俗》(《民声》1949.9)、《快晴》(《文化世界》1953.7)、《背信》(《文化艺术》1955.12)、《北间岛》(1959—1967)、《枭首》(《新东亚》1965.10)、《打补丁的西装裤》(《文学》1966.5)《俄

---

① 韩寿永,《满洲,或者"体验"与"记忆"的裂缝——安寿吉的满洲背景小说及其历史断层》,《现代文学研究》第 25 辑,2005,第 457—493 页。

② 同上书,第 478 页。

罗斯少女(《亚细亚》1969.3)。

二 解放空间的"边缘"：应该忘却的 记忆——"满洲"

在病榻上迎来解放的安寿吉经过 3 年的疗养终于恢复了健康，于 1948 年与家人一起穿越"三八线"来到首尔开始了新生活。虽然首尔是"从解放前开始就一直憧憬的地方"，是从满洲时期开始就梦想着"日本败亡后一起开展文化活动的地方"①，但对于出生于咸兴、14 岁就移居满洲并在那度过整个青年时期的安寿吉来说，首尔是一个没有亲朋、完全陌生的地方。不仅如此，安寿吉没能亲眼见证解放的激动和新时代的开启，也没有亲身经历九死一生归还旅途上的艰难、寒冷与饥饿，而是以"后来人"身份来到首尔这座陌生城市的。对于这种心境，他曾在《旅愁》中描写到："但哲是后来人。就算有志同道合的朋友，他们也已经在这里生活了很久。三年，而且是解放后的三年，是打起精神追赶也无法逾越的距离，对于大病初愈还在疗养的他来说更是如此。"②对安寿吉来说，"从解放前开始就一直憧憬"的文化中心地带——首尔是"想要逃离"、"想要摆脱"的充满压力、人地生疏的空间，而满洲则是广阔无垠、一望无际的孕育摇篮、充满回忆的地方。

---

① 安寿吉，《旅愁》，《安寿吉全集》01，GEULNURIM，2011，第 286 页。
② 安寿吉，《旅愁》，上书，第 287—288 页。

　　因此,安寿吉"越南"后创作的小说大多描绘的是难民在陌生祖国扎根的过程。《旅愁》中的哲和淑,《凡俗》中的赞秀夫妇和卢汉哲夫妇,《快晴》中的得秀等人物全部是出身满洲、为扎根韩国竭尽全力的人物。对于其中的艰辛与困苦,安寿吉说道"我们这些难民与其他人不同,我们要努力奋斗,像当初我们父辈拿着锄头和锨去到北间岛开垦荒地、实现定居一样,我们也要在韩国扎根下来"①。

　　但值得注意的是,安寿吉小说中塑造的为在韩国扎根竭尽全力的难民形象,全部是在满洲时具有一定经济基础、过着安定生活的中产阶层甚至富裕阶层。也就是说,安寿吉在伪满时期作品中描绘的是朝鲜人农民依靠水田开垦在伪满洲国农村社会实现定居的过程;在"越南"后作品中则描写的是满洲中产阶层出身的难民一无所有来到韩国城市中扎根的过程。对此有资料显示:解放后,从满洲归还朝鲜半岛的阶层大多是中农以上的富农;相比咸镜道等北方地区出身的人而言,南方人更多;所有归还人口中,1930 年代末至 1940 年代初移居满洲人口的归还率最高②。这说明安寿吉关注的对象并不是占归还人口多数的富农,而是包括安寿吉自己在内的特定阶层——满洲,更确切地说应该是间岛的中产层,主要指 1930 年以前移居到满洲的开垦农民的后代和教师等知识分子。这些垦民的后代得益于父辈的辛苦开垦,在间岛的土地上具备了一定的生活基础,并在龙井周围

---

　　①　安寿吉,《凡俗》,《安寿吉全集》01,GEULNURIM,2011,第 319 页。

　　②　张硕兴,《解放后中国地区韩人的归还及性质》,《归还与战争,以及近代东亚人的生活》(李海英编,中国海洋大学韩国研究中心丛书 02),首尔:京辰出版社,2011,第 55 页。

维持着稳定的生计。① 他们就是解放后归还韩国难民中的满洲中产阶层。这与"安寿吉在其伪满时期的小说中，将实现满洲开垦的朝鲜人农民阶层圈定为'伪满洲国'建立之前移居而来的农民，而对 1930 年代中期和 40 年代因遭受日帝掠夺失去生计被迫移居满洲的流民并不关心"是相互联系的。这种不关心在《北间岛》中也有体现。② 从这我们可以推断，安寿吉所说的扎根韩国，实际上与他满洲时期的"北乡意识"是一脉相承的，是他一直关心的满洲开拓农民后代们定居韩国的故事。

那么，在安寿吉作品中中产层是如何在韩国实现扎根定居的呢？首先，这些中产层出身的难民在韩国生活得十分拮据，这与他们在满洲时期悠闲富足的生活形成了鲜明的对比。《旅愁》中的淑是同志社大学的留学生，从小生活富足，不知人间疾苦。她的父亲是协和会长黄道兼，间岛 R 声名显赫的名流、财主。淑结婚之后，托曾是黄海道大地主公婆和解放后从事对日走私老公的福，也一直过着衣食无忧的生活。"越南"后在首尔一家报社工作的哲，在满洲时曾是 M 报社的记者，也因此得到了地方名流和有志之士的尊敬，生活十分宽裕。在《凡俗》中，赞秀是间岛的银行职员，爱罗是私立学校的教师，卢汉哲既是电视台记者，同时还是协和会中央委员长。因为父亲卢贤俊是互惠贷款公司的社长，汉哲一直生活充足，妻子京淑也成了十指不沾阳春

---

① 例如在安寿吉满洲时期的长篇小说《北乡谱》中，教师玄岩就是"在祖辈开垦的满洲土地上定居生活的父母家中休养"的开拓民作家。安寿吉，《北乡谱》，《安寿吉》(延边大学朝鲜文学研究所编)，宝库社，2006，第 476 页。

② 李善美，《"满洲"体验与"满洲"叙事的关联性研究》，《尚需学报》第 15 辑，2005，第 366 页。

水的富家儿媳。《快晴》中的得秀在解放前是满洲间岛省某总公署的经理,在朝鲜人占多数的村落里担任副村长,代替无异于摆设的中国人村长行使实权,大米、白糖、清酒样样不缺,过得逍遥自在。对此安寿吉强调,为了尽快在韩国实现定居,人们不应该沉浸在过去在满洲时的悠闲富足的生活中,而应将其遗忘。忘记得越快越彻底,为在韩国开辟新生活打拼得越努力,定居就越容易实现。因此,在安寿吉的小说中,快速忘记满洲的人们逐渐适应韩国社会,努力生活;而仍活在回忆中的人们则无法融入新环境,到处流亡最终堕落。正如《旅愁》中忘记过去在满洲时富足豪奢的生活,重新出发,靠卖绿豆饼为生努力生活的淑,和《凡俗》中无法适应首尔生活,成天混迹在贵妇人中间,最终离家出走沦落为澳门商人小妾的京淑,两人的不同结局很好地体现了安寿吉式满洲扎根所具有的意义。

> "……但现在,我是反民的女儿,我不觉得作为奸商、唯利是图之辈的妻子有何羞愧,也不觉得卖绿豆饼有什么丢脸。因为在做这门生意的过程中,我终于觉得自己活得像个人样儿。以前我的生活都是衣来伸手、饭来张口,而我现在为了养活四口人开始这门生意后,我发现了生活的乐趣,而不仅仅是为了生存。我开始了一段新的人生,作为一个真正的人、一个脚踏实地的人。我理解了生活的辛酸,明白了生活能力的重要,更意识到了生活能力是追求精神生活的基础。"①

---

① 安寿吉,《旅愁》,第 301—302 页。

安寿吉借黄淑之口道出,出身满洲的难民若想在韩国的土地上扎根,就要忘记过去,通过辛勤诚实的劳动重新出发。之所以会有这一想法,是因为安寿吉意识到了当时韩国社会看待满洲出身难民的普遍态度:认为他们不是亲日派就是从事非法行业的人。《快晴》中,巡警曾对无法适应韩国社会而到处流浪,最后因乱耍酒疯被关进拘留所的得秀说过这样一句话:"如果真在满洲当过村长的话,那应该看着许多无辜的青年人都被日本人征去当了兵。全是之前造的孽,现在才沦落到这步田地……"①,真实反映了当时韩国社会对满洲出身难民的态度。安寿吉也敏锐地捕捉到了这种否定评价,因此对于《枭首》中曾是协和会科长的平山能够迅速转换身份成为申东日,安寿吉称其是"无论在哪个时代哪个地方都能很好融入的人",并认为那些满洲时期真正的亲日派根本无需任何纠结为难就能尽快迎合时流融入到韩国社会当中。反而是正直诚实的人无法跟上社会变化,不能及时适应韩国社会。他强调只有尽早忘记满洲才能在韩国开始新的生活。

三 朝鲜战争以后:民族主义者开展独立 运动的空间——"满洲"

如果说在安寿吉"越南"之后创作的小说中,"满洲"是为了实现在韩国定居应该忘却的地方,那么在 1955 年完成的

---

① 安寿吉,《快晴》,《安寿吉全集》01,第 574 页。

《背信》中,"满洲"则被再现成民族主义者开展独立运动的地方。《背信》主要讲述了曾是旧韩末爱国志士的尹相哲,在日韩合并后移居到满洲,并在那当上了独立军干部,与后来也加入独立军的他的二儿子一起抵抗日帝侵略的故事。但由于日军的残酷占压,1920 年代中后期民族主义者开展的独立运动遭受了严重的挫折。此时,尹相哲被日本领事馆警察长末松警示欺骗,说服二儿子去自首。结果二儿子受到审判后死在清津的监狱中,尹相哲也随之自杀。这一情节与《北间岛》十分相似,在《北间岛》中,北间岛民族主义者开展的抗日运动因日本的血腥镇压而遭受了严重的挫折,从部队遣散被追捕的正秀最终在父亲昌润和贤道的说服下来到日本领事馆自首,接受审判后被移送到了监狱。这就出现一个问题,关于尹相哲家人的故事情节早在 1955 年就完成了,而独立军战士正秀自首、接受审判的情节是在 1967 年发表的《北间岛》全本的第五部中才出现。如此说来,安寿吉在执笔创作《北间岛》之前就已经将满洲,即间岛看成是民族主义者开展独立运动的空间,并有意反映独立运动所经历的挫折与失败。因此有学者认为,在《北间岛》的创作过程中,安寿吉原本将朝鲜农民看作民族的主体,并想以此为中心叙述满洲的历史,但后来逐渐偏向于认为开展独立运动的势力才是民族的主要力量。[1] 另有一种见解是,《北间岛》前 3 部与第 4、5 部在叙事上出现断层甚至缺失,是由于当时韩国社会对民族主义施加的外部压力

---

① 李善美,《"满洲"体验与"满洲"叙事的关联性研究》,《尚虚学报》第 15 辑,2005,第 370 页。

使满洲民族主义者进行的独立运动被迫由地下转到地上。而以上两种看法都需要进一步的探究。①

当满洲尚处在历史视角下被视作民族主义者开展民族独立运动的空间的时候，《北间岛》对1920年代中期以前的描写非常成功。但对20年代中期以后一笔带过，并不是因为叙事上出现了断层甚至缺失，也不是想要隐藏"伪满洲国"内发生的事情，而是从一开始就注定的结果。因为《北间岛》的主线——民族主义者在满洲开展的独立运动，在1920年代中期遭受了沉重打击。日帝对青山里战役、凤梧桐战役的残酷报复和血腥围剿使得满洲的独立军牺牲惨重，不得不被遣散。这时满洲的民族主义势力事实上也已濒临覆灭状态。从那之后一直到1937年，满洲的抗日运动虽然改由共产主义人士领导，但无论从历史上还是从安寿吉个人来说，这两者都是无法共存的。安寿吉在《背信》中写道："九一八事变爆发以后，武装斗争已没有开展的余地。而留在山里的热血青年当中，共产党已占据主要势力，民族主义青年惨遭其肃清。尹相哲的二儿子也是共产党的反对派。本就为数不多的民族派在经历捉拿肃清之后，只剩下石头和尹相哲儿子等几名同志仍在奋战。外有日本警官，内有共产党，尹相哲儿子夹在两个敌人中间常常感受到生命的威胁。"②这一内容如实地反映了当时满洲的朝鲜民族主义势力所处的危险境地——既

① 金钟旭，《历史的忘却与民族的想象》，《国际语文》第30辑，2004，275—303页；李善美，《"满洲"体验与"满洲"叙事的关联性研究》，《尚虚学报》第15辑，2005，349—386页；金美兰，《"满洲"，或对自治的想象力及安寿吉文学》，《尚虚学报》第25辑，2009，273—307页。

② 安寿吉，《背信》，《安寿吉全集》02，GEULNURIM，2011，第17页。

被日帝通缉,又遭受极右派共产主义势力肃清迫害。

上面提到的"民族主义青年惨遭共产主义势力肃清",我们可以推测其指的是 1930 年代在中国延边地区,即间岛地区抗日队伍内部发生的冤假错案——"民生团事件"。在此案件中,有 500 多名朝鲜抗日革命家被杀害,上千名受到波及被逮捕拷问。由于中朝两民族间的误会、偏见与不信任导致的这起在中共党组织内部发生的案件,使得日帝侵略者用手枪、大炮和军用机都没能扫荡的延边抗日游击区被彻底摧毁。① 因"朝鲜民族主义者=朝共党派系斗争主义者=日帝间谍走狗团体民生团"②这一民族偏见,使得具有民族主义倾向的朝鲜抗日革命家受到了严重迫害和肃清,成了此次案件的主要受害人。对于父亲是光明女高教师、自己曾是《满鲜日报》记者的间岛朝鲜人中产层——安寿吉来说,他对这起事件的态度是显而易见的。因此,他未在小说中对朝鲜民族主义者开展的反日独立运动失败之后,改由中国共产党领导的间岛抗日斗争做详尽叙述的原因也就不言自明了。特别是 1930—1934 年,中国共产党内部出现了以王明、李立三为代表的"左"倾冒险主义错误,延边地区的抗日斗争也受其影响充满了阶级斗争色彩。而打倒地主打倒资本家的斗争也使得朝鲜人内部的阶级对立比以往任何时期都要严重。而中产阶级出身的安寿吉,当然不可能对以阶级斗争为中心的共产主义运动持赞成态度。不仅如此,从 1930 年代初期开始,间岛的共产主义运动主要由中国共产主义者领导,遵循共产

① 金成镐,《1930 年代延边民生团事件研究》,白山资料院,1999,序言。

② 金成镐,《1930 年代延边民生团事件研究》,白山资料院,1999,第 375 页。

国际的一国一党原则。作为安寿吉来讲,再现这一时期的抗日斗争也没有什么意义。① 《北间岛》中对 1930 年代的粗略描写鲜明地体现出了安寿吉的这种态度。

> "应该是共产党。"
>
> "哎?"
>
> "今昨两年太活跃,我们连觉都睡得不踏实。"
>
> "是嘛?"
>
> "去年秋天说是发动秋收起义,又是放火烧村子里的粮堆,又是别的。当时我也把要打场的粮食都给烧了。"

---

① 对于安寿吉在《北间岛》中将 1930 年代共产主义者领导的抗日斗争一笔带过,金在湧认为这是由于 1960 年代蔓延韩国社会的强烈反共意识形态。从安寿吉的《来自伊拉克的危险文件》和南廷贤的《粪池》事件来看,这个解释不无根据(金在湧,《安寿吉的"满洲"体验及再现的政治学——民族国家体制内离散的想象力》,《满洲研究》第 12 辑,2011 年,第 7—26 页);关于这一问题,可以和中国朝鲜族作家李根全的长篇小说《苦难的年代》结合分析。《苦难的年代》主要围绕共产主义理念,描绘了中国朝鲜族的移民史。对于 20 年代民族主义者开展的抗日斗争,他并没有提及青山里战役等取得胜利的重要事件,相反主要描写了民族主义者的分裂、派系斗争等,反映了民族主义理念在抗日独立斗争中的局限性。从 1930 年代开始,共产主义者成为开展间岛抗日斗争的主要势力,对于中国共产党领导的抗日武装独立斗争小说中也进行了重点刻画。1937 年,中国共产党领导的抗日斗争也因日本和"伪满洲国"军队的讨伐遭受了严重的挫折和失败,部队为保存力量移师苏联。小说结尾处写到:东满的抗日斗争刚陷入困境,朴润民(朝鲜移民的儿子)就逃到了延安,直到解放后才回到间岛负责党的主要事务。而对于 1937—1945 这 8 年时间,李根全未做详尽叙述并将小说仓促结尾,并且小说中也没有谈及过"伪满洲国"(李海英,《日占时期满洲移民及其形象化的两种形式》,《韩国学研究》第 21 辑,2009.11,第 7—32 页;崔炳宇,《理念差异和历史题材选择的相关研究——以安寿吉〈北间岛〉与李根全〈苦难的年代〉的对比为中心》,《现代小说研究》第 34 辑,2007 年,第 23—39 页)。

"哎?"

"那之后应该就转移到市里,往东洋拓殖株式会社扔了炸弹。"

"不是独立军吗?"

"独立军?要是独立军就好了,现在独立军都不知道在哪,当然是共产党了。"

······

当时,以李立三为代表的"左"倾冒险主义错误正在间岛共产党内部占据统治地位。

因此农村各地纷纷响应的秋收起义最后演变成了人民审判,甚至发生了残酷的杀人和恐怖事件。①

引用文很好地体现了安寿吉对共产主义势力的态度。在他的描写中,共产党是让朝鲜人农民连觉都睡不踏实的扰乱势力,是放火烧他们秋收粮食的人。而龙井地区的朝鲜人志士、资本家贤道也说不喜欢共产党,更喜欢独立军。由此可见,安寿吉将共产主义势力与独立军严格区别,认为共产主义势力残杀恐吓同胞,与独立运动势力根本不能相提并论。"为了革命,需要同胞的牺牲,也需要消灭日本帝国主义的走狗和打倒榨取百姓血汗劳动的资本家地主。"②秀石的这番话鲜明地道出了安寿吉所处的阶层不可能支持共产主义势力的原因。

那么,在1920年代以前一直在间岛地区开展独立运动的民

---

① 安寿吉,《北间岛》,《安寿吉》,学园出版公社,1997年,第344—345页。
② 安寿吉,《北间岛》,上书,第348页。

族主义者到底是什么人呢？他们到底是谁的后代？现在，我们已经能够知道安寿吉对遭受日帝殖民统治而流离失所的朝鲜移民不关注的原因。当满洲被看成是民族主义者开展独立运动的空间时，满洲的历史只到1920年代中期。而1930年代以后来到满洲的朝鲜移民是置身于这段历史之外的。由此我们可以推测，安寿吉所说的满洲独立运动的主体是间岛地区初期垦民的后代，是《背信》中尹相哲的二儿子，也是《北间岛》中的正秀。而解放后回到朝鲜半岛的满洲中产阶层难民与他们也是同祖同源的，当然安寿吉也是其中的一员。因此，安寿吉历时8年创作完成的《北间岛》，从某种意义上来说，追溯出了包括安寿吉在内的满洲中产层出身难民的血脉根源。而这根源不仅与开展满洲独立运动的民族主义者，也与满洲地区的初期开拓民血脉相连。

在《北间岛》的第1、2、3部中，满洲初期垦民被刻画成了被民族主义理念武装的守护和开垦"我们间岛土地"的人物。站在"间岛是我们土地"的立场上时，朝鲜农民与清朝原住民以及地主之间的对立和冲突就在所难免。因为间岛是我们的土地，所以从死也不愿意违背民族传统、顺从清朝政府"剃发易服"的第一代移民李汉福到他的孙子昌润，李汉福家族的民族主义理念在《北间岛》前3部中被树立成应当效仿的典范。而朝鲜移民以民族主义理念为中心在间岛扎根的过程，也是抵抗与清朝原住民、地主之间民族压迫的过程。《北间岛》前3部的作品理念与对中国人地主充满怨恨和诅咒的崔曙海的《饥饿与杀戮》和《红焰》十分相似。到了第4、5部中讲述的却是具有强烈民族理念和抵抗精神的李汉福家族第4代——正秀成为独立志士，加入独立军抗日的故事。故事末尾，独立军受日帝镇压被遣散，正秀也被通缉,后在父亲和贤道的劝说下前去自首并接受审判。日本投降前夕,正秀因与从重庆派来的民族主义者联合策划抗日活动又遭拘留。

四　1960 年代中后期满洲记忆的意义

到了 1960 年代中后期,安寿吉的满洲记忆和再现反映了他对历史的反思和对现实的重新审查。这样的反思从安寿吉执笔《北间岛》后期开始,因此这一时期作品中的"满洲"和《北间岛》中的"满洲"呈现出完全不同的面貌。

(一) 历史反思与自我省察的空间

安寿吉于 1963 年发表《北间岛》第 3 部,1967 年将第 4 部和第 5 部同时发表,在此期间于 1965 年发表了短篇小说《枭首》。《枭首》以与《北间岛》1、2、3 部完全不同的历史视角,讲述了"满洲国"时期"我"经历的三件趣闻。三件趣闻都是由"我"的回忆构成,在这里不容忽视的是,第一和第二件趣事中中国人看待"我"的视线和第三件趣事中,看到被扔落在田野上的头颅回想起之前的中国人时,"我"的羞愧和自我反省之情。第一则趣事发生在满洲事变发生还不到三四个月时,与在滑冰时遇到的中国青年之间的对话。中国人青年周同山在以排日教育为校训的圣城学校当老师。这所学校实行韩汉双语教学,是积极宣传排日思想的"民声报"等中国先进思想的根据地。

领事馆警察开始向威胁"民声报"停刊的圣城学校施加压力。

"学校，还好吗？"

圣城学校的老师这样说道，好像能听懂的样子。

中国教师的脸上满带着沉重的神色，迟迟没有答复，突然说道：

"日本太坏了。"

像是说着没说完的话一样停了下来。听懂了的我：

"那样的事很多吗？"

很认真地说道。但即使这样，中国老师看起来也是一副不放心的样子……①

对于中国青年来说，和同样作为日本殖民统治受害者的朝鲜青年"我"极其容易产生连带感，但现在却在瞬间变成了畏惧的对象。这是因为虽然"我"在"满洲国"和中国人一样受到日本的压迫，但却是拥有日本国籍的"日本公民"。因此，对于中国人来说，无法对朝鲜人说出"日本太坏了"这样推心置腹的话语，也绝对无法和朝鲜人处于一样的社会地位。这一段很好地展示了中国人看待朝鲜人时复杂而又矛盾的视线。因此几天以后周同山(주동산)就逃离了废屋似的圣城学校。

第二件趣事是"我"在和八道沟天主教学校见到的中国老师——王老师之间的故事。作为"我"的私人中文教师，王老师

---

① 安寿吉，《枭首》，《安寿吉全集》02，GEULNURIM，2011 年，第 366—367 页。

性情温和正直,虔诚的天主教德国神父对其十分信任。但是他却和当时代表满洲中国人抗日义勇军(又称旧国军)的首领王德林暗中勾结。因而某天晚上,王老师家里遭到保卫团的搜查并带走了他。在德国神父的调解下,王老师离开八道沟天主教学校去往奉天。离开的时候王老师一直对跟着马车送行的"我"说道:"郑老师,要小心一点,日本人太坏了。"①这让我想起了在海蓝江畔见到的周同山。周同山在说完那样的话以后变得紧张起来,并对"我"充满了戒心。与此不同的是,王老师和我的关系更为亲密,对我说了"日本人很坏"以后还提醒"我"要小心。王老师作为我的私人中文教师,在一起学习的过程中变得亲近并对我十分信任,意识到朝鲜人和中国人一样都是日本殖民统治下的受害者。在这里,安寿吉指出中国人和朝鲜人之间需要互相交流、理解,在照顾彼此的立场和处境时可以产生和连带感。但是借副校长之口"中国人就是表面上一点都不阴险狡诈暗中却和王德林勾结的模样"②间接地展示了"满洲国"内部朝鲜人的立场、态度以及他们的社会地位。

第三件趣事是 28 岁时作为新闻记者的"我"在夏河屯见到的中国人,更准确地说是与被扔落在田野上的匪贼头颅有关的趣事。那一年的冬天,"我"作为"满洲国"政府宣传部进出记者团的一员,在拉滨县一带对日本武装开拓民团的立植状况进行取材。作为韩文报纸记者的"我"为了了解日本立植之后朝鲜农民的生活状况,离开了日本记者团独自来到了朝鲜农民聚集地

---

① 安寿吉,《枭首》,《安寿吉全集》02,GEULNURIM,2011,第 377 页。
② 同上书,第 376 页。

水曲柳和夏河屯了解情况。这里的农民迫于日本的开拓民土地收用令，将肥沃的土地低价转给了日本武装开拓团。

……这样想着想着心里不禁打起了寒颤。

"王德林一伙儿还在？"

"与其说是一伙儿不如说是那些匪贼把王德林卖给了那些王八蛋。"

"是啊。"

这让我想起了七八年前，八道沟王老师的模样，之前已经完全忘记了的王老师的模样。

那强壮的身体，高高的个子，深深突出的眼睛，还有被驱逐那天以及几天前充血红肿的眼睛。

现在经过的树枝上面分明有一张双眼突出的面孔。

我固执地认为旁边树上瘦长的脸是海兰江冰面上青年教师的面孔。

但是我却一直否认着这奇怪的心理作用。

"是喝醉了吗？"

是为了御寒把递过来的白酒都喝了而产生幻觉的缘故吗？

"喝一杯吧，就当作是洗掉那些让人作呕的事情。"

分局长又在劝酒了，我坚决地回绝了。

但是在回来的路上防川旁边的五颗头颅像是重新打起了精神。

那些消瘦干瘪的脸颊，闭着的眼睛，没有任何可以联想起王老师或者周同山（주동산）的根据。

反倒是比肉铺里放着的牛头还不起眼,也没有威严性可言,不过就是很久以来像挂在树上的在风雨中褪色的木枕而已。

"我"在见到挂在防川旁边的白杨树上的中国人头颅之前,是为"这样的土地由于收用令没收到几分钱就给了别人"、被日本人武装开拓团以低廉的价格抢走了土地的朝鲜农民感到愤怒和悲伤的。但是在看到挂在树枝上的中国人头颅的瞬间,还有听到从分局长嘴里说出的"王德林的残党"的瞬间,"我"突然想起了已经被我遗忘的对我说"日本太坏了"的海兰江畔见到的中国青年周同山和在八道沟天主教学校见到的中国人王老师。这是因为这片肥沃的土地真正的主人,既不是日本人,也不是朝鲜人,而是他们,是头颅被挂在树枝上的中国人。当时在"满洲国",根据土地收用令,以移民用地的名义将中国原住民和一部分朝鲜人的土地以低廉的价格买过来或者强行抢走,分配给日本开拓团和新移民的朝鲜人耕作(主要是水田),或者是分配给有耕种水田能力的朝鲜人。把中国人赶走后,村子里所有的耕地都让朝鲜人试行水田耕种。"满洲国"的移民政策具有掠夺殖民地土地的性质①。在这个过程当中朝鲜农民受到了抢走中国人土地这样的指责②。土地被抢走、离开故乡的中国人只是单方面的受害者。与此相较而言,朝鲜人分成了新获得土地和因

---

① 尹辉铎,《"满洲国"农村的社会像——从"复合民族构成体"的视角来看殖民地农村的断想》,《韩国民族运动史研究》第 27 集,2001.4,第 212 页。

② 尹辉铎,《满洲国:殖民地的想象孕育的"复合民族国家"》,慧眼,2013,第 365 页。

故乡的土地被抢走而被赶出来的人两种。朝鲜人可以说既是被害者也是加害者。"附近的王八蛋们做了坏事就会变成这样，必须得给他们看看活生生的例子"，分局长没有任何自我意识，毫无顾忌吐露的话展示了"满洲国"的朝鲜人完全可能是加害者，也可能是殖民主义者。

在三件趣事中出现的"我"的想法和"满洲国"时期时见到主笔"新满洲"的吴郎，强调"你们和我们的处境是一样的，不如合作展开文学活动"①、在《新满洲》筹划的"在满日满鲜俄各界作家传"作品特辑里发表短片小说《富億女》的安寿吉的想法很相似。这篇作品和以廉想涉为代表的朝鲜泰斗级作家们极其称赞、并且安寿吉自身也引以为豪的《凌晨》系列作品中朝鲜人满洲开拓移民史完全不同。安寿吉担心以中国人的立场，如果用"开拓文学"这一词，那么对朝鲜人开拓移民史、朝鲜移住民生存的描述会被误认为朝鲜人和日本人属于同一个范畴②。这样的事实反映出安寿吉看穿了满洲朝鲜人的双重身份和模糊不清的社会地位，并因此十分敏感和小心。

但是安寿吉满洲时期的作品中一次都没有直接地提到过这样的想法。对于既是被害者又是加害者的"满洲国"朝鲜人的处境，安寿吉一直尽力不加提及，有时也强调在现实生活中朝鲜人不得不利用这种特殊的"位置"乃至"特权"谋求生存。《水稻》中为了阻止日本侵略中国，一方面对把朝鲜人看成是日本人的走

---

① 安寿吉，《龙井·新京时代》，《安寿吉》（延边大学朝鲜文学研究所编），宝库社，2006，第 609 页。

② 参考与此相关的金允植，《安寿吉研究》，正音社，1986，第 105—113 页。

狗、试图将他们从中国境内驱逐出去的中国人的立场表示十分理解,另一方面又主张鹰峰屯朝鲜移住民的问题要通过日本人中本和日本警察局"从政治方面"来解决。所谓"政治解决"最终就是朝鲜人从被害者变成加害者的过程。而且在《畜牧记》以及《北乡谱》中安寿吉弱化了既是被害者又是加害者的朝鲜人的特殊位置,把各民族之间充满矛盾和纠纷的"满洲国"还原成了民族和谐的空间。对此,韩寿永[1]指出安寿吉的满洲经历实际上是"民族籍和国籍的混乱,故乡和开拓地的矛盾,民族身份和法律地位之间产生的裂缝和纠结",并指出他将满洲时期的"这种'裂缝'隐蔽,不加以关注"[2]。解放以后,在《枭首》之前发表的《北间岛》1、2、3部以"间岛是我们的土地"这样极端的民族主义为中心,以扭曲的视角将满洲即间岛刻画成朝鲜民族对清朝原住民反抗的空间。《枭首》从这样的隐蔽和歪曲中摆脱出来,第一次展现了安寿吉对"民族意识到底是什么?""人类的普遍精神是什么?"[3]的苦闷和省察,体现了他对在"满洲国"的"朝鲜人到底是谁?"的深入反省。因此《枭首》是安寿吉在经过长时间的坎坷和曲折后,最终形成的最正直而又坦率的满洲意识。

(二) 现实的镜和窗

1966 年发表的《打补丁的西装裤》由"父亲""我"以及"儿子"三代亲眼目睹的事件构成。"我"的八旬的父亲在 13 岁时目睹了毒死本部的恶妻和其情夫被处以绞刑,但官吏对这个女人

---

① 韩寿永,《安寿吉研究》,第 478 页。
② 同上书,第 479 页。
③ 参考金允植,《安寿吉研究》,正音社,第 282 页。

一见钟情,于是买通了屠户将她救了出来并生活在了一起的故事。满洲事变的第二年,22 岁的"我"看到了在满洲龙井海兰江边的白杨树树林里日本警察将中国人斩首的场面。斩首时,"我"听到了来自三方面的枪声,原来这是为了让其彻底断气而连续开的枪。"我"的儿子目睹了学生们在光化门示威游行时被镇压,中弹的医学院学生们的白色大褂渐渐被鲜血染红的场面。

祖父即"我"的父亲,经历的是违背人类伦理道德,前近代而又原始的犯罪场面。带着铁链的罪犯不仅没有死亡还活了下来并开了一家酒馆来维持生计。儿子即"我"经历的第二个场面是近代殖民支配者为了镇压殖民地民众运用暴力和压迫的机制,以民族主义的名义对他民族实行暴力和镇压。这是近代合理性的一个黑暗断面。孙子即"我"的儿子经历的第三个场面是"4·19"。

我出去的空当,那个孩子在阅读放在桌子上的原稿。

"那个……大白天的,爸爸,你真的看到那样的场面了吗?"

刚从外面回来,儿子就突然这样问我。

"好像不是真的吧?"

我无奈地笑了笑,但是儿子没有跟着一起笑。

"35 年之前的满洲……也可能是那个样子……"

儿子一个人点了点头,脸上满是严肃的表情,并接着说道:

"应该是目睹了,45 年之前在光化门十字路前都能看到游街的场面……"

接着他突然起身出去了。

心理突然有点堵得慌,但却不是因为儿子提起的四五年之前的游街。

在家期间换上便服,裤子上磨破的地方用针线缝补起来,密密麻麻的针线却显得格外刺眼。

"4·19"的时候儿子还是预科生。那天,他也穿着白大褂参加了示威活动。[1]

儿子把"4·19"说成是"光化门十字路口游街的现场"。在这里值得注意的地方是儿子想起"4·19"的时机。儿子看到"我"写的第二个场面,35年之前发生在满洲的日本警察将中国人斩首的场面,即用斩首和手枪让其毙命的场面时,瞬间表现出"那个······大白天的,爸爸,你真的看到那样的场面了吗?"的惊讶之情。但是接着又以严肃的神情说道:"35年之前的满洲······也可能是那个样子······",这是因为儿子认为"45年之前在光化门十字路前都能看到游行的场面······",因此在34、35年作为日本傀儡政府的"满洲国"当然会"目睹"这样的场面。上面这部分引用文如果按照因果关系重新排序的话就是"45年之前在光化门十字路前都能看到游街的场面······那么34、35年之前的满洲,也会是那样的······"。那么"4·19"到底是什么?这是1960年在首尔光化门十字路口,学生们提倡国家公权力示威游行时发生的枪弹事件。儿子在回想着"4·19"事件的发生,认为在34、35年之前的满洲发生的斩首和手枪事件也可能是真实

---

[1] 安寿吉,《打补丁的西装裤》,《安寿吉全集》02,第517页。

的。反过来看,就是说在 34、35 年日本的傀儡国家"满洲国"发生过的事情在解放后的祖国也发生了。作者对于在解放后,祖国为了打压自己的国民使用同解放前殖民主义者在满洲打压殖民地人民一样压迫暴力的手段进行了尖锐的批评。在这里"满洲"是想起"4·19"的契机,是为了批判"4·19"事件中国家毫不留情地以压迫和暴力这样残忍的手段来镇压人民的镜子和窗户。即安寿吉是通过"满洲"来找寻"4·19"和 1960 年代的现实认识。

安寿吉 1969 年发表的《俄罗斯少女》讲的是"我"在满洲见到的白人小女孩的故事。其实这也是借 1960 年代某个偶然的契机来回想满洲。学生时代把满洲当作第二故乡、成年以后在满洲朝鲜语报社担任记者工作的"我"总共见过罗子三次。第一次是"我"学生时代在满洲龙井教朝鲜妇女们学习韩文的时候。在那里我见到了混在朝鲜妇女中学习韩文的俄罗斯小孩罗子。"罗子"和在龙井开商店的父母一起居住在朝鲜人聚集的地方,由于在龙井没有俄罗斯学校,"罗子"只好在朝鲜学校和朝鲜小孩一起学习韩文。罗子"发音清晰但却粗糙,很是特别。""罗子"高高的个子、金黄色的头发同朝鲜小学的同龄小孩相比显得有些不协调,但是却相处得很好。"罗子"父母的梦想是将商店扩张挣更多的钱把她送到"我们的人"(俄罗斯人)很多的哈尔滨,"罗子"自己也觉得没有比能去"我们的学校"(俄罗斯人学校)更为高兴的事了。第二次见到罗子是"我"在"新京"的报社工作时,在经常去的一家由亚美尼亚出身的俄罗斯人开的"亚美尼亚"茶馆里。那个时候的"罗子"说着一口流利的日语,是在茶馆里很受日本客人喜欢的一名服务员。母亲的离家出走,父亲的死亡,无异于使"罗子"沦为了一个孤儿。虽然"罗子"也曾试图去哈尔滨寻找母亲,但从小和朝鲜人一起长大的"罗子"很难融入到俄罗斯人的生活圈子里。最终说着流利日语的"罗子"来到了日本人很多的"新京"成为了茶馆里的服务员。第三次见到"罗子"是"我"去参加哈尔滨支社举行的满洲特派员会议时。会议结束之后,"我"被一起参加会议的同事拉着去了俄罗斯人开的妓院,在那里意外地见到了"罗子"。"罗子"在"新京"成为了满人的妾,后来被赶了出来。无奈之下来到哈尔滨,最终沦落到了妓院里。

"罗子"的命运揭露了五族协和政策的虚伪性和欺骗性,或者说"满洲国"永远都是一个他者。借俄罗斯人"罗子"——虽然偶尔也以日本人自居,但其实只是满洲微不足道的一个女子的故事,说明了朝鲜人永远都只能是一个他者①。但是在这里值得注意的是"我"想起"罗子"的契机。六九年,喝醉了的"我"在啤酒店遇到了一个被叫做"新19号"的蓝眼睛混血儿招待,因而想起了与在俄罗斯人开的茶馆里当服务员的罗子的第二次见面,之后又联想到了第一次和第三次见面。

　　　　那边好像是经常来找那个孩子的常客们,三个三十多岁的青年绅士们坐在一起。那边包厢谈话的态度和言语行为和我们这边完全不同。互相拉扯,嘻嘻哈哈笑个不停……作为啤酒店来说,不免有点过于杂乱。
　　　"看那个。"

---

① 　韩寿永,《安寿吉研究》,第484—485页。

C也把头转向了那边，

"都说了很可能会像母亲一样把身体弄糟的……，"

喝醉了就连神情也变得很严肃起来，

"应该会有什么办法的……"

……

"很漂亮呀，可以去当歌手或者演员……"

"难说呀，不管是歌手还是演员，如果不是从那方面的
学校毕业的话……"

……

"那样也是去找父亲的话会好一点吧……"①

上述场景让"我"想起了在哈尔滨妓院见到的罗子，同时也
预示着"新19号"将来的命运。正如罗子从一个天真烂漫的俄
罗斯少女到茶馆服务员，再到成为满人的妾，最终逐渐沦落为妓
院的妓女一样，新19号将来也会和她走上一样的道路，沦为社
会的最底层。C提到的解决办法"那样也是去找父亲的话会好
一点吧……"在罗子身上已经失败了。父亲的死亡和母亲的离
家出走使罗子成为了孤儿，罗子去满洲俄罗斯人聚集的哈尔滨
找母亲，最终却也无法适应那里的生活。哈尔滨有很多俄罗斯
人"虽然像是来到了梦中的故乡，但对在间岛和朝鲜小孩一起学
习外语的罗子来说，在俄罗斯人中反而更像异邦人。"②在韩国
出生、长大，学习韩文，上学，和罗子"粗糙的发音"不同拥有"标

---

① 安寿吉,《俄罗斯少女》,《安寿吉全集》02,第609页。
② 同上书,第606页。

准韩语发音"的新 19 号,即文小姐可以说完全是韩国人。这样的文小姐就算是回到父亲的故乡也会像罗子一样,无法适应那里的生活。但是蓝眼睛文小姐也融入不进韩国社会,这不仅仅是因为她和韩国人的外貌不同。外貌特别的罗子在间岛也能和朝鲜小孩相处得很好。在这里就算不提"满洲国"的五族协和,罗子作为一个同朝鲜人没有任何关系的异邦人,是可以同朝鲜人正常相处的。但是蓝眼睛文小姐在韩国社会却不是普通意义上的外国人。要是外国人反倒更好,文小姐的出身对韩国人来说是很羞愧的,是韩国社会想隐藏的羞耻的部分,是不想显露出来的伤口。因此虽然从严格的意义上来说,拥有蓝眼睛的文小姐是韩国人,但作为韩国人又是无法被韩国社会接纳的。

安寿吉通过满洲的俄罗斯女人"罗子"的命运,从 1969 年这一视角展现了既是韩国战争遗留的伤口也是遗物的混血儿——"文小姐"将来的命运。俄罗斯人被从故乡赶了出来,无奈之下选择了"满洲国"。因此"满洲国"对于在"满洲国"境内出生的俄罗斯人是没有任何责任的。"满洲国"的责任在于高呼着五族协和却无法实现真正的平等,导致白俄罗斯人最终的堕落。安寿吉质问道,那么在韩国出生的"文小姐"该由谁负责呢?如果说韩国战争是无可奈何的,美军的派兵和驻屯也是没办法的,"文小姐"的出身作为战争的伤口也是无法避免的,那么国家不能逃避战争的伤口和疼痛,韩国社会应该正视这些问题并寻求解决的办法。安寿吉想要表达的是 C 的苦恼,即让文小姐"成为歌手或者演员"这一苦恼,应该是国家关注、解决的问题。

五 结 论

本文从安寿吉个人人生经历、作家精神与韩国历史进程、民族发展之间的联系出发,对安寿吉解放后的作品进行了整体把握,并考察了其"满洲"记忆与再现。

安寿吉"越南"后所作品中的"满洲",对于想要在这陌生"祖国"扎根的满洲出身难民来说,是一个应该忘却的地方,也是需要否定的过去行为实际发生的地方。但这里特别需要强调的是这些难民都是满洲出身的中产阶级,也就是安寿吉当成"北乡建设"主力军的建国以前移居满洲的朝鲜垦民的后代。安寿吉所说的扎根韩国,实际上与他满洲时期的"北乡意识"是一脉相承的,是他一直关心的满洲开拓农民后代们定居韩国的故事。

在小说《北间岛》里,满洲不仅是难民曾经的家园,同时也是民族主义者开展民族独立运动的空间。这一认识并非开始于《北间岛》,而是在他之前的作品中就已经显现。1920 年代中期以后,民族主义者在满洲开展的独立运动遭受了严重的挫折与失败,这也是《北间岛》未对 30、40 年代做详尽叙述的主要原因。从独立运动受挫之后到 1937 年,满洲的抗日运动主要依靠共产主义者展开,而中产阶级出身的安寿吉,当然不可能对以阶级斗争为中心的共产主义运动持赞成态度。不仅如此,从 1930 年代初期开始,间岛的共产主义运动遵循共产国际的一国一党原则,主要由中国共产主义者领导。然而由于中国共产党的失策,使得间岛抗日革命队伍内部具有民族主义倾向的数百名朝鲜人革命家被冤枉为"民生团",遭到了迫害和肃清,由此发生了"民生团事件"。《北间岛》中对 1930 年代的粗略描写鲜明地体现出了安寿吉的这种态度。

在《北间岛》创作后期所写的《枭首》中,安寿吉坦率地承认了在"满洲国"既是被害者又是加害者的朝鲜人的地位并对此进行了反省。但是《枭首》中对于朝鲜人含糊不清的位置这一"满洲认识"实际上是满洲时期的延续。在满洲时期朝鲜人最重要的生存伦理问题面前,这个问题遭到了回避和忽视,安寿吉把民族间充满矛盾和冲突的"满洲国"还原成五族协和的空间。而且从《北间岛》中作为抵抗和受难空间的满洲,到《枭首》中安寿吉的"满洲认识"是作者第一次到达的最真实的历史反省位置。

在《北间岛》完成以后所写的《打补丁的西装裤》和《俄罗斯少女》中,"满洲"成为了反省现实的窗和镜子。《打补丁的西装裤》通过父子三代亲身经历的故事,追问 1960 年代"4·19"的意义。三四十年前,在满洲发生的事情发生在了解放后祖国的光化门十字路口,不禁让"我"想起了"4·19"。作者对于在解放后,祖国为了打压自己的国民使用同解放前殖民主义者在满洲打压殖民地人民一样压迫暴力的手段进行了尖锐的批评。《俄罗斯少女》通过在满洲的俄罗斯女孩"罗子"的命运,看穿了 1969 年已经成年的、韩国战争遗留的伤口也是遗物的混血儿——"文小姐"将来的命运。如果说韩国战争是无可奈何的,如美军的派兵和驻屯也是没办法的,"文小姐"的出身作为战争的伤口也是无法避免的话,那么国家不能逃避战争的伤口和疼痛,韩国社会应该正视这些问题并寻求解决的办法。

北村谦次郎文学的意义

——以《那个环境》为例①

韩玲玲

江苏理工学院外国语学院

一 《那个环境》的诞生与构成

《那个环境》系列小说讲述了生活在东北沦陷区的日本人忠一的成长经历。全篇采用了回想式叙述手法,由 12 篇短篇小说连载而成。其中,《序章》和终章《最终的归宿》的故事时间点是主人公"忠一"的"现在",即成人忠一。而中间的 10 篇小说,讲述的则是主人公的"过去",即忠一的少年时代。回想式叙事手法在北村的中长篇小说的创作过程中使用频率极高,如长篇小说《春联》(新潮社、1942)、中篇小说《浪漫之时》(《索通信》、2013

① 本文为江苏理工学院社科基金项目"东北沦陷时期日本作家北村谦次郎研究"(KYY15529)的阶段性成果。在曾发表的拙著:《北村谦次郎の小説シリーズ『或る環境』とその社会的背景——一九二〇年代の大連》[《日本研究》(51),国际日本研究中心(京都),2015.3]基础上做了大幅度的修改。

年初版)等。

尽管如此,《那个环境》却并非在创作之初就采用了回想式叙事手法。在这一系列连载之中,最初发表的作品是发表在1939 年第 2 期《满洲行政》上的《天守》。其后,《饿鬼》刊登于该刊的第 5 期。这两篇小说,与发表在《新天地》(1939.6)的《鼎座》(再刊于《满洲浪漫》时改题为《序章》)相结合,在 1939 年 7月的《满洲浪漫》第 3 辑中,第一次以《那个环境》为题得以刊载。

此后,《早春》和《青果》作为《那个环境》的"续篇"刊载在了《满洲浪漫》第 4 辑(1939.12)。其中,《早春》已经在 1939 年 10月号的《满洲行政》上发表。而《青果》则与之后创作的《色鸟》相合并,再刊于《满蒙》(1940.1)中。这一"续篇"成了《满洲浪漫》所收录的最后的作品,但是文末却未见"结束"之味道。

《满洲浪漫》终刊后,北村把《那个环境》系列小说的发表舞台转移到了《满蒙》和《满洲行政》。尤其是刊载于 1940 年 1 月的《满蒙》上的《青果和色鸟》,在内容构成上,与《满洲浪漫》第 3辑的《序章》相呼应。到此为止,这一系列小说呈现出了完整的模样。但是,作者似乎意犹未尽,随后又创作了《博物教室》(《满洲行政》,1940.4)、《塔影》(同上,1940.6)、《十六号姑娘》(《新天地》,1940.7)、《最终的归宿》(《文艺》,1940.8),充实了这一些列小说。尤其是《最终的归宿》,与《序章》相对应,成为《那个环境》系列小说实质性的终章。

值得深思的是,在《最终的归宿》之后,北村依旧持笔写下了在内容上涵括在同一系列小说之内的《墙外》(《满洲行政》,1940.9)和《舞台》(同上,1941.1)。尤其是最后发表的《舞台》,在小说的最后,作者做了如下说明。

中篇《那个环境》以此篇作品收尾。执笔过程中收到许多激励和醒鉴之词，在此深表感谢。此外，作为尾声写就的《最终的归宿》去年业已发表，可作为本篇的后续来读①。

由此可知，北村在创作中执著于该主题，并不断地对内容进行修订和完善。至此，系列小说终见完结。将上述内容整理一下，可见，《那个环境》系列小说由如下顺序构成。即《序章》→《天守》→《饿鬼》→《早春》→《青果》→《色鸟》→《博物教室》→《塔影》→《十六号姑娘》→《墙外》→《舞台》→《最终的归宿》（详情见文末附表）。

那么，北村为什么在创作过程中选择了这样一种模式呢？下面，我们将以该作品的创作内容为主线，对作品展开论述，探寻其创作意图所在。

二 故事导入——《序章》中的中日作家"座谈会"

《序章》从中年作家忠一对在"满洲国"举办中日作家交流会的期待开始。身体每况愈下的忠一对待事物多秉持消极态度，却唯独对与中国作家交流带有异常的热情。但是，在这场终于得以召开的交流会上，与日本作家的侃侃而谈相比，中国作家只以敷衍之词作答，这让希望能够通过文学获得真诚交流的忠一

① 北村谦次郎《舞台》，《满洲行政》第 8 卷第 1 号，1941 年 1 月 1 日。

万分失望,再次退回到自己颓废消极的生活状态。而他的周围,则随处洋溢着"民族""国家"等言论,他挣扎于其中,脑海中不由涌现出"对与自己在不同环境中长大的人们产生的那些或大或小各种各样的感慨"①,记忆也回到了在"满洲"度过的少年时代。

小说中"座谈会"的原型,大概指的就是 1939 年 6 月,由"满日文化协会"主办的以《满洲浪漫》同人和《艺文志》同人为中心的座谈会。这是日满双方文学者参加的第一次座谈会,地点在"新京"。根据北村谦次郎的《北边慕情记》(大学书房,1960 年 9 月)的记载,这次交流会也是"满日文化协会"出资为《艺文志》举办的创刊纪念会。"满日文化协会"设立于 1933 年 12 月,在"满洲国"的各种文化活动中发挥了巨大的作用②。在这篇小说中,该机构以"某文化机关"的形式登场。文中,忠一对这一机关的介入心存悬念。那是因为他觉察到了"满日文化协会"背后的日本政府对待中国作家所持有的戒备之心。当时,生活在"满洲国"的中国文化人,或是背着亡国之恨停止了文笔活动,或是只能写一些冠冕堂皇的"御用文章",处境维艰。由于始终受到当局的监视,所以他们活动低调,出席这次座谈会也是不得已之举。与此相对,以忠一为首的满洲在住的日本作家,却力图通过文学这一"柔软"的方式维系日本人在"满洲国"的支配地位。"侵略者"和"被侵略者"之间的对立立场,致使日中作家的创作态度产生了很大的分歧。

---

① 北村谦次郎《那个环境》,《满洲浪漫》第三辑,1939 年 7 月,第 110 页。

② 冈村敬二《日满文化協会の歴史——草創期を中心に》,京都ノートルダム女子大学,2006 年。

通过日军的侵略行为实现"满洲生活"的北村，其"渡满"行为本身已经构成了对侵略行为的认可。而在"满洲国"的傀儡体制下，期待与中国作家真心相对，不得不说是妄想。其结果，致使北村只能沉浸在小说的世界中而无法自拔。1939 年到 1941 年间完成的这部作品，正是北村追溯对自己"满洲"认识的源头之路。换言之，对自身处境的再思考，也是北村创作这部作品的目的所在。

三 忠一的少年时代

如前所述，忠一的少年时代与北村的大连时代相重合。北村的大连时代，是指他 1912 年 7 月来到大连，到 1923 年 3 月离开大连的这段时间。约 10 年的大连生活可以分为小学时代和中学时代，与《那个环境》中的内容相结合的话，可知，短篇《天守》到《色鸟》描述的是忠一的小学时代，而《博物教室》到《舞台》则相当于忠一的中学时代。

《天守》

《天守》描写了刚刚来到大连的日本少年的成长过程。在鸦片生产和管理一体的鸦片事务所里，忠一时而和在那里工作的中国人游玩，时而观察他们吸食、交易鸦片的过程，不知不觉间，与中国劳动人民培养出了亲密的情感；另一方面，忠一在学校接受的是民族差别教育，在路上遇到中国人的时候，绝对不给对方让路。就在这样一个所感和所学自相矛盾的环境中，忠一对中国人产生了一种既亲近又蔑视的情感①。

　　天守阁就是在这个时候建成的,白壁黑檐,房脊两端金灿灿的兽头瓦。这从"关东州"大连的殖民地文化氛围来看,一方面表示了在满日本人的"乡愁";另一方面,却也显示了殖民地支配者的"权威"。但是,在少年忠一的眼中,天守阁还仅仅是一个"新鲜的未知世界的象征"②。只是在日本少女说出天守阁里有"有趣的东西"的时候,他才燃起登阁的想法并付诸实践,却始终没有发现"有趣的东西"。显然,此时的忠一并不知道"乡愁"是何物。

　　文中多次出现与鸦片相关的描写。比如,"经常把发辫束在头顶的小于把棒子放到大锅里面,搅拌黑泥状的鸦片","在炕上铺上红色的毛巾,窗旁摆上枕头,胖老刘和瘦小李轮班地进来吸食鸦片。(中略)他们横卧在毛巾上,一边捻动如笛子一般的烟管,一边单手在细瓶子的尖端放上揉圆的小块鸦片,一次又一次放在煤油灯的火焰上加热烤软,然后用惯用的手法塞入烟管的火口中"③。而在鸦片事务所的金银出纳方面,"那些银货一枚枚摞好包装起来,放在一根长棒上,待放了很多以后,由2、3个事务所的人搬运到附近的银行"④。此般详细的描写,更加具体地证明了日本人在"满洲"制造鸦片的罪行,这在当时所创作的小说中,也是不多见的。

　　对此,在史料方面,《关东局施政三十年史》中做了详细的记

---

　　①　北村谦次郎《天守》,《满洲行政》第6卷第2号,1939年2月,第126—127页。

　　②　同上书,126页。

　　③　同上书,124页。

　　④　同上书,125页。

载。"明治三十九年十月州内居住的一名中国人获得了鸦片输入制造贩卖的许可,翌四十年和一名日本人合伙,作为共同事业再次获得许可。这个销售人当初尝试和台湾总督府专卖局签订特约,计划输入该局生产的鸦膏贩卖。"①松原一枝的纪实小说《大连舞厅之夜》②中指出,"一名日本人"指的是石本鑛太郎,也就是《那个环境》中"阿片总局泰永公司桥口"的原型。石本鑛太郎(1864—1933)出生于高知县,幼时憧憬军队,却因视力问题未能参军。此后他苦学汉语,作为陆军翻译随军出征,参与了中日甲午战争和日俄战争。而在日本占领台湾的时候,他还曾作为翻译在台湾的鸦片专卖局供职。此番经历让他明白,生产鸦片是一份一本万利的生意。1906 年,石本向关东都督大岛义昌提议设立鸦片总局。此后,他得到了生产制造鸦片的专卖许可,获得了巨额利润。以此为资本,石本将事业拓展到商社、银行、学校、报社等,成了关东地区首屈一指的实业家③。

石本在鸦片生意中所获得的收益,多用在了大连市的中央公园、图书馆和市营住宅等公共设施的建设方面。其中尤以至今仍然在使用的"旅大道路"最为瞩目。这是一条连接旅顺和大连的公路,全长 17853 米,在当时被称为"旅大南道路"。这条公路自 1921 年开始施工,用时 3 年半,耗资 135 万日

---

① 关东局《关东局施政三十年史》,1936 年 10 月 1 日,第 943 页。

② 松原一枝《大連ダンスホールの夜》,中央公论社,1998 年 5 月 18 日,第 40 页。

③ 关于石本鑛太郎的经历,本文参考了伊藤武一郎的《满洲十年史》(满洲十年史刊行会,1916 年)、满洲日报社临时绅士录编纂部编《满蒙日本人绅士录》(满洲日报社,1929 年)、黑龙会编《东亚先觉志士记传》下卷(黑龙会出版部,1936 年)等文献。

元①。此外,在中日历史上留下痕迹的两次"满蒙独立运动",也是在石本的资助下发生的。而石本的弟弟权四郎②则在"第二次满蒙独立运动"中殉身。

北村谦次郎的父亲享吉在 1910 年左右转到大连的电信局工作,此后不久,他选择了离职,投奔石本。虽然确切时间不详,但从北村的作品中可以得知,享吉最初的工作地点是石本的鸦片事务所。

《饿鬼》

《饿鬼》描述了忠一"不可救药的坏小子和如饿鬼般的饿鬼生活"。此时的忠一,已经不满足于在鸦片事务所玩耍,他开始模仿成年日本人歧视中国人的行为,像一个"殖民地少爷"一样飞扬跋扈。他戏弄曾经的中国人玩伴、将公园中立着的"中国人禁止入内"的牌子视为理所当然,认为中国人"无知"、"厚颜无耻"。另一方面,却被母亲所说的"中国人不可战胜的顽强的生活能力"所影响,对民族差别教育起了疑心。

在这篇小说中,大连在住的日本人歧视中国人的场景随处可见。如"电车内部一分为二,日本人坐特等座,中国人坐普通座"③;向意图横穿列队的中国人扇巴掌等。

此外,作品中的"公园"的原型是大连市伏见台高地的"电气游乐园"。该园由南满洲铁道(以下简称为"满铁")创建于1909

---

① 关东局《关东局施政三十年史》,1936 年 10 月 1 日,272 页。

② 关于石本权四郎,可参考石本鑭太郎著《石本权四郎》(1937 年 11 月,私家版)。

③ 北村谦次郎《饿鬼》,《满洲行政》第 6 卷第 5 号,1939 年 5 月,127 页。

年，"最初耸立着数个塔楼，通过电灯照明，入夜后整个公园灯火璀璨，呈现出不亚于白昼的壮观""里面有温室、花园、音乐堂、动物园、图书馆、回转木马、各种运动设备，收拾干爽的草坪、池中游动的鱼，尤其是园内的樱花树，作为市内开花景致最佳之处，在盛开的时候会呈现出覆满整座山的美景"，被称为"儿童的乐园"[①]。文中公园里忠一经常去的图书馆是"电气游乐园"内的"伏见台图书馆"，也是满铁修建而成[②]。

《早春》

《饿鬼》之后的《早春》讲的是忠一一家搬到了 M 丘（松山台）以后的生活。在这篇小说中，被妹妹传染了猩红热的忠一不得不住进了医院。在那里，他遇到了中国少女刘玲庆，并将她在桃花树下脱鞋涤脚的情景深刻于心。《饿鬼》中狂躁骚动的心随着住院生活的简朴而趋于平静。

小说呈现了大连小学校进行健康检查的场面，"医师拿起忠一细小的手腕看脉，把听诊器放在胸口、让他张大嘴以便检查咽喉深处，然后把眼睛贴近仔细检查忠一胸部和手腕的皮肤"[③]，这一连串的举动，与今日的体检大同小异。可见在 1920 年代，大连的日本人小学的医疗条件已经相当先进。

作品中的医院是指"大连疗病院"。该医院的前身是 1905 年由大连军政署设置的大连医院第二分院，1906 年 9 月为"关

---

① 高桥勇八编《大连市》，大陆出版协会，1930 年，324—325 页。
② 关东局《关东局施政三十年史》，1936 年 10 月 1 日，212 页。
③ 北村谦次郎《早春》，《满洲行政》第 6 卷第 10 号，1939 年 10 月，121 页。

东州"都督府所管辖①。根据当时的院长森脇襄治②在 1921 年
到 1927 年的统计,因为猩红热而住进"大连疗病院"的日本人过
百,而中国人不过 6 人,仅占据极小的比重。而根据他的记载,
当时的日本人的猩红热死亡率是 9.2％,中国人的死亡率则达
到了 30％③。后者的死亡率是前者的 3 倍之多,可见当时的殖
民地在卫生管理上也存在着严重的民族差异。

　　文中,忠一的新的生活环境"M 丘"的原型是石本鑲太郎的
"松山台"。这块石本租下来的土地是一块"有造林地有果树园,
风景极好的干燥的优良住宅用地,且未被列入到新市街计划的
完全特别的土地"④,建在此处的石本的豪宅被称为"松本御
殿"。北村谦次郎的父亲享吉最初在石本的鸦片事务所工作,此
后,携家搬入松山台,开始协助管理石本经营的果树园和温泉。
少年时代的北村,就是在与石本关系密切的环境中成长起来的。

《青果》

　　《青果》中的忠一在经历了《早春》中的住院疗养生活以后,
开始脱离了《饿鬼》时期的青涩鲁莽,进入了自我认识形成的过
程。另一方面,随着桥口事业的发展,忠一一家也在松山台建起

---

　　①　关于大连疗医院,可参考高桥勇八编《大连市》(大陆出版协会,1930
年)357 页,关东局编《关东局施政三十年史 下》(关东局,1936 年)911 页,关东
局卫生课编纂《卫生概观》(关东局,1937 年)280 页。
　　②　森脇襄治(1902—?),满洲歌人,大连疗病院院长。著有《羁旅讽咏》
(私家版,1937 年)、《满洲保健杂记》(大阪屋号出版部,1945 年)等。
　　③　黑井忠一・森脇襄治「流行病ヨリ観タル猩紅熱」「金沢医科大学十全
会雑誌」32(12),1927 年 12 月。
　　④　《住宅地开放　地目变换と新利用地》,《满洲日日新闻》1919 年 8 月 3
日。

了自己的住宅。而桥口作为"满蒙独立运动赞助人"的活动，引来很多"志士"出入其门邸。"蒙古伯爵何某"的匾额、挂轴等不仅仅悬挂到了桥口家，甚至"都挂到了忠一的房间"，反映了当时石本鑽太郎和北村家的生活情况。

引人注意的是，文中对来果树园偷盗的小偷所使用的"私刑"的描写。"他们的双手被缚在身后，被自行车轮胎或下水道的橡胶圈的一段拖拉着直到气息微弱。流着眼泪和鼻涕的哭叫，惹得曾是船员的日本守山人的不满""在他们的发辫上涂上沥青……"①

《色鸟》

《青果》之后的《色鸟》从深秋山谷间的自然风景开始。忠一穿过红叶谷，来到叫做松山寺的中国寺院，观察寺院中的情景和附近的中国人学堂。此后，他来到温泉，在那里他和很多日本人在一起，消磨时光。

此时的忠一，正是面临中学升学考试的时期。面对学业的压力，他选择了把目光投向中国人和中国文化，开始对周围的环境产生了兴趣。文中的松山寺建于清初，在乾隆帝和宣统帝时得以修复。根据《大连市》的记载，这个寺院的僧侣从50年前的4人减少到了1930年代的1人。寺中活动除了每月1日和15日的诵经之外，还有4月18日的天仙母圣诞日和7月13日的罗祖圣诞日等②。现在，这个寺院依然香火茂盛。

---

① 北村谦次郎《青果和色鸟》，《满蒙》237号，1940年1月，133—134页。
② 高桥勇八编《大连市》，大陆出版协会，1930年，410页。

此外,文中的"温泉"指的是松山台上的"松山馆"温泉。这个温泉是大连在住的日本人的休憩之所,也是当时文人墨客等聚会交流之地。1930 年 2 月的《满洲短歌》中刊载了富田充执笔的报道,"我们定在 1 月 19 日上午 10 点在松山台温泉的一个房间内聚首。想到当日需要提前准备的东西很多,就比预定时间早些出发了,地上泛着光,是一个暖春阳光温煦的日子"①。此日出席的歌人中,除富田充外,还有八木沼丈夫、城所英一、加藤多满喜、河濑松三、山口慎一(大内隆雄)、上村哲弥和三沟沙美等人。而同一篇报道,也被大内隆雄收录到了《满洲文学二十年》中。

《博物教室》

《博物教室》讲述了中学时代的忠一,升入中学后他产生了一种莫名的空虚感,为了填补这一情感,他开始对植物学科感兴趣。这时,忠一的父亲开始接管温泉的事务,忠一经常在温泉玩耍,并对在其中工作的日本女性产生了好感。遗憾的是,这位女性不久回了日本本土。而忠一的生活重心,则转移到了经常陪他说话的中国锅炉工李琥声那里。但李琥声的身影,不久也消失了。有一天,忠一在街上遇到了李琥声,他热情地给忠一盛了一大碗自己制作的冷面,却被忠一所拒绝。但是,这件事情却让忠一对中国人产生了亲近感,他和一个叫于仁庆的中国同学成了朋友。

这部短篇中,注入了很多"忠一"的感想。那是成年后的"忠

---

① 富田充《歌会记》,《满洲短歌》第 10 号,1930 年 2 月,26—28 页。

一"对幼年时的自己的言行所做的反思。岁月的流逝在作者的笔触中缓缓流淌,成年忠一和对少年忠一的惋惜与无奈也在所言表。彼时的忠一少年,不仅仅留意到了下层中国人民"肯吃苦"的美德,也发现了他们能够满足于朴素的生活的优良品质。对于这种感情,他在文中描述为"这种朦胧的概念,在忠一心里发了芽"①。

该文的精彩之处在于给忠一带来震撼的"冷面事件"。彼时的李琥声是一位在街边卖冷面的小贩,见到了曾经亲近的忠一,毫不犹豫地准备了一大碗冷面请忠一吃,但忠一的反应是令人诧异的。

> 他(李琥声)急忙从行李中取出一个大碗,忠一拒绝的声音还没有发出,就见他捧着一大碗堆成小山的面条,利落地交了汁,递到了忠一面前(中略)。
>
> 好久不见的熟稔和李琥声请吃一碗冷面的心意,让忠一无论如何都没有勇气去接过这碗面。李琥声捧着面,递到忠一面前。意识到周围有好多中国人,都好奇的看着自己,忠一便没有了接过来的心思,但又不能拒绝,也不能沉默地站下去。终于鼓足了勇气,摇着头摆着手。
>
> 说道,"谢谢,但是我刚吃过饭,肚子很饱"。
>
> 然后,他就逃了出来,无数次挥手再见。那与其说是逃跑,不如说是一种不知如何言表的情景。他那时的双眼,闪

---

① 北村谦次郎《博物教室》,《满洲行政》第7卷第4号,1940年4月1日,127页。

着善良的光芒。他也许不仅仅是想请对方吃一碗冷面,还
希望对方知道,自己是一个真正有手艺的厨师。但是,他善
良单纯的愿望没有实现。李琥声无可奈何放弃的声音和他
那时的身影,永远留在了忠一的心里……①

这段描写中,对于李琥声的善意,忠一意识到了身边围观的
中国人的存在,选择了一种委婉的方式拒绝了李琥声。当时他
的动作是左右摆手,同时摇头。这一略带慌乱的方式描写出了
忠一的诚惶诚恐和不知所措。究其要因,则是接受了殖民地教
育的忠一学会了轻蔑中国人的举动,却没有学会如何接受中国
人的善意。而李琥声的善意,虽然没有被忠一所接受,但却给忠
一带来了极大的影响,此后,他在学校里很快和中国人成了
朋友。

上述这一情景在若干年后,为成年的忠一所描述。这种毫
无国界概念的赤诚相待,在当时的忠一看来,不知如何接受,他
选择了逃避。而对成年后的忠一而言,却是求而不得。此后,北
村谦次郎再也没有如此正面描述过与中国人交流时自己心境的
变化。

《塔影》

《塔影》描述了中学四年级的忠一和中国友人于庆仁一起同
游哈尔滨的情形。从借用表哥叔父的帮助获得父亲的首肯,到

---

① 北村谦次郎《博物教室》,《满洲行政》第 7 卷第 4 号,1940 年 4 月 1 日,
笔者译。

两个人积极准备出行手信,少年忠一的人生第一次长途旅行徐徐拉开了帷幕。而他的视野,也从"关东州"大连扩展到了沈阳、长春、哈尔滨。在沈阳,忠一跟着于庆仁住在了忠一记忆犹新的《早春》中在桃花树下洗脚的刘玲庆的家里。看到中国人彼此间亲切的交流,忠一心生妒意,未及感受该城市的氛围,便出发去了长春。在那里,忠一听从车上偶遇的日本军人的建议,和于庆仁住进了长春宪兵队的宿舍。那一晚,日本乐器尺八的声音为于庆仁所留意,"日本的音乐,都是这样悲伤的调子呢"[1]。这一感慨并未得到忠一的回应。身处异地的思乡之情,被第一次长途旅行所带来的兴奋感所冲淡,忠一所关注的,是对日本之外的民族所产生的向往。在紧接着的哈尔滨之行中,忠一表现出了积极与异民族接触的热情,努力和车上的俄罗斯少年沟通。

小说的题目《塔影》,在文中被描述为"立着洋葱形状的塔的哈尔滨街上的风景"[2],是忠一的向往所在。而"洋葱形的塔"则是 1907 年俄国人创建的索菲亚大教堂,至今,那里依然是哈尔滨这座城市的标志性建筑。

在《塔影》中,忠一第一次走出了"关东州",开始了对"殖民地"的探索,此时,他关注最多的,是日本人之外的民族,而对文中日本人间漫溢的乡愁尚无感知。

此外,这篇小说对 1920 年代东北的交通情况做了侧面的描述,如在长春站从满铁换乘东清铁路时购买车票的情景,使用的不是日元,而是"大洋钱",为当时货币的使用情况提供了历史的

---

① 北村谦次郎《塔影》,《满洲行政》第 7 卷第 6 号,1940 年 6 月 1 日,138 页。

② 同上书,126 页。

证言。也就是说,"满洲国"成立之前,满铁经营的铁路线和附属地流通的是日元,但此范围之外的中国东北地区,使用的则是地方政府和金融机构发行的各种货币,"大洋钱"就是其中一种。因此,才会出现忠一在满铁的终点站换成东清铁道时,兑换日元的描写。

《十六号姑娘》

《塔影》之后的续篇是《十六号姑娘》,讲述了忠一在哈尔滨的所见所闻。在这里,忠一在表哥的陪伴下,观看杂技表演、参观索菲亚教堂、坐船游松花江等,体验到了哈尔滨特有的混沌而有序的魅力。与此同时,他又因这几日与表哥共同生活的缘故,了解到了在外地工作的日本人的生活状态。他们大多将家眷安置在内地(日本国内)或者"关东州",独自一人在外生活。工作之外,他们偶尔会去俱乐部吃吃饭,练习下电动车,学学乐器,或者和俄罗斯少女交往一下,排解寂寞。"十六号姑娘"就是这样出现一个存在。"十六"是她在俱乐部餐厅工作时使用的标牌。她虽然与日本人交往,却未留住日本人的心。

小说中,表哥的同事说要回日本的时候,忠一很不解,他质问,"为什么? 日本不也一样么?"①。此时的忠一依然是不知乡愁的模样,但其民族认同感却已经明显不同于忠一表哥那一代人。换言之,忠一自幼在"满洲"接受日式教育,对日本和"满洲"这二者的界限或者区别已经模糊,对乡土的认知也不如"表哥的

---

① 北村谦次郎《十六号姑娘》,《新天地》7月号,1940年7月1日。

同事"等成年后赴满的日本人清晰明了。而这，也正是忠一能够将日本和"满洲"均等看待的原因之一。

这篇小说是系列小说中乡愁最浓厚的篇章。生活在哈尔滨的日本人和俄国人，乍一看都过着潇洒的生活，实际上，却不过是为填补心中的空虚感而找来的慰藉。

《墙外》

《墙外》讲的是从哈尔滨回来的忠一。此时的他再次面临升学考试的压力，看到身边的同学朋友都投身到备考的洪流里，他倍感孤独。为了逃课去图书馆看小说，他选择了躲入在果树园做苦力的中国人家中。这一行为很快为父亲所发现，父子俩发生了激烈的争执。对于父亲关于苦力非人的言论，忠一积累已久的对殖民地制度的不满被激发出来，他喊出了"苦力也是人，堂堂正正的人"，明确表达了对中国下层劳动人民的同情。与此同时，压抑的生活环境迫使他想逃离大连，开始思念久违的东京。此时，忠一终于开始有了"乡愁"意识。

《舞台》

《舞台》将忠一的活动背景从学校的课业换到了电影院。在这里，他可以接触到西洋的电影，还可以听到白俄的音乐会。这林林总总，无不刺激了他的创作欲望，成为杂志的执笔人这一梦想开始萌芽。

文中的电影院是专门播放西洋电影的"电气馆"。当时，大连的电影院只有四家，"电气馆"得名于其所处地——电气游乐园内。有史可证的资料表明，这家电影院在 1920—1921 年间为一个叫做早川的日本人所经营。作为大连市唯一专门播放西洋电影的电影院，"只因为其独一无二的地位便已拥有一部分不小的势力"①。

在这篇文章中，桥口破产，忠一一家也让出了住惯了的宅子，搬到了附近一间旧房子里面。这一变故使得忠一看到了周遭人们市侩的嘴脸，更加认识到朴实无华的中国下层劳动人民的可爱之处。第二年的春天，忠一就离开了家人，独自去东京求学了。而系列小说《某个环境》的忠一的少年时代，也在这里画上了句号。

四　故事的结局——《最终的归宿》

《最后的归宿》是系列小说《某个环境》的终章。讲述了成人后的忠一在"满洲国"首都"新京"的生活。距离《序章》召开座谈会的时间已经过去了一年。这期间，忠一的妻子有了身孕，为了保证孩子诞生后的生活质量，忠一开始找房子。"满洲国"成立后，大批的日本人涌入"新京"，"住宅难"已经是彼时生活在那里的人们所面临的普遍问题。而忠一现在居住的房子位置在"新京"的郊区——宽城子，和市内隔了一个充斥着中国小商贩的"三不管"地带。那里是东清铁道的宽城子车站和满铁的长春车站之间所设置的具有国际性的缓冲隔离带。根据山田清三郎的回忆录《转向记　暴风雨的时代》所载，"那里是宽城子的俄国附

① 高桥勇八编《大连市》，大陆出版协会，1930 年 539 页。

属地和在日俄战争中获胜，从俄国取得了南部线的日本满铁附属地之间的，为了避免产生纷争所预留的地方"①。

"三不管"地区的混杂和频繁出现的小偷，以及满洲艰苦的住宅条件，迫使忠一在面临妻子怀孕的时候思考良多。是将妻子送回内地（日本本土）待产，还是留在"满洲"生下一个真正的"满洲的孩子"？挣扎之后，忠一最终选择了继续忍受满洲艰苦的生活条件，成为一个真正扎根于"满洲"的日本人。

年少时来到"满洲"的忠一，和出生在"满洲"的日本人相比，对这片土地的归属感并不强，但他觉得"既是日本人又是满洲人的事实，没有任何矛盾"②。换言之，忠一对"满洲"的归属感淡薄，对日本的归属感同样不清晰。但是，即将成为父亲这一事实，让忠一再次面临选择。而他则最终选择了"满洲"作为孩子的出生地，以求真正扎根于"满洲"，这便是题目《最终的归宿》的含义。同时，也回答了《序章》所指出的"痛苦"所在，融合了北村谦次郎所提出的"与满人的融合，同化于风土中"的理念。

五 结 语

《那个环境》是北村文笔鼎盛时期的作品。这部以北村的"满洲体验"为题材写就的系列小说，可以说是他成为"满洲作家"的原点之所在。在这个意义上而言，这部作品可以称为北村

---

① 山田清三郎《转向记暴风雨的时代》理论社，1957 年，29 页。

② 北村谦次郎《最终的归宿》，《文艺》第 8 卷第 8 号，1940 年 8 月 1 日，20 页。

文学的代表作品之一。同时，这部鲜为人所知晓的作品，详细描写了 1920 年代"关东州"大连的社会情况，是殖民地研究的珍贵的历史证言。

主人公忠一作为日本人，在"关东州"接受民族差别教育长大，却在日常生活中对中国劳动人民产生了亲近的感情。作为生活在日本和"满洲"两地的存在，忠一始终渴望能够与中国人真诚交流，这一想法体现在文学中，则是在寻求一种与中国作家的共鸣。但是，在"满洲国"这一政治情况恶劣的环境中，他的愿望注定落空。在小说的最后，他的失落被新生儿即将诞生的消息所冲淡。他再次燃起了对"满洲"的热情，认为只要日本人能够融入"满洲"的风土之中，平等对待其他民族，那么与其他民族互相理解便是可能的。这一理想完全没有看到日本侵略占领中国东北的事实，反映了北村理想主义者的一面。

这一时期，与北村同在"满洲"的日本作家辈出。其中，有"满洲"出生的吉野治夫（1909—1948），也有与北村同样幼时赴满的秋原胜二（1913—2015）、坂井艳司（1918—1966）等。他们与"满洲国"成立后渡满的日本作家不同，分别有着自己独特的成长背景。其中，北村就在"满洲鸦片王"称呼的实业家石本鑛太郎所生活的地方度过了少年时代，其意义不言自明。

战后，北村再次对这一系列小说做了编修，计划出版一本作品集。虽未及刊行，但据手稿记载，北村计划将《天守》《早春》《青果》《博物教室》《塔影》《墙外》和《舞台》收录其中，手稿末笔记载了"一百四十页，昭和十四年（1939）—十五年（1940）"。其中，《舞台》发表于 1941 年 1 月 1 日，可以判定为完成于 1940 年底。也就是说，北村以《舞台》的脱稿日期为基准，没有将《饿鬼》

《色鸟》和《十六号姑娘》收录在内。其中不乏作者遗忘的可能性，但是，有意识地将《序章》和《最终的归宿》排除在外，则可以看出，战后的北村欲将这部作品定位为纪念其少年时代的里程碑之想法。

附表：《那个环境》系列小说构成

作品标题	初出日期	初　出	再刊日期	备　注
天守	1939.2	『满洲行政』	1939.7.23	『满洲浪曼』第三辑再刊
饿鬼	1939.5	『满洲行政』	1939.7.23	『满洲浪曼』第三辑再刊
鼎座	1939.6	『新天地』	1939.7.23	改题为「序章」、收录在「满洲浪曼」第三辑
早春	1939.10	『满洲行政』	1939.12.12	『满洲浪曼』第四辑再刊
青果	1939.12	『满洲浪曼』	1940.1	以《青果与色鸟》为题再刊于『满蒙』
色鸟	1940.1	『满蒙』	—	以《青果与色鸟》为题再刊于《满蒙》
博物教室	1940.4	『满洲行政』	—	—
塔影	1940.6	『满洲行政』	—	—
十六号姑娘	1940.7	『新天地』	—	—
最终的归宿	1940.8	『文芸』	—	终章
墙外	1940.9	『满洲行政』	—	—
舞台	1941.1	『满洲行政』	—	—

中国第一俄侨诗人:阿尔谢尼·涅斯梅洛夫 *

王亚民

华东师范大学外语学院俄语系

中国俄罗斯侨民文学是指 20 世纪初至 50 年代,由流亡到我国哈尔滨、上海等地的俄罗斯人在中国大地上用俄语创作的文学作品,这些作品既保留了鲜明的"白银时代"的文学特征,也是俄罗斯"白银时代"文学在国外的延续,同时又刻有深深的中国烙印。"20 世纪 80 年代,国外出版了一批哈尔滨侨民作家的作品,哈尔滨的俄侨文学开始受到关注和重视"①。笔者在《中国现代文学中的俄罗斯侨民文学》②一文中,对中国俄罗斯侨民

---

* 本文为教育部人文社会科学研究规划项目"上海俄罗斯侨民文学研究"(13YJA751048)、上海市教育科学研究项目"20 世纪上半叶上海俄侨教育与启示研究"(B11015)、上海市教委科研创新重点项目"上海俄罗斯侨民作家及其作品研究(1920—1950)"(14ZS043)的阶段性成果。

① 王亚民,郭颖颖,哈尔滨俄罗斯侨民文学在中国[J],《中国俄语教学》,2005 年第 2 期,第 54 页。

② 王亚民,中国现代文学中的俄罗斯侨民文学[J],《上海师范大学学报》,2010 年第 6 期,第 101 页。

文学是中国现代文学特殊的组成部分曾给予论证。本文将对这一独特文学现象中的杰出代表阿尔谢尼·涅斯梅洛夫及其中俄合璧的诗歌创作做一浅要介绍，以期更多有识之士对中国现代文学中的这一特殊文学现象的关注。

一 “中国第一俄罗斯诗人”

阿尔谢尼·涅斯梅洛夫(1889—1945)原名为阿尔谢尼·伊万诺维奇·米特洛波利斯基(Арсений Иванович Митропольский)是一位诗人、散文家、记者，出生于莫斯科的一个文学家庭，曾就读于莫斯科第二中等军事学校，参加过第一次世界大战，获得过4枚奖章，1917年被授予白军下级军官中尉军衔。1920年因参加了国内战争来到符拉迪沃斯托克(今海参崴)，他跟随高尔察克部转战于西伯利亚，直至1924年，因听信红军要把白军统统枪毙的传言，从符拉迪沃斯托克徒步穿过原始森林越过国境进入中国东北的哈尔滨，从此开始了他“自由创作人”的生涯。其实，作者早在23岁时就开始发表作品，第一篇登载在当时颇为流行的《田地》上。“1915年他的第一部著作便在莫斯科出版”①。1920年4月在当地的《祖国之声》报上首次用阿尔谢尼·涅斯梅洛夫这一笔名发表作品。1921年他的第一部诗集《诗》在俄罗斯一家军事印刷厂印制，一年后他出版了单行本长

---

① Иванов Ю. Встречи долгожданный час[J]. //《Дальний Восток》,1990,No3,第145页。

诗《季赫温》。1924 年，涅斯梅洛夫当侨民前不久，在符拉迪沃斯托克出版了诗集《阶梯》。

　　"初到哈尔滨时，涅斯梅洛夫的生活比较顺利，曾是白卫军军官的他甚至成了哈尔滨苏侨报纸《远东论坛》的撰稿人"，①要知道，在政治信仰不同、彼此视对方为"敌人"的苏侨和俄侨中，曾是白卫军的涅斯梅洛夫成为苏侨报纸的撰稿人，这是极为罕见的事情。他的许多优秀作品都是在哈尔滨的俄侨杂志《边界》《亚洲之光》上发表的。1930 年在上海的俄侨杂志《星期一》上发表了在其创作中占有重要地位的长诗《穿越大洋》，它被"诗人认为是自己最好的作品之一"②。也正是在这一时期，他开始了与茨维塔耶娃的通信，这些通信对他的人生和创作产生了一定的影响。作者这一时期的作品大都反映了当时发生在中国的重大事件。如，1929 年中东铁路发生的苏中武装冲突，1932 年日本人的入侵与"满洲国"的成立等。

　　涅斯梅洛夫一生出版了 13 本诗集和 1 本小说集，其中在哈尔滨、上海就出版了 8 本著作，有诗集《血色的反光》(1928)、《没有俄罗斯》(1931)、《小车站》(1938)、《白色舰队》(1942)和单行本长诗《穿越大洋》(1930)和《大祭祀之妻》(1939)，还有小说集《关于战争的短篇小说》(1936)。1936 年他用笔名尼·多佐罗夫出版了《只有这样的人》，这是一本爱国主义诗集。他还写了长篇小说《卖文人》，但没有出版，只是发表了一些片断。除在中

---

　　①　荣洁，涅斯梅洛夫的生平与创作[J]，《俄罗斯文艺》，2002 年第 6 期，第 25 页。

　　②　Бузуев О. Поэзия Арсения Несмылова. Комусомольск-на-Амуре，2004，第 63 页。

国外,涅斯梅洛夫还在欧洲、美国等俄侨刊物上发表过自己的作品,他的许多优秀作品都很好地体现了普希金和托尔斯泰的传统。19 世纪 20 年代,涅斯梅洛夫深受叶赛宁、帕斯捷尔纳克、茨维塔耶娃、瓦列里·别列列申等著名诗人的赏识,并给予他很高的评价。苏联时期就"将其收入 1967 年在哈巴罗夫斯克图书出版社出版的《远东诗歌集》中"①。美国衣阿华大学斯拉夫学教授瓦季姆·克赖德将他的作品选入第一代俄国侨民诗歌选《方舟》。"应该说,阿尔谢尼·涅斯梅洛夫与大名鼎鼎的维亚切斯拉夫·伊万诺夫、伊万·布宁、康斯坦丁·巴尔蒙特、玛里娜·茨维塔耶娃是并驾齐驱的。他像格·伊万诺夫一样,也是侨民领袖,只不过不是巴黎侨民的,而是哈尔滨侨民的领袖"②。在中国涅斯梅洛夫赢得了大师的声望,"中国第一俄罗斯诗人"的桂冠,被认为是远东俄罗斯诗人中最有才华的。他的诗歌大胆、愉快,在他的诗歌中,我们"可以感受到马雅科夫斯基、叶赛宁、谢里文斯基的影响。"③在他早期的作品中,作者承认"先他步入文坛的同龄人帕斯捷尔纳克、茨维塔耶娃、马雅可夫斯基是其导师"。④ 他的作品几乎遍及当时中国著名的《喇叭茶》《门》《边界》和《星期一》等侨民期刊。他的作品也被刊登在美国的侨

---

① Литвиненко И. Зачеркнутый сюжет[J]. //《Дальний Восток》,1998,No9,第 248 页。

② [俄]伊·伊格纳坚科,洞察的一致——试比较分析阿·涅斯梅洛夫和李延龄的创作[J],《俄罗斯文艺》,2002 年第 6 期,第 20 页。

③ 李延龄主编,《哈尔滨,我的摇篮》[M],北方文艺出版社和黑龙江教育出版社,2002 年,第 111 页。

④ Николаевич А. Н. Литературная энциклопедия Русского Зарубежья:1918—1940,М. :РоссПЭН,2000,第 287 页。

民出版物《哥伦布的土地》《莫斯科》《方舟》《新杂志》上。

诗人的结局是悲惨的。1945年8月随着苏军对日作战的胜利,涅斯梅洛夫被肃反委员会逮捕,和其他15000名在华俄侨一起被迫押回苏联。同年9月死于符拉迪沃斯托克附近的格拉捷戈沃监狱。

"上世纪80年代后半期,前苏联和西方国家不约而同开始研究涅斯梅洛夫。"①20世纪90年代初,俄罗斯科学院出版了《俄罗斯侨民作家(1918—1940)》(1993),涅斯梅洛夫作为中国俄罗斯侨民文学的代表被列入其中,这是俄罗斯出版的第一部侨民作家名录。后来,《20世纪俄罗斯侨民文学史》(1995)、《俄罗斯侨民文学》(1998)、《远东地区俄罗斯侨民文学史概述》(2000)等将其写入俄罗斯侨民文学史册,肯定了涅斯梅洛夫在俄罗斯侨民文学中的地位。2006年涅斯梅洛夫作为年轻一代侨民作家的优秀代表与布宁、伊万诺夫、茨维塔耶娃、纳博科夫、索尔仁尼琴等著名俄罗斯侨民作家一起被写入俄罗斯科学出版社出版的《俄罗斯侨民文学(1920—1990)》中,涅斯梅洛夫在俄罗斯侨民文学中的地位大大提升。

二　叶赛宁传统的继承与发扬

涅斯梅洛夫的创作具有鲜明的个性,他与20世纪初俄罗斯

---

① Несмелов А. И Без Москвы,без России[М]. Московский рабочий,1990,第22页。

"白银时代"的各现代主义诗歌流派有程度不等的相近之处,受多种流派和思想的影响,在他生命的 56 年里,他即尝试当过未来派诗人,也尝试做过阿克梅派诗人,但他总是力求在广采百家的基础上,唱出自己的声音,他的诗不是某个诗人或某种诗风的简单重复。他的创作也深受俄罗斯古典诗人的影响,曾与莱蒙托夫、古米廖夫、茨维塔耶娃、巴维尔·瓦西里耶夫等人保持密切联系。然而作者更愿意承认叶赛宁对其诗歌创作的影响。

叶赛宁(1895—1925)在俄罗斯文坛的崛起被称为神话,他被比作"彗星的突现"①。1940 年当诗人涅斯梅洛夫读到苏联文学作品时,他说:"我是像叶赛宁这样的苏联诗人。请记住:一半的现代苏联文学是虚伪的,都是从指头里吸吮出来的……再过四、五十年才会出现真正的俄罗斯文学,……到那时才会有一些目前暂时还没人知晓的老名字被发现……"②从涅斯梅洛夫的这些话语中,我们不难发现他的意图。第一,叶赛宁和他是俄罗斯诗人,尽管他还是侨民。作者相信,叶赛宁的诗歌才是真正的诗歌,叶赛宁的诗歌作为侨民诗歌的代表不可能被民族文化所抛弃。他还认为,叶赛宁的美学观点与文学本身的目标和宗旨相一致,这表达了涅斯梅洛夫对叶赛宁的尊重与敬仰。

克列伊特在《俄罗斯侨民诗人词典》(1999)中写到涅斯梅洛夫时说:"在他的诗歌中看得出不少作家的遗风和对他的影响,如:帕斯捷尔纳克、茨维塔耶娃、叶赛宁、马雅可夫斯基,甚至阿

---

① ［俄］符·维·阿格诺索夫,《20 世纪俄罗斯文学》[M],中国人民大学出版社,2001 年,第 165 页。

② Витковский Е. В. Жизнь И Судьба Арсения Несмелова ［ЕВ］. Яндекс,http://witkowsky. livejournal. com/7147. html.

谢耶夫,当然还有布洛克,尽管他是'非象征派的'布洛克。"①阿格诺索夫在《俄罗斯侨民文学》中也谈到涅斯梅洛夫与叶赛宁创作的联系。他认为"涅斯梅洛夫的艺术世界的某些地方与他所喜爱的叶赛宁的隐喻表现法有相似之处"。② 我们发现涅斯梅洛夫在很大程度上遵循了叶赛宁的创作经验,通过对叶赛宁创造性的模仿来阐释他所喜爱的诗人。然而,涅斯梅洛夫绝非简单的模仿,他的诗歌创作具有自己独特的美学价值。试比较叶赛宁的《四旬祭》和涅斯梅洛夫的《向前进》:

叶赛宁的《四旬祭》	涅斯梅洛夫的《向前进》
可爱而又可笑的傻瓜, 它往哪道,朝哪赶呀? 莫非它不知道 铁马已战胜活马? （顾蕴璞）	多少令人厌烦的眼泪流出, 为何不再归来,看望孩子, 蒸汽机——可爱的蒸汽机! 为什么小马这家伙无法超越。 （笔者译）

两首诗歌都是对城市现代化进程中"火车"(城市的象征)与"马"(乡村的象征)的关系的描写。叶赛宁的"铁马"战胜了"活马",表达的是诗人对工业化生产的恐惧与担忧,赋予本诗以悲剧的色调。涅斯梅洛夫的"蒸汽机"却是聪明有益的机器,"小马"无论如何也无法超越令人羡慕的"可爱的"蒸汽机的奔跑。涅斯梅洛夫在痛斥世界发展不和谐的同时,表达了作者试图跟上时代步伐的愿望,坚信历史的车轮无法阻挡,只有"向前进"才能拥抱未来,体现了作者对社会变革的哲学思考。

---

① Крейд В. П. Словарь поэтов русского зарубежья . СПб. ,1999,第 170 页。

② Агеносов В. Литература русского зарубежья. М. ,1998,第 276 页。

对俄罗斯风景的描绘可以看出两者隐喻手法的相像。叶赛宁的描写背景包括视觉、听觉、嗅觉和味觉等感官感受，而涅斯梅洛夫的隐喻更朴实、传统。试比较他们有关"秋天的"描写：

叶赛宁	涅斯梅洛夫
请用草秸和毛皮进圣餐吧， 请用歌曲点燃词语的蜡烛。 从白桦树棕色的肩膀上， 凶狠的十月把宝石抛注。 （顾蕴璞）	红色九月在山杨树上枯萎， 五指状深红色的枫叶飘落， 行人惦记着火红色的狐狸， 烧荒散发着烤面包的芳香。 （笔者译）

尽管两首诗有明显的相似，特别是树枝和手指的相似，但叶赛宁描绘的秋天仿佛生活在俄罗斯人的旧历意识中，出现在冬天之前并为冬天让道。涅斯梅洛夫的抒情主人公意识中的秋天是打猎的季节，是狂欢的时节。

除此之外，特别令人惊讶的是两位诗人构成诗歌核心的韵脚的相同，一字不差的对应绝非偶然：

叶赛宁的《针茅草睡了。 原野一片情……》	涅斯梅洛夫的《梦》
Знать, у всех у нас такая уч*асть*, И, пожалуй, всякого спрос*и* — Радуясь, свирепствуя и муч*ась*, Хорошо живется на Рус*и*. 看来，我们的命运都一样， 也许，你问谁他都会说： 在俄罗斯的日子过得可好了， 欢欣、狂怒、也受折磨。 （顾蕴璞）	У меня же веселая уч*асть* Всех поэтов, собратьев мо*их*, — Ни о чем не томясь и не муч*ась*, Видеть сны и записывать *их* . 我的命运也一样 同所有的诗人，我的同行： 做做梦，写写梦， 不苦恼，也不受折磨。 （笔者译）

虽然两首诗歌的韵脚相同，描写的都是个人命运，但一个人的境遇对于叶赛宁而言是"欢欣、狂怒、也受折磨"地生活，反映

的是作者对生存环境的抱怨,而在涅斯梅洛夫的作品中,则是"快乐地"记录梦境,享受生活赐予的一切。

1942 年哈尔滨出版的诗集《白色舰队》所收录的《明天见,朋友!》是诗人最优秀的诗篇之一。从诗篇名称上,我们不禁与叶赛宁身前写的最后一首诗歌《再见吧,再见,我的朋友……》联系在一起:

叶赛宁的《再见吧,再见,我的朋友……》	涅斯梅洛夫的《明天见,朋友!》
不告而别了,我的朋友, 别难过,不要紧锁眉头: 今世,死早已不觉新鲜了, 但比死更新鲜的生也难求。 （顾蕴璞）	"明天见,朋友"——并没有握手, 用点头道别到明天再见。 当时我能握还鲜活的手, 真愿再看一眼,再听一言。 （顾蕴璞）

两首诗共同表达了两位诗人对死亡的认识和面对死亡泰然自若的冷静与平和。然而,不同的是,叶赛宁是向在世的朋友们告别,涅斯梅洛夫则是向死去的朋友道别。在同样面对死亡的冷静面前,叶赛宁流露出的是对生活的厌倦,涅斯梅洛夫则多了一份对生命失去的惋惜和对生命的珍爱。

三　独特的中国风情与复杂的中国情感

1924 年涅斯梅洛夫侨居哈尔滨后,可以说是他一生比较平静、比较稳定的时期,亦是他创作最为成熟、最为多产的时期。在他一生文学创作的 30 多年中,在中国就度过了 21 年。仅在哈尔滨、上海出版著作 10 部,其中代表作品有《血色的反光》

(1929)、《没有俄罗斯》(1931)、《只有一些人》(1936)、《小车站》
(1938)、《白色舰队》(1942)和单行本长诗《穿越大洋》(1934)、
《大祭司之妻》(1939),还有小说集《战争故事》(1936),这是作者
生前出版的唯一一部小说集。此外,他有许多诗作和小说散见
于各种期刊,未能结集成书。涅斯梅洛夫创作了许多极富中国
风情的诗篇:《在中国》《选自中国纪念册》《哈尔滨的诗》《龙的传
说》《红胡子》《齐齐哈尔附近》等等,我们从这些诗篇名中不难感
受他对中国的一片深情,甚至他将中国视为自己的故乡:"差不
多过了十二年,/我又从中国看见了你。"(《故乡》)"有论者(如李
延龄)称之(中国的俄罗斯侨民文学)为'半中国文学',这是因为
它有程度不等的中国文化的积淀"。①

的确,当涅斯梅洛夫看到中国独特的民宅庙宇建筑时,情不
自禁地写道(《在中国》):"狭窄的窗户。状如/椭圆形柠檬的街
灯,/像是镀金的标记,/在蒙蒙水汽中烧成。/你会想:快精心描
绘/带脊屋顶的角部、/淡紫茑花般的星星、/海市蜃楼般的蓝
雾。/"这种独特、精巧、神奇、艳丽、华贵、朦胧如"海市蜃楼"般
的中国建筑,无法使诗人按捺住油然而生的赞美之情。

诗人看到中国农民牲畜般在田里耕作时,他为此留下了自
己饱含深刻同情的笔墨(《齐齐哈尔附近》):"车从路的土丘上下
来,/咯咯吱吱,一摇一晃。/轭下白额牛的耷拉嗉,/拖到了颈下
的地上。/车夫,在他身后赶着,/上半身一直光到腰上。/热乎
乎的,热乎乎的,/他一双晒黑了的肩膀。/……几千年前,就是

---

① 顾蕴璞,涅斯梅洛夫和他的诗[J],《俄罗斯文艺》,2002 年第 6 期,第
18 页。

这样，/人和牛，都低下双眼，/再把额头，够向地面，/一道走在同样的路上。"荒凉贫瘠的土丘上，农夫套着牛车，默不作声地犁地耕作，简陋的牛车发出咯吱吱的刺耳声，晃晃悠悠地艰难前行，老牛低着头，下巴几乎擦着地面，吃力地拉着车；因常年耕作而晒得黝黑的农民，光着膀子，汗流浃背，像老牛一样低着头，脸贴向地面，迈着艰难的步子，还不时低头向后张望耕作过的长长的土地。一幅中国北方农民田地辛苦劳作的写生画便栩栩如生地展现在我们面前。

如果说《齐齐哈尔附近》是诗人对中国东北农民辛劳耕作的同情，那么《畦田》则是诗人对中国闭塞的农村和沉默的农民苦难生存状态的同情："在灰白的干涸的畦田里/吐绿着一片嫩葱的鬃毛，/无垠的草原。无聊啊，/到处是落满尘土的无聊……/一头毛驴，瞎眼而温顺，/拉动水井上水车的齿轮，/一泓清水从地下涌出，/一片绿色而发光的天花板。/流得干土汩汩有声音。/寒冽的水在畦田里流着，形成一股懒洋洋的细流，/假如没有苦役般的劳作，/田里一颗庄稼都不会有。/一个赤膊齐腰的中国人，/像是用晒黑的青铜铸造，/不愿和欢快的笑结交，/不爱和别人随便闲聊。/刚说了一句喉音重的话儿，/他又沉默了并弓背如常——/是个严酷地工作、操劳的/有魔法的奴隶，令人向往。/畦天、围栅，加上铁铲，/我要把整个身心投入畦天！/这是我无法觅得的/令人向往的甜蜜的重担。"诗歌中流露出了他对中国的复杂情感。通过对中国农民在贫瘠的田地上默默而单调的"苦役般劳作"，写出了中国农民真实的生存状态，字里行间有着作者跨越民族、跨国家的人文情怀以及对人的关爱和对人性的思索。但同时，又有谁能否认，诗人不正是借助对中国农民的同情这一情感的抒发来表达对自己命运的悲叹与哀怨。中国农民拥有的"苦役般"的"重担",在诗人眼里竟是如此般的"甜蜜",诗人竟会像着了魔似的对此神往。然而,他清楚地知道,那是他永远"无法觅得"的。还有什么能比哪怕是最卑微的愿望都不可能实现更加令人痛苦的。这种理想与现实的强烈冲突与反差,不仅反映出了诗人对自己命运的哀叹,更深刻地表达了诗人内心痛苦的无处宣泄、精神压力的沉重与难以摆脱的苦闷。

作者身处异乡,不仅要忍受离乡之愁,生活之苦,还常常不得不忍受被讥讽和被嘲笑。"老毛子"是"我国东北人对俄罗斯人的通称"①。涅斯梅洛夫在题为《老毛子》的诗歌中描述了俄侨在中国生活的尴尬处境以及对俄侨下一代在中国生存的担忧:"蓝蓝的眼睛,淡黄的头发",却"是个中国农村的不幸者",即便他们自己能接受"老毛子"的称呼,毕竟他们和"黑头发黄皮肤有区别",可"命运已无法逃避","可怜的俄罗斯男孩",不可避免地哪怕是从最没有文化、最底层的"光头的中国人的圈子中走出"时,都会被嗤笑,表达作者在异乡遭受凌辱的内心痛楚,同时也表达了俄侨生活在中国却无法成为真正的中国人的苦闷和无奈。因此,作者发出了"蓝眼珠的俄罗斯小溪,你永远/无法和黄海汇合到一起"的感叹。

由于时事动荡,身处异乡,对生命的认识与思考是涅斯梅洛夫在中国创作的又一主题,反映了诗人对生与死的深刻哲学思考。面对死亡,涅斯梅洛夫表现出超然的冷静与理智:"平和的

---

① 李延龄主编,《哈尔滨,我的摇篮》[M],北方文艺出版社和黑龙江教育出版社,2002年,第165页。

宁静正怡然自得。他走了——我们也要走",同时,还多了一层
对死亡描写的美丽:"像白色大理石,棺呈银白色,/棺材中,鲜花
中,隐约可见/熟悉的面孔,高高的额。……紫罗兰的/嫩茎偎向
十字交叉疲劳的双手。"(《明天见,朋友!》)正是鲜花与紫色,他
的诗歌读起来让人觉得少了一些生硬与冰冷,多了一点儿柔美
和暖意,更加衬托出诗人面对死亡的平和、宁静与怡然。除此之
外,诗人在《送终》中还表达了对死亡的无所畏惧和对死亡的敬
仰:"鲜活的雪花悄然降落在/那死了的英气犹存的额头"。1945
年8月涅斯梅洛夫的小说《在别人家的深夜》发表,这离苏军进
入哈尔滨只有几天,一个月后作者在符拉迪沃斯托克附近的格
拉捷戈沃监狱离开了人世。显然,作者对死亡的描写并非出于
偶然,他已预感到并做好了迎接死亡的准备。

　　涅斯梅洛夫曾谈到对文学的追求时说:"每一个生灵都在寻
求自己所需要的。狗寻找带肉的骨头,母亲力求儿子好运,儿子
追求荣誉,傻女人寻觅新欢却看不到丈夫对她的爱恋。而我追
求什么呢? 什么也不追求。我只喜欢像现实主义艺术家那样准
确地描摹生活。我只希望,当见不到我的后代读我的作品时这
样想:'他的呼吸、他的感受与我的呼吸和感受完全一样。我们
心心相通!'希望他们视我为自己的朋友、兄弟。我的上帝,我到
底追求什么? 我只要永生,不多也不少!"①诗人在为自己写的
《墓志铭》中预言:"经过若干飞驰的岁月,/俄罗斯人、别墅、教
堂——全会消失,/只剩下对于这一切的回忆,/和世人留下的二

---

① Витковский Е. В. Жизнь И Судьба Арсения Несмелова〔EB〕.
Яндекс,http://witkowsky.livejournal.com/7147.html.

十行诗。"毫无疑问，涅斯梅洛夫希望自己的作品永生，也相信自己的作品会万古流芳。他的预言被历史所证实。

四　小　结

　　阿尔谢尼·涅斯梅洛夫传奇、颠沛的一生并没有使其丧失对美好未来的信念，反而成为其文学创作丰富的源泉。他不断践行着俄罗斯现实主义文学的传统，叶赛宁史诗般的抒情在很大程度上影响了涅斯梅洛夫在文学形式上的探索，涅斯梅洛夫的诗歌中蕴含着对叶赛宁诗句的主观解释和对他的文本进行的文学再加工，是对叶赛宁作品独一无二的阐释。涅斯梅洛夫叶赛宁式的"模仿"具有多样化的特点，他不仅熟悉叶赛宁丰富内容的布局，也熟悉他诗歌创作技巧，即继承了叶赛宁诗歌创作风格，但又超越了其面对社会变革时的种种矛盾和颓废思想。涅斯梅洛夫的诗歌洋溢着清新的进取精神，他以诗意的笔调表达了严肃的人性追求，正面描写人性的美好以及普通百姓日常生活中所表现出的朴素与真实。涅斯梅洛夫的诗歌具有自己独特的美学价值和思想意蕴。

　　阿尔谢尼·涅斯梅洛夫在中国生活了二十多年，初来中国时，具有浓郁东方情调的事物给他以灵感，创作出了许多赞美古老中国文化的诗篇。随着他对中国普通百姓的深入接触与了解，在歌颂他们勤劳与善良的同时，对他们如同牲口般的辛劳耕作怀有深深的同情。与此同时，其作品为我们展现出了中国北方农村的闭塞、落后、荒凉与寂寥，以及作为异乡客的作者同病相怜的复杂情感与人生体验。由于历史的变迁,许多俄罗斯人不得不背井离乡,失去祖国的俄侨经历了双重重压,生活上的穷困潦倒,精神追求的丧失和理想的无处寄托。涅斯梅洛夫的作品不仅为我们了解 20 世纪初中国俄罗斯侨民的历史打开了一扇窗,也为我们了解 20 世纪上半叶中国北方社会生活提供了鲜活的素材,更为我们对社会制度的变迁与个人命运的息息相关提供了更多思考。其作品对我们珍惜当下来之不易的国家完整、政局稳定有着现实的借鉴和启示意义。

辑 五

打开东亚殖民地:遗产与清理

柳龙光报刊生涯考察

——以《盛京时报》《大同报》为主

蒋　蕾

吉林大学新闻与传播学院

一　被遗忘和忽略的柳龙光

（一）华北沦陷后期官方文学界的实际组织者和领导者

今天提到柳龙光首先要介绍他是著名女作家梅娘的丈夫。但在上世纪 30 年代和 40 年代，柳龙光的文坛地位不逊于梅娘，甚至超过梅娘。根据研究者张泉的考察，柳龙光是"华北沦陷后期官方文学界的实际组织者和领导者"[1]。柳龙光大约有 10 年媒体经历，约 8 年多时间里掌控着沦陷区和日本的 3 份重要华文媒体的发稿权（《大同报》《华文大阪每日》《武德报》等），他对当时的东北文坛和华北文坛起到了组织、建构和领导的作用。

---

[1]　张泉:《抗战时期的华北文学》,贵州教育出版社 2005 年,第 228 页。

柳龙光在《大同报》时期成为"满洲文坛"重要一派——《大同报》的"《文艺专页》作家"的核心人物。1939 年 2 月他去日本担任《华文大阪每日》编辑后,仍直接参与"满洲文坛"活动,参加"文选""文丛"等杂志和图书的策划出版工作,参与《大同报》文艺副刊《海外文学专页》的策划与组稿活动。由于他在《华文大阪每日》期间与沦陷区作家的密切联系,使他在沦陷区文坛拥有特殊地位。1942 年柳龙光离开日本回到故乡北京,担任《武德报》编辑部主任,而此时也正是伪满洲国作家大逃亡的时期,柳龙光为杜白雨、山丁、袁犀等多位东北籍作家提供了逃亡后的落脚处,他成为华北沦陷区"满洲系作家"首领。

柳龙光(1911—1949),满族人,本名柳瑞辰,笔名红笔、系己。他 1933 年毕业于北京辅仁大学,1934 年任职于《盛京时报》,后留学日本,1936 年担任《大同报》的《文艺》副刊编辑,1938 年 9 月担任伪满洲国"满人记者协会"七干事之首,1938 年 10 月成为《大同报》编辑人。1939 年 2 月赴日本《华文大阪每日》工作,后到华北沦陷区任华北作家协会干事会干事长。在沦陷时期的东北文坛和华北文坛,柳龙光拥有举足轻重的地位。多年来,柳龙光被"选择性"地遗忘了,他在沦陷区文坛及新闻界的价值与地位被严重低估。

关于柳龙光,至今有很多未解之谜。比如,他到底出生于1911 年还是 1914 年(他的家人认为出生时间为 1914 年)?他与梅娘是在哪里相识、结婚的?他与日本军方的关系究竟怎样?他是否为共产党地下特工?他如何年纪轻轻就在《大同报》和《武德报》都担任重要职务?他本人创作不多但如何成为作家派别的首领?

多年来涉及他的叙述很少。由于他去世早——1949 年 1 月 27 日乘坐"太平轮"遭遇海难，更由于他的政治身份不太确切，亲人、熟人怕惹麻烦，上世纪 80 年代初东北沦陷区文学研究中很少有作家回忆到他，妻子梅娘的相关叙述残缺不全并有矛盾之处。最早涉及柳龙光研究是 1994 年张泉在《沦陷时期北京文学八年》中约有 16 处提及柳龙光。2000 年在杉野要吉主编的《沦陷下北京 1937—45：交争する中国文学と日本文学》中，张泉发表了《华北沦陷期的柳龙光》。2005 年，张泉在《抗战时期的华北文学》中有专门一节研究柳龙光（第六章"官方文场与资深作家"第一节"华北作家协会干事长柳龙光"），不仅披露了柳龙光自述的履历，梳理了他"影影绰绰的经历"，而且考察了他在华北沦陷区文坛的实际地位。2006 年出版的《被冷落的缪斯——中国沦陷区文学史（1937—1945）》①中有 3 处提及柳龙光。2008 年，蒋蕾在博士论文《精神抵抗：东北沦陷区报纸文学副刊的政治身份与文化身份——以〈大同报〉为样本的历史考察》中关注到柳龙光，对他在文艺论争中的重要表现以及他的政治身份进行了探究。2014 年 12 月，陈言发表《太平轮上的柳龙光》，该文首次详细介绍柳龙光的家世背景②；2015 年 1 月，陈言发表《置身殖民体制内的家国书写与东亚文化圈想象》③，对柳龙光在《华文大阪每日》时期发表的诗歌和考察报告进行了研究。

---

①　[美]耿德华著，张泉译：《被冷落的缪斯——中国沦陷区文学史（1937—1945）》，新星出版社 2006 年。

②　陈言：《太平轮上的柳龙光》，《中华读书报》2014 年 12 月 17 日第 5 版。

③　陈言：《置身殖民体制内的家国书写与东亚文化圈想象》，《山东社会科学》2015 年第 1 期，第 111—119 页。

（二）柳龙光10年供职4份媒体

柳龙光一生共38年，主要职业是报刊编辑，他的文坛地位也与报刊生涯密切相关。从1934年进入职场到1944年底，这10年间，他先后在4份报刊社任职：《盛京时报》《大同报》《华文大阪每日》《武德报》。

柳龙光在每份报刊社的时间都不长——分别只有2年多，但他的文坛地位却阶梯式地跳跃上升，可说是"三级跳"。从《盛京时报》时期的无名小辈，到《大同报》的"《文艺专页》作家"核心人物、《华文大阪每日》时期"文丛派"重要成员，到《武德报》时期成为华北沦陷后期官方文学界的实际组织者和领导者，并成为"满洲系"作家首领。仅10年时间，他迅速成为抗战时期沦陷区文坛有影响力的实权人物。

他就职的4份报刊都与日本殖民者有密切关系。其中3份报刊为日本人所办——《盛京时报》《华文大阪每日》《武德报》，1份报纸是沦陷区傀儡政权的机关报——《大同报》是伪满洲国国务院机关报。这4份报刊又都是抗战时期沦陷区文学的重要阵地：《盛京时报》和《大同报》是东北沦陷区重要中文报纸和文学阵地；《华文大阪每日》是在日本本土所办却专门在中国沦陷区发行的中文刊物[①]；《武德报》是日本"北支派遣军报道部"所办，被称为"日军对华北宣传的大本营"[②]，《武德报》所办的多份刊物如

---

① 参照《中国现代文学期刊目录新编（上）》（上海人民出版社2010年）中对《华文大阪每日》的简介（第742页）。

② 《新华日报》1945年9月3日第四版，转自《中国现代报史资料汇编》，重庆出版社1996年，第829页。

《国民杂志》《妇女杂志》等都是沦陷时期北京重要的文学阵地。

因此，柳龙光从最初供职《盛京时报》开始，就走进了与日本殖民者之间错综复杂的关系当中。

表 1　柳龙光职业生涯时间表

时　间	媒　体	职　位
1934.4—1936.6	盛京时报	不详
1936.6—1938.11	大同报	编辑人
1939.2—1941.12	华文大阪每日	编辑
1942—1944	武德报	编辑长

二　《盛京时报》时期(1934 年 4 月—1936 年 6 月)

(一)《盛京时报》为东北日人报纸中第一大报

《盛京时报》为日本人中岛真雄 1906 年所办，是解放前东北办报时间最长的一份报纸(共计 38 年)。

《盛京时报》被戈公振称为"东三省日人报纸之领袖"[1]，其地位十分特殊，是日本在华势力的喉舌。该报自 1925 年改组为株式会社后不再是中岛真雄的个人企业，满铁、日本外务省成为大股东。到 1931 年时，盛京时报社共计 7000 股中，满铁持有 4000 股，日本外务省持有 1000 股，满铁和日本外务省占有绝对优势。[2] 因此，《盛京时报》是代表日本官方"发言"的言论机关。柳龙光

---

[1]　戈公振：《中国报学史》，中国新闻出版社 1985 年，第 66 页。

[2]　满铁档案，甲种，昭和 6—7 年，总体，监理，关系会社监理，盛京时报社，第 114 册之 2,1 号。转引自《满铁档案资料汇编第十三卷》，社科文献出版社 2011 年，第 423 页。

进入《盛京时报》的 1934 年，正值该报鼎盛时期，当时的社长是染谷保藏①。

（二） 柳龙光如何进入《盛京时报》

柳龙光 1934 年 4 月进入《盛京时报》。1934 年是"大同三年"也是"康德元年"，溥仪于 1934 年 3 月 1 日"登极"成为"满洲帝国"的皇帝。"祖辈有过四品带刀护卫的往事"②的柳龙光就是在溥仪"登极"后的 1934 年 4 月，从北京来到沈阳，这是他最早迈入报界。

据柳龙光妻子梅娘说，柳龙光是被裕振民领入《盛京时报》的。她写道："他父亲的一个朋友之子，叫裕振民（清裕亲王嫡系），在沈阳经营《盛京时报》（日本出资的报纸之一），急需一份阐解日文文法的教材，选中他做副手，把他弄到日本。"③这本日文文法教材《汉解日本口语文法讲义》1936 年 5 月由盛京时报出版部出版，署名是：裕振民编述，柳龙光校正。

把柳龙光领入报界的裕振民又是谁呢？

裕振民（生卒不详）④，满族人，曾在《盛京时报》《大同报》任记者等职，1938 年初为"满映"撰写多部电影剧本，1938 年 7 月去北京参与创办华北电影公司。据一篇采访裕振民儿子裕庸的

---

① 《盛京时报》共有 3 任社长，首任社长为中岛真雄，1926 年中岛真雄退休后社长为佐原笃介，1932 年佐原亡故后社长由染谷保藏接任。

② 梅娘：《梅娘近作及书简》，同心出版社 2005 年 8 月，第 179—180 页。

③ 梅娘：《梅娘近作及书简》，同心出版社 2005 年 8 月，第 179 页。

④ 从陈言的论文《置身殖民体制内的家国书写与东亚文化圈想象》（山东社会科学 2015 年 1 月）中得知，裕振民的生卒年为 1910—1990，但在裕振民儿子裕庸的被访文章中看到：裕庸（1939 年出生）十几岁时，父亲就去世了。因此，对于裕振民的生卒年存疑。

文章介绍,裕振民是努尔哈赤第十五子多铎的后代,他爷爷的哥哥裕厚被封为"奉恩将军"到沈阳守军,因裕厚无子,裕振民被过继到裕厚家里。①

裕振民如何到沈阳、如何进入《盛京时报》不得而知,但他在"九一八"之前就与日本人以及《盛京时报》有密切关系。据《辽中县志》中一份 1931 年 11 月 23 日辽中县保安委员会的士绅们联名的《呈以具报事变后县内经过情形暨维持状况》的呈文记载,裕振民于 1931 年 10 月 14 日引导着日人汤畑正一等到县"逼令县保安会改为自汉会,坐索自治宣言而去",10 月 19 日裕振民又率日人随车载来报专页的捷克大枪及子弹、轻机关枪等,10 月 20 日又强索六千元……这个汤畑正一就是《盛京时报》长春支社长,后来进入《大同报》担任编辑长,裕振民 1936 年到大同报社正是和汤畑正一同去的。

1932 年 12 月 24 日,溥仪接见"新京"新闻记者协会代表时,记者代表中就有裕振民,估计他此时已在《盛京时报》工作。

裕振民在 1937 年"七七"事变后曾作为大同报社特派记者做战地报道,采写了多篇《华北战云视察记》,后来出版了《华北战云视察记》(大同报社,1937 年 11 月),这些报道都是站在日军立场上颠倒事实的报道。

裕振民与柳龙光的关系持续了 10 余年,从沈阳《盛京时报》时期到长春《大同报》时期以及日本《华文大阪每日》时期、北京《武德报》时期,可以说贯穿了柳龙光的大半生,裕振民是柳龙光人生中的重要人物。

---

① 刘一达:《京城玩家》,经济日报出版社 2004 年,第 190 页。

（三） 柳龙光在《盛京时报》是一名无名小卒

根据张泉先生找到的 1939 年柳龙光在日本《华文大阪每日》供职时的履历材料,他的经历如下:

> 生于 1911 年 10 月 26 日;1929 年 9 月,毕业于北京崇德中学;1933 年 9 月,毕业于北京辅仁大学理学院;1934 年 4 月,赴奉天(沈阳)盛京日报社供职;1936 年 4 月,毕业于日本东京专修大学经济学部;1936 年 6 月,回到新京(长春),在大同报社任职。①

由此可知柳龙光 1934 年 4 月进入《盛京时报》,1936 年 6 月进入《大同报》,这期间在《盛京时报》就只有短短 2 年 2 个月。这段时间里,他的主要任务是校正这本日文文法教材,为此而在日本东京专修大学经济学部读书。因此,他似乎没有参与《盛京时报》的编辑工作,在这段时间的《盛京时报》上也没有找到他的文章。在这本书出版后的第二个月——1936 年 6 月,柳龙光就离开《盛京时报》进入《大同报》。

三 《大同报》时期(1936 年 6 月—1938 年 11 月)

柳龙光在《大同报》仅有 2 年 5 个月,但这却是他人生中至

---

① 张泉:《抗战时期的华北文学》,贵州教育出版社 2005 年 5 月,第 228 页。

关重要的一段。他在这里凌空起跳，一跃成为伪满文坛上重要文学团体（"大同报副刊文艺专页作家"派）的核心人物。

在《大同报》上，柳龙光以"红笔"为笔名撰写编辑手记，又以"系己"为笔名发表小说、散文和翻译作品。特别是他在《大同报》的《文艺》副刊上施展编辑才华和组织建构才能，搭建重要的文学平台，成为"满洲文坛"的实力人物。

柳龙光得到了伪满洲国官方认可，仅2年时间，他由一名编辑晋升为《大同报》编辑人。编辑人相当于今天的主编或主笔，是报纸重要的"出版关系人"，地位仅次于发行人（社长）。① 《大同报》是伪满洲国国务院机关报，是伪满洲国政府的"喉舌"，该报1936年加入"满洲弘报协会"之后社长由盛京时报社长染谷保藏兼任。因此，柳龙光于1938年10月成为《大同报》编辑人是有政治意味的。几乎同时，1938年9月，柳龙光成为伪满洲国"满人记者协会"七干事之首，此前"满人记者协会"为会长制，因此柳龙光的地位相当于会长。

在个人生活上，柳龙光1936年在大同报社与少女作家梅娘结识，1937年结婚。尽管梅娘在一篇文章中将与柳龙光的相识相恋设定在日本内山书店，但这与实际情况对不上，因此推断其在《大同报》时期与梅娘结识并结婚。

（一）进入大同报社：并非转职，应系派驻

柳龙光1936年6月进入《大同报》，据推测应是跟随裕振民

---

① 伪满洲国1932年10月出台的《出版法》中第三条规定："出版关系人分为下列四种：发行人、著作人、编辑人、印刷人。出版关系人不得兼充。"

而来。

裕振民进入大同报社并非个人转职，是由《盛京时报》派驻的。据当时大同报社《文艺》副刊编辑、作家孙陵（1936 年 9 月逃亡上海）回忆，1936 年 7 月《大同报》加入弘报协会①后，就来了"两个日本人和一个满洲人"，这个"满洲人"是裕振民。在孙陵回忆中，裕振民完全站在日本人方面，对孙陵的爱国立场持警惕态度，裕振民后来的表现也证实了这一点。

裕振民进入大同报社，与伪满洲国第一次"新闻整理"有密切关系。1936 年 9 月，伪满洲国以"皇帝敕令"方式建立了特殊会社"满洲弘报协会"，"满洲弘报协会"包括了"满洲国通信社"和《盛京时报》《大同报》等共 18 家。这是以建立新闻业托拉斯为名义，对整个伪满洲国新闻业进行整合、兼并和管控。"满洲弘报协会"实质上以《盛京时报》为主体，对《大同报》等一系列报社实施大兼并。从此，大同报社社长由盛京时报社社长染谷保藏兼任（此前大同报社社长为原东三省公报社长王希哲）。

正是在这样的背景下，裕振民跟随他的老友、日本人汤畑正一进入大同报社，他们代表盛京时报社来到大同报社进行管理。根据柳龙光进入《大同报》的时间以及他与裕振民的密切关系，其进入大同报社的情形应与裕振民差不多，即并非个人转职，而是受盛京时报社委派到大同报社工作的。这个背景有助于解释柳龙光何以在短短 2 年多时间里由一名编辑成为编辑人，并成

---

① 关于满洲弘报协会成立的时间，有两种说法：一说为 1936 年 9 月 28 日，一说为 1936 年 11 月，笔者考察《盛京时报》认为成立时间应为 1936 年 9 月 5 日左右，而孙陵在文章中说 1936 年 7 月《大同报》就加入了满洲弘报协会，应是指满洲弘报协会筹备成立期间《大同报》即已成为其一员。

为"满人记者协会"干事之首。

（二）从"蚂蚁渡河"看柳龙光的官方意识

柳龙光的文学生涯是从编辑《大同报》的《文艺》副刊开始的。据笔者推测，他大约于 1936 年 9 月开始接手《大同报》副刊，正是原编辑孙陵逃亡之后。《文艺》是《大同报》文学副刊中办刊时间最长的一个，1936 年 2 月由孙陵创办，1941 年 7 月结束，历时 5 年 5 个月。《文艺》副刊编者孙陵、柳龙光、梁世铮、坚矢都是东北沦陷区文坛举足轻重的人物，他们各自不同的政治背景、文学观念、个性风格使《文艺》副刊表现出完全不同的精神特质。在柳龙光时期（1936 年 9 月—1938 年 11 月），《文艺》副刊因成为文艺论争阵地而格外引人注目。

与前任孙陵不同，柳龙光接手《文艺》副刊之时还不是有名的文学人，他的文学创作都发生在主办《文艺》副刊之后。但柳龙光着眼于"满洲文坛"建构的气魄和设想完全不同于一般作家，其中含有政治思维。从柳龙光以"编者"或"红笔"发表的一系列编辑手记中，发现他对"蚂蚁渡河"典故反复运用，从中可以看出他对于文坛建设的想法具有强烈的官方意识。

1936 年底和 1937 年元旦，《大同报》的《文艺》副刊上出现三篇署名"编者"的文章：《局部的努力》《希望于满洲底文人者》《建筑满洲文坛》。这三篇文章措辞强硬，带有政治化思考，表面上都是对"国民文库征文"情况表示不满意，实质上却都着眼于整个"满洲文坛"。《局部的努力》对于国民文库征文应征作品中 80％都是小说表示不满后，进一步说："对于满洲文坛上所表现的萎小，陋浅，作者的难堪，正是编者难堪的地方。"《希望于满洲底文人者》则干脆指责作家的不参与,以一种恶毒的口吻说:"作家是有,但未肯现身于'国民文库'。揆之他们底苦衷,不出下述两种范畴:如果不是'不屑为'就是'畏惧'。偶尔也看见他们写东西,正十足地表现着这两种心理反映下底迂阔与局促。"①文中还说到"这些意识本不纯正的文人们(称为文人较作家为适当)身为教书匠之流还可以抱残守缺",当时确有一批作家藏身于教师职业之中,可见文章作者对整个满洲文坛都有过一些调查了解。这位"编者"所考虑的并非是《文艺》副刊,而是整个满洲文坛,他在想办法逼迫那些躲起来的作家们出来为"满洲国"说话。

《建筑满洲文坛》②发表于 1937 年元旦,文中先以"蚂蚁渡河"的故事做比喻,把那些"萎小的、浅陋的"国民征文作品比喻成"筑成坦途的因子",称"对于每次征文底结果,我们不必失意,悲戚",而那些"踯躅的与嬉戏的"才是"编者"攻击的对象。"编者"恶毒地说:"他们终究把尸身留在此岸"。在新年之际,诅咒那些不肯参加"国民文库征文"的作家、文人,"编者"的政治立场显而易见。

从这三篇署名"编者"的文章来看,语汇大量重复,主题一致,应为一人手笔。为何推断作者就是柳龙光呢?根据 1938 年元旦发表的署名"编者"的文章和 1938 年 5 月开始出现在《文艺》副刊上的《红笔放送》栏目的透露的信息来判断的。

1938 年 5 月,《大同报》《文艺》副刊上首次发表《红笔放送》:

---

① 编者:《希望于满洲底文人者》,《大同报》1936 年 12 月 15 日第 6 版《文艺》副刊。

② 编者:《建筑满洲文坛》,《大同报》1937 年 1 月 1 日第 23 版《新年文艺增刊》。

编者的红笔,很少向读者说话,因为不必是照例的,也不必代作者为主观的介绍,更不必藉著为姊妹刊物或父子刊物鼓吹。

……

编者在年头向读者和作者问了一句"今日需要的文艺是什么?"却惹起"以剪刀为来福枪,以旧杂志为火柴"的一个编者,那么神经过敏地会意起来,那么不礼貌地搬过枪口来。读者是聪明的,或者聪明过于我们的同志,还需要编者们也互相答辩起来吗?"吃笔杆的朋友"们勿以"写的人"为对象,更不可以为"看的人"只是"写的人"。编者与读者是同样地期待著互相砥砺的结果。①

从这篇《红笔放送》可以看出"编者的红笔"是《文艺》副刊的主宰,同时根据文中提到的所谓"年头"的提问可以判断"红笔"于 1938 年元旦以"编者"名义发表过一篇文章。笔者找到了这篇发表于 1938 年 1 月 1 日《新年文艺增刊》上署名"编者"的文章《〈文艺〉编者□□》(注:报纸残缺)。该文的确提出过"今日需要的文艺是什么",并且说:

又是一度新年了,编者再提起一队□□□□□□□ 事,顺流飘去和筑在桥基里每个渺小的□□□□□ 于成果者是

---

① 《红笔放送》,《大同报》1938 年 5 月 12 日第 4 版《文艺》副刊。

一样。巨流当前,假若人人不 ☐ 俗自慰而苟安,不望洋而叹止,我们没什☐ 。满洲文艺底存在,只是这种精神底具现与延☐ 已。①

文中提到了"蚂蚁渡河"。这使人联想到 1937 年元旦发表的《建筑满洲文坛》,两篇文章的署名都是"编者",又都提到"蚂蚁渡河",是否作者为同一人呢?《建筑满洲文坛》在开头讲了这个"蚂蚁渡河"的故事:

我们应当时常提起这个故事:一队蚂蚁渡河,渺小的躯体并不望洋兴叹,它们要用自己底躯体堆筑一条跨越河流的坦途。当前的一个一个跳下去,希望终究有一天,后来的能从这条坦途达到彼岸。

我们在建设满洲底文坛的工程中,遭遇正是"筑路底时期",我们担当的是"筑路底工作"。

我们应当知道顺流飘去的和筑在路里的躯体,有功于成果是一样。

每一篇萎小,浅陋的,都是筑成坦途的因子,对于每次征文底结果,我们不必失意,悲戚,只要写作,就是有勇敢的建设精神。

······②

---

① 《〈文艺〉编者☐》,《大同报》1938 年 1 月 1 日第 23 版《新年文艺增刊》。

② 编者:《建筑满洲文坛》,《大同报》1937 年 1 月 1 日第 23 版《新年文艺增刊》。

1938 年 6 月，《红笔放送》中再次提到到了"蚂蚁渡河"，并以蚂蚁自比①。

如果将前面四篇署名"编者"的文章与后面两篇《红笔放送》串联起来，可以推断：它们出自同一人之手，红笔即"编者"。而"红笔"就是柳龙光，北京社会科学院文学所研究员张泉先生在《抗战时期的华北文学》一书中这样说②。作为研究华北沦陷区文坛的权威学者，同时又是梅娘的"发现者"，张泉确认"红笔"是柳龙光在《大同报》工作时期的笔名，这种说法应该是得到梅娘认可的。

有趣的是，"蚂蚁渡河"典故后来又两次出现在柳龙光以"系己"笔名发表的书信体小说《解毒剂》③中，可见柳龙光对其情有独钟。正是"蚂蚁渡河"的反复出现，使人想到"编者""红笔""系己"就是同一个人。而柳龙光赋予"蚂蚁渡河"的意义是指众人共同"建筑满洲文坛"，哪怕是"萎小的、浅陋的"国民征文作品也可以成为"筑成坦途的因子"。他的文坛建设观念和作家古丁"写与印"不同，和山丁"热与力"也不同，而恰恰与当时官方宣传意图相吻合。

关于柳龙光的政治身份，梅娘在《梅娘近作及书简》中说："柳是一心想振兴民族的'志士'，是相信共产党可以救中国的新

---

① 《红笔放送》，《大同报》1938 年 6 月 30 日第 4 版《文艺》副刊。

② 张泉：《抗战时期的华北文学》，贵州教育出版社 2005 年 5 月，第 228 页。

③ 系己：《解毒剂——也许你又说我是伪善》，《大同报》1938 年 9 月 14 日第 4 版《文艺》。

青年之一"。她说,柳龙光是早在日本留学期间就开始为中国共产党做地下工作,特别是柳龙光后来受刘仁之命去台湾策反、为共产党工作。但是,阅读柳龙光所撰写的文章,无论是在《大同报》工作时期还是在《华文大阪每日》工作时期,他的论调始终与日伪统治者站在同一立场上。尽管当时有许多人为生存而被迫发表违心言论或使用曲笔,但柳龙光的文字表达却不含被迫色彩,相反表现出一种积极主动。对于柳龙光"亲共"的政治倾向,日本汉学家釜屋信一直持怀疑态度,他对梅娘所述柳龙光早就是中共地下党的说法提出质疑:"柳是为了躲避重庆政府大抓汉奸才去落草的呢? 还是原本就是中共的地下党呢?"[①]日本学者岸阳子在关于女作家关露的文章《为了忘却的纪念》中称柳龙光为"亲日派"[②],指出柳龙光直到 1944 年战争即将结束时仍在呼唤重庆作家"回来"。在日本举行的第二届大东亚文学者大会上,柳龙光曾在大会上通过电台向大后方的作家呼喊,要作家们"文学报国",他的媚日表现在当时引起了与会作家的深深反感。

如果要为柳龙光的政治态度寻找原因背景的话,柳龙光的旗人身份对他的国家观念有着深刻影响——他自小生活在京城,祖辈在清廷做官,父亲与清裕亲王有联系。对于大多数旗人来说,他们所效忠的国家是大清帝国而不是中华民国。

(三) 创办《文艺专页》,解决报纸副刊危机

柳龙光在《大同报》时期最重要的建树就是创办《文艺专页》

---

① 转引自《梅娘近作及书简》,梅娘著,同心出版社 2005 年 8 月,第 180 页。

② 丁言昭:《关露啊关露》,人民文学出版社 2001 年,第 73 页。

（1938 年 7 月 1 日至 11 月 20 日）。

　　一份办刊 4 个多月、共 19 个版的《文艺专页》，何以使他成为一派作家的核心人物，何以使他带领山丁等人与古丁等"明明派"进行大规模文学论争，何以使他在《大同报》和"满洲文坛"都拥有较高地位？这是令人百思不得其解的问题，但是当笔者将这 19 个版《文艺专页》的内容、发表时间、作家作品等全部整理出来时，重新回到历史现场和历史语境当中，重新回到彼时的媒介生态环境当中，突然领悟其中奥妙，突然对于那次文坛论争的根源有了新发现。那场东北沦陷区文坛最大规模的文坛论争以及两大作家派别的形成，其实不是任何个人所能左右或促成的，它是当时文学杂志与文学副刊——两种不同介质的文学载体之间激烈竞争的结果。

　　1937 年 3 月《明明》创刊之后，古丁等作家都聚集在这份杂志上发表文章，一时间对于原有满洲文坛重镇《大同报》的《文艺》副刊构成强大压力。熟悉文学创作的人都知道，在报纸副刊上发表文章虽然速度快，但却不如发表在杂志上有"成就感"。因为副刊有先天劣势——篇幅容量小、作品零散，文学人真正心仪的还是文学杂志，而出版单行本更是每个文学人的梦想。因此，《大同报》副刊在伪满初年文坛萧条期可以成为稳定的文学阵地，到 1937 年文坛热闹、文学杂志纷纷出现时，副刊就不占优势了。1934 年 12 月大型文学杂志《凤凰》创刊，此后又出现《满洲文艺》等文学杂志。真正让《大同报》副刊充满危机感的，还是 1937 年 3 月《明明》的出刊。《明明》很快成为一批有实力的文学新人的创作阵地，他们试图藉此摆脱报纸副刊的狭小天地，追求文学独立。这些作家主要是辛嘉（毛利）、古丁、王则、王度、夷驰等，他们组成"明明"派以及后来的"艺文志"派。在文学杂志崛起之时,1937 年前后的《大同报》《文艺》副刊却停滞不前,呈现出萧条与冷落。《明明》等文学期刊不仅对《大同报》文学副刊构成压力,拥有《明明》发稿权的古丁、疑迟、辛嘉等作家对山丁等作家也形成一种压力。

柳龙光创办《文艺专页》的成功之处就在于,巧妙地将零碎的报纸版面集合起来,以"刊中刊"形式对抗杂志的容量优势——《文艺专页》每一个半月的发稿量约与一份月刊杂志相当。《文艺专页》以 10 天为一个出版周期(旬刊),每一轮(4 个出版周期)依次出版 4 个专页:小说专页、批评与介绍专页、翻译专页、散文与诗专页。每个专页连续刊登两到三天不等,分成上、下或上、中、下,每天刊登整版或半版。从 1938 年 7 月 1 日创刊到柳龙光 1938 年 11 月底离开《大同报》而停办,《文艺专页》实际出刊 2 轮,共 8 个专页。因每个专页有 2—4 个版不等,总共有 19 个版(整版或半版)。

表 2 《文艺专页》出版时间及发稿量一览表

轮次	专页名称	时　间	版面篇幅	发稿量
第一轮	小说专页之一	上:1938.7.1	整版	6 篇小说
		下:1938.7.2	整版	
	批评与介绍专页之一	上:1938.7.12	多半版	5 篇评论
		下:1938.7.13	多半版	
	翻译专页之一	上:1938.7.21	多半版	8 篇译作
		中:1938.7.22	多半版	
	散文与诗专页之一	下:1938.7.23	半版	
		下 2:1938.7.24	半版	
		上:1938.8.3	多半版	4 首诗,11 篇散文
		下:1938.8.4	多半版	

（续表）

轮次	专页名称	时　间	版面篇幅	发稿量
第二轮	小说专页之二	上：1938.8.17	半版	5篇小说
		中：1938.8.19	半版	
		下：1938.8.21	半版	
	批评与介绍专页之二	上：1938.9.2	半版	6篇评论
		下：1938.9.4	半版	
	翻译专页之二	上：1938.10.5	多半版	5篇译作
		中：1938.10.7	多半版	
		下：1938.10.12	多半版	
	诗与散文专页之二	1938.11.20	多半版	3首诗，4篇散文

　　通过这个表，我们可看出《文艺专页》如何聚合版面。第一轮《文艺专页》历时1个月；第二轮则拖沓一些，历时3个月。每一轮《文艺专页》内容涵盖4大类文学作品，可以发表稿件二、三十篇，其容量基本与一期文学杂志相当。关于创办《文艺专页》，柳龙光在第一个"小说专页"发刊前一天撰文说："开拓这一片新境界，打破愚昧，扫除欺骗，是蚂蚁的众力。"①

　　《文艺专页》不仅聚合版面，还聚合作家。他聚集了一批被《明明》排斥的作家，如山丁、梅娘、吴瑛、吴郎、雪笠、孙鹏飞、王秋萤、杨叶等。"明明"派的古丁、疑迟等没有在《文艺专页》上出现过，只有"翻译专页"出现过爵青的译作。小松的出现有些怪异。在"批评与介绍专页之一"中，小松还是被批评对象，一共5篇评论有2篇是针对他的，到了"批评与介绍专页之二"时他就

---

① 《红笔放送》，《大同报》1938年6月30日第5版。

以"孟原"笔名发表评论作品了。这可能与小松从沈阳转职到长春《大同报》工作有关。但小松此前就经常出现在《大同报》《文艺》副刊上，除发表诗歌，他也曾发表与孙鹏飞意见相左、针锋相对的评论。

《文艺专页》从一开始就表现出阵营性。它有隆重的"开场白"——预先刊出梁世铮和梁山丁撰写的两篇言论。在《文艺专页》开办前一天，山丁发表《前夜》，呼唤作家们要"描写真实"和"暴露真实"①，这成为"乡土文艺"的创作纲领。它也有正式的结束，柳龙光通过《红笔放送》说："本刊专页共出了八次，自《前夜》《忠实的话》以来，我们是忠实地。编者的红笔放送这是最末次，明日将有一个新底开始。"②

《文艺专页》迅速成为东北沦陷区重要的文学舞台，它既奠定了柳龙光在东北沦陷区文坛的地位，也使《大同报》副刊摆脱危机，这可能也是柳龙光在新闻界地位迅速上升的原因之一。在 1938 年 9 月产生的"满人记者协会"7 个干事中，有 4 人是《文艺专页》作家：柳龙光、梁世铮和季守仁、孙鹏飞，柳龙光位列干事之首。1938 年 10 月，柳龙光成为《大同报》编辑人。

柳龙光这种"聚合"思维解决了《大同报》副刊当时面临的危机，使他在《大同报》编辑中脱颖而出。纵观《大同报》历任副刊编辑近 10 人，最有影响力的要数：陈华、孙陵、柳龙光、坚矢，这其中只有陈华和柳龙光注意"聚合"版面和作家，创办出《夜哨》

① 山丁：《前夜》，《大同报》1938 年 6 月 30 日第 4 版《文艺》副刊。
② 《红笔放送》，《大同报》1938 年 11 月 20 日第 5 版。

《文艺专页》这样有特色的纯文学副刊，聚集和促成一派文学群体的形成。柳龙光聚合版面的独特创意，在整个伪满时期报纸副刊中堪称唯一。

柳龙光离职后，《文艺专页》虽然停办，但"专页"这种形式却被继承下来。《大同报》《文艺》副刊后来还办过"女子文艺专页""话剧专页"以及各种"特辑"——如1939年出版"奉天文笔人访问特辑""批评与论述特辑""诗歌特辑"，1940年还办有柳龙光参与的《海外文学专页》。

（四）文坛论争及其受益者

在柳龙光主办《大同报》《文艺》副刊期间，以《大同报》为阵地形成了一场大规模的文坛论争，论争双方是以《明明》为阵地的"明明派"作家和以《大同报》为阵地的作家们。这场论争大约从1938年5月左右开始在《大同报》的《文艺》副刊上发生，论争使东北沦陷区文坛分裂成两大主要派系："明明"派（后来形成"艺文志"派）和"《文艺专页》作家"（后来形成"文丛"派）。

"明明"派主要是指古丁、毛利（辛嘉）、疑迟、小松等作家，他们当时是《明明》杂志的编辑或作者，后来创办了《艺文志》，成立了"艺文志事务会"。"《文艺专页》作家"则以《大同报》的《文艺》副刊为阵地，出版《文艺专页》，主要成员有柳龙光（笔名红笔）和梅娘夫妇、吴郎和吴瑛夫妇、梁山丁、梁世铮（笔名S）、鹏子①

---

① 鹏子，本名孙鹏飞，伪满时期工作于文艺话剧团，从事剧本创作和文学评论。

(孙世鹏)等。他们后来成立了"文艺丛刊"刊行会,出版系列丛书,简称"文丛"派。

据王秋萤回忆,古丁发表《偶感偶遇及杂谈》以后,山丁并未进一步发表反对文章。为何"战火"在时隔 1 年之后燃起呢?笔者认为,山丁没有立即回应是因为没有合适的发表阵地,《明明》掌控在古丁手里。论争之所以在 1938 年 5 月以后出现,是山丁与《大同报》的《文艺》编者柳龙光达成了默契。

从《文艺》副刊上频频出现的《红笔放送》来看,红笔(柳龙光)才是这场论争中的重要人物。1938 年 5 月 12 日第一期《红笔放送》中提到:"编者在年头向读者和作者们问了一句'今日需要的文艺是什么?'却惹起'以剪刀为来福松,以旧杂志为火药'的一个编者,那么神经过敏地会意起来,那么不礼貌地撞枪口来。"这是柳龙光对于论争发生缘起的描述。

1938 年 5 月以后,《文艺》副刊以主动姿态介入论争。借助于天天出报的优势,《文艺》副刊朝着以古丁为首的"明明"派发起猛攻,吴郎、梁世铮等撰写了一批具有攻击性的评论。在《文艺专页》前后共 2 期"批评与介绍专页"(共 4 版)中,11 篇评论有 6 篇是针对"明明"派的。柳龙光在《红笔放送》中这样谈及矛盾冲突:"山丁,铮郎呼唱以来有热与力的人都忠实地发挥着他们底热与力,共同地培植这块土地,伟大的只是众力绝不是排除异己的个人主义者所能想象的。对于抑人尊己油滑不着实的毁谤,由它自己没落去。"①针对《明明》杂志,他说:"某杂志也宣言要开设《每月文评》一栏了,这也许是目前的评文将要洗心变质

① 《红笔放送》,《大同报》1938 年 7 月 24 日第 5 版。

的先声，果能如此是好现象。"①

这场论战在《大同报》上爆发得突然，结束更突然。1938 年 11 月 20 日《文艺专页》因柳龙光离职而停办，论战中"此方"偃旗息鼓，与"明明"派论争的文章从《大同报》上消失。但两派的对立并未结束，"明明"派演变成"艺文志"派，"《文艺专页》作家"则演变成"文丛"派。正如吴郎所说，这场争执延续了 5 年，直到太平洋战争爆发后东北作家大逃亡，文坛极度萧条，剩下的留守作家们人人自危，再也无力进行"写与印"和"热与力"的对峙了。

这场文坛论争最大的受益人就是柳龙光。联系柳龙光 1942 年以后在华北沦陷区的活动轨迹，更容易理解一些。"作为作家，柳龙光创作不多，影响不大。"研究者张泉考察后这样认为，但他是"华北沦陷后期官方文学界的实际组织者和领导者"。② 他的文坛地位来自于官方支持和派系斗争中树立的威望。当时华北文艺界分成三派：一派是柳龙光的伪"华北作家协会"，后台是日本华北驻屯军报道部；一派是沈启无为首的"北大派"，还有一派是以周作人为首的"艺文"一派，都是老作家。③ 柳龙光还被称为"满洲系"作家的首领。④ 1943 年发生"扫荡华北老作家"事件，日本作家片冈铁兵在东京举行的第二次大东亚文学者大会上将矛头直指周作人，攻击者中还有中国作家沈启

---

① 《红笔放送》，《大同报》1938 年 9 月 2 日第 5 版。

② 张泉：《抗战时期的华北文学》，贵州教育出版社 2005 年，第 228 页。

③ 李士非：《李克异研究资料》，花城出版社 1991 年，第 27 页。

④ 张深切的《北京日记》中 1943 年 5 月 6 日记载：5 月 6 日闻林房雄对炎秋谓："现在华北文坛悉被满洲系台湾系占领实在可恶。"炎秋问："满洲系系谁？"彼谓："武德报柳龙光等翻编审会徐白林等是也。"转自《抗战文化研究（第二辑）》，广西师范大学出版社，第 237 页。

无和柳龙光,随后发生了"破门事件"①。身为华北作家协会总
干事的柳龙光,为什么要参与到日本人对周作人的排斥和周沈
师徒反目的争斗中去呢? 为了强化自己的文坛地位。在长春时
情况也相仿,1938 年论争发生前,柳龙光还是满洲文艺界的无
名之辈;论争发生后,《文艺》副刊编者的柳龙光一下子成为梁山
丁、吴郎等人拥戴的"领袖"。

四 离开《大同报》之后

根据张泉查找的资料:柳龙光于 1939 年 2 月进入设在日本
大阪的大阪每日新闻社,任《华文大阪每日》杂志的编辑。这份
工作是 1938 年末在北京参加招聘考试获得的,柳龙光于 1938
年 11 月离开《大同报》。② 在日本《华文大阪每日》工作期间,柳
龙光对东北沦陷区文坛、对《大同报》仍有影响力和实际参与。

(一)"文丛"编审委员会成员

1939 年下半年,当《艺文志》和《文选》筹备出刊的消息纷纷
传出时,原《文艺专页》作家的重要成员梁山丁、季守仁、吴瑛也
酝酿出刊,他们向在海外的柳龙光夫妇通报了消息,柳龙光是
"文丛"编审委员会成员。

---

① 周作人于 1944 年 4 月发表"破门声明",公开攻击原来的学生沈启无,
并且让北大文学院对沈启无停职停薪,沈启无被迫去南京谋生。

② 张泉:《抗战时期的华北文学》,贵州教育出版社 2005 年 5 月,第 229
页。

　　1939 年 12 月，"文丛"派主将吴郎发表了《关于〈文艺丛刊〉》，这是一篇"告白式"文章，详细叙述《文艺丛刊》的出刊目的和形成经过。从该文可以看出，《文艺丛刊》最早的倡导者是山丁、吴郎和吴瑛，起因是重新翻阅 1938 年夏天的《大同报》，回顾了《文艺专页》，决定做一个系列出版物。他们得到远在日本的柳龙光、梅娘夫妇的支持，并争取到了益智书店的出版帮助，形成了"文丛编审委员会"：冷歌、山丁、柳龙光、梁世铮、鹏子（孙鹏飞）①、氏森季雄②、小泽柳之助③、雪笠④、吴郎，决定每"间月出版二册"。

　　文丛刊行会出版了《诗季》杂志，并与益智书店合作出版了系列丛书：之一为吴瑛的小说集《两极》（1939 年 11 月），之二为山丁的小说集《山风》（1940 年 6 月），之三为梅娘的小说集《第二代》（1940 年 10 月），之四为秋萤的《去故集》（1941 年 1 月）。柳龙光虽然没有自己的作品，但在梅娘的《第二代》中撰写序言。

（二）"文选"特约撰稿人

　　1939 年 8 月，王秋萤撰写了《"文选"刊行缘起》发表在《文艺》副刊上。这篇以"舒柯"为笔名发表的文章，详细介绍了《文选》刊行的宗旨和目的，并且提到了"文选编辑同人及特约撰稿人"：

---

　　①　鹏子（生卒年不详），孙鹏飞，1938 年担任《实话》报记者，伪"满人记者协会"七干事之一。1939 年成为文艺话剧团成员。

　　②　氏森季雄（生卒年不详），《健康满洲》杂志主编。

　　③　小泽柳之助，日系作家，其他情况不详。

　　④　雪笠（1910—1939），本名冯家驹，辽宁盖平县人，曾留学日本，1938 年归国进入满洲国通讯社工作，主要从事翻译工作，是火野苇平的"士兵三部曲"的中文译者，1939 年 7 月病死。

山丁、梅娘、翠羽、刘爵青、吴瑛、柳龙光、古丁、夷驰、共鸣、田兵、小松、外文、衣水、李涓、王则、石军、黄河、孙穗、李乔、金音、南波、吴郎、鲁人、老翼、成弦、李牧之、安犀、子松、姜灵非、徐百灵、秋萤。①

这份名单是包括当时"满洲文坛"上大部分知名作家的,柳龙光夫妇虽在海外但也名列其中。由于柳龙光不能参加文选的编辑工作,他应为"文选"特约撰稿人。

(三) 为《大同报》副刊的《海外文学专页》策划、集稿

离开《大同报》以后,柳龙光真正在东北沦陷区文坛所做的事就是为《大同报》副刊的《海外文学专页》策划和组稿。

1940 年 9 月 4 日,《海外文学专页》在《大同报》诞生。这是一个周刊,它不仅延用"专页"名称,而且与《文艺专页》设置相似,也是一个集合型副刊——把一个月里的 4 期作为一个集合。它在创刊第一天就登出了"九月目录",此后每个月都设置单独目录,也就是将每月 4 期视为同一刊。这种设计是杂志化思维,它既是《文艺专页》风格的延续,也与柳龙光在《华文大阪每日》的编辑工作有关。

《海外文学专页》自 1940 年 9 月起到 1941 年 7 月 26 日结束(其中 1941 年 1 至 2 月中断),共出版 31 期。它的集稿者是远在

---

① 舒柯(王秋萤):《"文选"刊行缘起》,《大同报》1939 年 8 月 22 日第 6版。

日本的柳龙光、田琊等。以柳龙光为首的《华文大阪每日》的编辑们如张蕾、鲁风、雪萤、吕风等都为该版撰稿。他们于 1940 年 5 月在《华文大阪每日》上设立《翻译文艺》专栏,7 月又设立《海外文学》专栏,9 月出现在《大同报》上的《海外文学专页》可以视为他们的集体作品,柳龙光是这个集体作品的策划者。

海外译者的耕耘,给极端封闭之中的东北沦陷区文坛带来一股新鲜之风。《海外文学专页》设计精巧,风格独特,它那图文并茂的特征传达出来自于海外的新颖现代的文化气息。《海外文学专页》独立编号(从 1941 年 3 月"第十九页"开始每期大字注明),最初阶段每期都更换刊头,放置精美插图。从 1941 年 3 月开始,它将一个整版划分为四格,折叠起来就可以装订成册。1941 年 3 月以后,《海外文学专页》创办"童话之页""书简之页",形式越发与《文艺专页》中办"小说专页""批评与介绍专页"相仿。1941 年 7 月 1 日,《大同报》的《文艺》副刊改为《艺文》副刊,《海外文学专页》也于当月结束。

柳龙光在《海外文学专页》上以"系己"笔名发表文章,从在第一期上发表译作莱蒙托夫的长诗《恶魔》(第一篇)开始,表现出积极参与。1941 年 3 月 26 日柳龙光在《三月赘语》中的一番话,表明《海外文学专页》一直由他策划并组稿。他说:"从这三月起,继续去年出刊了的十八页《海外文学专页》,我们预备每月这样地翻译一点东西给大同报的读者。"①他在文中对童话专页及以前和后面的插图的作者等都有全盘介绍,这表明《海外文学专页》由他组织。

---

① 　系己:《三月赘语》,《大同报》1941 年 3 月 26 日《海外文学专页》。

　　《海外文学专页》内容丰富,不仅专门介绍了日本作家小田岳夫、吉屋信子、长谷健等人笔下的"满洲故事",也介绍了西方文学如德国作家海塞(今译为黑塞)的《归乡纪行》、法国作家亚兰的《关于诗和散文》等,特别是开设了《童话之页》《书简之页》。《童话之页》策划者柳龙光在编后语中说:

　　　　这里译出的几篇东西不过是世界的童话的一斑,但关于童话内容的性质——童话在内容上分类,大致可分为神怪谭,英雄谭和寓言。——我们是努力地以作全般的介绍为目标取材的。①

　　《海外文学专页》重视童话和漫画的观念给东北作家很大启发。1941 年 3 月《文艺》副刊上陆续介绍杨慈灯的童话集和作家未名的童话。《海外文学专页》上发表多篇吕风关于漫画的文章:《中国怎样地接受了世界漫画》《六年前的漫画谈》《回忆简记——六年前的漫画坛》《漫画技巧的转变》,对促进中国东北读者了解漫画也有益处。后来《大同报》上专设了《漫画专版》。

　　柳龙光向《大同报》编辑大力推荐参与《海外文学专页》的旅日工作者,如对于张蕾:

　　　　译者是一个青年,努力文学的姑娘,在《华每》上写过《奈良游记》、《孤儿访问记》,翻译的文字也很多。②

----

　　①　系己:《三月赘语》,《大同报》1941 年 3 月 26 日《海外文学专页》。
　　②　系己(柳龙光):《文艺通讯》(三),《大同报》1939 年 11 月 7 日第 6 版《文艺》副刊。

（四）　成为东北沦陷区作家逃亡北京的落脚处

1942 年 2 月,柳龙光进入《武德报》工作,直到 1944 年 11 月《武德报》解散。这一时期他成为"华北作家协会"派的首领,也成为"满洲系"作家首领。据张深切的《北京日记》中 1943 年 5 月 6 日的记载:

> 5 月 6 日闻林房雄对炎秋谓:"现在华北文坛悉被满洲系台湾系占领实在可恶。"炎秋问:"满洲系系谁?"彼谓:"武德报柳龙光等翻编审会徐白林等是也。"①

据梅娘说,柳龙光进入《武德报》是受朋友龟谷利一引荐。《武德报》社长龟谷曾在伪满洲国国务院总务厅弘报处工作,弘报处是伪满洲国政府掌控媒体、监管媒体的部门。柳龙光到《武德报》后不仅接替管翼贤成为编辑长,而且掌控着《武德报》旗下多份杂志如《国民杂志》《妇女杂志》《北京漫画》《时事画报》《时事旬报》《儿童新闻》《美人文章》《民众报》等。柳龙光 1942 年 9 月担任华北作家协会干事长,任《华北作家月报》(1942 年 10 月至 1943 年 8 月)和《中国文学》主编(1944 年 1 月至 11 月)。

1942 年以后,由伪满洲国实施政治高压政策,知识分子处境凶险,很多作家都选择"逃亡"之路来到北京。一些东北作家为找工作而找到柳龙光,柳龙光成为他们在北京的落脚处。

属于艺文志派的"满映"作家王则 1942 年逃亡到北京后,找

---

①　转自《抗战文化研究(第二辑)》,广西师范大学出版社,第 237 页。

到曾认识的龟谷利一,先后在《武德报》所办的《民众报》《国民杂志》任职。王则担任《国民杂志》主编期间正是在柳龙光手下工作。因此,到了20世纪末王则女儿王波寻找父亲情况时,到北京找到了梅娘。

另一位属于艺文志派的诗人杜白雨(王度)1943年6月化名"王介人"逃到北京,他也去找柳龙光,得到了一份在《新少年》当编辑人的工作。

袁犀是通过柳龙光进入《武德报》的,被捕后由柳龙光担保出狱。袁犀1941年在北京生活困难,几乎乞讨,"他在东北有过交往的朋友、《绿色的谷》的作者梁山丁来信,介绍他去找《文丛》派女作家梅娘及她的爱人、在燕京影片公司做协理的柳龙光,柳正要到《武德报》社当编辑部长,答应代他在报社找个职业。11月初,柳龙光介绍他到《武德报》社编辑部整理科当科员,职务是整理分类来稿,交到下属各杂志去。有了饭吃,他用梁稻笔名写作。"[①]后来,他于"1942年1月13日深夜两点多钟被捕的。"[②]"直到1942年7月初被释放。经《武德报》社编辑部长保释出狱,仍留报社整理科当科员。"[③]袁犀的回忆虽然与梅娘对此事的描述有些出入,但重合部分是:柳龙光为袁犀当了"保人",使他出狱。

诗人山丁1943年9月逃到北京后去找袁犀进入新民印书馆工作,但也加入柳龙光主导的"华北作家协会",1944年担任

---

① 李士非,李景慈,梁山丁等编:《李克异研究资料》,知识产权出版社2010年1月,第19—20页。

② 同上书,第20页。

③ 同上书,第21页。

《中国文学》编辑。

结　语

　　在近年来一些关于梅娘的散文中，柳龙光被贴上了"红色标签"，这类信息的真实性还需要进一步考证。关于他身世经历的确切资料不多，对于他各种身份的考察还不够深入，这使柳龙光显得扑朔迷离。在笔者的考察中，柳龙光虽然与日本殖民者走得很近，但他与管翼贤那样担任伪职的汉奸还有所区别。已故作家杜白雨（王度）曾回忆，1944 年底《武德报》解散后柳龙光和大家一样失业了，当时梅娘曾经心情不好。这段回忆让人想到，柳龙光毕竟还是文人身份，与日本军方的关系也并非那么密切。

东北沦陷时期文学的民族主义特征

王 越

青岛农业大学人文社会科学学院

从 1931 年"九一八"事变至 1945 年"八一五"光复,中国东北地区经历了长达十四年的殖民地时期,日本殖民者成立伪满洲国并借助该傀儡政权对东北地区进行殖民统治。殖民与反殖民的矛盾斗争因此成为这段历史的主音,这种斗争表现在政治、军事、经济、意识形态等多个领域。为彻底将东北地区殖民地化,除武力和经济层面的殖民统治之外,殖民者同样重视文化与心理层面的殖民,试图从语言、教育、文化各个方面淡化东北地区原有文化,消解东北民众的中华民族意识,并灌输"日满一心""民族协和"等殖民话语,旨在将东北地区由内而外、由政治、经济到文化、心理都改造成依附于宗主国的殖民地。

在这种殖民语境中,正在发展中的中国现代文学与殖民文化情境遭遇,面对殖民者的殖民意图与文化统治政策,本土新文学作家在文学创作中彰显中华民族意识,以乡土书写表现对本民族文化的认同,使东北沦陷时期新文学呈现出民族主义特征。

以往的东北沦陷区文学研究基本在"政治—阶级"型批评话

语或以民族国家为文学史主导话语的文学研究模式下进行,本文试图在后殖民视野下,围绕"迷思塑像"的构建与破除呈现出殖民文化情境中"殖民者—受殖者"的文化关系,重视与反思民族主义式的文化反抗对东北沦陷区新文学发展的影响。

一　殖民主义逻辑与殖民文化情境

为掩饰真实意图和侵略本质,殖民主义者编造出各种谎言使殖民行为合理化,殖民者与受殖者之间的"进步/落后""传统/现代"的对立关系往往成为殖民合理化的重要借口之一。殖民主义"侵略"的本质被"改造""建设"等词语掩盖,"掠夺"关系被巧妙置换成了进步一方"帮助"落后一方的义举,这就是殖民主义的虚伪逻辑。殖民主义者编造出殖民者与受殖者在政治、经济、文化等方面的"等级差异",这种"等级差异"构成了殖民主义逻辑的前提。换言之,在殖民关系中,受殖者的形象往往是由殖民者出于合理化殖民行径的目的建构而成的,这就是敏米(Albert Memmi)所说的"迷思塑像(Mythical Portrait of the Colonized)"。① 殖民者为受殖者打造出一具拥有落后文化、野蛮的、懒惰的、蒙昧的、亟待拯救的低等民族的"迷思塑像",强迫受殖者认同和接受,并以此为据对后者进行所谓的"拯救"与"教养","侵略"行为便在殖民主义逻辑下被置换成了"扶持"行为。殖民

---

① 敏米:《殖民者与受殖者》,见许宝强、罗永生:《解殖与民族主义》,中央编译出版社,2002 年版,第 33—111 页。

者与受殖者的不平等关系在这里体现无遗,受殖者"迷思塑像"的塑造过程同时也成为殖民文化情境的建构过程。

东北沦陷时期日本殖民者构建"迷思塑像"的核心在于强调"民族优劣论"与"文化优劣论"。1932年伪满洲国成立之初,在关东军授意下,伪政府国务院成立协和会。作为伪满时期重要的殖民统治机构之一,协和会实质上是一个殖民思想教化组织,旨在从思想上控制受殖民众,宣传伪满"建国精神",配合殖民者的武力殖民和经济殖民,对东北民众进行精神殖民。协和会大肆宣扬日本民族核心论,视日本大和民族为"富有优质质量和卓越能力"的优等民族,将东北地区的满、汉、朝、蒙四个民族视为劣等民族,并由此提出"民族协和"口号。以大和民族为"指导民族",满、汉等民族为"被指导民族",要求其他民族服从日本人的领导。[①] 正如敏米(Albert Memmi)所言:"殖民者无意真正了解受殖者",他们只是按照自己的殖民企图重塑受殖者的迷思塑像。[②] 对东北沦陷区而言,日本殖民者需要借助民族等级地位的差异来确立日本人对东北地区民众领导权的合法性,并且借助"迷思塑像"强迫东北民众表现出臣服姿态,从而为日本殖民者在东北殖民地实行民族压迫、"统一民心""训练国民"提供前提和保障。

由于"在殖民地的各种关系中,宰制源自一个民族加诸另一个民族之上"[③],因此"民族"成为殖民关系的关键词之一。通过

---

① 解学诗:《伪满洲国史新编》,人民出版社,2008年版,第368页。

② 敏米:《殖民者与受殖者》,见许宝强、罗永生:《解殖与民族主义》,中央编译出版社,2002年版,第33—111页。

③ 同上。

宣扬民族优劣论和日本民族核心论，殖民者得以在东北沦陷区对满、汉等民族进行民族压迫，但这仍然不是殖民主义逻辑的最终目的。在日本殖民者建构的受殖者"迷思塑像"中，民族和文化是两个相互关联、不可分割的要素，如果说鼓吹民族优劣论使日本殖民者获得民族压迫的权利，那么文化优劣论则能从根本上导致受殖民族的瓦解。因为民族的本质是文化关系，文化在民族形成和确立过程中起到关键的作用。殖民主义追求殖民同化，日本殖民者试图超越日、满、汉民族之间压迫、臣服与统治的关系，从根本上消解受殖者的民族意识和反抗意识，达到所谓"日满一德一心"，为殖民者培养顺应殖民统治的"良民""顺民"。伪满"建国"后，殖民者实行了一整套相关的文化殖民政策，包括控制宣传媒体，垄断新闻事业，实行奴化教育，建立官方文艺团体，实行官方文艺政策，摧残民族文化，强调伪满洲国文艺的"独立色彩"等。

后殖民主义研究者艾勒克·博埃默认为："对一块领土或一个国家的控制，不仅是个行使政治或经济的权力问题；它还是一个掌握想象的领导权的问题。"[①]意大利思想家安东尼·葛兰西的"文化领导权"理论把资本主义操控社会的权力方式分为"统治"和"认同"两种，指出"'统治'是以强硬的武力压服方式出现"，而"认同"则是"一种隐蔽的权力关系，也就是一种领导权的施行"，是"对主导价值观念的趋近，它具有一种社会、道德、语言的制度化形式，而并非表征为暴力的形态"。葛兰西同时指出：

---

① 艾勒克·博埃默：《殖民与后殖民文学》，盛宁、韩敏中译，辽宁教育出版社，1998年版，第6页。

"强化舆论宣传,进行意识形态的灌输,已经成为'领导权'的思想意识和宣传手段的集中体现"。① 因此,对殖民主义者而言,他们必须将文化与殖民权力主体相缔结,在占领领土之后继续占领受殖民众的思想,取得文化领导权,才算作真正达到"殖民"。这就是日本殖民者在民族优劣论之外,又大肆宣扬"满洲文艺独立色彩"的原因。

1941 年由伪满洲国民生部弘报处颁布《艺文指导要纲》②(以下简称《要纲》),全面暴露出殖民者摧毁东北地区原有民族文化、建构殖民文化情境,欲以日本文化取代东北地区民族文化的企图。《要纲》以法令条文的方式规定了伪满洲国文艺的宗旨、特征,强制性将全国文艺者纳入直接由政府领导的官方文艺社团中,并规定文艺社团的活动方式。应该说,该《要纲》试图完全将东北地区的文艺纳入殖民文化情境中,成为日本在军事暴力之外的另一种殖民统治力量。

具体来说,《要纲》采取的是"否定——建设——同化"的殖民策略。在"宗旨"部分《要纲》体现出殖民者为受殖者建构文化优劣论、文化落后论"迷思塑像"的企图。《要纲》指出"我国之文艺较比产业、经济、交通各部门之发展,尚处于较低水平,为此确定文艺之指导方针,以指导文艺向全国普及"。关于如何建设文艺,《要纲》提出"应以建国精神为其根本,以求八纮一宇精神美之显现。"法农认为"竭力实行文化间离是殖民时代的一个突出

---

① 安东尼·葛兰西:《狱中札记》,曹雷雨等译,中国社会科学出版社,2000 年版,第 38 页。

② [日]满洲国史编纂刊行会编:《满洲国史·分论》(上),东北沦陷十四年史吉林编写组译,内部资料,1990 年,第 110 页。

特点……殖民主义不会仅仅满足于把一个民族藏于手掌心并掏空该民族大脑里的所有的形式和内容，相反，它依一种乖张的逻辑转向并歪曲、诋毁和破坏被压迫民族的过去。"①日本殖民者显然也深谙此道，《要纲》先否定东北地区的传统文化和民族文化，将其贴上"落后""较低水平"的标签，再打着"普及""建设""发展"的口号，试图剥夺本土知识分子手中的建设本土文化的权利，然后以伪满洲国傀儡政权作幌子，将旨在文化同化和蒙蔽民心的"建国精神"作为殖民地文艺的主要内容。

对东北沦陷区来说，由于傀儡政权伪满洲国的存在，在"同化"这一环节殖民主义者的文化侵略策略有所调整。日本殖民者创造了一种虚拟的"满洲文学"，并试图以此取代东北文学。《艺文指导要纲》对于伪满洲国文艺的特征这样规定："以移植日本文艺为经；以原各族居民之固有艺文为纬，引进世界文艺之精粹，以形成浑然一体之独立文艺为目标"。尽管宣称世界文学和本土文学是"满洲文学"的两个主要来源，但在实际的操作中，所谓的经纬之说只是虚伪的托词，所谓的"世界文学"其核心是日本文化，本土文学则逐渐被边缘化。殖民者打着建构"满洲文化"的幌子，真正的目的则是基于殖民同化目的的文化间离。

殖民者所追求的具有"独立满洲色彩"的文艺，包含两层含义：首先，殖民者企图将东北地区文艺从中华民族文化中独立出来，以文化优劣论为借口判定东北地区原民族文化的"落后"地位，目的在于切断本土民众对所属民族文化的依附与认同；其

---

① 　弗朗兹·法农：《论民族文化》，见罗岗、刘象愚编：《后殖民主义文化理论》，中国社会科学出版社，1999 年版，第 278 页。

次,将日本文化以"建设""发展""提高情操"的名义移植到东北
地区,逐步改造和代替本土的民族文化,同化东北民众,并将东
北地区文化纳入到殖民统治轨道中,纳入到"东亚新秩序"的建
立中。这种"否定——建设——同化"的殖民主义文化统治策略
本质在于文化间离与文化代替,消解东北民众的民族文化身份
认同,重新建构另一种本质上属于受殖者的"满人"身份认同,从
而在思想文化上把东北地区独立于中国之外,通过民族同化最
终达到文化同化。

由上可知,"民族"和"文化"构成了殖民文化情境中殖民者
与受殖者的关系的两大要害,它们既是殖民者建构受殖者"迷思
塑像"的核心,同时也成为受殖者、尤其是本土知识分子解殖民
的关键点。

二 本土知识分子作家的解殖努力

在殖民文化情境的建构过程中,"文化隔离"是重要手段之
一。东北沦陷时期,东北与关内的联系被殖民者强制性隔绝,无
论是新闻传播还是文学流通都遭到禁止。建国初期,日本殖民
者进行文化扫荡,查禁、取缔、焚毁关内书籍,仅"1932 年 3 月至
7 月,就在东北焚书 650 余万册","日伪当局对带有民族意识的
书刊,一律禁绝"。[①] 从 1936 年 9 月到 1944 年 9 月,当局通过
三次进行新闻整顿,伪满洲国内"从各'一省一报'到'一国一

---

① 孙邦主编:《伪满文化》,吉林人民出版社,1993 年版,第 10 页。

报'，达到了日伪报业的高度垄断"。①此外，殖民者还在伪满洲国实行奴化教育，在中小学课程中加授日语并逐渐加大课时比重，1933年后，殖民者把"国语"降为"满语"，并将日语教育放在首位，企图以日语代替汉语。

伴随着殖民同化在教育、文化等方面的大规模展开，隔绝在文化母体之外的境遇让一部分在"五四"文化语境中成长起来的知识分子作家陷入巨大的身份焦虑和文化漂浮状态中，"亡国"之后又遭"灭种"的文化危机感和焦虑感逐渐积聚在东北地区本土知识分子心中。面对殖民者的文化间离和殖民文化统治，本土知识分子出于守护民族文化的本能开始寻求解殖民的方法，破除殖民者建构的关于受殖者民族和文化的"迷思塑像"则成为这种努力的核心任务。但东北沦陷区作家和绝大多数殖民地民众一样在异族统治下处于"艰难求生"生存状态，同时"作家"的身份又使他们随时可能被当局监视或以"思想犯"罪名逮捕，世俗性苦难与政治性苦难的双重压迫使得东北沦陷区作家的言说环境异常。

如何在现实殖民困境中策略性地表达反殖民意图？"乡土书写"成为他们的文学选择。"家""家乡""乡土""土地"等意象在"中国"一词遭禁的情况下负载了东北沦陷区作家对国家、民族的表达。山丁在谈及"乡土文学"主张的提出缘起时说过："在俄文里，'乡土'与'祖国'是一个词，我们乡土文学，也可以说是爱国主义文学。"②对故国的追思、对失去的家园的痛惜、对掠夺

---

① 黑龙江日报社新闻志编辑室：《东北新闻史》，黑龙江人民出版社，2001年版，第228页。

② 陈隄、冯为群、李春燕等编：《梁山丁研究资料》，辽宁人民出社，1998年版，第234页。

者的控诉,这些都熔铸在东北沦陷区作家的乡土书写中。

东北沦陷区最重要的新文学社团之一文丛刊行会的核心人物山丁于1937年提出"乡土文艺"主张,指出"满洲需要的是乡土文艺,乡土文艺是现实的。"①该主张肯定文学与社会、时代的联系,主张通过描写乡土现实,真实再现社会时代。"乡土文艺"主张一经提出即引起文坛广泛关注并受到当时新文学另一重要社团文选刊行会的响应与支持。这之后,一部分东北沦陷区作家在"描写真实、暴露真实"的乡土文学观念指导下进行大量文学实践,山丁的《绿色的谷》、王秋萤的《小工车》、《矿坑》等作品真实表现出殖民统治下东北平民的生存苦难与心灵苦难。除文丛刊行会作家外,李无双、陈隄、关沫南等沦陷区作家也都积极践行该文学主张,"将手中的笔作为武器同日伪文人作战,揭露伪满洲国的黑暗统治"②。"乡土文艺"思潮由此成为东北沦陷时期最重要的文学思潮。

同时期另一个重要的文学社团艺文志事务会尽管曾就"乡土文艺"与文丛刊行会发生过论争,但他们仍然认定自己是"离开汉话将一无所有的文学者"。③ 这些作家或者专注描写东北大地粗犷的自然风貌和传统的民风世俗,表现东北乡民独特的生存状态,在种种自然或者人为制造的逆境中展现东北民族特有的顽强坚韧的"生命的力"(疑迟的《北荒》、《山丁花》等);或者

---

① 山丁:《乡土文艺与〈山丁花〉》,见《明明》1937年第5期。

② 张丽娟 宋喜坤:《民间立场的文化突围——〈文化报〉新启蒙文学的生成与传播》,《文艺争鸣》2013年第8期。

③ 古丁著,李春燕编:《古丁作品选》,春风文艺出版社,1995年版,第129页。

承袭"五四"新文学精神，批判传统封建家族制度对青年理想与生命的扼杀，表达对民族新生的热切盼望（古丁《颓败》、《玻璃叶》、《变金》、《小巷》、《暗》等）。这些本土知识分子作家坚持汉语写作，表达出殖民文化情境下受殖者对本民族文化的"佗傺的乡愁"。

被殖民者以武力强行划分出去的东北地区需要在殖民文化情境中寻找并皈依于一个文化母体，东北沦陷区新文学作家通过乡土书写向本民族前殖民时代的文化源头寻求答案，希望通过与传统的对接获得使本民族文化继续存活的力量。这类乡土书写在受殖者文化身份和民族身份陷入迷失和飘零状态时为其提供了一个可依附的母体，同时也为知识分子作家在殖民地严酷言说环境中寻找民族文化存在的合法性提供了一个隐秘的渠道。乡土书写由此成为一种解殖民的方法，作家得以将地域文化作为守护民族传统与文化的力量之源，描写乡土文化、展现民族性格，彰显民族文化的鲜活生命力，反驳殖民者建构的"劣等民族""落后文化"的"迷思塑像"。这些文学表达可以看成是民间话语对殖民主流话语的一场"交锋"①，其中彰显出本土知识分子坚守民族文化、反抗文化同化的姿态和解殖民的努力。

这种努力并不是萨义德所说的以个体经验对抗整体性的殖民文化，而是具有民族主义特征的解殖民努力。因为他们具有相同的创作基点——以民族和国家为横、纵坐标，凭借这个基点，东北沦陷区本土作家得以确认自身民族文化身份并以文学

---

① 宋喜坤：《〈文化报〉研究资料考辨》，《中国现代文学丛刊》2012 年第 12 期。

的方式对东北民众进行播撒。文丛刊行会的核心人物山丁曾是"夜哨作家群"的重要作家之一,该作家群受左翼文学与十九世纪俄国文学影响,强调文学的社会功用,在东北沦陷初期创作出大量反抗殖民统治、呼吁民族解放、追求民族独立的作品。其主要成员萧军、萧红、舒群等人在入关后成为"东北作家群"的中坚力量,留守东北的山丁将"夜哨作家群"的反抗精神和左翼倾向继续延续到了文丛刊行会的文学观念中,逐渐确立了该社团的文学姿态——以反殖民、追求民族国家独立为主要创作宗旨,以文学创作的民族性和现实性作为美学追求。文丛刊行会的乡土文学实践以共通性的民族文化记忆沟通了知识分子精英与普通大众,从殖民文化的迷雾中打通了民族文化从历史传承到现实的通道,又以意识形态的附着性连接了政治与文学,使该作家群的创作具有了鲜明的民族主义政治文化诉求。

另一个文学社团艺文志事务会的文学姿态则直接承袭"五四"新文学精神,该社团主张文学应缩短与万民的距离,希望通过创办文学刊物的方式建设文坛。这些努力旨在重新整合被殖民文化统治"否定"和"打散"的中华民族文化,集结大众之力对抗文化殖民与文化间离。艺文志事务会一个重要的文学主题在于批判封建宗法家族制度,这是该社团作家在特殊殖民语境下对"五四"新文学精神内核之一的反帝反封建话语的变形。事实上,正是以血脉维系的家族与以文化维系的民族作为两个坐标共同确定着作家的"身份"。家族书写寄托着作家对国民性的反思以及对民族新生的期盼,表达出这些在身体上离乡去国、精神上又被迫与文化母体分隔、罹患文化危机感与焦虑感的中国作家们守护民族文化、维护民族尊严的渴望。

如艾勒克·博埃默所说："民族主义运动依靠文学，依靠了小说家、歌唱家、剧作家而打磨出具有凝聚力的有关过去和自我的象征，从而使尊严重新得到肯定。那个为人所熟知的被压迫的形象从沉默中迸发出的呐喊，则是那些所谓描写他们的小说中被奴役的人民所断然做出的一种抉择。"①从东北沦陷时期最重要的两个新文学社团的文学创作与姿态可以看到，在本土知识分子作家的解殖民努力破除"迷思塑像"的过程中，文学的社会功能被放大并作为反抗殖民的"精神战场"被纳入到反抗殖民、争取国家民族解放的斗争中，表达出建设民族国家的政治性目标，显现出鲜明的民族主义特征。

三　重视与反思民族主义式的文化抵抗

不可否认，知识分子作家以民族主义文学破除"迷思塑像"，维护民族文化，反抗殖民文化同化，在当时语境中不失为一个有效的反殖民手段。但当历史逝去已逾一甲子，我们在后殖民语境下进行重视与反思时会发现这样一些问题：从文学发展角度该如何看待东北沦陷区新文学的民族主义特征和知识分子作家的文学姿态？这种以民族主义对抗殖民主义的文化抵抗是否是解殖的根本路径？

"民族"这个概念天然地带有意识形态色彩并具有较强的意

---

① 艾勒克·博埃默：《殖民与后殖民文学》，盛宁、韩敏中译，辽宁教育出版社，1998年版，第6页。

识形态附着性,沃勒斯坦(Immanuel Wallerstein)在论及种族、国族和族裔三者的内涵区别时这样写道:"一个'民族/国族'意味着一个社会政治范畴,在某种程度上联系于一个国家的实际或潜在的边界。"①近现代以来,"民族"和"国家"这两个词语被频频放置一处提及,在政治界与文化界都成为关键词,建设现代民族国家成为政治家与知识分子的普遍追求,这就使得"民族"概念中的意识形态性得到前所未有的强化。在半殖民地半封建中国的历史语境中,"民族"一词逐渐同义于"国族",甚至"国家"。由此一系列衍生出的冠以"民族"的词语,如民族文化、民族意识、民族精神等也同样带有了意识形态色彩甚至政党色彩。然而正如有研究者质疑的那样,"民族"与"文化"的组合真的是那么容易亲近,那么容易连接起来吗?② 同样,"民族主义"与"文学"这两个概念果真可以实现无缝对接吗?

首先,民族主义式的文学反抗影响了作家对作品艺术性的追求。沦陷十四年间,东北地区新文学作品的民族性得到充分彰显,但就文学性、艺术性来看鲜有经典作品。萧红、萧军、梅娘等作家都在入关之后渐渐成名,个中原因除去殖民统治下言说环境严酷、文学发表平台匮乏之外,将文学创作与解殖民、建设民族国家的政治意图过度捆绑也是导致东北沦陷区文学成就不高的重要因素之一。过分强调"民族主义"与"反抗殖民",使得许多作家在创作时将素材的选择视为创作的最重要环节,这种

---

① 敏米:《殖民者与受殖者》,见许宝强、罗永生:《解殖与民族主义》,中央编译出版社,2002年版,第33—111页。

② 梁文道:《独立后的非洲国家为何仍问题重重》,http://book. ifeng. com/kaijuanbafenzhong/wendang/detail_2011_02/24/4831813_0. shtml。

"主题先行"的创作模式直接影响到作家对生活的真实感受与把握，这就是当时的批评家所说的"素材主义"倾向——一方面，作家将能够暴露殖民地苦难现实、揭示殖民者暴行之外的文学素材排除在创作之外，致使创作视野狭小、作品内容单一化；另一方面，"民族主义"与"文学"的对接导致作家对文本内容与形式，或意义与技巧的认知有所偏颇。文学技巧和形式美的重要性没有受到作家的充分认知，这就导致"描写现实、暴露现实"的文学意图无法得到文学形式的有力支撑而只能停滞在口号式的控诉层面，这是造成文丛刊行会、文选刊行会部分作品显得粗糙与生硬的重要原因。

其次，民族主义式的文学抵抗以对群体的强调遮蔽了"五四"新文学传统强调的个体精神。"九一八"以后，文学发展路径与作家的文化姿态在殖民文化情境中被迫发生变化，新文学作家对新文学存在与发展道路的认知和判断也不尽相同。文丛、文选刊行会受左翼文学影响，他们的民族主义式的文化反抗带有鲜明的政治或政党色彩。被"民族主义"修饰的"文学"看重的是站在民族整体的立场反抗异族殖民，左翼文学则强调阶级性，当这两种文学诉求相结合，就造成了东北沦陷时期新文学的一个重要特点——强调集体、阶级与典型，强调文学理想与社会理想、政治理想、甚至政党理想的契合，反对文学叙述个人或个人化的文学表达。在文丛刊行会作家的文本中始终有一个"大我"的存在，透过文本作家发出的是属于民族国家的声音，私人的情感和心理较少能够进入到他们的创作视野，对"大我"的追求成为这个文学社团的言说方式和文学姿态。文选刊行会在其创办的文学杂志《文选》的发刊词也明确提出"文学是教养群的利器"。① 这种文学观念导致东北沦陷时期新文学内部的意识形态斗争，文丛刊行会与艺文志事务会为此发生过沦陷时期东北文坛最大的一场文学论争。艺文志事务会的部分作品表现出青年知识分子与学生在殖民地环境中的精神苦闷，这类作品被文丛刊行会解读为小资产阶级思想的流露与反殖民姿态的不坚决，并加以批判。从中可见"五四"新文学建立起的文学对"个体"重要性的认识在群体性的民族主义反殖民话语中被忽略，甚至被否定，这是东北现代文学在殖民地语境中发生的重要变化之一。

一个种族/民族对另一种族/民族的宰制、压迫构成了殖民关系的本质，明确这一点，就能够理解艾贾兹·阿赫默德对詹姆逊"第三世界民族寓言"的批判。阿赫默德认为"民族主义本身并不是带有某种预定本质和价值的统一体。在今日的亚洲和非洲存在着众多的民族主义；有一些是进步的，另一些则不是，一种民族主义作为一种物质性的力量，能否产生出积极的文化实践，……取决于那些掌握和运用它的权力集团在建立自身霸权过程中所表现出的政治性质"。② 进一步说，民族主义与殖民主义、反殖民主义的关联都十分密切，它们具有共同的思路和逻辑基础——二元对立的思维方式。这种非此即彼、非善即恶的思维方式深植于殖民者与受殖者双方思想深处，因此民族主义成为一把双刃剑，它与正义、非正义的诉求都可以结合。对日本殖民者而言，民族主义与军国主义思想结合生成侵略与殖民的力

① 《刊行缘起》，《文选》1930 年第 1 期。
② 艾贾兹·阿赫默德：《詹姆逊的他性修辞和"民族寓言"》，见罗岗、刘象愚主编：《后殖民主义文化理论》，中国社会科学出版社，1999 年版，第 340 页。

量;对作为受殖者的东北地区知识分子作家而言,民族主义与新文学精神结合则形成反殖民力量。当受殖者以强调民族文化、并重新树立一个民族主义塑像的方式来打破殖民者建构的殖民"迷思塑像"时,这种方式事实上仍然未摆脱殖民主义的二元对立的思维方式,并不是解殖民的根本之道。

在殖民历史结束后重视与反思东北沦陷时期新文学能够看到,民族主义式的文化抵抗在特定的历史语境中能够成为对抗殖民主义的武器,但从整个人类历史的角度看,民族主义具有相当的局限性,因而绝不是彻底超越殖民主义的方法。如何摒弃二元对立的思维模式,跳脱殖民主义的框架,寻求一种更有效的文化沟通方式,这应该是殖民地民众全面解殖民所要解决的最核心问题。

(2015 年教育部人文社会科学研究青年基金项目(15YJC751046);青岛农业大学 2014 年度人文社会科学课题(614Y11);青岛农业大学高层次人才科研基金项目(663—1116703))

重释与融合:伪满洲国通俗文学的研究价值

詹　丽

沈阳师范大学学报编辑部

伪满洲国通俗文学是指伪满时期包括现中华人民共和国的辽宁、吉林、黑龙江三省全境,内蒙古东部及河北北部等地的通俗文学。这里不仅包括本土作家创作的通俗文学,也包括由其他地区迁到东北的作家所创作的通俗文学以及其他地区作家在东北报刊上发表的通俗文学。

一　殖民语境:通俗小说成长的外部环境

沦陷成为东北文学发展的一个拐点。东北通俗文学经历了从明末清初的渐进衍变到清末民初的现代转型及 20 世纪 20 年代的初具规模,到 30 年代,呈现出全面繁荣的态势。殖民政策、民间市场和文化市场的推动都为通俗文学的繁荣提供了适宜的土壤。

1. 政策导向。众所周知,三四十年代的东北沦陷区与华北、华东沦陷区有着质的区别。华北、华东多方政权、多种声音并存，它们相互制约、相互制衡，民众在多文化下仍有自由选择和活动的空间。东北的情形却大不相同，一个失掉了国民政府庇护的边隅，彻底沦为日本的殖民地。日本殖民者为了达到对东北的一体化统治，制定了一系列的政策纲要，打压左翼文化，对进步爱国作家进行追捕和屠杀。30 年代中期，东北的左翼作家萧军、萧红等相继逃离到关内。之后日本殖民者为了维护政权统治，对民众进行奴化教育，出人、出钱、出物创办报刊，有目的地引导报刊文学的发展，也可以说沦陷时期的文学是日本殖民者一手促成的文学。虽然当时的报刊上刊登了部分倾向进步反侵略性的作品，但同时也出现了大量远离时事政治的文学类型，如女性文学、通俗文学、校园文学、童话等，其中通俗文学就是其典型代表。

2. *广大读者的阅读取向催生了通俗文学的繁荣。*普普通通的市民生活在动荡之后重新稳定自己的秩序，文化市场所需求的精神产品自然要制约于市民生活的情趣和水准，这便使得通俗小说的繁荣有了十分适宜的土壤①。《麒麟》杂志上开设的读者信箱，述说的尽是个人生活的烦恼，诸如婚外恋问题、单相思问题、孤独症问题，以及求学、谋职、养家等问题。东北市民对通俗文化的渴望，就像书店老板所讲：现在我国人除了一部分号称知识分子外，差不多都喜欢社会言情、武侠小说两种。张恨水的书翻了又翻，甚至别人的作品也冠上张恨水三个字。张青山放送《洪武剑侠图》，马上《洪武剑侠图》单

---

① 孔庆东：《超越雅俗》，重庆出版社，2009 年版，66—67 页。

行本便售完,张青山放送《水浒拾遗》,立刻书店卖空了《水浒拾遗》。因为满洲大众并没有大学肄业的程度,什么文艺新诗,他到不懂,反是这趣味浓厚的东西,到听之津津有味①。通俗小说的繁荣正是在民众对其不断喜爱、接受和肯定的基础上发生的。

3. 商家的推动。东北的报纸杂志和各大书局为追求商业利润,在刊载内容、发行和販卖上也用尽心机。他们投市民所好,刊登其喜爱的内容,如各种类型的通俗小说,"社会上形形色色的新闻,大学生的学校生活,职业战线男女战士的生活以及种种新知识、趣谈、文艺小品等",受到了普通读者的喜爱;为扩大发行量,各大期刊八仙过海,各显其能,如运用"安慰读者的有奖征答"的现代发行策略,增加读者参与的积极性;不断扩大发行网络,除订阅和在各大书局出售之外,将销售点设在"新京"、奉天各百货店电影院和东北各地的主要车站。通俗小说的生产和传播过程,恰恰说明了"民间市场""文化市场"是中国作家在殖民夹缝中求得生存,乃至获得"独立地位"的重要空间。当殖民话语主宰着日占区文化空间时,"沦陷区文化市场对通俗小说有着特殊的期待视野"②。

总之,这些以写作为谋生手段、为趣味、为各种理想表达的群体,在异样的文学生产机制和殖民话语权下创作出了另一番文学图景,形成了多种风格和流派,表达了特殊时代背景下作家

---

① 《货真价实先看后买,书店老板发表谈话》,《麒麟》,1941 年 11 月,180 页。

② 孔庆东:《超越雅俗——抗战时期的通俗小说》,北京大学出版社,1998 年版,153 页。

迥异的文学诉求和创作心态，体现了经济、政治操纵下的边缘群
体的生存状态。这些都不应该被遮蔽。

二　从"缺席"到"边缘化"再到"次主流化"：
通俗文学研究的流变史

纵观伪满洲国通俗文学研究史，其经历了从缺席——边缘
化——次主流化的发展过程。

20世纪以前，由于资料匮乏，加上东北历来被认为是一个
文化匮乏的地域，文学价值不高，更别提难据为经典的东北通
俗小说。为此，东北通俗文学一直未能光明正大地立于中国文
学史上。在这种背景下，三部从侧面反映东北通俗小说的论著
和史料就显得弥足珍贵。它们是1944年秋萤先生主编的《满
洲新文学史料》，1996年张毓茂先生的《东北现代文学史论》和
其主编的《东北现代文学大系 1919—1949》。《满洲新文学史
料》客观地记录了通俗小说家穆儒丐、陈蕉影、于连客的章回体
小说盛名一时的事实，肯定了穆儒丐开拓东北文艺界的功臣地
位，从侧面反映了通俗小说在东北文坛的重要位置。张毓茂先
生的《东北现代文学史论》特辟专节论述通俗小说家穆儒丐和
冷佛，总结现代长篇小说所具有城市特征、俗文学色彩，这是较
早涉及东北通俗文学的论说。同时期，张毓茂主编的《东北现
代文学大系 1919—1949》是东北通俗文学作品史料的起点。
该大系首次选登了穆儒丐的《香粉夜叉》和冷佛的《珍珠楼》。
这是东北现代通俗小说作品的首次公开面世。以上研究虽难

概东北通俗小说的丰富性和独特性,但因其具有社会性、批判性和道德评价意识而引起了读者研究者的重视,引发了新世纪的穆儒丐研究热和《盛京时报》研究热。如日本长井裕子、张菊玲、刘大先、冯静、王秀艳等都对穆儒丐及其创作展开系列研究,不仅填补了通俗小说家专题研究的空白,而且进一步展现了东北通俗文学的史学地位。宋海燕、王璐、詹丽等年轻学者均以《盛京时报》为依据,系统分析了东北近现代小说的文学面貌,从侧面梳理了东北通俗小说的发展断代史,达到了窥一斑而知全豹的效果。

新世纪以来,伪满洲国通俗文学研究开始有了重大改观。首先,该研究的真正突破点源于刘晓丽老师的"伪满洲国文学研究"系列。该系列研究反思了伪满洲国文学的若干重要问题,其中用大量史料和数据揭示了通俗文学在各种态势及强权挤压下的变体发展的特点和其于文学史的意义,明确提出伪满洲国通俗文学研究的必要性。在刘晓丽老师的影响下,关于伪满洲国通俗小说的研究逐渐进入研究者的视野。一部分年轻学者,如廖文星、武啸均以《麒麟》为基点深入探讨了伪满洲国通俗小说的发展形态和审美特质。其次,在学术史上进一步确立伪满洲国通俗文学的地位和话语权的是评论家汤哲声老师。他在《中国现代大众文化与通俗文学三十讲》中,首先将东北通俗小说划到中国通俗小说的"北派"群里,确立东北沦陷时期通俗小说的一席之地;接着,进一步肯定伪满洲国通俗小说在表现中国传统文化意义和在特殊政治环境下的独特内蕴;此外,还落实了梅娘的通俗小说家身份和地位。通过以上努力,论著力求把特定时空下的通俗文学纳入中国通

俗文学史和文学批评的主流中去，这是唯物史观在中国现代
文学研究中的进步。此外，近几年国内外研究者开始直接或
间接地从多角度研究伪满洲国通俗文学。如柴红梅从居住在
"南满"的中日作家的侦探小说和大连都市的关系视角展开论
说，确认了通俗小说对于研究伪满时期东北都市的价值；詹丽
的博士论文《东北沦陷时期通俗小说研究》对伪满洲国通俗文
学进行了全面系统的研究，为其纵深研究提供了大量参考资
料和学术支撑；再如张泉的关于"满系"作家/文学的跨域流动
研究、金长善和李海英的伪满洲国朝鲜文人研究、台湾吕明纯
关于台湾、伪满洲国女性作家研究以及王亚民的关于伪满洲
国俄罗斯作家研究；国外研究成果除了 1990 年日本出版的系
列专著外，当下还有冈田英树、大久保明男的《伪满洲国的汉
语作家和汉语文学》及和西原和海、桥本雄一合编的《伪满洲
国文学研究在日本》，加拿大的诺曼·史密斯《关于伪满洲国
女作家研究》。这些著作都是当下研究的最新成果。他们从
多角度集中阐释伪满洲国文学，显示出了学术视野的前瞻性
和突破创新性，为伪满洲国通俗文学深入研究提供了重要的
参照价值和理论依据。

　　经过诸多努力，伪满洲国通俗文学研究逐渐被纳入学术研
究的领域，并一步步取得了可能改变人们历史认识的研究结果。
但苦于资料匮乏和各自为战的特点，仍有大量报刊未得到研究
者重视和挖掘，很多一手史料和作品未能公开面世，难达到资料
共享，为系统纵深研究设置了障碍，所以至今还没有伪满洲国通
俗文学研究的专著，实为遗憾。

三　"独特存在"与"精神传承"：
通俗文学自身的发展形态

1. 伪满洲国通俗文学成为区别于华北、华东沦陷区和日据时期台湾通俗文学的独特存在。整理东北的报刊、文史资料，发现东北通俗文学可谓浩如烟海。虽然这些作品中存在着良莠不齐、鱼龙混杂的现象，甚至还有部分作品充满色情、暴力、迷信等，但是大部分作品仍是健康且符合大众审美趣味和审美追求的，尤其是沦陷时期的东北通俗小说，作为殖民语境催生出来的文学类型，不仅呈现全面繁荣态势，而且质量、数量和类型上更高一筹。在小说类型和内容上，伪满洲国通俗文学始终把"描写真实"作为这个特异历史时空中"特定文学"的主旋律，培养了大量本土小说家和批评家，出现了体现特定环境的特殊文学类型。沦陷时期的东北文坛集中了二十年代通俗作家群，三四十年代通俗作家群，女性作家群，"京津作家群"，日系、俄系、鲜系作家群等多类小说家群体，表现出了异彩纷呈的创作风貌。其中，有少数民族作家如穆儒丐、冷佛；雅俗双栖作家如李北川(李妹)、黄旭；日系、德系、俄系作家，如大庭武年、山口海旋风、阿纳特。在小说类型上，这时期不仅具有传统的谴责、言情、武侠小说，而且出现了幽默、防谍、史材、实话、秘话等小说类型，体现了特定环境下的特殊文学选择。尤其是小说类型上出现较早体现生态思维的山林秘话小说①，这是东北特

---

① 詹丽，东北山林秘话小说的文化资源谱系，文艺争鸣，2013 年第 2 期。

定时期特定环境下的新小说类型。它是吸取异国文化和本土文化，敬畏生命，坚守传统，避免流入粉饰文学和低俗文学行列之后的新文体，是政治强压，文化钳制下的文学变体发展。此外，东北通俗小说热衷于史材小说的创作，从侧面表达了作家的民族国家情绪——勿忘民族血脉。社会小说方面，东北通俗小说善于讲述东北家族在殖民统治中的成长兴衰史，勾勒了"一幅社会机体急剧变革的画像"，从侧面反映了殖民主义强势入侵与"固有传统习俗相对抗相杂交时，民俗的细致变异的过程"以及城市/乡村的疏离/融合的演变史。沦陷时期通俗文学的理论批评初步形成规模，培养了一批职业批评家，促进了通俗文学的调整和进步，表现了伪满时期通俗作家追求文学艺术性的迫切和热情，尤其赵恂九的《小说作法之研究》是东北第一部论述通俗小说创作的批评理论著作。作者根据自身创作心得，结合读者审美要求和社会现状，论述了关于小说创作的手法、技巧和艺术性，文章通俗易懂，见解精准独到，体现了东北本土作家的艺术水平和开阔眼界，也改变东北"自来无史"的定说。伪满洲国通俗文学记录了特定历史下市民大众和边缘化小说家的生存状态和心路历程，为研究东北的历史和文化涂抹了认知的景观和图标，从侧面介入到了东北区域的文化建设和改造中；其精神构成中蕴含了大量东北本土民俗文化的基因，其创作模式、话语形式、逻辑思维、内容题材等，到处渗透着东北地域文化的痕迹和内涵，成为区别于华北、华东沦陷区通俗文学和日据时期台湾殖民地通俗文学的独特存在。

2. 伪满洲国通俗文学与五四新文学精神一脉相承。东北沦陷时期，与日本作家的无意构建本土精神相比，本土作家在

"言与不言"之中或隐或显地表现出民族精神。首先是对日语的抵抗和日本人形象的批判。小松为抵制日语对汉语的渗透,积极呼吁东北文人要"捍卫国语的文学,慎重地运用词汇"①,并在创作中使用汉语写作。与日本作家积极描绘"民族协和"理想相反,东北作家通过对小说中的日本人的批评和丑化,借此来表达他们的民族情结。其次,对日本人组织的协会、联盟活动持消极态度。1939 年 5 月 24 日,《满日》曾报道这样一则新闻:"新京为开展日满文化交流活动而筹备的作家座谈会,由于满人作家的拒绝而流产……满人作家以不愿在公开场合露面为由加以拒绝,问其拒绝的真意,据说是满人作家通过文学为满洲文化作贡献的意志,由于种种原因遭受挫折,这种现状强烈影响了作家的心理,导致座谈会流产。"②东北本土作家公开抵抗日本开展的各种活动,即使不得已参加会议,大部分人也态度消极,敷衍了事,不予配合。1942 年,日本文学报国会承担的"大东亚文学者大会"第三次会议在南京举行,当时全国各界的知名文人都应邀参加。日本学者高见顺曾在日记中记下了参加会议的感想:"大会的情景很有意思,中国人几乎什么也不听……多数读桌上的杂志或报纸……而满洲代表发言的内容也是应付了事,人人都是千遍一律的无聊发言"③。通过分析伪满洲国通俗小说家在殖民者奉行的"同文同种"的文化政策夹缝中,坚持以服务大众

---

① 小松:《满系小说人的当前问题》,《盛京时报》,1942 年 10 月 7 日。

② 冯为群,王建中:《东北沦陷时期文学国际学术研讨会论文集》,沈阳出版社,1992 年版,162 页。

③ 高见顺:《高见顺日记. 渡支日记》,劲草书房,1966 年版,854—855 页;转引自冈田英树:《伪满洲国文学》,靳丛林译,吉林大学出版社,2001 年版,193页。

为名进行汉语写作，保存原住民的文化、文字和文学书写，曲折委婉地表达幽怨与赤诚之心，他们在创作中通过对社会的批判、对本民族或本土的神话、祖先、英雄的书写，来表达他们对现实的不满，试图重新构建被破坏或者消失了的文化属性，树立本土文化，张扬民族精神，承担了部分新文学缺失的历史使命。并且在艺术上做种种试验，确定了伪满洲国通俗小说的反殖民性及与五四新文学精神的一脉相承。

可以说，伪满洲国通俗小说是中国通俗小说史上不可缺少的部分，是研究殖民地文化和东北地域文化不可绕过的地带。要编纂东北地方史、研究东北沦陷史，将通俗小说提供的众多线索排除在外，那是不可想象的。充分评定近现代时期背景下的东北通俗文学的历史变迁，对东北近现代文学的研究是一个启示。

四　顺应时代呼声，响应史学需要：通俗文学研究的现实意义

1. 伪满洲国通俗文学研究自觉地进行自主性的异于他国殖民视角的理论思考与话语构建，重新评定殖民侵略背景下的中国文学的本土经验，推动中国在人文社科方面的话语主导权。伪满洲国文学研究一开始就受到国内外学者的关注，如国内80年代学者逢增玉、铁峰、关德富、李春林、靳丛林等相关成果面世；90年代日本推出的系列专著；再到新世纪初步实现了海内外的相互交流和相互辩驳的发展态势。在这种学术背景下，从

事伪满洲国通俗文学研究的基础工作,其现实意义不言而喻。

2. 伪满洲国通俗文学研究成果力图成为该领域研究的重要学术支撑和补充中国文学史缺失的一角的重要立据。在现代社会中,对多元性和差异性的呼声越来越高,各种非主流的历史文化逐渐受到重视,通过对伪满洲国通俗文学文献的整理和研究,恰是顺应时代呼声,响应史学需要。

3. 这是一片生荒地,大有开采的价值。本研究翻阅大量至今仍被忽略的但却是伪满时期重要的报刊,对通俗文学形态做具体分类的甄别,挖掘大量被历史淹没的优秀的本土通俗小说家,发现特定环境下的特殊文学类型,丰富了东北文学史。在研究模式上,该研究坚持唯物史观的学术思想,通过大量的实地调查以及对散佚资料的搜集和爬梳,作系统考述,立体呈现伪满洲国通俗小说的真实情况,改变了传统的"反抗—进步"的二元对立和"地域—文化"相互验证的研究模式。

4. 笔者通过对东北地区十多个图书馆所存的报刊和缩微资料的查阅,收集整理了近百份东北报刊和单行本,其中包含了大量未公开的影印资料。作为伪满洲国通俗文学的重要载体,报刊资料是研究东北文化、思想、经济的重要资料,具有较高的历史文化价值和社会学价值。目前,大部分报刊还分散于东北各地的图书馆,而且已经和正在损毁中。为此,该研究工作具有对中国现代文学史资料的抢救和保护价值。另外,该研究尝试整理伪满洲国通俗文学文献体系,结集成册,试图补充《东北现代文学大系:史料卷》及相关史料的缺漏和笔误之处,为后来研究者提供一定的参考资料,形成重要资源共享。

结语　横向/纵向：研究的目标

该研究希望通过自己的努力建立一个伪满洲国通俗文学文献资料库，并形成系列专著。首先我们将在报刊整理收集的工作中，整理出有代表性的作家和作品如穆儒丐、赵恂九、黄旭、篱东等作家作品集，并将一些代表性的文学类型作品收集五个集子分别为社会言情、武侠、侦探、历史、山林秘话小说集。另外，伪满洲国通俗文学理论批评文章收成一部理论卷，算是我们初步的研究成果。在这些选本、论文集和专著的基础上，再编写出关于伪满洲国通俗文学研究、东北通俗小说家评传等著作。在代表作家、代表作品初步形成和部分"分体史"成果完成的前提下，着手准备东北通俗文学史。目前研究面临的主要困境有二：一是对伪满时期各类报刊的收集、梳理探究、钩沉工作是一个艰辛而漫长的过程，需研究者苦心经营、实地调查以及对散佚资料的搜集和爬梳；二是理清伪满通俗小说发展脉络，寻找文学生长的话语空间，探求那个特殊时期的时代氛围，小说家的生存心态、精神历程及审美追求，打破传统定识的束缚，发掘、整理日本侵略背景下的中国现代文学中的地方性经验。

伪满，真郁

Norman Smith/诺曼·史密斯

[加拿大]圭尔夫大学历史系

李正中（1921— ）和张杏娟（1923—2013）是两位在伪满洲国时期从事写作的中国作家。同时，他们也是"东北四大知名夫妇作家"之一①。李先生和张女士分别在1930年代、1940年代早期投身文学界，当时的文学界深受中国近代史上两个重大事件的冲击：五四运动（1919）和日本侵略东北（1931）。这两个事件也深深影响了他们的生活：日本的侵略改变了他们的日常生活和职业生涯，而五四运动提高了他们对于文学"功能"的认识，特别是社会现实主义对于社会政治变革的反映。他们的文学作品不仅在伪满洲国出版，甚至在北京②、上海以及一个跨国刊物——《华文大阪每日》上刊登。本文的主题，是论证他们小说代表作中的"忧郁"特点，这个主题反映了他们对当代社会的参与及在其中的异化。在专注于他们最重要的小说作品——李

---

① 另外三对是：吴郎和吴瑛、山丁和左蒂、柳龙光和梅娘。
② 其时称北平，为保持一致，本文全部称其为北京。

正中的长篇小说《乡怀》及张杏娟的短篇小说《梦与青春》《大黑龙江的忧郁》和《樱》之前,我首先概述他们的个人生活和职业生涯中的重要部分。

在 1920 年代早期,五四运动席卷中国,提倡对自我和对国家的新认识。社会活动家谴责传统的儒家思想,认为其是中华民族衰落的主要原因。在 20 世纪前十年曾被视作现代化进程模范的日本,则因其帝国主义强权行为和不断被批评家认为是"过时的社会理想"而被谴责。谋求赋权于青年和妇女的五四运动,是中华民国的文化纷争,也是令李张夫妇自我身份和职业理想开始形成的一个社会侧影。1931 年 9 月 18 日日本入侵东北,而后在 1932 年 3 月 8 日,建立了伪满洲国。这个以日本为主导的政权,尊奉儒家思想中的"王道主义","王道主义"被作为民族主义和共和主义的替代品进行宣传,其特别作用在于反对当时被取缔的"三民主义"。儒家回归到传统,旨在消除被日本帝国主义辩称为威胁亚洲的军阀、白色帝国主义、法西斯主义、布尔什维克主义和共产主义。伪满的政治宣传阐述了保守的理念,历史学者 Prasenjit Duara(杜赞奇)将其定性为"现代中的传统"①。这些都是被在伪满洲国的中国作家重点批判的。

自 30 年代早期起,文学法规禁止颠覆性的、消极的甚至是悲观的著作发表,至 1940 年代,法规愈加复杂繁琐。在 1941 年 2 月 21 日的《满洲日日新闻》中,当局刊登了"八不主义":

1. 对时局有逆行性倾向的。

---

① Prasenjit Duara /杜赞奇, *Sovereignty and Authenticity：Manchukuo and the East Asian Modern*［主权和真实性：伪满洲国与东亚现代］(Lanham MD：Rowman & Littlefield,2003),147 页。

2. 对国策的批判缺乏诚实且非建设性意见的。

3. 刺激民族意识对立的。

4. 专以描写建国前后黑暗面为目的的。

5. 以颓废思想为主题的。

6. 写恋爱及风流韵事时,描写逢场作戏,三角关系,轻视贞操等恋爱游戏及情欲,变态性欲或情死,乱伦,通奸的。

7. 描写犯罪时的残虐行为或过于露骨刺激的。

8. 以媒婆,女招待为主题,专事夸张描写红灯区特有世态人情的。①

这些规定旨在遏制地方文学对于政权的批评。如下文所论述,李正中和张杏娟违反了"八不主义"的大部分内容。他们反对官方宣扬的、以儒家为基础的所谓伪满洲国"乐土",而他们的批判文章应该被置于此背景下来评价。

个 人 生 活

李正中于 1921 年 4 月 16 日出生于吉林省伊通县,他最为人所熟识的笔名包括柯炬、韦长明和李莫②。他出生于一个注重教育的家庭,是家中独子。没有兄弟姐妹的一个原因是其父母意识到他们负担不起另一个孩子的教育。李正中回忆道,早

---

① 冈田英树:《伪满洲国文学》,长春:吉林大学出版社,2001,304 页。

② 李正中的笔名包括:李征、郑中、郑实、杏郎、葛宛华、万年青、木可、李鑫、靳革、韦烽、韦若樱、魏成名、魏之吉、小柯、小金、余金、里刃、常春藤、史宛、紫荆等。

年他母亲很喜爱诗歌,常背诵唐诗给他听,因此培养了他对文学的热爱。1928年,他开始在吉林省小学正式接受教育。1931年转学至伊通县第一高等小学,同年,十岁的他在上海杂志《小朋友》上发表了他的第一篇文章——《〈小朋友〉十周年纪念(祝词)》①。因日本的侵略,李正中全家迁居哈尔滨,后于1932年底搬到吉林市,因此他的中学学业,是先后在哈尔滨北满特区二三中学和吉林市永吉县立中学完成的。1936年,他进入吉林省第一中学。1937年,他认识了当时十四岁的中学生张杏娟②。李正中的姑姑在吉林市与张杏娟一家住在同一栋楼,李正中频繁的探访和他们对文学的共同爱好,令他与张杏娟的关系日渐亲密。同年,十六岁的李正中发表了他的第一本丛集——《余荫馆诗存》,可惜该集今已佚失。次年,李正中开始参加其毕生都参与其中的各种书法比赛。他于1939年进入法学院,两年后毕业。1941年他出版了小说《乡怀》。1942年毕业于大同学院,同时出版诗集《七月》。他的文学作品刊登在当时东北地区最负盛名的出版物上,包括《大同报》《盛京时报》《新满洲》《麒麟》和《新青年》。1945年,《无限之生 无限之旅》《笋》《春天一株草》和《炉火》出版,《七月》则出版于1946年。

张杏娟,1923年3月16日出生于北京,她最为人熟知的笔名是朱媞和杏子。1925年,她两岁时,经商的父亲被东北蓬勃发展的经济所吸引,决定带着妻子和三个孩子到吉林市居住,从此

---

① 李正中:《〈小朋友〉十周年纪念(祝词)》,《小朋友》1931年第483期,154页。感谢华东师范大学中文系博士生陈实在2015年12月找到这份材料并与我共享。

② 张杏娟和李正中访谈,维多利亚(加拿大),2004年4月24日。

张杏娟成长于松花江畔。张杏娟生活在一个稳定而慈爱的家庭，父母鼓励她学习和参与户外活动。据她回忆，孩提时代的她最为人所知的，是她的勤奋好学和要强的性格①。1929年，张杏娟开始了正规的小学教育，但由于1931年日本的侵略，大多数学校被迫关闭直到1932年春，因此张杏娟的学习也被短暂地打断。张杏娟立志投身教学事业，伪满洲国教育被官员吹嘘为他们进步统治的象征，而批评家则指责这种专业技术的学习，实质是培养奴颜婢膝的中国劳动阶层。在她的短篇小说《我和我的孩子们》(1945)中，张杏娟抨击伪满洲国教育，认为"在今日的情势下'中国孩子'竟失掉了升学的机会"②。尽管有这种批评，伪满教育仍然给像张杏娟和李正中这样的青年提供了必要的工具来表达自己越来越认为是"倒退了的当代社会"的不满。张杏娟在这样矛盾重重的环境下逐渐成熟：她被鼓励去学习，但对于她如何利用所学的知识则没有共识。1936年，十二岁的张杏娟完成小学学业，进入吉林市女子中学，那里同时也是著名作家吴瑛(1915—1961)和梅娘(1920—2013)的母校。张杏娟对于阅读的兴趣和她的前辈们日益增长的地位驱使她开始写作；另外，在《樱》的序言中张杏娟称写作帮助她战胜青春期的挣扎③。1940中学毕业后，张杏娟升入吉林女中师范学院住读。1941年，作为师范生的她开始在"新京"《大同报》上刊登短文，并在《吉林日报》兼职。

　　张杏娟于1942年毕业并开始任教于吉林市北山小学，其后

---

　　①　张杏娟访谈，沈阳，2001年2月14日。
　　②　朱媞：《我和我的孩子们》，《樱》，"新京"：国民图书出版社，1945年。以下引自该篇的不再另注，下同。
　　③　朱媞：《序》，《樱》。

她的生活有了巨大的变化。中国的愈加贫困、通胀加剧、消费品短缺和战争因素迫使她的父母放弃在伪满洲国的生活而搬到氛围相对自由的北京,但随后北京也被日本侵占。为了消除父母对她仍留在伪满洲国的担忧,这对年轻的情侣宣布订婚——不顾女方父母对于女儿嫁给出身如此卑微的男人的反对。1943年,他们结为伉俪,她最著名的作品《大黑龙江的忧郁》也在这年出版。在伪满洲国存在的最后几年中,夫妇两人在文坛上获得很高的知名度,但因很少刊物能支付较好的稿费给作家,他们并不能仅靠写作收入来维持生活。

张杏娟以教书来贴补自己微薄的收入,而李正中在中国低级的法院当法官的同时,也坚持着对于写作、编辑和书法的兴趣①。张杏娟在课堂及李正中在法庭的活动鲜为外人所知,但其对于当代社会的书面批判在他们的工作中肯定有一定程度的体现。1943年,夫妇两人迎来了他们的第一个孩子——一个女孩,从此张杏娟忙于照顾孩子和获取生活必需品。1944年和1945年,伪满洲国最后的岁月里,夫妇俩的大部分著作在越来越大的政府压力的阴影下得以出版。

李正中写的悒郁

1941年10月,在"八不主义"公布十个月之后,李正中以笔名"韦长明"发表了《乡怀》②。共104页的《乡怀》讲述名为金祥

---

① 李正中访谈,温哥华(加拿大),2001年9月23日。

② 韦长明:《乡怀》,"新京":益智书店,1941。

的男孩在家乡的村子(柳树堡)被土匪入侵的时候出走,而七年后回到家乡的故事。金祥逃离村里"阴暗的日子"而去较为安全的大城市完成了学业并找到工作。在那里,他不像周遭的普通城市人那样过着"麻将和咖啡式的奢侈生活",而是花时间在阅读和自我反省中。然而金祥还是觉得"疲惫与麻木"的城市生活给他带来"冷酷和恨恶的感情"。曾经与他相爱的女人——白雪如,听从家里人的意思嫁给了一个有钱人。金祥并没有责怪她,因为他知道"一个女人在社会上求生活是如何难能的事情"。但他失去了她,对于工作前景的失望加上全身的倦怠使金祥感到"阴郁的,冷酷的,没有希望的日子,他像失掉了理智……",因而他决定回到他的家乡。一直溺爱着他的祖母对于他的归来相当开心。但是在祖母的照料下,金祥很快就觉得家乡的生活无聊且郁闷。他回归之初本是打算和他多年未见的青梅竹马何慧姑结婚。在一次偶然的相遇中,何慧姑含泪告诉金祥她已经订婚了。尽管何慧姑在身后呼唤他,金祥还是跑回了家。那晚,他翻看童年时候的物品和他的四书五经——回忆起他"那饶有趣味的蜜一样的孩子的生活",和他现在经历土匪后的"凄清与懊丧"的现实生活实在有着天壤之别。

他的另一个旧相识——教师李爽,带金祥去看他现在生活的村子。金祥说道,"这村子还是这样朴素,是这样安静",李爽讶异于金祥对于村子景象的"不确实的观察",但他并不怪金祥没有看出来过去"正直"的人们,现在赌博和喝酒,就像他们"不知道有明天似的"。因为李爽自己也认为:

　　　　这转变是太快了。从前是那样的正直,现在又是那样邪僻，从前是那样勤俭，现在又是那样奢侈，这里的人仿佛都不知道有明天似的。我每从这里走过，就感到墟墓一样的使我冷颤！

金祥在那里看到了很多，包括他曾经尊敬的叔叔已经屈服于这艰难时世。李爽给金祥看何谓"一天不如一天地日趋于毁败"。遇见醉醺醺的叔叔在街头蹒跚后，金祥"沉思着一个人转变得是那样的快，就像晴好的日子突然地降了一层寒霜似的"。令金祥更加吃惊的是李爽的女朋友，她这样漂亮的年轻女人却"偏偏堕落得不可收拾"，靠出卖自己身体过活。而如今她的生活"少不了烟酒的麻醉，服饰的夸张，色情的享乐"。目睹这一切后，李爽告诉金祥，自己最希望的事情莫过于加入金祥，和他一起"逃出这颓毁了的人层"。

金祥感到完全幻灭，意识到他的"乡村的一切都改了，再不能给他'这个'旅人以往昔的孩子时代的温暖了"，他决定再与何慧姑见一面，而何告诉了金祥她之前想说没能说的话——她订婚并不是自己的意愿。然后，她恳求金祥和她一起私奔，而金祥踌躇着并没有行动——他并不反对何慧姑的提议，但他担心私奔所带来的后果："名誉，道德，罪罚在胁迫着他"。金祥因而拒绝了她，说道"这社会的名誉，道德又是怎样的被人重视呀"。在失去第二个本可以成为妻子的女人后，金祥认为"事实是过于虐待我了"。他决定了回到城市，在一个他祖母还没有醒来的清早离开了家乡。

回到城市后，金祥是"如同一片不载着雨的云彩"，他写信给李爽说自己"并未能切实地体察一下和我们共同地生活着的人群"。金祥劝告李爽:"时代的错谬正需要着我们来矫正,时代的动荡里,不容我们的默息或追求于那自私的享受了"。金祥认为要挽救"时代的错谬",意志和勇气是必须的。对于何慧姑,金祥为他抛弃了她而道歉,他写道:"我们不能作幸福的人"。失业的同时也没有婚姻或就业前景,而且家乡也在堕落中,痛苦主宰了金祥的生命,"他成了愚蠢的命运的沦落者了"。后来,他的朋友田鑫给金祥在印刷所找到一份工作,但工资并不能支撑金祥的生活。确保得到工作后,金祥走回到旅馆,想起有个朋友曾经告诉他:"我们是为受苦而来到这世界上的。"金祥第二天回到那个令"他觉得自己现在确是成了生活圈下的囚徒了"的地方工作。尽管如此,"生活和工作,曾困惫和刻苦过的"都在诱惑着金祥。金祥收到了来自昔日恋人让他与其见面的信笺,他在赴约的途上想着何慧姑,但等待着与他重逢的却是白雪如。之后,白雪如在经济上援助着金祥并带他晚上出去玩乐,使金祥每日疲于白天的工作和夜晚的社交。"经济生活"令白雪如对于生命持有完全悲观的态度:"酒,只酒能告诉给我生命是怎样一个寂默的尸体。"白雪如告诉金祥:"人生是太空虚了。我们在社会的洪流里又过于渺小了。"

不久之后,金祥为他忙碌的日子付出代价:他因神经虚弱症而住院了。在医院,一直无微不至照顾金祥的护士询问他如何正确地生活。金祥回答道:"我也同样是找不到路走的人。"护士暗示着想和金祥开始一起生活,但金祥觉悟到他必须离开这里回到家乡去。"路,该由自己去走,有意志的人,是不会感到恐怖或是寂寥的。"悲哀的是,不管是金祥还是护士,都没有足够强的意志。在金祥离开之前,白雪如说服了金祥他们可以一起生活,但白雪如最终还是和一个曾支持过她的生活的男人离开了。白雪如告诉金祥："生活的枷锁害苦了我们！"白雪如已经习惯了通过和男人的关系而获得的那种生活方式，她不能为了浪漫情怀或农家生活而抛弃那种生活。正如她向金祥解释的那样："是我中毒过深了。从前我被人们逼着去安适于我过不惯的生活，现在我又脱离不开。那生活给我的那管是毒液也好享用。"被失败的感情关系、疾病和失业击倒的金祥告诉李爽："我自己也很了解一个人为了生存的苦斗，是需求着刻苦与冒险的。"李爽和金祥互相鼓励着对方拿出意志和勇敢来继续生活，但意识到他们的言语是如此苍白无力——金祥的现在和过去都是一样地被"空虚与死寂所充塞着。"最后，金祥决定再次回到他的家乡。就在他准备和白雪如一起离开的那天，他收到了两封信。一封是李爽婚礼的邀请函，另一封是金祥祖母写的，说何慧姑在婚后一个月就死了。何慧姑的死是因为金祥缺乏意志和勇敢来无视社会习俗和她私奔。白雪如则因"经济社会"的种种诱惑被毒害被糟蹋，同时也令金祥的生活跌落谷底。金祥的朋友，留在家乡村子的李爽，因有意志而保住了自己的尊严和性格，甚至成为了教师。李爽挣到了足够的钱去帮助金祥，甚至在他和女朋友的关系陷入困境后，还是通过资助令他的女朋友达成成为教师的愿望。比起离开家乡到大都市追逐梦想的金祥，留在家乡的李爽更成功。

在某一层面上而言，这个小说可以被视作是一个在背负着摇摇欲坠的道德观和经历着经济困难的社会中，失去爱情的故事。金祥因为不敢和女朋友私奔而失去了她。而另一个女朋友，金祥也并没有完全得到她，这不但是因为他们不稳定的社会经济地位,更是因为她已经习惯了一个像金祥这个低级编辑根本无法提供给她的生活。金祥的工作消耗体力而且无法支撑他的生活和精神需求,这让金祥梦想着回到有着"好环境、好条件"的家乡,却发现那样的家乡只存在于他那"骗人的记忆"中。整部小说中,金祥十分清楚自己的生活一直在恶化。他曾经觉得是很重要的东西都被证明不过是过眼云烟:"名誉,金钱,努力,都只是骗人的把戏。"小说告诫道:离乡别井的生活可能并不比留在家乡理想。"人生,人生也许只是苦难的跋涉。"在金祥多次放弃的并不能满足他的家乡生活中,有一个在自己辛勤劳动之下过活的祖母,十分溺爱金祥的祖母愿意为了金祥而做任何事。但是金祥并没有留在村子或在都市取得成功所需要的意志和勇敢。动荡的时局和金祥自身对此的反应令他认为"那生活的本身又是空虚的死灭了希望的体。"

最重要的是,《乡怀》消极地反映了伪满洲国当时的环境和习俗。金祥的家乡"转变是太快了",之前曾是正直的邻居们如今花时间在赌博或喝酒。而三个主角,金祥、白雪如和何慧姑则已无力去改变去拯救自己生活的懦弱者的形象出现。没有坚定意志的金祥同样也没有根据当时情况作出决定的胆量。白雪如沦为社会的受害者,最终和另一个男人离去,何慧姑则违背自己意志走进一段封建婚姻并死去。金祥希望回去的家乡早已翻天覆地,这为金祥的生活带来极大灾难的同时也迫使金祥意识到要纠正时代的错谬,个人的积极性是必不可少的。或许最强烈的谴责是金祥所控诉的社会"有着光明和一切,却只把我丢在无边际的暗黑的漠野。"但什么是所谓的"光明和一切"? 其实就是明确地意指所谓"伪满乐土"。所有的这些带给金祥的却是一个

"无边际的暗黑的漠野。"更为重要的是金祥在被土匪打乱生活的七年后回到村子的这一个情节。李正中于 1941 年发表《乡怀》,这一年也被称为伪满洲国"康德 8 年"①。土匪七年前侵袭的日子正是"康德时代"的开端,言下之意伪满洲国的成立以及其社会经济问题与作品中的动乱有关。

张杏娟写的忧郁

张杏娟在一个有利于女性作家的出现,但又严重受官方监管的文坛环境下开始了她的写作生涯。当张杏娟开始发表作品时,著名作家萧红、梅娘和吴瑛已离开东北地区或已改变职业道路了。受她们作品的启发以及张杏娟日后的丈夫李正中的影响,张杏娟仿效他们对于女性屈从于社会的谴责。从 1943 年到 1945 年,张杏娟的作品在不同刊物上发表,包括长春市的《新潮》和《兴亚》、北京市的《妇女画报》和跨国的《大阪华文每日》。张杏娟受过的两次挫折正好体现了伪满洲国压抑的环境。1944 年,她写了两篇具有争议性的小说。她把《小银子和她的家族》投稿至《新满洲》,但小说因涉及强奸以及贩卖年轻女孩而被拒绝;小说《渡渤海》被《兴亚》接受,但之后被审查员切除公然反满的内容——它其后被作为《樱》的三部分之一而发表。张杏娟的作品和被禁的这两部小说显示出当时生活中的固有矛盾——张杏娟担任教师的同时写出越界的文章来告诫读者,"流毒"在社

---

① 在小说的最后,李正中并没有使用官方日历,而是写下"四一,三月"。

会上盛行。张杏娟和李正中自此认为,在伪满洲国的中国女作家在殖民地的"厌女主义"之下反而获得某些权力,一来是因为大部分的女性及其工作被认为是非政治性的甚至是无关紧要的,因此当局认为女性作家并没有危害性;二来是因为女性作家并不像大部分男性作家那样激烈地进行调查研究,因而对于当局而言,女性作家所带来的"麻烦"更少①。1945 年的春天,令张杏娟的写作生涯达到顶峰的是她的文集的出版。当局准许具有消极意义的《樱》的出版,很可能是因为审查员并不认为女性作家的作品能带来广泛影响并带来问题。

1945 年 4 月,国民图书出版社发行两千本《樱》,但只有极少数流传至今。该文集包含前言,八篇文学小说和一首诗。当时的评论家称赞张杏娟的文笔具有"乡土的气味",不仅如此,当局也相当满意张杏娟作品中的乡土气息甚至宣扬这种气息,以便区分伪满洲国文学和中华民国的中国文学。但在《樱》序言中,张杏娟提到其他的因素对她有巨大的影响:

> 其实,我写这篇东西的时候,除掉了曾致力于渲染乡土的气味之外,我也另有其一点小小的意识在。无疑义的,读过这册书的人立刻就可以看得出,这种意识在《樱》里就更清楚地刻画出它的正面。我始终觉得女人本身的生活如果必须仰赖于男人的供给,则于女人这将是一种绝大的耻辱。当然,我并不是反对两性生活者,我是进而研讨着怎样才能

---

① 朱娓、李柯炬:《1942 与 1945 年东北文艺界》,冯为群等编《东北沦陷时期文学国际学术研讨会论文集》,沈阳:沈阳出版社,1992,408 页。

使两性生活更合理，更有秩序地组织起来。也唯有两性的生活才是人类永远发扬不已的动脉。不过，作为女人的应该始终持有要独自生活下去的这样最后的自觉与野望，这样才能完成女人的本身。（朱娓《序》）

张杏娟以"女人"作为分析重点以宣扬她认为的理想女性特质中必不可少的特性：自我意识和独立。她的作品批评不公平的性别结构，认为男人征服女人有损于女人作为"女人的本身"的能力。张杏娟认为自己"当然……并不是反对两性生活者"，她旨在令它们对于女性而言更加"合理"而不是加强这种关系。张杏娟的文章没有涉及任何日本或日本人的题材内容，这令她的许多作品在殖民地官员看来是没有什么危害的。但她谴责她这一代人的可悲状况的作品，比如"在生活的轮轴下被压榨了的"这种题材正是"八不主义"所设法铲除的破坏性文学类型。

在《梦与青春》《大黑龙江的忧郁》和《樱》中，张杏娟探讨了婚姻对于女性生活的影响。在她文集的序言中，张杏娟提及她以这些作品所构成三部曲来发展形成她对于当代关系的批判。这些小说的特点是刻画了来越阴暗的女性生活：在《梦与青春》中，沙夏以患有抑郁症且身处在不美满婚姻的形象出现；在《大黑龙江的忧郁》中，即将死去的亚娜深受自己的过去的折磨；而在《樱》中，母亲被奸污、抢劫和流放。尽管女主人公们都面临着这些挑战，但是她们每个都试图去改变自己的生活。

《梦与青春》的开场与结束都是同一个场景：女主角沙夏被

一个男子追赶着从房子的门洞跑出来①。沙夏的丈夫——嘉,疯狂的同时也一直担心并尝试防止他的妻子逃跑。通过倒叙,读者知道了二十四岁的有着绿眼睛的沙夏在六年前与嘉私奔。但在两人的婚姻生活中,沙夏被抑郁沮丧消耗尽了,因为她深受幸福的恋爱和不美满的婚姻之间的差异的打击。不堪重负的绝望令她悲伤:"生活是一种威胁,是一种可恨的存在。"她因为抛弃了自己的家族而和一个并没有回报自己感情的男人一起生活而充满了自责。尽管他努力安抚她,沙夏还是抛弃了他并且认为她必须离开,"同一的家族里,若失掉了爱的维系呢?"沙夏怀疑虽然婚姻的必然结果是不可预料的,但她的感觉是与生俱来的,她断言婚姻必须植根于爱,而不是义务。由于无法忍受和一个她认为并不爱她的男人一起生活,沙夏出逃去寻找那些她害怕就像家门前河水流过一样的梦想与青春。《梦与青春》赞扬沙夏拒绝接受青春梦想和一段不美满婚姻现实之间的不同。

张杏娟最广受好评的小说《大黑龙江的忧郁》,是基于《梦与青春》的几个主题上的:主角是一个白人女子——患有肺结核的亚娜,她和女儿卢丽一起在伪满洲国黑龙江乘船回到俄国。驱使亚娜回到俄国的原因是卢丽"在伪满洲国没有未来"这个现实,并且亚娜希望在自己死之前安排好女儿的婚事。在船上,她们刚好遇到亚娜的前夫——莫托夫。小说通过倒叙讲述了十五年前的故事:当丈夫外出经商时,亚娜与一个中国男子坠入爱河继而跟随他来到伪满洲国。在那里,亚娜发现自己怀孕了,其后亚娜与她的中国情人一起把卢丽养大,直至亚娜的情人在工作

---

① 朱媞:《梦与青春》,《樱》。

中死亡。卢丽直到在船上才得知那个中国男人并不是她的亲身父亲。当卢丽因是否披露这个消息而挣扎的时候，垂死的亚娜的所有心思都被自己的过去所占据，她后悔自己的"鲁莽"，在一个"江水黑沉沉地像微死的恐怖"的夜晚私奔①。因为不愿与莫托夫和解，亚娜拒绝了莫托夫让她回来的请求，亚娜相信如果女人和一个自己并不爱的男人一起生活，那是"女人给男人的绝大的侮辱"。旅程的最后，在俄国，亚娜把卢丽交托给莫托夫，然后在他们不知情之下，亚娜再次登上那艘船永远地离开了他们。当船驶离岸边的时候，亚娜把绣花手帕扔进江中。在手帕上绣着的是当年莫托夫的一句话："我们底爱永生，我们底青春不死。"亚娜凝视着江面直至江水吞噬了她的手帕。

在《大黑龙江的忧郁》中对自然环境的描写相当突出。俄国的温暖和面朝黄土的百姓与她的中国情人所宣称的在江对面的伪满洲国是"千百亩的熟地，是富有的资产阶级"形成鲜明对比。亚娜开始嫌弃伪满洲国社会："盖着一层烟的土城，没有舞厅和酒场，没有可值得享乐的设施，也吃不着了家乡风味的面包，仅是并不可口的米饭……"即使她到了有着众多俄罗斯居民的"北边的小巴黎"哈尔滨，也并没有被它所吸引，因为那里的人们轻蔑地对待她们母女。亚娜认为伪满洲国的唯一可取之处便是对寡妇贞节的强调，这令她可以在她的后半生独立生活——这是她出于想要实现自我而不是出于尊重她的丈夫而想要的。纵观整个小说，亚娜对于勾起她回忆而使她手足无措的黑龙江是又爱又恨。凝视着江水，她看到或从窃窃私语中听到她的过去；波

———————————

①　朱媞：《大黑龙江的忧郁》，《樱》。

浪拍打着船边的声音令她记起西方的舞蹈"加尔登，西班牙之夜"。她回忆起在年轻的时候听着平静的江水的她进入梦幻的世界。旅行者经过永恒的动人的江水，黑土地，绿田野和山，但他们因为个人的痛苦而并不能乐在其中，正如亚娜对于过往的哀悼，令她对于黑龙江有着惆怅的感情。

　　三部曲以张杏娟最长的小说作为完结，并且文集标题也以此小说命名——《樱》①。这由三部分所组成的小说（雁，藻，樱）是张杏娟最为越界的作品，因为它刻画了在伪满洲国"新的土地"上降临到女主人公——妈妈身上的灾难②。小说中并没有明确地告诉对读者在这片土地上什么是"新"的，但与当初吸引妈妈的那个社会环境相比，实际的社会条件相去甚远。在《樱》中，吸引妈妈的伪满洲国自然环境之美和其具破坏性质的社会形成鲜明反差。妈妈带着儿子从山东老家坐脚车去寻找五年前去了伪满洲国打工的丈夫。文中叙事揭示：即使"妈妈底对于乡土的爱恋的心情是并不减于别人的"，但她不能接受没有丈夫地度过余生。可是，自她抵达大沽口登上去往营口的船，她就饱受来自男人的折磨，比如，她在山东从未遇到过的——"这样为一个陌生的男人打量还算是第一次呢"。当她想买度过渤海的船票时被告知女人不能在没有男人的陪同下进入伪满洲国，惊恐的她只能"雇男人"。绝望之下，她雇佣了卖票者的同伙，这男人在途中奸污了她，使这趟航行变成妈妈的"海上的囚狱"。她是以被强奸为代价离开了山东。当船抵达码头，海关官员夺取了

_____

①　在 1980 年代，除了最后的一章，其他全部以《渡渤海》为标题刊登。
②　朱媞：《大黑龙江的忧郁》，《樱》。在随后的印刷中，"新"被替换为"陌生"。参见《渡渤海》，《长夜萤火》，493 页。

她的银元，而那个强奸犯则把她的随身物品抢走了，剩下几乎身无分文的她。在伪满洲国，她几次被强奸和洗劫。

一旦进入伪满洲国，妈妈和儿子就登上开往未知未来的列车。垂头丧气的他们和威严的东北大山和土地形成强烈对比。妈妈害怕自己的生活已经跌入低谷："也许自己和孩子的命运注定是该饿死到满洲这块新土地上了吧！"虽然身无分文还挨着饿，妈妈仍以找到丈夫为希望来鼓励自己。妈妈在丈夫最后出现过的地方——巴堡，这个具有讽刺意味的地名，临时性地打着工。在那里，妈妈被她的中国老板奸污。在老板被人发现遭到伤害后，妈妈被判入狱，但她拒绝回应对她的指控。在监牢里等待着判决的妈妈"想起了耻辱的渤海，饥馑的大陆，和残暴与淫虐"。她的苦难与大陆的困苦是明确联系在一起的。

《樱》的最后一章描述了流亡的母子来到一个农场，而妈妈在那里重新获得她的自我意识。通过投入工作和建立一种新生活，她摆脱了自己是受害者的思想情绪："妈妈完全判若两人"。故事的高潮在于她意识到她可以靠着自己的辛勤劳动而自力更生。她偶然遇见她曾经拼命寻找的丈夫，妈妈拒绝了这个因过往而自我放逐的男人所提出的重聚要求，因而妈妈得以肯定自己的独立。在流亡中，妈妈发现实现自我的关键在于依靠自力更生的收获，而不是依赖于丈夫："妈妈最初觉到自己的生命毕竟还是自己的。绝不是归属于谁的。或是关合于谁的。与一个男人的合力虽然会更幸福，失掉了一个男人的合力也不能因之沮丧自己的活动。"

《樱》歌颂农村生活，这是伪满洲国政治宣传的一个重要主题，同时，《樱》也完全否定女性对于父权的屈服。由妈妈准备离开山东开始,她就彻底屈从了。经历了被奸污、抢劫和流放之后,妈妈开始意识到她不需要依赖于男人而活。从第一个陌生男人用眼睛上下打量她,到在渤海的强奸者,她最终不堪于屈服而在伪满洲国做出了反抗——在巴堡,她差点把奸污她的人杀掉。她在寻找丈夫时所受的创伤提高了她对于自己的力量的认识,同时,也暗示着如果她一直独自留在山东,也许她能更早地认识到这种独立性。张杏娟完全消极地描绘伪满洲国的生活,因而该小说被禁止在《兴亚》上刊登,但她灵活地绕过了种种限制并且以增加新标题来使它得以作为《樱》刊登。

这三部曲《梦与青春》《大黑龙江的忧郁》和《樱》像图表一样显示了张杏娟对于伪满洲国社会环境的越来越消极负面的描绘。读者不由得同情起女主人公,她们愈加消极悲惨的生活不仅体现于她们在感情上的失败,也体现于她们在社会上的失败。显然,三部曲中的每个故事都指明了东北雄伟的自然风光,尤其是江河,是如何影响女性的生活的——江河或启发了她们,或使她们变得无能。正是这种女性与自然之间的深刻联结迫使她们拒绝在伪满洲国屈从的社会地位。

殖民结束后的生活

1945 年,当日本帝国战败时,李正中和张杏娟达到了他们写作生涯的巅峰。但解放的胜利因苏联偷盗了许多东北地区的工业基础设施而受到挫伤,这些基础设施很多被拆除运至东欧,因而剥夺了东北地区实质性的经济遗产。经过苏联的混乱,国共两党在东北的争夺,张杏娟忙碌于获取生活必需品,而她的丈夫李正中则投身于编辑《光复日报》和《东北文学》。1946 年,李正中因为他在伪满洲国的职业生涯而被判入狱,经过半年的关押,李正中到哈尔滨加入东北民主联军。在 1947 及 1948 年,他编辑了《东北日报》和《今日代表》。内战的混乱即将开展时,张杏娟仍然留在长春参加政治会议和照顾他们的女儿。1948 年,由于内战激烈持续,张杏娟入伍,作为解放军与她在哈尔滨的丈夫会合,而他们的大女儿则和李正中的父母幸存于长春围困战。那一年,张杏娟停止了写作,而李正中则在 1955 年辍笔。

中华人民共和国成立后,张杏娟和李正中定居沈阳,致力于教学和享受家庭生活。他们的另一个女儿和儿子分别在 1952 和 1955 年出生。张杏娟于 1953 年开始在辽宁省商业厅工作,后来转到辽宁省科学器材公司。20 世纪 50 年代早期,李正中在部队负责教学和制造教学材料。1955 年开始他在工厂负责教学,但在 1961 年他成为工人。1969 年,李正中被定罪为“反革命”和“汉奸”而被逐出沈阳,下放到辽宁省建昌县碱厂公社东大杖子大队劳改。张杏娟及他们的三个孩子,还有李正中的父亲也和他一起被下放。由于张杏娟没有被定罪,她的工作能获得一点工资,但李正中则不能得到任何报酬,一家六口仅靠张杏娟微薄的工资在那里生活了许久①。

1978 年,对沦陷区文学的政治谴责被平反,夫妇二人得以在 1979 年回到沈阳重新生活。张杏娟和李正中相继于 1983 和 1985 年退休。自 20 世纪 80 年代起,东北地区的文学和历史越

---

① 　张杏娟访谈,牛津(英国),2004 年 10 月 31 日。

来越受到关注,因而他们很多的文学作品得以重新出版于中国二十世纪文学选集。张杏娟的作品被刊登在梁山丁主编的伪满洲国妇女作家短篇小说文集《长夜萤火》(1986)中。李正中的作品被收录于梁山丁主编的伪满洲国男作家文集《烛心集》(1989)中。自此之后,夫妇二人的作品多次被收录和刊登于不同的刊物,包括张毓茂主编的《东北现代文学大系》和刘晓丽为总编的即将出版的《伪满洲国文学史料整理与研究丛书》。同时,李正中作为辽宁省的一个著名书法家,在台湾、加拿大和英国各地多次举办了书法展。

结　语

李正中和张杏娟的写作,戏剧性地说明了在伪满洲国的中国人的生活,他们的生活是由个人事务、社会限制和日本统治三者之间复杂的关系构成的。日本的统治开始时,他们还只是孩子,伪满的教育提高了他们的阅读和写作能力,让他们能够以写作为生。正如本文所论述的,他们以政治为主导的短篇文学小说为流行媒介来批评伪满社会。毫无疑问,他们的作品明确违反伪满洲国官方所谓"八不"中的第四条:"专以描写建国前后黑暗面为目的",但他们所违反的程度则是一个比较主观的问题。在他们的文学小说中,主人公们都力争改变自己的生活,在一个被描述为暗黑,甚至流毒的经济社会里,寻找一条符合道德的道路。五四运动鼓舞了中国的文坛,作家们寻求提升社会对于经济不平等的认识,同时在日本殖民地的语境下,追求由中国文坛的重要人物所倡导的文学目标。在 20 世纪 30 年代中期，鲁迅（1881—1936）以本土写作推动潜在的严峻的现实主义的变革。李正中和张杏娟从事的正是这样的文学创作，虽说他们就业于教学和法律行业，但这样的职业生涯很可能给他们提供了一些从事文学创作的余地。

　　他们的作品里并没有着重刻画与日本相关的题材。所有与日本相关的题材并没有以积极或消极的面貌于作品中出现，反而是被完全忽略。考虑到夫妇二人在伪满洲国的重要地位，这种日本题材的缺失是明智的。张杏娟的几部小说，如《大黑龙江的忧郁》和《梦与青春》，都以白人这个于日本人而言并非具有重大意义的种族为主人公，但在伪满洲国，中国人则被归为从属位置。鉴于他们是处于法西斯的统治下，他们作品中日本相关题材的缺失是无可厚非的，因为作家很可能会因明确消极或悲观地反映日本而被给予严重的处罚。杜赞奇于 2004 年对于梁山丁的小说《绿色的谷》（1942）提出疑问，因为这小说没有明确批评日本，他质疑它是否能作为一部反帝国主义作品来评价。也许梁山丁（可以说是曾在伪满洲国居住过的最有名的中国作家）在写《绿色的谷》的时候并不能预料将受到的迫害，但李正中和张杏娟却看得到梁山丁为该小说付出的代价：1943 年梁出逃到北京，家人被迫害，在长春的家被破坏。因此李正中和张杏娟的作品必须放在他们的历史语境下评价，尤其是在"八不主义"和梁山丁受迫害的阴影下，夫妇二人主要的文学作品都出版于"梁山丁事件"之后。日本或日本人题材的缺失，令他们能够从事对当时社会的批评。

　　日本帝国的崩溃、内战，还有当地居民渴望一个模糊的殖民

历史,这些因素令伪满洲国的过往处于一个完全被谴责的叙事
语境下。中华人民共和国的成立和它的爱国主义热情抹去了复
杂的伪满洲国的统治,并且将焦点从曾活跃于当地文化的暗黑、
反封建、反父权制的讨论转移到以文学积极而广泛地赞颂新国
家。在 1945 年,张杏娟以诗歌《自己的歌吟,自己的感情》来庆
祝《樱》的出版,她写道:"我不过是大地涯涘的一条小河/我不过
是榛莽丛中的一株小草。"①在《乡怀》的"后记",李正中对他的
小说的评价是"这未成熟的作品"。这种谦逊反映了作家们品格
的同时,也可能是为了麻痹伪满洲国的审查员,使他们对于李正
中和张杏娟的文学作品产生"无害的错觉",但这种谦虚情怀并
不能准确评估李正中和张杏娟作品中"抑郁"的宣扬对读者的
影响。

---

① 朱媞:《自己的歌吟,自己的感情》,《樱》。

"满洲国"广播中儿童的政治形象

代 珂

日本首都大学东京人文科学研究院

一 "满洲国"的广播与儿童

(一) 作为教养类节目播出的儿童广播

"满洲国"的广播节目,按照内容和形式可分为报道、教养和娱乐三类①。顾名思义,教养类广播旨在发挥广播作为传播知识信息的媒体功能。

从内容上来看,教养类广播可分为语言讲座、各类演讲、面向家庭的科普节目、儿童广播以及学校广播。其中,语言讲座又分为汉语讲座和日语讲座,分别在第一放送(日语广播)和第二放送(汉语广播)两个频道中面向日本和中国听众播出;家庭科普节目主要面向主妇,介绍各种生活常识、美食料理;演讲类节目涉及生活、健康、文化、政治等多个方面,邀请各领域中相对权

---

① 报道类节目主要为新闻,娱乐类节目有音乐、戏剧等。

威的人士,按需求进行演讲录播或者实况直播;面向儿童的广播节目则分为"幼儿时间"和"儿童时间",分别在不同时间段播出。在节目制作上,由于受硬件条件等诸多因素的影响,第一放送的节目普遍比第二放送的同类型节目更为细致和丰富。

本文的研究对象,面向儿童的广播节目,得益于"满洲电信电话株式会社"兴建的覆盖"满洲国"全域的无线电广播网,其节目制作基本上由各地方广播电台轮流负责,在固定时间统一播出。虽然时间固定,但根据节目制作进度不同,播出频度和内容安排也不尽相同。以 1939 年的"儿童时间"为例,分别有"童话剧 23 次、童话故事 28 次、儿童广播剧 4 次、歌唱童谣 19 次、西洋音乐 12 次、日本音乐 4 次、科普参观 6 次、其他类别节目 8 次";广播电台负责制作的次数统计为:"新京"广播电台 27 次、大连广播电台 29 次、奉天广播电台 26 次、哈尔滨广播电台 18 次、安东广播电台 1 次、牡丹江广播电台 1 次、齐齐哈尔广播电台 1 次;按每月播出次数统计为:1 月份 9 次、2 月份 8 次、3 月份 9 次、4 月份 10 次、5 月份 10 次、6 月份 7 次、7 月份 9 次、8 月份 7 次、9 月份 10 次、10 月份 9 次、11 月份 9 次、12 月份 7 次,其中 1 月份的部分节目内容如下①。

　　8 日　儿童音乐剧《人生之母》(奉天广播电台)

　　　音乐指挥:原田三哉　领衔演奏:仓桥一郎　参演:平安小学学生

　　　11 日　科普讲座《煤矿的故事》(新京广播电台)　播

_____

① 满洲电信电话株式会社,《满洲放送年鉴》第 1 卷,东京:绿荫书房,1997。

音:竹田幸雄

　　12 日　童谣及曼陀林琴独奏(大连广播电台)

　　20 日　儿童广播剧《太古事记传》(哈尔滨广播电台)

　　创作:伊藤正弘　参演:FY 儿童会

　　22 日　童谣乐曲《玩具歌》(新京广播电台)　演奏:新京广播交响乐团

　　26 日　广播演奏《玩具森林》(大连广播电台)　演奏:大连童谣会

　　由以上两个材料,可以总结出"满洲国"面向儿童的广播节目的以下特点。

　　首先,节目制作表面由"满洲国"所有广播电台轮流担任,但从实际播音次数可以看出,其制作和播出主要集中在"新京"(长春)、奉天(沈阳)、哈尔滨、大连四处广播电台。这和"满洲国"以城市为主,面向偏远地区进行广播辐射的政策相吻合,并且设备方面,也只有这几个主要城市的广播电台能够满足节目制作的要求。其次,节目内容具有以音乐和故事为主、寓教于乐的特点,并且包含较为丰富的节目形式。其中有在校学生参与演出的音乐剧、科普知识讲座、童谣和乐器演奏、儿童交响乐团组曲、儿童广播剧等多样化内容,可以看出制作方的重视和投入。另外,节目的播出在一定程度上维持着一定的频率,基本每月 8 次至 10 次,作为在"满洲国"独立制作完成的节目在当时可算高产。

(二) 儿童广播的特殊形式——学校广播

　　学校广播同样属于教养类广播节目,是限定在学校范围内的儿童广播。"满洲国"的学校广播这一形式实际上源自日本，原本是作为一种辅助教育的方式，面向在校学生进行课外辅导①。1939 年 9 月 30 日，学校广播委员会在"满洲国"成立，以"审议执行与学校广播相关的具体政策、节目编排、收听方案"②为主旨，成为了学校广播在"满洲国"的直接管辖机构。该机构的成立是学校广播在日本得到一定程度的经验积累后，面向"满洲国"所进行的扩张。学校广播委员会推选满洲教育部教务科长成田政治等七人为委员，同时在"新京"、奉天、哈尔滨、大连、锦州、安东、牡丹江、齐齐哈尔设置地方委员会。地方委员会委员由教务部长推荐，主要成员为各地学校的校长、校务主任。地方委员会的主要工作是收集节目素材、就广播实施事宜同当地广播电台进行业务联络，因此任命各地的广播局长、业务科长为委员。1940 年 10 月，"新京"地方委员会升级为中央委员会，负责管辖各地方委员会。

与日本不同，"满洲国"的学校广播初期选择从面向日系教师的广播节目开始。播音伊始次数并不频繁，仅在每周一下午 3 点 30 分开始播出半个小时。播音内容和顺序分别为"国民歌"（"新京"广播电台）、20 分钟的讲话（各地方广播电台轮流制作）、"教育信息"（教务部）。该节目命名为"教师的时间"，同日本保持一致。播音开始一年后，随着学校广播扩充议案的实施，"教师的时间"在内容上和播音时间上得到大幅充实。首先，播音次数变更为周一至周五，内容上也分为在"满洲国"制作的节

---

① 关于"满洲国"的学校广播，笔者另有文章论述，在本篇中仅出于行文所需对其史实部分进行归纳。

② 满洲电信电话株式会社，《满洲电信电话株式会社十年史》，1943。

目(周一、周五)和转播东京电台的节目(周二、周三、周四)。

　　直到 1941 年 5 月,学校广播中央委员会才颁布议案,决定实施面向学生的播音。然而该播音仅仅是为时三十分钟的音乐和广播体操,大约半年后的 12 月,以辅助教育为目的、面向学生的学校广播才终于得以实施。经过体操及音乐为主的第一阶段的实验性经验积累之后,"满洲国"的学校广播进入了第二阶段,新增加名为"我们的学习"的节目企划,以各学校为单位轮流担任节目制作。该节目在 12 月 1 日首次播出,"以课堂教育为主要方向,每次由一个学校负责内容制作和播音,不设学年限制、播音形式和内容同样由学校自由选择",显得十分随意粗糙。翌年 1 月,为强化其辅助教育的功能性,对播出节目进行了进一步的细分,周一、周四面向低学年(1—3 年级)、周二、周五面向高学年(4—6 年级)、周三则由教育部负责编辑播出面向学校的时事新闻①。

(三) 以学校为载体的儿童广播特别节目

　　除上述两种广播节目之外,"满洲国"还存在另一种儿童广播,它与学校广播密切相关,但又在形式上超脱于学校广播,可看作以学校为载体的儿童广播特别节目。与其称之为广播节目,它更近似面向青少年学生、以无线电波为载体的校园活动。这类广播特别节目以如下形式出现在广播的舞台之上。

---

　　①　满洲电信电话株式会社,《满洲电信电话株式会社十年史》,1943。

1940 年起

少国民广播大会(第一放送·第二放送)

全满儿童歌唱大会(第一放送·第二放送)

全满女子中等歌唱大会(第一放送·第二放送)

全满青年体验发表会(第一放送)

建国纪念青年辩论大会(第二放送)

1941 年起

全满国民学校、国民优级学校日语朗读大会(第二放送)

全满男子中等学校吹奏乐大会(第一放送)

全满男子中等学校学生诗歌朗诵大会(不明)

　　这类节目在播出的同时,还以"大会"的形式存在于现实生活中,是一种颇具规模和影响的儿童广播的特殊形态。首先,大会活动动辄覆盖整个"满洲国",根据性质不同,多个民族的儿童同时参与的情况亦属常见;其次,大会有儿歌、演讲、演奏、辩论、日语朗读、诗歌朗诵等诸多形式;最后,该类活动通过校园,以学校广播的形式在全国范围内播出,在当时的各种节目形式中,尤其对于面向学生的节目严重缺失的汉语学校广播来说,是特别且隆重的广播盛会。

　　以学校为载体的儿童广播特别活动的出现,还是"满洲国"广播为实现自身的多样化的一种尝试。前文已经提到,受设备限制,"满洲国"的广播节目(尤其是汉语广播节目)的制作一直处于较为窘迫的状态。为改变此种状况,满洲电信电话株式会社尝试了各种手段。在设备上,1936 年起针对"满洲国"情况研

发专门的收音机,试图以低价位换取更多"满人"(当时对生活在
"满洲国"的中国人的称呼)的收听,以期在普及广播的同时,丰
富与听众的互动。在人员上,1939 年开始以四大中央广播电台
为中心进行"满人播音员"扩招,旨在加强汉语广播的人才储备,
从内容和人员上增加汉语广播的可行性。为完善这一计划,满
洲电信电话株式会社制作了缜密的计划,设置了专门的培训机
构,分别从公司外部和内部聘请教员负责教授一般科目和专业
知识。

在以上两项措施的基础之上,满洲电信电话株式会社于
1941 年对"满洲国"广播节目的结构和内容进行了改进创新,改
进的内容包括:"以满洲国的生活素材为基础,充实报道类广播
的内容;活用音乐等广播形式,增进节目娱乐性的同时提升国民
艺术水平"等[1]。通过大会竞赛的形式、活用音乐等多种节目类
型,兼顾娱乐性和艺术水平提升——由这三点方针要求,不难看
出这类广播特别活动出现的目的是为了进一步充实现有的学校
广播与儿童广播。

二　"满洲国"的儿童与政治

(一)　来自儿童的政治表演

1932 年,由"满洲国"所组织的访日女童使节团,可看作儿
童参与"满洲国"外交的首个案例。女童们由"新京"出发,于

---

① 《放送节目刷新》,《满洲日日新闻》.1941—3—26。

1932 年 6 月 19 日到访东京,同当地小学生完成一系列交流活动后,于 6 月 30 日返回①。

这次访日活动在外交上达到对"满洲国"进行宣传的目的,有研究称其灵感来源与 1927 年发生于日美之间的"人偶外交"②。日俄战争结束后,日本扩大在中国东北的获益,日美之间的关系随之紧绷,而 1924 年移民法案的颁布导致日本移民在美国遭排斥,更让两国之间剑拔弩张。为缓和关系美国施行了一系列外交手段,其中一项便是往日本各地学校赠送洋娃娃玩具。据统计,1927 年美国共赠送洋娃娃 12739 件,并且这一外交措施收到奇效,民间情绪得以缓和,日本随即回赠了日式人偶以示两国交好。

在上述论证的基础上,笔者认为,儿童形象在"满洲国"进一步地演变为了一种政治符号,他们出现在"满洲国"的各种媒体之上,目的是为了服务于各种政治活动。

这一政治符号的最主要目的是传递所谓"日满友好"的信息。如 1933 年,为纪念"满洲国"一周年,协和会就曾发行过这样一张明信片:两个相貌神似、个头相当的小男孩,分别身着日式和服和中式马褂,和服男孩的胳膊搭在马褂男孩的肩膀上,两个孩子笑容灿烂,孩子的旁边印有"同德同心、共存共荣"几个大字。

随着广播这一新兴媒体在"满洲国"的普及和技术条件的日趋成熟,一直依赖于纸质媒体的政治符号开始演变出新的姿态。

---

① 《满洲国少女世界今到访日本》,《朝日新闻》.1932—6—19。
② 是泽博昭,《从日美人偶外交到满洲国少女使节》,《历史评论》,东京:丹波书林,2013(756)。

1934 年 12 月 23 日，为纪念平成天皇一岁生日，一场规模庞大的广播盛会蓄势待发。上午 8 时 30 分，由东京广播电台播出、爱宕儿童合唱团担任表演的"皇太子殿下御诞生奉祝歌"拉开了这场盛会的序幕。在随后的几个小时里，札幌、仙台、广岛、熊本、大阪、名古屋等地的广播电台轮流进行了播音，内容则大同小异，均为表达纪念庆祝之意。"满洲国""新京"中央广播电台的播出时间被安排在上午 11 时 50 分，时长 30 分钟。这次跨地域的广播活动共计耗时近 5 小时，采取了各地方广播电台轮流担任播音、节目实时转播的方式，其参演人数之多、规模之大在当时实不多见。

这次以广播为媒介的跨地域纪念活动，有两点尤其值得关注：一、所有负责播音的广播电台所选派的节目中，均包含儿童表演的节目。比如，除前述东京爱宕儿童合唱团表演的奉祝歌之外，还有仙台市南材木町小学儿童合唱的"朝日之歌"、大阪御津幼儿园儿童合唱的"庆祝歌"、名古屋儿童音乐团合奏的"快乐一日"等；二、"新京"中央广播电台代表"满洲国"参与其中。"满洲国"的播音同样包含了儿童节目，但除此之外还安排了宫内府大臣的专门讲话，并且在播音结束前播放了"满洲国国歌"。

"满洲国"的参与，使这一跨地域播音活动具有了政治性，但事实上，"满洲国"附属于日本的殖民地属性又导致其播音时间和播音内容隐没在众多日本本土电台之中，它并无任何特别之处，充其量只能算作一次政治表演，而表演的主角正是贯穿这次活动始终的儿童。

（二）儿童在广播中的政治角色

从女童访日使节团到庆祝天皇生日，被作为政治符号的"满洲国"儿童不仅完成了媒体间的跨越，更确定了其代表"满洲国"服务于由日本主导的政治表演的角色地位。这一角色的确定，使得从政治符号这一途径出发的、对"满洲国"儿童的利用变得有迹可循，也让对这一利用背后的政治意义的剖析变为可能。

1935 年，为庆祝"满洲国三周年纪念日"，日满儿童再次通过广播进行交流活动。针对这一活动，报纸以"日满少年少女通过电波交流　满洲国三周年纪念日"为题，进行了如下报道：

> 三月一日的满洲国三周年纪念日是日满两国民共聚欢庆的盛大节日。日满两国少年少女为给当日锦上添花，决定通过电波交流，互相播送两国国歌。从午后五点开始的十分钟时间里，来自日本东京的少年少女将透过广播齐唱满洲国国歌并致祝辞。并且，六点十分开始的十分钟里，来自新京各学校的少年少女将合唱君之代以作答谢①。

"国歌"的播出一直存在于此类电波交流活动中。使"人偶外交"成立的重要的表象性条件，一是美国洋娃娃的"蓝眼睛"和日式人偶的"和服"，一是人偶的交接仪式所传递的交好信息。

---

① 《日满少年少女通过电波交流　满洲国三周年纪念》，《满洲日日新闻》，1935—2—24。

这些外表的符号赋予了人偶以地域属性，使各自的身份辨识成为可能，再加上象征交好的仪式，才能完成这一信息的传递。这也是为什么，从美国送到日本的洋娃娃至今仍被称为"蓝眼睛洋娃娃"。而对于广播来说，广播交流活动本身已成为信息传播的仪式，但其作为声音的媒体，并无法通过颜色或者外观装束使参与其中的主题具备可辨识性。在无法营造视觉效果的条件限制下，代表国家的歌曲则成为最有效的标示身份的手段，音乐在其中代替了体貌特征，令人产生相应的地域联想。所以，在类似的"日满广播交流活动"中，相互播送"国歌""民族歌曲"等地域辨识度高、政治象征性强的节目不可或缺，它们是完成政治表演的重要条件。

同样作为以广播为载体的交流活动，还有 1941 年 9 月 15日，以"满洲国"的国际地位为主题的"少国民的电波对谈"。

> 即将到来的九月十五日，是盟邦日本承认满洲国成立的纪念日。轴心国成员们也将通过电波向满洲国送来庆祝，肯定满洲国的成长。值此广播盛事举行之际，电电放送部将在东京和新京间实施国际播音，让两地少国民们通过电波进行对谈，德意盟邦安排节目如下：夜八时四十五分至九时五分，来自柏林的军歌及进行曲演奏，九时十分至九时三十分，来自罗马的吹奏乐曲和进行曲①。

在国际范围内宣传"满洲国"，是这类广播活动的另一个

---

① 《少国民的电波对谈》，《满洲日日新闻》，1941—8—28。

主题。"满洲国"的承认问题贯穿了它短暂历史的始终。日本虽因国际上对"满洲国"的否定而退出国际联盟,但却从未停止过替"满洲国"在国际舞台上"正名"的努力,其中一个方法,就是联合各轴心国成员发表承认"满洲国"的声明。关于各国承认"满洲国"的新闻,时常出现在当时的各种媒体之上,广播也不例外。并且,"满洲国"的广播除了担负着在民众间扩散这些信息的使命,还须试图寻找将它们送往国际舆论的途径。因此,以"承认满洲国"为主题的国际广播活动十分受重视,除日本之外,当时的"满洲国"还分别与德国和意大利签订条约,每年定期举行国际广播交流活动①。而在这些广播交流活动中,儿童则扮演了例中所描述般代表"国家"发声、进行对谈的角色。

　　本节中列举的两个材料具体展示了儿童在广播中所扮演的两种政治角色,这两个角色看似无异,实际却各有其目的,即:展示"日满友好"和代表"满洲国"发声。前者,是人偶外交中"蓝眼睛洋娃娃"和"穿和服的人偶"的延伸,是海报上"和服少年"和"马褂少年"的另一种形态;后者则更趋近于"满洲国"在形象上的延伸,在各轴心国的配合下完成着某种自我塑造的表演。如此般,根据不同的要求和场景,"满洲国"的儿童也随之在政治表演中转换着角色,通过在广播舞台上的表演,这些角色完成了各自所应完成的信息传递。

---

　　① 　关于对"满洲国承认"的新闻报道问题以及"满洲国"的广播外交请参考拙文:《从新闻报道看"满洲国"的广播与报纸的关系》,《人文学报》,东京:首都大学东京.2015—3(508),《广播中的"满洲国"宣传·知性与创造》,东京:日中人文科学文化学会,2013—4(4)。

三　儿童、广播、政治的三者关系

（一）"好孩子"与"满洲国"

不管是"日满友好、同心同德"还是"承认满洲国"中的儿童，他们有一个共同点，那就是对外的、近似于外交性质的立场，为其提供舞台的广播更重视对外的发声而非面向"满洲国"的听众。所以这些广播活动须采用"国际交流"的形式。但如文章开篇所介绍的，"满洲国"的儿童广播还有另外一种形态，它是对内的，不同性质的。

1943 年 4 月 12 日，东京中央广播电台开始播出名为"国民学校的时间"的面向适龄学生的节目。相呼应地，"新京"中央广播电台制作了名为"好孩子的时间"的节目，与前者不同的是，后者"考虑到了满洲国的特殊情况"并寄希望通过节目"培养面向决战的储备力量"①。"好孩子的时间"每日分别于上午九点、十一点和下午两点播出三次，内容包括音乐、国民学校时事要闻和政要讲话。该节目可看作是面向学生的学校广播节目的延伸，只在第一放送日语频道中播出，比起最初的学校广播，它更多地被赋予了政治使命。太平洋战争爆发后，日本在战争泥潭中越陷越深，为应付战争的物资需求日益增长，"满洲国"作为其战争储备的重要来源，压力同样与日俱增。在"协助战争，提供后援"的强制性宣传愈演愈烈的同时，学校广播也改

---

①　《好孩子的时间》，《满洲日日新闻》，1943—4—12。

变方针,开始"放弃以往的和平的内容形式,专注于锻炼战时状态下的青少年国民"①,这一方针从"好孩子的时间"更为强调时事和政要讲话的节目构成中也可以看出。它比以往的学校广播更为重视通过儿童进行战争状态下的动员,同前文介绍的两种政治角色不同,此时的"好孩子"是从"同心同德"等友好假象中分裂出来的,是一个更为纯粹的用于宣传的角色。

"好孩子"这一称呼被用于节目名称并非偶然,这一称呼在日本和"满洲国"媒体上被广泛使用,用来指代儿童,其最初来源于日本当时的教科书改革。1941年,日本文部省决定对用于国民学校的教科书进行改革,其中,"修身"更名为"好孩子","国语"更名为"读法",其他更名的教科书还包括算术、歌唱、图画等科目。所谓修身科目,出发点原为指导孩子为人处事的品德教育,但在战争特殊时期,修身科目致力于对天皇的神化,强调对国家的贡献和服从。其中对"好孩子",即历来的修身科目的要求则可归纳为:"放弃原有的将儿童视作个人的孩子的观点,转而将儿童视为国家的孩子"②。自此,"好孩子"作为面向儿童的国家主义的代名词,开始频繁出现,同样的制度与政治含义也迅速在"满洲国"蔓延。

"好孩子"要在"满洲国"扮演"国家的孩子"这一形象,最直接的手段是迎合各种战时口号。例如,在农作物虫灾严重时,"好孩子部队接受动员,参与害虫扑灭战",而在此行动背后的,是"为战争服务的增产"③;同样,为贯彻"整备交通、巩固国防"

---

① 满洲电信电话株式会社《满洲电信电话株式会社十年史》,1943。
② 《好孩子和读法》,《朝日新闻》,1940—10—30。
③ 《好孩子出动》,《满洲日日新闻》,1943—6—27。

的战时方针，"奉天市内约五千名好孩子走上街头，号召行人靠左行，除路口外尽量不在马路中间走"①。通过诸如此类的宣传行动，"满洲国"的儿童成为"国家的孩子"，进而变为服务于一切宣传和动员口号的"好孩子"。这一强加于儿童的称呼被用于广播节目，作为培养所谓战争储备的道具，完全符合其背后的意义，是当时广播服务于战时态势的一种体现。在这种前提下，"好孩子"赋予了"满洲国"的儿童一个新的政治角色。

然而前文已经提到，"好孩子"的形象背离了儿童形象最初被用于政治表演时的初衷，它完全出于日本的宣传需求，即辅助战争的目的。它是儿童形象与政治结合的顶点，也是其走向终结的开端。

一个令好孩子们欢欣鼓舞的好消息——带你们回梦寐以求的祖国。自幼跟随父母来到满洲投身于开拓事业、镇守北边的、又或是出生在满洲的少年少女们最大的憧憬，莫过于探访在大东亚战争中取得了赫赫战果、昂首于世界的祖国日本吧！此次兴亚同盟与协和会合作，拟从国民学校五、六年级的儿童以及中等学校一、二年级的学生中抽选一百名身体强健、品学兼优者，组成祖国访问团，于九月初开始进行为期四周的探访祖国之旅，具体日程正在计划中②。

"好孩子"强调国家主义，然而，正如引用文章所表述一般，

---

① 《面向决战交通的生活化》，《满洲日日新闻》，1943—6—15。
② 《召唤大陆的好孩子们回梦中的祖国》，《满洲日日新闻》，1943—4—7。

这里的国家主义与"满洲国"并无关系,它强化对日本的服从和向往,弱化"满洲国"作为平等地位的存在,事实上展现的是宗主国面对殖民地国家时的优等意识。儿童作为"好孩子"的政治形象进入包括广播在内的媒体,在"满洲国"被大肆强调,是日本作为殖民国家的殖民意识逐渐强化的体现。它是一种隐性的政治表达,表面上,"好孩子"服从一切口号,和宣传"同心同德"和"承认满洲国"的儿童形象发挥相同的作用,但是"好孩子"的另一面展现的是对日本的崇拜和神话,强调的是对口号的服从,即对权力的服从。

(二)"满洲国"的儿童广播与政治

"满洲国"的广播事业本就建立在政治操纵的基础之上。满洲电信电话株式会社建立之初,将自身目标定位为"经营关东州、南满洲铁道附属地及满洲国管辖地域内所有电信、电话、无线电信、广播无线电话等电气通信相关所有事业"①,然而其大半资本构成来源于日本放送协会,并且高层半数以上为关东军陆军部出身,表面上号称"日满合办",实际上很难摆脱来自关东军的影响。在这样的背景下,"满洲国"的广播事业即使发展多元化、试图引入多种文化因素以满足听众的实际需求,都被限制在严格的框架之下。有学者也就此问题提出过"满洲国"的广播带给听众的是政治生活的论点②。

可即便在如此浓重的政治操控的影响下,"满洲国"的广播

---

① 《满洲电信电话株式会社定款案》,《满洲日报》,1933—6—4。

② 贵志俊彦、川岛真、孙安石,《战争 广播 记忆》,东京:勉诚出版,2006。

事业在一定程度上保持了内容的多样化。例如考虑到听众的语言需求而引入的多语言广播、多元化的音乐元素、戏剧、广播剧等。尤其在广播剧的推广过程中，可以看到广播作为当时新兴的媒体，结合同样兴起的话剧在满足民众娱乐需求方面的强大潜力。然而，广播剧也遭受到政治操控的打击，并未迎来百花齐放的繁荣，而是陷入了除宣传政策之外无剧可演的穷途末路①。

儿童广播也面临同样的问题。由各广播电台担任制作的儿童广播，拥有相对丰富的节目内容和形式，甚至考虑到听众年龄层，无论从播出时间次数或是节目质量上都有可圈可点之处。同时，儿童广播的另一个特点是不拘泥于单纯的媒体广播，凭借学校广播这一特殊形式，儿童广播走进校园，直接面对听众，进而发展出竞赛大会形式的特别节目，这一方面得益于满洲电信电话株式会社的技术支持和普及力度，另一方面因为儿童和学校的特殊社会属性，是其他广播类型较难完成的进化。这其中的儿童形象在"满洲国"扮演着重要的政治角色，出于宣传或政策需要，常常出现于各种媒体，其中尤为突出的目的便是粉饰"日满协和"和"满洲独立"。

儿童被作为政治符号，导致儿童广播同样因政治操控而产生改变，其体现就是"少国民对谈"之类以儿童广播为形式的外交表演或政治表演的频繁出现。儿童形象在这些广播节目或活动中出于不同的需求扮演不同的角色。强调同日本的平等一致或亲密无间时，他们是友好欢乐的"少年少女"；主张国际舞台上

---

① 关于广播剧在"满洲国"的演变请参考拙文：《伪满洲国的广播剧》，《外国问题研究》，2014—10(3)。

的"满洲国"的形象时,他们又以"少国民"的身份出现。随着"好孩子"这一形象的出现并进入广播节目,儿童在"满洲国"的政治表演进入白热化。这一富含以日本为根基的国家主义和集体主义的形象,试图在"满洲国"营造出上下一心、全民皆战的政治气氛,却忽视了其自身的分裂性——它唯一保留或推崇的是对宗主国日本的崇拜而剔除了其他一切因素,舍弃了"友好"或"平等"等外衣的儿童仅剩下纯粹的国家主义,难以在"满洲国"的环境下被接受。

四　结　语

本文介绍了"满洲国"儿童广播的三种类型,即作为教养类广播的儿童广播、学校广播和出于宣传目的的儿童广播。其中又重点分析了宣传类儿童广播中,儿童形象作为政治符号的三种类型:宣传"日满友好"的"少年少女"、强调"满洲国"国际地位的"少国民"和为战时动员服务的"好孩子"。这三种角色遵循不同的宣传需求,进行相应的政治表演,其中前两者主要面向国际,后者着重于"满洲国"听众。然而,这三种形象的内在却并没有保持一致,导致这一结果的根源在于日本作为殖民国家的优等意识。随着战争的深入,神话天皇和日本的舆论倾向越发偏激,导致一直被强调的"日满友好"被弱化,取而代之的是为战争服务,换言之则是为日本服务。为广播定下的战时方针让抛弃了其他因素、单纯强调日本＝祖国的"好孩子"的形象进入其中,其实是对面向国际的儿童广播中儿童形象的分裂。

　　本文的主要着眼点是儿童在广播中的政治形象，因为"满洲国"的广播始终处在政治操控的挣扎之中。同其他的广播类型一样，儿童广播同样有着矛盾之处，在强调政治宣传及被迫单一化之前，它只是单纯地面向孩子的教育节目，对于这一机能的考察同样重要，值得关注和探讨。

辑　六

青年论坛东亚殖民主义的文学实验场

废墟与新都：爵青笔下的满洲新人试炼场

蔡佩均

台湾成功大学台湾文学研究所、静宜大学通识教育中心

前　言

　　本文欲以爵青的小说为具体案例，探讨他如何采用现代主义文学的形式，糅合封建家族风俗与都市文化批判，描绘"满洲国"统治下新世代男女对现代人身份与意识形态的苦思及追求。

　　爵青（1917—1962），原名刘佩，笔名有辽丁、阿爵、刘爵青、可钦，1917 年 10 月生于长春。1933 年"新京"交通学校毕业后，就读奉天美术专业学校，直至 1935 年毕业，同年前往哈尔滨①，先后在满铁哈尔滨铁道局佳木斯公署、哈尔滨铁道局附属医院担任秘书和翻译。分别于 1935、1937 年加入《新青年》与《明明》杂志，与儿时玩伴古丁重逢②。1939 年后爵青成为《艺文志》同

---

　　①　爵青《异国情调》,《哈尔滨五日画报》,1937 年 2 月 15 日。
　　②　古丁《麦不死：读〈麦〉》,收入陈因编《满洲作家论集》,大连：实业印书馆,1943 年 6 月,页 357。

人,是年末,辞去哈尔滨工作返回"新京",1941 年进入"满日文
化协会"担任职员。① 曾出版小说集《群像》(1938.5)、《欧阳家
的人们》(1941.12)、《归乡》(1943.11)。爵青是"满洲国"现代主
义代表作家,由于文风多变诡谲,被当时的批评家百灵誉为"鬼
才",创作屡获大奖肯定,中篇《麦》得到第二回"满洲文话会奖",
为满系作家首度获颁该奖项。1941 年,《黄金的窄门》获第一回
"大东亚文学赏"次选。1942 年,《欧阳家的人们》获第七次"盛
京时报文艺赏",同年被选派代表"满洲国"作家,赴日参加"大东
亚文学者大会"。除了创作,爵青也常署名"可钦"发表日、法等
外国文学译作。

　　笔者尝试分析爵青笔下兼重象征主义和批判意识的《哈尔
滨》(1936)与《麦》(1940),阐明这两篇带有自传性色彩的小说如
何致力思辨"现代人"主体,爵青如何是一个彻底的现代主义者?
此外,笔者也将考察作品中的城市风土如何成为一种殖民主义现
代文明的代码,在其"现代人"主体思辨过程中产生关键性影响。

一　退步原来是向前:爵青的"前史补叙"策略

　　1936 年 2 月,爵青在《新青年》发表了殖民都市批判小说
《哈尔滨》。殊不知随着中日战争爆发与文坛统制强化,这篇创
作初期具里程碑意义的小说,却成为他"满洲国"时期创作中殖

---

　　①　爵青的生平参见,柳书琴《魔都尤物:上海新感觉派与殖民都市启蒙叙
事》,《山东社会科学》222,2014 年 2 月,页 43。蔡钰凌《文学的救赎:龙瑛宗与
爵青小说比较研究》,台湾清华大学台湾文学所硕士论文,2006 年 8 月,页 56。

民主义批判尺度的极限。往后,由都市文化省思转向封建家族批判,出现《麦》《欧阳家底人们》一类的优秀作品,乍看之下,创作技艺越发精熟,主题却予人日趋保守之感。然而,主题的保守,是否即为思想的保守? 主题上失去先锋性的封建家族批判小说,与其殖民都市批判小说之间存在怎样的关系? 皆是笔者欲探讨的重点。

1935 年,爵青初到哈尔滨这个中国东北最早的殖民都会。殖民语境及城市风土带给他许多殊异感受。他曾在短文《异国情调》里写道,由于耽读哈尔滨出身的作家靳以短篇集《圣型》,书中"以世纪末精神赞美的手腕所描写出的地方色彩",如卖淫窟、地下室酒场、赌场、亡命天涯的白俄人,使他对素未谋面的城市产生了"病态"联想。抵达哈尔滨后,他并未震慑于多国势力交会的城市景观,也未沉迷在殖民者大力推动的现代化建设,反倒语带批判地指陈:"在这里我看不见美国的新文化,新俄的野性建设,或启蒙民族的原始文化,而是黄金时代消失的落寞的颓废美。"①"东方巴黎"哈尔滨在他眼里成了畸零文化聚集的阴郁国度,中世纪的强大民族如今却连生活温饱都遭遇困难,但葬送了黄金时代的民族又岂止白俄,没落白俄实为丧失主权的中国东北之借喻和隐语。这股"颓废的落寞的异国情调"冲击着爵青,形成他早期都市书写的重要意境,爵青自述:"在这些作品里,我时时看出了我的少年时代的官能和感觉,为了纪念我的快乐的、恶魔的少年时代,我乐于把他们收在这里。"②

---

① 阿爵《异国情调》,《哈尔滨五日画报》9 卷 31 期,1937 年 2 月 15 日。
② 爵青《辑后》,《欧阳家的人们》,"新京":艺文书房,1941 年 12 月初版,1943 年 11 月改定版。

根据黄万华及柳书琴研究,哈尔滨都市书写是爵青对上海新感觉派文学的借鉴与仿作,"以其在现代主义艺术多个层面上的探索、呼应,补充着从刘呐鸥、穆时英到徐訏、无名氏的中国现代派小说"①、"把上海新感觉派典故化,含蓄表现满洲国独特的社会困境,同时也传达他对上海新感觉派缺乏殖民主义批判观点的都市意识。"②由此看来,爵青的初期创作无疑表现了异议的、前卫的思想特质。

不过,爵青透过都市启蒙小说针砭"满洲国"现代性的创作取向,到了 1930 年代末期却出现变化。1939 年 6 月,爵青在大型文学季刊《艺文志》创刊号上发表《荡儿归来的日子》,这篇小说宛如分界,他习用的叙事模式自此有所转换,"外来青年的都市启蒙之旅"改以"荡儿归乡后再度出走"的故事呈现。此后陆续创作的"归乡小说",皆可看出一再重复的模式化情节及总体隐喻,王确认为归乡小说"隐藏着与殖民者的冲突和对殖民者的警惕"③,是掌握作家精神世界非常重要的一个系列。

我们虽然无法由现存文献确切得知其主题转变的具体考量,但带有自传色彩的《废墟之书》(1939)里叙事者的追问,或许可视为其"都市书写"的总结以及调整创作方向的宣言:

　　　　我们由旧的废墟里走出后,所创造的世界为什么会也

①　黄万华等著《镣铐下的缪斯:东北沦陷区文学史纲》,长春:吉林大学出版社,1999 年 11 月,页 159。

②　柳书琴《魔都尤物:上海新感觉派与殖民都市启蒙叙事》,《山东社会科学》222,2014 年第 2 期,页 49。

③　王确《殖民地语境与爵青的身份建构》,《社会科学战线》2011 年第 9 期,页 141—146。

使之成了废墟，在一个长期间，我曾苦恼于这问题的解释。

　　　　拆了父祖留下的卍字回廊，这回廊的旧迹里就能生出新的铁筋士敏土的现代建筑吗？①

　　显然，爵青的答案是否定的。故而，笔者必须提问，究竟爵青主张出走和回归的必要性及策略为何？他用哪些作品进行这个"新生问题"的思辨？

　　和爵青同时代的作家对其创作有着两极化评价。王秋萤严厉批判其创作缺乏现实关怀："始终是带着小市民（小资产阶级）的态度，用一种观念论的看法，表现出他极端自我的意识，一种超现实的神秘怪诞的梦幻，极力逃避眼前的现实，……，所以作者的作品没有一篇能表现出社会中人生的高度""所表现的东西都是一种倾颓的废墟"。② 巴宁则认为爵青的文笔朴实洗炼，适度刻画了不同阶层的人物性格和苦闷，使人从中感到"一股要呐喊的力"。③ 爵青作品在艺术特征上究竟具备了哪些先锋性？创作内容又回避了哪些现实？都市书写展现了怎样的思辨性与左翼色彩？为何引发截然不同的评价？殖民地语境对其作品的题材选择与意义生成起了何种作用？上述问题的解答，或可由他创作取向的转换一窥究竟。

---

　　① 引自，爵青《青春冒渎之二》，《爵青代表作》，北京：华夏出版社，1998年8月，页95。小说原名《废墟之书》，发表于《艺文志》第2辑，1939年12月17日。后更名为《青春冒渎之二》，并修改部分内容收入《欧阳家的人们》一书。

　　② 光（秋萤）《论刘爵青的创作》，收入陈因编《满洲作家论集》，大连：实业印书馆，1943年6月，页339—343。

　　③ 巴宁《妓街与船上》，收入陈因编《满洲作家论集》，大连：实业印书馆，1943年6月，页344—350。

就读奉天（原名沈阳）美专的时期是爵青的文学起步阶段。时年 16、17 岁的他成为《奉天民报》文艺周刊《冷雾》的撰稿者，屡有诗作揭载，当地发行的《盛京时报》《泰东日报》《满洲报》《新青年》等报纸文艺副刊或杂志也有创作发表。大抵而言，爵青在此阶段尝试了超现实主义和新感觉派的写作，如同王确的研究所指出，爵青出自"审美的选择"的文学追求一直是前卫的，他关注远离社会现实性的"人类生活的现实性"，却也由此遭受乖违现实的评论抨击。① 他曾苦恼于作品在"暴露文学"的点评中失去价值②，也曾思考如何寻求"人类生活的现实"与"社会现实性"之接合。这类思索在他转往哈尔滨任职后，已渐能在创作中落实。

以 1936 年发表的短篇小说《哈尔滨》为起点，爵青的都会书写取材于 1935—1940 年间在哈市的生活见闻，包含《哈尔滨》《斯宾赛拉先生》《某夜》《巷》《男女们的塑像》等作，此类小说大多经由主人公从都市获得启蒙、新生的过程，针砭"满洲国"现代性。笔者称此类作品为"都市批判小说"。到了 1930 年代末期他返回故乡长春后，其创作取向再度出现变化，举凡《荡儿归来的日子》（1939）③、《废墟之书》（1939）、《麦》（1940）、《欧阳家底人们》（1941）等，皆可看出爵青在带有知识青年"归乡—出走"模式化情节的小说中，不断以一个苍白、虚弱、低能、游荡的主人公

① 王确《殖民地语境与爵青的身份建构》，《社会科学战线》，2011 年第 9 期，页 142。
② 爵青《关于〈关于满洲文坛〉》，《满洲报》，1936 年 9 月 4 日。转引自，王确《殖民地语境与爵青的身份建构》，页 142。
③ 此作原于 1939 年 6 月发表于《艺文志》第 1 辑，后更名为《荡儿》，收入《欧阳家的人们》一书出版。

与周遭不同性格男女,辩证并存于"满洲国"的社会性与精神性"废墟"。以下分析称此类作品为"封建家族批判小说"。他在作品中用怎样的手法进行考辨,解剖现代人身份认同? 从奉天、哈尔滨到长春,创作历经超现实主义、都市批判、封建性批判的阶段变化,究竟爵青主张从何出走,为何出走,又归向何方? 正是笔者企图处理的论题。

以上述两类题材中的代表作品《哈尔滨》(1936)与《麦》(1940)为例,笔者认为,爵青透过互文手法,在《麦》中暗示读者其与《哈尔滨》的血缘性。在创作时间上,《麦》发表于《哈尔滨》之后;但在故事时间上,《麦》却早于《哈尔滨》。发表时间与故事时间的颠倒,提醒我们注意"封建家族批判小说"与"都市批判小说"之间共享某种脉络。《麦》是《哈尔滨》故事的前史,"封建家族批判小说"是"都市批判小说"不能向前延续时的延续。换句话说,在"满洲国"文坛日渐紧肃之后,《哈尔滨》那样的内容已经成为禁忌。受到工潮领袖"孙国泰"启蒙而激动冲出工厂的"穆麦"之后情,已是作者和读者永远写不得、读不见的绝响。在故事不能与时俱"向前进"的情况下,爵青给予"碰壁的文坛"上"绝响的故事"的解套方案,就是让故事"向前写"。总之,《麦》是《哈尔滨》的前史,封建家族批判小说是都市批判小说"前史补叙"策略的实践,是"满洲国"里言论尺度碰了壁的文学透过主题幻术的一个绕道。

爵青透过互文方式勾连前期作品,召唤读者拼凑出他作品的完整世界,特别是召唤一个在1940年代已失落的激进时期。恶化的时代,使爵青不得不把最激进的叙事停格在1936年,但是他的前史补叙策略,却使这个停格并非停滞,而是永恒化。

《哈尔滨》将一直是其文学批判的最高峰，前史补叙则使此一都市批判论题向前辨证，持续、加深并加广。有鉴于此，以下将依照故事时间的先后分析，首先讨论的是中篇《麦》。

二 麦子如何不死：迎向现代

参照爵青的生平履历，他约于 1939 年末由工作多年的哈尔滨回到家乡长春（时为"满洲国""国都""新京"），1940 年 3 月结婚后，进入日本对满的文化统制机构"满日文化协会"①担任委员及秘书。② 自 1939 年 12 月发表短篇《废墟之书》，爵青开始了"封建家族批判小说"的系列创作。由于爵青的创作方向转变恰与生活异动若合符节，返乡、成家、转职等空间移动的体验，促使他采取多重视角，辩证性地思索"现代"与"故乡"的象征意涵。因此，我们或可将他在《废墟之书》中的"新/旧废墟"批判，理解为即使旧时代符码被推翻，取而代之的新兴城市却未必能建构出进步的文化秩序。其次，我们也可由此窥知，即便进入"满日

---

① "满日文化协会"于 1933 年 12 月在"新京"成立，由"满洲国"执政溥仪担任总裁，其主要工作为，"在各领域的调查研究外，还通过创建援助博物馆、图书馆，以及对古迹保存事业的支援，日满文化的介绍、各种文化编纂工作、出版等"，初期尚能维持纯学术性色彩，至 1937 年溥仪访日后逐渐加强其"国策性"。参见，[日]满洲国史编纂刊行会编；东北沦陷十四年史吉林编写组译《满洲国史分论》，长春：吉林省内部资料，1990 年 12 月，页 771；李文卿《共荣的想象：帝国·殖民地与大东亚文学圈（1937—1945）》，台北：稻乡出版社，2010 年 6 月，页 344—345。

② 关于爵青生平，参见笔者于 2010 年夏天在长春访问爵青之女刘维聪的访谈笔记。

文化协会"任职后创作主题愈趋保守谨慎,爵青面对无从选择的新政体、"新国都"却绝非完全认可,只是采取更加曲折隐晦的写作策略,将故事架构在新旧文化折冲的封建空间,借以呈现不同面向的批判。

《麦》的主角陈穆离家四年,在异乡求学的他大病初愈后,为走出孤独低潮及感念叔父①年事已高,决意回到久别经年的家乡。然而,往昔盛极一时的门第,如今竟颓败不堪,飘满阴森气氛,成了"夜间有蝙蝠,白天有癞猫"的废园。家门上引为治家格言的木刻对联摇摇欲坠:"扫门前雪我尽我分故知者行其所无事/看天上月时缺时圆若君子名之必可言"②。陈穆对旧宅里的人与物事经常投以陌生化的凝视:

> 这里所有的只是悠然,使世间一切事物的秩序都要弛缓起来的悠然,……。偌大的客厅里便塞满着悠然的气氛,……,话题也便这样来往于诗词,红卍字,战争轶闻,风流韵事,性病及其疗法,麻雀和美食,官场与鸦片,甚至于书画鉴定中间。
>
> 由地上也发出腥恶的湿味来,这色调,这氛围,这声音,这味息使他起有了如躺在棺柩里的窒息感。③

更令他懊悔难堪的是,叔父新娶的姆母竟是多年前夺去他童贞的"朱婉贞"。小说以徘徊宅邸的癞猫隐喻这个好食鱼鲜的"魔

---

①　小说中,陈穆称父亲为叔父,本文进行分析时沿用此称谓。
②　爵青《麦》,页373。
③　爵青《麦》,《艺文志》第3辑,1940年6月15日,页378、382。

女"，归乡之旅使陈穆再次受到魔女威胁纠缠，欲望试炼与背德罪愆将他牢牢捆绑。至于朱的旧识"高挚每"，表面上受叔父重用协助公司事务，私下却与朱暗通款曲，最后更窃走巨款漏夜潜逃。同一时间，叔父接受朱婉贞提议劝诱陈穆与朱家侄女结婚。面对婶母蓄意谋划的乱伦婚约，陈穆再也无法承受叔父的昏昧懦弱与封建桎梏，决定再次离家，社会舆论因此将他视为窃盗共犯，小说至此达到了冲突的高峰。

陈穆由废墟出走后如何解决思想与价值的冲突呢？关于这个问题，小说安排了另一位"新女性"——表妹"兰珍"作为对照。兰珍是一名乡村小学教师，她曾启发陈穆思索，侵吞工人殉职金致富的承包商以及穷困劳动者间的因果关系。当陈穆茫然无绪向她求援，视她为情感浮木及"能使他得到大解脱大觉悟的偶像"，兰珍却痛斥陈穆的无能与依赖："一切不能存在的，在其末路的尽头，便将灭亡，你的家第也是如此。……。你的家第将你养成一个脆弱的小少爷，你的教育将你变成一个无能的大学生。""你是会得救的，而救主却唯有你自己。"①

如果说叔父代表的是母土传统与封建文化，使叔侄两人背负乱伦罪恶的婶母朱婉贞象征被现代性浸透的新价值，而兰珍的论断和责难，则透显出社会主义思想倾向。借由"旧父"之爱与"新母"诱惑，乃至社会主义思想的刺激等情节，小说诉说的正是由城返乡的知识青年，如何回应母土传统召唤，如何在伦常及欲望的网罗、新旧文化折冲的时代里抉择"现代人"主体。陈穆终能觉察自己身为新世代的使命：

①　爵青《麦》，页 416—417。

假若我依然依存于父代,让那借诸父代而传来的几千年的传统,再来侵蚀我,我即将灭亡,否则因不甘于这灭亡,即将反抗,我的不安和失宁,<u>纵不是反抗,也绝非屈服,我绝未甘屈服</u>。

这新的世代也许就是在这狭路上涉跋一代的命运。不过这<u>新的世代是必要往大道上去了</u>。①

他决定背弃已然去势的家族废墟、拒绝父爱的恐吓与哀求,因为他清楚洞见"此生永守那即将归为残砖断瓦的旧宅,惋惜那昙花一现的历史,究竟不是我这肉与色的身子所被赋与的命运"。那么,新世代的命运与责任又该如何体现呢? 小说透过穆麦的去向给出了解答——穆麦高喊着"纵不是反抗,也绝非屈服",揭下招考小学教师的广告前往省城应征,矢志成为人师。

陈穆抉择与家父决裂、切断母土脐带,表明了当文化母体将死/僵死,怀抱理想的新世代唯有出走寻求救赎,才能开创新局,设若裹足不前,将与母土一同沦丧。《麦》的前言引述《圣经》文句:"一粒麦子,不落在地里死了,仍旧是一粒。若是死了,就结出许多子粒来。"②弃绝家族的陈穆就像脱离母株的麦粒,母体虽亡,但新生可期。诚如古丁所论,《麦》是"不能生欲生"的青年拷问自己的笔录,也是爵青的自传诗篇。③

小说末尾有段饶富意味的叙述,那是出走后的陈穆前往省

---

① 　爵青《麦》,页419。引文底线为笔者所标示。
② 　同上书,页365。
③ 　古丁《麦不死:读〈麦〉》,页351。

城 C 所看到的城市景观：

> 出了小街，便是一条摆满银行和官署的大路。窗饰豪丽的商店，以同样大的建筑，逗引着行人的视觉。在大路尽头的广场上，屹立着一座记念某殊勋者的石碑，每当他走进那里，常是仰望不止。最近他对于目睹耳闻的一切，往往妄自加以批评，常仰望这石碑，眼睛也被这块巨大的死石头截住，便觉得这石碑或也将像自家底旧宅一样，终有一天会坍倒下去。于是便大踏步地走开来，走过广场。便是这县里唯一的公园。凿山浚河，极不自然地构成着人造风景，公园下面是座架在河面上的桥，桥那边便是不很整齐的旧市街，望去那辕轻杂乱的屋檐，似乎是一处贫民窟……①

省城 C 应为"满洲国""国都""新京"（原名长春）的代称，小说似乎有意借由林立着银行、官署、商店、石碑、广场、公园、人造河、贫民窟的都市风土来象征一个殖民都会空间。早熟而激进的经济结构与城市建设，使殖民地都会呈现新旧市街错落的混杂景观，上述引文也从历史进程思考城市地景与国家秩序的意义，历史巨轮前进不息，任凭是多么宏大的伟业总有坍毁的一刻，殖民地都会所标举的"现代""文明"与"进步"建设，仿佛就在这样的嘲讽下土崩瓦解了。取而代之的是，卖淫者、嫖客、赌徒、苦力、富商、贵妇猬集的拼装风景，而这样的特写正是在"满洲国"此一

---

① 爵青《麦》，页 420。

现代文明的试炼场中,折射出的现实发展矛盾。小说揭示了现代阴郁笼罩下新世代的精神面貌,让读者了解"满洲国"的"现代"是怎样一个时代。

综上所述,《麦》以封建家族批判小说的形式,进行"现代人"主体的思辨。主人公陈穆在追寻现代人身份认同的过程中,经历了三重试炼,分别是父爱代表的封建体制,朱婉贞代表的感官欲望,以及由表妹兰珍表现的社会主义意识形态。陈穆借由与叔父、婶母对决,与表妹进行意识形态辩证,完成对自我欲望的认识、和解及超越。他既没有降服于家族温情和欲望,其思辨也并非完全仰赖他人助力,而是经过反复思维与抉择,终能脱去封建体制和风俗因袭的枷锁,确立其满洲新人的认同。小说以家族崩解为主题,背景里的城市风土着墨不多却有重要隐喻,影响着陈穆的"现代人"主体思辨,乃至成为激发他通过试炼的关键。不断盘旋在他心中的探问是:"富家子是什么? 大学生是什么? 叔父是什么,婶母是什么? 家财是什么? 而这自己又是什么?"①以及麦子究竟如何才能不死? 这场试炼最终提炼出的答案便是——不计一切代价,脱离废墟,成为一个现代人/满洲新人。这是他对个人生存价值的确认,也是他对自己现代主义文艺信念的确认。作品终了时,主人公在内心独白:"那些孩子们能聪明得和城里底孩子一样,听懂我这口由大学教室里练来的一套话?"②爵青意在言外所欲对读者表露的是,含藏高度隐喻和象征的作品寓意能够被读者理解吗? 在寂寞严峻的时代里能

①　爵青《麦》,页400。
②　同上书,页422。

否寻觅知音？这些深沉而艰涩的提问在《哈尔滨》中以更为繁复的形态呈现。

三　魔女的超克:拥抱现代性的多张面孔

古丁的书评中提及,《麦》据爵青所说是部未完之作,是新世代青年的人生读本"第一课"。[①] 笔者认为,爵青以前史补叙策略写作《麦》,而较早发表的《哈尔滨》便是《麦》的"第二课"读本。在都市批判书写中,《哈尔滨》是较全面呈现他对于都会文明和现代性思索的一部作品。故事时间描写的 1934 年,正值日人积极推动"大哈尔滨都邑计画"(1932—1934)之际,该都市计画乃是"从地理特点出发,以逐步推行(日本)帝国对北满诸项政策为基点",哈尔滨被定位为北满的经济、军事及物资集散地,成为日本在中国东北殖民计画的资源掠夺中心。[②] 爵青将小说舞台架构于此,采全知观点,由站在高岗的外地青年"穆麦"俯瞰市景揭开序幕:

> 由高岗望下去,建筑物群恰如摆布在灰色的盆地中的绝崖,被夹在建筑物与建筑物之间的街路,形成着纵横的脉状河流。人马、车辆、错乱的步伐就像迅速奔流着的液体似的。远处屋顶尖上端的广告灯,随着落日划出花文字来。

---

① 古丁《麦不死:读〈麦〉》,页 355。
② 哈尔滨市地方志编纂委员会《哈尔滨市志 城市规划 土地 市政公用建设 4》,哈尔滨:黑龙江人民出版社,1998 年 12 月。

哈尔滨的都市风景沉没在黄昏的紫雾中了。①

为了驱逐令人疲倦的市井尘嚣，登高瞭望成了穆麦每日的偷闲时光。这个始于逃离的故事，开篇第一段即从制高点捕捉都市节奏，以快笔点描哈尔滨的资本主义色彩与主人公对物质文明的拒斥。

走出学校便面临失业的穆麦接受资产家聘任，成为五个孩子的家庭教师，但是他刚到哈尔滨一个月便若有所感："一个刚接近的都市，就给他如此不良的印象，这都会是不能久住的。""这都市的气压过低，他想要个爽朗愉快的高空。"除了经济结构快速转变的新兴空间令穆麦感到压迫，似乎有个更巨大、不便言明的、超出知识青年穆麦经验范围的哈尔滨，使得来到大城谋生的异乡人倍感困惑与畏惧，危机仿佛一触即发。由高处俯视之外，穆麦更多时候把观看目光投向街道人群，小说多次透过穆麦搭车的移动路径及视线，描摹都市景观、推动情节发展。

第一次的车上城市漫游，出现在穆麦看完电影后被迫与资产家的三姨太"灵丽"共乘返家。对穆麦而言，陪同拥有"妖冶的身子、危险的脑袋"、并且热烈追求自己的尤物女郎搭车，无疑是个严峻考验。内心的焦虑促使眼中所见汽车、橱窗、建筑皆幻化成"从山岳横断面中露出来的太古化石层"，行人和广告失去实像，喧嚣车声恰如海洋中的巨响怒涛，令他晕眩。陷入歇斯底里的穆麦"眼前出现了一片黑光来，搏住了自觉"，那一片让穆麦晕眩的黑光，其实是以右臂温柔靠近他的灵丽。小说经由叙事者

---

①　爵青《哈尔滨》，《爵青代表作》，页1。

的意识流动转换虚实场景,以变形景物反映主人公局促难安的心理状态,两人之间的情欲潜流暗潮涌动。这一次的观看,将大城市予人的精神压迫及主人公对摩登女性的迎拒犹疑合而为一,后续情节中灵丽对穆麦的强势追求、两人共度春宵后穆麦如获"重生",也因此同样带有城市寓言色彩。

　　穆麦的第二次城市漫游,起因于在酒馆偶遇灵丽的旧情人"孙国泰",孙对他娓娓道来灵丽的复杂情史,并形容这位来自外地、入主富裕之家的欢场女子,"血管里老爬着游戏男性的血霉","放在都市里,决是个危险的东西"。穆麦与孙国泰一席长谈后堕入迷惘,大醉酩酊的两人在酒后共同搭车转往孙国泰住处。车行自市中心驶向道外区,穆麦从朦胧中苏醒后发现自己置身腐尸恶臭弥漫的街区:

　　　　两个人正走过一家脏污的饮食店,暗色的矮屋里,透出下级烹调的余味来,那个穿着油腻长衫的厨师,瞪着一双刽子手才有的眼睛,骂着在门外用黑手摆弄着包子的秃孩子;接着是一家鲜果铺,在门外竹篓堆中,本该为鼠类繁殖区的阴苔的,坐着个颜色棕灰的山东妇人,把棕形的足露在外面。……;再过去一处洼地,灰白的炊烟里露出阴湿的小木屋来,木屋的屋脊参差不齐,有的屋脊上还飘着洗完的破乱衣裤,木屋隙间的小路上,有半面阴影摇曳着,在木屋群的尽头,是个脏绿色的水潭,上面漂着贝色的浮藻和青苔,不知道是哪一只窗子里,飞出来一支下流的流行民谣。①

---

　　①　爵青《哈尔滨》,《爵青代表作》,页11—12。

　　当穆麦意识到自己站在全哈尔滨最黑暗的妓馆街时，"木屋群就在眼前一齐坍毁灭了"。小说再度运用心理描写，展示这座城市加诸于人的精神刺激，同时也以长段篇幅刻画劳动者、山东移民、妓馆街等底层叙事。在这些被刻意放大处理的画面中，无论是贫民集聚的破陋木屋群或孙国泰居住的地下室，皆笼罩着幽暗阴郁的色调，恰与商埠林立、广告灯闪烁的明亮市街形成反差。从市中心到近郊，具体而微地呈现阶级分化的都市景观，穆麦仿佛走过明与暗、豪奢与寒碜对立的两极化世界。第一次漫游时的"观看"让他领略城市的声色欲望，第二次"观看"则穿越城市内里，目睹了物质条件低下、如地狱般幽暗的贫民聚落，那是新兴都会刻意隐蔽的内部差异，也是爵青意图在前后两次观看中对照呈现的现代性想象。

　　值得注意的是，延续前两回观看时的晕眩与酒醉，穆麦第三度乘车浏览市景时，同样是精神恍惚的。小说描写漫步街头而遭灵丽掳获、陪同留宿旅馆的穆麦，"完全是一具失了理智的躯壳"，他既无法全然推拒"半兽主义"灵丽的威胁与诱惑，也无法理解"为什么五十万的人们能天天敷衍下去而没有痛苦呢，为什么这个都市没有毁灭的命运呢？"在困惑之余他又似乎有所领悟，因此，"像愿意丢失一件东西似的，把烟尾巴由嘴上摘下来，扔到窗外去"，他的童贞随即被灵丽夺去。翌晨醒来，穆麦回想昨夜春宵，竟而暗喜，"走在浴于朝气中的铺道上了。由清冷的建筑物隙中掠过来的风，像轻快的肥皂沫似的洒在身上。"①

――――――――――

　　①　爵青《哈尔滨》，《爵青代表作》，页15。

　　穆麦的城市漫游,从第一次面对诱惑的畏惧,第二次发现城市内在实相,到第三次历经疑惑、妥协、接受而重获"新生"。他对于城市的观看,也从接受灵丽前的意识朦胧,至两人发生关系后转而清醒、轻快。小说仿佛借此暗示,穆麦在与都会/魔女的磨合过程中,肆应、接纳了现代性的多张面孔,乃至在超越后获得某种新生。

　　小说最后一次描写穆麦观看哈尔滨,出现在场长要求穆麦前往工场谈话的途中。坐在马车里的穆麦,"走过高大的建筑物的阴影,走过矮小的商店街,渐渐跑入郊外人家零星的地方。……在车身中,看着那些郊外更矮小污脏的贫民窟和土木工人的天幕,由一列护路树旁的沥青大道跑去,一转弯就停在场门前了。"①伴随穆麦视景的快速移动,一个由城至郊、由商而工、建筑由高大至矮小、景物从繁华到荒凉的阶层世界再次重现。故事尾声,赶赴工场的穆麦发现场内正进行工潮抗争,而工人代表竟是变装后的孙国泰,小说就在穆麦大受震撼、战栗奔逃的呐喊声中戛然而止。② 这个以逃离现代都市开始的故事,在见证现代性的激烈姿态后,于高潮时刻画下句点。

----

　　① 　爵青《哈尔滨》,《爵青代表作》,页16。
　　② 　根据柳书琴考察,爵青《哈尔滨》共有四种版本,分别是1936年1—2月间,爵青以中文发表于《新青年》10·11·12期合刊号的原作;1936年11—12月由在满日人作家大内隆雄翻译于《满洲行政》的日文译作;1941年12月将原作收入小说集《欧阳家的人们》出版;以及,1943年11月推出的小说集改订版。由于中文原作难以查阅,笔者此处讨论的小说结尾乃是根据大内隆雄的日文译作。参见,柳书琴《上海新感觉派文艺在"满洲国"的传播:兼论爵青的版本问题》,页10—11。

瓦特·班雅明笔下的"城市漫游者",借助游荡行为跨越阶级门槛,并在对城市的想象性拥有中完成了自我。① 爵青则透过新世代青年穆麦从高处俯瞰与穿街走巷,将新女性作为新兴都会的隐喻,以对比手法刻画殖民都市的社会矛盾,用"边缘""底层"与工潮逆写都市,揭示现代的多样性。因此,《哈尔滨》既是都市逻辑内在矛盾的呈现,更是爵青对于"何谓现代?"的理解和重新诠释。

在命名上,《麦》的标题与主人公"陈穆",是由《哈尔滨》主人公"穆麦"的名字拆解而来。对读《哈尔滨》与《麦》,明显可见爵青在两作中特意凸显的亲缘性。首先,在人物的互文方面,以知识青年为叙述者的这两篇小说,主人公皆遭都市尤物(魔女)情欲吞噬,同样经历一位地下革命者或精神导师的启蒙(工潮领袖孙国泰、同情劳农阶级的乡村教师兰珍),也陷入乱伦泥淖(场长的妻女皆爱上穆麦、朱婉贞对陈穆父子的纠缠),又在自我价值混乱的危机中寻求新生曙光。在主题阐述上,《哈尔滨》的资产之家虽不同于《麦》的传统封建家庭,然而从觉醒者的角度观之,其以妻妾成群的老爷、腐化懦弱的少爷、姨太女儿们的乱伦、岌岌可危的家业所显露的无可救药的封建性格,却是一致的。两作透过叙事上的互为表里、先后衔接,引导读者产生联想。《麦》以前史叙补策略,将都市当作背景、留在结尾,让故事集中在封建家族的宅第,致力剖析其封建性,披沥觉醒者之"新人"如何斩断此一封建脐带的决心。《哈尔滨》则将都市当作前景,借由无

① 参见,本雅明《莫斯科日记·柏林纪事》,北京:东方出版社,2001 年 1 月,页 208。

以名状的殖民都市风土、观念、乱象对一个资产阶级家庭的侵蚀冲刷,作为推动故事的主要力量。

除此之外,笔者发现,被爵青用来当作小说标题及主人公名字的"穆"与"麦",隐含了耐人寻味的线索。"穆"的发音近似法文"moi",意指"我";"麦"则与英文"my"的发音雷同,即"我的"。广泛阅读且时常翻译英、美、法、日等世界文学作品的爵青,对"moi"、"my"的意涵自不陌生,因而将之作为小说中的重要隐喻,其意在借"穆/moi"与"麦/my"的寓意探索"我—现代人—满洲新人"的未来何去何从。

笔者认为,《麦》描写的是主人公如何在多重价值夹击下,不惜一切代价迎向现代性,坚持作为一个"现代人"的心路历程。《哈尔滨》则透过从封建大梦中挣脱的觉醒者,一位满洲新人的漫游,见证现代性在不同世代、阶级、族裔、性别、生存现实、政治想象作用下产生的多张面孔,进而在现代性的多元价值与可能中解放了封建性压迫与现代性席卷的焦虑。这既是坚持作一个"现代人"的爵青的救赎之道,也是他现代主义文学的成熟过程。

结 论

1917 年出生的爵青,从 15、16 岁的青年期开始,即被席卷于中国东北翻天覆地的时代,见证急剧变化的殖民主义现代性在极短暂时间铺天盖地而来。他以新世代之姿,首当其冲面对如何在异民族统治的激烈变化下,接受现代性为历史进化的必然,以及自己如何以一个满洲"新人"立身处世的课题。爵青将其苦苦思辨铭记于小说，以他整个创作期来看，其殖民都市批判小说、封建家族批判小说中，"如何现代？""怎样设想新人？"，互为先后，互为表里，构成了小说世界的核心。他以擅长的象征主义技法，繁复的象征，高度的隐喻，进行封建性与殖民主义现代性之批判。

在《麦》中，他描绘如蝙蝠般昼伏夜出的新世代，如何对崩坏中的封建传统打从内心拒斥又恐惧；也以臀部溃烂的癞猫隐喻婶母一类自恃貌美的败德恶女，如何使这个被现代化侵蚀的旧世界加速衰亡。在《哈尔滨》中，借由灵丽与孙国泰两人体现了现代性的多张面孔，前者媚俗张扬，后者具有先锋思想，透过这些面孔，穆麦得以辩证地进行一场与现代都会的批判性对话。他的各种思辨，都由一个与旧社会或新都会格格不入的"大学生"来完成，特别是"从明朗的学校实验室出来"的大学生。透过创造"大学生"这种新社会阶级，表征新世代中拥有西方现代性底蕴的新人，并暗示独独是这种新人，而非"满洲国"意识形态陶塑的"新国民"，才是创造"现代满洲"的能动主体。

爵青演绎了"富家子必须从家中死去，在社会中新生"的思路，也演绎了"道德必须在都市多元现代性中锻铸，才能净化、开展、成熟"的信念。我们看见，他笔下那些传统封建体制支配下濒临窒息的主人公，如何昼夜不息苦思、如何被吞食、如何割裂血族、如何舍弃家业，又如何在殖民都市的启示中得到新生。我们更看见，他创造的满洲新人如何断除封建文化系缚，如何绕过"满洲国""新国民"意识形态的俘虏，不断荡向更边缘、更地方的未知地域。面对因外力而崛起的殖民现代体制与伦理变异，以冷澈的现代主义之眼，不断回归个体存在发出诘问与回答的爵青，他的坚持令人动容。

少女表象中的殖民主义

——以作品《满洲人少女》和电影 《支那之夜》为中心

邓丽霞

日本立命馆大学文学研究科

前　言

　　殖民地时期,对殖民者而言最重要的工作是对殖民地的掠取和经营。日本殖民主义研究者西川长夫指出殖民主义以"文明化的使命"为口实,"文明化"便是殖民主义的意识形态①。即殖民者在进行殖民主义事业的时候,以暴力征服的同时还会采取宣传教育的手段,试图使殖民正当化。这样殖民主义导致的结果便是被殖民者独自的历史丧失,独自的文化遭破坏,甚至独自的语言被剥夺。这一点看日本殖民统治下的台湾和朝鲜就能

---

　　① 西川长夫《〈新〉植民地主義論——グローバル化時代の植民地主義を問う》(平凡社,二〇〇六年八月,一一页)。

理解了。殖民主义政策的实施，导致殖民地出现了使用日本人姓的，比日本人积极奔赴战场的，甚至只能用日语读写的殖民地人。

一九〇五年日俄战争后日本正式进出"满洲"，强迫中国政府签订了一系列不平等条约，以获取特殊权益。三十年代世界经济不景气的状况下，关东军企图获得满蒙资源而发动了"九·一八"事变。关于如何解决"满蒙问题"，日本军部内意见对立，又因内外压力，不得不放弃占主流的"满蒙占有论"，最终扶植溥仪为皇帝，建立了关东军掌握实权的傀儡国家"满洲国"①。虽然伪满洲国只有十四年的短暂历史，但从"建国"之初就打着"民族协和""王道乐土"的旗号，暴力支配的一面比较隐蔽。

一　宣传日满亲善的**カルピス**广告：
受日本精神教育的少女

伪满洲国"建国"的翌年一九三三年三月，日本发表诏书退出国际联盟。在国际社会中处境孤立的日本更加重视日满亲善，日满合作关系的建立。于是从伪满洲国接连不断地派出访日特使，这在日本的报纸上被大力宣传报道。例如，一九三四年三月中旬至四月下旬，《朝日新闻》纸面充斥着伪满洲国国务总理郑孝胥、财政部大臣熙洽担任特使访问日本的报道。特使访

---

① "满蒙占有"论，由石原莞尔将战争史研究与日莲宗教义相结合倡导的满蒙问题解决方案。一九二八年，石原担任关东军作战主任参谋赴任满洲，立案占有满蒙。一九三一年"九·一八事变"后成功占领满洲，之后自己否定自己的"满蒙占有论"，转向"满蒙独立论"。

日期间，东京朝日新闻社开展了"第五回国际广告写真展览会"①。在报纸上刊载的获奖作品中就有日本家喻户晓的乳饮料カルピス的广告（图一：《东京朝日新闻》夕刊五页，一九三四年四月一日）。在以"日本的カルピス与满洲帝国"为标题的广告中，与左下方仅五行小字的产品成分说明形成对照的是，显眼的商品名与"满洲帝国"，还有占据大篇幅的广告词。广告词这样写道（不能识别的字以□表示，笔者翻译划线，以下同）：

图一

◇ **カルピスには満洲国の味がある。**［**カルピス里有满洲国的味道。**］

◇ **カルピスの誕生は満洲国熱河省（モトの直□蒙古）ですから**　［因为**カルピス最初诞生于满洲国热河省（原蒙古）**］

◇ **幼名は「蒙古酸乳」と云ふ少女!!**　［是**幼名叫做"蒙古酸奶"的少女!!**］

◇ **それに、最新科学の衣装を着け**　［**此后换上最新科学的衣装**］

◇ **日本精神の教育を受けた乙女子です。**［**成长为接受过日本精神教育的少女。**］

---

① 据一九三四年三月二〇日《东京朝日新闻》朝刊三页的报道，截至三月一五日募集的三千多幅作品中，优秀作品将于四月一日至七日期间，在东京日本桥高岛屋陈列公开入选作中，大多是展示日本社会发展的花王、曼秀雷敦等名公司的广告。

◇ 青春の意気に満つる日本の青年男女は ［洋溢着青春意气的日本男女］

◇ 悉く、カルピスの愛用者です。 ［无不是カルピス的爱用者。］

◇ カルピスの愛用者はミナ満洲国を愛します。 ［カルピス的爱用者都热爱满洲国。］

图二

◇ 故国の特使、鄭、熙、両大人の ［对故国的特使郑、熙两位大人的来日，］

◇ 御来朝はカルピス愛用者が ［カルピス的爱用者们］

◇ 心から歓迎する處です。 ［从内心表示欢迎。］

"对故国的特使郑、熙两位大人的来日"，"从内心表示欢迎"说明广告词是迎合伪满洲国特使访日，响应日满亲善的时局制作的。カルピス于一九一九年七月七日（七夕）发卖的当初，虽打出"初恋的味道"的广告语，但一直在强调"健康饮料"这一卖点。カルピス原本就是从有益健康的蒙古酸乳中得到启发制作的①。一九二三年采用的黑人造型的商标（图二）因为"健康"、

---

① 关于カルピス的创业经过，参考石毛直道编著《モンゴルの白いご馳走》（株式会社チクマ秀版社，一九九八年十月一三日）。日俄战争爆发后，被日军派往蒙古的三岛海云，因环境不适肠胃虚弱，饮用蒙古酸乳后恢复。但三岛到北京后，因没有蒙古酸乳，身体又虚弱起来。回日本后，三岛再次去蒙古求得酸乳制作方法，并创立カルピス公司。

"明快"的形象一直被延续使用着①。

カルピス的诞生地"热河省"在伪满洲国"建国"之初还处于奉系军阀的支配下。经过日军一年奋战,终于划入伪满洲国的版图。因此,カルピス能称为"满洲国的味道"也是拜关东军所赐。有意思的是作为"滋强饮料"被知晓的カルピス,在表现日满关系的时候,不再是黑人形象的"青年""少年",而是使用了少女的形象。画线部的"是幼名叫做'蒙古酸奶'的少女!! 此后换上最新科学的衣装,成长为接受过日本精神教育的少女。"用拟人的手法,强调了蒙古酸乳作为前近代的"少女"登上近代市场的过程,日本先进科学和日本精神教育的不可或缺性。之所以用"少女"来表象,一是因为"少女"一词本身就有甜美、纯粹的意向,能唤起联想和欲望。其次,日本近代"少女",正是由于近代化女子教育制度的形成,才成为脱离了传统的女性生活的存在。因此,比起"少年","少女"更应该成为教育的对象。而未受教育的女性持有的朴素、蒙昧的形象也更容易与未开垦未发达的满洲大陆的形象相重叠。

二 "少女表象热"中暴露的问题

在伪满洲国"建国"和中日战争爆发的时代背景下,日本文学、文艺作品中出现了很多让少女参与故事情节来描写"满洲"

---

① 荒俣宏《カルピス・マーク 白子さんよりも黒子さん》(《広告図像の伝説》平凡社,一九九九年六月,八七—八九页)。

"支那"的"大陆作品"。这些作品引起了日本人对大陆的关注，可以看作是战争时期文学的一种新的现象。如：室生犀星《大陆之琴》（新潮社，一九三八年）、尾崎士郎《大连的少女》（《新小说选集第一卷》东洋堂，一九三八年）、火野苇平《花与士兵》（改造社，一九三九年）、电影《亚细亚姑娘》（林房雄原著，田中重雄监督，一九三八年）等。在日本人正式向伪满洲国移民，而对这个"新兴国家"还缺乏认识的时候，他们对"满洲国"的想象首先会被这些以少女表象的作品激发。但大多数这样的作品只为了激发读者的好奇而有失真实，于是日本"外地"发行的报纸上能看到很多批判。以《满洲日日新闻》的文艺栏评论为例，一九三八年四月六日的文艺栏中，批判尾崎士郎《大连的少女》中描写的少女有名无实，"说这是东京的少女也好，天津的少女也行，昭和的少女也可以"。在"内地制满洲作品滥造"的情况下，"在满作家"的"满洲作品"被寄予了很大的期待[1]。此外，同月九日的"文艺栏"中，町原幸二对于尾崎士郎的《大连的少女》也强烈批判道"与其说不是什么大作不如说是无聊的作品"。对于日本内地作家们单凭想象，大肆创作以满洲为题材的作品这一现象，町原激愤道："敷衍了事或编造谎言都不可以。难以容忍单凭想象或道听途说的创作"[2]。此外，在满作家宫井一郎批判室生犀星《大陆之琴》，"散文般地描写的满洲太过美丽，这只会让对满洲驰骋想象的诗人艺术家们得意忘我"，"作者与实际的满洲生活

---

① 闻三《内地製満洲もの　満洲作家目隠をとれ》（《满洲日日新闻》"文艺栏"，一九三八年四月六日）。

② 町原幸二《「大連に行く女」と「大連の少女」》（《满洲日日新闻》"文艺栏"，一九三八年四月九日）。

甚是疏远"①。

可以想象在这种情况下,基于满洲实际生活创作的作品将在满洲和日本引起极大的话题。这便是记录在满日本女性和满人少女日常生活的纪实性作品《满洲人少女》。作者小泉菊枝(又名白土菊枝、泉掬子,一九〇四——一九九二),海军妻子,一九三五年六月与丈夫一起渡满,在满渡过三年。小泉与参加日莲主义在家团体国柱会的土光节子・美子等共同结成了"まこと会"("まこと"在日语中译作"真""诚")。该会是以主妇为中心的日莲宗法华经信者的集会。于是,小泉将在满的生活经历记录后每个月寄给在东京的亲友们。从一九三六年至一九三八年,小泉与满人少女一起生活的记录连载在"まこと会"的机关志上。在她回国后,连载被刊登在"新京"的月刊满洲社发行的《月刊满洲》上,并且在满洲读书界引起了褒贬两论②。

《满洲人少女》讲述了日本人主妇小泉出于"养育"的目的,雇用满洲人少女桂玉帮忙料理家务。在上小学时经历了"九・一八"事变,接受过抗日教育的桂玉,在与小泉的共同生活中,习得日语和日本文化,开始重新认识天皇制、日本军、"满洲国"。小泉用"恶战苦斗"形容对少女进行思想更正的过程,几度曾要

① 宫井一郎《「大陸の琴」は何故鳴らなかつたか—犀星論の一部と所謂满洲文学同题》(一)、(二)、(三),分别刊登在《满洲日日新闻》"文艺栏"一九三八年四月一〇日、一二日、一三日。

② 精华版小泉菊枝《满洲人少女》(一九四五年六月五日)的"后记"中,记述了作品引起的各种议论。如"这肯定是出于什么目的以女人的名字发表的,没准是为了销量";又如"这决不能称作文学","说这不是文学的话那是什么"等等。

放弃，都坚持了下来，并且最终为少女的成长而感动。强烈批判捏造满洲作品的满洲文坛，对《满洲人少女》的真实性和"修身"的一面给予了较高的评价。并由此将批判的矛头直指在满日本人空喊的"修身"。

关于"月刊满洲"《满洲人少女》泉掬子，可以非常有意思的角度去读。(中略)日记般地时而又像修养书般幼稚的文章，虽然出处不明但应该不是编造的。(中略)归纳一下《满洲吏道心得账》座谈会，什么修身书也算不上，尽管如此，从不能否认这种修身的必要性的现状来看，还算是有效的。大抵所谓的修身都是明知却不实行的集合体①。

在伪满洲国的日本人，依仗国家权力，自恃优越，何谈"五族协和"，对满人抱以粗鲁的态度甚至冲突不断。一九四〇年五月，大本营陆军部研究班制作的极秘文章中"一般日本人对满人的矛盾"一节中(《从海外邦人言行所察国民教育资料》，大本营陆军部研究班，一九四〇年五月)报告的伪满洲国的真实状况来看，作者小泉菊枝如高崎隆治评价的，是将"五族协和"理念在现实中实践，"抛却私心"而努力的"为数极少"的日本人之一②。

---

① 灭法《なかなか面白い　泉掬子の満洲の少女》(《满洲日日新闻》文艺栏，一九三八年四月八日)。

② 高崎隆治"解説"，《满洲少女》(大空社《リバイバル〈外地〉文学選集第十九卷》，二〇〇〇年十月二〇日，四页)。

三 作品《满洲人少女》的出版及文艺化

在伪满掀起热议的《满洲人少女》几经出版，并被多样地文艺化。目前可以确认的最初的版本是一九三八年十二月三〇日由月刊满洲出版①，之后一九三九年三月一〇日改换封面重新装订出版。《满洲人少女》的出版，被称赞道"大大提升了月刊满洲的价值"②。月刊满洲版的本文之后改名为《满洲少女》，与小泉执笔的其他五篇（《来自满洲国的消息——旅行的回忆》《小桂的信》《满洲的女性们》《陶夫人的信》《不灭》③）收录进《满洲少女》（全国书房，一九四二年六月二〇日）。此外，还有非卖品的文库版《满洲人少女》（精华会，一九四五年六月五日）。战后很长一段时间，曾经风靡日满的《满洲人少女》似乎已经淹没在浩瀚的文学作品中。然而，当"满洲国"研究成为一门学问时，作品作为"满洲研究"的重要资料被挖掘出来。全国书房版《满洲少女》被复刻收录进山下武监修的《リバイバル〈外地〉文学选集第十九卷》（大空社，二〇〇〇年十月），一九三八年的月刊满洲版被复刻收录进小泉京美编的《満洲のモダニズム》（ゆまに书房，

---

① 月刊满洲社《月刊满洲》于一九三三年由《月刊抚顺》杂志变名而来。抚顺时代是地方特色浓郁的杂志，改名后一时不兴，经社长城岛舟礼的努力，成为满洲一般大众杂志中最有力的杂志。

② 石原严彻《代序》《满洲人少女》月刊满洲社，一九三八年一二月三〇日）

③ 《不灭》中刊载了陶夫人（桂玉）丈夫的来信。据信中内容，桂玉其后生下男孩，产后三日感染风寒，十九岁的年纪去世。

二〇一三年六月）。

以上整理了《满洲人少女》的出版经过，除了作品真实地描写满洲被称赞外，作者的言行也被视为在满日本人的模范。如：俳人石原严彻称小泉菊枝的文章，看到了在满日本人有识之士共通的烦恼，关于如何与满人相处这一问题，文章提供了启示，因此，《满洲人少女》一书被称作"日本民族大陆发展的教科书"①。并且，出版后不久，于一九三九年一〇月被认定为文部省推荐图书。在此，将推荐理由全文引用：

> 本书为满洲新京在住的日本人官吏妻子的著书，作者引导一具有排日思想的满人少女，使其理解满洲国国策的"五族协和"，并且正确地解释了日本在东亚所处的地位、作用、日本的国体和使命，是作者呕心沥血的体验录。该书是作者将自身体验的宝贵烦恼与献身努力的宣抚记录以故事的方式写下来，为今后的大陆建设提供了宝贵的启示，作为适合时局的读物向一般人推荐②。

此外，笔者查阅的资料中有很多《满洲人少女》作为广播剧③、

---

①　石原严彻《代序》（《满洲人少女》月刊满洲社，一九三八年一二月三〇日二页）。

②　推荐文收录进《文部省推荐图书一览（自昭和一四年五月至昭和一五年六月）》（文部省、一九四〇年八月）。

③　未见，美国研究者 Kimberly T. Kono，"Imperializing Motherhood：The Education of a 'Manchu Girl' in 'Colonial Manchuria'"（Reading colonial Japan：text，context，and critique，Stanford University Press，二〇一二年三月，二二八页）中有提到一九四〇年作为大连广播剧播放。

演剧①、电影、戏曲等被文艺化的相关记录。如一九四〇年作为大连广播剧播放（未确认）；同时《朝日新闻》一九四〇年五月三日朝刊的广告上，还能看到"戏曲满洲人少女 小泉菊枝原作 神崎美矢子改编"的记载，查看杂志《东亚联盟》（东亚联盟协会，一九四〇年五月）能阅览戏曲的脚本。同期的《编辑后记》中，记录了戏曲"在国性文艺会上上演，感动了军人会馆在座的两千多名观众"②。杂志《东亚同盟》是与石原莞尔有思想共鸣的人创办的，其中，有小泉菊枝执笔的《女性史开显》及东亚联盟与妇人运动等相关的内容的文章共二十六篇文章③。经文部省的推荐，在"国性文艺会"上演的《满洲人少女》，已不只是一主妇的生活记录，而是被当作国策味浓厚的美谈被广为宣传。

多样的文艺化记录中，不难想象《满洲人少女》在殖民时代引起的强烈反响。在此，仅借用资料，介绍《满洲人少女》的电影拍摄计划与挫折相关的内容。一九三七年为满人制作电影、配给电影的国策电影公司满洲映画协会成立。三〇年代末，由满映制作日满合作电影盛行，满映培养的唯一一位日本人女演员

———————

① 在冈村敬二《满洲出版史》（吉川弘文馆、二〇一二年一二月）中，指出作品由奉天协和剧团演剧化（田中総一郎「「満洲人の少女」を劇化する」康德六年一一月）。事实上，笔者查阅的中文出版物《青少年指导者》中，发现了有中文版脚本，但杂志封面缺失，杂志的出版状况不明。

② 脚本和演出分别见《东亚联盟》五月号，六九—八九页和"编辑后记"（东亚联盟协会，一九四〇年五月一日）。

③ 杂志《东亚连盟》是东亚东亚连盟协会的机关志，一九三九年十一月创刊，发行至一九四五年一〇月。东亚连盟协会，于一九三九年一〇月成立，以石原莞尔为中心，团员的大半拥有"在满"经历，其中多数与伪满洲国的协和会有关系。参考小林英夫《解说》，《东亚连盟复刻版 第一卷》（东亚连盟刊行会，柏书房株式会社，一九九六年六月）。

李香兰也因出演国策电影获得很大的成功①。一九四〇年三月六日,满洲映画协会决定与东京新筑地剧团合作,拍摄电影《满洲人少女》以纪念南"新京"新工作室的建成②。该影片将是最初的面向日本人观众的电影,预定于五月上旬剧团演员山本安英、薄田研二、本庄克二等来满后拍摄,由李香兰主演满洲人少女桂玉,电影《满洲人少女》的质量被寄予了很高的期待③。但因"主演山本安英抱恙未能来满演出"电影拍摄未能实现,只进行了舞台公演④。尽管如此,在同一时期由满映与日本东宝合作、并于六月五日首映的电影《支那之夜》中,可以看到其汲取的《满洲人少女》的要素,这一点在第四章节中作详述。

四　从保护者立场上构筑的"母子关系"与"恋人关系"

(一)少女教育中的殖民主义

作品《满洲人少女》中,小泉以"养育"的目的雇用少女,并且将其与"日满亲善"和"满洲国"的成长联系起来。小泉将少女与年轻的"满洲国"相重叠,与少女构筑起"亲子关系"。

---

①　李香兰主演的国策电影,如本稿涉及的所谓的"大陆三部作"的《白兰之歌》(渡边邦男监督,一九三九年),《支那之夜》(伏水修监督,一九四〇年),《热砂的誓言》(渡边邦男,一九四〇年)。

②　据《朝日新闻》一九四〇年三月七日朝刊《映画〈满洲人少女〉》的记载。

③　小野贤太《大陆(满洲·朝鲜·支那)映画制作现状》(《满洲映画》第四卷第四期,康德七年四月,一一七页)。

④　《满州年鉴》(满洲日日新闻社,一九四一年)。

　　第一,<u>与之前的不一样她还是个孩子</u>。我们努力的成果有提升的余地。照顾这样的孩子,让她在生活中理解日本人的正确立场,为日满亲善竭尽个人的力量,这不就是你所谓的"真"的实践嘛。(五页,下线笔者)

　　满洲国是外国,<u>而且是新生的国家</u>。作为日支两国的桥梁必须好好成长。(中略)但是,这又谈何容易。我要养育少女桂玉!(一五页)

在雇用桂玉之前,小泉雇用过一满人主妇遂氏。遂氏语言不通,不能笔谈,也不理解日本人的生活,且极不讲卫生,最终被小泉辞了。难以被日本人化的遂氏与开篇描写的满洲严重的人身买卖现象,共同表现出满洲非文明的一面。而满洲女性的教育问题在当时的杂志报纸上也很受重视。例如《满洲的女子教育》(神崎清《满蒙》,一九三七年二月,五三—六〇页)中,就谈到满洲的女性教育从蒙昧的状态出发,"正如封建的满洲社会将妇女闲置一样,教育事业也将妇女闲置着"。因而,纯粹可塑的少女的登场,使得对满洲女性教育的实践变得可能。

　　在高等小学校学过日语基础的桂玉,从表面学得了日本人的行为方式,穿着和服像日本人般地行礼。在和小泉一家共同生活的期间,小泉对少女开始了精神和思想上的同化,首先从让她学习日语开始。桂玉日语进步很快,小泉因为丈夫的职业和她聊起满洲的匪贼和士兵,刚开始桂玉能义正词严道"那是爱国军"(一六页),小泉聊起有妨碍"满洲国"成长的国家,桂玉反驳道"但是满洲国才三年,支那国历史很长了"(一八页),"大连,最

初是支那的,被日本夺走了,台湾、朝鲜也被夺走了,然后,桦太
是俄罗斯夺走的"(三五页)。但是,这样的少女不知何时起也开
始批判起满洲的一夫多妻、人身买卖等不合理的制度,官界暗
斗、唯利是图的国民性。与此同时,少女表现出对日本的亲近感
和对自己身份的否定。文章中描写了桂玉渐渐地讨厌起自己一
副满人的形象,比起满人的打扮和着装,她喜欢上日式打扮与和
服,并称自己"再过三年就会变成日本人"(五三页)。小泉和桂
玉在一起的时候常被误认为母女,小泉称"这对于桂玉来说,不
知道有多开心了"(五三页),并且陪小泉的儿子玩游戏的时候,
桂玉也"一起喊着爸爸妈妈"(五四页)。至此,支配者有意识的
灌输行为转变为被支配一方的强烈的愿望,少女表现出作为"满
人"的劣等感,并对文明的日本产生了强烈的依赖。

　　关于语言习得与殖民主义的关系,日本文学研究者中川成
美认为幼儿为了生存习得母亲的语言,由此生成了支配与被支
配的关系,这种关系影响到主体身份的确立。以此类推,被强加
的宗主国语言也会引起主体身份的混乱,成为宗主国支配的源
泉。这种机制反过来也会将"母子关系"的幻想强加于主体①。
因此,作品中桂玉从习得日语到亲近日本文化,与小泉建立疑似
母子的关系,这一切看来顺理成章。母子关系是对支配与被支
配的日满关系的合适表象。

(二)"真实"中暴露的"同床异梦"

　　作者时而会将少女说的词汇量贫乏、文法错误的日语直接

---

①　中川成美《支配的语言·融合的语言》,(《双语的日本文学》三元社,二
〇一三年六月,二九三页)。

写到文章中,时而会将少女用日语写的日记呈现给读者,以展现自己体验的真实性。然而对天皇有着狂热信仰的作者丧失了思考能力,她所讲的"超越民族之爱"的美谈正被她的"如实表述"背叛了。例如,桂玉初到小泉家时,有一段描写桂玉面对晚饭不动筷子哭泣的场面。

> 我母亲,不做给我吃的。家里一点小麦粉也没有。我母亲竟吃高粱。一粒米饭也不吃。我母亲的手,好细。啊呀,我父亲好小,总是生病。日本人都是吃米饭。(八页)

桂玉一家,父亲鸦片中毒,最终死去,姐姐也成了金钱交易的新娘,在乡下生病去世,只留下母亲和弟弟过着食不果腹的日子。而满人不允许吃白米饭的事,在满系作家古丁的小说《新生》(《艺文志》,艺文书房,一九四四年二月)中也有写过。住在日本人家里的桂玉,穿着打扮、生活习惯带上日本人的"记号",就能享有作为"满人"不能享受的很多"特权"。例如桂玉能自主拿出小泉家中的点心招待客人,会颐指气使地差使"满人"苦力,还能受到日本士兵的优待。

然而桂玉要成为日本人的神话被她的回乡打破。从老家回小泉家的桂玉,切身感受到满洲农村与城里日本人生活的差距,对小泉说:"啊呀太太,这里是天国!"桂玉讲述着农村的脏,农村人不听收音机,他们对日本人保持着警戒心,对日本人有误解。竟然问道:"日本人,会杀死农村脏兮兮的满人吗?"(一〇一页)还说道:"我是想三年后成为日本人的,但是母亲说不行。"(一〇二页)小泉每天说教的理想世界与桂玉回乡经历的实际世界有着天壤之别。回乡后的桂玉，终于认清了自己是"满人"的事实。有一次，小泉以身示教尽管自己是一主妇，一旦有什么的时候，会"将纯洁的灵魂留给国家"。这时，她从箱子中拿出一把怀剑，放在桂玉面前。桂玉因好奇打开袋子的那个瞬间，流露出了最本质、最真实的一面。

"这就可以死！"

"啊呀！"

忽然间民族女豪杰，比在狼面前的小羊都战栗起来，一下子后退了两三尺，抱着胸蜷缩成一团。那样子让我太吃惊了。（中略）

"可是……"桂玉一边结结巴巴地说着，一边心怀怨恨地瞥着我。

"小桂，你刚刚不是说死没什么大不了的嘛……啊，太奇怪了。只让你看了一下就成这副样子了。拿起来试试啊，这可是非常锋利的。"

"啊呀！太太。请您收起来。请您收起来。"（一○六页）

面对"以全部生命仰慕并奉献于天皇"的日本人，少女表现出的岂止是不理解，更是惶恐的感情。可是之前的想要成为日本人，对日本文化表现出亲近的少女，在多大程度上值得信赖呢？小泉在回国前，就桂玉将来的去处和桂玉商量时，比起小泉频繁说教的天皇的博爱，法莲经的精神，桂玉最关心自己的切实问题。"啊呀，太太，我怎么办啊！"（一二八页）"他们付给我多少钱啊?"(一二九页)"如果这样的话,我母亲吃什么啊?我还有弟弟,怎么办啊?"(一三〇页)作者小泉作为忠实的日莲主义者,苦心想将自己的"真"传给少女;作为天皇的赤子,也呈现了将要移植天皇信仰的热忱。乍一看,她对被压制被凌虐的贫苦百姓表现出同情,然而由于对自身立场缺乏正确的认识,她完全没有意识到将自己的信仰强加于他者的暴力性。

(三)"超越民族之爱"的国策电影化

前述"内地制满洲作品"泛滥,《满洲人少女》几度再版的一九三九年三月,日本文学报国会的久米正雄一行,为寻找"大陆小说"的创作素材从东京赴满。同行的满铁社员会、满蒙同人会成员围绕"内地女性"、"大陆女性"召开了座谈会。座谈会上久米道出此行动机是要借"以满洲为舞台的通俗小说再次唤起国民对满洲的涣散的注意力"。鉴于以大陆为舞台的小说之前一次也没能获得成功,此次久米的小说执笔与东宝电影的脚本化同步进行,既要依据大陆国策,又要符合大众胃口,因此满洲女性(满人姑娘、在满洲出生或长大的日本人姑娘、渡满的日本人姑娘)的恋爱题材将是一项具有挑战性的创作。原因正如久米所言的异民族之间的"鸿沟"。

> 久米:我其中想存在着种种问题,也就是说尽管对主人公最有好感的是满人姑娘,但因为国情相异,他们之间有着太多隔阂,这永远都是一个悲剧。我觉得姑娘有情,主人公也绝无憎恶之意,情节设定成民族间的鸿沟让他们不至于发展到恋爱结婚的地步,或者结局是这一问题得以解决并

在某处跨越了鸿沟,但解决这一问题的切入点尚不清楚……想通过这点来描绘满人的生活①。

座谈中,满蒙社同人大野斯文提起《满洲人少女》的话题,大家认为像作品中被同化的亲日派支那姑娘有可能存在,但钟情于日本人男性的例子极少。座谈会对"支那的民族性"再认识后,对"内地女性""大陆女性"作了一番讨论,决定塑造新性格的大陆女性。而这次座谈会的直接成果便是久米正雄创作的小说《白兰之歌》,还有几乎与创作同步的,国策电影的"大陆三部作"之《白兰之歌》也由日本东宝拍摄完成(渡边邦男监制,一九三九年)。并且,在《白兰之歌》的基调上,"大陆三部作"的第二部《支那之夜》也制作了出来。

《支那之夜》(伏水修监制,一九四〇年)以上海为舞台,描写了战争中家园被毁,双亲尽亡的少女桂兰(李香兰饰)在上海街头被一日本人欺负受到长谷(长谷川一夫饰)帮助。桂兰因讨厌日本人的恩威,执意要求以当佣人的方式偿还长谷的救助,而长谷决心与桂兰的反日情绪"作战",将其带回下榻的日本人宾馆。为了战胜了桂兰的反日情绪,让桂兰理解日本人,长谷做出很多努力,终于两人发展成为恋人结为夫妇。除了主人公桂兰的名字与"满人少女"桂玉相似外,接受少女的动机也是一样的。

（四）《支那之夜》中汲取的《满洲人少女》的要素

拍摄《支那之夜》时,第二次世界大战已经爆发,日本预料美

---

① 《围着久米正雄谈大陆》,《满蒙》第二十年五月号,一九三九年五月一日,七八—九一页)。

国会进军东南亚,在"大东亚共荣圈"构想的基础上准备南进。作为大东亚共荣圈的盟主,日本显示自己的正义和优秀成为当务之急。他民族女性爱恋日本人男性的电影便是在这样的背景下产生的。

一九四〇年上映的《支那之夜》,获得了东宝票房之最,也博得了当时观众的极大好评。但对电影性质,研究者们持不同意见。大多研究视《支那之夜》为宣传大陆政策的国策电影,如佐藤忠男称影片是日中战争时期,是一部典型的将侵略中国正当化的情节剧①。山口淑子(李香兰本人)在自传中也回忆当时是日本"大陆热"达到顶峰的时期,"大陆三部作"中自己尽是扮演了爱慕日本青年的中国姑娘。"大陆三部作"无一例外是通俗的情节剧,是日本大陆政策的宣传②。也有相左的意见,因《支那之夜》受到当时检阅官及个别评论家的严厉批判,而认定其为"娱乐电影"而非国策电影。代表性研究如古川隆久,引用了检阅官的怒言,评论家津村秀夫批判,认为"企划和推奖都没有政府参加,并遭到检阅官怒骂的电影不可能被视作国策电影"③。

尽管对电影的定性有分歧,这并不能掩盖影片的殖民主义思想。如影片中桂兰的形象一开始是头发蓬乱地操着一口汉语,对日本人谩骂式地表达自己愤怒的野蛮形象,在日本人的日常关照和感化下,出落成一聪慧懂事的文明女性。影片中有长谷半分强行半分温情地让脏兮兮桂兰入浴的镜头。"入浴"的行

①　佐藤忠男《日本映画史》(第二卷,岩波书店,一九九五年)。

②　藤原作弥《李香兰 我的半生》(新潮文库,一九九〇年一二月)。

③　古川隆久《战时下的日本映画》(吉川弘文馆,二〇〇三年二月,一二九页)。

为,正如四方田犬彦氏指出的,桂兰"从野蛮的次元向文明的次元迈近了一步"①,对比入浴前后长谷的表情和态度,可以看到长谷惊讶于桂兰的变化,此时的他开始以男性看待女性的眼神看着桂兰。此后,少女的表象开始由女孩变为女人。桂兰住在日本人旅馆期间,渐渐放下戒备,换上日本人准备的旗袍,并给为照料自己病状的长谷披上毛毯,表现出对长谷的感谢与信赖。

桂兰被超越民族之爱彻底感化的场面是"被长谷打巴掌"的场面。《支那之夜》与《满洲人少女》在人物设定上虽有相异之处,然而少女同样都是在日本人的同化下成长,且在情节上,《支那之夜》中多处呈现出受《满洲人少女》影响的地方。在此列举两部作品中的"打少女巴掌"的情节为例②。

《支那之夜》中,桂兰看到毁于战火的家园,情绪激动地回到宾馆。日本人正担心出走的桂兰,对淋雨回旅馆的桂兰表达关心和好意。但桂兰不领情,打翻日本人的葛根汤,而被长谷狠狠地扇了巴掌。长谷坐着向伏倒在地的桂兰道歉请求原谅,桂兰也伏在长谷膝上道歉:"原谅桂兰,我一点也不痛。挨打了也不痛,很开心。"类似的情节在《满洲人少女》中这样描写道:

①　四方田犬彦《日本的女演员》(岩波书店,二〇〇〇年六月,一一四页)。
②　关于"挨巴掌"情节的相似,在标题为"「李香蘭と支那の夜～名曲・蘇州夜曲の謎を解く—」:平手打ちの謎・13「満州人の少女」"的日文网络博客中已指出,并且博主认为:"长谷通过打桂兰巴掌,理解了桂兰(中国人)的痛处,对自己的想当然谢罪。桂兰也因为理解了长谷的心理,而改过自新"。及博主列举"长谷扇桂兰巴掌"情节是为了论证影片"对想当然的日本人"的批判性。笔者与博主意图相反,转引该场景说明其隐蔽的殖民性,因未知博客主人详细信息,附博客地址。http://blog.livedoor.jp/yanagi470/archives/1878881.html。

（桂玉和小泉的儿子义夫吵架后，跑去向小泉告状）我那无论如何都该忍住的手，竟鼓足了劲打在桂玉的脸颊上。

"哇！"我凝视着伏倒在脚边的桂玉，自己像是游离到遥远的地方，茫然不知所措地呆站着。

"日本人会打人的吧！"我脑海里浮现出这样打听的你呀（代指中国人——笔者注）们的脸，还有"日本人会打人的哦"和这么回答的桂玉。——啊，天皇陛下，我该怎么办。我犯下了无可挽回的过错。不知何时，我的泪顺着脸颊淌下来。

"小桂，对不起，我不是要打你的。"（中略）

"太太，是我不好。您不要哭，您别生气。"桂玉的眼睛泉涌般流下了别样的泪。

"太太，我把您当成自己妈妈因此说了很多不好的话。我不听话的时候，我妈妈总是使劲地打我，往死里打。太太，您也打我吧，我不听话的时候使劲地打，我会变乖的。"

（七七—七八页）

对于桂兰被长谷扇巴掌的情节，山口淑子在《李香兰 我的半生》中回忆道"中国人挨打还要爱上施暴者，这对中国人而言是双重的屈辱。（中略）电影不但没有达到教化宣传的目的，相反起到了激发抗日意识的反作用"[1]。这种以暴力表现爱的行动模式，小泉菊枝在《满洲人少女》中称"爱有时候会以暴风雨的

---

① 山口淑子、藤原作弥《李香兰 我的半生》（新潮文库，一九九〇年一二月，一五五页）。

形式表现出来"（七九页）。卢沟桥事变以后，对于抗日事件频发的中国，日本国内"暴支应惩"的战争侵略气焰愈煽愈烈，给不老实的中国人以巴掌，正顺应了这股施暴的风气，助长了日本人自我感觉良好的殖民主义。

《支那之夜》一方面受《满洲人少女》的影响，一方面改变了由上至下的视线，很多地方采取了对等的姿态。例如，长谷和桂兰约会的场面，长谷用中文"喜欢吗？""那个"与店员、与桂兰会话，显示出对魔都上海文化的尊重。与《满洲人少女》中展示先进的日本文化、技术、制度相对照，《支那之夜》中表达了对大陆文化的憧憬。影片中吟唱的《苏州夜曲》，霓虹闪烁的舞厅，穿着旗袍披着风衣烫着卷发的少女，展现的是东洋美西洋美兼备的现代时尚。日本电影评论家古川隆久回忆《支那之夜》在日本上映后的情形，"街头骑车疾走的小年轻们哼着曲儿，咖啡店的唱片也一遍遍地唱着主题曲，从城里的不良女学生到咖啡店的店员，普遍流行着李香兰式的打扮"①。长谷岩崎昶曾批判"大陆三部作"之《白兰之歌》作为电影水平之差，但尽管如此仍不失魅力，原因不仅仅在于满映演员，还在于其题材。作为艺术作品的好坏暂且不论，不管怎么说日本人观众想要通过银幕看到满洲国。因此，《满洲人少女》与"大陆三部作"的人气并不是因为作品在多大程度上描写了真实的"大陆"，只是因为其表现的"大陆"契合了日本观众的文化消费欲求，也符合殖民统治者的意图。

---

①　古川隆久《战时下的日本映画》（吉川弘文馆，二〇〇三年二月，一二七页）。

长谷为了营救被绑架的桂兰，与抗日分子激战，制敌后长谷面对伏倒在地上毫无反抗的桂兰说道："你独自一人行走才会变成这样的，以后可不能从我身边离开哦！"这一点如李香兰指出的"日本是强大的男性，中国是顺从的女性。只要中国依附日本，日本就会像这般守护中国"①。如此，通过浪漫的爱情剧，将观众引入以日本为盟主的"大东亚共荣圈"的意识形态中。

五　结　语

以上考察了カルピス的广告，作品《满洲人少女》和国策电影《支那之夜》中的少女表象在表现民族、国家的亲善关系时被便利地使用。通过《满洲人少女》和《支那之夜》的共同点，可发现未能拍成电影的《满洲人少女》很多内容在《支那之夜》中能找到影子。另一方面，由于作品和电影的舞台分别设定于满洲和上海，殖民者对人物关系的处理因地制宜，呈现出不同的姿态。《满洲人少女》中看待孩子般的视角，反映的是殖民者对已处于支配下的满洲的安心的心情；在《支那之夜》中看待女性的视线，则反映了对未能控制的上海的欲望。隐藏了日本人身份出演国策电影的李香兰，在北京饭店会见中国记者时被质问是否是中国人的轶事②，说明这种由支配着者单方面叙述的"恋人"关系，

---

① 山口淑子《作为"李香兰"活着：我的履历书》（日本经济新闻社，二〇〇四年，五十八—六十页）。

② 山口淑子、藤原作弥《李香兰 我的半生》（新潮文库，一九九〇年一二月，三〇三页）。

不过是一厢情愿的幻想。为了使"超越民族之爱"成立,民族间的矛盾和国家间的战争被缩小化,只表现为与"匪贼"、游击队的打斗,而与少女间构筑的关系则被扩大为国家间关系。借教育的名目,将自己的理想强加于支配对象,都体现了在"文明化"口实下殖民主义的欺瞒与多样性。

（本文引用均出自一九三八年十二月三十日的月刊满洲社版《满洲人少女》）

满洲自然书写第一人[*]

——俄侨作家巴依科夫东北写作考

杜晓梅

华东师范大学外语学院俄语系

巴依科夫全名尼古拉·阿波罗诺维奇·巴依科夫（Николай Аполлонович Байков），又译巴依阔夫、拜阔夫等。于 1872 年 12 月 11 日生于基辅一个古老的贵族之家。他十岁时考入基辅第二古典中学，但由于数学成绩很差，父亲决定将他转入基辅中等武备军事学校，期间和著名旅行家 H. M. 普尔热瓦利斯基的相遇，激发了他对大自然的热爱和研究兴趣，对他后来成为狩猎家—作家发展之路起到了决定性影响。1889 年，军校毕业后，他随父工作调动而移居彼得堡，有幸和著名化学家 Д. И. 门捷列夫认识，培养了他科学研究和创作的严谨性。1892 年，H. A. 巴依科夫进入第十七新特罗克斯克预备营，成为一名后备军士官生。随后被调至高加索，在尼古拉·

---

* 本文为教育部人文社会科学研究规划项目"上海俄罗斯侨民文学研究"（13YJA751048）、上海市哲学社会科学规划课题"俄侨教育活动对上海区域文化影响研究（1920—1950）"（2011BWY004）、上海市教委科研创新重点项目"上海俄罗斯侨民作家及其作品研究（1920—1950）"（14ZS043）的阶段性成果。

米哈伊洛维奇大公建议下进入梯弗里斯军事学校学习,介绍他和著名自然科学家、高加索梯弗里斯博物馆馆长、后来成为俄罗斯皇家地理协会主席的 Г. И. 拉特相识。年轻的巴依科夫积极参加高加索博物馆的工作,这里成为他走上自然科学研究道路的真正的"综合性大学"。中东铁路开建后,在战友的建议和俄国大公的推荐下,1901 年他被调至外阿穆尔边防区。他先后参加了日俄战争、第一次世界大战和国内战争,白军失败后辗转到中国成为侨民。他在满洲生活了半个多世纪,称其为自己的第二故乡。1956 年巴依科夫离开中国后前往澳大利亚,两年后病逝于布里斯班。作家去世后,布里斯班《俄罗斯思想》报刊登了悼词,肯定了他对俄罗斯文学的贡献,"H. A. 巴依科夫的创作,……和故意搜寻并反映俄罗斯生活中的负面内容、使不成熟的心灵产生否定情绪、丧失信心和仇恨秩序思想……的作家相比,特别是对俄罗斯及其人民那无私的爱,显得非常突出"[①]。

巴依科夫是二十世纪初哈尔滨俄侨中最著名的作家、民族学家[②],蜚声伪满洲、欧洲和日本的猎兽人。他对满洲自然做了广泛而深入的研究和创作,以"鼻眼镜""外阿穆尔人""跟踪捕兽猎人""猎兽人""自然科学家—狩猎者""渔人""流浪者"等为笔名发表了许多以满洲原始森林为主题的作品。有描写满洲自然生态及其居民的,如《在满洲山林里》(彼得堡,

---

① А. А. 希萨穆特季诺夫,Какие прекрасные люди жили на просторах России[J]//Утро России,15 июля,1997,第 4 页。

② В. В. 阿格诺索夫:俄罗斯侨民文学史[M],刘文飞、陈方译,人民文学出版社,2004,第 61 页。

1914)、《森林童话》(哈尔滨,1928)、《在满洲密林深处》(哈尔滨,1934)、《满洲狩猎》(哈尔滨,1930)、《原始森林在喧闹》(哈尔滨,1938)、《神话往事》(天津,1940)、《树海》(哈尔滨,1941)、《篝火旁》(天津,1939)、《我们的朋友》(哈尔滨,1941)、《原始森林之旅》(哈尔滨,1943)等;还有一系列反映满洲生态、人与自然之关系的中长篇小说,如《大王》(哈尔滨,1936)、《牝虎》(哈尔滨,1940)、《忧郁的大尉》(天津,1943)、《兽与人》(东京,1959)等;以及建立在作家翔实资料基础上的回忆录《四处流浪》(哈尔滨,1937)、《满洲猎人笔记》(天津,1942)、《再见了,树海》(哈尔滨,1942)、《一个外阿穆尔人的笔记》(莫斯科,1997)等,其中特别值得一提的是具有编年史性质的《中东铁路》(莫斯科,1998)。可以看出,巴依科夫创作的唯一主题就是满洲原始森林及其居民生活,他在书写原生态满洲自然的同时,把俄罗斯文化有机地嫁接在中国文化的土壤之上,显示了博大精深的中国文化对作家的影响,正是在中俄文化的碰撞中,作家创作出一个世纪以前属于原生态满洲及其原始森林的童话。然而我国对作家的研究只停留在一两部作品上,缺乏对其在中国创作的全面考察,从而影响对其作品的主题、人物、创作特点、艺术特色,特别是他的生态和哲学思想的深入研究,同时也无法对他作品有关中国东北地方志和民族志研究的价值和贡献给予客观的评价。本文将全面考据和整理作家在中国东北的创作,以补充国内相关研究中资料的不准和不足,还原作家在中国自然研究和文学创作的历史原貌。

一　享誉世界的伪满洲俄国作家

在俄罗斯,侨民文学研究始于上世纪 60 年代,80 年代以来引起了世界的广泛关注。哈尔滨俄侨文学作为俄侨民文学的一个分支,其实早在 1956 年的《流亡中的俄罗斯文学》(纽约,1956)中就已提及,但是直到 90 年代初期才进入俄罗斯读者的视野。陆续出版了《哈尔滨——俄罗斯大树上的一个分支》(新罗西斯克,1991)、《远东俄侨的文化遗产》(新罗西斯克,1991)、《鲜为人知的满洲里》(莫斯科,1991)、《俄罗斯侨民的远东分支》(符拉迪沃斯托克,1994)、《俄罗斯远东文学历史》(符拉迪沃斯托克,1995)、《俄罗斯侨民远东分支的特点》(新罗西斯克,1996)、《民族文化背景下的俄罗斯境外文学的远东中心》(阿穆尔,1998)、《遥远又邻近的满洲里》(莫斯科,2003)、《白色哈尔滨》(莫斯科,2003)等一系列介绍和研究的哈尔滨俄侨文学及文化的书目,在此不再一一列举。对中国俄侨的兴趣也说明格列博·司徒卢威判断的正确性,"俄罗斯文学境外这一支(俄侨远东分支——作者注)……早晚是要与境内那一支(欧美分支——作者注)汇合,并比后者对俄罗斯文学的总体产生更大、更深的影响"①。

巴依科夫作为哈尔滨俄侨中最优秀的科学家和作家代表被

---

①　司徒卢威,Русская литература в изгнании：Опыт исторического обзора зарубежной литературы［M］,Нью-Йорк,1956,第 7 页。

俄罗斯学界单独介绍和研究。1991 年 H. 科列索夫的《在满洲山岗上：哈尔滨俄罗斯侨民作家 H. A. 巴依科夫》(1991)是第一篇专门研究作家的论文，后来的《H. A. 巴依科夫：命运与创作》(1993)、《H. A. 巴依科夫"大王"中人物和地点指称研究》(2001)、《H. A. 巴依科夫——一位被遗忘了的满洲科学家》(2001)、《H. A. 巴依科夫"大王"狩猎主题在情节结构中的作用探析》(2001)等科研论文，以及博士论文《H. A. 巴依科夫的艺术世界》(2000)、《H. A. 巴依科夫创作中的问题与艺术特点研究》(2002)等一直涌现。对 H. A. 巴依科夫的生平、科学考察、对远东地方志所作出的贡献、创作中的主题、情节、人物形象、艺术特色、对俄罗斯文学和文化的贡献等展开研究。随着作家在俄罗斯学界兴趣增加的同时，作品《大王》(1992)、《中东铁路》(1998)、《尼古拉·巴依科夫文集》(2009—2012)(3 卷本)[1]等也相继整理出版。

早在上世纪 40 年代的日本，巴依科夫已经是享有盛誉的俄罗斯作家。1940 年《大王》被译为日文出版后，作家的其他作品也相继问世。与翻译家们兴趣相投的还有文学家们，在报纸杂志陆续发表了《能和 H. A. 巴依科夫的动物形象媲美的只有杰克·伦敦和吉卜林》(1940)、《虎人》(1940)、《H. A. 巴依科夫自传》(1942)[2]等

---

① Байков Н. А. Собрание сочинений，Великий Ван// Владивосток： Рубеж，2009；Байков Н. А. Собрание сочинений. В горах и лесах маньчжурии // Владивосток：Рубеж，2011；Байков Н. А. Собрание сочинений. Тайга шумит// Владивосток：Рубеж，2012.

② 本报刊发的其他评论和文章参见：Бунгэй. Токио. №12，1942，c. 36；Бунгэй. Токио. №12，1942，c. 24 等。

一系列介绍、评论和研究性的文章①。1945 年以后，巴依科夫
在中国的作品不再出版，但在日本却一直持续至今，研究兴趣也
未有间断，代表性的科研论文有《满洲原始森林的作家巴依阔
夫》(1962)、《探寻巴依科夫的足迹》(1987)、《Н. А. 巴依科夫研
究》(1993)等，对作家的生平、艺术形象、题材、影响创作的因素、
政治态度、世界观、及其和日本文学的关系等方面进行了深入分
析和研究。②

在澳大利亚，1968 年就出版了有关作家的回忆录和专
著——《尼古拉·阿波罗诺维奇·巴依科夫》(1956)、《Н. А. 巴
依科夫的生平和创作》(2000)等，对作家的文学创作和对俄罗斯
文化的贡献，做出了高度评价。在美国，旧金山俄罗斯文化博物
馆里也创建了满洲研究者—作家 Н. А. 巴依科夫纪念部。

巴依科夫进入我国读者视野的是《中国俄罗斯侨民文学丛
书》(哈尔滨，2002、2005)③，随即引起学界注意。期刊论文《论
巴依阔夫〈大王〉的三重境界》(2004)开启了对作家研究的序幕，
后来的博士论文《20 世纪中国俄罗斯侨民文学研究》(2007)专

① 系列文章参见：Хино Асихэй. Тигр// Бунгэй сюндз. Токио. Воктябре，
1941；Время. Харбин. 3 октября，1940；Время. Харбин. 22 февраля，1943；
Время，приложение к газете. Харбин. 4 июля，1943；Время，приложение к газете.
Харбин. 20 июля，1943；Время. Харбин. 23 июля，1943 等。

② Сакон Такэси，Сибирь，Харбин и Австралия-жизнь и творчество Н. А.
Байкова. [С]//россияне в Азиатско-Тихоокеанском регионе. Сотрудничество на
рубеже веков. Тез. докл. Кн. 2. Изд-во. Дальне-восточн. ун-та，1998 年，第
269—275 页。

③ 中国俄罗斯侨民文学丛书有汉俄两个版本，分别是：李延龄，中国俄罗
斯侨民文学丛书(5 卷本)，哈尔滨：北方文艺出版社、黑龙江教育出版社，2002；
Ли Янлен. Литература русских эмирантов в Китае (10 т.). Пенкин：Китайская
молодёжь，2005.

辟一章分析了作家的自然—生态思想与中国文化的关系,《世界生态文学的开山之作——〈大王〉》(2008)、《流寓伪满洲的白俄"虎人"作家拜阔夫》(2009)、《尼古拉·巴依科夫与蕾切尔·卡森的比较研究》(2012)、《巴依科夫〈在篝火旁〉的情节特点分析》(2014),及其硕士论文《巴依科夫小说〈大王〉生态思想解读》(2011)等几篇期刊论文对作家的研究则更进一步。可以看出,近几年中国学界对巴依科夫的研究兴趣有所增加,但主要集中在反映人与自然关系的中篇生态小说《大王》上。一方面显示了《大王》确实具有很高的思想性和艺术水平。另一方面也说明对作家还没有给予应有的注意和全面的研究。究其原因既有历史的因素,侨民不被苏联当局承认和接纳,在二战苏联军队进入中国东北和"文革"中俄侨民作家的书籍销毁殆尽;也有现实的因素,保存下来的书籍大都散落在世界各地,收集难度较大。因此,国内学者对包括巴依科夫在内的侨民文学研究一般只是大概地介绍和个别作品的研究,很难展开全面而深入的研究。本文将全面收集整理作家的创作,以补充国内相关研究中资料的不准和不足,还原作家在中国自然研究和文学创作的历史原貌。

二 满洲自然书写第一人

1901 年巴依科夫来到满洲后,首要的工作就是对满洲自然、地形、社会经济发展状况等进行勘察和调研,为尼古拉二世对中国东北的侵略作准备,也为彼得堡自然博物馆收集标本。这一时期他大量的科考探险和野外狩猎、观察思考和所见所思的文字、图画记录、标本收集都成为他日后文学创作的源泉和翔实的资料的基础。应该说，这个时候他便已经开始了自己的创作，只是专门从事文学活动是不可能的，因为考察调研占据了他大部分时间，而且更有生命力的事物、鲜活的自然及其原始密林各种各样神秘的现象更吸引他，因此，用于专门写作的时间很少。在满洲生活的半个多世纪里，巴依科夫发表了一系列将满洲自然、科考研究、打猎探险融为一体的随笔短篇，反映原始森林居民民俗与生活、满洲自然画卷及其资源被疯狂掠夺的具有鲜明生态思想的中长篇小说，以及反映满洲社会历史及其状况的回忆录。这些作品为我们展示了满洲被大规模开发之前的原生态自然状况，绘制了一幅幅壮美的鲜为人知的满洲密林大自然和当地山民风俗习惯的生动画卷，同时，也为我们了解伪满洲及其前后历史时期的社会、经济、文化、宗教状况和满洲土著民族的民俗、文化、生活等提供了不同的地方志视角。

（一） 集地方志、科学研究和文艺创作为一体的随笔与短篇

巴依科夫第一篇文章题名为《满洲自然》，在 1902 年的《自然与狩猎》杂志上发表，这篇文章和这一时期的很多文章和短篇一起被收入《在满洲山林里》(1914)。这是一部随笔和短篇小说集，有关于满洲动物及其观察研究的"动物形态学""猎犬""爬行动物和两栖动物""蛇及其驯化"等，关于满洲原始森林植物和自然的"生命之根""在帽儿山上""在二道河子""原始森林在喧闹""在苇沙河""在夹皮沟森林里"等，也有关于反映满洲狩猎和兽业的"老虎之夜""俄罗斯毛皮兽猎人""人生的探寻者""采猎鹿

茸""捕兽业"、"沿着老虎的足迹""猎虎"等,以及反映原始森林居民及其生活的"红胡子之爱""原始森林的掠夺者"等 28 个短篇。在这部文集中,作家以满洲狩猎为纲,把对满洲动植物的考察调研、捕兽业及其捕获特点的介绍、原始森林及其居民的生活融入其中,显示出作家将地方志、科学研究和艺术创作相结合的特点。

文集的出版获得了巨大成功,并于 1915 年再版。《在满洲山林里》这部文集第一次让读者了解到满洲原始森林的动物,引起他们对这个美丽而富饶的边疆区的兴趣,使俄罗斯社会将关注的目光转向遥远的满洲里。"作者完美地、生动地描写了鲜为人知边疆区的狩猎、大自然、风俗和习惯。有吸引力的狩猎描写、入微的看得见的野生而雄伟的大自然的美丽、大量有价值的观察研究不仅对于大自然和狩猎爱好者,而且对于所有对满洲感兴趣的读者都同样具有吸引力"①。如今,它是图书索引的珍本,保存在符拉迪沃斯托克阿穆尔边疆区研究协会图书馆。

1938 年,哈尔滨出版了短篇小说和随笔集《原始森林在喧闹》。原始森林是这 26 个随笔短篇反映的共同主题,对作家来说,它是鲜活的有生命的东西。原始森林的壮美("原始森林在喧闹""童话往事"②)和密林人及其生活和现实是多么的不同寻常,美不可言("玛什卡""龙岩洞""红宝石戒指")。而所谓的文明社会及其人类如果不进入这原始森林的世界,就找不到和大

---

① Н. И. 德米特罗夫斯基·巴依科夫, Жизнь и творчество Н. А. Байкова, Брисбен, 2000, 第 11 页。

② Н. А. 巴依科夫的多个文集中多次出现相同的题名,例如《原始森林在喧闹》《童话往事》《迎接新年》《树海》《老虎山》等,但内容完全不同。

自然的共同语言,将会很快毁灭("森林的长老""活着真好""牺牲者")。以原始森林及其动植物种群为代表的自然资源的珍贵和人类滥砍、滥采、滥伐的贪得无厌形成鲜明对照,表现出作者对已逝时光的深深怀念和飞速消逝的原始森林的深深担忧,提出了对养育人类和宇宙万物的自然及其动植物世界进行保护的远见思想。

《篝火旁》(1939)的活动场所转移到遥远的神奇的国度,这是 1917 年革命事件后大量的俄罗斯人被迫逃离的目的地。作家通过"篝火旁的一个夜晚""搜捕""命运""恐怖的发现""走私者""灾难""在边境线上""布特列罗夫少校"等 33 个随笔短篇,将目光转向侨民的命运,探讨了俄罗斯侨民和祖国及其文化的关系。文集表现了俄罗斯侨民没有被不幸、灾难、失去祖国之痛所摧毁,因为他们也是具有俄罗斯民族文化中勇敢而乐观品质的真正的俄罗斯人,能够携带这种俄罗斯的自"我"特性,克服任何艰难险阻。

紧接着《神话往事》在 1940 年问世,这也是一部随笔与短篇小说集。其题目似乎涉及"神话",但内容反映的是满洲原始森林居民的日常生活和道德准则("森林的劳动者"、"红胡子的搭救")、满洲信仰和中国人("原始森林的主宰""森林里的相遇"),猎虎者及其生命受到的威胁("普里什克维奇"),以及满洲原森林的美丽自然画卷("原始森林在喧闹")和不同大洲不同国度不同的民族及其生活("喜马拉雅山""人参""耍蛇的印度人""在法老的国度")等现实内容。文集回忆了迷人的原始森林及其密林人的生活,而这一切,对作者来说,已成为历史,成为隐藏在他内心深处的一个童话——美好往昔的童话。其保护自然的主题和

《原始森林在喧闹》遥相呼应,但对残酷人类贪婪欲望的谴责更强烈,并提出了"为什么?"这个决定人类命运的问题。

一年后出版的短篇小说集《我们的朋友》(1941)中故事发生地点很特别,在作家家中,这是一部关于作家幼年和在满洲时期对野生动物和鸟类的观察、学习、驯化内容的作品。每一个短篇重点描写 1、2 种动物,总数达四十多种。作者通过老鼠("小老鼠与地下小妖魔")、喜鹊("小神偷可可")、鹤("小仙")、山羊("小勇士米什卡")、猪("哼哼的小猪")、花鼠("愉快的孩子们")、猴子("小猴萨拉")、蟾蜍和青蛙("扎布尼卡")、熊("熊胖胖马什卡")……等表现了人与动物之间的相互依恋,动物与动物之间的互帮互助和相亲相爱,表现了大自然中的一切都是如此美好,没有什么难看之物。或者人饲养了小动物,或者狗乳养了小熊,或者猴子温暖了小猪……人与自然就是这样相依相存,不可分割——这就是作品的中心思想。

(二) 具有浓厚生态思想的中长篇小说

1936 年在哈尔滨出版的《大王》给作家带来了世界声誉。这是一部生态小说,以满洲原始森林的大秃顶子山为背景,描写了一只满洲森林的主宰者——虎"大王"从母亲怀孕、生产,到憨态可掬的幼年期、游遍满洲山山水水的青年期、享受美好恋爱的成年期,以及在它成为原始森林的统治者后,领导野猪、喜鹊、山鹰等臣民和原始森林生态的破坏者——人类坚决斗争,直到最后被杀害,在自己生命的诞生地张广才岭故去的故事。作品生动地展现了上世纪初东北自然的和谐生态,蕴含着作家对人与自然的关系,以及对人类未来命运等问题深刻的哲理性思索,①是对即将到来的所谓的人类文明在进入、渗透原始森林的过程中人与自然、精神价值和物质欲望之间的冲突的严重警告。

《大王》被译成二十多国语言,风靡伪满洲、日本和欧洲等地。"在童年时代,我们入迷于梅恩·里德、库柏、斯蒂文生、雅科利奥的作品,后来是吉卜林……,如今在侨民中,……我们又认识了新的词汇'毛皮兽猎人',……毫无疑问,H. A. 巴依科夫,在俄罗斯毛皮兽猎人中,是最有意思的一位……"②意大利国王维克多·艾曼努尔和南斯拉夫国王彼得二世也青睐有加。③ 在日本,巴依科夫作品获得了热烈的追捧,其再版多达 10 多次,最近的一版在 1989 年,而只一月时间便售罄,接着又再版一次。"在东方,特别是在日本,为了表达对作家崇高敬意,将他命名为'Байков-О'——'智慧的老者——巴依科夫',亚洲对这位俄罗斯老者的回应就是对其著作的译介和作品的接受"④。2002 年,《大王》也在我国学者李延龄教授主编的《中国俄罗斯侨民文学丛书·兴安岭奏鸣曲》中翻译出版。

《牝虎》(1936)也在同年和读者见面,故事在远离村落的原始森林深处、格利高里·佐托夫开垦的一块领地上展开。主人

---

①　徐笑一:论巴依科夫《大王》的三重境界[J],俄罗斯文艺,2004 年第 2 期,第 75 页。

②　К. 列霍, Николай Байков. Судьба и книги [J]//Литературное обозрение,1993,№7/8,第 47 页。

③　Н. И. 德米特罗夫斯基·巴依科夫, Жизнь и творчество Н. А. Байкова, Брисбен,2000,第 20 页。

④　К. 列霍, Николай Байков. Судьба и книги [J]//Литературное обозрение,1993,№7/8,第 43 页。

公娜丝达霞是一位像牝虎似的充满了野性和爱的女人,她追随爱人格利高里到森林中过着简单的猎人生活。一度受小镇诱惑而离开的爱人格利高里,在主人公宽容和爱的感化下重又回归,但终因猎虎受伤而死。他的老猎友——独身主义的老人巴保新对表现出超人勇敢和爱心的娜丝达霞产生了爱情,并帮助她公乳喂养了幼小的森林之王——崽虎"小王"直至成年,这和《大王》的主题遥相呼应。小说不但把荒野丛林中的人间生活描写得动人,而且也谱写了一曲生动的人兽之情的和谐乐章,以苍凉的笔调展现了给人以心灵精神安慰却又渐逝的东北自然壮美迷人的景致,表现了原始森林居民的生活及其考验、他们之间的爱情和友谊、独特的生存原则和道德观念。

1943 年出版的中篇小说《忧郁的大尉》是巴依科夫的一部重要作品,在其创作中占有重要的地位。阿拉塔耶夫大尉的生活和活动是小说的中心,他总是和自己四条腿的朋友们谈天说地,可爱的动物们回报他以亲昵的抚摸或给他歌唱,作家对他颇为熟悉并赞赏有加,通过他对动物、大自然的爱,显示了他精神的高尚和伟大。田园诗般的小说情节及其浪漫性是小说的主要特点,它将我们带入了融洽和谐的意境,在人类的生活中,不仅动物需要人,人也需要动物,这也是人类与自然之爱的诗意性。

《兽与人》是 1956 年巴依科夫在香港转道去澳大利亚之际,转交给日本的一位出版商自己未出版的作品手稿,终于在 1959 年译成日文出版。这是一部独具特色的书。但很遗憾的是,俄文、中文版至今未有翻译出版。

作家的最后一部作品是《再见了,树海》是去世一个月前才完成的中篇小说,出版时间和出处目前还无从考证。这是一部作家关于满洲的回忆录作品。K. 列霍曾引用作家最后告别的话语："那个将巴依科夫——作家、原始森林老流浪者、走遍的满洲山水都反映于自己创作的人，努力回忆着在这个国家度过的所有美好的旧时光。如今除了回忆我在第二故乡——满洲度过的青年时代、国外的生活、狩猎之外，别无所剩"①。

环境焦虑的时代已经把自然置于社会和知识分子关注的前沿，巴依科夫通过作品创造的世界、时间、自然与人，把我们带到壮美的满洲自然及其和所谓的文明社会的冲突之中，作家在对自然、自然与人类关系的探索中，说明了人类需要有更长远的眼光来看待自然。原始森林及其动植物和人类一样，同属生态系统的成员，人类没有为实现自己想当然的利益而终结它们的权利，企图使它们适应自己和社会则是人类自我的毁灭。

（三）历史画卷般的回忆录

十月革命时的巴依科夫正好在前线，他亲历和见证了布尔什维克法令对前线俄罗斯军队和战争的影响——导致俄军在对敌战争中突然溃败。作家不接受苏维埃政权，他"将十月革命比作一场自然灾害"，认为它"破坏了事物自然的秩序"②，这些主要体现在《四处流浪》(1937)中，这是关于作家在白军失败后辗转君士坦丁堡和埃及，随后漂泊至西迪比什尔劳改营，然后又经历南非、印度及其他东南亚国家，最后从符拉迪沃斯托克返回满洲的流浪经历、行程随笔的回忆录，对作家生平、经历的恢复与

①　К. 列霍，Николай Байков. Судьба и книги［J］//Литературное обозрение,1993,No7/8,第 49 页。

②　同上书,第 47 页。

重建作用重大。

A. И. 邓尼金领导的白俄军进入基辅时许诺巴依科夫少将军衔,但作家拒绝了。在《索洛维基·回忆录》(1937)中他解释到:"我断然拒绝了,我不想参加同胞之间互相残杀的内战"①。诚然,作家不接受新政权,但是和白色运动的领导人合作,他终究还是拒绝了。因为在内战爆发的那一刻他就认识到这是同胞之间的相互残杀。只是在目前,我们仍然不能明白,出于什么目的他后来又参加了新罗西斯克加杰尔恩别尔—格尔上将领导的军官汇编营,并接受了上校一衔。

任职于中东铁路的经历对巴依科夫来说意义非凡。《中东铁路》就是为纪念铁路建成 30 周年而作。这部作品在中国出版,但刁绍华的《中国(哈尔滨—上海)俄侨作家文献存目》、Н. И. 德米特里-巴依科夫的《Н. А. 巴依科夫的生平与创作》、В. П. 热尔那科夫的《尼古拉·阿波罗诺维奇·巴依科夫》等书目里都没有提及,发表的准确时间笔者目前还无法考证,我们有幸在俄罗斯《边界》杂志 1998 年第 3 期上看到了这部作品的重新刊发。

《中东铁路》是一部实录特写,主角是建设中东铁路和开发满洲东部的人们。这是一部记录整个历史时期的全景式的日记。作品中有两个巴依科夫:一个是铁路建设的直接参与者和目击者,这是作者历史回忆录创作的基础;另一个是一位成熟的作家,对历史进行思考的《中东铁路》的作者。构成《中东铁路》

---

① Н. И. 德米特罗夫斯基·巴依科夫,Жизнь и творчество Н. А. Байкова,布里斯本,2000,第 12 页。

精神基础的是其隐秘的思想——个人与祖国的关系、个人对发生在祖国大地之上事件的责任。

巴依科夫把以窥视和侵略中国为目的而修建的中国东部铁路理解为俄罗斯最伟大的历史现象，对其错误的历史观点应给予批判。作品提到 C. Ю. 维特伯爵是一位具有通晓一切的智慧和坚强的意志，是"这个工程项目的强烈支持者"①。正是由于具有高度技巧的领导才能，才正确地做出了建设中东铁路这样具有强烈责任感的选择。把总工程师尤戈维奇塑造为自己时代的英雄，赋予其出色的人类品质，"帮助尽快完成了铁路的建设"②。但作品中对外阿穆尔人沉重的生活和重负、他们的英雄气概和大无畏精神，描绘他们在心灵受环境胁迫时而表现出的对命运的坚强意志等令人敬佩，"俄罗斯人的第一滴热血洒落在那个曾经荒凉的国度，而如今，那儿沸腾着的却是年轻帝国的创造性工作"③。并把满洲经济的发展归功于俄罗斯及其这代建设人。

1941 年出版的《满洲猎人笔记》也是一部自传体作品，记录的是作家个人的生活经历，是他对所述之事、所讲之人的思考。其中的每一个短篇、随笔都有独立的名称、题目和人物。既描写了满洲人，也描写了外阿穆尔人和中东铁路守卫者，认为他们是在俄罗斯历史上留下印痕的一代人。中东铁路的建设和亚洲东部领土的开发、第一次世界大战和革命、被祖国遗弃和被异乡收留、降临在作家及其同代人身上的命运是其反映的主要问题。

---

① 　H. A. 巴依科夫，КВЖД［J］// Рубеж，1998，№ 3，第 284 页。
② 　同上书，第 287 页。
③ 　同上书，第 302 页。

作品主要歌颂了野生大自然的美丽,赞美了开发荒凉之地、在遥远的异国他乡创造"俄罗斯世界"的俄罗斯人。这部作品的主题与献给中东铁路建设者们的《中东铁路》互相呼应。

这些回忆录从自己的视角反映了作家所处年代的社会与历史,让我们了解了作家灵魂的奔波和受累于社会政治问题而又深爱满洲的悲剧。可以看出,在回忆录中洋溢着作家对祖国的强烈情感。对巴依科夫来说,这也是一条对自己一生的回忆之路,把作者的各个时期——过去和未来连接起来。作家再一次逐页翻阅了自己坎坷的一生。

《中东铁路》和《满洲猎人笔记》不仅是关于二十世纪初中俄关系历史的重要文献,也是俄侨在中国历史的重要记录,其不可替代之历史价值会随着时间的推移而得到客观的评价。然而,我们也应当清楚地看到,作者在 20 世纪初期对沙皇俄国窥视和侵占我国东北的大力歌颂,反映出作者强烈的大国沙文主义的思想意识,我国读者应给予清醒的认识和批判。

三　巴依科夫和"大东亚文学者大会"

20 世纪 30 年代开始,巴依科夫主要从事文学创作活动,力免与政治瓜葛。但随着《大王》《在满洲密林深处》等著作在海外出版和作家世界影响日渐形成,而他选取的自然主题表现的是一个人与自然和谐共处的安宁平静的美好的童话世界,这正是日本侵略者所看重并希望利用的。时职《作文》报哈尔滨的领导人就注意到了作家的巨大影响力和文学的社会作用。报纸认为"日本—满洲和俄罗斯及其侨民文化的相似性是个非常重要的问题，……文学作品介绍是体现文化友好的最好方式"①。日本侵略者力图把巴依科夫树立成为其占领满洲后和伪满当局治理之下"和谐王国"的典型，使之迎合其侵略政策并为之服务。

1940 年 5 月 14 号，日本文学艺术协会的作家们在新疆会见了巴依科夫，目的仍然是俄罗斯和日本—满洲文学的相似问题，意图最终形成包括俄罗斯族、汉族、满族、朝鲜族、大和民族在内的所谓"五族协和"的伪满洲文化。然而，日本的目的最终没能实现，因为这与巴依科夫保持自己远离政治的态度相去甚远。②

1942 年 11 月，巴依科夫携全家去东京参加了"大东亚文学者大会"。这是日本侵略者"宣扬皇国文化"、在各殖民地与占领区着力塑造"东亚共荣"认同以配合其侵略政策、强制规范帝国区域内各地文学的发展、从思想上论证战争的合法性和正义性、企图把文学拖入"大东亚战争"的主要措施。在会上巴依科夫做了简短发言，谈到了独具风格的日本文化，日本民族是亚洲各民族的领导并将对"人类新文化的建设作出贡献"。为了事业的成功，建立"亚洲新秩序"必须使年轻人免受"共产主义影响"③。从思想上支持了"和谐王国"在满洲的试验、"东亚共荣圈"和日

---

① Н. И. 德米特罗夫斯基·巴依科夫，Жизнь и творчество Н. А. Байкова，Брисбен，2000，第 18 页。

② 同上。

③ К. 列霍，Николай Байков. Судьба и книги［J］//Литературное обозрение，1993，No7/8，第 47 页。

本"圣战",这符合日本军国主义的期望。但同时,他也备受战初祖国军队遭受重大失败的煎熬:"我认识的一位白俄侨民。他曾担任过团长。在读过报纸上有关苏联和德国前线的报道后忧郁地对我说:'我曾是一名指挥官,因此我知道,俄罗斯士兵(他,的确,没说"红军")具有坚强勇敢的精神。因此,俄罗斯终将战胜德国'。听着他的话,我在思考,白俄侨民生活在怎样复杂的国际环境中"①。是的,这个团长所指正是巴依科夫。

上述文字显示了巴依科夫态度的矛盾性,一方面既希望俄罗斯战胜法西斯德国,又不承认苏联政权;另一方面他又迎合了日本的意图并将消灭共产主义的希望寄托予日本等法西斯集团的帮助。这恰好也说明了作家身处复杂环境中,他也不能不受来自各方面的影响。无论如何,他的发言传递出了不切实际的想法,支持了日本法西斯对中国和其他国家的侵略,这即使在侨民中也不多见。当然,他的这种幻想持续时间不长,也未主动参与到政治斗争中去,"我不会从事政治活动,我感兴趣的只有环境和自然"②。他的作品保持了对自然—生态兴趣和内容情节的独立性,证明了作家创作避免政治干扰的一贯坚持,也将伪满洲及其前后历史时期的社会、经济、文化、宗教状况和满洲原住民的民俗、文化、生活等保存在文本中作出自己的贡献,为伪满洲研究提供了新的地方志视角和不同的文献资料。

---

① К. 列霍,Николай Байков. Судьба и книги [J]//Литературное обозрение,1993,No7/8,第 47 页。

② Фонд В. К. Арсеньева. Письма Н. А. Байкова[Z],Архив Общества изучения Амурского края. Ф. 14. Оп. № 6,第 16 页。

四　结　语

巴依科夫是在华俄侨中最优秀的作家代表之一。他在魔法般的满洲汲取创作灵感、采撷创作素材，刻画出原始森林中的古老居民——满族、朝鲜族、蒙古族、通古斯人，以及来到这远离文明的遥远的原始森林考验自己、寻找自己在世界中地位的人们。他忧虑地球的命运、人类的未来，思考人与自然之间的关系。他也以亲身经历记录了伪满洲那段悲痛的历史。在复杂的政治环境中保持了文学创作的独立性，为我们了解伪满洲和满洲土著民族提供了不同的地方志视角和资料。他的天赋、才能和不可摧毁的力量见证了满洲——如何成为一个真正作家诞生的基础。"H. A. 巴依科夫作为第一位描写满洲日常生活的作家，是让我们熟悉满洲原始森林之第一人，是一位灵魂的自然科学家和用画笔和羽毛写作的诗人，他以引人入胜的形式颂扬了满洲自然的魅力"。[1]

---

① Н. И. 德米特罗夫斯基·巴依科夫，Жизнь и творчество Н. А. Байкова，Брисбен，2000，第 23 页。

伪满洲国童话写作与"未来国民"的塑造

陈　实

华东师范大学中文系

一　伪满洲国"童话"定义的源流(1908—1945)

> "童话是教育第二代,使他们涵养成完善的国民的滋养。"
>
> ——冷歌《怎样鉴赏童话》(1944)①

伪满洲国知名编辑人冷歌(1908—1994)②在伪满洲国统治后期,如此强调童话的"教育"功效和对"第二代"的"涵养"作用——将童话作为培养未来"国民"的文化工具,正是伪满洲国官方在殖民中后期所贯彻的思维。在伪满洲国存在的 14 年中,童话创作虽然发展缓慢,却不容忽视,而且呈现出一种复杂而多重向度的创作景

---

① 冷歌:《怎样鉴赏童话》,《新满洲》第 6 卷第 4 期,1944 年 4 月。

② 冷歌,原名李乃庚,笔名李文湘、冷歌。曾留学日本,是伪满洲国末期知名的编辑和诗人,代表作有《船厂》等长诗。

象。对伪满洲国童话创作的研究,须从这一时空童话的定义开始。

伪满洲国是日本殖民者在中国东北炮制出的傀儡国家,然而侵略与殖民并不能割断历史与文学的源流。20 世纪初中国文学界对童话的定义,也必然影响着东北沦陷前后的童话创作。

"童话"这个名词从出现开始,就几乎没有一个公认完美的定义。"童话"名词在中国,始于 1908 年 11 月清末目录学家孙毓修(1871—1922)①编译,上海商务印书馆出版的《童话》丛书,这是中国第一套以"童话"命名的书籍。② 对于"童话"的定义,主编人孙毓修在《初集广告》中指出:"故东西各国特编小说为童子之用,欲以启发智识,含养德性,是书以浅明之文字,叙奇诡之情节,并多附图画,以助兴趣;虽语言滑稽,然寓意所在必轨于远,阅之足以增长见识。"③从编著人的定义看,"童话"仍与"小说"概念模糊在一起,"为童子之用"界定了受众,其后都是在解释童话"寓教于乐"的教育功能。这说明童话概念引进中国之初,就与"智识""德性"的教育联系在一起。

中国现代文学家、文艺理论家周作人(1885—1967),是中国童话研究的先驱。20 世纪 20 年代,周作人等人对"童话"在各个不同语系、不同名称下各自不同的概念与内涵,以及童话与民

---

① 孙毓修,清末目录学家、藏书家、图书馆学家,江苏无锡城郊孙巷人。

② 对于《童话》丛书的出版时间,国内有几种不同的说法,集中于 1908 和 1909 年,较为详细的考证见朱自强:《"童话"词源考——中日儿童文学早年关系侧证》,《东北师大学报(哲学社会科学版)》,1994 年第 2 期。经笔者查证,1909 年 2 月 15 日(宣统元年正月二十五日)上海商务印书馆出版的《教育杂志》创刊号第 1—2 页,刊登了一篇《绍介批评》,其中介绍"童话第一集"已出二册,由此时间推测 1908 年较为可信。

③ 转引自金燕玉:《中国童话的演变》,《苏州大学学报(哲学社会科学版)》,1992 年第 2 期,第 75 页。

间故事、小说、神话、神仙故事等其他文学形式之间的复杂关联与区别,进行了长时间的探讨,但最终仍未有一个清晰的定义。

直至 1936 年,中华书局出版的《辞海》上,对童话的定义仍然模棱两可:"特为儿童编撰之故事。大抵凭空结构,所述多神奇之事,行文浅易以兴趣为主。教育上用以启发儿童之思想,而养成其阅读之习惯。"①凡是"为儿童编撰"而"凭空结构"的"神奇故事"都可以是童话了。与之前童话理论的一个显著共同特征是,强调了童话在"教育上"的意义。

可以说,20 世纪 30 年代的中国,童话的定义仍在摸索之中,唯一肯定的是,学者们正极力分清童话与小说、神话、传说等文学体裁之间的区别。

伪满洲国成立初期,童话的定义可谓"包罗万象"。他们并没有将寓言、神话、神仙故事、传说等加以区分,而是将"给予孩子的一切种类的故事"都归于童话,甚至连历史、时事故事都归于其中。此外,伪满洲国的一些童话概念,认为童话的读者也可以是成人。伪满洲国知名作家杨慈灯(1915—1996)②在谈及童话受众时提出,读者可以是成人,童话中出现一些成人元素也无伤大雅。有同样创作理念的,还有伪满洲国作家未名(1913—1942)。③

---

①　转引自史济豪:《童话的特征和定义与中国古代童话——与张士春同志商榷》,《宁夏大学学报(社会科学版)》,1982 年第 4 期,第 76—80 页。

②　由于考证史料的复杂性,慈灯的卒年在辽宁人民出版社 2015 年 7 月出版的《杨慈灯文集》和笔者《杨慈灯:伪满洲国的现实之昼与童话之夜》(汉语言文学研究,2015 年第 2 期,第 108—113 页)一文中均有谬误。经杨慈灯之子夏正社先生确认,慈灯准确的卒年为 1996 年 2 月 17 日。后文有其生平简介。

③　未名,原名姜灵非,笔名灵非、未名等,山东黄县人,伪满洲国知名作家。1930 年在沈阳读书时,曾主编《南郊》。1931 年同成雪竹等组成冷雾社,编辑出版《冷雾》。1934 年开始在长春《大同报》、沈阳《大亚公报》等发表小说等作品,其中有长篇小说《新土地》《灰色命运与战栗的人》(未连载完),短篇小说《三人行》《人生剧场》《易妻记》等。1935 年后先后编辑过沈阳《新青年》和《满洲新文化月报》。1942 年 8 月病逝,年仅二十九岁。

1944 年,冷歌提出童话是"由古代民间口头传说的故事发扬出来的,这些口头传说的故事,其中大半是说述着一个民族的历史和宗教方面的事情;带着神秘或教训的意味是其特别的征象。"①这个概念,强调了童话的文化传承意义,而"教训"成了"神秘"之外童话的唯一特征。

综上所述,与中国 20 世纪初中国的童话概念相比,伪满洲国的童话概念界限更为模糊,涵盖更为宽泛,且把受众从儿童扩展到成人,更加重视童话的教育功能。这样就不难理解伪满洲国的童话作品中,为什么有相当数量有童话之名却"不像童话"的"童话"了。

由于本文研究对象为 1932—1945 年间伪满洲国的童话,当时的童话定义决定着童话作品的创作,而东北光复(1945 年)后的童话"未来概念"并不适用于本文所讨论的伪满洲国时期的童话写作。因此,为了更好地呈现殖民文化视角下的童话创作,所有伪满洲国时空之内公开刊发的符合当时定义的童话作品及注明为"童话"的作品,都将被纳入本研究的视线。

二　塑造伪满洲国"未来国民"

"童话是在儿童的精神生活里创造新的文化。"

——高芳《童话的问题》(1944)

---

① 　冷歌:《怎样鉴赏童话》,《新满洲》第 6 卷第 4 期,1944 年 4 月。

　　1944 年,伪满洲国后期重要的综合文化杂志《青年文化》①上刊登了一篇关于童话的评论,作者高芳认为,童话不应该是"荒唐无稽超自然的读物",而是在儿童精神生活里创造的文化,"决不是过去的文化,也不是未来的文化,而必须是现在应有的现实文化。"②而这种"现实文化",当时的殖民者并没有给出更多的选择。此文出自这本具有伪满洲国"协和会"官方背景的杂志,③更说明了殖民者对童话的态度。

　　1933 至 1937 年,伪满洲国公开发行的杂志报纸上,原创和翻译的童话开始流行,并渐渐受到重视。《盛京时报》(儿童周刊)、《斯民》(后更名为《麒麟》)、《大同报》《华文大阪每日》(华文每日)、《满洲学童》等一批有日本官方背景的报刊上,都刊登了童话,有的数量相当可观。同时,这些童话相较于诞生于伪满洲国"建国前"(1932 年)的童话,已开始发生质的变化。仅以《斯民》上的一篇童话为例,即可明显感受到殖民者的"良苦用心"。

　　1935 年,《斯民》刊登了一篇童话,题为《絮儿的旅行》,讲述了一团柳絮离开"柳树妈妈"远行的故事,这团柳絮想要"外出旅行",去看"那美丽的世界"。母亲则告诉它:"是的。孩子长大了,必须有一个快乐的旅行。不久风伯伯就会经过这里,好带你寻找新的生家。"柳絮被风带离母亲后,感到疲惫,希望找一处地方作为归宿。可是,他飞到各处都不被欢迎,最后"飞到软的草丛中",

　　①　《青年文化》,伪满洲国后期文化综合性商业杂志,1943 年 8 月在长春创刊,月刊,16 开本,1945 年 1 月终刊,"满洲青少年文化社"发行。

　　②　高芳:《童话的问题》,《青年文化》第 2 卷第 9 期,1944 年 9 月。

　　③　关于该杂志的背景和考证,详见刘晓丽:《伪满洲国时期〈青年文化〉杂志考述》,《上海师范大学学报(哲学社会科学版)》,2006 年 7 月,第 35 卷第 4 期。

"荆大娘""节骨草姑娘"向它呼喊:"我们一致欢迎新的邻人!"①这些"草族们乐得随着风直摇身子",而小柳絮也终于找到了乐土。柳絮是柳树的种子,它们的离家很容易让人联想到日本殖民者离开日本,四处寻找新的疆域扎根。或许,童话中"柳絮"的理想生根地就是伪满洲国,同属同科同纲的草族,寓意着"五族协和",而这些同是植物的"和善草族"邻人的热情相迎,是否映射殖民者宣扬的那种"同文同种""中日亲善""一心一德"和"共存共荣"?

与整治媒体平台同时进行的,是伪满洲国殖民者以对原有教育系统的毁灭性重创作为开端的"文化重建"。除了破坏原有教学系统,强制使用新教材之外,利用各种教育资源,使用形象趣味性的手段来引导初级教育接受者,建立社会范围内的儿童文化氛围。童话以其趣味、神秘、虚构创造等特性和寓教于乐的功能,也受到伪满洲国教育机构的重视。

在伪满洲国的初级教育教材中,童话时常被直接用于教学,特别是日语教材中。常被选入的童话,是著名的《桃太郎》。这是一个日本侵略者特别青睐的童话故事,早已在另一块殖民地——台湾,当作"国宝教材"。明治45年(1912年)至昭和18年(1943年),在台湾"国语教科书"上不断出现,1912年6月16日发行的"第一期公学校用国语课本"上,《桃太郎》竟连载三课(第3、4、5课)。②在伪满洲国,"连拍戏也是日本的童话剧《桃太郎》",③它还被改

① 胡祥麟:《絮儿的旅行》,《斯民》,1935年第2卷第19期。
② 傅玉香:《台湾における桃太郎話とその変容——翻訳理論の観点からの考察》,《国立屏东商业技术学院学报》,2013年第7期。
③ 齐红深:《见证日本侵华殖民教育》,沈阳:辽海出版社,2005年版,第675页。

编成各种便于诵读、记忆的短篇童话。

截至 1937 年,伪满洲国这种充满"教育意义"的童话在刊物和教材中时有出现,但还未成为主流,苏俄、日本、德国、英国以及丹麦的童话翻译作品,仍是这一阶段数量最多、流行面最广的。1932 年至 1937 年,伪满洲国的文化教育在重创后重建,童话写作的声音十分微弱,但其教化作用已经开始被殖民政府所利用。随着"协和会"、各媒体平台及教育机构的推动,以及自发童话作者的参与,1937 年开始,伪满洲国的"童话世界"开始进入一种勃发的状态,伴随着殖民者更严密的布局与把控。

三 伪满洲国童话的勃发

"达成这种大业的序幕,覆灭世界共敌,起建共荣的世界的工作者,献身者们,正是在东亚新秩序下活动着的少国民们。"

——何霭人《儿童文化的创建》(1943)①

1943 年 12 月,任职于教育部门、活跃于各大报刊的何霭人,发表了这篇《儿童文化的创建》,文中号召培植儿童文化的创建人,树立"满洲儿童文化",还全文引用了"日本少国民文化协会"的"协会条款"作为参考。文中所谓的"大业",作者文中写明

① 何霭人:《儿童文化的创建》,《青年文化》(长春)第 1 卷第 5 期,1943 年 12 月。

是原首相林铣十郎（1876—1943）在 1942 年"第一次日满华兴亚大会演说"①中提到的"大共荣圈的，新秩序的世界"。此时正值日本深陷太平洋战争第 3 年，战略物资和后备军力都开始出现颓势，无论是在本土还是傀儡的伪满洲国，都需要培养"高度国家观念的青少年"，参与建设，支援前线，献身战争。同时，在伪满洲国的文学世界，随着殖民者的管控越来越系统而严密，文学创作的空间也越来越艰难。

从日寇挑起了震惊中外的"七七"事变，发动全面侵华战争至东北光复，伪满洲国文学随着时局变化而被不同的政策所束缚、左右。特别是《思想对策服务要纲》（1940）、《艺文指导要纲》（1941）的相继推出，使伪满洲国文学界陷入一种异常紧张的气氛之中。而童话却在这一时期得以勃发，呈现出一片小繁荣的景象。

《盛京时报》1937 年 2 月开始连载日本童话《一太郎》，②此后至 1945 年，刊登了翻译吉田弦二郎、池田政原、宇野浩二等多位日本童话作家的作品，另有中国作者原创童话数十篇；《大同报》1938 年至 1941 年间，仅翻译的日本童话就刊登了《为朝和北条》③《难船》④等多篇；《华文大阪每日》自 1938 年创刊以来，也经常刊发翻译和原创的童话故事，尤以 1940 年前后为多，直

①　此处何霭人提及的"第一次日满华兴亚大会"，应为"日满华兴亚团体第一回会合"，详见《日满华兴亚团体第一回会合》，《国际月报》，1942 年 11 月特别号，第 14—18 页。另见大日本兴亚同盟编，《日满华兴亚团体会合记录》，1942 年（昭和 17 年），美国斯坦福大学图书馆收藏（会议合集）。

②　高作恒译：《一太郎》，《盛京时报》，1937 年 2 月 2—16 日连载。

③　庄易译：《为朝和北条》，《大同报》，1938 年 3 月 4 日。

④　池田政原：《难船》，《大同报》，1939 年 6 月 21 日。

至 1945 年 1 月仍在讨论童话和儿童文学问题；①1942 年后，《新满洲》和《麒麟》都对童话创作不约而同地进行了大力推荐；另外，《弘宣》《满洲学童》《妇女杂志》(沈阳)②、《新青年》(沈阳)、《同轨》③《大北新报》等刊物，也都在这一时期刊载了数量不等的翻译或原创童话作品。

伪满洲国原创与翻译童话集的出版也集中在这一时期，原创童话集有杨慈灯著《童话之夜》④《月宫里的风波》⑤《小人物的童年》(未见)、《淡黄色的乐园》(未见)、李蟾著《秃秃历险记》⑥；心羊著《三兄弟》⑦等。翻译作品集有顾共鸣译《老鳄鱼的故事》⑧、季春明译《风大哥》⑨、黄风译《天方夜谭》⑩《安徒生童话全集》⑪、杨絮译《天方夜谭新篇》⑫、似琼译《梦里的新娘》

---

① 坪田壤治作，光军译：《童话文学》，《华文每日》第 137 号，1945 年 1 月 1 日。

② 《妇女杂志》1939 年 3 月创刊于沈阳，月刊，每月 1 日发行。发行人为魏杰，编辑人王灵娴，发行所妇女杂志社。主要读者群面向伪满洲国的知识女性，内容以妇女问题、妇女生活、家政、常识为主，兼有文艺作品。曾刊登有爵青、秋萤、季风、也丽等作家的作品。

③ 《同轨》，1934 年 2 月 1 日创刊于沈阳。是伪满洲国"铁路总局"刊行的专业杂志。该刊内容大都是铁道新闻、铁路建设常识及铁路总局与各地方局规章条例，以及一些文学板块，文艺作品以古体诗为多。

④ 杨慈灯：《童话之夜》，大连：实业洋行出版部，1940 年 11 月 25 日。

⑤ 杨慈灯：《月宫里的风波》，长春：艺文书房，1942 年 9 月 1 日。

⑥ 李蟾：《秃秃历险记》，长春：兴亚杂志社，1945 年 7 月。

⑦ 心羊：《三兄弟》，长春：国民图书株式会社，1945 年 4 月 20 日。

⑧ 辽波儿·萧佛著、顾共鸣译：《老鳄鱼的故事》，长春：艺文书房，1942 年 1 月 25 日。

⑨ 宫泽贤治著，季春明译：《风大哥》，长春：艺文书房，1942 年 1 月。

⑩ 黄风译：《天方夜谭》，长春：博文印书馆，1942 年 2 月 15 日。

⑪ 黄风译：《安徒生童话全集》(全二册)，长春：博文印书馆，1942 年 2 月 15 日。

⑫ 杨絮译：《天方夜谭新篇》，长春：满洲杂志社，1945 年 2 月 15 日。

（未见）等。

限于篇幅，本研究仅以 1936 至 1939 年间创刊的伪满洲国官方杂志——《弘宣》为例，查看伪满洲国殖民中后期"官方植入式"童话创作的题材与主旨，探究殖民者为何将童话作为一种文化殖民的工具，而这正是童话得以阶段性流行的客观推动力。

1938 年第 12 期《弘宣》，连载童话《锦绣国旗》，①作者是伪满洲国通化省公署庶务科中园属官。在该童话的《序文》中，中文译者如此写道：

> 这篇童话，本是一种宣扬建国精神的，原名是《王一族之忠诚》，结构非常整洁，叙事又极尽情理，而所取材之伟大又非其他作品所可追随，举凡忠孝节义、智仁信礼，以及我国建国的精神、王道主义、日满不可分的关系、民族协和等等的重要国策，无不包括在内……在我个人得到的方法之中，认为童话是最有效的。大概不甚开化的地方，居民大多数是贫苦而愚鲁的，而在宣传教化上，所用的小册子传单或标语，都是没用，其他如电影口讲等，也难生动……口讲这种有意义的童话，使儿童充分领悟……他必定要对家人大事宣传……如斯建国的精神，普遍了全村。所以童话是宣传教化上，较任何方法都认为有效的。②

这篇序言之中，毫不掩饰地写明了殖民当局对童话的"另眼

---

① 《锦绣国旗》（第一回），《弘宣》，1938 年第 12 期。

② 同上。

相看"。他们将大量需要灌注的思想意识如同佐料般添加入童话之中,借助童话这一青少年喜闻乐见的"美味",润物细无声地进入青少年的大脑,再由此传播给所有人。序言中的观点代表了一部分殖民政府官方的思维,他们认为"大概不甚开化的地方,居民大多数是贫苦而愚鲁的",在他们眼里,很多民众是愚蠢粗鲁的,而让儿童阅读童话并影响成人,则成为一种宣传模式。童话被作为"最有效的"媒介,主要不仅因为童话深受儿童喜爱,还因为这个体裁特别适合隐藏谎言——谎言是虚构假想的,而童话的特性正是虚构与幻想。

《锦绣国旗》这篇"童话",如果不是明确被标注为童话并加以序文解释,我们很难认为它是一篇童话,因为它看上去更像是一篇"军旅故事"。这个故事讲述的是王家父子"尽忠奉公"的故事,其中父亲王福昆是烟筒山警备连队的连长,"爱国爱民",时刻抱着"牺牲一切去爱国"的信念,最终在一次与胡匪的交战中被子弹打穿脖子战死。其子王振民继承父亲遗志,同时在母亲的认可和鼓励下,成为一名伪"国军"的飞行员,每次飞行都带着母亲亲手绣上"尽忠奉公"并于父亲坟前赠予他的一面锦绣国旗。最后王振民在执行山西太原上空侦查任务时,被高射炮击中引擎,他为了带回情报而没有带着炸弹自杀式袭击,选择迫降被俘,他在监狱里无论如何被折磨拷打,都没有吐出一个字。在一个"万籁无声"的夜晚,策划着越狱……

整篇童话充满着王道政治的思想教育和殖民者希望的"英雄主义",作者为了表现伪满洲国是真正的"王道乐土",精心设置了一些情节。最荒谬的是,童话中竟然不惜歪曲事实,将日本侵华战争美化成一种被挑衅后的不得已:

　　南京政府不量力不度德，竟对日军屡次挑战，层出种种的不法行为，但是友邦日方，最初始终抱着不扩大主义，想要就地交涉以谋解决，无如军阀们横暴已极，尽力的怂恿战事，因此将两国的交涉，逼到非用武力不能解决的地步，于是卢沟桥畔的炮声和永定门外的枪弹，伴随着唐克飞机炸弹等，便开始我东亚最不幸的战争了。①

　　文中提到的"卢沟桥事变"，史实是日军借口士兵失踪，要求进入宛平县城搜查，遭到中国守军拒绝后，日军发起枪炮袭击，侵华战争全面爆发。在童话里却被描绘为"南京政府"的"屡次挑战"。这出现在童话中，却并不是偶然的"虚构"。1938 年，时任弘报处总务班长的高桥源一，在一篇关于宣传手段和方法的论文中，谈到"战时宣传之虚构性"：

　　　　只为鼓舞士气，便不妨常用虚伪的宣传。所谓方便行事者。证之于历史者更多，不过当时的宣传，虽虚伪而使之不像虚伪，且与神秘相结合者有之……②

　　这一段话，足以解释为什么殖民者官方热衷于虚构、歪曲事实，并青睐于以充满神秘和幻想色彩的童话作为载体了。与此同时，伪满洲国的童话作家们，也呈现出两种分流，一些作者跟随着

----

① 《锦绣国旗》(第五回)，《弘宣》，1938 年第 16 期。
② 高桥源一：《宣传上之虚伪与真实》，《弘宣》，1938 年第 27 期。

殖民者文化宣传的风向,自觉不自觉地成为与殖民者一起虚构"王道乐土"的"造梦人";而另一些人,则游离于殖民者的"主流价值观"之外,他们或创作为读者而作的"文艺童话""知识童话""教育童话"等,以远离政治的形式进行文学创作,或创作包藏剑戟的"讽刺童话""现实童话"等,自觉不自觉地对抗和瓦解着统治者的童话理念。这两种分流使得伪满洲国童话创作呈现出多个向度,成为伪满洲国存续的最后五年中,文学世界异样的风景。

四　伪满洲国童话创作的多重向度

"满洲童话界所行的步伐是缓慢而蠕动,虽然被作家创作出来,但也不能说是'纯童心文学'之发露,那么抓着了微妙的精力童心作家,不也是我们目前文艺家所需要的吗?"

——吴郎《关于满洲的童话》(1942)①

这是 1942 年 11 月,《新满洲》首次刊登"满洲童话特辑"时,编辑吴郎在这期前言中所写的文字。在伪满洲国大型综合性刊物上出现"童话专辑",无疑标志着童话的写作的被重视。2005年,刘晓丽就曾提出应特别注意《新满洲》出现的"童话特辑",她认为在这篇编辑前言中,"编者的苦心已卓然而现,《新满洲》在呼唤伪满洲国缺少的'纯童心文学',而且这种想法由来已久"。②

---

①　吴郎:《关于满洲的童话》,《新满洲》第 4 卷第 11 号,1942 年 11 月。

②　刘晓丽:《1939—1945 年东北地区文学期刊研究》,博士学位论文,华东师范大学中文系,2005 年,第 29 页。

　　的确，1942 至 1944 年，主流刊物文学板块密集刊登"童话专辑"成为一个令人瞩目的现象。《新满洲》除上述一期"童话特辑"外，1944 年 12 月再次刊登了一期"童话特辑"；《华文每日》1943 年专门刊登了"童话民间故事特辑"；①《麒麟》也在 1943 年 4 月刊登了"童话特辑"。②

　　这几个童话专辑，最大的特点就是与官方"植入性童话"完全不同，更具有文艺性和故事性。另外，除了古戈的《新伊索寓言》是寓言却被归为童话之外，其他作品中，也有类似科幻小说或者散文的作品，但无疑他们都披着"童话"的外衣。所谓对"纯童心文学"的追求，更多是一种"借童心文学"——借着儿童的视角书写自己想写的故事而已。在殖民者的文艺审查愈发严格的情况下，作家借用童话的形式进行创作，叙事时间空间甚至对作品的诠释显得更为难以界定，这正是那个时局下所需要的。

　　这类童话代表着伪满洲国后期童话写作的另一个分流，即游离在殖民者"植入式童话"之外的另一种形式，它们可以是讽刺的、隐喻的、充满教育意义的，也可以是纯粹幻想的、描摹现实的、充满童趣的。这种童话形成了多重向度，读者群也被从儿童扩大到成年人。在这个分流中高产而执著的代表作家，是杨慈灯。而另一个分流中，即创作贴近殖民者"主流价值观"、充满教训意义"国民童话"的作者，则以刘心羊为例证。

　　杨慈灯，辽宁大连人，祖籍山东。原名杨小先，曾用名杨慈灯，笔名杨剑赤、杨上尉、赤灯、慈灯、夏园等。由于童话作

---

　　①　《童话民间传说特辑》，《华文每日》，1943 年第 10 卷第 8 期。

　　②　"童话特辑"，《麒麟》，1943 年 4 月第 3 卷第 4 期。

品数量众多，他甚至直接被后来的文学史编纂者认为是"童话文学作家"，被称为"孜孜于'满洲'童话的永生的奉仕者"。[①]直接将慈灯划入童话文学家，显然是不够全面的，他大量的军旅题材小说是不能被忽视的。但这也正证明了他在童话世界里的造诣。

以慈灯的第一本童话集《童话之夜》为例。他的童话，幻想色彩较为浓烈，作品充满了黑暗与不美好，将很多社会现实掺杂进"童话"之中，以一种黑色幽默的笔调去调侃死亡与暴力、残酷与伪善、阴险与欺骗，或用童话里动植物之口进行控诉、讽刺，形成了这一时期独有的"讽刺童话"。

如《小羊》中的那只小羊，它"和别的羊完全不同，没有天生的温驯的性格"，[②]它愤世嫉俗，似乎对整个世界不满。它和公鸡争吵，认为公鸡做人类的奴才；和母猪争吵，认为母猪懒惰、浪费生命；它和猫争吵，认为猫为了自己生存而残杀弱小。最后这只小羊的母亲被捆住，要被宰杀时，小羊咬断了捆绑母亲的绳索，希望和母亲一起逃跑，可是"可怜的母亲愁苦地闭着眼，悲哀的月光照着她的脸，眼泪像泉水一样，她一言不发，只等着命运来收拾她"。愤怒的小羊进行了疯狂抗争，顶撞主人并为此付出生命。这篇文字很容易让读者联想到"残暴的统治"与"顺民的爆发"，小羊最终的以命相搏，充满着压抑与震撼人心的力量。

---

① 刘心皇：《抗战时期沦陷区文学史》，台湾：成文出版社，1980 年版，第366 页。

② 慈灯：《童话之夜》（童话作品集），大连：实业洋行出版部，1940 年出版，第 49 页。

这些当时被归为童话的文章，从形式上更像是"寓言"——一些明显带有讽刺或劝解性的故事。在慈灯的这些"讽刺童话"，让伪满洲国黑暗现实在童话之中得以展现，并成为一种常态。

而在伪满洲国童话创作的另一个分流中，一些作者创作"国民童话"的脚步也没有停滞。1945 年 4 月 20 日，距离"东北光复"已然不远，心羊的《三兄弟》由"国民图书株式会社"出版发行。这本充满"教育意义"的童话，自觉不自觉地成为殖民者培养"少国民"理念的一种延续。

心羊，生卒年月不详，本名刘惠祥，笔名刘心羊、心羊，河北安平县立中校卒业，吉林兴农合作社员。[①]"兴农合作社"成立于 1940 年，起初号称是一个"农民自主性联合""自觉支持并服务于国策"的组织，然而伪满洲国统治后期，其"在掠夺东北农产品中扮演着极为重要的罪恶角色。除此之外，凡是日伪政府在东北农村推行的掠夺政策，如抓劳工、摊派、配给等，几乎都有伪满兴农合作社的参加"。[②]

由上可见，心羊所在的这个组织，与他创作的倾向不无关系。至于他业余创作童话的水平，1946 年《东北文学》上陶君已有评价：

　　至于心羊氏的童话，严格地来说，还是很幼稚的，似乎

---

① 　见《三兄弟》版权页，"著者略历"，长春：国民图书株式会社，1945 年 4 月 20 日出版。

② 　马玉兰：《日伪时期兴农合作社研究》，硕士学位论文，东北师范大学历史系，2011 年，第 7 页，第 20 页。

尚未走出习作的领域,而且他的作品里面,教训的意味十分浓厚,有些近于寓言,读起来令人沉闷……①

然而,这样一本幼稚业余的童话作品,却在众多书籍被禁止出版且印刷纸张匮乏的情况下结集发行,原因是耐人寻味的。笔者认为,正是因为整本童话几乎每一篇都包含着与殖民者推崇的"国民童话"中类似的"价值观"和"教训意味"。限于篇幅,本研究仅以其中一篇童话为例。

该童话集以其中一篇童话《三兄弟》命名,②《三兄弟》是这本童话集的第9篇童话,讲述的是一家三个兄弟分家和勤劳致富的故事。这三个兄弟,父母去世后留下了一笔不少的财产,两个哥哥在三弟很小的时候就分了家,没有给三弟什么财产,于是三弟给别人放牛做长工。三弟长大后,希望致富,并克服了千难万险寻找仙人指点迷津,仙人受到感动告诉了他致富的秘诀。

后来的故事不用说都能猜到,三弟念着"勤劳""节约""储蓄",过了几年成了小富翁,而不知道节约又懒惰的两个哥哥则过着"乞丐般的生活"。两个哥哥找到弟弟,获得了寻仙的路径,仙人又同样告诉他们这三个"秘诀",从此"勤劳、节约、储蓄,永远记在他们心里"。

短短的一篇童话里,"勤劳""节约""储蓄"这几个关键词出现了4次,如咒语般盘旋,余音不绝。这三个看似是"传统美德"的词语,又隐藏着什么样的历史内涵?

---

① 陶君:《东北童话十四年》,《东北文学》第1卷第2期,1946年1月。
② 心羊:《三兄弟》(童话),《三兄弟》,长春:国民图书株式会社,1945年4月20日,第40页。

查看历史我们就会发现,强收粮食和强制储蓄,都是"兴农合作社"的"业务范围"。殖民者宣扬的"勤劳""节约""储蓄",不过是为了更多地榨取东北人民的血汗。而在心羊的童话里,这三个口号变成了仙人给出的"致富秘诀",值得日夜诵念。

可以说,心羊童话中的很多作品,确实顺应着伪满洲国官方的"主流价值观",但与殖民者官方的"植入式童话"稍有区别的是,他的童话并不是每篇都直白地宣扬"大东亚共荣""五族协和""王道乐土"等元素,而是自觉和不自觉地充满着一种教训的口吻,而且童话里影射的道理,都是官方所希望看到,也极为推广的。同时,心羊的童话,即使在《三兄弟》童话集中,也存在一种复杂性,那就是"勤劳""忍耐""诚实""善良""勇气"等道德品质,除了那些殖民地统治者提倡的封建道德,其他很多也是大部分父母希望后代具有的传统道德。只有站在伪满洲国殖民文化的立场上,将这些"美德"隐藏在童话里,用于维护殖民统治、剥削百姓财富、鼓动青年参战等具体行为时,才被纳入本研究所说的"建构"之中。

慈灯的童话代表着伪满洲国童话创作游离于殖民者"主流价值观"之外的一种分流,慈灯的一部分"讽刺童话",确实以童话作为现实的"影子"和"镜子",对伪满洲国的"王道乐土"进行了解构,用动植物的话说出了作家难以直接表达的内容,更像是给成人的童话。但他的童话作品中,也有很多或充满幻想和希望、或介绍科学和知识的童话,非常适合儿童阅读。他代表着殖民地文学的一种复杂性,更代表着伪满洲国童话创作在游离于官方之外的多重向度,这些作品的向度可以是反抗的,也可以是不合作的,可以是隐喻和解构的,也可以是充满幻想、没有任何政治倾向和意义的、为儿童创作的故事——而这是童话最纯粹的部分。

结　语

童话,在伪满洲国存在的 14 年中,已不仅仅是一个复杂而难以定义的名词,而是代表着一个特殊而不可忽略的文学现象。尽管相较与小说、散文、诗歌等文学的其他形式,童话在伪满洲国文学中的数量、影响等方面都不可并论,但正是因为相对稀缺,存在的才更显得难能可贵。

新时期(1978 年)以来,对伪满洲国文学的研究越来越受到中国学界的重视。近年来,对伪满洲国文学的研究更加细分与深入化,学者们越来越重视这一区域文学的复杂性。然而,对伪满洲国的儿童文学,特别是童话的研究,至今几为空白。对伪满洲国童话的研究,至少存在以下意义:

1. 对伪满洲国童话的研究,将再现这一时空的童话写作现象,弥补这段时空中童话写作研究的缺失,呈现伪满洲国作家的多面写作状态,衔接童话研究的断层,为中国文学史提供多样性的参考。

2. 对伪满洲国童话的研究,将凸显伪满洲国文学的特殊因素——如傀儡皇帝、地缘文化等因素对童话创作影响的研究,与其他殖民地文学研究互为烛照,互为补充与参考。

3. 对伪满洲国童话作为殖民宣传工具的研究,将多角度地展示伪满洲国时期日本殖民者的宣传策略与手段,呈现童话教育性之外的功利性与功能性，揭露培养"未来国民"的长远文化殖民计划，从儿童文学参与文化殖民的角度提出新思考。

4. 对伪满洲国多语种、多民族童话创作情况的研究，将再现伪满洲国童话创作的多元文化影响，同时也将为这一时期的民族文学、外国文学等研究提供宝贵的资料。

2015 年，华东师范大学中文系刘晓丽教授提出"反殖文学、解殖文学、抗日文学"的创新理解框架，特别是提出"解殖文学"①，指"留居殖民地的作家们从历史在场的角度记下的殖民地日常生活及其伤痕的作品，隐去作者的零度写作是其主要特征。解殖书写与殖民地文化政策共存，没有直接反抗，也没有隐微反抗，但却与殖民者的宣传及要求相左，如腐蚀剂一般慢慢地消解、溶解、拆解着殖民统治。"②

按照上述理解框架，本研究中伪满洲国童话的"两种分流"也就不难理解了。

殖民者希望通过童话传输其价值观，培养符合殖民和战争要求的"第二代国民"，他们安排或鼓励了一些文人进行童话创作，在主流杂志开辟儿童文学版面，在出产一定数量"国民童话"的同时，客观上造成了 1937 年后，殖民地童话写作的勃发。一方面，一些童话形成了伪满洲国特有的宣传产品——"植入性童话"，将封建道德、法西斯文化、殖民文化等元素植入于童话之中，用于儿童甚至成人的教化。然而，这些"植入性童话"在建构

---

① 刘晓丽：《反殖文学·抗日文学·解殖文学——以伪满洲国文坛为例》，《现代中国文化与文学》，第 17 辑，2015 年第 2 期。

② 刘晓丽：《异态时空中的精神世界——论伪满洲国文学》，《名作欣赏》，2015 年第 22 期。

"王道乐土""五族协和"等理想国形象的同时,也不自觉地对这些虚幻的理念进行了解构,因为读者往往实在无法将童话中的美好、协和的图景与残酷、殖民的现实相对应。

另一方面,那些在"主流价值观之外"的童话创作者们,除了那些主动反抗、创作"解殖文学"的作家,也有一些试图远离政治的倾向,创作所谓纯粹"文艺童话""教育童话""知识童话"等题材童话的作者,但即使这样,他们有时也难免不自觉地参与到"未来国民"的建构之中。因为身处伪满洲国之内,"忠孝""友爱""诚实"等美德,都存在特殊的对象性。即便是主动反抗、解构殖民文化的童话作者们也不可能在每一篇童话中揭露现实,讽刺社会,殖民地文学的复杂性,远不是反抗和附逆可以概括的。正因为如此,本文中伪满洲国童话的两种分流,并非是附逆与反抗,而是上文所述的"建构与游离"——并且建构中有解构,游离中有自觉与不自觉的参与。在伪满洲国的文学世界,一旦选择落下文字,就必然选择了承担,毕竟任何时候,大部分人都可以活在黑暗里,选择沉默与搁笔。

忧郁，受殖者的精神抵抗

谢朝坤

华东师范大学中文系

1935 年，以小蒨为笔名，青年作家山丁敏锐地指出，"这里的天是忧郁的，地也是忧郁。"①书写忧郁，遂成为伪满洲国文学的重要特色之一。② 作家们纷纷以自己的笔触书写普遍存在于伪满洲国的忧郁，如朱媞的《大黑龙江的忧郁》，端木蕻良的《鹭鸶湖的忧郁》，杨皎霏的《故乡的忧郁》③，里雁《南河的忧郁》④等。在这些以"忧郁"为名的作品之外，伪满洲国的许多作家都写过忧郁色彩浓厚的诗歌。在《晚来闲话》中，柯炬唱着忧郁的歌："生命是一张忧郁的构图呢！世纪的苦难永恒的，从没有过幸运的脱逃和饶恕。"⑤"失去了舟柁的人们……似一个未满周

① 山丁：《给我的朋友》，《大同报》，《大同俱乐部》1935 年 5 月 15 日第 5 版。
② 在《历史文化语境与东北流亡文学的忧郁倾向》一文中，逢增玉教授对东北流亡文学的忧郁侧向进行了精彩分析。载《广东社会科学》2011 年第 2 期。
③ 杨皎霏：《故乡的忧郁》，《大同报》1941 年 12 月 28 日第 5 版。
④ 里雁：《南河的忧郁》，《艺文志》1944 年 6 卷第 3 号。
⑤ 柯炬：《晚来闲话》，《大同报》1940 年 6 月 25 日第 5 版。

期性遗下的原人,苦透了心,忧郁他那样曾重温此仳离的梦迹。"①

更引人注目的是小说中的忧郁书写。伪满洲国的知识青年纷纷陷入深深的忧郁之中。如柯炬《乡怀》中的金祥,古丁《竹林》中的嵇康,袁犀《手杖》中的金卓与《森林的寂寞》中的靳济光,小松《陌生人和一个女侍》中的梁文等诸多知识青年,王秋萤的以《河流的底层》中的林梦吉为代表的"多余人群像",爵青短篇小说《群像》中的"我"和悲观主义者文生,《哈尔滨》中的穆麦,《青春冒渎》系列中的"我",以及《溃走》中的青年医生吕奋等,都是忧郁症患者,而其《喷水》中的青年男子和《遗书》中的齐龄父子,则呈现出一副神经质的病态②。这些知识青年构成一个庞大的忧郁患者群。他们的怯懦与忧郁,是不正义的伪满洲国统治所导致的结果,也是无路可走之际所选择的一种消极反抗。

一 怯懦无能,殖民统治下知识青年的性格

在伪满洲国文学作品中,怯懦无能的文学形象比比皆是。如爵青塑造的知识分子形象,小松刻画的胡邦、罗南、家驹等,这些人都是被剥夺了主体性的主体,表现得怯懦柔弱、忧郁阴沉、

---

① 曲晚:《一个夜月》,《大同报》1940 年 7 月 5 日第 5 版。

② 刘晓丽教授曾对《喷水》中青年男子的形象及其与伪满洲国的关系进行了精辟深入的分析。参阅刘晓丽:《异态时空中的精神世界——伪满洲文学研究》第四章第三节"爵青之谜",上海:华东师范大学出版社,2008 年版,第 208—227 页。

不堪大任。面对困难，他们往往无能为力，无可奈何，"我能怎么办呢?"是他们的口头禅，遇事逃避，是他们的习惯。

无能感与无力感是伪满洲国现实的产物，是那个正义匮乏、高压恐怖的时代强加给人们的切身体验。

伪满洲国的"建国"过程充满了血腥杀戮和武力征服，一系列针对平民及知识分子的镇压、杀戮事件如"法政大学事件""侯小古事件"、1941年的"12·30事件"（即"哈尔滨左翼文学事件"）和1942年的"7·27"事件，使古丁、爵青们噤若寒蝉，充满恐惧，但他们敢怒不敢言，只能将心中的反抗与不满强行压抑，"压抑久了，积累起来的能量可能会突破这种简单的压抑，因此自我要发展出一种态度来驱赶对惩罚的恐惧……这是性格形成的初步……一旦形成性格，就有不由自主地对事情反应的方式，很类似强迫症，不再是自发的、无法预测的，随性和变化多端的；性格会决定我们处事的态度与行为的方式。"[1]面对强权不敢反抗、无能为力，已内化于这些知识青年的血液中，成为他们的行事原则。无论面对什么样的人和事，他们都能以"我能怎么样呢?"为借口来为自己的无能辩解。无论何时，他们这种无能为力的态度都一成不变。于是，爵青笔下的陈穆，面对家族的破败一筹莫展；柯炬笔下的金祥，坐看自己的爱人另嫁他人；而袁犀笔下的金卓只能沉沦于肉欲的放纵当中。小松笔下的家驹，为婶婶与高升的私通而感到羞耻，想为叔叔一雪耻辱，但一直犹豫不决，最后只能选择逃避，一走了之。最有代表性的，还是爵青

---

① 何春蕤、宁应斌:《民困愁城——忧郁症、情绪管理、现代性的黑暗面》，台北:唐山出版社，2012年版，第69页。

《麦》中的陈穆。

《麦》①是爵青长篇小说的代表作之一。大学毕业生陈穆回到衰败的老家,看到了曾经无比辉煌的家庭日益腐朽衰落,曾经叱咤风云的叔叔也斗志消沉老态毕现,穆麦观察到了这一无可救药前途黯淡的现实,但怯懦的他根本无法改变这一切,只能成天自怨自艾,把"我能做什么呢"这一极端消沉的口头禅挂在嘴上。更令穆麦苦恼的是,他叔叔新娶的妻子也就是他的婶娘竟然是曾经和他春风一度的妓女,这让陈穆陷入了深深的内疚之中。他既不能和他的婶娘撇清关系,也无力抵抗婶娘的引诱,在婶娘与其情夫高挚每的阴谋算计中,陈穆又一次和婶娘发生了关系,婶娘以此要挟陈穆乖乖就范,并拆散了陈穆和表妹的感情。最后,陈穆实在不堪忍受婶娘的逼迫,只能逃离家庭,投奔他的表妹。坚毅的表妹对他的怯懦冷嘲热讽,同时也鼓励他直面现实,负起一个男子应该承担的责任,最后,他还是辜负了表妹的希望,失望的表妹只能嫁给他人。受到刺激的陈穆下定决心洗心革面,于是他应聘到远方去当教师。

这种怯懦畏缩的性格不仅使他们怯于面对高压强权,且受制于自身强大的感官欲望,使其沉溺于情欲之网中不可自拔。在爵青的《哈尔滨》中,大学毕业生穆麦在一资本家家里当家庭教师,这富人有三个太太,大太太长卧病榻,二太太神经衰弱,三太太灵丽本是个妓女,只会逛商场购物消费、引诱青年男性。神经衰弱的穆麦时时感到精神的压抑,只能靠疯狂抽烟来麻醉自己,依赖药物来慰藉狂躁的心灵,更令他心烦的是"血管里老爬

---

① 　爵青:《麦》,《艺文志》1939 年 3 月,第 8 卷第 1 期。

着游戏男性的血霉"的三太太灵丽,他虽然讨厌灵丽的轻佻无耻,但面对性感的灵丽的引诱,他也心旌摇动不能自已,最后,他像《麦》里的陈穆一样,和自己讨厌的三太太发生了关系,跌进了更深的深渊,从而也承担着更沉重的道德重负。小松的《白栏栅》也是如此,一向怯懦的罗南在意外情况下错吻了未婚妻的表嫂,在强劲欲望的驱使下,竟然心潮澎湃不可抑制,一向以"可怜的羔羊"①自比的罗南竟然抛弃了自己的未婚妻,和未婚妻的表嫂、一个有夫之妇私奔并且有了孩子。罗南因此付出了巨大的代价,他本人被判入狱,未婚妻则改嫁他人,母亲则为他的丑行羞愧不已,与他断绝了母子关系,辞去教职不知所终。他们的沉溺情欲,非因情欲力量的强大,而是他们怯懦柔弱的性格在情欲场上的表现。

面对这种内外交困的现实,青年们尤其是知识青年们又怎么办呢? 古丁曾经感叹:青年该做什么呢? 大多是"群居终日,言不及'义'",实在是没什么可做的,就只好空谈,青年就陶醉在这"空谈"里,从世界大势谈到开门七件事,夜深人静,构成孤独,内心里夹杂着各种感情愤懑嫉妒,邪僻,傲慢,却从来不解这些感情统都是精神的毒药。"②苦闷成了一种广为流行的社会情绪。"我们是苦闷着的,固然各个苦闷,有着各殊的出发点。我们一向是哑巴或口吃的,虽然我们有着嘴。我们一向是盲目的,即不盲目也是近视或远视的,虽然我们有着一双眼睛。我们一向是耳聋的,虽然我们有着两只耳朵。我么是一团有着健全的官能的畸零

---

① 小松:《白栏栅》,《野葡萄》,长春:艺文书房,1943 年 10 月 20 日发行,第 104 页。

② 古丁:《谈》,《大同报》1942 年 2 月 5 日第 5 版。

人。"在无法排遣的苦闷中,有的青年堕落了,如古丁所写的《颓败——几个大学生的剪影》,这些大学生们无所事事,在吃喝玩乐、酗酒赌博中消磨时光;有的青年一头扎进了无聊的事情中,如小松的《李博士》和爵青的《男女们的塑像》中的主人公,他们留学国外多年但一无所长,或津津乐道于书的故事,或钻入自己的艺术象牙塔中。更多的青年则陷入了深深的忧郁当中。

二　忧郁,殖民现代性的病态表征

在伪满洲国,忧郁是殖民现代性的病态表征。在日本殖民者的"掠夺"与"开发"之下,伪满洲国的"首都""新京"、哈尔滨等个别城市畸形发展,交通便利,物质繁荣,表面看来辉煌灿烂,但这些都市中巨大的贫富差距,都市人的冷漠与底层都市人的渺小感却更容易使人陷入深深的忧郁当中。如哈尔滨这座在当时繁华无比的都市,曾被视为"满洲的巴黎"①,"这个拥有五十万人的口的大都市,三十年前不过是一个荒凉的小渔村",但在作者坦蓝的笔下,哈尔滨的"风景,名胜,文化都是人们所乐意观赏的,它现在仍是穿着新时代的外套,随着潮流的进展,向着更新的建设跃进。"②这样一个给人"美妙的印象"的哈尔滨,作家石军认为它是"蕴藏着万恶的都城。"③小松认为哈尔滨处处充满

---

①　坦蓝:《我满洲国的巴黎——哈尔滨市剪影》,《麒麟》1941 年 1 月卷,第 193 页。

②　同上书,第 193 页。

③　石军:《哈尔滨》,《艺文志》1944 年 6 卷 5 号。

了诱惑女人堕落的陷阱，是一座"传统的拜金都市，没有很丰富的金钱，是不能活下去的。"①在爵青眼中，哈尔滨是贫困穷人的地狱，充满了数不胜数的苦难。"建筑物群恰如摆布在灰色的盆地中的绝崖，被夹在建筑物与建筑物之间的街路，形成着纵横的肪状河流。人马、车辆、错乱的步伐就像迅速奔流着的液体似的。远处屋顶尖上端的广告灯，随着落日划出花文字来"②，"这样的大都会里，不只是由买办、地主、银行家、高利贷，江般公司总经理，迟到于日赁工，乞丐，毛贼，卖淫，无赖汉所形成的。""世界是一个受难者之群像，在夜里，卖淫妇站在冷清的巷口上，乞丐战栗地等着绅士丢下一分钱来，难民被一些富人收买去做奴隶因为要逃脱而被击倒在夜的街头……夜啊，你把世界告诉我了。在夜里，我藉着灯光读着称为史记的人类受难史。"③

爵青的《某夜》是对现代都市哈尔滨的全景呈现。作家爵青悄无声息地对斑驳陆离的都市景观进行了裁剪与选择，其厌恶的态度与绝望的情绪在这种裁剪与选择中表露无遗。《某夜》中，"我"与朋友"罕"巡视夜晚的哈尔滨，他们的眼睛更像一台移动的摄像机，记录着现代都市中下层的妓女、饥饿的叫花子、哀号的病人与灯红酒绿的酒场、眩人耳目的广告和比比皆是的鸦片烟馆，都市文明的富贵与贫穷、堕落与挣扎、无耻与苟活如幻灯片一般在读者眼前迅速切换，异常尖锐的对比给人带来的是

---

① 小松：《都市小景》，《苦瓜集》长春：艺文书房，1943 年 4 月 5 日发行，第 115 页。

② 爵青：《哈尔滨》，《归乡——爵青作品集》，北京：华夏出版社，2009 年版，第 1 页。

③ 爵青：《夜》，《新青年》1937 年 7 月，第 5 卷第 10 期。

强烈的心灵震撼。

　　　鲜果铺子的窗子像画家的调色板似的,摆着,立着,悬着各色的糖果茶点,尤其是一丛南洋产的香蕉和烧得焦黄的咖啡饼,引着行人的注意。领着未婚妻的小男子进去了,只留了个衣衫褴褛的矮花子在玻璃外面,望着屋里那爽快而正确的柜台交易。

　　　"看,"罕低声地说,"这花子在寻思着什么?"

　　　"和得不到葡萄的狐狸说葡萄是酸的一样,他也许认为这香蕉是苦的,咖啡饼会是石片一样硬,而自豪着自家的鉴赏力吧!"我看着印在明亮的窗子上的花子的轮廓。

　　　"不! 你看他正注意着那挂在香蕉柄上的小纸片,那里写着刺激他神经的数目——￥0.60 元。"[1]

　　而在不远处,则是高悬着"诱惑的异国情调的处女林"广告的纸醉金迷的酒场和鸦片烟馆。

　　通过这一系列看似客观的细节描写与对比,爵青呈现了殖民主义所裹挟的"现代化"给殖民地人民造成的折磨与苦难。都市青年们也不能幸免。贫困不仅"约束得他们连野心也缩小了",且使得他们连婚姻和孩子也不敢要了。更关键的是,他们不仅身陷苦难,更敏锐地感受着别人的苦难。这些苦难景观刺激着如穆麦一样的青年的神经,面对着沉沦邪恶的都市,怯懦的

---

　　① 爵青:《某夜》,《归乡——爵青代表作》,北京:华夏出版社,2009 年版,第 33 页。

穆麦发出了仇恨的诅咒：“为什么五十万的人们能天天敷衍下去而没有苦痛呢？为什么这个都市没有毁灭的命运呢？”但他的怯懦无能使他的愤怒止于诅咒而已。

如草梗一般漂浮于都市的知识青年们，如袁犀《森林的寂寞》的靳济光，柯炬《乡怀》中的金祥，面对强大的都市文明，既不能找到足以供养自己的工作，更不能追求慰藉灵魂的梦想。他们只能徘徊于都市和农村及原始山林之间，忍受着都市文明与农村文明的双重煎熬。他们根本不可能寻找到足以安身立命之地。如靳济光为了缓解自己的神经衰弱，主动请缨离开嘈杂的都市，躲到原始森林里去，但习惯了都市生活的他却不能忍耐森林生活的孤独与寂寞，最后，“靳济光又回到都市里去了。”

三　忧郁，一种消极的反抗

忧郁也是对社会压迫进行反抗的表征，是伪满洲国知识青年们反抗日伪统治的一种方式。面对残暴的日本殖民统治者，这些知识青年无誓死抵抗的勇气，但也不甘于投敌卖国为虎作伥，他们在“没有路的前路上找路，在不能生活的生活里追逐着生活。”①忧郁，是他们无路可走之际所选择的“路”。

他们非天生的忧郁者。东北沦陷区自有积极向上、企图改变现实、拯救天下的青年，他们继承了中国文人“修齐治平”的传统。如爵青在几篇小说中所表示的：“我崇拜诸葛孔明，崇拜拿

---

① 柯炬：《泡沫》，《大同报》1941 年 8 月 6 日第 5 版。

破仑,崇拜基斯莱利,我幻想在某一个时候,会有一个凯撒型的人物,出现在苦恼彷徨着的人类面前,用那只巨大的手,像表演一个神迹似的把我们拯救出去。"然而,在日本殖民统治下的伪满洲国,作为"二等人"的中国人,根本不可能实现自己的理想,在严酷的现实面前,他们更多的表现则是理想破灭之后的无能为力。如古丁《莫里》中的莫里,爵青《欧阳家底人们》中的欧阳解以及《溃走》中的吕奋,他们的奋斗均以失败而告终,要么如鲁迅《孤独者》中的魏连殳,在与现实的苦斗中败下阵来,要么被奸险之徒暗害,要么陷入深深的忧郁之中。吕奋是忧郁的代表。

《溃走》中的医生吕奋,青年时积极向上,"以青年的鲁莽,参加了当时政潮下的社会运动,献身的生涯"。但接二连三的失败挫折了他的热情与毅力,于是在郁郁失志的苦闷中,他学了无聊的医术,但这"拯救肉身"的"科学知识"则给"自己的生活添加了内疚",成为了"世纪的病体"。在医院里,他见到了太多过于深重的苦难,有怀揣神话般美丽梦想病死的少年,有因脚部重度冻伤而死去的老人,有被列车门打断手臂的婴儿,有因患腹膜炎而行将死亡的青年……整个世界在他眼中是个悲惨的"修罗界"。他将自己未曾实现的改善社会的宏伟理想寄托在弟弟身上。然而弟弟却被一个阴险狡猾的校长豢养了起来。这校长为了给自己患有结核病的女儿找到一个依靠,就把弟弟作为女婿像宠物一样养在家中,"让他成为知识的白痴,让他成为书斋的废人",使他失去了自力更生奋勇拼搏的能力与勇气,也悄悄抹杀了他改善社会改变现状的理想。于是,吕奋所有的希望丧失殆尽,最后,满心愤懑的吕奋暗杀了行将死亡的校长,自己也因此背负了沉重的罪恶感,只能以注射药物来维持精神的宁静。

像吕奋这样的青年知识分子也并非传统意义上的文弱书生，在接受中国传统文化的同时，他们也不同程度上受到了外国文化的影响，追求个体的尊严、自由和爱情，但在日本统治下的伪满洲国，大名鼎鼎的古丁尚且无法维持自己的尊严①，普通的知识青年又怎么可能捍卫自己的尊严与自由呢？如《溃走》中的吕奋，其所有的行为都是无效的。青年时改造社会的理想已然落空，面对病人们的痛苦哀号，作为医生的他既无法面对病人的痛苦视而不见，也无能治愈疾病、消除痛苦。因为吕奋所面对的病人的痛苦，并不仅仅来自于生理疾病，更来自于日本殖民统治者强行实施的开拓民政策给当地中国人造成的流离失所的苦难。对此，作为一介医生，吕奋虽心知肚明，但又有什么办法治愈缓解这些开拓民的苦难呢？他将自己改造社会的梦想寄托于天资聪颖的弟弟，而弟弟却留恋于校长遗下的"荣华富贵"，情愿做一个无所事事的纨绔子弟。吕奋所有的梦想全部破灭了。理想与现实的巨大矛盾，行为与认知的过分脱节，使吕奋这样的伪满洲国青年们面临忧郁。②

这些患有忧郁症的青年，分明就是爵青们形象的自我投射。抑郁源于一种对生活意义、生命价值的渴求及这种渴求的失败。年轻的爵青曾天真地以为："我们的诞生真是个有着健全而荣养之母体的诞生；有尊严莫渎恰如圣域之城寨的家庭制度……有文化，有智慧，有爱情，有希望……我们简直是宠儿了。""但当我

---

① 据资料记载，有一个时期，古丁曾遭遇日本人的排挤，调转到"协和会"后，连斟茶倒水的事都让他干。转引自刘晓丽：《异态时空中的精神世界——伪满洲国文学研究》，上海：华东师范大学出版社，2008 年版，第 224 页。

② 耿占春：《谁能免除忧郁》，《天涯》2012 年第 2 期。

们的希望与爱情,由美好的梦想移到枯燥的现实上时,灵魂竟像被排除了空气的胶囊一样空虚起来……把奠基于二十四年时光上一切的既有都推翻了。"他痛苦地意识到,"整个世界就是一废墟。旧的世界是废墟,新的世界也摆脱不掉沦为废墟的命运。"我们的所有"生命与青春,为建筑这新的废墟,和为体会这新的废墟的悲哀而消耗着。"作为青年的爵青梦想着尊严、自由、希望和爱情,但经历过现实的碰撞,不仅其尊严感、自由感被完全剥夺了,他更体会到了生命的无能为力,也品尝到了生命本身的无聊与无意义。既然整个世界就是一座毫无意义废墟,而生存于这世界之中的生命又有什么意义呢?既然生命毫无意义,以陈穆为代表的青年知识分子又能做些什么呢?又怎么可能创造生命的意义呢?这种对世界无价值、生命无意义感的体验就是忧郁产生的前兆与表现。

这种忧郁"完全可能属于抗体的表征,表明了一种制度自身缺乏正义性、正当性或道义性。"①正是这种正义性或道义性的匮乏,取消或瓦解了这些青年知识分子身上的主体性或主动性,而这些知识青年的"忧郁指向最高世界,它伴随的是这个世界的虚无、空虚、易朽的感觉。"②这种"虚无、空虚、易朽的感觉"暗暗解构了伪满洲国所精心炮制的"大东亚共荣""五族和谐"等殖民意识形态,暴露了其虚伪与不义。

更重要的一点则在于,这些怯懦柔弱、无能为力的青年们,对日本统治者及伪满当局来说是毫无价值的,这些精神病态的

① 耿占春:《谁能免除忧郁》,《天涯》2012 年第 2 期。
② [俄]别尔嘉耶夫:《自我认知——哲学自传的体验》,汪剑钊译,昆明:云南人民出版社,1998 年,第 39 页。

青年们能担当起建设"大东亚共荣圈"的重任吗？伪满当局所高声宣扬的"五族协和"等口号又怎么可能激发这些忧郁的知识青年们的"建国"热情呢？在小松的极具媚日色彩的小说《秋夕》中，"我"因恋爱失败而避开都市远走农村，"在荒鄙的小镇上居住了十年""奋斗了十年"，"致力国民教育，发扬新国家的精神"，并于"建国"十年之际作为"代表""出席协和会全国联合协议会"。"我"初到"新京"，感到的却是"惊慌""不自然"和"迷惘"，毫无作为"代表"的喜悦与光荣。到"新京"之后，"我"看到"一个新国家斗士的面影，映着辉煌的国都，在我眼中发散着万道光彩，我沉醉了，沉醉在这伟大而灿烂的世界里。"[1]情感转变显得机械突兀，看似斗志昂扬的调子背后隐藏着虚弱无力与浓郁的悲凉。较高的社会地位与荣誉也并未缓解"我"内心的忧郁与无奈，那些高调的媚日宣言[2]也因此显得虚假而丧失了任何意义。

　　这些忧郁青年并非文学虚构，其形象源于他们的创造者。这些作者大都沾染浓厚的忧郁气息。金音曾经是神经衰弱患者[3]，爵青好像天生就气质忧郁，端木蕻良被称为"忧郁的东北人"，而古丁、小松、外文等弃官辞职开书店，其背后隐藏着一种

----

①　小松：《秋夕》，《苦瓜集》长春：艺文书房，1943 年 4 月 5 日发行，第 89 页。

②　在《秋夕》中，小松写道："一幅油画般的晚餐，在建国十周年九月的黄昏，全市欢声鼎沸的国都一角举行了。协和会全国联合协议会举办的前夕，是多们壮烈而激情的景色啊！无线电又报告大东亚战争的新闻了：印度洋上帝国海军奋战的情形，却像是这幸福晚餐的远景，战云和火光，满布在四野，覆着兽面的敌人，也在那战云与火光中舞动。"小松：《秋夕》，《苦瓜集》，长春：艺文书房，1943 年 4 月 5 日发行，第 95 页。

③　金音：《空间与人——日记摘抄》，《满洲文艺》，长春：满洲国图书株式会社发行，1942 年 2 月，第 87 页。

抑郁的心境。①

这些病态的知识青年,让人联想起里尔克笔下的豹子。曾经咆哮山林、百兽震恐的王者,虽有"强韧的脚步",但困于那"走不完的铁栏"之中,也只能将那"伟大的意志"深藏于心,并"在心中化为乌有"。对于伪满洲国的文人而言,他们所面临的是一种难以逾越的"生之铁门"②,而忧郁则是对这铁笼的反抗。这种忧郁似的反抗"避开了直接表达和对抗,宁愿改变感知世界的方式以符合自己特有的软弱无力。"③而这种软弱无力的消极反抗有什么积极意义呢?

在《灰色上海》中,美国学者傅葆石将孤岛时期上海的知识分子分为"忠""隐""降"三类,对以王统照为代表的、以"隐退"作为抵抗方式的知识分子,傅葆石发出了疑问:"象征性的反抗究竟对未来有多大帮助?消极抵抗是改变历史进程的有效方法吗?他到底为国家做了什么?"④

国土沦陷,大多数人只能默默地承受,但承受的方式与深度不同,反抗的方式自然相异。短兵相接自然是英雄式的反抗,但沉默⑤、隐退、忧郁也应该视为反抗的一种。

---

① 冈田英树:《伪满洲国文学》,靳丛林译,长春:吉林大学出版社,2011年版,第 270 页。

② 司马桑敦:《生之铁门》,周有良、林红、安崎编《东北沦陷时期作品选》(哈尔滨图书馆选编内部资料),1987 年,第 104 页。

③ [美]罗伯特·所罗门:《哲学的快乐》,陈高华译,桂林:广西师范大学出版社,2015 年版,第 80 页。

④ 同上。

⑤ 韩国学者金在湧认为,沉默也是殖民地作家进行抵抗的一种方式。[韩]金在湧:《合作与抵抗》,吴延华、禹尚烈译,北京:社会科学文献出版社,2014 年,第 192 页。

　　也许这些忧郁的知识分子并没有为国家作出积极的、正面的贡献和牺牲,但也并非没有任何积极意义。忧郁意味着对现实的清醒认知。他们清醒地认识到了伪满洲国的不义和日伪大肆宣扬的建设"大东亚共荣"的欺骗性。在那非友即敌、此消彼长的世界里,能够冒着凶险,顶住压力,拒做日本殖民统治者及伪满当局的帮凶和走狗,本身就是一种韧性的反抗,是对日本殖民统治者的否定与拒绝,也意味着对正义的坚守与期待。

"借问满洲陈白露，猩红一点为谁鞾"

——伪满洲国明星作家杨絮的
文化表演与文学创作

徐隽文

华东师范大学中文系

伪满洲国作为日帝操控下的傀儡国已经"灰飞烟灭"，但生存于其中的文化个体的面影以及他们在殖民历史中存留下的文字却依然鲜活。这片畸形土壤孕育出的一代文化明星，被称作"满洲陈白露"的杨絮①至今不为人所知，她是伪满洲国闻名遐迩的作家、歌手、演员和编辑。从 1939 年初自家乡来到"国都"至伪满洲国终结，杨絮闪耀在歌唱、广播、话剧、杂志等多重文化场域，这位追求自由与摩登的新女性在短短几年间成就全满艺名。作为一名在伪满洲国时序中持续进行文学创作的女文笔家，她又凭借文笔优美、真实坦率的自叙式"私写作"在四十年代初的满洲文坛"散步"②。

---

① 杨絮（1918—2004），伪满洲国著名作家、歌手、演员、编辑，1918 年 6 月 8 日生于辽宁沈阳，原名杨宪之，回族人。创作笔名有皎霏、阿皎、宪之，后期笔名主要为杨絮。在伪满洲国时期出版有作品集《落英集》《我的日记》和编译集《天方夜谭新篇》。

② "散步"一说出自杨絮于 1986 年在《落英集》扉页写的题词："印在我身上的字，是来自一个年轻的女歌人的手，但她又用散文在满洲文坛散步。"

本文从历史资料和文学原刊的发掘与阅读入手，集中梳理杨絮在 1939 年至 1945 年间的文化表演实践，展现其作为殖民地文化明星的形成与发展过程。

一　都门流浪

从奉天坤光女子高级中学毕业后，杨絮为反抗父母安排的包办婚姻、追求独立与自由，于 1938 年除夕即 1939 年初逃至"新京"，从此孤身漂泊京门数载。那时，杨絮虽只有二十余岁，在家乡已是小有文名的"奉坛女作家"。她自 1934 年起以笔名"皎霏"在《盛京时报》《新青年》《满洲报》等报章杂志公开发表文艺作品，并热情参与当地的文化事业，于 1937 年年初同徐柏灵、成弦、李乔等人用奉天放送局的广播阵地组织了"奉天放送话剧团"。通过每月两三次的放送活动，杨絮的声音开始由麦克风广播给本市万千听众。杨絮为人一向直率豪放，交际广泛，在奉天陆续结识了王则、王秋萤、安犀、杨萧等作家和文化人，还曾受邀参加 1938 年 11 月举办的"满映在奉宴文艺界座谈会"，可见其在当地文化界十分活跃。

尽管有着前述种种的文化成绩，在家乡频获文学青年们的爱慕与赞誉，来到"新京"之后，一向自信的杨絮首先在寻找职业上碰了壁，偌大"国都"无处寄居。杨絮先是投奔了在"新京放送局"当报告员的同学王荷，借住在南"新京"，一边准备"满洲国中央银行"的招考。1939 年 3 月，杨絮进入"中银"工作，"找一个职业，像找一粒珍珠那样难。费了九牛二虎的力量报了名，后来又像过关似的被主考者问了两次口供,我的天,我忍受着不耐烦的心情被录取了。把我派到发行课终日与纸币为伍,我深深地感到生活太欺凌女人了。"①每月薪水微薄,杨絮与两位同事合住在西三道街的一所民居。老同学洁君觉得她实在大材小用,她也自知学生时代的理想太渺茫:"但一时又上那儿找相当的职业呢,我愿意做一名女记者,愿意做放送报告员,愿意做……能行吗? 不相信机会与运气是不行的。"②曾对职业有着美好憧憬,而今只能面对现实、为生活努力奔忙,插足在一群幻想着"洋房钞票"和"汽车戒指"的女同事中。作为受过中等教育的知识女性,杨絮的痛苦在于,一方面对事业、爱情、人生有着崇高的理想与追求,一方面因有了更宽阔的眼界而对自我生存现状怀有不满与失望,清醒地意识到梦想和实际有着巨大落差,这几乎成为觉醒后的知识女性必然遭逢的精神困境。

二 艺 术 起 步

1939 年 4 月,经曾担任"新京音乐院"满洲乐部部长的音乐家陈其芬的介绍,杨絮得以在"新京放送局"开始放送流行歌曲,这是其艺术发展道路的关键点。当时,《大同报》每期都会刊登该日的放送节目预告,据 1939 年 4 月 12 日的"今日放送"栏目可知,当日晚 7 点 50 分,杨絮在广播中放送流行歌,独唱《乡愁》

---

① 杨絮:《我的罪状》,《新满洲》第 4 卷第 7、8 期,1942 年 7、8 月。
② 杨絮:《我的日记》,《新满洲》第 5 卷第 5、7 期,1943 年 5、7 月。

《千里吻伊人》《月夜小曲》《花一般的梦》四首歌曲,并与冷露合唱歌曲《茶花女》《扁舟情侣》《海月情花》,由张心指挥,由混合乐团伴奏①。正是依托此次在麦克风前的演唱机会,杨絮的声音被伪满民众所听见,渐渐在"新京"有了一定的声名,友人还特地在卜劳威饭店设宴为其庆贺放送成绩。5月,杨絮从"中银"发行课转出、被调入相对清闲的国库课,工作间隙她常阅读写文、练习歌曲。从该月起连续三个月,杨絮开始担任"满洲映画协会"音乐助教,每日5点到7点在宽城子内教授歌唱课程,进而结识了许多"满映"当红电影女星如郑晓君、李香兰、张静、季燕芬、刘春荣、张敏、于漪等人。

三　歌 手 生 涯

"有许多人不解歌手之为何物,因之他们常以为我只不过是一个歌女罢了,甚至看我与说大鼓书的相差无几。在几多的讥讽与忍痛之下,我很替自己默默辩护。是的,满洲的艺术并未走入极高峰,所以对于从事艺术职业的人是不加同情与了解的——在这点上我不想多说什么,总之,我有我的艺术良心与趣味。"②1939年秋,杨絮的职业发生重大变化,由于"新京放送局"方面的推荐和杨絮自身对声乐的喜好,她不顾亲友的反对,毅然辞去"中银"女职员的安稳工作,与"满洲蓄音器株式会社"

---

① 《今日放送》,《大同报》,1939年4月12日。
② 杨絮:《我之艺术良心和趣味》,《新满洲》第3卷第5期,1941年5月。

签约,成为该会社的专属歌手,开始真正踏足艺术圈。从该年年末至 1940 年,杨絮逐渐成就艺名,通过展示与表演活跃在满洲文化界,成为名噪一时的歌曲家与社交名流。

1940 年 4 月 4 日,"满蓄"在大都旅馆食堂专为杨絮召开座谈会,主题为"歌坛新人杨絮登台",出席者有满日各新闻杂志社、"满映"等文化团体、"日本胜利蓄音会社"名歌手新田八郎、三门顺子等,"满蓄"文艺课长伊奈文夫致辞并介绍杨絮从事音乐之过程。① 杨絮作为专业歌手的歌唱事业从签约"满蓄"就已开始,而这场座谈会更是这位歌坛新星在经纪公司的安排下向全社会的一次公开亮相,日本方面艺人的到场也能看出主办方对此次宣传活动的重视以及隐藏在"满日音乐交流"表层下的通过宗主国文化移植来构建殖民地文化的野心。满洲流行音乐人才的发展虽说刚刚起步,但"满蓄"方面十分重视新人歌手的培养,注重提高歌手音乐素养的同时也给艺人提供许多外出表演的机会,保持明星歌手们的曝光率以及在报纸杂志上的讨论热度。

《怎样做歌手》《歌唱》《我之艺术良心和趣味》等都是杨絮书写音乐职场经历的艺术散文和时评,"满洲从来就没有歌手这种职业,我起始开了张,也起始对这种职业发生趣味"②,在文中她详细记述了近两年来忙碌的歌手生活:首要任务是在"满蓄"录音室灌制满洲歌曲唱盘,她的代表歌曲《我爱我满洲》《念旧》等都已制作成唱片,各报纸杂志上刊发了试听广告③,全满各地民众都可购买到这些唱盘。可以说,杨絮的声音就永久留存在这

---

① 《歌坛新人杨絮登台 蓄音会社开座谈会》,《大同报》,1940 年 4 月 7 日。

② 杨絮:《我的罪状》,《新满洲》第 4 卷第 7、8 期,1942 年 7、8 月。

③ 详见第 8 版的唱盘广告,《大同报》,1940 年 8 月 15 日。

种文化载体内,使得不能去往演出现场或只在广播某时段中聆听其歌声的民众能够不受时间地点的限制反复播放她的歌曲,就像电影胶片之于依靠影像表演的电影明星,对依靠声音表演的歌手来说,唱盘在此处成为歌唱明星的一种"分声"与"分身",代替杨絮本人去往各处,无形中拓展了杨絮歌曲的受众群,也将杨絮的文化形象进一步符号化与抽象化。其次,为了进一步提高自身的歌唱能力与声乐素养,在会社音乐家的指导下,杨絮每周 3 次练习发声与歌唱,并跟随菲律宾教师学习钢琴,当时殖民者充分动用官方资源来培育本土明星。此外,杨絮每月不定期地到各大影院进行歌曲表演,到"新京放送局"进行全满或海外广播,到"满映"录音所进行电影主题歌的录制。当然,让杨絮本人最难忘且最获益的还是去外地进行出张实演,如其自言"实演不只增添自己之识面与勇敢,更使自己的声乐因多次实演而愈发进步。所以我敢大胆来说,我得力于实演的力量是很大的。"[1]此前,"在收音机里谁都听到过满蓄的歌手杨絮的声音"[2],但实演让杨絮的面孔与身形为更多的观众和听众所观看欣赏,其名声愈发扩大。参阅《大同报》的新闻报道,1940 年杨絮有多次成功的旅行实演经历:8 月 12 日,在哈尔滨道里公园音乐堂举行"协和之夕"(八周年纪念)演艺音乐大会,杨絮负责独唱环节,并与谷音一同进行合唱,市民免费入场观赏,反响热烈。[3] 9 月 7 日,"满蓄"在"国都"影戏院召开音乐出品发表会,

---

① 杨絮:《我之艺术良心和趣味》,《新满洲》第 3 卷第 5 期,1941 年 5 月。

② 质石:《谷音的素描》,《大同报》,1940 年 8 月 8 日。

③ 《协和之夕盛会 昨在道里公园音乐堂举开 入场免费市民多往观》,《大同报》,1940 年 8 月 13 日。

杨絮和谷音进行歌唱表演①,关于该出品会杨絮撰文《满蓄作品发表后》刊载于《大同报》。为纪念日本纪元二千六百年和殖民统治朝鲜三十周年,1940 年朝鲜举办大博览会,9 月 27 日至 10 月 2 日,杨絮作为"满蓄"方面歌手代表,与"满映"电影明星郑晓君、"新京音乐院"音乐部员一行九人组成满洲演艺使节团,赴朝鲜"京城"进行"满鲜文化交流"。9 月 27 日由"新京"车站出发,出发前杨絮与郑晓君两人在大同报社致出发之辞;28 日午后到达"京城",接受朝鲜新闻社的采访并参拜神社;29 日使节团在博览会会场出演两场,身着满洲服饰的杨絮演唱满洲古歌谣,麦克风将她的丽声传遍博览会场,演出后两位女星与朝鲜女优共同拍摄了游览博览会的新闻片,晚"京城"日报社在明月馆设宴,满洲使节们观看朝鲜传统歌舞;30 日使节团又在"京城"最大的电影馆明治座进行三场歌舞表演,杨絮在热情观众的要求下清唱了伪满流行歌《何日君再来》;10 月 1 日在"京城"游览半日后使节团身穿剧场赠送的朝鲜服装乘坐望号列车回满。从境内唱至域外,该次表演事件可谓是杨絮明星生涯的巅峰时刻,《大同报》和《满洲映画》对朝鲜旅演进行了实时报道,归来后杨絮撰文《赴鲜实演杂记》记录此行,在《大同报》上分三期登载。

歌手的文化身份除了对杨絮的歌唱事业本身有所推进外,还让她得以参加众多文化座谈会,进一步与文化圈名人互动。1939 年 12 月 28 日,杨絮在"国都"饭店参加了"《文选》国都招宴座谈会",参会人来自"新京"日日新闻社、"满映"、大同报社等各文化机关,大内隆雄、赵孟原、山丁、古丁等代表针对《文

---

① 《满蓄出品发表会余音》,《大同报》,1940 年 9 月 26 日。

选》的刊行宗旨和发表内容进行建议,杨絮发言提出要增加小品文和小诗。1940 年 9 月 8 日,大同报社在"国都"电影院召开"影曲批判会",杨絮作为"满蓄"方面歌手代表列席,与会者有治安部、经济部、民生部、国务院等部门的政治要人,"满映"导演王则和演员徐聪、白玫,大同报社编辑局长和次长等,各位长官发表了对满洲音乐的看法与建议,多认为杨絮的歌喉较清亮并且歌唱有所进步,该会全部内容在《大同报》以整版专辑形式刊出①。

除参加各类座谈会之外,歌手杨絮还拥有了更多的文艺作品发表空间以及歌曲制作、音乐选荐机会。1939 年底至 1940 年间,杨絮多次在《大同报》"文艺"副刊上发表其创作的歌词,如《念旧》《青春赞》《愿望》《芳恋》《可爱的姑娘》等,显示其诗歌写作的功底。1940 年底至 1941 年初,她在《满洲映画》上连续发表多首其负责制作的电影插曲,如《送君》《春风秋雨》《相思曲》等②。1942 年,《电影画报》曾刊登杨絮对歌曲《梦》和《四季愁》的介绍③,不仅推介词曲作者、歌词含义、乐曲特色,知晓乐理的杨絮还传达给读者歌唱技巧,如注意节拍、轻重音、演唱情绪等。

---

① 参见第 3 版报道,《大同报》,1940 年 9 月 15 日。
② 《送君》(《七重天》插曲),严华编制,周璇唱,杨絮制,载于《满洲映画》第 4 卷第 10 期,1940 年 11 月。《春风秋雨》(《李三娘》插曲),范烟桥词,严华曲,周璇唱,杨絮制,载于《满洲映画》第 5 卷新年号,1941 年 1 月。《相思曲》(《梁山伯与祝英台》插曲),黄嘉□词,金玉谷曲,张翠红唱,杨絮制,载于《满洲映画》第 5 卷第 2 期,1941 年 2 月。
③ 杨絮:《"梦"歌曲介绍》,《电影画报》第 6 卷第 3 期,1942 年 3 月;杨絮:《"四季愁"歌曲介绍》,《电影画报》第 6 卷第 4 期,1942 年 4 月。

四 放 送 事 业

自中学时代起,杨絮就有着在麦克风前演唱歌曲和广播话
剧的诸多经验,从学生、女职员、歌手、话剧演员到编辑作家,放送
事业一直伴随着杨絮,到 1943 年她仍定期到"新京放送局"广播
歌曲。翻阅 1940 年《大同报》和《满洲放送年鉴》①的放送预告和
纪念放送记录可知,杨絮的放送活动相当频繁且广受好评,当时
伪满洲国的广播听众已经突破了 34 万。3 月 10 日,杨絮与郭奋
杨演唱"国民歌"《我爱我满洲》②,该曲由弘报处选定,由永尾崖
夫作曲,是强制小学生学唱的伪满洲国政治赞歌,据悉日本当局
曾利用杨絮的身份邀请她演唱赞歌与"国歌"并为日本文化官员
表演③。3 月 31 日,杨絮演唱系列歌舞曲,由"春声管弦社"伴奏,
指挥为筹办"春声管弦社"和"新满洲歌曲社"的作曲家白春声④,
白春声和陈其芬两位音乐家对杨絮的音乐之路均有较大助益,不
仅有音乐学理上的指导,在伴奏方面配合也最为默契。7 月 30
日的放送主题为"家庭妇人之夕",杨絮演唱《时代姑娘》《梅娘曲》
《月夜小曲》《女同学》《春之花》歌舞曲五首。9 月 9 日的放送主

---

① 满洲电信电话株式会社发行:《昭和十五年 康德七年 满洲放送年鉴》
(日文),株式会社满洲文祥堂印刷部印刷,1941 年 2 月。

② 《今日放送》,《大同报》,1940 年 3 月 10 日。

③ Norman Smith, *Resisting Manchukuo:Chinese Women Writers and the
Japanese Occupation.* Vancouver:University of British Columbia Press,2007,
p77.

④ 《今日放送》,《大同报》,1940 年 3 月 31 日。

题为"警察官慰安之夕"，杨絮演唱歌舞曲《贵妃醉酒》《悲秋》《西城柳》《双双燕》《黄昏到了》。10 月 17 日的放送主题为"爱路之夕"，杨絮独唱歌曲《铁路爱护歌》《爱护农耕歌》《青年爱路歌》《爱路少年行进曲》。由歌名即可知，杨絮当时演唱的这些歌曲一部分是讴歌日帝、宣扬"国策"的伪满赞歌，一部分是由上海等地流传过来的靡靡情歌，很多都是周璇之歌或电影插曲，"南歌北唱"成为当时歌唱界的一个突出现象，当局选择这些歌曲公开唱录的目的是粉饰太平、制造歌舞升平假象以愚化受殖民众。

外界对杨絮的放送实践一向高度肯定。1942 年 5 月 2 日—10 日，汪精卫赴伪满洲国参加"建国"十周年纪念活动，5 月 9 日伪满的放送主题为"中华民国汪主席欢迎之夕"，杨絮朗读了《汪精卫自叙传》，刊载于《电波》杂志的"放送月评"中即说道"杨絮女士的《汪精卫自叙传》朗读得有声有色，有节有奏，的确是老嗓子旧嘴唇，压倒斯界。"①杨絮能朗读如此重要的政治文本可见她在放送界占有重要席位，且本次放送也可称为"东亚放送"，北京、上海、南京、广东和日本某些地区全程转播，因而该次的广播演出已经突破伪满洲国的界限而传扬到中国各地与海外。

五　话剧舞台

1940 年可谓是伪满洲国的剧年，杨絮在剧海也泛动起不少波澜。由于友人的热意邀请和个人爱好，杨絮加入了日本出资

---

① 《放送月评》，《电波》第 2 卷第 3 期，1942 年 5 月。

的"文艺话剧团",团员有山丁、安犀、王有志、吴郎、孟语、邓固、捷予、红郎、曼娜等,该剧团从广播剧走到舞台剧,在全满较有名望,杨絮作为该剧团"女台柱",先后放送、公演多次,被誉为"满洲陈白露"。杨絮在《我与话剧》一文记述了自己与话剧的八年情缘,《李阿毛怕老婆的后台》和《有感于都门话剧界》等是她对伪满话剧界的评论文章。

《大同报》对1940年"文艺话剧团"的三次公演都有详细报道和即时评论。2月29日于"产业部家族慰安之夕",该团在协和会馆进行初次小公演,演出胡琳编的《主仆之间》,内容以改善家庭为目标,杨絮饰演浪漫泼辣的姨太太,剧务主任为张凌云,装置主任为孟语,同团的演出者也多是麦克风前的名人。该剧公演前,《大同报》于22日登载新闻《文艺话剧团初次公演 廿九日在协和会馆》,于28日登载演员介绍:柔棉的《新京文艺话剧团团员的剪影》。6月16日趁"新京放送局"募集之满洲进行曲发表会之际,在满铁俱乐部,"文艺话剧团"演出弓文才编的独幕话剧《狂潮》,由王则导演、赵刚监督、季守仁负责,杨絮饰演一名身世悲惨的交际花。《狂潮》公演后,20日和22日《大同报》分别登载评论:柯炬的《狂潮的检讨:"狂潮"的剧作演出及其他》和克大的《狂潮的检讨:感激"狂潮"》,两文中均对主演杨絮有所褒扬。话剧《日出》公演前,《文艺话剧团行将演出的"日出"登场人物剪影》于12月21日登载,配有演员近照,对与剧中人物性格相吻合的杨絮抱有较高期待。12月28、29日,以"国防献金"为主题,在大同报社的后援下,"文艺话剧团"在协和会馆进行了曹禺名剧《日出》的大公演,三场演出盛况空前、大获成功,杨絮饰演女主角陈白露,她"穿着极薄的晚礼服,颜色鲜艳刺激,多褶的裙裙和上面两条粉飘带，拖在地面如一片云彩，她发际插一朵红花，乌黑的头发烫成小姑娘似的鬈髻，垂在耳际。她的眼明媚动人，举动机警，一种嘲讽的笑总挂在嘴角，神色不时地露出倦怠和厌恶"①，该场话剧公演中杨絮的扮相给观众留以深刻印象。演出后，30 日《大同报》即刊登《国防献金公演日出第一日成绩极佳　观众咸谓超出预想》报道，对各位演员的衣着、动作、表情等方面进行评点，话剧表演对文化个体而言是更全方位的被观看。

六　编辑与主妇

从 1939 年初来到"新京"，两三年之间，杨絮充分把握职业机会并享受耀眼的明星生活，她的一贯态度是"对生活，是房取，不是乞求，是进攻，不是防守"②。她作为"满蓄"的女歌手而声名大起，并依托其在"新京放送局"的歌曲广播、在"文艺话剧团"的话剧演出、在各大报纸杂志发表文章等文化活动来保持自己的曝光度，正如杨絮在东北光复后回忆道："结婚前一年，正是我的私生活野马奔腾的时代，为了爱好歌唱与写作，我大胆地在社会上东奔西跑，我的名字也曾响彻了云霄，响进许多人的耳朵里。"③

经过两年的演艺"黄金时代"后，1941 年 4 月初，杨絮突然离

---

① 黄钟：《满洲的陈白露》，《大同报》，1941 年 4 月 12 日、13 日、15 日、17 日、20 日、22 日、25 日。

② 同上。

③ 杨絮：《关于〈我的日记〉的被扣押》，《东北文学》第 1 卷第 3 期，1946 年 2 月。

开伪满洲国,只身到北京、大连、青岛等地流浪半载,媒体传言其签约与"满映"同为日本军部国策电影公司的"华北电影公司"①,自言是遭受情感惨变、出走疗愈创伤,个中真相还有待考证。就在杨絮走后的当月,《大同报》上连载了黄钟的评论文章《满洲的陈白露》,为誉绝一时的"满洲交际之花"杨絮"作传",对其进行了较为全面的介绍与评价,正是杨絮离开伪满洲国的时候人们在伪满洲国谈论她,此时身体上不在场的杨絮被抽象为一种文化符号而被他者叙说。该年秋天,杨絮自南国归来,从"满蓄"辞职,正式告别专职歌手生涯,时而还会有放送和演出任务。经友人介绍,杨絮先于"艺文书房"任职,直言"在过去,书店里的一些干部人员都是朋友,如今却板起面孔装起我上司。"②在职期间杨絮曾以编辑身份参加《新满洲》杂志举办的座谈会"天马行空五人掌谈会——知识人男女处世之玄想",座长季守仁这样介绍她:"杨先生是多年活动于社会的人物,所见所闻,可谓广博渊深"③。后因杂志社内人事斗争而受牵连,杨絮离开该社。

1942 年春,杨絮进入"国民画报社"当编辑,以记者身份在《国民画报》④上发表多篇报道文章:李牧、杨絮:《点缀建国十周

---

① 《春风吹杨絮 由满飞北京——满洲的陈白露 下歌坛将入影圈》,《大同报》,1941 年 4 月 10 日。

② 杨絮:《我的日记》,"新京":开明图书公司,1944 年,第 3 页。

③ 赵任情、斐文陟、周武陟、吴菲菲、杨絮:《天马行空五人掌谈会——知识人男女处世之玄想》,《新满洲》第 4 卷第 1 期,1942 年 1 月。

④ 《国民画报》,文化综合性杂志,1939 年 3 月创刊于"新京",刊名为《漫画满洲》,1941 年 9 月改刊名为《国民画报》,设有"记事""画刊""漫画""文艺"等栏目,1942 年 6 月出至第 4 卷第 9 期终刊。初为月刊,1942 年 3 月改为半月刊,是以漫画、图片为主兼有文字的画刊。内容侧重于表现伪满洲国治下的社会"升平景象"与市民生活趣味,政治上明显倾向伪满政权。编辑人先后为邝玉镇、李克铭,杨絮曾任编辑长,发行人池边贞喜,发行所为满洲社/艺文社。

年纪念盛典的两篇访问记》(4 卷 3 期);杨絮:《李阿毛怕老婆的后台》(4 卷 6 期);杨絮:《夏日抒情谱》(4 卷 9 期);杨絮:《新女性访问》(4 卷 9 期)。"建国"十周年纪念盛典中,杨絮访问了警察厅总监齐知政,内容中难免有一些"歌功颂德"的文字,如"十年之内与友邦提携,历尽风霜倍尝劳苦,使我满洲渐渐走上光明的坦途。"①官方杂志的发表空间往往是以让渡部分言论自由来换取的。6 月,作为《麒麟》长期供稿者的杨絮登上了该杂志创刊周年纪念号封面,成为 2 卷 6 期的封面女郎。7 月,《新满洲》4 卷 7 期销量大增,原因是该期登载了一篇名为《我的罪状》的文章,杨絮在文中叙说了自己到"新京"三年来的工作恋爱与心路历程,编者给该文配上了夺人眼目的作者照片与介绍文字:"这是一个智识少女如慕如泣的大胆自我记录,这位少女是天资绝富聪颖已极的天材者,她更富歌喉婉转的嗓音,清脆流利的京腔,充富戏剧的人生,因之她很快地利用这些特长,在歌曲界,放送界,占据了首屈一指的王位。"②1942 年 12 月 20 日,杨絮与《国民画报》编辑张鸿恩(1918—2012)在"新京"中央大饭店举行婚礼,成为当时的一次重大文化事件,现场来自文化界、商界、政界的嘉宾群集,写真机全程摄录,杨絮献歌《天上人间》,《麒麟》的图文专题报道称"这被誉为满洲的陈白露,麦克风前丽歌莺声舞台剧数度出演名震一时的杨小姐,从此要收起放浪的生活,要循规蹈矩的做起主妇与编辑的二重庄严和纪律的生活了。"③

---

①　李牧、杨絮:《点缀建国十周年纪念盛典的两篇访问记》,《国民画报》第 4 卷第 3 期,1942 年 3 月。

②　杨絮:《我的罪状》,《新满洲》第 4 卷第 7、8 期,1942 年 7、8 月。

③　本刊记者:《杨絮婚礼点描》,《麒麟》第 2 卷第 7 期,1942 年 7 月。

　　杨絮自 1942 年下半年开始,逐渐远离光鲜的表演事业,专注于杂志编辑、写作翻译与家庭生活,在伪满文艺界继续耕作,直至 1945 年伪满洲国终结。在整理 1939 年至 1943 年间于《大同报》《麒麟》《新满洲》《满洲映画》等报纸杂志发表的诗文小说后,杨絮出版了作品集《落英集》(开明图书公司,1943)和《我的日记》(开明图书公司,1944),前者风靡一时,后者却被警察厅侦查机关查禁,之后又出版编译集《天方夜谭新篇》(满洲杂志社,1945),作为"国都"文笔界颇受欢迎的明星作家,杨絮的书写构成了另一种纸上的文化表演。

20世纪50年代梅娘作品修改研究

庄培蓉

华东师范大学中文系

1954年,梅娘在香港《大公报》的"新野"副刊上陆续发表了18篇散文,这些散文主要刊载于"主妇手记"一栏,记录家庭主妇对"身边事"的感想。其中7篇后又发表于上海《新民报》晚刊第6版,文章大意不变,但后版做了细节上的删改。这些删改,除了技术层面上的完善,也显示了修改者敏锐的政治嗅觉和应变能力。通过版本细节的对比,笔者认为,修改者应系梅娘。本章拟从这7篇短文的两个版本入手,以版本对比和文本细读为主,并结合《大公报》的报刊史、办报环境及梅娘同年发表于两报上的其他文章,探讨版本差异形成的原因。

一 梅娘结缘香港《大公报》

1952—1953年,梅娘先后在上海《亦报》和《新民报》晚刊连载小说、散文,并发表大量短篇散文。1954年起,梅娘在《新民报》的发表量下降,发表空间拓展至香港《大公报》。

　　梅娘能在《大公报》上发表文章,离不开唐大郎(唐云旌)的推荐。1951 年底,彼时在北京华北革命大学学习的唐大郎,经人民美术出版社徐淦的介绍,与梅娘相识。1952 年 4 月起,梅娘相继在唐担任副刊编辑的《亦报》和《新民报》上发表作品①。1953 年 10 月,梅娘再经唐大郎介绍,认识了香港《大公报》副刊编辑潘际炯②。值得注意的是,1948 年,港版《大公报》复刊事宜,乃由胡政之携沪馆工作人员赴港筹办。因此,20 世纪 50 年代前后的港版报人,可视为彼时已是《大公报》总馆的沪馆报人的延伸,沪馆人员与港馆人员调动也非罕事,潘际炯即是一例,他既担任过香港《大公报》副刊主编,亦当过上海《大公报》的编辑、记者。而同在一个圈子内,港、沪报人之间相识相知而相互引荐帮助也乃常事,喜交友的唐大郎,20 世纪 50 年代与在港大公报人常有业务往来。一方面,唐在香港《大公报》"新野"副刊以"刘郎"的笔名发表大量打油诗;另一方面,《大公报》和《新民报》副刊上常"共享"投稿人和稿件,以 1954 年前后为例,同时在两报副刊上发表相同题材文章者并不少,如连载"红楼梦随笔"的俞平伯③,《大公报》"主妇手记"一栏作者司徒娃、丽谛等亦在《新民报》上

---

　　①　关于梅娘和唐大郎的相识经过,在拙文《20 世纪 50 年代的梅娘与上海〈新民报〉晚刊》中有所考证,此处不赘述。

　　②　潘际炯(1919—2000),江苏淮安人。笔名唐琼、邹援,曾就读于浙江大学数学系。在香港《大公报》和上海《大公报》均任过职,担任过翻译、编辑、记者、评论员等职。写过纪实文学《末代皇帝传奇》《朝鲜战地散记》等、散文随笔《京华小记》《唐琼随笔》等,与人合作翻译《反苏大阴谋》等。

　　③　和梅娘一样,俞平伯的《读〈红楼梦〉随笔》1954 年 1—4 月发表于香港《大公报》新野副刊的这部分,后又于同年 4—6 月发表于上海《新民报》。

发表生活随笔。同时，在两报副刊上发表的散文，常在文末附有"自北京/上海寄"字样，可见稿源皆主要来自沪、京两处。总之，香港《大公报》与上海《新民报》副刊的"分享"行为，正体现了两报编辑往来的亲密程度，也正因此，唐云旌向潘际炯引荐梅娘一举不足为奇。于梅娘而言，此举是其进驻《大公报》发表空间的入场券。由北京的徐淦到上海的唐大郎，再到香港的潘际炯，梅娘的人脉不断串联、拓宽并成为其持续发表作品的关键因素。

　　晚年梅娘的回忆中，还曾提及一个"大公报人"。1949 年组建大众文艺创作研究会时，与会者有"大公报人张友鸾"①，如此一来，20 世纪 50 年代仍与梅娘来往的张友鸾②，可谓是有力的"大公人脉"。但事实并非如此，张友鸾确系当时的与会者之一，是一位著名的报人、作家，但却算不上"大公报人"。晚年梅娘，很可能将"张友鸾"混淆成"张季鸾"。张季鸾③是《大公报》史上

---

　　①　梅娘：《写在〈鱼〉原版重印之时》，梅娘：怀人与纪事，北京：中央广播电视大学出版社，2014，156。

　　②　农业电影社通讯小组，钻进农业部门的文化汉奸、右派分子孙加瑞，中国农报，1957，第 23 期：32："在大鸣大放期间，她还与社会上的徐淦、张友鸾、张伯驹、冯亦代、龚之芳等右派分子，以聚餐为名，进行密谋和收集他们的向党进攻的'弹药'。"龚之芳，推测为龚之方。该批判文章虽上纲上线、对梅娘作品断章取义，但举的例子大都确实存在。张友鸾（1904—1990）安徽安庆人。1922 年考入北京平民大学新闻系，受教于邵飘萍。解放前，先后在《世界日报》《国民晚报》、南京《民生报》、南京《新民报》任编辑，1933 年自办《南京早报》。后又先后在《立报》《新民报》（重庆版）任编辑。1946 年在南京办《南京人报》，1952 年该报停刊，后到人民文学出版社从事古典文学研究、整理和编辑工作。

　　③　张季鸾（1888—1941）陕西榆林人，生于山东邹平，卒于重庆。1905 年考取官费生，留学日本。1908 年回国。先后任《民立报》记者、与曹成甫在北京合办《民立报》，同时为上海《民立报》撰写通讯。1915 年后，先后与友人合办《民信日报》、担任上海《新闻报》驻北京记者、任北京《中华新报》主笔、担任上海《中华新报》总编辑。1926 年 9 月与吴鼎昌、胡政之购得天津《大公报》产权，组织新记公司，任总编辑兼总经理。1936 年后，先后主持、创刊《大公报》上海版、汉口版和重庆版。主持《大公报》笔政长达 15 年。

举足轻重的人物,但 1941 年就在重庆逝世,不可能参加 1949 年
的会议。

另外,除了注意人脉因素,也应重视《大公报》的报刊环境。
尽管解放后港版《大公报》在新闻编辑上积极响应内地政权,但
因身处报业竞争激烈的香港,为了吸引读者、扩大销量,已渐渐
融入当地办报环境、迎合大众读者口味,在副刊编辑上,表现为
注重大众化和趣味性。因此,梅娘等女作家所擅长的"主妇手
记",说身边事,通俗易懂,颇合报刊要求和香港读者口味。

据目前搜集到的资料来看,1954—1955 年,梅娘共在《大公
报》上以"云凤"的笔名发表了 18 篇短文,连载过 12 回《我的女
儿怎样拍电影》。短文中《扫雪的老爷爷》和《满街盈巷流花香》
刊于"北京杂记"一栏外,其余 16 篇皆属"主妇手记"一栏,其中
7 篇均在时隔一周至一个月不等,再刊于《新民报》,除《甜水井
与苦水井》《木制的"花树玩具"》两篇保持原题、原内容不变
外①,余下 5 篇皆有所修改,发表信息见下表:

香港《大公报》				上海《新民报》晚刊		
篇名	日期 1954 年	栏目	署名	篇名	日期 1954 年	栏目
甜水井与 苦水井	4 月 1 日	主妇手记	云凤	甜水井与 苦水井	5 月 4 日	
孩子回家	4 月 8 日	主妇手记	云凤	小祥回家	5 月 10 日	生活故事
车上友谊	4 月 23 日	主妇手记	云凤	"同行是 亲家"	4 月 29 日	
暴风雨中 的小故事	6 月 15 日	主妇手记	云凤	大风雨中 的小故事	6 月 23 日	

---

① 经比对,两版仅有一字一标点之差。

（续表）

香港《大公报》			上海《新民报》晚刊		
母女之争	6月21日	主妇手记	云凤	文蓉的婚礼	7月11日	
小女儿履行守则	7月6日	主妇手记	云凤	小女儿的一条守则	7月12日	
木制的"花树玩具"	10月12日	主妇手记	云凤	木制的"花树玩具"	11月1日	

二　从《大公报》到《新民报》：5篇短文的"进步"

《新民报》版对5篇短文的修改涉及题目、标点、字、词和句。整体而言，修改后的版本在技术层面上更为精炼，有些修改并无文学性的优劣，却体现了更高的"政治修养"，最体现这一点的，是对语段的删除和词语的改换，两相对比，耐人寻味。

（一）题目变换

首先是题目的修改。《大公报》版均刊于"主妇手记"一栏，有趣的是，20世纪50年代《新民报》上刊过一篇短文《从〈主妇手记〉谈起》，该文对小册子《主妇手记》的介绍，同样适用于20世纪50年代《大公报》上的"主妇手记"栏目。作者一萍在书店中偶然看到《主妇手记》的小册子，发现该册由上海和北京的三位主妇共同执笔而撰，"取材都是她们身边的琐事和周围的人们。写她们的孩子、丈夫、邻居（中略）写上菜市场、听说书、练习缝纫和打字"，作者觉得书中内容饶富趣味，"每一段叙述的一件事情都娓娓动听,像是家里边的炉边闲谈。这里面闪耀着女性爱的伟大光辉,对孩子、对丈夫的爱,对生活、对社会的爱"①。因而,《大公报》版的题目"主妇"的"家常"视角更为突出,主妇的日常多围绕孩子和邻里展开,如《孩子回家》和《母女之争》。两文刊于《新民报》时,改题为《小祥回家》和《文蓉的婚礼》,将故事特定主人公同事件紧密结合,仅从题目来看,读者不知"小祥"是个孩子,"母女之争"潜在的"邻人"视角也随之抹去。此外,《新民报》版刊登这些短文的第 6 版常刊"身边事",题材与"主妇手记"虽有相叠处,但更侧重由身边小事引申出对新人、新事、新时代的赞美,以及对落后思想的批评,体现出较高的政治认识。

最突出的是将《车上友谊》改为《"同行是亲家"》,两文讲述同一内容:电车上两位女教师谈论"对耶律楚材这个历史人物的评价",二人年龄悬殊却相谈甚欢,引起"我"的注意。"我"不禁向年轻一位发问:"你们在一个学校工作吧!"出乎"我"的预料,她们"完全不认识。是她(年长一位,笔者注)看见我在看元史,就主动跟我谈起来的,这真帮了我的大忙"②。年长者为此坐过了站,尚意犹未尽,热情邀请年轻教师去她家里详谈,并写下了家庭住址。"我"想起了过去称"同行是冤家",而在当下新时代,"同行是亲家"。《新民报》版的题目通过对已有俗语的反串,不仅让读者眼前一亮,而且突出了新旧社会的差别并赞美了新风气。反观"车上友谊"一题,显得普通平淡,不如后者的"政治造诣"高。

---

① 一萍,《从〈主妇手记〉谈起》,上海《新民报》晚刊,1957 年 1 月 28 日。
② 三句引文皆引自,云凤:《车上友谊》,香港《大公报》,1954 年 4 月 23 日。

（二）语段删除与句子调整

《新民报》版不少处对前版的语段、句子进行删除和调整。修改后的文章内容更为紧凑合理，但被删去的语段，有的并不"多余"，而是令人"多疑"。

在《车上友谊》与《"同行是亲家"》两文中，有这样的删改：

《车上友谊》

　　电车上，两位女人谈的非常起劲，她们说话的声音，甚至盖过了电车的节奏。其中一位很年轻……

　　（中略）

　　年轻人爽朗地笑了，自豪地说："这是毛泽东时代呀！我们是人民教师哩。"①

《"同行是亲家"》

电车上，两位女人谈的非常起劲。其中一位很年轻……

　　（中略）

　　年轻人爽朗地笑了，自豪地说："是这个时代呀！我们是人民教师哩。"②

引人注意的是，后版本删去了"她们说话的声音，甚至盖过了电车的节奏"这句话。前版强调两位女人谈话声之高，这样的

---

　　①　云凤：《车上友谊》，香港《大公报》，1954 年 4 月 23 日，重点号为笔者所加，下同。

　　②　云凤：《"同行是亲家"》，上海《新民报》晚刊，1954 年 4 月 29 日。

高声,容易引起其他乘客的注意,"我"由此注意到她们,似并无不合理处。然而,"高声"谈话很容易吵到其他乘客,这种不顾他人、有失素养的举止似乎不合"毛泽东时代"/"这个时代"的"人民教师"这一神圣职位,删除者可谓心思缜密。值得注意的是梅娘对"车上吵闹"这一行为的评价,在同年 4 月 12 日发表的《电气工人和"春不老"》一文中,一群"由东北的沈阳到西南的云南去的电器工人们","笑声回旋在整个车厢里",这样的喧嚣,作者的感触是,"听的人,不仅不觉得吵,反而引起一种要加入他们的团体,分享他们欢乐的感觉"[①]。在次日发表的《冶金工人和他的眷属》一文中写道,京汉车上,旅客们吸烟、喝茶、玩牌、下棋、谈笑,作者但觉,"真的有了'家'的气氛了"。可见,在作者耳中,人民大众的喧闹是一种充满活力的表现,是对身处新时代幸福感的抒发,闻之可喜,体现了作者融入群众后的愉悦。前版《车上友谊》中两位女人盖过电车节奏的高声谈论,同样如此。由此更凸显出再刊时"删除"这一行为背后的深思熟虑。

此外,是《小女儿的一条守则》对《小女儿履行守则》的细节删除:

《小女儿履行守则》

感谢小姑娘的辅导员,她不仅帮助了我的小女儿,也帮助了我,让我进一步体会到在参加创造财富的劳动过程中,人们所获得的一切美德。[②]

---

① 孙翔:《电气工人和"春不老"》,上海《新民报》晚刊,1954 年 4 月 12 日,题目是"电气工人",文中写的则是"电器工人",原文如此,笔者未改。
② 云凤:《小女儿履行守则》,香港《大公报》,1954 年 7 月 6 日。

《小女儿的一条守则》

感谢小姑娘的辅导员,她不仅帮助了我的小女儿,也帮助了我,让我进一步体会到在参加劳动的过程中,人们所获得的一切美德。①

短文讲述"我"的九岁小女儿在红领巾的小队会上,自愿给自己定了"在家里帮助妈妈和阿姨作家事"的守则。"我"认为淘气的女儿难以坚持这条守则。出乎"我"的预料,女儿不仅坚持向保姆要家事做,并且从中知道劳动的甘苦,做事变得整洁有序,同时"晓得尊重保姆,当然也更加尊重妈妈了"②。由此,我真正理解了"劳动创造世界"的真理。由引文可见,后版将"创造财富"删去,尽管"财富"一词可以理解为一切有益的所得,但经历过"三反""五反"等思想改造运动,人们很容易将"财富"与"资产阶级"挂钩。梅娘曾在1952年的《亦报》上连载过《母女俩》,正是讲述母女二人如何积极配合"三反""五反",举报自己开营造厂的丈夫/父亲(大资本家)。可以说,在以一部小说来阐释宣传"自动坦白""忠诚老实"、批判"资产阶级思想"之后,作者稍加留心,就能察觉到"财富"一词的"歧义"。

(三) 词语的改换

在这5篇短文中,后版对前版用词的改换,最能体现修改者秉持的"政治正确"原则。《小女儿旅行守则》和《小女儿的一条

---

① 云凤:《小女儿的一条守则》,上海《新民报》晚刊,1954年7月12日。
② 同上。

守则》的差异可为力证。试看：

《小女儿履行守则》

日子一长，就在我的哓舌小姑娘身上，发现了惊人的变化。譬如说：原来她穿衣服是很不仔细的，常常把菜汤啦、糖水啦溅在身上，甚至红领巾也弄的一塌胡涂。自从她帮助保姆洗衣裳，亲自体会到洗衣服要流那么多的汗之后，她穿衣服就小心多了。①

《小女儿的一条守则》

日子一长，就在我的小姑娘身上，发现了惊人的变化。譬如说：原来她穿衣服是很不仔细的，常常把菜汤啦、糖水啦溅在身上，甚至红领巾也弄的不大整洁。自从她帮助保姆洗衣裳，亲自体会到洗衣服要流那么多的汗之后，她穿衣服就小心多了。②

若只看前版，并不觉得小姑娘将红领巾弄得"一塌胡涂"有何不妥，反而更能凸显小姑娘后来的"巨变"，但当修改者用"不大整洁"这一缓和得多的词语替换时，笔者方才理会到前者潜藏的"大不敬"意味。

"红领巾"诞生于卫国战争年代的苏联，在一次接收新队员时，女工们将自己的"红布三角头巾"，系在新队员脖子上。列宁见头巾的"颜色和革命战旗一样鲜艳"，把它定为少先队员的标志③。

---

① 云凤：《小女儿履行守则》，香港《大公报》，1954 年 7 月 6 日。

② 云凤：《小女儿的一条守则》，上海《新民报》晚刊，1954年7月12日。

③ 《第一条红领巾的诞生》，李淑梅、程树群编：《万象溯源》，西宁：青海人民出版社，2004：219。

1951 年的辞典,对其有如下解释:"红领巾被称为红旗的一角,代表着庄严的意义。领巾结成三角,象征三代的结合——共产党、青年团、少年儿童队"①。"红领巾"通常还作为少先队员的别称,20 世纪 50 年代,这一别称等于赞语。梅娘此期的作品中,"红领巾"也十分夺目:《暴风雨中的小故事》中,乘客这样赞美前来接妈妈的青青,"围红领巾的孩子,就是不简单,知道心疼妈妈,怕妈妈淋雨啊!"②《扫街的老爷爷》中,"红领巾"们与老爷爷一起扫雪,"他的白胡子和孩子们红领巾,交相辉映,红白分明,显得红的鲜艳,白的晶莹,非常好看"③,此处,白胡子和红领巾共同成为"新人新事""好人好事"的夺目标志。入队、佩戴红领巾是莫大的光荣,《为了明天》中,徐凌云的一双女儿同时入队,一家人视之为"大喜事",为此共饮了苏联葡萄酒加以庆祝,并到天安门前跳舞。20 世纪 50 年代,队员们将红领巾献给军人(尤其是抗美援朝志愿军),成为后者的不竭力量之源,是对敌作战胜利的保障。1952 年,一名志愿军写了《当我看到红领巾的时候》的诗歌,这位名为栗树屏的志愿军,在看到小学生们寄来的红领巾时,兴奋之情难掩,他写道:"红领巾就是我们的力量/孩子们是未来的生力军/红领巾围在脖子根/使我无比的英勇",诗歌最后,他摘录了"红领巾"们的来信中冲锋号似的句子:"为了我们,叔叔们要前进,为歼灭美帝国主义前进! 前进! 前进!"④可见,20 世

---

① 北京师范大学中国大辞典编纂处编,《学习辞典》,天下出版社,1951:316。

② 云凤:《暴风雨中的小故事》,香港《大公报》,1954 年 6 月 15 日。

③ 孙翔:《扫街的老爷爷》,上海《新民报》晚刊,1954 年 12 月 30 日。

④ 栗树屏:《当我看到红领巾的时候》,人民文学,1952 年第 5 期。

纪 50 年代,于队员、军人和人民群众而言,红领巾是庄严而神圣
的,队员们对其爱护备至,军人们视之如宝,人民对其佩戴者赞
赏有加,刮目相看。在这样的背景下,已是队员的小女儿,却把
红领巾弄得"一塌胡涂",从大而言,有损红领巾的庄严神圣意
味;从细而言,违背了人们对红领巾的期待,也使得小女儿的队
员美质遭到质疑:她是个合格的队员吗? 如此一来,后版的修改
尽管有失真之嫌,却不可谓不关键。

值得注意的是,前版以"哓舌"形容小女儿,原与文章开头小
女儿的活泼吵闹相呼应。后版删去了。红领巾不再"一塌胡
涂",相对应的,小女儿也不那么"哓舌"了。这一细节处理,一方
面使得小女儿的性格不似原版活泼,更显沉稳,另一方面也体现
了修改者追求文章的整体统一、完美。

通过以上几例版本比较不难发现,后版行文更为紧凑,措辞
更为严谨,有明显的"完善"痕迹。笔者从修改时注重前后对应
和追求完美两点出发,认为修改系梅娘之举。以下两版的细节
修改可说明:

《孩子回家》

恰好在我们离开医院后不久,就起了大风雪,我又怕小
祥受凉,这样,翻来覆去地在我脑中搅了半天,直到下班回
家,心里才算宁贴。

(中略)

小祥说三轮车叔叔替他系好了被风吹开的帽带,替他戴正
了口罩,还用他自己的棉袍给他盖小腿,他坐的暖和极了。[1]

---

① 云凤:《孩子回家》,香港《大公报》,1954 年 4 月 8 日。

《小祥回家》

恰好在我们离开医院后不久，就起了大风雨，我又怕小祥受凉，这样，翻来覆去地在我脑中搅了半天，直到下班回家，心里才算宁贴。

（中略）

小祥说三轮车叔叔替他系好了被风吹开的帽带，替他戴正了口罩，还用他自己的棉袄给他盖小腿，他坐的暖和极了。①

仔细对比，发现前文的"大风雪"改为了"大风雨"，相应的，长款大衣——"棉袍"也改成了短款上衣——"棉袄"。天气与着装两词的对应修改，使文中车夫的着装保持应季，更像是有着切实北京生活经验的作者细心所为，在外人尤其是南方人（如编辑）看来，棉袍棉袄，无伤大雅，并不影响读者对文章的理解。此外，学者曾希望梅娘写自传，也试图以"口述史"的方式来实现梅娘传记书写，但梅娘对措辞的严格要求、对传记的文学追求与学者们的重史实相冲突，最后"口述史"不成，传记也没写出来。其中，既有作家追求文字优美精炼的成分，也有对他者"曲解"自己心意的担忧。更令人深思的，是晚年梅娘对其早年作品的修改，强调当年自己的"政治正确"，这与 1950 年代的作品修改可相参照。

笔者认为，版本差异与梅娘一向复杂细腻的心态密切相关，梅娘很可能在投稿《大公报》后，斟酌原文并修改，再投给《新民

---

① 云凤：《小祥回家》，上海《新民报》晚刊，1954 年 5 月 10 日。

报》。梅娘选择先"大公"后"新民",以及两版不同的"政治严谨度",除了"小环境"个人因素外,也与报刊这一"大环境"密切相关。因此,有必要从报刊史和报刊环境的角度,梳理版本差异背后的大环境因素。

三　香港《大公报》的报刊环境兼与《新民报》对比

拙文《20 世纪 50 年代的梅娘与上海〈新民报〉晚刊》已对《新民报》的编辑方针和报刊环境、报刊史等做过梳理,此处将笔墨着于论述香港《大公报》的办报特点。

(一)　从追随"党报"到"港化"

1902 年 7 月 12 日,《大公报》创刊于天津,创刊人英敛之。随后,沪版、渝版和港版的《大公报》先后创刊。1938 年 8 月 13日,由胡政之主持,香港《大公报》创刊;1941 年 12 月 13 日,日军侵入九龙,港版停刊。1948 年,于内战正酣时,胡政之考虑到当时的政治环境,认为"不党"①的《大公报》难容于国共两党,遂赴港全力复刊港版②,3 月 15 日,香港《大公报》正式复刊。同年11 月 10 日,王芸生在港版发表《和平无望》的社评,香港《大公报》首先转变立场,由中立转为拥共,靠拢人民。1949 年,新中

---

①　"不党",张季鸾这样解释:"纯以公民之地位,发表意见,此外无成见,无背景。其行为利于国者,拥护之;其害国者纠弹之。"

②　《大公报一百周年报庆丛书》编委会编,我与大公报,上海:复旦大学出版社,2002:448。

国成立,内地各版《大公报》作为民间报纸,难与其时火热的党报竞争,先后在中共指示下,改版停刊:天津版停刊,改名《进步日报》出版;上海版在上海解放同时,改变态度,并发表《大公报新生宣言》,称报纸归人民所有。1952 年,重庆版停刊。港版因"三一事件"遭指控,停刊 12 天后复刊。同年年末,上海版停刊,迁至天津与《进步日报》并为天津版《大公报》,于次年元旦复刊。1956 年,天津版停刊,同年国庆日,北京版创刊①。1966 年,北京版停刊,至此,《大公报》仅剩港版,维持至今,成为百年《大公报》的硕果仅存的唯一脉系。

香港《大公报》自转为拥共立场后,1950 年代初,刊载的内容又"红"又"革命",从报上的社评可以明显感受到这种气息。社评的对象包括美帝国主义、台湾国民党及美英政府。以"反美帝国主义"为例,1952 年元旦《大公报》社评即宣称"抗美援朝到底"的决心,随后在 1 个月内发表了相关社评十多篇,揭露美国发动战争、干涉朝鲜内政、以军事力量威胁中、朝人民等危害世界和平的"战争贩子"的行为,讽刺英国追随美国"对付苏联、对付和平阵营、对付蔓延在全世界各处的人民力量的成长"为"垂死挣扎"②,强调中国为争取世界和平,继续广泛深入进行抗美援朝运动的坚定决心。类似社评在 1950 年代初的港版《大公报》上不胜枚举,颇有"党报"之风。

香港《大公报》向"党报"靠拢的另一表现,是新闻版经常转发《人民日报》和《光明日报》的新闻、社评。对此,周恩来、陈毅

---

① 　此时的京版已属中央领导,京版《大公报》实与港版无来往。详参王润泽:《张季鸾与大公报》,北京:中华书局,2008:197。

② 　《丘吉尔的演说》,香港《大公报》,1952 年 1 月 20 日。

和廖承志表态：不要在香港办党报！① 廖承志一再强调，办报应因地制宜，在香港办报，"要走社会化的路线，不要搞党报左报，老摆一张红面孔、一副'爱国主义'的架子"②，报纸调子应合香港群众口味，"香港报纸必须成为广大人民群众爱看的报纸，这才真正能完成爱国主义宣传的任务"③。周恩来指出，港版《大公报》担任"开展爱国主义宣传和开展最广泛的爱国统一战线"的任务，同时争取"反对者"和"异议者"④，但由于香港尚属英国管辖，因此并不对港版《大公报》予以干预⑤。

　　显然，中共指示香港《大公报》在"爱国主义"立场下，应迎合当地群众，以便更好地宣传"爱国主义"，但并未提出更具体的"政治要求"，这与中共对上海《新民报》的"移风易俗"、提高群众政治觉悟的要求有所区别。而属英管辖这一特殊地理性质，使《大公报》可以放低"政治调子"，投稿者如梅娘，也相应放松"警惕"，并在不经意中"暴露"出"暧昧"的心迹。下一节将对此详细论述。

　　中央指示《大公报》莫走党报路线，香港的传媒环境也不容其"板起面孔"，《大公报》在激烈的竞争下，逐渐"港化"。

　　《大公报》在香港生存下来，并非易事。香港作为中国近代报业发祥地之一，在中国报业和传媒史上占有重要地位，也一度成为各种敌对力量角斗的战场。二战之后，香港报业得

---

① 方汉奇等著：《大公报百年史》，北京：中国人民大学出版社，2004：393。
② 同上。
③ 廖承志著，《廖承志文集》、传记编辑办公室编，《廖承志文集》，北京：人民出版社，1990：359。
④ 方汉奇等著：《大公报百年史》，北京：中国人民大学出版社，2004：366。
⑤ 同上书，第 322 页。

以迅速恢复和发展，数量、种类大增，编采手法、设备提高，扩版增容成为趋势。仅数量、种类一项，从出版时间而言，有早、中、晚报，有的报业集团如《南华早报》就统揽了三个时段的报纸；从内容看，除了综合性报纸外，以"咸湿"（色情）内容主打的软性报纸，十分畅销；在语言上，不仅有中文报纸，还有英文报纸。而香港报纸的售价长期保持低廉，更增加了报界间的竞争力。

　　除了横向的激烈竞争外，《大公报》不能忽视香港报业传统，进而把握当地读者的趣味。1938 年，茅盾赴港，有进入"文化沙漠"的感受，他注意到香港大报大都是纯粹的商业性报纸，小报种类、数量多，充斥市场，但却"完全以低级趣味、诲淫诲盗的东西取胜。这些黄色小报更有一个特点，文章都是用广州方言写的，这倒真成了'大众化'的'先驱者'了！"①同时，进步报纸为拉拢读者苦斗，但"它只做到了在香港的知识阶层——学生群中注入了一股清新的空气，而对于那广大的醉生梦死的小市民阶层毫无办法"②。据相关研究，香港黄色小报之风乃由内地小报蔓延。抗战前后，香港出现不少"古灵精怪"的小报，受欢迎的小报内容包括：专暴社会阴暗面、专揭私人秘密和专讲风月场新闻。当时的港英政府也多采取宽容态度③。1948 年港版复刊后，曾负责编辑香港《大公报》本市版的唐振常回忆，充斥港闻版的新闻，"无非是肛门藏金走私

① 茅盾：在香港编《文艺阵地》，茅盾、韦韬著：《茅盾回忆录》中，北京：华文出版社，2013：249。

② 同上。

③ 李谷城：《香港中文报业发展史》，上海：上海古籍出版社，2005：251。

被查获,抢劫案等等,而其文字,粤语加似通非通的文言,令人难解"①。香港人喜欢看的,是关于打杀偷抢、非礼强暴。即便是 20 世纪 50 年代,不同于内地的"思想改造"、人人注重提高"政治修养",香港市民注重商业、喜读黄、暴新闻的习气仍在。此外,解放前后,大陆移民(多为谋生的底层民众)大量入港,20世纪 50—60 年代,香港总体人口素质较低②,众多港报纷纷走大众化路线。面对这一片"文化沙漠"上的大众读者,为更好地融入当地、增强市场竞争力,《大公报》"港化"之路难免。

值得注意的是,《大公报》自副刊创始,就注重趣味性和消闲性。1926 年 9 月 1 日,新记《大公报》创设综合性文艺副刊《艺林》,第一期第 8 版刊出了主编何心冷的《我们说些什么》,说明该刊内容包括长、短篇小说、趣味诗词、笔记、戏剧、影评,以及"奇奇怪怪的消息","还加些流行的时装,或是社会写真",就是"里巷间的歪事",也"免不了要说上几句"。由此,"读者看了既觉得报纸的确和自身有密切的关系,就是我们说的也觉得有些意思,不至于白费了"。这样丰富有趣的内容,果然受到读者的欢迎,一个月后,在读者要求下,"《艺林》的篇幅由半版扩展为一整版"③。

这一"始祖"风气,与香港市民口味颇为契合。与"腔正调红"的新闻版不同,20 世纪 50 年代《大公报》着力经营副刊,以灵活的手法,一度刊载过市民喜闻乐见的武侠小说、马经等特色内容。著名武侠小说家梁羽生、查良镛(金庸)都曾担任过该报

① 唐振常:香港《大公报忆旧》,百年潮,2000,第 2 期:31。
② 方汉奇等著:《大公报百年史》,北京:中国人民大学出版社,2004:367。
③ 同上书,第 205 页,

副刊的编辑。20 世纪 50 年代以后的《大公报》副刊，逐渐适应、融入香港社会，在报刊竞争激烈的香港，成为提升《大公报》市场竞争力的重要阵地。

（二） 两报对比

通过上文对《大公报》办报环境的梳理，不难发觉其与上海《新民报》的命运有相同处，也有微妙的差异。从报刊地位来看，两报在解放前都是民营报纸、在两党斗争中摇摆，因而，解放初期地位较低，缺乏竞争力，全国各版纷纷整改停刊。相对宽松的政治标准，使得梅娘等"落后""问题"文人能在两报上获得宝贵的发表机会。带有小报色彩、地位较低的《新民报》取材较"党报"宽松，成为中共拉拢"落后"文人的阵地。但这毕竟是新中国之下的"宽松"。内地读者经种种政治运动洗礼，获得了较高的"政治修养"，对报刊文章有潜在的"监督"意味，梅娘们"带着镣铐跳舞"，发表文章，等于是"交代"和"感恩"：既报告了改造成果，又借歌颂来表谢恩。故文章发表前，倍加注意措辞，避免"犯错"。与之不同的是，《大公报》新闻版尽管颇有"党报"之风，但因其身处英属港地，内地"政治压力"较低，又为迎合港地群众，报刊尤其是副刊难免"港化"，港澳读者品味又与内地读者相异，面对这样的环境和读者，作家梅娘放低警惕性，文章措辞更为自然。由此，引出了上述同 5 篇文的两个版本。

除了重复发表的短文外，梅娘发表在两报上的其他文章，也有明显的差异。发表于《新民报》的小说，配合政策宣传，高调迎合主流话语。系列散文"开封散记""吕鸿宾生产合作社日记""车云山游记"以及"京汉车上见闻"，无一不歌颂赞美工农群众、新社会。相形之下,发表于香港《大公报》的散文虽也不乏歌颂之作,但颂词间夹杂着不少暧昧的回忆,隐隐露出怀恋、炫耀之意,试看以下引文:

《万绿丛中一点红》

稍稍长大的时候,进的是洋学堂,知道洋人是崇尚白色的,自己也就以白色为最美;看见乡下姑娘穿红袄,就觉得土气,觉得难看,鄙视穿红衣裳的人,认为她简直没有起码的"艺术修养"。在这种思想的支配之下,后来甚至怀疑到古诗人的感觉是否正常了。当然,自己做新娘子的时候,也是穿着曳地的白裙,披着蝉翼一样的白纱的。①

《后海泛舟》

我是十二岁上开始读屈原的诗的,尽管我父亲一心想把我培养成为"女才子",请了饱学的宿儒来教我习诗作赋;可是我几乎完全背诵了"离骚"之后,还没闹清楚屈原因何而死。念了五年楚辞之后,我只记得有位临风而立的湘夫人。这还不是由于读诗所得,是因为我的小房子里挂了一幅画着湘夫人的中堂的缘故。②

《一株茉莉》

每当春节、端午、中秋这三大节日来临的时候,暖房中

---

① 云凤:《万绿丛中一点红》,香港《大公报》,1954 年 5 月 18 日,重点号、下划线均为笔者所加,下同。

② 云凤:《后海泛舟》,香港《大公报》,1954 年 6 月 30 日。

便把梅花、迎春、栀子、桂花、菊花、茉莉等这些点缀节令的鲜花准备好，等我父亲拿出去送礼；(中略)那些鲜花在当时是颇"轰动"的，特别是那些在北方罕见的玉兰等等。一把花盆捧到街上，花的浓郁的香气，自然就招徕了观赏的人群。人们称我家"有花的孙家"，我父亲也以此而自傲，觉得我们既"高贵"于一般人，在我们的阶层中也是突出的，因为我们懂得美，懂得人应该怎样生活得"高雅"。①

在《万绿丛中一点红》中，作者讲述了"我"对"万绿丛中一点红"这一句古语从不认同到赞赏的态度变化。我真正认识到红色之"美"，源于"万人空巷的大游行"中的红旗之海，而体会到古语之美，则因在车上看到了一片竹林中幸福农民所贴的红春联。尽管梅娘在文中称自己曾经体会不到红色之美为"固执的偏见"，也将美的展示嵌于红旗和农民这新时代的标志和主人身上，但仍难掩回忆时对过去优渥美好生活的神往，"曳地的白裙""蝉翼一样的白纱"，梅娘仿佛浸润在美好回忆中，向读者展示着美丽婚纱的细部。

同样的语调在后两段引文中亦可看出。《后海泛舟》一段，是梅娘对比过去和"当下"，展示新时代儿童对屈原的理解以及自己在旧社会中，多年"死记硬背"而一无所知，由此达到歌颂新时代幸福生活的尾声。梅娘看似在批判过去，却又忍不住细细展示，甚至带点炫耀的色彩：父亲请得起饱学宿儒、我的房间里挂着"湘夫人"的中堂——这样优裕的物质条件，在《一株茉莉》

---

① 云凤：《一株茉莉》，香港《大公报》，1954 年 11 月 2 日。

中得到进一步展示。作者在文中回忆着父亲如何夸耀自己的"豪奢":家中有一个罕见的玻璃暖房,在严寒的东北,为孙家培育了各色节令鲜花。捧花行于街上,又美又香,俨然奇画。梅娘甚至不惜笔墨,一一写下各色花名,一千来字的文章,回忆占去近七百字,文中"新中国成立"五个字后的篇幅,不及全文的三分之一。在这里,梅娘娓娓道来,有意无意地二度夸耀着父亲曾经的"豪奢"。

尽管在文中,梅娘对过去持批判态度,"回忆"等于是提供批判材料,但回忆如此细腻缓调,难掩梅娘心中的柔情,以及对"大资本家"父亲的不能直言的爱。这样"暧昧"的回忆和感情,难从其发表于《新民报》上的文章窥到。似乎是为了证明上述引文的"暧昧",1957 年,农业电影通讯小组展开了对梅娘的批判,证据即取自于《大公报》上的《万绿丛中一点红》和《一株茉莉》:

> 右派分子孙加瑞,披着干部的服装,吃人民的粮食,可是她通过她的"作品",却成天咒骂新社会:(中略)把我们的农民说成是"土气","没有起码的文艺修养"。
>
> (中略)
>
> 不仅如此,她还毫不隐讳地为地主和资产阶级吹嘘。例如,她在"一株茉莉"一文中,竟无耻地歌颂大地主如何豪华、夸耀地主"高贵于一般人"、说只有地主才"懂得美,懂得人应该怎样生活得高雅",等等。①

---

① 农业电影社通讯小组:《钻进农业部门的文化汉奸、右派分子孙加瑞》,中国农报,1957,第 23 期:32。

批判文章断章取义,无视梅娘歌颂新社会的美意。但回到版本现场,我们又如何能简单否认,梅娘心中对过去豪奢生活、尤其是对父亲的深深怀恋之情? 与其说这种回忆带有侥幸的"明知故犯"色彩,不如说是梅娘在新旧时代急剧转型中所暴露出来的分裂与矛盾,一种高调迎合下的微妙背离。

结　语

由以上的论述,不难看出作家梅娘对报刊环境的谙熟和善于应变的本领,针对报刊的不同"政治品味",采取不同的投稿方案,对主流话语的迎合也有所选择。梅娘能在《新民报》上高调歌颂,也能在《大公报》上缓调回忆,流露出内心深处压抑许久的真实感情。这种"见报行文"的弹性,正是梅娘其人其文的复杂性所在。

饶富意味的是,1979 年梅娘复出后,又在香港《大公报》上发表了不少散文,第一篇复出之作《新美人计》发表于 1979 年 6 月 10 日的《大公报》,在剪贴稿旁,梅娘写下这样的批注:"以极其复杂的心绪,写就了复甦后的第一篇散文,不敢投寄国内,找了'关系户'。一点自豪的是:诸般磨难,爱国深情未有稍减。未敢写'梅娘'。"①彼时,女儿柳青在香港经营明镜出版社,而香港一地的特殊性给梅娘的安全感,使之仍选择《大公报》为触角,谨

---

① 　梅娘著、侯建飞编:《梅娘近作及书简》,北京:同心出版社,2005:51。

慎地试探着另一新时代的政治容度。在《为什么写散文》中，梅娘称自己的散文为"渴望坦诚的心灵、渴望向善的物事"的载体，配以文末的"1979·蒙难结业"，意味深长。1954年的试探性回忆，成为梅娘的"罪证"。而这一次的试探，确是"蒙难已结""文业重开"，但此时梅娘的回忆散文，却难脱"政治后遗症"。梅娘的晚年回忆，无形中给真相罩上了网罗。因而在穿过层层叠加的记忆之网、回到版本现场后，我们才靠近真相，也靠近梅娘。

图书在版编目(CIP)数据

创伤:东亚殖民主义与文学/刘晓丽,叶祝弟主编.
一上海:上海三联书店,2017.
ISBN 978 - 7 - 5426 - 5759 - 6

Ⅰ.①创…　Ⅱ.①刘…　②叶…　Ⅲ.①殖民主义—文学研究—东亚

Ⅳ.①I310.6

中国版本图书馆 CIP 数据核字(2016)第 281071 号

创　伤

——东亚殖民主义与文学

主　编　刘晓丽　叶祝弟

责任编辑　钱震华
装帧设计　汪要军

出版发行　上海三联书店

(201199)中国上海市都市路 4855 号

http://www.sjpc1932.com

E-mail:shsanlian@yahoo.com.cn

印　刷　上海昌鑫龙印务有限公司

版　次　2017 年 2 月第 1 版
印　次　2017 年 2 月第 1 次印刷
开　本　787×1092　1/16
字　数　420 千字
印　张　38
书　号　ISBN 978 - 7 - 5426 - 5759 - 6/I · 1182
定　价　98.00 元